捧 读

触及身心的阅读

耶律淳

辽国皇帝的堂弟、郑王。汉学修养出色,温文尔雅,英明能干,却被皇兄排挤。

吴安国

字镇卿,宋朝名将。天德军知军,统率五千河套番骑。为人桀骜不驯,在对辽作战中五日之内连下三城。

耶律雕武

辽国积庆宫都辖。韩宝帐下众将中最有学问的一个,不仅精通契汉文字,还熟知史事,擅填词。

呼延忠

宋朝楼烦侯,都指挥使。率领三千殿前侍卫班直与石越一同出征,实为监视石越。

何灌

字仲源，宋朝将领。宣节校尉、环州义勇都指挥使，被誉为"六十万禁军神射第一"。

何畏之

字莲舫，宋朝戎州知州。大理人，伐辽之战中统率神射军、环州义勇、雄武一军、镇北军四军，守饶阳。

李清臣

字邦直,宋朝参知政事、刑部尚书。

人如其名,甚至节俭到有些刻意,寡言少语,素有刚正之名。

仁多观明

仁多保忠三子。

党项人,年仅十五岁的少年英雄,振威副尉。

饮子

欢庆安平大捷图

新 ⑪ 宋

·大结局珍藏版·

关于宋朝的大百科全书式小说

阿越 著

河北人民出版社
石家庄

图书在版编目（CIP）数据

新宋 . 11 / 阿越著 . -- 石家庄：河北人民出版社，2020.2

（新宋·大结局：珍藏版）

ISBN 978-7-202-14384-1

Ⅰ . ①新… Ⅱ . ①阿… Ⅲ . ①长篇历史小说－中国－当代 Ⅳ . ①Ⅰ247.5

中国版本图书馆CIP数据核字（2019）第261469号

本卷目录

第十三章　汉渡留冰　703

第十四章　归师穷途　760

第十五章　安平钟鼓　824

第十六章　壮心无复　888

第十七章　角愤余声　950

第十八章　孤掌独拍　980

第十三章

汉渡留冰

🎯 山河百战变陵谷，何为落彼荒溪濆。

——欧阳修《菱溪大石》

1

太平中兴十二年，冬十月庚戌朔，十五日，癸亥。

这一日，正是二十四节气中的小雪，大河以北已经进入朔风凛冽的孟冬。而对整个黄河流域的宋朝农民来说，这时候都是忙碌的时节，许多作物需要在此时收获，地里的小麦也需继续好好看护。但在这一年，至少在河间府、莫州地区，却是没有多少农业存在了。到处能见到的都是荷戈持矛、腰挎大弓的士兵。偶尔能见着的平民，不是俘虏，就是被抓去服苦役的奴隶。

此时无人能精确统计宋朝在河北地区损失了多少人口。在宋廷官方的人口统计中，除非某个家庭中没有男丁，才会记录下女户主的名字，否则他们只会统计负有纳税义务的男丁。[1] 只有在需要赈济灾荒时，他们才会由地方官府临时性地统计包括妇女在内的全部人口数量。而实际上，对客户的统计已经是一个难题，更不用说还有广泛存在的数量令人咋舌的隐户。在战争开始时，宋廷对计划南撤百姓的河北八个州的人口预估超过两百万，而事实上，虽然有些州县几乎是虚惊一场，可最终卷入战争的地区也远不止这八个州！

尽管南逃的百姓数以十万计，已经给宋廷构成沉重的压力，但是几乎可以肯定，在卷入战争的百姓中那仍然只是少数。即使辽军谈不上格外残暴，但直接或间接因这场战争而无辜死去的百姓也肯定远远超过二三十万这样的数字，而被辽军掳走的人口更不知道有多少。

一些百姓被辽军驱使随军承担各种劳役，临时充作家丁，甚至被迫直接协助他们作战。还有更多的百姓则被陆续送往辽国境内，少数安置在上京，大部分则被送到东京道。辽主准备将来在那儿建立起大量的直接效忠于他和契丹贵族们的汉人州县，这不仅能带来长久而可观的收入，也有助于制衡渤海人的力量。此外东京道还有辽国的出海口，若想将掳获的人口变成直接的收入，也极为方便。

---

[1] 此为被较广泛接受的见解。对此日本学者加藤繁有不同的见解，但其所引证据主要是唐代的，结论似乎难以成立。又，女主户、单丁户等虽然可能被统计，但依然享有免税免役等优待。

即便用最保守的估计，已经被送至辽国的百姓也肯定超过十万，也许有二十万甚至更多，而这些人中，至少有两三成会死于路途之中。

但还有更多的人口没有来得及运走。宋军沿途的袭扰，以及被掳宋人规模虽小却持续不断的起义暴动，都大大延缓了辽人转移被掳百姓的速度。不去计算那些分散随军的被掳百姓，仅仅在肃宁、君子馆至莫州一带，就还有十几万被俘的宋朝百姓被分散看管。

或许是命运弄人，自萧阿鲁带冀州之败后，高革的任务竟然是负责看管、镇压这十几万"奴婢"。

尽管萧阿鲁带之败其实与高革没有多少关系，但按大辽的军法，高革也必须受连坐之罪。幸好他有袭破观津镇、缴获宋人大量辎重之功，又有同僚为他求情，才算将功折罪。但他没有任何背景，而萧阿鲁带显然也已经在皇帝那儿失宠，自顾不暇，更不能帮到他什么，顺理成章地，他便被打发了一个吃力不讨好的差遣。对于高革来说，尽管他也不想继续对宋朝作战，可如今的这个差遣却更加令他饱受折磨。

在众多的"掳获"当中，拥有一技之长的各种工匠、身强力壮的男子，以及略通医术者，这三类人被视为相对贵重的财产，被首先挑选出来，送往东京道。于是在暂未送走的人中，女人占到很大比重，然后便是体格较差的男子——大部分情况下，辽军因为嫌麻烦，是不会掳掠老人与小孩的，而是让他们自生自灭，因此"掳获"当中这二者很少。韩拖古烈回来后，尽管两国又已经重燃战火，但辽国皇帝为了表达投桃报李之意，又向河间府释放了数千名几近奄奄一息的老幼宋人。这件意外的事件让高革很松了一口气，虽然皇帝也许只是做了一个顺水人情，这些人若继续留在这边，铁定都熬不过一个月，不是被饿死也会被冻死，这样的话对辽主一点儿好处也没有。将他们扔给河间府，既算是还了宋人不留韩拖古烈等人之情，又多多少少给河间府的宋军增加了一些麻烦。

但即使如此，如今还在高革看管之下的那些"掳获"的境况，也令人不忍目睹。他们每日只能得到一点点食物，绝大部分人没有御寒的衣服，每天都有人死去，被随随便便挖个坑埋了。

讽刺的是，正因如此，每天都有各种高革以前想都想不到的达官贵人派人来找他，因为他可以决定哪些"掳获"可以被先行送回辽国——谁都不希望自己的"财产"有过大的损失。为此，高革得罪了不少人，却也攀上了许多关系。其中最显赫的，则莫过于当今皇帝的堂弟郑王耶律淳殿下。

耶律淳的父亲和鲁斡是当今的皇太叔。在耶律乙辛之乱时，耶律乙辛曾经想过拥立当时还很小的耶律淳，这样他就可以与其时颇有实权的和鲁斡结成联盟。但是后者拒绝了他，选择了站在当今皇帝一边，尽管在平叛方面他并不积极。而事后，和鲁斡亦得到了应有的赏赐。但不幸的是，尽管本身属于汉化较深的一支宗室，又是与皇帝血缘最近的近亲，可和鲁斡在太平中兴的权力斗争中，却站在了许王萧惟信一边，结果受到萧佑丹毫不留情的打击。直到几年前，萧佑丹才原谅了他，让他出任东京留守。父亲的错误也连累到耶律淳三兄弟，耶律淳虽然已晋爵为郑王，但已经三十岁的他，一直只是担任一些宫廷闲职。此番他率三千私兵随皇帝南征，亦未获重用，只是一直跟在皇帝身边。但他在战场虽未立寸功，打草谷却收获颇丰，仅他私人掳掠的"奴婢"便有两三千人，更不用说还有各种贵重财物——并且所有这些，此时都已经随他的一部分私兵一道，被安全地送回了辽国。

这其中高革自然出力不少。皇帝对这个堂弟与他一家子，既没有特别讨厌，也没有特别喜欢，但耶律淳一家的影响力，在太平中兴年间的大辽，却的确衰退得很厉害。所谓"皇太叔"近于一种尊称，那只是契丹古老的继承传统的一种残存痕迹，而非实际上的继承顺位。因此，高革的帮忙绝非理所当然，而耶律淳也心知肚明。

虽然只是和鲁斡的幼子，但三十岁的耶律淳因为出色的汉学修养，被认为很有机会在朝廷中担任要职。高革曾经听到过一些传闻，若非发生战争的话，这位郑王殿下很有可能被派到南朝汴京担任驻宋正使。而另一些传闻则说倘若两朝议和成功的话，这位郑王殿下也将是大辽送往南朝的质子首选……

不过，高革肯帮耶律淳出力，纯粹只是因为他对这位至少表面上看起来温文尔雅又显得英明能干的郑王，有一种难以言喻的好感。对于他现在的这份差遣，高革近于自暴自弃——他大部分时间都待在莫州，这固然是因为绝大部分的"掳获"都安置在莫州，但更重要的是他根本不想去肃宁。因此，得罪谁，帮助谁，高革其实根本不在乎。

然而,尽管高革有意无意地想要远离这场战争,但战局的每一个变化,他几乎都能很快感受到。

虽然在大辽,高革如今只是一名无足轻重的将领,麾下统率的不过三千渤海军,还是由各次战役中被打散打残的部队拼凑而成的。但莫州正好处于重要的联系孔道之上,因此,每一点儿风吹草动,他马上便能有所察觉。

进入十月份以后,局势的变化是如此明显。

在萧忽古保障了官道的安全之后,辽军便加快了南北运输的节奏。这次南征,并非大辽过往所熟悉的那种战争,他们事先也主动做出了许多的调整,比如让伤兵提前归国,让一部分家丁押运先期的"掳获"回国,如此可以有效地减少补给压力。尽管如此,在战斗以外的部分,辽军仍有许多不足,直到战争进行了半年,这些方面的运转才看起来变得像模像样。

可这样的改变,却产生了令人啼笑皆非的后果。在辽军中,不乏许多位高权重的人,私下里认为这是南征马上就要结束的征兆!一时之间,谣言四起,军心浮动,整个河间、雄莫地区,不仅士兵们对结束战争翘首以待,甚至传言不少重臣都在皇帝的金帐中公开议论退兵之事,对耶律信不利的言论也越来越多,越来越大胆。连耶律淳有一次来莫州,也私下里劝高革做好退兵的准备。

高革心里对此大不以为然,上一拨押送粮车的队伍数日之前才经过莫州。押粮的将领告诉他,因为战争的缘故,五京皆提前征收秋税,如今南京道各州的秋税基本已经征完,大部分都已经运至析津府与涿州,如今两城之内,粮草堆积如山。从这些细节处,丝毫看不出皇帝与耶律信有撤兵之意⋯⋯然而,讽刺的是,接下来发生的事情,却似乎是坐实了这些谣言。

十二日,南京急报至金帐,易州失守。而且,宋军是自河东而来。灵丘、飞狐都已被宋人攻克!

这件事情很难被瞒住。

易州与金陂关的汉军全部降宋,耶律赤仅以身免,容城也已向吴安国投降。宋军如今已经能够抄掠辽国境内通过雄州的官道。南京道从未如此紧张,那里已经有一百年未逢兵乱了。

此事带来的震惊可想而知。不过真正让人担忧的，却是在耶律冲哥的奏章没有到来之前，无人知道西京究竟发生了什么。但最起码的，人人都能猜到飞狐一失守，蔚州多半也不会太平。

此事也沉重地打击了耶律信。这是从信心上的致命一击，在此之前，因为一直无法取得外交上的成果，厌战的情绪本就已经在金帐内外显露出来。而易州失守的消息，让许多鼠目寸光的人再也不相信辽军能取得更大的战果，见好就收的心态甚至从皇帝身上流露出来。

至少高革听到的情况是如此。

许多人都能看出来局面对兰陵王的不利，若说耶律信有什么害怕的事情，皇帝终于开始动摇，这必然是其中之一。

有时候，高革都不知道自己期望发生什么。这看起来应该是个好消息，但是他并不感觉多么高兴。对于故国的同情始终纠缠着他，可作为一个将领，他却又有些同情耶律信。他希望辽军打败仗吗？这个答案是模糊的。当他在南宫县城看着辽军屠杀时是一种感情；当他在黄河边上，看着自己的袍泽，还有一些好友一个个死在宋军的刀下、箭下之时，却又是另一种感情。

高革不知道耶律信的计划，但在有些事情上，他的感觉与众不同，至少与耶律淳不同。比如他不认为韩宝在安平有什么危险，宋军看起来咄咄逼人，但倘若他们果真有把握一战而胜，他们早就动手了！战场上的僵持，原因只会有一个，那就是双方都没有太大的把握，双方都在衡量利弊得失，双方都在等待更好的机会，等对方犯错……

高革也坚信耶律信是在等待机会。比如，人人都认为河水结冰对大辽有利，但南朝的统兵将官也不蠢，他们肯定也在等待什么。

但不管南朝的将领们想要等待的机会是什么，都很难想象他们所等的是吴安国。倘若传言可靠的话，吴安国可是率数千之卒，五日之内连下三城！除非走投无路，不会有哪个主帅会将希望寄托在这种事情上面。急报传至金帐之初，大辽君臣甚至无人相信。那条道路，换上一些将领，不用打仗，走五天都不见得能走到易州！但也只有这个理由可以解释，为何耶律冲哥那里一点儿消息也没有。就算是耶律冲哥,大概也来不及做出反应。

总而言之,不论耶律信此前的计划是什么,也不论南朝此前是何打算,因为易州的意外,一切都开始变化。

易州失守之后,太子与陈王萧禧立即派出一支先锋南下涿州范阳——原本他们打算一鼓作气夺回易州,但很快就发现已经无此必要。宋军并未坚守易州,他们动用火药炸毁了易州与金陂关的城墙,烧光了易州的粮草积蓄,将易州城洗劫一空——这方面宋军与辽军没有什么不同——然后就迅速转移了。定州兵与太原兵可能撤回到了定州境内,但吴安国却南撤到了易州东南与宋朝交界处的容城。

因为容城靠近范阳至雄州的官道西侧,便离雄州也是极近,一时之间,雄莫震动。

人人都可以看出来,吴安国这数千精骑,不仅隐隐威胁着辽军的粮道,甚至对于安平的韩宝,也是一个隐患。

对于辽军来说,这等于是卧榻之侧,有个敌人持刀侍立,绝对无法容忍。

但高革私下里认为这其中似乎有更大的迷雾。宋军如此煞费苦心,甘冒风险一路攻克灵丘、飞狐、易州,难道就是为了吴安国这区区五千人马进入南京道吗?倘是如此,他们早一点儿绕道井陉,经由定州北上,效果不也是一样的吗?

高革跪坐在他的官衙之中,一面欣赏着一个宋人俘虏在他面前表演点茶的技艺,一面几乎是身不由己地想着这些与己无关的事情。他所居住的官衙是南朝莫州知州府,这座建筑完全是宋人的风格,精致、色彩简单、不尚宏大。但最后一个特点或许是因为地方的财权受制。据说在南朝,地方官修葺官廨算是很重大的事情。但不管怎么说,高革还是很喜欢这样的建筑。只要有可能,他便不愿意住在营帐里。

可惜的是,这样宁静的时刻无法长久,一个家丁匆匆走到门外,呈上一封密封的公文。高革只得起身离去,带着木匣回到他办公的房间,从腰间取出一把小刀,打开匣子。

木匣里面是一封简短的命令。

这道命令用契丹小字写成,上面有兰陵王耶律信的印章。耶律信命令他立即点齐两万名宋人,在十七日日落前务必亲自押送至雄州,听候萧忽古差遣。耶律信允许他调动一千兵马,他在莫州的职责暂时交由他的副将代掌。

将这道命令反复地在心里面默读了几遍,高革心里面忽然生出一个预感。他觉得他在莫州的职务结束了,并且,自己再也不会来莫州了。

他走出房间,唤过一个亲信的家丁,沉吟了一下,最后说道:"去,即刻收拾好行李。"

"郎君,这是要回国吗?"家丁试探的询问中流露出一丝期待。

高革默默地摇了摇头,过了一会儿,才简单回道:"去雄州。"

出乎他的意料,这个回答竟让家丁的脸上立即露出欣喜之色,便见他答应一声,欢天喜地退了下去。

同日,肃宁。辽主金帐之内。

皇帝耶律濬头戴紫皂幅巾,身穿红袄窄袍,腰间围着貂鼠扞腰,坐在一张胡床上,望着他的将军大臣们。包括耶律信、萧岚、萧阿鲁带、韩拖古烈在内,群臣十余人分成两列,肃立帐中。他们的穿着几乎一模一样,每个人都穿着墨绿色的左衽裘衣。这寓意着在战争之中,他们遵循契丹人古老的传统。

耶律濬的目光扫过众人,最后落到了萧岚的脸上,他的脸色苍白,神情十分难看。

"萧岚,你是在劝朕班师吗?!"

"陛下,师巫占卜,兵久不祥。"萧岚完全没有在意皇帝的怒气,对一脸愕然的耶律信更是看都不看一眼,说道,"南征以来,本朝屡战屡捷,兵威宣于四海,宋人震慄,万国咸知我大辽强盛,远胜汉唐。陛下用兵河北,本意不过是想对南朝略施薄惩,既已得意,自当早息兵戈,如此天下亦知我大辽并非好战逞强,只是因南朝不义,不得已方兴兵征伐,使其知罪。"

"你倒是会说话!"耶律濬冷笑一声,讥讽地说道。

"陛下!"让耶律濬意外的是,萧岚尚未回话,萧阿鲁带便迫不及待地出列,欠身说道,"臣也以为是班师的时候了。"

"萧阿鲁带！连你也怯懦了吗？！"耶律濬怒声喝道。在这帝王之怒的威压下，有几个大臣不由自主地颤抖了一下。但耶律濬的怒气仿佛完全被激发出来，他猛地起身，指着萧阿鲁带高声骂道："你也把胆子丢在冀州了吗？区区一个吴安国，便将尔等吓成这般模样？"

冀州之败，实是萧阿鲁带生平奇耻大辱，此时竟被皇帝公然嘲骂，萧阿鲁带一张老脸涨得通红，但是他对皇帝十分耿忠，嘴上并不退让，仍然高声回道："陛下，臣虽是败军之将，然陛下既然仍委臣主南枢密院，则臣有事不敢不言！区区一吴安国何足道哉？是吾师兵久已疲，部族不安，士卒皆生归意，若不速归，恐悔之无及！"

"陛下息怒，萧老元帅是一片忠心。"韩拖古烈也连忙出列说道，"吴安国虽然侥幸攻破易州，却并不敢据守，可知其兵、粮皆有不足。南京尚有数万精兵，对付一吴安国，绰绰有余。然则灵丘、飞狐、易州接连失守，此事难以隐瞒，属国之兵不免各生异心，部族之军皆怀恐惧，宫分、汉军或有家业在西、南两京者，亦不自安。人心如此，诚为可虑。"

韩拖古烈话音方落，仿佛事先商量好的，萧岚马上又接着说道："况且用兵之道，进退以时，南朝亦天下大国，不必毕其功于一役。此番用兵，虽则南朝皇帝年幼轻率，不肯议和，然臣以为此亦不足为虑。我契丹之长，不在较一日短长，如今河北道路已熟，今岁退兵，稍作休养，明秋再来，如此方是长策。到时南朝肯和便罢，若不肯和，那点儿岁贡，难道我们不可自己去取吗？"

耶律濬看看萧岚，又看看韩拖古烈、萧阿鲁带，抬起的手臂终于无力地放了下来。这三个重臣一唱一和，可他知道，萧岚的话是给他留面子，而萧阿鲁带与韩拖古烈的话，却是正中要害。

退兵班师的事，早就应该摆上台面了。尽管耶律信还想做最后一搏，但是如今在河北，大辽的大军的确已形同鸡肋。进取有所不能，退兵则不仅颜面无存，而且恐怕还会招致宋军的报复，将战火烧到国内。而更麻烦的是，这场战争持续的时间有点儿长了，各族的将士们都已经渐渐失去了最初的士气，取而代之的是思归之心。而且，就算是大辽，就算是整个草原，战马的数量也是有限的。整个夏秋两季都在河北作战，动员的战马有数十万匹——这是他最可自傲的资本，耶律濬敢称他的治下是大辽最鼎盛的时期，这就是最大的凭仗——但是，如此长时期的战争，对于保持战马的数量与健康十分不利。在农业方面，陆续征调数量可观的汉军，尤其是负责后勤与运输征调的农夫，也严重损害了各地的生产，州县守令更是怨声载道……

在这个时候，吴安国五日之内连下三城，攻破易州，侵扰南京道，的确立即将原来所有的矛盾激化了。

耶律濬心里面很清楚，军心不稳，既是事实，亦是借口！

他心中很难说不想退兵，但是他同时也寄最后一丝侥幸于耶律信，希望他能带来一个奇迹。所以，在任何别的臣子面前，他仍然坚定地支持耶律信。

即使反对耶律信的阵容已经如此庞大！不止此时在金帐之中说话的这三人，南京的萧禧、西京的耶律冲哥、雄州的萧忽古……甚至连安平的韩宝，都态度暧昧。而这大帐之内，还有那些没有表态的重臣、将领们，他们绝大多数都是站在耶律信的对立面的。

这些，耶律濬心里比谁都清楚。

尽管如此，倘若耶律信仍然坚持不退兵，那么，耶律濬也决定继续支持他！

用人不疑，疑人不用！

这是耶律濬成功的关键。或者说，这是耶律濬自己觉得他之所以能开创中兴局面的关键！之前，他选择了萧佑丹；而现在，他选择了耶律信。

既然做出了选择，那么总不可能没有考验。

耶律濬的目光移到了耶律信身上。

"耶律信，你以为呢？"

"陛下……"耶律信此时的神色间闪过一丝犹豫，这让耶律濬心中生出一阵不快，但耶律信垂首欠身，看不到皇帝的表情，仍然稍稍迟疑了一下，才谨慎地回道："臣以为，此时非退兵之时！"

"依兰陵王之见，那要何时才是退兵之时呢？"耶律濬未及说话，萧岚已经语带讥讽地质问道。

耶律信不理萧岚，继续对皇帝说道："晋国公尚在安平，雄、莫、瀛州之间尚有大批掳获未及运返国内，若仓促退兵，恐为宋人所乘……"

他的话未说完，耶律濬已经愣住了。

金帐之内，自萧岚、萧阿鲁带、韩拖古烈以下，一个个都面露惊讶之色。一时之间，他们甚至忘记了高兴。关于退兵的事，他们已经秘密谋划了许久，私下里做出了各种交换，换来彼此的支持，重新构建成一个松散的联盟。他们原本预料这将十分困难……然而，谁也不曾想到，耶律信就这么认输了！

他的话中，分明是已经同意退兵。

"那兰陵王以为何时退兵合适？"萧岚生怕耶律信还有什么花样，顾不得听他说什么，赶紧追问道。

"当在风起冰冻之日！"耶律信这次的回答十分明确。

他的话音落下，萧岚等人的脸上再也掩饰不住胜利的喜悦。其他的大臣将领贵族们也暗暗松了一口气，这也是他们期待听到的答案。而耶律信的主动让步，让他们避免了陷入公然得罪他的处境。他们还拿不准皇帝的真实心意……

耶律濬神情复杂地望着他的北枢密使耶律信，在这一刻，一种羞怒的情绪在他心里猛地燃烧了起来。

他的南征，竟真的要变成一场虎头蛇尾的笑话了！

在他的心底，他知道这不失为一个明智的抉择。

但这只能更让他恼怒！

突然，他抬起脚来，狠狠地将身边的一张书案踢翻，然后怒气冲冲地大声喝道："退帐！"

熟知皇帝脾性的大辽重臣们，没有人敢在此时触犯逆鳞。一个个伏低了脑袋，装得诚惶诚恐地退出帐外。只有耶律信神情木然地留在帐中，仿佛完全没有意识到，他正是罪魁祸首。

同一天下午，深州武强县。

"吴镇卿的回文到了吗？他究竟闹的什么玄虚？！"宣台行辕之内，石越一脸的愠色。"飞狐也烧了，易州也炸了！不遵御前会议的密令不算，连宣抚司的札子也敢不回吗？"

侍立在一旁的范翔与石鉴都很少看到石越发这么大的火，二人面面相觑，石鉴小心回道:"今日尚未收到吴将军的回文。"

当日吴安国连破三关的消息传来,宣台众人都是又惊又喜,击掌相庆,不料石越拂然不悦。反倒移牒责问吴安国。石鉴与范翔虽然在宣台掌机密文字,却都不知道内情,只隐约猜到吴安国本是奉秘计行事,结果却与原计划相差甚远,所以石越才会如此恼怒。

其实御前会议当日纵有密令,但其后石越也曾经给过吴安国便宜行事之权。虽然石越给吴安国这等权力,是为了他更好地实施最初的奇谋,但吴安国根据自己的判断随机应变本也不算违令。而他自克易州,为了避开燕京辽军的反扑,退保容城,公文回复不及时,也是常有之事。若是换了旁人,二人自然不免要为之缓颊数语,但吴安国人缘之差,便是范翔这种八面玲珑之人、石鉴这种老好人,也不肯为他多说半句好话。二人都觉得自己此时没有落井下石,便已是十分厚道了。

不过吴安国的辩词未至,石越虽然心中不快,却也只好先按捺下来。他信步走到行辕中厅一座刚刚做好的沙盘前,皱眉沉思。这沙盘由何去非主持制作,上面标示着河北河东粗陋的山川地貌,以及宋辽两军对峙的兵力分布。石越的目光在安平、河间两处移动,眼中露出犹疑之色。然后又看了看保州、定州一带,眉头锁得更紧了。

易州之捷,本是吴安国之功,但是自古以来,军队计功都是官职越高越占便宜。这桩功劳,便先落到了吕惠卿头上,然后是段子介,最后才轮得到吴安国。若仅仅是如此,倒还罢了,大宋立国毕竟与汉唐不同,行的是文官政治,讲究的是所谓"职以授能,爵以赏功",便是熙宁改制,奖励军功,赏功也是以爵不以官。军功对于文官来说,说到底也只是锦上添花的事。吕惠卿爵位已高,再立功劳,也无非是荫封,实在有了不起的大功,也不过加个三师之类的荣衔。

但石越知道事情并非如此简单,否则吕惠卿就不会巴巴地从太原跑到河北来。

果然,不出石越的意料,吕惠卿最大限度地利用了这场胜利。他先是设法说服了段、吴二人,三人联名写了一封奏捷的奏章。这原本也很平常,问题是这三人联名,段、吴二人不仅地位、资历、声望,都不能望吕惠卿之项背;论及文章学问，对朝廷的了解，那也有天壤之别。在段子介的幕僚中，正巧有一位书记官是范翔的至交，因为对这篇奏章的文采十分欣赏，悄悄记了下来，抄了一份寄给范翔。石越一读之后，便大惊失色——这根本不是一篇奏章，更像是一篇雄奇的散文，全文不过数百字，却字字珠玑，琅琅上口。以内容来看，这哪里是一封奏易州之捷的奏章？分明是一篇讨伐契丹的檄文！这数百字的短文，不仅介绍了宋辽战争之缘由、易州之战的经过，还以雄辩的风格证明了辽人入侵之不义，论证了大宋必将取得这场战争的胜利。

石越几乎可以肯定，这篇文章必将被广为传诵！

他没听说过吕惠卿幕中有什么出名的文学之士，因此这奏章多半是吕惠卿自己所写。石越知道，吕惠卿之文学才能，虽然不及苏轼、王安石，但肯定远在司马光之上。他素来把精力放在儒学经术之上，将此视为"末学"，此时却突然写了这么一篇奏章，用意昭然若揭。

这不仅仅是一篇"相如赋"，吕惠卿不止是想借这篇奏章打动小皇帝，向小皇帝示好，而且是想借此打动士林！

他并不曾掩段、吴之功，反而夸赞了段子介的火铳之利、吴安国的连破险关。但是，绝大部分人读了这篇奏章之后，恐怕都会将易州之功记到吕惠卿的身上，并且，许多人甚至产生这样的感觉——石越统兵十万而无寸功，只能与辽人僵持，而易州之捷却打破了战争的僵局！

若没有这篇奏章，吕惠卿便立再大的军功，石越也不放在心上。吕惠卿是得罪先帝的人，一个御史一纸弹章，一个"不孝"的罪名压下来，小皇帝也不会自找麻烦。更何况两府台谏之中，吕惠卿政敌林立。但石越对吕惠卿一直不放心的地方，也在于此——此人给他一个舞台，便能发挥至极致。他太懂得拿捏分寸，太清楚他要争取的是哪些人。

也许他终生都没有机会重返中枢，但他有极大的机会重新获得对新党的影响力。

石越可一点儿也不想看到这样的局面出现。吕惠卿做了太久的宰相，留下的政治遗产在新党中仅次于王安石，门生故吏不知道有多少——当他倒霉的时候，自然人人避之唯恐不及，甚而转投他党。但是，倘若局面发生变化，吕惠卿就有可能利用这笔遗产。

绍圣以来，七年间相对稳定的政治格局，随着高太后的去世，小皇帝的亲政，已经变得脆弱不堪。如若吕惠卿重获对新党的影响力，便是石越也很难判断这会带来什么。

但汴京的报纸将会写些什么，石越倒是能猜个八九不离十。

这也证明了七年以来两府诸公一直小心防范着吕惠卿，并不是杞人忧天。然而，石越终究没有想到，小心提防了七年，最后却因为他的一时不慎，还是给了吕惠卿机会。

吕惠卿是个聪明人，一击得手，便不会再图侥幸。

易州发生的事情，其实不待吴安国的回文，石越也已经知道个大概。

是吕惠卿说服段子介炸掉易州与金陂关城墙，然后与段子介带着投降的易州汉军退回定州——精明得犹如一只成精的狐狸。他们若继续留在易州，面对辽军的反扑，困守一座敌人的城池，败亡的命运不可避免。现在吕惠卿却可以在定州以休整为名，坐观成败，再伺机而动。谁也不能说他什么——大战之后，无论胜败，军队都是需要休整的，这是理所当然之事。

对此，吴安国纵然心有不甘，也无计可施。他客军远来，若无段子介供给粮草箭矢，吴安国纵有三头六臂，也不会有好下场。

而段子介也有他必须退兵的理由。易州之战，据战报来看，定州兵伤亡严重。他若继续留在易州，虽然可以为吴安国赢得更多的回旋空间，但是他自己不免九死一生；反之退守定州，他不但毫无危险，而且仅凭着此战的俘获，亦可坐享朝廷的重赏——易州之捷，足以令他扬眉吐气，一扫数月之耻。

只要将利害说明，除非段子介是个圣人，否则任谁都知道如何选择。

而作为对吴安国的报答，段子介许诺保证吴安国的粮草供应，但他只能将粮草送至宋辽边界处——于段子介而言，他已是尽力而为。无奈之下，吴安国亦只得退而求其次，权且在容城栖身。

石越的无明之火，至少有一半，是为此而发。

亏得段子介、吴安国二人，如今亦皆是声名赫赫的人物，竟然就如此被吕惠卿玩弄于股掌之间而不自知。

他冰冷的目光，又从保、定移至安平。

吕惠卿如今算是安坐在定州看戏，面对着安平、河间的强敌，石越更是不能有一点儿的疏忽。这场戏，他必须得唱好了，绝不能让吕惠卿看了笑话！

而在他的身后，还有一个坐定不安的陈元凤。虽然他大概还不可能知道吕惠卿的那篇奏章，但是，自从易州之捷后，陈元凤便几乎可以用如坐针毡来形容了。

不过，不管怎么样，石越都已打定主意，除非万不得已，南面行营五万人马，一直到战争结束，都将置于他的直接控制之下。政治上的失控他尚能承受，军事上，他绝不能容许河北战场再出意外。

十月以来，宣台已经开过数次幕僚会议，御前会议、枢密院也进行了讨论，各军主将也呈交自己的意见，宋军的战略目标已然渐渐明晰。虽然石越认为最优先目标是将辽军赶出河北，并尽可能给辽军造成损失，而不必强求战果；但综合各方面的意见，以及众人能接受的底线，大部分人都认为有希望完成的战略目标，却是至少要歼灭安平的韩宝部，并择机给予河间府的辽主部以打击。

从韩忠彦的书信、皇帝给石越的数道诏令来看，这也是皇帝能接受的底线。

事实上，无论是朝中还是军中，慎重保守派都占绝对少数。无人满足仅仅将辽军赶出河北之战果。反倒是主张将战略重点放在河间府，要求直接对辽主发动攻击的激进者不在少数。只是目前的战场态势，明显是要更加有利于歼灭安平的韩宝，御前会议与枢密院才没有支持他们的主张。

这个战略目标与石越此前与王厚、折可适所构想的颇有区别。他们原本期望尽可能将辽军拖在河北，消耗辽国的国力，并期待辽军自己犯错，从而以最小的损失完成对辽军最大的打击。即便辽军没有犯下明显的错误，当他们退军之时，也不可避免会露出破绽，他们可以用优势兵力，不费吹灰之力歼灭辽军的尾巴。

战争不必就此结束。

宋朝还可以有许多的选择。

例如，接下来，宋军可以尾随辽军进入南京道，纵兵四掠，破坏其农业设施，并继续屯兵河北，并断绝与辽国的贸易；而面对宋军在河北的重兵，辽国的大军也不能轻易解散。长期维持规模在十万人以上的常备军，对宋朝来说完全可以承受；对辽国来说，只要四五年，其经济即使不彻底崩溃，也会凋零残敝得不成样子。

三人都相信，这才是和大国打仗的方法，也是对宋朝最有利的方法——小规模的冲突，耗日持久的对峙与消耗。用战争摧毁辽国的主要农业区，封锁贸易打击其经济，用不了多久，辽国国内就会怨声载道，陷入内乱。

因此，歼灭安平的韩宝，此前对石越来说，只是一个可选项。他当然不会放过任何可以歼灭韩宝部的机会。但那不应该是一个需要勉强去完成的目标。

当日姚麟对石越所言上中下三策，姚麟口中的下策，在石越心里其实未必不可取。

然而，进入十月后，石越心里面也终于渐渐妥协了。

但要确保完成这个战略目标并不容易。

此时就主动发起进攻，胜算也就是五五之间，顶多六成。而一旦风起冰冻，辽军就更加难以对付。

辽人在等待对他们最有利的时机，就是河水结冰之时。

而宋军也在等待对他们最有利的时机，那就是辽军将要撤军之时。

为保万无一失，石越已经将折可适派往安平。

而此时，仿佛是感受到一种无形的压力，石越突然觉得，他与王厚都有必要亲自去一趟安平。

安平的指挥权在慕容谦与唐康手中，折可适只是一个类似于监军的身份，这让石越有些不放心。韩宝是一块硬骨头，要啃下这块硬骨头，也许让王厚亲临前线更加合适。而他自己若去安平劳军，也必能鼓舞士气。

老天爷这一次已经算是帮了宋军一个小忙了，十月中旬了，河北诸水居然还没有一点儿结冰的迹象，但是，谁知道哪一天会突然大降温？

时间越往后推，石越就越有一种紧迫感。

每一件可以有助于取得胜利的事，都不应该被轻视。

原本，石越是打算在大战前再派一个谟臣去安平劳军，但这时候，他彻底改变了主意，他抬起头来，对范翔说道："仲麟，速去请王将军过来。"

2

两天后。

黎明时分，安平城内城外，炊烟缭绕，战马嘶鸣。辽宋两军出操的号角声此起彼伏，两边金鼓杀伐之声更是一声赛过一声高。韩宝一大早起来，便带着一群亲兵，骑马出营，巡视诸寨。然后，他又登上安平那低矮的土城墙，观察了西边与南边的宋军营寨好一会儿。

尽管处境不是很有利，但是众人从韩宝的脸上，看到的依然是坚定的自信。从城墙上下来，便见一名偏将匆匆赶来，朝他行了一礼，韩宝轻轻额首，问道："如何了？"

那偏将欠身回道："木刀沟、唐河仍未结冰。不过，末将问过几个当地土人，他们都称当地河水冰冻，有时不过一夜北风，河面便可行车。有老人称，数十年内，唐河十月未有不结冰者。"

韩宝不置可否地点了点头，那偏将见他没别的话问，又行礼退了下去。韩宝又巡视了余下的几座营寨，这才返回他的中军大帐。

他的大帐设在安平城内一块空阔地上，由他麾下最精锐的彰愍宫骑兵拱卫着。韩宝回营时，彰愍宫的士兵们正围坐成几个大圈，在喝着肉汤。昨晚韩宝下令，将军中十余匹受伤的战马杀了，又宰了几只骡子，犒赏一下将士们。他军中的士兵们，许多人有十余天没有闻过肉味了。闻着肉汤诱人的香味，韩宝身边的亲兵们都忍不住吞了一口口水。但马上，他们都被东边的喧闹声吸引——在那儿围坐着的一圈士兵中，两个高壮的士兵正扭抱在一起相扑。围观的士兵们有人鼓掌，也有人大声喊叫着，好不热闹。

韩宝只是瞥了一眼，并未制止，便回到了自己的帐中。

自南征以来，韩宝屡立战功，地位日隆。如今他统率着长宁宫、永兴宫、积庆宫、彰愍宫、文忠王府等四宫一府约两万骑宫卫骑军，几乎占到河北宫分军的一半——大辽共计八万宫卫骑军，此番南征，随辽主南下者，本有五万数千余骑。但半年的战斗下来，或战死、或负伤、或染疾，十停里面，也已折损了一二停。如韩宝最倚重的彰愍宫先锋军，南征之初有三千虎贲之士，屡经恶战，如今也已只余二千余骑。

相比而言，河北的其余辽将，耶律信统率太和宫、萧岚统率弘义宫与彰愍宫一部、萧忽古统率敦睦宫、萧阿鲁带统率兴圣宫残部，四人所统宫分军皆不过万。虽然耶律信可以指挥御帐亲军，非他人可比，但在军事上，韩宝至少已经后来居上，地位已经超过萧阿鲁带与萧忽古这些老将。

这四宫一府的宫卫骑军，除了积庆宫是自萧忽古部抽调补充，其余诸军皆先后追随韩宝经历恶战，虽然死伤颇众，实力受损，但同时也都是百战之余，对宋军也更加了解，足堪信任。

因此士兵们便是偶尔放纵、稍违纪律，韩宝也都是睁一只眼闭一只眼，并不如平时那般严厉。与瀛、莫一带的辽军不同，安平的辽军，每个人都能感觉到大战欲来的气氛，大家虽然口里不说，但心里面都明白，一场恶战多半是不可避免了。

在这样的气氛之下，韩宝也愿意让士兵们稍稍放纵一点儿。

回到大帐之后，几个亲兵方服侍着韩宝卸了披风、宝剑，萧吼就与几名大将前来参见。与萧吼一道前来的，是长宁、永兴、积庆三宫的都辖萧垠、耶律乙辛隐、耶律雕武。这三人，再加文忠王府都辖萧吼，以及新提拔的彰愍宫先锋都辖耶律亨，便是韩宝目前所能倚重的五员大将。

四人参拜已毕，韩宝坐在一张胡床上，一面喝着亲兵端上来的肉汤，一面听萧吼禀道："晋公，累日挑战，宋人怯懦，不敢应战。末将遣拦子马四出打探，探得祁州扎了数百只草船，当是为烧我浮桥之用。唐河之上，北至定州，也探得清楚，再无桥梁。虽是如此，咱们真的只能在此等待唐河结冰吗？"

"便这么点儿日子，你就坐耐不定了？"韩宝皱了皱眉，斥道，"为将之道，忌心浮气躁。若按捺不住，便易为敌人所乘。"

"晋公教训得是。"萧吼唯唯应道，一时竟不敢再说什么。

但积庆宫都辖耶律雕武却素非韩宝部将，见萧吼不敢说话，萧垠、耶律乙辛隐也十分害怕韩宝,心中大为不满,欠身说道:"宋军这两日皆在造谣,说什么耶律冲哥将军已经兵败身死,飞狐、易州皆已失陷,河东宋军已直趋南京,军中亦颇为疑惑。众部族详稳更是四处打探,粘八葛部、室韦国、五国部、迭刺葛部与萌古[1]部尤其不安分。如今军中有粮,一切好说。只是这般僵持下去,万一哪天缺粮……"

耶律雕武说着,韩宝的脸已经沉了下去。耶律雕武所说的,正是他最大的心病——河水迟迟不冻,他的粮草却即将耗尽,何畏之又占据着饶阳,造小船快艇,巡逡河上,令他无法补充军粮。此事虽然是军中最大的机密,旁人无法知道真相,然而粮草由配给十日,改为配给五日,到如今改为逐日发放,众将自然也能知道粮草已不宽裕。

此时他已经收到密报,得知了金帐议事的结果——但是,这个结果对他并无意义,不管那边是什么结果都好,只要风起冰冻,他都必然要退兵。事实上,他的粮草也只能勉强支用十日了。

长宁宫都辖萧垠是南征以来追随韩宝比较久的将领,他与耶律雕武又素来交好,此时觑见韩宝脸色不对,连忙说道:"萌古只是小部,不值一提。五国部素来恭顺,室韦虽偶有叛乱,大体还是忠心的,只是这两部都在东京道,互相之间免不了有些怨仇,并非真的敢生事端。唯有迭刺葛部是祖宗时所谓'外十部',粘八葛部更是叛逆征平未久,这些部族,祖宗之时,也只是羁縻而已,不纳贡赋,更加不服征调。如今我大辽鼎盛,他们才不得不派出兵马,随我征战。便是偶有怨语不安,也是寻常之事,不必过于在意。"

耶律雕武却并不买账,他生得极为凶恶,黑黝黝的脸庞,瞎了一只左眼,左边脸颊上还有一道骇人的刀疤,让人一见便以为只是个莽勇的武夫。但其实他是韩宝帐下众将中最有学问的一个,不仅精通契汉文字,还熟知史事,善填词,因此对韩宝也没那么畏服,冷冷说道:"昔日符坚伐晋有淝水之败,也并非谢安辈有何了不起之处,不过输在'众心不一'四字之上。"

这帐中倒有一大半人不知道符坚、谢安是谁,但耶律雕武知道韩宝是听得懂的,也不管众人,又说道:"粘八葛乃塞北最大的部族,虽被击败,却未伤

----
[1] 宋辽时期对蒙古的称呼。

根本。只不过他们知道我大辽强盛，其部族所居之地离我大辽甚远，最大的敌人又是阻卜等部，故此才甘愿降服。粘八葛部信奉十字教，如今已与西夏结盟，共同对付黑汗，其野心不问可知。有传言说还有粘八葛部的十字僧前往南朝汴京……此次南征，粘八葛部便极不爽利，征兵之使者去得最早，他们却来得最晚，道路虽远，又何至于拖至九月才至？其部控弦之士，何止十万？却只派了一千骑兵，贡马两千匹助阵。似这等部族，便得意之时，也要多加提防，如何可以共患难？"

"粘八葛南有黑汗，东有阻卜，皆其宿敌，不足为虑。"韩宝淡淡说道，粘八葛部的叛乱是他亲手镇压的，他自然颇为了解此部。辽国其实也需要一个相对强大的粘八葛部，以此来制衡阻卜诸部，因此辽国对粘八葛，也只是要求他们纳入名义上的朝贡体系。不过耶律雕武所说的，也不可不防，因又问道："将军说了这许多话，当是有些主张吧？"

"不敢。"耶律雕武欠欠身，余下的一只右眼中，现出狡黠的光芒，"不过末将以为，驱使这些部族属国军，尤其非我契丹部族，便不能让他们太闲着。"

"将军的意思是？"

"晋公何不令其先渡过唐河抄掠博野？"

韩宝顿时愣住了。

这个办法他其实不是没有想到过，大军不到，先分出一两千骑渡过木刀沟、唐河，搅一点儿风浪出来，甚至还可以骚扰祁州。但他最终没有实行此策，因为此时的博野、祁州城一带，宋人都聚集在城镇堡寨当中，四野当中，往往数十里荒无人烟。派出一两千骑，若攻不下城寨，宋军大可置之不理。相反，韩宝倒有别的担心——他越来越不愿意在安平这个地方与宋军决战。甚至可以说，他也在有意避免可能招致提前决战的事情。

每日挑战不过是做做样子，他知道宋军根本不会应战。但是派兵渡河就不一样了……等到唐河结冰才是最好的选择，宋军可能会认为他一旦开始撤兵，对他们来说最为有利；但韩宝也同样认为，当唐河结冰，他才能真正发挥大辽铁骑的长处。

此时耶律雕武又提出来这个他心里早已否决的计划，却让韩宝又有些犹豫了。

河水冰冻的日子迟迟没能到来，而军粮却一日日耗尽，吴安国又令人意外地出现在南京，飞狐、易州失守……山前山后的局势扑朔迷离，这一切，都让韩宝开始犹豫——他也许无法再从容等待了。尽管表面上他还可以公然训斥萧吼。

正沉吟着，忽然，从城外传来一阵惊天动地的欢呼声，隐隐约约，仿佛有人在高呼着"万岁！万岁！"

众人惊讶地对视了一眼，韩宝腾地起身，便见一个亲兵匆匆忙忙跑了进来。

"出何事了？！"韩宝喝问道。

"似是南朝在劳军！"

"劳军？南朝皇帝来了吗？"韩宝更加惊讶，取了宝剑，大声道，"走，看看去！"

安平城外，步骑近四万的宋军，整整齐齐地列成十数个方阵，赤红的战旗、明亮的铠甲、锐利的长枪，在朝阳的照耀下，闪耀着耀眼的光芒。

大宋右丞相、三路宣抚大使石越身着紫衫窄袍戎服，骑着一匹高大的白马，在王厚、慕容谦、唐康、折可适、姚麟、种师中诸将的簇拥下，走过阵前。在他们的前后左右，都有呼延忠所统率的数百骑班直侍卫环绕，这些"羽林孤儿"们，皆鲜衣怒马，高举着象征军中权力的五色将旗与斧钺金鼓，在十余名钧容直所奏军乐的指引下，走过诸阵的跟前。

每走过一个方阵，都有宣赞官拖长了声音高声喊道："石丞相奉天子敕劳军！"然后便有十余数洪亮嗓门的军士高声重复着："石丞相奉天子敕劳军！"

声音响彻四野。

一时之间，四万宋军皆士气高昂。许多将士激动得脸红脖粗，只是却不知道要如何回应。须知劳军之仪，虽然古已有之，然其后却渐废，大宋军礼之中，有祃祭、阅武、受降诸般礼仪，却独无劳军之仪。劳军成了"犒军"，都吃顿美食、赏些钱帛而已。况自古以来，天子劳军也好，天子遣使劳军也罢，所"劳"的，其实都是统军大将，是以当年汉帝至细柳营，说的也是"皇帝敬劳将军"。

对于这四万宋军将士来说，大宋朝堂堂的右丞相，代表着大宋朝的皇帝，亲自到军前劳军，那的确能让每个人从心里面生出一种荣耀的感觉来。这也是大宋朝立国以来，武人想都没有想过的荣耀。更何况，这四万将士，全是所谓"西军"与"番军"，而劳军的却正是他们十分景仰尊敬的石越。在西军中倒还罢了，在文明较不发达的横山羌中，基于一种朴素的威权崇拜，那些百姓几乎是将石越当成神灵来传说的。

然而，休说这些将士，便是宣台的幕僚当中，也无人知晓这种礼仪，更没有想到要教这四万将士如何宣泄心中的感情。只是任由他们的感情如火山的熔浆一般，在心底里面沸腾着。

终于，当石越一行走过第四个军阵之时，沸腾的熔浆猛烈地喷发出来。

不知道是谁先喊了一声"万岁"，顷刻之间，十数个军阵，四万名将士，都一齐狂热地高声呼喊着："万岁！""万岁！"

这些发泄着心中激动的宋军将士，完全没有想到他们所作所为可能产生的后果。

但这突如其来的狂热的喊声，在一瞬间，却几乎将石越惊得从坐骑上跌下来。他在马上一个踉跄，虽然很快就稳住了身子，恢复了神志，但如此意外之事，仍然让他大脑一片空白。他紧抿双唇，脸色苍白，一时之间完全不知该如何应对。

惊愕失措的不止石越一人，他身边自王厚以下，众将也完全没有预料，在这一瞬间，每个人都是面面相觑，脸色大变。表情尤其难看的是走在石越身后的呼延忠与他的羽林孤儿们。几乎也在这一刻间，包括呼延忠在内，不少班直侍卫的手，下意识地搭到了腰间的刀柄上。尽管他们的脸上还混杂着惊愕与不知所措。

劳军的队伍突兀地停了下来，仿佛是在接受将士们的欢呼。

但就在短短的瞬间，许多人的心中已转过无数的念头，更多人的战袍已被冷汗浸透。

"怎么办？！""怎么办？！"石越心里面疯狂地转着，但紧张的情绪将他整个人都包了进去，此刻，他什么办法也想不出来，唯一还明白的是自背心处透来的凉意——呼延忠有多少可能在此时拔刀当场置他于死地？

就在此时，在劳军的队伍中，突然响起拔刃出鞘的声音。

呼延忠下意识地也拔出了腰刀。几乎同时，他的羽林孤儿们也一齐拔刃出鞘。

"万岁！""吾皇万岁！""皇太后万岁！""大宋万岁！"

从石越与呼延忠的身后，传来一个熟悉的声音。

两人几乎都是不约而同地在心里吁了一口气，几乎是感激地看着唐康挥舞着手中的佩刀，策马出列，从阵前驰至阵尾，不断地高声大喊着。

那近四万名心中充满着狂热的宋军将士，立时被唐康所感染、吸引，众人也马上跟着他大声喊着："万岁！"

"吾皇万岁！"

"皇太后万岁！"

"大宋万岁！"

声音在安平的四野间回荡着，连呼延忠也情不自禁地挥舞着手中的佩刀，随着众人一道高声呼喊着。

他用这种方式来掩饰着自己心中的后怕——倘若，倘若他方才莽撞一点儿……

他也是用这种方式来让自己不去想象这件事传至皇帝耳中的后果——谁都知道，这件事肯定是瞒不住的——但皇帝会如何想，呼延忠实在不愿意去多想。尽管他能肯定，皇帝最后会求证、会相信的那个人，多半就是他呼延忠。

远处。安平城墙上，韩宝一面听着几个偏将转叙着方才发生的一幕，一面饶有兴致地望着几乎狂热到极点的宋军，还有被众人簇拥、几乎无法看清的石越，良久，仿佛是自嘲般地说道："连石子明都来了，看来，南朝是真的不打算轻易放过我韩宝了。"

"来得正好，生擒石越，方是大功一件。"在他身后，萧吼不以为然地说道。

"生擒石越？"韩宝一时愕然，旋即大声笑道，"石越便不用你我操心了。"

劳军时出现的意外，彻底打乱了石越的计划。原本他打算一直留在安平军营，鼓舞军心，但是劳军之后，尽管外示镇定如常，但石越内心十分混乱，甚至惊愕、恐惧。他是熟知史事的人，知道这样的事情意味着什么。但至少有近二十年，他从未想过造反这样的事情。他既没有任何心理准备，从现实来说，更没有任何部署可言。况且,从唐康率众高呼"吾皇万岁",众军景从来看,即便这些军队高呼"万岁",恐怕也并无任何谋反拥立之意。大概这些将士只接受过皇帝阅武礼仪的训练,遂将皇帝阅武时的口号高喊了出来。

此时,石越心中不免生出一丝悔意。这样的意外,若非在宋朝,他除了铤而走险,就真的再无第二条道好走。

现在他最担忧的,还是小皇帝那边。即便出现如此情况,因为唐康应对得当,只要接下来他再妥善处置,尚不用担心自己的安危。这个事件,无非是基本宣告了他仕途的终结而已。它给了皇帝更多的筹码与借口。但石越在出任宣抚使之初,心中便已萌退意,因此倒也并不十分介怀。他真正害怕的,还是年轻的皇帝可能将这件事处理得过于轻率——倘若发生临阵换帅这样的事情,那后果就真的不堪设想。

赵煦看起来是勇于进取的,但在他雄心勃勃的外表下,实质上却是激烈而偏执的性格。倘若他相信出现一个权臣对于他的皇位威胁更大,他比那些看起来柔弱寡断的君主,更加容易做出与辽国迅速媾和的决断。以便他腾出手来,先稳定国内的局势。

无论什么时候,攘外必先安内,对于权力者而言,都谈不上是错误的选择。

即便是石越自己也没有意识到,在他身上隐藏着一种独特的性格,尽管平时温文尔雅,善于妥协,谨慎小心,但每次遇到真正的危机,他整个人反而会兴奋起来,处事远比平常果断。

为了避免出现最坏的局面,也是为了自己的身家性命,劳军一结束,石越便做出决断,他要马上离开安平的军营,只率宣台谟臣,在呼延忠与班直侍卫的护卫下,前往南面行营军中。

解释只会越描越黑,并且会损害到自己统率大军的权威,因此这无疑是最彻底的以实际行动表达忠心的方式。

离开安平前,石越当着众将的面,将安平的四万大军,包括慕容谦部在内,全部交由王厚直接指挥。王厚直接统率的威远军与骁胜军余部,也北进至滹沱河南岸扎寨。然后,除了留下唐康,自折可适以下,所有宣台谟臣都随石越一道疾驰前往东光。

便在当日，也就是十月十七日下午，石越一行已经回到武强。此时，贾岩与李浩甚至还没有接到北上的军令。但在武强稍作休整时，几乎是前后脚，石越又收到了来自河东的两道密札。

一道密札是报告在十月十五日，折克行已经攻下蔚州。据说一名年轻的将领高永年不畏矢石、率部先登，是宋军能攻下蔚州的关键。

另一个密札却是个坏消息。就在十六日上午，种朴在应州桑干河边遭遇耶律冲哥主力的狙击，神锐四军先锋数千人几乎全军覆没，种朴仅率数十骑突围。河东震动，雁代已是草木皆兵。章楶已经开始强行征募代州所有的成年男子，协助守卫雁门关、代州城，连太原也是风声鹤唳。

章楶、种朴的报告虽然遮遮掩掩，但石越还是可以猜到事情的原委。

这必定是耶律冲哥得知飞狐失守、蔚州告急，想要率兵援救蔚州，却又担忧章楶、种朴乘其后袭扰，腹背受敌。因此便冒了一点儿险，佯装率军赶援，而种朴为了策应折克行，果然率军出雁门追击，以牵制耶律冲哥，不料反而中了耶律冲哥的计谋，遂有此惨败。

但耶律冲哥也付出了代价，蔚州已被折克行攻克。

因为出现意外的变故，而石越又突然感觉到胸口发闷，他遂决定在武强多停半日，召集众谟臣商议应对之策。

此时尚跟在石越身边的核心谟臣，还有参谋官李祥，参议官折可适、游师雄，勾当公事吴从龙、高世亮、黄裳、何去非，以及主管机宜文字范翔与书写机宜文字石鉴一共九人。因为早晨在安平的意外事件，宣台的谟臣也有些人心不安。所谓"城门失火，殃及池鱼"，有时候这样的大风浪，最倒霉的反而是他们这些官员。尽管从名义上来说，宣台的谟臣并非石越的私人，同样也是朝廷的官员，但是一旦被卷入政治上的大风浪之后，谁又会真的来区分这些？此前对于这些谟臣来说，能加入宣台，意味着他们前程似锦；而此时，一切却变得那么不确定起来。每个人都不避免会有私心，此时心里面有些忐忑不安，那也是再正常不过的事。人情从来都是如此，甚至刚刚抵达武强，便有几名河朔名士扭扭捏捏地找了些借口来向石越辞行。对这些人，石越都很坦荡地礼送他们离去；但是对那些谟臣来说,他们因为是朝廷的官员,不可能做到见事不妙便脚底抹油。

众人——尤其是四名官阶较低的勾当公事——虽然未必都有明哲保身的念头,却也是各怀心思,心不在焉地传阅着石越递下来的密札。

传阅完后,石越的目光便投向折可适与游师雄,正要问二人意见,不料,坐在身边的李祥却先欠了欠身,示意他要说话。

这让众人都略觉吃惊。须知这李祥是个宦官,虽然名为谟臣,其实却带点儿监军的味道,他平素也颇守本分,一切事务并不插手,便是建言献策,也往往十分谦退。此时他主动要抢先说话,石越亦敬他几分,因笑道:"未知押班有何看法?"

李祥朝石越欠身为礼,尖声道:"丞相,下官以为,河东不足为虑,要担忧的,倒是蔚州的折克行。甚至折克行的胜负亦无关紧要,真正决定胜负的,始终是河北之局势。此时丞相欲往东光,下官实不敢苟同。"

石越怔了下,心中不由十分意外。他听得清楚,李祥这话,明着是反对他,实际上却是对他表示信任。李祥虽然也参加过伐夏之役,但他毕竟是内侍,况且并非每一个西军出身的人都可以算作石越旧部。二人关系一直都有些疏远。而若非李祥对于皇室忠心耿耿,他也不会成为宣台的参谋官。石越完全想不到,李祥竟然会冒天下之大不韪,主动宣示信任。

方在心中感慨,却听折可适也说道:"丞相,河东不足虑——这一桩事,李押班说得确然不错。种朴虽然大败,雁代空虚,太原不安,然下官敢肯定,耶律冲哥绝不会就此冒险攻入河东,他必然是要回师去夺回蔚州。"

"这何以见得?"石越回过神来,不解地问道。

"耶律冲哥精通兵法,下官观其用兵,不重一时之得失,讲究以石击卵。是以蔚州虽然告急,但他并不分兵驰援,反而宁可让蔚州失守,也要先解决种朴之后患。种朴既败,其必率大军,反扑蔚州。若能成功,反倒是我河东诸军为他所各个击破。"

"正是如此。"游师雄也点头同意,"即便种朴不利,雁代城坚,太原更是城高池深,十分坚固,耶律冲哥就算兴兵攻入代州,没有数日之功,亦难以攻下代州城。他要涤清代州各寨守军,更加困难,更不用说图谋太原。而蔚州却是肘腋之患，他非要尽快解除不可。此所谓'远水不能解近渴'。下官以为，代州如今兵力空虚，以耶律冲哥之用兵，必先遣一支偏师，攻入繁畤，骚扰代境，切断折总管之粮道，而自率主力往攻蔚州。折总管虽攻取蔚州，所带粮草必然不多，又是孤军深入敌境，一旦缺粮，蔚州便无法坚守。但事已至此，蔚州恐怕也不容有失。若能坚守蔚州，不仅可以牵制耶律冲哥，蔚州在我大宋手中，更可以占据诸多主动，令辽人寝食难安。折总管老于戎行，不会不明此理。故此当务之急，是要保证蔚州的粮草供给。"

石越默然了好一会儿，朝石鉴唤道："取地图来。"石鉴连忙取来一张地图，铺在石越座前的几案上，石越俯身看了许久，方才缓缓直起身来，幽幽叹了口气，道："未知希元若还在，又当如何说？"

希元是已故枢密院都承旨刘舜卿的表字，石越当年伐夏，倚为谋主，对他十分信任。辽国南侵之初，石越又荐他为御前会议成员，不料没多久便病故了。这次吴安国东出飞狐、蒲阴之策，亦是刘舜卿所定。当年刘舜卿的计划，是使吴安国为先锋，折克行随其后，而种朴固守河东。但这个计划早已走样，吴安国既然烧了飞狐城，折克行便不能再随之东出；折克行既然不能东出，北攻蔚州也就是当然的选择；而随之而来的，则是种朴亦不能不策应折克行……

石越的这声叹息，倒并非是责怪吴安国——吴安国自然有他的临机处断之权，他更多的倒是震惊于种朴的速败。也许，当初这个计划，就有点儿小看了耶律冲哥的能力。此时，石越对于吴安国的恼怒反倒消减了许多。

但在座众人，却并无人知道此中原委，忽听石越提起刘舜卿，全都误以为这是责怪他们这些谟臣不力，以致令石越怀念起刘舜卿来。众人心中羞愧，都不敢接话。

石越却没注意他们的心情，叹息过了，旋即说道："如今要给折克行增兵，只怕亦是远水难解近渴。除非让吴安国回去……"

"下官以为不可。"石越的话未说完，何去非已经高声反对——李祥、折可适、游师雄等人坦荡的态度，似乎是感染了何去非等人，此时他也不再去想个人未来的利害得失，而专注到眼前的战局中来。因为怀着一丝惭愧，态度也更加激奋。要知道，对于他们这四个勾当公事而言，石越于他们算是有知遇之恩的，而他们心中，也到底还是有一种士大夫的情怀的。虽然他们未必能如古时之士一样，做到对知遇之恩肝脑涂地，可对于自己的犹豫，他们心里仍然是觉得可耻的。

即便不提对石越私人的感情，以"士君子"自居的他们，难道不应该为国家而奋不顾身吗？就算不是能真的做到，但至少他们还是知道对错荣耻的。

心中激荡着这样的感情，何去非的声音也有些颤抖，不似平时从容，但他的嗓门也更加洪亮，"丞相，下官以为折克行必守得住蔚州，倒不如留着吴安国这一步闲棋，日后或有奇用！"

激动之下，何去非竟然直呼折克行的名讳，说完之后，被身边的吴从龙捅了一下，这才醒悟过来，尴尬地望着折可适。

折可适不满地瞥了他一眼，便转向石越，道："下官亦以为，与其增兵，不如运粮。"

"粮草简单，可着段子介押送。"石越道。

但折可适与游师雄等人都是一阵苦笑。

游师雄小声说道："丞相，自定州运粮至蔚州，只能靠人驮。"

石越一愣，叹了口气，道："覆巢之下，焉有完卵。某非不知定州百姓赋役已重，然亦只得调发民夫，除此别无他途。"

众人听石越这么说了，便也都不再说话。见在座诸人都没有别的意见，石越便叫过范翔、石鉴，让二人拟了一道给段子介的命令，让他遭使联络折克行，准备军需粮草供应。写完之后，又给李祥、折可适、游师雄看了，众人再无补充，方用印封好，着人星夜送往定州。

议妥了此事之后，自石越以下，众人都缄口不提李祥反对石越前往东光之事。石越忽又觉得胸闷有些加剧，便散了帐，自己回去歇息。

二十余年来，石越身子一直颇为健朗，几乎从不得病，今日突然不适，他也没放在心上。石鉴却不放心，着人请了个医生来。但无论是军中还是武强，都没什么名医，找来两个医生，把了半天脉，也说不出个所以然，遂胡乱开了张安心养神的方子。石鉴着人熬了药来，石越却也懒得去喝，只令人煮了点儿肉汤送进来。

肉汤尚未喝两口，外头便报折可适求见。石越便将肉汤丢到一边，让服侍的班直侍卫收拾了，便整了衣服，去见折可适。

折可适见着石越，行过礼，便即说道："丞相，下官退下去又想了想，还是觉得李押班所说之事，极有道理。"

"李押班说的何事？"

"便是丞相不可前往东光之事。"

石越没有料到折可适专程前来说的竟然是这件事情，当时李祥所说，他也就当成一种姿态而已，并未当真。他惊讶地望了折可适一眼，见他表情十分认真，便沉默了下来。

许久，才说道："遵正，天下之事，难以尽如人意。"

"下官并非不懂。"折可适郑重说道，"然丞相何不令南面行营移营阜城？"

石越沉吟了一下，仓促之间，他原本也不曾细思，这时不觉点了点头，道："如此亦好。"

折可适见石越答应，又说道："丞相去南面行营，恐怕陈元凤不会太乐意。"

石越冷冷地哼了一声，"这却由不得他。"

折可适轻嗯了一声，小心地说道："依下官之见，若依圣意，南面行营当是由李都知统领的……"

石越知他之意，因笑道："这个某自是知道。某果真硬要将陈元凤差开，也并非做不到。不过有时候多一事不如少一事，不便多生事端。"

折可适连忙抱拳说道："是下官多言了。"

"遵正亦是一番好意。"石越摆摆手笑道，"不过遵正尽管放心，此前某是无暇理会南面行营之事。如今既然是我亲自到了那里，陈元凤也罢，李舜举也罢，却皆由不得他们……"

这话却让折可适颇吃了一惊，他本以为石越必会因为安平之事而多有顾忌，哪知道石越看来竟然似是毫不介怀。他哪里知道，石越当年也是受过富弼耳提面命的，处理这些事情，岂是寻常官员可比？若是没出这事，他或会束手束脚；出了此事，心里面他自有分寸，可至少外表上，他是定要大张旗鼓以示无私的了。

折可适自是难以明白这些，心里既佩服，也松了口气。

却听石越又说道:"战场以外的事,遵正尽管放心。"

"是。"折可适连忙应道。

石越又笑道:"如今我最担心的,倒是生怕叫韩宝给逃了。唐河终究是不太可靠,若能将一支人马,神不知鬼不觉地插到博野……"

这个问题,其实非但折可适,只怕宣台每个谋臣,河北的每个宋军将领,都曾经想过。石越以前不问,自是知道没什么良策,同时他心里也很从容,此时虽是谈笑着说出来,却也无意中流露出他内心的想法——直到此时,对与韩宝决战,他都没有多大的把握。而且,他比以前更加渴望能够取得一场大胜。

但折可适只能摇摇头,冷静地说道:"别说想瞒过韩宝几乎不可能。辽主与耶律信的大军便在左近,岂能容我四面包围韩宝?这样做只能令辽军狗急跳墙。留出唐河这条退路,并且坐等冰冻之前方与之决战,不仅是要利用辽军退兵可能露出的破绽,最要紧的,是那时辽主与耶律信也可能会同时退兵,多半还会稍早,如此可以令其救援不及。若是辽主与耶律信要等待韩宝先走,那下官还是以为,我军不妨纵韩宝北撤,以一支人马阻止其回援,而将主力移向河间,只要阳信侯能拖住辽主一日,我军便能赶到……"

"那是不可能的。"石越不由得笑了起来,"让辽主为韩宝断后?还有那许多的贵人?耶律信没这个能耐。真要退兵,辽主与那些贵人,肯定是要先走的。耶律信最多便是亲率一两万人马断后,策应韩宝。但那样的话,田烈武与何畏之足以牵制住他。"

"这倒是。"折可适想了想,不觉略有失望。

石越心思却仍在安平,也叹道:"看来,只能相信王厚了。"

3

十月入冬的河北,鸡鸣一遍的时候,天还是黑蒙蒙的。但环州义勇都指挥使何灌已经从床上起来,披挂整齐。当他走到营中校场的时候,他的三百余名部下已经牵着各自的战马,整整齐齐地在校场中列队等候。扫了一眼这些部下,何灌的心中不由得泛起一丝苦涩来。

当初他们从环州出发的时候，是整整一千人，到达河北的时候，实际有九百六十四人。屡经大战，一大半熟悉的面孔都已从面前消失，除去不到两百名被送往东光养伤的伤员，到如今，便只剩下了这么点儿人马，其中有相当的人马，是在他们攻下饶阳之后损失的。攻取饶阳后，何畏之给了他们一个几乎是九死一生的任务。他们要靠着简单的地图，分成一个个的小队，穿过人生地不熟的河间府，往东直达君子馆，往北要渡过几条河流，深入博野。他们负责刺探辽军的情报，以便宣台可以随时掌握辽军的动向。为了完成任务，他们虽然小心翼翼地避开辽军的大队人马，却免不了会与小股辽军遭遇，发生恶战。许多人就此失踪，一去不返。

直到三天前，也就是十六日，因为辽军突然侦骑四出，加强了对肃宁、君子馆周边地区的警戒，环州义勇意外折损了十余人，何畏之才不得不下令暂停行动。这让何灌暗暗松了一口气。自从与辽人作战以来，功劳簿上没少记他的名字。几天前，雄武一军的都行军参军褚义府特意来恭喜，他打听确实，宣台叙功，他因屡立战功升了两阶，很快就将荣迁翊麾校尉，只待朝廷批准了。大约战争一结束，他就会离开环州义勇，去某处担任军行军参军或者营副都指挥使——褚义府之意，大约是想试探他的口风，希望他去雄武一军。不过仁多观国已经直接告诉他，不必去理会褚义府的拉拢，即使他战争结束后止于翊麾校尉，唐康也会荐他一个兵部主事的职位——由武资转文资，虽然必须降一阶，但任谁都知道后者更有前途。大宋的七品官不知道有多少，能在六部中谋个主事差遣的又有几何？但是，何灌并没有很高兴的感觉。这几日间，他大部分时间都在处理一些琐碎的杂务。自从熙宁以来，宋朝对军队制度进行了许多改革，有些变化是微不足道的，比如普通士兵薪俸、奖赏的发放方式——但这些细节上的完善，对于普通士兵来说关系重大。环州义勇有不少士兵的薪俸是直接由家属在环州州衙支领的，但也有一部分将士是随军支领，还有许多人的奖赏并未支领，只是记在账上……何灌一笔笔地将这些账目厘清，以便日后能将这些钱交到战死将士的家属手中。

领着这三百余人出了早操——这是环州义勇多年以来一直坚持的习惯——

此时包括神射军在内,其余各军的将士都还没有起床。何灌让士兵们回营歇息,等着开早饭,自己又亲自带了几个人去滹沱河边取水。远远的,还没到滹沱河边,何灌忽然听到脚下"咔嚓"一声,他心中一动,弯腰低头看去,却见他的一只脚正好踩在一小块冰上。他拎起一块冰片来,看了看,又抬头望了望西边的滹沱河。码头一带,靠着岸边密密麻麻停了许多运粮的小船,还有几个人正摸黑朝这边走来。

何灌连忙丢掉手中冰片,迎了过去。那几人见着何灌,都吃了一惊,慌忙朝他行礼。何灌打量他们一眼,识得有一个人是东光来督运粮草的陪戎校尉,因问道:"你们这是去哪儿?"

那陪戎校尉欠身回道:"回何将军,下官是去何昭武请令的。"

"请令?"

"是。昨晚刮了一夜北风,河边的水洼都结冰了。老梢工都说这滹沱河结冰也就是一两日的事了,船若不划回东光,便要冻在这儿,哪里也去不了。"

"那你们去吧。"何灌点了点头。他才朝河边走了几步,忽听到身后有快马疾驰而来。他停下脚步,转头望去,却听一个熟悉的声音在马上喊道:"宣节,宣节!"那是他军中的一个亲兵。那亲兵策马跑到跟前数步,便勒住坐骑,翻身下马,小跑过来,禀道:"宣节,昭武召见。"

何灌不敢怠慢,连忙骑了他亲兵的战马,往饶阳城驰去。

他赶到何畏之行辕时,见行辕内外平静如常,通传之后进到中厅,也不见何畏之麾下其余诸将,只有何畏之一人背着双手,在看一幅画在丝绸上的地图。何灌参见已毕,便叉手侍立一旁,听何畏之问道:"仲源,来的时候,你可发现今日有何异常吗?"

何灌一时也不知道何畏之问的是什么,小心回道:"下官并未发现别的异常,只是方才去到河边,发现河边的水洼已经结冰……"

"你去了河边?"何畏之赞许地点点头,道,"昨夜骤寒,非止河边的水洼,行辕旁边的池塘也结了一层薄冰。"

"不过河水尚未冰冻……"

他话未说完,何畏之已经皱起了眉头,打断道:"仲源,为将者,切不可刻舟求剑，拘泥不化。"

何灌被何畏之突然一顿训斥，脸上羞红，一时不敢再说话。

何畏之严厉地看了他一眼，语气稍转缓和，又说道："自从我大军与辽人对峙以来，自宣台以下，众将聚议，皆以为辽人退兵是迟早之事，而退兵之时机，必要等待河水结冰……"

"仲源你如此想，亦不足为奇。但日后你若独领一军，便要时刻记住，所谓辽人退兵云云，不论多有道理，直到辽人真正退兵之前，都只能算是我辈一厢情愿的推测。这天下并无未卜先知的神仙，只要是推测，便难免有意外。若忘了这个意外，便难免要吃大亏。你一人之死，一人之辱，不算什么，然累及国家，到时候就将你千刀万剐，亦无法弥补。"

"昭武教训，灌当牢记于心。"何灌几乎羞愧得无地自容。

何畏之这才点点头，又叹了口气，说道："以仲源之材，他日必为国家大将。只盼仲源那时能记得，文官忠于朝廷，不过死谏而已，一死则名节全。然武将不同，身为统军大将，只要兵败，便是辱国。你便战死沙场，不失大节，那也是有负国家。"

"下官一定铭记。"

"以眼前之事来说，辽人便是退兵，这河水冰冻，亦只能是大概言之。辽主与韩宝虽然相距不远，然到底已被我军分割两部，所谓约期退兵，那只能是纸上谈兵。瀛、莫一带，辽人有大批的掳获、辎重，还有数万被掳军民，辽人果真要退兵的话，瀛、莫之辽军必会先走。他既要先走，便不能坐等河水真的结冰。"

何灌已经明白何畏之话中之意，"昭武是说辽主与耶律信可能已经开始退兵？！"

"辽军突然加强警戒，绝非无因。"何畏之断然说道，"不过辽主若果真开始退兵，也瞒不了多久。某不是虑其退兵——耶律信若肯老老实实退兵，于我军倒是一件好事。以大宋如今的能耐，真能吃掉韩宝，便是肚皮也将将要撑破了。况且若真能全歼四万辽骑于唐河之畔，那便是契丹建国以来前所未有之败。如此功业，亦不让于卫霍了。"

何畏之这番话，何灌心里却不甚服气。他此时不过二十七八岁，也是年轻气盛之时,只不过他性格沉稳,又在上官面前,自是不会出言反驳。何畏之却不知他心里在腹诽,他所学虽然也算是纵横家一路,可以性格来说,却也是惜言如金的,不过对何灌怀有惜才之意,才如此多费唇舌。

何畏之又说道:"现今可虑者,一是耶律信并不肯老老实实退兵;二是辽主若退兵,章参政与阳信侯贪功追赶。"

何灌不由大感诧异,问道:"昭武是否过虑了?河间兵马精壮,阳信侯虽统兵未久,却颇得众心,纵是与辽主列阵而战,亦未必能吃多大的亏,何况是追击?"

何畏之瞥了何灌一眼,轻轻摇头,长叹一声,道:"仲源如此想,亦不足为怪。岂止是仲源,但是宣台子明丞相,亦是如此想。这是只知其一,不知其二。阳信侯善抚部众,将士亲附,能得死力,此是阳信侯所长。然阳信侯的短处,却也正是过于仁厚,其能将兵,却不能将将。某对阳信侯知之甚深,其一生领兵,最多不过一营将,如今却统数万之众,要令众将服膺,如臂使指,非其所长。是以其在河间,自保有余,至于进取,则无能为也。"

"纵是如此,河间尚有章参政……"

"章参政虽然亦算知兵,然其为人刻薄严苛,能用法而不能用仁。剿梅山蛮或可,将数万之众与契丹战,亦非所长。"

"二人不能取长补短吗?"何灌问道。

"这二人若能合成一个人,便是一时名将。然两个人便是两个人,倘只有一人还好,二人皆在,河间众将,只会怨章参政,而轻阳信侯。此二人若仅是守成,休说是耶律信,便是韩信复生,亦奈何不得,若图进取……"说到这里,何畏之不由得摇了摇头。

何灌却是将信将疑,道:"既是如此,昭武何不谏之?"

"某劝谏便有用吗?"何畏之冷笑一声,"这都总管之任,便是子明丞相,亦不能完全做主。章参政素来刚愎自用,现今又是简在帝心,我何畏之何许人也?其岂肯听我之谏?他方欲立功使皇上知道,此时劝谏,他非但听不进去,反会更加急迫。劝谏之人,亦会招致他的忌恨——旁人忌恨我,某是不怕的,然若得罪章参政,某没有这个胆子。"

"那阳信侯……"

"阳信侯会违背章参政的命令吗？只要不违背他所谓'忠义'，便是明知必败，他亦会不折不扣地去执行罢？"何畏之讥道，"仲源日后可莫学阳信侯。武人的大义，是要不择手段，为朝廷赢得胜利。若不能打胜仗，再如何仁义礼智信，又有何用？"

何灌唯唯应着，心里却始终是将信将疑。不过他此时能肯定的是，何畏之与田烈武，的确也算是代表武人两种信念的极端。

何畏之讥讽完田烈武，这才又说道："河间府的闲事，某管不了，只好听天由命。可耶律信若不肯老老实实退兵，我的麻烦便大了。我饶阳这数万之众，便是为了切断韩宝与耶律信之联系的。结冰之后，韩宝不仅可以北渡唐河，还可以东奔与耶律信合兵，到时候，我军便要挡住他东奔。否则，一切经营，皆成流水。阻挡韩宝还好办，若耶律信遣数千人马自东而来，与韩宝夹击于我……"

"阳信侯当会牵制……"

"牵制！哼！"何畏之轻哼了一声，"对友军，不可不信，亦不可全信。若完全不信任，这仗也没法打。可若太过于信任，只怕世上无后悔药可买。"

这个时候，何灌已经隐约猜到了何畏之召见自己的用意。

果然，便听何畏之问道："仲源知道某为何要你将环州义勇全部召回来吗？"不待何灌回答，他又接着说道，"因为环州义勇已经只余下三百余骑，再也损失不起了。我兵力有限，不能分兵去应付耶律信的夹击，这桩大事，便要落在仲源的环州义勇身上。"

何灌心中暗暗叫苦，极勉强地说道："可下官麾下，已只有三百余人。"

"对环州义勇来说，足矣。"何畏之不以为意的说道。说罢，他示意何灌凑到地图前面来，用手指着唐河的一条支流——原来其时唐河由太行山发源，流经灵丘、定州、祁州、安平、博野，转而往北，在高阳关北部注入诸水泊与南易水，但此河流经博野时，却又分出一条支流，连通饶阳以北的滹沱河北流，[1]这一条支流，不仅分出许多的水量注入高河，而且正好便在肃宁的南面，切断了肃宁与安平之间的陆路交通。

---
[1] 前文亦称高河。

"木刀沟几乎不可能限制辽骑。"何畏之说道,"要限制韩宝,能凭借之地利,唯有唐河。真宗皇帝时,为防御契丹,在河北采取层层布阵之策,重兵集于大名,前锋便在唐河。当年层层布阵其实并无不妥,只是其时骑兵太少,各阵之间只能各自为战,凭着坚城硬寨与辽人周旋,却不能主动出击与辽人野战,到底还是被辽人避实击虚,绕道而过。是以当年唐河无甚大用。不过如今却是时移势转,这区区一道唐河,便可以让韩宝坐困穷途。"

"耶律信若要遣兵来接应韩宝,自然要从此处渡河。"何畏之指着地图上唐河的那段支流,眼中尽是寒意,"平时某遣快舟携硬弩往来巡视,防止辽人悄悄搭设浮桥,尽可能阻隔其往来联系。结冰之后,快舟便不能用了。此时便也阻隔不了辽军往来。因此某要仲源率本部人马,携数日之粮,先行潜伏至此处。"

何畏之的神色变得冷峻,语气也转成了不容置疑的命令,"此前某已经报请宣台,令工匠在东光赶制了数千枚炸炮。这些炸炮无甚大用,然使用得当,勉强可以封锁住这一二十里河段。埋设炸炮需要神卫营,这十余年间,神卫营的人力物力几乎全用于火炮,便是在各神卫营,擅长埋设炸炮的人也不会太多,多半都是当年参加过伐夏之役的,如今大小也是个校尉了,这些人某便是向宣台讨要,宣台也不会给。而除了神卫营……"

何灌露出会心的笑容,笑道:"除了神卫营,擅长炸炮的,便也只有我们环州义勇了。"

"正是。"何畏之点了点头,严肃的脸上也露出了一丝笑意,"不过这炸炮麻烦之极,一阵雨雪,一大半都会报废。也不能过早被辽人发觉,他们若有了准备,破解起来亦很容易。这数千枚炸炮不止花了朝廷一大笔缗钱,而且调用这些工匠,等于少造了许多霹雳投弹。若是便这么报废了,或是被辽人轻易破掉,这仗打完之后,只怕没那么容易撕掳清楚。"

"昭武尽管放心。"有了这数千枚炸炮,何灌此时的底气立即充足多了,心中马上想出一个计策来,笑道,"下官偶得一策,当可策万全。"

河间府。

面积并不算很大的河间城内,如今密密麻麻驻满了军队。除了田烈武的云骑军、苗履的宣武一军、张整的铁林军以及驻守河间的神卫第十六营四支禁军以外，还有一支所谓"河间兵"——这支部队最初只是章惇招募的巡检，在章惇东山再起，再拜参知政事工部尚书兼宣抚副使之后，便循各地之例，改名为"河间兵"，兵力也迅速扩充到一万人，稍嫌寒碜的是，这支"河间兵"只有二百余名骑兵。

自从战争开始以来，宋朝便一直存在着一个致命的软肋——他们无法快速补充损耗的骑兵与战马。而因为社会结构与兵制的不同，宋朝是不可能存在"家丁制"的，也就是说，他们的绝大部分骑兵，都是不可能有所谓"辅兵"的。这个特点进一步加剧了宋军的损耗。

而他们的对手——辽军传统上不仅每名正兵配备两名家丁，而且这两名家丁中，有一名是可以骑马作战的，当进行攻城作战或者重要的攻坚战时，辽军便往往使用家丁冲锋陷阵，因此辽人常常极为得意地自夸他们的正兵很少损失。

虽然辽军的这个传统其实早已崩坏——当萧佑丹重新整顿宫卫骑军制度之时，即意味着辽人的传统早已经不能持续——但辽军的家丁制，仍然部分地保留了下来。尽管在辽国，生活习惯与社会结构同样正在发生无法逆转的巨变，哪怕继续维持一个可以骑马作战的家丁，也已经很难做到。事实上，萧佑丹能够成功改造宫卫骑军制度，使其重新复活，便已经是天时地利人和缺一不可的奇迹，任何人都无法要求更多。

但是，正如在历史中无数次出现过的那样，传统仍然具有一些意想不到的生命力。在一些个别的宫分军中，仍然拥有能够骑马作战的家丁。即使在传统已经崩坏的宫分军中，家丁的意义也不仅仅是提供骑马轻装步兵或者后勤运输人员，他们是一种更全面的辅助兵种，不仅平时可以令其主人得到更多的休息，以专注于作战，在关键时刻，家丁们还能保护他们的主人免于战死、受伤，或者助其更快康复。

而对于宋朝来说，这却是不可能做到的。这不是一种简单的军事制度，而是要求宋朝改变其骑兵部队的社会阶层——即便如此，可能也还不够。因为在宋朝普遍实行的是契约奴婢制度，除了一些例外或者是品官阶层，奴婢对主人的依附性已经普遍降低。[1]

当然，最根本的原因并不在于"家丁制"，而在于宋朝有限的骑兵兵源与战马储备。尽管在可以预见的将来他们都不可能达到辽国的水平，可在绍圣七年的时候，宋朝这方面的状况几乎可以称得上窘迫。

这个软胁令得短时间内，石越竟然无力补充骁胜军的兵员，更加无法重建拱圣军。

而在河间府，更是对比鲜明。

宣武一军与铁林军虽然在辽军的作战中也有不小的损失，却总是能够迅速就地补充兵员——甚至不需要降低对兵员素质的要求。因为宣武一军与铁林军薪俸优渥，其最普通的士兵的收入，也已经足够维持一家五口在汴京的温饱生活。按绍圣初年最终确定的兵制，普通节级士兵十到十五年后必须退役，到时即使不愿意去朝廷安置垦田的地区，十几年下来，只要节省一点儿，也能攒下一笔钱来，回河北购置几亩薄田绝不成问题。更何况宣武一军与铁林军财大气粗，只要被其征募，当即便发给总价数十贯的粮食与财物，作为安家之费用。这对于河间府内那些朝不保夕的逃难百姓是无法抗拒的诱惑。

而同在河间的田烈武的云骑军想要征募新兵却困难重重。云骑军的薪俸虽然要低一些，但河间府的物价也远不及汴京，加入云骑军亦不用背井离乡。倘若云骑军只是一支步军的话，其吸引力绝不应在宣武一军与铁林军之下。可现实却是，田烈武想要补充一点儿兵员，比神卫营还要困难。

困难来自很多方面，而且几乎都无法解决。首先田烈武没有足够的战马。在战斗中，战马的损失往往比骑兵更大。云骑军原本是一人两马，如今已经变成了两人三马。此外，云骑军也不能临时征募从未骑过马的士兵从头训练。于是，田烈武只能开出赏格，吸引会骑马的壮士带着自家的马来投军，同时高价收购民间马匹。

这样做并非全无效果，但对于想要重建第一营的田烈武来说，失望仍然不可避免。

....
[1] 在当时的时代，家丁制必须以某种奴婢制度为基础，这是不言自明的。或者也可以说，在当时的时代，一切家丁制或者类似于此的制度，最后都不可避免地会转变成为某种奴婢制度。

最终还是章惇帮了他一把,将河间兵的几百名骑兵白送给了田烈武,田烈武这才勉强凑齐了六百人,又从其余四营中抽调了三百人,总算重建了第一营,算是给了李昭光一个交代。

但章惇的慷慨,也令得河间兵成为一支纯步兵,两百余名骑兵,对于一支上万人的军队来说,连最低要求都没有达到。

章惇自然并不在意这些,他无意控制任何一支军队,区区河间兵更加不放在他心上。甚至可以说,他对是否能建立军功也并不在意。在他心里面,这些只是朝廷的"鹰犬"们该做的事,而他,却是"朝廷"的一部分,他是替皇帝控制"鹰犬"的人。他需要在河间府立下功业,只是因为他需要向皇帝,同时也需要向与他一样同为"朝廷"一部分的其余人证明,他拥有这样的能力。

他已经是皇帝的一个选择。

他当然不会满足于参知政事、工部尚书,他的目标毫无疑问是左右丞相。一人之下,万人之上,成为主宰政事堂的那个人。

为此,章惇需要更多的筹码。

如果田烈武能够有所作为的话,他又何惜几百名骑兵?

可惜的是,章惇已经十分清楚,田烈武的才具有限。

这位阳信侯已经是河间府知府,但他并不具备治理河间府的能力。田烈武足够勤勉,也懂得一些民情,甚至在断案上也有一些小才能,但他缺少信心,只要有同僚与他发生争执,他就会退却,往往一桩小事也要反复讨论。他也常常识别不出官吏的奸猾险恶之处,易为人所欺。他既少威严,又缺乏智术,对于各种敕令法律更是全然不通,单是赈济逃难百姓、维持河间府物价,便已让他焦头烂额……在章惇看来,田烈武治民的能力,勉强也就能做好一个中等县的县令而已。

幸好他总算还颇有自知之明,最终听从了章惇的劝告,将一切民政事务交由河间府通判去处理,自己专心去做他的右军行营都总管。

但即便如此,章惇也并不满意。

凭仗着田烈武的信任,都总管司内,自负谋略的张叔夜几乎无事不预。而田烈武所统诸将,苗履乃西军将门之后,其父是王韶部下先锋大将苗授,他自束发从军，屡立功勋，既有才干，出身又好，免不了跋扈刚愎，更难将田烈武、张叔夜放在眼里；张整则是侍卫出身，在东南、西南镇压蛮夷，屡立奇功，历任陕西、河北诸军，号称名将，章惇深知其人外谦内傲，极难统御……田烈武倘若是个文臣还好，宋朝以文制武，早已深入人心，驾驭二人或还不成问题。但田烈武不仅少了个文进士的出身，其在军中，至战前也就刚刚做到云骑军都校——无论资历、功勋、能力，较之苗、张二人都差得极远，虽然机缘更好，官做得更大，然而要令二人服气并不容易。

右军行营之中，有了这三个人，田烈武这个都总管，也就是拱手而已。

在章惇看来，若无他在河间坐镇，右路的局势不知道会有多乱。也许真的会如当年君子馆之败时一样，诸军号令不一，招来大败。而在章惇眼里，田烈武唯一的好处也就听话、好支使而已。

也因此之故，章惇这个宣抚副使，俨然便是右军行营都总管司的太上总管。河间城内本有四大衙门——宣抚副使衙门、河北路提刑使司衙门、右军行营都总管司以及河间府衙，章惇为判府事时，河间府衙便已经是第一衙门，而自他再拜执政之后，他不仅是对河间一府的军政民政事无不统，甚而北至雄、霸、高阳关，东至沧州，章惇都视为自己的管辖范围。对高阳关的柴贵友、赵隆，他自然是严令其只能听从自己的命令；甚至对霸州的蔡京——虽然蔡京也是宣抚副使——章惇也一样将其视为下僚。在章惇看来，这是理所当然的，即便同为宣抚副使，然而他是宰执，蔡京不过一转运使，二人地位便是天壤之别。不要说是蔡京，便是所谓"御前会议"，章惇也没放在眼里——在他看来，御前会议乃非常机构，而宰执之重则是祖宗之法，二者孰贵孰轻，根本不必多说。

章惇的做法倒也合乎法理规制。大宋朝宰执之贵是毋庸置疑的，即便是在蔡京那儿，也是的确将章惇视为上官。只是这究竟合不合乎人情，章惇就根本不曾考虑了。即便是考虑过，他大概也不会太在乎。

章惇并不觉得自己是喜欢揽权。反而，他认为是蔡京、田烈武辈太过无能，他才不得不亲力亲为。倘若能将两人中的一个换成何畏之，他都会省事许多。

随着时间的推移、战局的变化，这样的感觉在章惇心里越来越盛。

第十三章 汉渡留冰

十九日的清晨,当饶阳的何畏之与何灌商议妥当,开始准备船只与各色军器,计划着何灌的"万全之策"之时,河间城内的章惇也同样感觉到了气温的骤寒。

对于雄、莫、河间之辽军的动静,章惇可以说是了若指掌。

早在十五日,莫州的辽军便开始了一次大规模的退兵之举,数万被掳的军民在辽军的押解下北行——这是自战争开始以来,最大规模的一次类似行动。因为押解人数不多,当时田烈武便想让高阳关的赵隆率兵伏击这支辽军,但是被章惇阻止。章惇认为在这个时候,在高阳关维持对辽军具有一定威胁的兵力才是最重要的事。

但田烈武对此颇为不满,十六日两人便各自拟写了一封札子,呈送宣台——这并无实质意义,因为十七日,这几万被掳军民便抵达了雄州。根据其后探马所探知的情况,这些被掳军民在瓦桥关没有停留,而是继续北行。不仅如此,自辽国南京道内,辽军更派出了几千兵马,前至界河北岸接应。

然而,在十五日开始的这次行动之后,辽军却又安静了下来。

这证实了章惇的判断,这次行动既是一次预演,也是一次试探,甚而可能是一个圈套。但不管怎么说,辽人的的确确开始在为退兵做准备。

紧接着,在十八日,章惇知道了安平发生的事情。

尽管他没有将此事看得过于严重,却仍然不禁要怀疑石越能否继续掌控全局——倘若石越失去这个能力,理所当然地,章惇认为自己应是继任者。他绝不会坐视大好局面就此崩溃。

同时,章惇又移牒蔡京,严令他一旦辽军开始退兵,霸州之宋军要尽其可能给辽人制造麻烦,甚至狙击辽主。石越的胃口很小,韩宝的四万之众便可以令他满足。但若是不能从辽主与耶律信身上咬下一大块肉来,章惇是不会满意的。

这与石越部署给他们的战略任务并不矛盾——宣台要求他们牵制住辽主与耶律信,绝不可令其西援韩宝,一旦击退辽主与耶律信,宣武一军与云骑军便要抛弃一切辎重,轻骑急行,分别向博野、保州穿插,从背后梯次狙击韩宝。

这是为了防止韩宝平安渡过唐河而准备的后手,从博野、保州、遂城、安肃军,最后也许还会加上意外出现在容城的吴安国……层层狙击。

但是,章惇没有任何理由认为他近五万兵强马壮的精兵,便只能干这点儿打杂的事。

至少在这一点上，章惇与苗履、张整、张叔夜还是有共识的。

尤其是张整，他吃过耶律信一个大亏，表面虽然从来不提，骨子里面却是做梦都想着报此一箭之仇。铁林军每日的操练之严，连苗履都有点儿看不下去。

若是平日，章惇自然不会管这些将军们如何带兵。但这日起来，章惇喝了一碗米粥，信步走到河间驿的后院——为了节省开支，他的行辕便暂设于驿馆——突然看见院内一口池塘水面结了一层薄冰，之后他便改变了主意，决定应该劝诫一下张整。如今大战在即，无论如何，铁林军都该以养精蓄锐为主。说起来，张整当年还是章惇推荐简拔的，对章惇一向十分敬重，章惇的劝告，张整是一定会听的。

这么想着，章惇便张口唤道："章礼。"

"小的在。"一个亲随不知从何处闪了出来，出现在他的面前。这个章礼跟随章惇已经有十余年，很是熟悉他的脾性，见章惇张了张口，却又皱眉不语，当下只是躬着身子，也不敢多问。

过了好一会儿，才听章惇说道："你去请阳信侯与苗履、张整两位将军过来。"

章礼应了一声，方退到后院的门口，便见一个校尉快步跑来，脸色凝重。他识得那校尉是章惇辟任的亲信之人，连忙退到一边，让那校尉进院。

那校尉也不客气，快步走到章惇面前，行了一礼，低声禀道："参政，辽人退兵了！"

章惇愣了一下，旋即大声喊道："章礼，快，快去备马！"

4

虽然早有心理准备，但当十九日辽人开始退兵的消息传至阜城之时，宣台的气氛还是马上变得紧张起来。所有人都知道，他们筹划了几个月的事情，很快就要知道结果了。而这成败之间，不仅关系着宋辽两国几十年的国运，其影响所及，天下各国都能感受得到。

一时之间，从安平到阜城，从饶阳到阜城，从河间府到阜城，从霸州到阜城，传递消息的士兵快马加鞭，尘扬于道，往来不绝。

在这个时候，石越与他的谋臣们已经根本无暇再去考虑在安平劳军时发生的事情。而让石越稍觉意外的是，李舜举自不用说，便是陈元凤也对他十分恭谨。不过他此时也没有太多精力去琢磨陈元凤的心思。也许陈元凤是因为石越落到了他的掌握之中而故意如此；也许他只是害怕吕惠卿而愿意暂时与石越和解；也许他有什么别的目的……但石越此时已不能为这些事情分散精力。

此时没有什么比对付辽人更重要。

辽军的退兵果然不是同时进行的。十月十九日，辽主颁布班师诏，但在安平，韩宝看起来似乎一点儿也不着急，每日的举动与平时没有任何区别。而在河间府，辽军退兵的方式也与以往不同，他们并没有十万，甚至数十万大军同时行动，而是分批次地逐步退兵。

先行退兵的是辽主的御帐，皇帝耶律濬与一干亲贵的大臣、勋戚、重要部族首领，在黄皮室军一万铁骑的护卫下，从容归国。与之同行的，还有众多亲王、贵戚、部族首领的私兵近两万骑，以及他们掳获的财货子女——这一行人，仅装载财物的大车连接起来，便有十余里长，一眼望不到头，而随行的宋朝被掳军民也有数万之众。

这样一支庞大的队伍，行进起来必然缓慢，而沿途皆有宋军觑视，并不安全。为了迎接辽主的凯旋，并且防备容城的吴安国，不仅有萧阿鲁带率兴圣宫残部担任前锋，连南京的萧禧也亲自率五千骑前至归义迎接。而瓦桥的萧忽古亦派出骑兵，四散戒备，以应付霸州的蔡京、燕超与高阳关的赵隆。

据此前探到的情报，此时留在河间府的，至少还有三万骑左右的皮室军与宫分军。此外还有数量不明的渤海军、汉军、部族属国军，这一部分军队的数量最多不会超过三万，也许只有一万左右。此外，从肃宁至君子馆、莫州，至少还有五万以上被掳的军民，以及堆积如山的粮草、财货等辎重，还有随军的牛羊——包括辽军自己带来充当食物的和他们在河北抢掠所得的，至少有数万头。

与安平韩宝的窘迫不同，辽主与耶律信这边，因为后期粮道的畅通，粮草反而意外充足，只是再充足也没有用，因为耶律信根本没有办法将粮草运给韩宝。

而这些粮草,到最后也不可能带回国,最终只好付之一炬。这也是当时战争常有之事,大量的资源会被浪费,分配永远不可能合理。这一点,就算是经验丰富的宋军也不能避免。

虽然石越与他的谟臣们的目光始终聚焦在安平的韩宝身上,但是,这样坐视耶律濬大摇大摆地回国,免不了要招致许多不忿。陈元凤接连给石越写了三封札子,力谏他令河间宋军与蔡京部自东南两面出击,不可轻易纵辽主归国。李舜举也数度向石越进言,要他下令蔡京与燕超对辽主进行袭扰。

二人的官职在宣台众谟臣中都是极高的。陈元凤是宣抚判官,李舜举是提举一行事务,都是位在诸总管之上,可以代替宣抚使行使军事指挥权,实权甚至更重于宣抚副使。这两人提出建议,石越也不能随便置之不理,只好邀集谟臣连夜密议。

众人商议许久,终于勉强达成共识。既然耶律信还有大量无法抛弃的辎重,那么袭击辽主就不是当务之急。耶律濬顺利回国,实际上反倒是削弱了耶律信的兵力,而且辽主与众多大臣勋戚归国,留下来的辽军就会更无战意。这是御驾亲征必然的弱点,皇帝亲征能激励士气,相反,皇帝若先走了,就会释放出更加强烈的信号。纵使耶律信治军有道,但是他恐怕也难以令皮室军与宫卫骑军以外的部队维持士气。况且此时辽军在瀛、莫、雄州之间,总兵力仍然雄厚,又可以互相支援,此时发动进攻,未必能占到便宜,不如继续等待,寻找机会袭击耶律信的辎重。

其实石越颇为了解章惇的为人。此公绝不是会先请示宣台再作战的人物,既然连他都沉得住气,没有此时进攻耶律信,可见他也是认为时机并不合适。即便宣台给他下了命令,也只会招致他的轻视。章惇是绝不会执行这种"乱命"的。至于蔡京就更不用说了,所谓"吃一堑长一智",有利可图时,蔡京绝不会落人之后,但想让蔡京和辽军去拼命,那断无可能。此君有的是办法来应付上司。

陈元凤对此自然极不满意,但因为李舜举也被说服,他孤掌难鸣,只好作罢,转而建议让南面行营北进瀛州,[1] 如此宋军就能在瀛、莫一带形成对辽军的兵力优势,甚至可能获得两场胜利——无论如何,歼灭耶律信都比歼灭韩宝更有诱惑。

---

[1] 河间府之旧称。

石越知道陈元凤的心思，陈元凤虽然有一些军事经验，但从未经历过真正的战阵，不知道战争的凶险，他是以为有机可乘，便急于抢功——比起石越来，陈元凤可能更加嫉恨吕惠卿在易州的成功，也许他连吴安国、段子介都一并恨上了。此外，石越将宣抚使司移至南面行营，固然是向皇帝表示忠心，可对陈元凤来说却是极不舒服的，他也急于摆脱石越。但这也是陈元凤对章惇缺少了解的缘故。

可是这些话是无法明说的。而陈元凤的这个建议的确很有吸引力，甚至连石越都有些动摇，但他心里认定南面行营与右军行营绝对无法协同作战，总算还是抵住了诱惑，借口东光、阜城乃保证大军粮草供应的重镇，必须有重兵护卫；又宣称必须留一些兵力策应各路，以备非常，拒绝了陈元凤的建议。宣台其余谟臣虽然多有心动，但众人也多知道陈元凤的心思，更不敢违逆石越，要么置身事外缄口不语，要么就附和石越，反对陈元凤之议。

对于南面行营的这陈、李二人，石越在武强之时心中就定下了策略，便是打压陈元凤，笼络李舜举。因此，他虽然拒绝了陈元凤之议，却为了笼络李舜举，又采纳了李舜举的建议，同意令横塞军进驻北望镇，以宣武二军驻阜城，骁骑军则进驻武强。

做出这番安排之后，时间已经是十月二十一日。在阜城，李舜举与南面行营都总管王光祖开始忙着调兵遣将，而石越每日则忙于与折可适等人处理大量的军机事务。从十九日开始，气温一日低过一日，二十日晚间更下了一场小雪，黄河水面已经结冰，只是冰面还很薄，行人无法通过。但这足以令永济渠与黄河等河北诸水的水路运输全面中断，宋军的一切粮草军需的运输，必须全部转由陆路。虽然早已经有一些准备，但真正事到临头，仍然免不了有千头万绪的事情。除此之外，他的一大半心思系于等待河间、黄河以及蔚州的报告。

耶律信的下一步如何行动？黄河的冰面厚度到了什么程度？还有，此时正与耶律冲哥苦战的折克行部的命运如何？

此时的几个战场，最重要的莫过于安平，最凶险的却是蔚州的折克行。以绝对劣势的兵力，守卫一座刚刚夺下的敌人的城池——城内的百姓中只有敌人，没有盟友。只能靠着定州运送粮草与箭矢、火器，因为转运艰难，这些补给永远都是杯水车薪，而且必须靠老天保佑才有可能及时送到。一旦连续下上几天的大雪，就算段子介再怎么努力，也很难将补给送至蔚州。而折克行此时只能指望段子介——果然如折可适等人所料，耶律冲哥派出了一支偏师攻入繁峙，章楶自顾不暇，根本管不了折克行的粮草。

而对于宋军来说，粮草就是一切。战争是不公平的，宋军的补给从来都比辽、夏这些国家的军队要更加困难，因为若要一个宋军的士兵保持士气与战斗力，口粮的标准可能需要是辽军、西夏军队的数倍甚至是十倍。这样的事情在整个世界都极为平常，有一个国家的士兵曾经如此评论：我们生在富裕的地方，不可能和那些穷鬼吃一样的东西。[1] 宋廷为军队制造了各种干粮，但这些干粮从来都不能也不可能成为主要的军粮供应方式。不仅士兵如此，连战马也是一样，宋军的战马不吃谷、麦就不行——这既由于饲养习惯，也因为他们承受不起战马的损失。但是辽军的战马有时候啃点儿草就打发了，因为在某些时候，对辽人来说，运输战马口粮的成本甚至远远高过损失战马的成本——可对宋军来说，就算战马的来源得到极大拓展，也无法如此计算成本。战马永远都是一种紧缺、昂贵的资源，区别只是程度上的。[2]

在宋军中，也许只有吴安国的河套番军这样极少数的例外能与辽军一样吃苦耐劳。而折克行的折家军大概不能归入其中。

因此之故，宣台对折克行部的命运私下里都感到悲观。

而所有这些，都已经超出了石越的掌控。

他做了他能做的与该做的。

接下来的事，他必须信任别人。尽管，结果未必会如他所愿。

自从发现辽主开始撤兵，阳信侯田烈武便再也不曾睡过一个好觉。

为了及时察觉耶律信的行动，田烈武派出了十几拨探马，都是他从云骑军

---

[1] 这是十五六世纪某欧洲国家士兵的话。参见年鉴学派之名著《菲利浦二世时代的地中海与地中海世界》第一卷。
[2] 据沈括《梦溪笔谈》所记载辽夏战争之经过，则其时辽军之战马并不依靠运输供应草料，而以野外天然之草料为主要来源。小说中，已假设辽军吸取了当年战败之经验——盖当年元昊大破辽军，便是靠着烧光草场，兼施缓兵之计，使辽马数日无食，遂有大败。至于宋军战马必须靠转运供给草料，相关记载史不绝书，毋需赘言。

中精挑细选出来的，不仅骑术、武艺好，而且要聪明机灵，更重要的是，他们或是本地人，或在河间府生活已久，对本地的一草一木都十分熟悉。

田烈武在汴京时，颇读过一些兵书——因为朝廷许多有识之士不断上书，再加上石越的努力，宋廷早在熙宁年间就已经开放了兵书之禁，虽然这导致许多古代兵书也大量流传到了辽国、西夏等地，但是普通的宋朝士人同样也能轻易地从官立藏书楼中借到兵书研习。这个改变在宋朝的士人中带来了一种引得许多旧党人士颇为不满的风气，一些士人刻意谈论兵法来标榜自己。多数人的目的也的确并不单纯，他们或者是为了迎合某些宰执权贵，或者是故意标新立异。在旧党看来，这与他们追求的社会淳朴风气完全是背道而驰的。但对田烈武，这却有明显的好处。他的悟性有限，而大部分的兵书讲的道理却都很深刻，文辞又过于典雅，若没有人细加解释，田烈武是无论如何也看不懂的。而这些士人的出现，很好地帮田烈武解决了这个问题。他们总是能很通俗易懂地解释清楚每一句话，并且还能举出无数的战例来帮助他理解。讽刺的是，田烈武并不知道，他的这些老师们其实也只是表面上理解了这些兵书而已。当真正明白那些兵书背后所讲的道理之后，田烈武的理解便远比他的老师们要深刻。

许多兵书上都提到用间的重要性。它们反复强调，间谍是统帅最信任的人。不过，如今宋朝的情况发生了变化，枢密院亲自主管间谍，此外便只有极少数边帅可以派遣自己的间谍。但即使如此，营将以上的实际统军将领，每年都有一笔数目不菲的额外款项，供将领们灵活使用。这笔钱的使用受到监督——但实际上难以做到，因为枢密院的条例规定，诸如在陕西、河北、河东的禁军，这笔钱的三分之一可以用于各种间谍之事——于是，例如在河朔禁军，这笔钱几乎无一例外都被贪赃了，西军与东军的情况也好不到哪里去。田烈武上任后便发现，他的前任不曾在探马身上额外花费过一文钱。

而田烈武却将每一文钱都毫不吝啬地花在了探马身上。他了解他们每一个人的家庭，亲自帮他们解决其自身无法解决的麻烦，允许他们随时向自己禀报所探知的情报，即使他在睡觉，他也要求自己的亲兵随时将他叫醒。

辽军的退兵并非一帆风顺，在这样的时刻，极容易发生意想不到的事情，在辽主退兵的队伍中甚至出现过骚乱。辽国两名皇族因为白天争道大打出手，虽被制止，但晚上其中一方仍旧不忿，想派私兵悄悄杀死对方掳夺的"奴婢"，谁知那些私兵找错了地方，误放出数千人来，结果引起一场骚乱。其时辽人骚乱的地方便在君子馆附近，苗履与张叔夜皆力劝田烈武利用这次机会，趁乱夜袭辽军。但张整与颜平城等人都不以为然，而章惇又主张持重，田烈武才只好作罢。

但河间诸将至少在一件事上是有共识的，自田烈武以下，每个人都相信辽军还会有一次退兵。为了有备无患，这些天田烈武被叫醒的次数多得让他最后干脆决定穿着内甲睡觉。

耶律信治军极有法度，却也极为自负。他让辽主先走，数日之后，再让那数万俘虏走，自己亲率精兵断后。如此便能做到井井有条，虽退不乱。探马探得萧岚还在君子馆，便是证据——萧岚多半便是第二批退兵辽军的主帅。而章惇对此比田烈武等人更有信心——他的理由在田烈武看来有点儿匪夷所思——章惇十分肯定地宣称，将这些掳获安全送回辽国，是耶律信最后的机会。

不过不管出于什么理由，在这件事上至少众人并无分歧。

但对于如何应对此事，诸将的意见大相径庭。

章惇力主避实击虚，以主力牵制耶律信，另以轻骑追击退兵的辽军，只要解救被掳的军民即可。而苗履、张叔夜则主张以一部牵制耶律信，以主力追击辽军，务要将之歼灭，甚至趁机切断耶律信的归路。张整没有什么意见，不过田烈武心里明白他其实跃跃欲试——不管执行哪种方案，最后都轮不到他的铁林军追击，他只能是面对耶律信——而这显然正是他期待已久的事。

但是，客卿颜平城与田烈武最信任的一个参军刘近从根本上反对这样做。

从心里来说，田烈武认为颜平城与刘近是对的。便如二人所说，右军行营的任务是配合宣台的既定之策——歼灭韩宝部。要达成这个目标，耶律信的实力越弱越好。对他们来说，阻止耶律信接应韩宝，配合中军行营狙击可能渡过唐河北窜的韩宝，才是第一位的。为了完成这个任务，即便耶律信毫发无伤地退走也无所谓。二人也认为众将有些轻敌，耶律信并不好对付，辽军始终扼守君子馆要道，追击也好，牵制也好，难免会有一场恶战。若是出了差错，后果不堪设想——无论如何，终不能凭借着何畏之那点儿兵力来阻止耶律信接应韩宝。

但从感情上来说，田烈武做不到那么冷血无情。

眼睁睁看着辽主押着那么多大宋军民北去，他就已经自责得吃什么东西都觉得索然无味。如今还留在瀛、莫的数万被掳军民，无论如何，田烈武都做不到置之不理。

他此生都记得石越当年在陕西对他说过的话。

他成为武人是为何事？他统兵打仗是为何事？他让自己的爱子亲上前线是为何事？

有些东西是必须要守护的，不能用胜负得失来计算。

田烈武相信他如此做，不算有违宣台的节制。他觉得，即使是真的如颜、刘所料，他的行动影响了宣台的大策，然而，在解救五六万被掳军民与全歼四万辽军之间做选择，石越也会同意他的选择。

所以，他也义无反顾地支持章惇之策。

随时随刻，他都与河间府中数万将士一道，兵不卸甲，等待着探马的报告。

田烈武最后一遍巡视完河间城防，自北城下来时，城内的更夫刚敲过二更。亲兵已经牵了马在城下等候，田烈武上了马，突然感觉到手背上一点儿冰凉。他抬起头来，便见夜空之中，一片片比米粒还小的雪花正在缓缓飘舞、落下。

"郡侯，又下雪了。"与田烈武一道巡城的参军刘近也已经上了马，伸手拍了拍身上的袍子，一面感慨地说道，"这场雪下下来，不知道要何时才能停了。"

田烈武点了点头，心里却闪过一丝忧虑，他突然想到，要与辽军雪战的话，云骑军可从来没有过雪战的经验。昨日起来，田烈武发现云骑军居然没有一个人出早操，大感惊讶，召来李昭光等人相问，才知道过去一到冰雪天气，云骑军的将领们因为怕损伤战马，全军都是放假休息，如此上下习以为常。因为前天晚上——也就是二十日晚上那场小雪，于是众人皆理所当然地睡起了懒觉。此事还招致了宣武一军与铁林军的嘲笑。其实这种事，若在过去并没有什么大不了的，但自从熙宁年间颁布诸军《操典》后，宣武一军与铁林军这样的精锐禁军还是执行甚严的，除了规定的假日，寻常雨雪天气皆操练如常。因此在他们眼中，云骑军已成了异类。

但刘近不知道田烈武在想这些。二人一边按辔徐行，走了数步，刘近又笑道："不过如今便下雪也没什么了，冬衣早已发给各营，说起来，那位陈判官果真不凡，石丞相确是知人善用。"

田烈武不由愕然，怔了一下，才反应过来他说的是身兼随军转运使一职的宣抚判官陈元凤。

"仁祖时，家父也曾在陕西军中做过巡检，当日下官曾听家父说过，那时将士的冬衣从京兆府运到各边郡，往往秋天出发，第二年春天都不一定能到。那还是太平时节，打仗时更甚，有时车马拥塞于道，十天半月动弹不得；有时小吏糊涂，发给延州的东西，结果送到了秦凤；有时候请的袍子，送来的却是靴子……"

这种事情，田烈武也曾听过不少，便笑道："有时候也不好全怪转运之人，自古以来，转运都非易事。"

"郡侯说得一点儿没错。"刘近点点头，道，"家父也曾说，若有人能将转运之事做得一点儿都不出错，便是计相也做得。是以下官才觉得那位陈判官非寻常之人。"

"这应该是子明丞相之功。"田烈武说着自己的判断，"丞相用兵，从来都是将转运放在首位的。陈判官虽是随军转运使，但这转运之事，我敢肯定，丞相是要亲自过问的。"

"石丞相以文臣而知兵事，的确令人钦慕。"刘近点点头，突然转头望向田烈武，说道，"不过下官有一事不解——郡侯既然也颇许石相之用兵，为何明明有宣台之成令在前，却反要从章参政之令呢？"

"绕了这么大个弯，原来你为的是此事。"田烈武瞥了刘近一眼，微笑道。

刘近在马上抱了抱拳，道："郡侯恕罪，下官身为参军，不敢不尽言。"顿了下，又说道："章参政虽然是宣抚副使，可郡侯才是都总管，军中之事，自当决于郡侯。而河北之事，朝廷许之石丞相，亦当以宣台为尊。况且下官也曾听人议论，道章参政之策恐怕是出于私心。狙击韩宝难，却是石丞相之功；而救此五万军民易，则是他章参政之功。还有人说，章参政用意不在于此，便救了这五万军民，他还是想要对付耶律信的……"

刘近只管说着，直到田烈武的目光移过来，注视着自己，才猛然闭嘴。

田烈武淡淡地看着他，过了好一会儿，才说道："这些话，休要乱说。此皆是军中机密之事，知者寥寥，如何会有人议论？"

刘近脸上一红，田烈武又说道："这些全是无稽之谈。我同意章参政之策，并非因为他是参政或宣抚副使。章参政也不是你说的那种人，朝廷之事，刘参军到底知之甚少。你可知道，朝廷的相公执政中，实以章参政最清廉？休说什么私心，章府几位衙内，至今未有一官半职，也不敢惹是生非，只是安心读书。此是有私心者所为吗？章参政不过为人严苛一点儿，可到底仍是个君子。"

刘近心里不以为然，却不敢反驳，但心中并不甘心，况且与田烈武相处已有时日，渐渐知道他的性子，也不是如何惧怕他，反又问道："下官失言，诚非所宜。只是郡侯为何会同意此策？便能救此五万军民，亦不过一时之利；歼灭韩宝，才是真正伤到契丹的筋骨，果能获此大捷，从此契丹震动，恐怕再不敢兴南下牧马之意，这才是事关大局。若纵韩宝遁去，契丹食髓知味，日后更不知有几万军民受害。孰轻孰重，一望可知！"

田烈武沉默了下来，只是轻轻地叹了口气，半晌没有言语。

过了许久，刘近才突然听田烈武说道："并非如此。"

他愣了一下，正要说话，却听田烈武又说道："我觉得，若是对这五万百姓见死不救，便是真的全歼了韩宝，打赢了这场战争，我们大宋，也非真正的强国。肯为五万百姓的性命而放弃全歼四万强敌机会的大宋，才是真正强大的大宋。"

刘近下意识地张口想要反驳，却一时说不出话来，将田烈武的话在心里慢慢咀嚼，竟不由得痴了。

二人骑着马，沉默地走了好远，夜空中的雪越下越大，落到刘近的身上，他也没有感觉。过了很久，田烈武又忽然说道："那才是我想为之战死的大宋。"

不知怎的，这有些没头没脑的一句话，狠狠地敲在了刘近的心上。

肃宁寨。

位于滹沱河北流北岸的这座小城，原是宋朝在河间府地区的军事要寨之一，在辽军南征之后，此寨被辽军攻取，又成为辽主驻跸之所。如今，辽主已经颁诏班师，御驾已经在回国途中，但肃宁寨仍有数万辽军驻扎，城垣内外依旧是营帐相连，密密麻麻，一眼望不到尽头。

对于不知底细的人来说，这成千上万外表看来几乎一模一样的营帐，完全无法分辨，走进其中，便仿若迷宫一般。但对于任何一个辽军将士来说，这些营帐如泾渭一般分明。哪些是御帐亲军，哪些是宫分军，哪些是部族军，哪些又是属国军，绝对不会有人搞错。正如宋人从来都不可能分辨清楚十二宫卫，却没有一个契丹人会将此弄错。

而在这些营帐之外，肃宁城外最引人注目的，则莫过于城东那十来座简陋的木城。不像宋军营地有木栅、营墙、沟壕，守卫森严，肃宁的辽军营地全都按契丹古法，杂乱无章地随地扎营，甚至只有部分营地用大车简单围了一个圈权作营墙。这种扎营之法，与大辽一向重攻轻守的传统有关，辽军防范敌军偷袭的方式，是四处派遣拦子马，而不是将自己围在墙垣之内。但东边那十来座临时搭建的木城，却皆用一两丈高的木栅围成，木城之间有高耸的望楼，城外还有上百骑的辽军日夜巡逻。那里与肃宁城外的辽军营地虽然相隔才一里左右，却显得格格不入。

"护营，那些木城便是辽人关押被掳军民的地方。"

这些木城北边数里的一片水泊畔，几个身着黑袍的人站在一片芦苇丛中，远眺南边的辽军营地，一面低声交谈着。在月色的冷晖之下，依稀可以看出领头之人的面容，竟赫然是武卫二军第三营护营虞候杜台卿。

而先前说话之人，便是第三营的行军参军曲英。

杜台卿冷冷地望着南边的那些木城——辽人仿佛全不害怕发生火灾，他们总喜欢在营地中到处生起彻夜不熄的篝火，即使在这样雪花开始飘舞的夜晚，这些篝火也不曾熄灭。借着这些火光，他能很清楚地看到那些木城的全貌。

辽人的戒备看起来并不严密，但是，从他们潜入此处的经历便可以知道，大规模的兵马行动绝对瞒不过辽人的耳目。就算他们这几个人，若非有夜色的掩护，曲英又精通契丹话，也断难至此。若曲英没有出错的话，他们再往前行，就算是在夜晚，也一定会被辽人发现。

杜台卿绝不会怀疑曲英的判断。

在这场战争中，他们能够生存到现在，靠的就是互相信任。而且，武卫二军第三营营一级的武官，如今也只剩下三个人了——赵隆、杜台卿、曲英。正如曲英已经不是当初那个普通的行军参军，杜台卿也已不是当初的那个军法官。他这个护营虞候，如今已经有点儿名副其实了——在熙宁改制之前，大宋禁军中的虞候并不是所谓军法官，而是统领着所部最精锐部队的将领。

虽然他麾下的精锐部队，如今也就只有九十余骑而已。如果不算上高阳关的守兵的话，那便是他们如今仅有的骑兵。

在辽军与宣台眼中，他们第三营都已是无足轻重的一支力量，特别是他们又接连在萧忽古手里吃了几次大亏后。不过杜台卿并不会妄自菲薄，他并不关心宣台如何看他们——与宣台的联系，是由雄州知州柴贵友负责的，他与赵隆官职卑微，没有这样的资格。而柴贵友自逃至高阳关后，便蜷伏于关城，从未离开过高阳半步。杜台卿只知道，辽军若敢小视他们的话，一定会付出代价。

赵隆的步兵也已只有五百余人，真正列阵而战的话，他们的确已经不堪一击。

但他们还拥有别的兵力。

辽军虽然攻占瓦桥关，控制了这条南北交通要道，但是，他们远远不能真正控制雄州。整个雄州，到处都是水泊，还有不利于骑兵通行的稻田。为了对付辽军的打草谷，如今雄州到处都是结寨自保的村庄。赵隆派出胡玄通四处联络这些村庄，并且从高阳关借给他们弓箭支持，在雄、莫与高阳关之间，这样的村庄总共有数十个。若有必要，他们可以召集起数千人马来。

也许他们仅仅是乌合之众。

但也许，他们并不仅仅如此。

"……每座木城都关着数千人，还有一些人被锁在辽人的营帐之中，供他们随时差使。"曲英继续低声说着，"据前几日抓的那个辽人的供词，耶律信仍在肃宁，辽主留给他两万皮室军。凭我们的兵力，难以力敌。"

"但我们仍然有机可乘。"杜台卿轻声说道。

"护营说得不错，然而也只能随机应变。"曲英的话中略有些沮丧与无奈，"宣台与阳信侯何时与辽人交战，到底不可能告诉我们。若是河水结冰后，阳信侯大举进攻肃宁,我们便可自后方偷袭。护营也看到了,他们的营地到底防范不严,运气好一点儿的话,我们便能攻破那十余座木城。平时肃宁与河间府之间,只有几座石桥相连,阳信侯要进攻并不容易……"

"就算结冰,阳信侯也未必敢如此。"杜台卿不由得摇了摇头,"何况耶律信一定不会等到河水结冰还不撤走这些掳获的。"

"那,护营之意是?"

"萧忽古那老贼如今忙着应付辽主退兵的那拨人马,又要防范燕霸二州,只要我们不去雄州,他大约是没空来理会我们了。"杜台卿忽然说了一句似乎是离题万里的话,他伸手掸了掸积在肩头的雪花,道,"走,先回高阳关吧。"

曲英默默点了点头,众人正要转身离去,便在此时,从辽军营地那边隐隐约约传来三更梆子声,紧接着,便是一阵人马嘶鸣的喧嚣。

众人不约而同互相看了一眼。

过了一小会儿,曲英低声道:"护营,我去看看。"

杜台卿默默点了点头。

曲英见他答应,猫下身子,转眼之间,便消失在夜色中。

大约过了几刻钟,杜台卿听到前面的芦苇中传来几声蟋蟀的叫声,很快曲英又出现在众人面前。杜台卿望着他有些潮红的脸,正要相问,曲英已经兴奋地说道:"辽人又开始退兵了,是木城里的俘虏。所有的木城……"

三个时辰后。

天刚刚放亮,河间府的文武官员,包括田烈武与章惇、苗履、张整、张叔夜、颜平城、刘近等人在内,都披挂整齐地登上了河间城北面的城楼。从下半夜开始飘起的小雪,越落越大,此时已将河间城裹上了一层银装,城外眺目所及,也已变成一片苍莽的雪原。但众人均无心欣赏这美丽的雪景,每个人的目光都投向了东北方向那还依稀可见的黑点。

"田侯,斥候说辽人有多少人马押送?"章惇的声音便同这天气一样寒冷。

"大约有一万骑左右。从旗号来看,既有宫分军,亦有部族军。"田烈武沉声回道,瞥了一眼苗履与张整,张整脸色一如既往的苍白,苗履的黑脸上却兴奋得透出红光。

"吾当以上驷对其下驷,以中驷对其上驷,可期必胜。"章惇望着田烈武,郑重说道,"田侯,这数万河北父老,便拜托了。"

田烈武朝章惇欠身一礼,转过身来,望向众人,沉声道:"苗将军,请你率宣武一军,北上君子馆,追击辽军,此战只求解救被掳的五万父老,不可与辽人缠斗。一击得手,即刻返回。"

"苗履领令。"苗履得意应道,但田烈武没有立即给他将令,又转头望张叔夜,道,"张叔夜听令。"

张叔夜连忙跨出一步,躬身行礼。

"令你与李昭光率云骑军第一营,随苗将军北上追击,听苗将军号令。"

张叔夜与苗履对望一眼,齐声领令,急步走下城楼。

田烈武又看了看脸上带着一丝不易觉察冷笑的张整,说道:"张将军,待苗将军出城后,辽军一旦察觉,必当有所行动。到时便请张将军的铁林军与本侯一起出阵,务必令苗将军无后顾之忧。"

张整微微欠了欠身,也退下城楼。

章惇却有些惊讶,望了田烈武一眼,问道:"田侯如何不马上出城?"

田烈武摇了摇头,笑道:"不急。"

"如何不急?"章惇却有些急了,道,"田侯不速速出城,扼守两桥,若是耶律信先过了桥,铁林军是步军,却奈之何?"

"参政莫急,下官本就不打算扼守两桥。"

"不扼守两桥?"章惇不由愣住了。他又转过头,北眺城外,这一条滹沱河北流,逶迤穿过河间府、莫州、雄州、保定军、霸州、信安军、清州等河北七州之地,注入黄河,也将这片大地割成两块。这河间府、君子馆、莫州都在河的东南边,而肃宁却在河的北边。河的北边有众多水泊稻田,根本没有大路存在,并不适合骑兵与大队人马行动。而宋朝在河北地区最重要的南北官道,河间府与莫州段的绝大部分都在滹沱河南边与东边,辽人南下北归走的也都是这条官道。而从肃宁至君子馆,连接滹沱河北流南北两边的,便只有两座石桥。耶律信要出兵牵制河间的宋军追击,当然也要经过这两座石桥。虽然几个月来,两桥一直在辽人控制之下，但是辽人并没有在桥的两边部署兵力。只是宋军一旦靠近，就会被武力驱逐而已。因此在章惇看来，最好的办法当然是抢在耶律信之前，扼守两座石桥的南边，与辽军隔桥而战。如此辽军虽然兵多，却无用武之力，而宋军擅长阵战的优势更可得到充分发挥。对宋军更加有利的是，君子馆的辽军此刻将无法策应肃宁的辽军。而相反，倘若令耶律信过了石桥，铁林军是步军，谈何牵制辽军？耶律信想与之战便与之战，不想与之战便扬长而去。难道铁林军还能追着一支骑兵的屁股跑不成？到时候宋军反而会被各个击破。

"参政，非下官不想去与辽人扼桥而战，而是耶律信必有准备，我军若匆忙前去，只怕反为其所乘。况且辽军离桥近而我军离桥远，要抢在耶律信的前面赶至桥边，绝非易事。"田烈武知道章惇心中想的什么，耐心解释道，"既然争之不过，不若另寻出路。参政亦不必担忧，苗将军所部皆是骑马，只要他不好勇逞强，耶律信即便过了河，也奈何他不得。"

章惇没想到田烈武会明言他做不到在耶律信之前抢先赶到桥边，心中虽然有些不满，却也只好问道："既是如此，田侯又有何良策？"

"谈不上有何良策。"田烈武老实说道，"兵法不过两桩事，或守或攻。下官既然找不出守的好法子来，便只好去攻。"

"攻？"章惇大吃一惊。

田烈武却是无可奈何的样子，苦笑道："正是。下官打算盛张旗鼓，大举进攻肃宁。肃宁还有不少的积蓄粮草，下官以为耶律信不至于真的弃之不顾。"

章惇仿佛是第一次认识田烈武，反反复复将田烈武从头到尾看了几遍，却什么也没有再说。分兵之后，田烈武已只有两万数千人马，在他看来，这完全是在与耶律信对赌。

他正准备转身下楼，忽见一人急急忙忙走来，见到章惇与田烈武二人，单膝跪倒，行礼禀道："参政、田侯，护城河结冰了！"

"什么？！"章惇与田烈武都是一惊。

那人以为二人没听明白，又大声禀道："方才发觉，护城河已冰厚数寸，可以行马。"

"天意……"章惇看了田烈武一眼，轻声叹道，"天意！"

稍早，天还未亮，安平。辽军大营。

"昨夜木刀沟已经冰冻，人马通行无碍。拦子马探得清楚，唐河也已经冻住，可以行人马，不过要骑马驱驰，恐怕还有些勉强。"萧吼站在韩宝面前，躬身禀报着。

"恐怕我也不能再等了。"韩宝低声说道。他站起身来，走到帐内的一根火炬旁，打量着那跳跃不定的火焰，过了一小会儿才又说道："诸公都知道了，粮草已只能支数日之用。尤其是战马的草秣严重不足，再拖三日，马也要饿肚子。马若没力气，如何打仗？不瞒诸公，倘若两日之内再不结冰，我便要向西突围。"

"向西？那边可是有数万宋军。"萧吼吓了一跳。

"好过坐以待毙。越过木刀沟，杀进真定、定州。"韩宝眼中露出一种野兽般的凶光。

萧吼一时不敢再多说什么，他知道那样的话，宋军一定会追击阻挡。在那片狭长的区域内，他很难想象能否有一半人安全突围到定州。也许会全军覆没，也许会出其不意……那是所谓"孤注一掷"。不过，不会有人知道那样做的结果了，而他也不想为不会发生的事多操心。

耶律雕武显然也抱着与萧吼同样的想法，"如此说来，晋公已决定北进？"

"便在今日。"韩宝沉声说道，"早上令各军饱餐一顿，将余下的粮草全部分发下去。前日我已令各军每人准备一束稻草，也要带上。过河面时，将稻草撒在冰上，人马便不会打滑。"

众将都知道韩宝马上要下达战斗命令，齐声领令后，都屏气凝神。

"早餐之后，若无风雪，便点燃一切带不走的东西……"

第十四章

归师穷途

不归圣笔立中制,谁其当罪谁其贤。

——韩琦《读刘易春秋新解》

1

绍圣七年，十月二十三日，清晨，北风，雪停。

安平，滹沱河北岸。

王厚身着铁甲，骑了一匹黑马，面无表情地望着南边的滹沱河——他的一个亲兵正在河面弯着身子敲打着，未多时，只见那亲兵取了一块厚厚的河冰，小跑着回来。王厚只是冷冷地扫了一眼，便示意那亲兵将河冰递给身后的将领们传看。

与此同时。

横山番军营中的一座望楼上，一身貂袍的唐康与身着铁甲的慕容谦并肩倚栏而立，眺望着东边安平城的辽军。

"感觉今日辽人有些不同寻常。"慕容谦抿着嘴，低声说道。

"河冰已厚得可以过马。"唐康点点头，笑着说道，忽然又感慨了一句，"韩宝委实是够沉得住气了。"

"然尚不能过车。"慕容谦笑道，"我若是韩宝，还会再等一两日。"

"为何？些许车辆，何足可惜？"唐康不解地问道。

"对我大宋来说，自是如此。对辽人来说，却未必如此了。"慕容谦回道。

唐康却不以为然地摇了摇头，"可对面的辽军，辎重也好，掳获的我大宋军民也好，甚至家丁也好，皆比一般的辽军要少许多。显然是送到耶律信那边去了，甚至已经送归辽境亦未可知。于兵法来说，这本就是一支'轻兵'，与寻常辽军不同。"

"康时说得不错。"慕容谦微笑道，"不过对辽人来说，却不可能有真正的'轻兵'。"

"唔？"

"因为辽人兵制如此。"慕容谦道，"就算是宫分军，金银细软，也定会随身携带，难以信任他人。更不用说那些部族、属国，难道辽主与耶律信说一声替他们将掳获财物送至辽境再还给他们，他们便肯相信吗？"

唐康一时默然，过了一会儿，才说道："如此，撤退的时候，他们更加不会抛弃这些财物。这可真是人为财死。"

"不错。"

"如此说来，韩宝亦不会在今日撤兵了。"唐康的语气中，竟透着一丝失望。

"那却未必。"慕容谦笑着摇摇头。他转身正要下楼，忽然听到唐康一声惊呼："韩宝在做什么？"他转过身来，便见安平城北方向，有数不清的人马自城中涌出，虽然隔得远了一些，看不太清楚，却也可以依稀见着有人、有马、有车，密密麻麻的，少则数千，多则上万。

"吹角。"慕容谦头也不回地给身后的亲兵下达了命令，继续目不转睛地望着东北方向——自第一队人马涌出后，紧接着，视野中又出现数千辽军的身影。

身后号角之声已经呜呜地响起。

几乎在同一时间，宋军所有的大营，号角声都不约而同地响了起来。

各座大营内，所有士兵都紧张地忙碌起来。

"走，下楼。"慕容谦朝唐康打了招呼，率先跳进了吊篮内。

二人刚刚下了吊篮，便听到南边云翼军的大营中传来阵阵鼓声。

王厚的点将鼓刚刚响过第一通，慕容谦与唐康便已赶至云翼军大营，将马交给亲兵，取下佩刀，交给大帐外王厚的亲兵。二人低头进帐，便见王厚端坐帅椅上，姚麟、贾岩诸将早已在帐内听令，二人各至其位立定，屏气不语。待到二通鼓响过，种师中、李浩、王赡、姚雄，以及新近简任渭州番骑主将的任刚中等诸将，也已全部到齐。

但王厚仍然不慌不忙，等到三通鼓响过，中军上来禀报诸将聚齐，才缓缓起身。

"诸公，成败便决于今日。"

他随手抓起一支令箭，说道："种师中听令！"

一刻钟后，云翼军营门大开，数十名宋军将领骑着自己的坐骑飞奔回营。

他们身后的云翼军中角声相连，到处都是人马跑动时扬起的灰尘。

在远处的安平，最后一队辽军也缓缓离开安平城外的营寨，数百名骑兵冷冷地将火把扔进事先选定的易燃区，然后驱马离去。一栋栋房屋被点燃，在北风的吹动下，火势迅速蔓延，因为有积雪的关系，浓烟也在安平城的上空弥漫起来。

仅仅又过了不到半个时辰，八千余骑龙卫军在种师中的率领下率先出营，向北踏雪追击。紧随其后的则是由云翼军、威远军及骁胜军余部组成的两万余骑的宋军主力——王厚亲自统率的这支精锐骑军，虽然布成了一个云翼军居前、威远军在后、骁胜军居右前方搜索警戒的攻击型直阵，却仿佛并不急于赶上辽军。开始他们还能不疾不徐地远远跟在龙卫军后面，但很快，便被策马疾驰的龙卫军甩得连影子都看不见了。

在王厚大阵的西边，田宗铠骑在马上，满脸郁闷地看看身边数以千计的步军，又看了看身边正低声交谈着的唐康与刘延庆，心情沮丧到了极点。

左军行营诸军被慕容谦分成了三部，任刚中率渭州番骑在大军的前方搜索，慕容谦与王赡、姚雄则率领着横山番骑与武骑军合计近七千骑兵跟在任刚中的后面，唐康与刘延庆却被分配来指挥横山番军右军与那一两百门笨重的火炮。

左军行营出营追击时，已经比中军行营诸军要慢上许多，他所处的这支由步军与火炮组成的部队，更是所有部队中最慢的。而即使是在雪地行军，辽人也已是丧家之犬，唐康却既不肯抛弃任何火炮，也不肯下令急行军——他们依然结阵而行，慢得像只乌龟。以这样的行军速度，等到他们赶到战场时，大概已经是绍圣八年了。田宗铠在心里自嘲地想道。

但他知道自己唯有服从军令。

田宗铠又回头去看身后。在得知神卫营被配给左军行营后，仁多观明便一直很兴奋，自告奋勇向唐康讨了两个指挥一千余兵马，去担任神卫营的护卫。横山番军右军的士兵不仅以剽悍著称，而且都颇能吃苦耐劳，他们只穿着简单的皮甲或者纸甲，在雪地的行军速度也颇为迅捷，有骑兵的追赶牵制，他们原本未必追不上韩宝。但那些笨重的铜炮，即使装载在骡车上面，由四匹健骡来拉一门火炮,在这雪原之上也是一个噩梦。

田宗铠远远地望见仁多观明在一辆辆辎车间穿梭着,不断地问东问西,浑没有半点儿大战来临之前的紧张,心里不由得叹了口气,几乎没有注意到那个飞驰而至的传令官。待他回过神来,那传令官已经向唐康禀报完毕,上马离去。

不过唐康已经留意到身边诸将关切的目光,笑着说道:"韩宝尚未分兵,走的是博野方向。"

田宗铠听到自己轻吁了一口气,再看诸将,也都是如释重负的神情。

只有刘延庆低声嘟哝道:"不分兵可不太好对付,看来韩宝并非一心想逃命。"

"不如此,我等如何有机会分一杯羹?"唐康冷笑了一声,又提高声音,高声喊道,"再调五百人到后面去,帮着推车,全军加紧行军!"

"昭武。"饶阳城内,何畏之行辕,镇北军骑将仁多观国大步走进一间厅屋中,看见何畏之正站在一张大方桌前,他唤了一声,目光也落到桌子上。桌上平铺了一幅地图,仁多观国凑近几步,便看得清楚,这一幅河间、深州一带的地图,何畏之还特意在上面用朱笔勾勒出了几道红线。他指着地图左侧的一道红线,问道:"昭武,这是……"

"左军行营。"

"横山番军?"仁多观国微微吃了一惊,"那支步军也在?"

"非止步军,还有神卫营的火炮。"何畏之轻轻哼了一声,侧头瞥了一眼仁多观国,突然问道,"你以为这个阵布得如何?"

仁多观国却没料到何畏之会问自己这个问题,又仔细看了看何畏之在地图上的标记,沉吟了一会儿,才摇了摇头,说道:"末将看不出此阵的奥妙,只是觉得如此布阵,似乎有些不合兵法。"

"不合兵法。"何畏之嘿嘿冷笑了一声。

"末将曾听人说过,马步协同作战,要而言之,有两种战法。一种以步军结方阵,马军居阵中,待敌攻阵疲惫或露出破绽,遂出马军击之;另一种则是以马军在前,步军在后结阵,若马军冲锋获胜,则步军乘胜击敌,若马军失利,则步军可以为阵脚,阻挡敌军追击,而马军退至阵后,重新结阵,再自阵后而出,自侧翼攻击敌军。"

"这后一种战法,本朝可不常见。"何畏之淡淡说道。

"我大宋过去缺马,自不会如此布阵。不过昔日在京,家父闲暇之时尝与阳信侯论兵,末将在旁侍奉,尝听阳信侯言之。"仁多观国恭声回道,"末将观王总管此阵,大约是以马军为中路追击,而令左军行营自左侧邀击之。末将以为,以兵法而言,左侧邀击路途较远,当以马军为主,与其令步军与火炮随左军追击,不若分出两三千骑马军予慕容总管,而令步军与火炮随中路追击。如此中路大军马前步后,更暗合兵法要义。使步军在左路,绕上这般一个大圈,不唯难尽其用,反倒拖累左路马军行军。"

但仁多观国这番话,却只换来何畏之讥讽的一眼,过了一小会儿,才听到何畏之又说道:"此真赵括之言也。"

"所谓兵法云云,其实不过'知己知彼'四字而已。"何畏之目光离开地图,转向仁多观国道,"韩宝一生戎马,少尝败绩,如今虽困穷途,亦绝不会甘心于窜逃败北。况且他也知道,后有追兵,前有诸城兵马,一味逃命,损失必定惨重。自古以来,要想安然撤兵,最好的办法莫过于杀个回马枪,重挫追兵之锐气,然后方可从容离去。是以安平至博野之间,必会有一场恶战。辽军之利,在于引诱我军离开营寨。我军追击之时,各路兵马必然分兵,各军在追赶之时,距离也不可避免会拉远,如此,我军兵势就一定会变薄。而韩宝选择杀回马枪之处,便是他认定的我军在追赶之后兵力变得分散之处。我军若是分散精兵,便正中其下怀。而若将步军部署于中路,要么便会拖慢全军追击之速度,要么便会导致前锋与中军之距离拉得太远……"

"行百里者半九十。韩宝麾下之辽军,虽说被我军逼至穷途,然背水一战,既可能是军心动摇,诸军溃散,也可能是众志成城,加倍凶悍。对付这等穷凶极恶、孤注一掷之辈,好斗逞勇,绝非上策。"

仁多观国静静地听何畏之说完,他追随何畏之时日虽不算久,却也知道何畏之接下来是要发布命令了,连忙欠身说道:"昭武胸中必有成算,请昭武下令,末将赴汤蹈火,在所不辞。"

"未必用得着你赴汤蹈火。"何畏之又转向地图,手指在地图上划了一条虚线，说道，"我要你率所部马军与神射军，不带辎重，轻兵直趋此处。"

仁多观国的目光顺着何畏之的手，落到他手指停留的地方，不由"啊"了一声。过了一小会，才迟疑地说道："如此昭武身边可只有雄武一军与镇北军那几千步军了。"

"我岂能不知？"何畏之平静地说道，"然雄武一军那些铁疙瘩，单是运过河去，便非易事；镇北军成军未久，如此疾速行军，便勉强赶到，亦必不堪一击。与其如此，倒不如从容行军。说到底，此战我等只是辅助，没什么好着急的。大战已经开始，我军之任务，头一件是阻止韩宝东窜或耶律信西援，故此你北上之时，若遇上辽军，不管是韩宝分兵的偏师，还是全部主力，都必须竭力狙击。若是放任辽人东窜河间，你便在阵前自刎好了。"

何畏之说得厉害，但仁多观国表情却甚是轻松，笑道："末将以为这几乎不可能，韩宝若轻率地率主力东窜，便是在逃命之时将侧翼暴露在昭武大军之前，那未免也太不将昭武这数万兵马放在眼里了。分兵则更属不智，他分我不分，那等于是让自己的兵力一股股被我军歼灭。纵使他侥幸逃过唐河，也不过是饮鸩止渴。他兵力好分未必好聚，唐河又不是界河，他兵力分散，后有追兵，前有诸城袭扰，麾下那些部族属国之军只怕转眼间便会作鸟兽散。韩宝老于戎行，岂能不明此理？倒是耶律信西援不能不防，倘若他们暗中有信使瞒过我军联络，一旦韩宝北撤，他挥师作势西进牵制我军，却也是题中应有之义。"

"岂止是题中应有之义。"何畏之冷笑道，"宣台担心的，便是韩宝顺利北撤，引诱我军追击，而原本摆出要由雄莫归国的耶律信却突然掉转马头，杀进博野、保州，出现在我军的身后。故此何某这数万兵马的第二桩任务，便是要出现在耶律信西进的路上。但他大军西进之前，总会派出一支先锋探探路……"

"如此说来，末将有机会撞见？"仁多观国的语气中，竟颇有些闻猎心喜之意。

但何畏之只是阴沉地笑了笑，没有回答他。"战场之上，谁知道会遇见些什么？你速速依令行事便是。"

战场上的事，的确是很难预料。

身在饶阳的何畏之，此时还完全不知道便在数十里之外，河间府的宋军已然倾巢而出；而在肃宁军中的耶律信，对于田烈武的举动也同样是大感意外。河间宋军会出城牵制自己的行动，耶律信早有准备，但他想不到宋军竟然敢分兵。而且他很快便得知，前往君子馆的，竟是河间府宋军中最精锐的宣武一军。更加令他想不到的，是田烈武竟然敢率领余下的兵力主动出击。

尤其是田烈武还摆了一个怪阵。

出城的宋军，云骑军在前，铁林军在后。

这完全不是南朝过往的方阵。

任何人都看得出来，这是一个准备与辽军对攻的阵形。

以区区南朝云骑军的战斗力，来挑战耶律信麾下的御帐亲军与精锐宫分军。这算是挑衅吗？不，几乎所有的辽军将领都觉得这是一份送到嘴边的肥肉。

若是不去吃它，实在是有些却之不恭。

看到牙兵呈上的河冰之后，耶律信几乎可以肯定韩宝会在今日北撤。但他并不急于赶去策应，南朝想要歼灭韩宝之心，几乎已是路人皆知，但在辽国，却没有几个人真的相信会发生这种事。

想要硬啃韩宝，须得生就一副好牙口。

只要韩宝还未箭尽粮绝，耶律信就仍可从容图之，只要他能留出足够的时间来越过何畏之这道坎便可。眼前的选择，无非是先去救君子馆的萧岚，还是先解决掉面前的这碗肥肉。而这几乎不必选择。面对这样的敌人都不肯战斗，耶律信从此就不必指挥他的将军们了。他帐下所有的将领都相信，面对大辽铁骑，云骑军很快就会溃散，而败退的骑兵又不可避免地会冲乱铁林军的阵脚。这将是一场唾手可得的胜利。

每个人都在讥笑田烈武的用兵。如今宋辽双方对彼此的了解已远非昔日可比，许多辽军将领都知道田烈武的履历，"公人将军"的诨号顷刻间传遍辽营。一个自"公人"出身，只指挥过一个营的营将，靠着南朝皇室的信任才有了今日之地位，这种贵幸之辈，不经常都是无能的代名词吗？不管田烈武平日名声多好，但众人都相信，他在军事上存在着明显而致命的缺陷。

连耶律信都不由得对田烈武的指挥才能产生怀疑。田烈武真的了解这个阵形的精髓吗？他真的掌握他麾下每支军队的战斗力吗？不顾敌我双方的真实情况，只知道依样画葫芦布阵的平庸将领是很常见的，田烈武的表现看起来实在很像是他们中的一员。

他的分兵、主动出击，尤其是他所布的阵形，都是耶律信无法抗拒的诱惑。若能迅速而果断地击溃田烈武，即便宣武一军在萧岚那儿得手，耶律信也可以趁胜在他们回河间的路上狙击他们。那时候他对宣武一军将有绝对的兵力优势。一旦尽数歼灭南朝右军行营的这几支大军，他就算不能顺势夺取河间府，也已经是将战局翻盘了。

右军行营若全军覆没，王厚的侧翼将受到严重威胁，焉敢再追击韩宝？

那时候何畏之将不再是一个问题，他的那几万人马不可能防守这么宽的地带。若王厚不迅速撤兵的话，耶律信完全可以自河间进入深州，直接出现在王厚的身后……

直到这天早晨醒来之前，耶律信便连做梦也没有想过，居然还会有这么好的机会出现在他面前。在他几乎已经承认他的战略已然受挫，不得不见好就收，准备退兵回国之时，居然又有了挽回一切的希望。

这就是战争的魅力。

国力强大的一边未必是胜利者，甚至掌握着战略优势的一方，也未必是胜利者。战争之中经常会有这样的情况，往往是在一个所有人都意想不到的地方，出现颠覆性的机会。抓住这个机会的人，就能创造奇迹。事后诸葛亮会相信那是"必然"的，而身在局中的人，却都会感谢上苍赐予的好运。

耶律信没有怎么犹豫，便集结起了他所有的兵力。

如果他要发挥大辽骑兵的长处，战场显然放在滹沱河南边平原之上更加合适。

河间与肃宁相距不到五十里，至滹沱河北流还要更近一些。

但是，自从离开河间府的城门开始，由田烈武、张整所统率的云骑军与铁林军便变得小心翼翼。他们在行军的同时，保持着体力与队形，避免士兵掉队或损失辎重，直到午时许，田烈武的这两万几千名士兵才终于抵达河间府西北二十里许的一座村疃。

这村疃距离连接肃宁的一座石桥不过十余里,原本十分富庶,甚至还有一个草市,但此时已经荒无人烟。这数月以来,田烈武也屡次亲自出城观察敌情,对这一带的地形早已了若指掌。他知道这座村子与石桥之间有平整的大路,也有废弃的田地,只有小片的树林与一些小河点缀其间。总体来说,这将是一个不错的战场——从斥候的报告来看,耶律信看起来已经决定接受他的挑衅了。

斥候们没有发觉辽军前去增援君子馆,辽军先是不疾不徐地在滹沱河北边调动着,然后,在田烈武的军队快要进入这座村疃后,辽军才开始慢腾腾地过桥。但宋军刚刚进入这个村庄,还没来得及休整,辽军的一支三百骑的前锋便已抵达村子北面的一片小树林边上,觑视着宋军。

这虽然只是个小伎俩,但耶律信将时机掌握得如此恰到好处,不能不令田烈武暗暗叹服。他心里面非常清楚耶律信打的是什么主意,除了不想让宋军得到更多的休息,最重要的,是他不肯留给田烈武变阵的时间。

走到这座村疃为止,宋军都不是普通的行军队形,而是以一种随时可以战斗的阵形列阵行军。田烈武知道吸引耶律信过来的是什么,他这个骑兵在前、步兵居后的阵形,几乎受到所有参军的一致反对,连张整也不以为然。甚至田烈武也没有太大的把握——但是,想要确保吸引耶律信,这是田烈武认为唯一可靠的办法。

如果连己方的将领都不信任这个阵形,那就一定能对耶律信形成足够的诱惑与压力。

田烈武清楚地知道他押出的赌注有多大。但他也知道,许多人都轻视他——而这正是他可以利用的。

不管怎么说,他将一切都压在了云骑军之上。

这支他只带了半年多点儿的骑兵。

当斥候报告发现辽军的骑兵靠近之后,田烈武立即下令他的军队穿过村庄,列阵迎敌。他不顾身边众将的反对,亲自统率着六千骑兵在前方布阵,而张整则率领约一万四五千名步兵,在他的后方布成一个方阵。

没有一句激励人心的演说,但是田烈武的将旗在阵线的前列飘舞这个事实,仍然令宋军士气高涨。

此时已经无人计较这种行为是英勇还是愚蠢。

士兵们本能地会爱戴那些真正肯与他们同生共死的将领。

而辽军的行动也远比任何宋军将领想象的还要更加迅捷。铁林军的方阵还没完全布好,耶律信便统率着两万六千余骑大辽铁骑,出现在宋军的视野之中。在这白茫茫的雪原上,牵着战马踏雪而来的辽军,大多穿着黑白两色服饰,远远望去,就像一群黑色的蚁群。而自居火德的大宋,禁军都穿着赤色的战袍,旌旗也是一片火红。此刻若有人站在高处俯瞰,很容易就会发现,这战场上到处都是黑白服色的军队。他们看起来散乱无章却又迅速地向红色的一方靠近,然后,汇聚成倒"品"字形的三个大的方阵。

当耶律信的黑旗终于出现在宋军的眼前时,宋军的每个将士,几乎都立即感受到对面兵强马壮的两万六千余骑辽军的那种黑云压城般的压迫感。紧张的气氛,仿佛在云骑军大阵的上方形成了一个无形的气旋。

"兰陵王……耶律信……"田烈武身后,刘近低声喃喃道。

与刘近并辔而立的客卿颜平城听到了他的这句细语,转过身来瞥了他一眼,淡淡说道:"耶律信亦只不过是人而已。"

刘近几乎是细不可闻地叹息了一声,他眼神复杂地看了一眼颜平城。自从颜平城降宋以来,刘近对这个生女直人的了解与日俱增,知道此君称得上是个英雄豪杰,但是,此刻他难以同意颜平城的观点。在他看来,让云骑军与对面这支虎狼之师正面对决,无异于驱羊攻虎。只是事已至此,他也不能再公然说出来,沮丧军心。

颜平城仿佛猜到刘近心里面在想什么,他转过头去,没有再看刘近,双眼正视着前方,悠悠说道:"能与耶律信一战,无论胜负,足慰此生。"

"可惜不能早些认识完颜将军。"田烈武听见了颜平城的这句话,转过头来,笑道。

"若得与郡侯再训练云骑军一年……"颜平城傲然说了一句,忽然伸手指向对面的辽军,说道,"郡侯,耶律信所布大阵,其左翼是左皮室军,右翼应当是太和宫的宫分军与一些部族属国军。中间靠后的中军阵,是黑衣军与右皮室军……"

"黑衣军!"这个名号,便是田烈武亦不觉耸然动容。他举目远眺,果然望见耶律信的中军阵中,皆是黑衣黑甲,但在耶律信的那面大黑纛下面,的确有约莫一两千骑的骑兵,颇有些傲然不群的感觉。虽然服饰上并无不同,却仿佛有条看不见的界线,将他们与别的辽军区分开来。

"那一两千人马,应当便是真正的黑衣军。"颜平城又说道,"契丹军中,喜欢穿黑衣的不少。多少隶属耶律信的宫分军,都常对人自称黑衣军。比如太和宫的宫分军,也叫黑衣军……因这黑衣军原本便不是个正式的名号,有时便连契丹人自己也弄不清楚,只说但凡是耶律信的军队,便是黑衣军。不过我曾听人说过,真正货真价实的黑衣军,其实是耶律信的牙兵。"

"原来如此。"田烈武又认真打量了黑衣军一会儿,叹道:"交战这么久,这却还是头一次见识真容。"

"黑衣军勇悍善战,在塞外可以说是威震四方。"颜平城口里这样说着,但眼神中明显闪烁着不甚服气的神色,"不过,今天耶律信大概不会让黑衣军打头阵,要见识黑衣军的厉害,还得先击败皮室军与太和宫。"

"皮室军!"一个参军不以为然地笑道,"所谓'御帐亲军',不过常常随辽主到处打猎而已,未见得比宫卫骑军更加厉害。契丹宫分军皆是百战精兵,而御帐亲军中虽然不乏勇武之辈,也有不少久经战阵的武官,然说到底,辽人也有十数年不曾动用御帐亲军了。下官听说右皮室军的主将耶律密年过五旬,是个庸碌之辈,此人之长处,不过是会跟主子,号称'福将';左皮室军主将萧春才三十来岁,外号'小韩宝',不过有人说,他像的其实只是十几年前的韩宝……我军真正的劲敌,大概只有太和宫。"

"太和宫这几千人马,的确须得小心对付。"刘近也说道,"这支宫分军应当是耶律信的嫡系,有俘虏的辽人说,太和宫的许多宫户在萧佑丹整顿宫分军之前,便已经是耶律信的部下。耶律信每次作战,也喜欢抽调太和宫的人马。这几千人马亦颇有些与众不同,契丹骑兵虽然也能马上格斗,也有刀枪诸色兵器,但说到底,仍是以骑射为本。然这支人马,却似乎更擅长大枪马刀,甲具亦较寻常契丹骑兵更加精良，上回铁林军便是在太和宫手下吃了个大亏……"

"无妨。"田烈武打断刘近，淡淡地说道，"先和我军交锋的，绝不会是太和宫。"

"在下亦认为耶律信会留着太和宫养精蓄锐，冲击铁林军的大阵。"颜平城也笑道，"须知在耶律信的眼里，铁林军才是头号难以对付的敌人，皮室军再不肖，他大概也不会认为区区云骑军是其敌手。"

刘近张了张嘴，看了一眼颜平城，又看了看田烈武，最终还是默然抿紧了嘴唇。在他心里，其实是觉得即便如此，云骑军对上任何一支皮室军，也是难有胜机的。更何况，对皮室军真正的战斗力，他并不敢轻视。此前双方并非没有过小规模的交手，他很难看出皮室军的战斗力比宫分军差。

说到底，这些都只是战斗开始之前的自我打气而已。云骑军的确有了长足的进步，甚至于这支军队里面已经很少有没有经历实战的士兵，但是，战斗之前说这些话，其实就代表着他们心理上实际处于弱势。

但是……

计算这些真的有意义吗？

刘近望着田烈武的背影，突然之间，他心中所有的犹豫，所有的怀疑，瞬间消失得无影无踪。这一刻，他只知道，他愿意追随这个人战斗。

哪怕没有一点儿胜机，哪怕毫无意义！

突然之间明白这一点，刘近只感觉到一阵轻松。他下意识地朝左右张望，才恍然发觉，他身边每个人的眼神中，都流露出一种对田烈武的信任。

人们不一定只追随那些会带给他们胜利的将军。有时候，人是很愚蠢的，他们甚至会心甘情愿地和某些人去战死。

刘近不知道这是为什么，也不知道田烈武是如何做到这一切的。他只知道，从这一刻开始，他不再畏惧耶律信的光芒。

呜——呜——呜——

短暂对峙的战场上，自辽军中军大阵吹响的号角声，尖锐地划过雪原的上空。

辽军左翼大阵中，一身黑甲的左皮室军都统萧春跃身上马，伸手接过亲兵呈上的长柄大斧,轻蔑地瞥了一眼南边的宋军,他的目光甚至没有在阵前的云骑军身上停留,便直接跃到了他们身后数十步的地方——大辽的铁骑来得太快,那支南朝殿前司步军,甚至还没来得及完全布好他们的方阵。只要一鼓作气击溃面前的这支南朝骑兵……萧春脸上露出一丝冷笑,挥起手中的大斧,恶狠狠地吼道:"杀!"

"杀!"顷刻之间,喊杀声、嗯哨声响彻雪原。一万骑御帐亲军如同一条黑色的恶龙,风卷残云般地卷过雪地,冲向云骑军。

与此同时,南边宋军大阵,六千骑身着赤红战袍的骑兵,仿若雪地上的一股炎流,在锦云豹子头战旗的指引下,迎着对面的辽军,也发起了冲锋。

安平北界,木刀沟中段,安平与博野的县界处。

河面宽敞、水流平缓的木刀沟,每到冬天都是枯水季节,行人只要卷起裤脚,便可淌过此河。因此,虽然在严寒之下,木刀沟已经变成一条冰河,但河面的那层厚冰也根本经不住数万人马的践踏。韩宝的大军过后,便好像有一个巨无霸拿着大铁锤在河面上使劲砸过一般,河中东一块西一块的,到处都泛着冰凌,还有数辆废弃的马车陷在河中,格外刺目。

此时人约是巳时。离田烈武与耶律信的决战开始还有不到一个时辰。

数以百计的龙卫军骑兵正牵着自己的坐骑,行走在木刀沟的冰面上,为了避开河面上的冰凌,渡河的骑兵全无队列可言,在他们身后,还有更多的数以千计等待过河的士兵。而就在木刀沟北面两三里之地,便至少有三四千骑的辽军正结阵而立,虎视眈眈地监视着宋军,但是他们似乎丝毫也没有放在心上。

这种旁若无人的态度,让自愿请缨殿后的长宁宫都辖萧垠冷笑的声音中,几乎带上了几分愤慨。在他的身后,众将校的讥讽之声更是此起彼伏。

"种端孺还真是目中无人呀。"

"乳臭未干便已官至一军之主将,说到底,还不是仗了他姓种?!"

"南朝如此用将,难怪当年会败给区区西南夷。"

萧垠耳里听着这些麾下诸将的议论,眼角的余光却瞥向了与他一道殿后的粘八葛部与萌古部两部首领。

这两部都是被迫前来殿后的——对于这些部族属国军,韩宝驾驭之法,便是恩威并施,他麾下有四万铁骑,宫卫骑军占到一半,便出二千骑殿后,其余二千骑,自然要诸部族属国来出,谁都知道殿后可能就是送死,因此诸部都是采用抽签之法,抽到的部族,便由韩宝亲自抽调所部一千骑——这粘八葛部与萌古部,便是两个倒霉鬼,好巧不巧抽中,而偏偏两部前来南征的人马,各自也就一余骑左右,连甄选都免了。

一千骑人马的损失,对于强大的粘八葛部来说,可以说是微不足道;而对于弱小的萌古部来说,这个损失却几乎威胁到其部族立足草原的根本。不过,对这些被迫要殿后的人来说,意义都是一样的。他们身后没有自己的同伴,也没有自己的国家与族群的安危,他们当然不愿意白白送死。只是韩宝看似公平的方式,令他们找不到借口反对,若不听命,他们又害怕韩宝与大辽无情的报复。

即使如此,萧垠最担心的,还是这两千人马。

非我族类,其心必异。

况且韩宝选中这两个部族当然是有用意的——只有那些蛮夷,才会相信抽签——粘八葛部桀骜难制,此时再不收拾,更待何时?而萌古部虽然恭顺,却在诸部中最为弱小,此时便很适于陪葬。粘八葛部本就十分强大,若再选中一个有实力的部族,二者若联合起来不听调遣,事情便会棘手。塞北部族林立,一个中等部族的兴衰,也可能引起周边数个部族的连锁反应,牵涉意想不到的各方利益。在这等要紧的时候,韩宝当然要选两个其余诸部几乎都不会反对的部族上鬼门关。

但萧垠久于戎行,知道众心不一的军队面对险境时的危险。因此,在等待宋军追上来之前,他便已经召集两部的大小将领,直言不讳的警告或者是威胁他们,他们地处河北腹地,想要回家不仅要面对宋军的围追堵截,还必须要穿过大辽的千里领土,除了一心一意击败追击的宋军,以哀兵之势打赢接下来的恶战,再无他法。

他不知道这些蛮夷是否听懂了他话中之意。

不过,此时,他看见这两部首领的脸上,都露出了欣喜之色。

如果追击的宋军将领是个草包或者如此轻敌,那他们就有了生还草原的希望。与此同时立下的功劳，大辽在这方面从来是不吝爵赏的——对于辽朝来说，付出的也许只是没什么意义的官衔，但在草原上，那便是巨大的声望，令人尊敬与惧怕，甚至可以吸引许多不知名的小部族投附。

空衔只是对辽人而言的，在草原的法则中，名望便是切切实实的利益。

萧垠很清楚这些"蛮夷"的心思，终于暂时放心下来。他的目光又完全投向南边的龙卫军。只要击败种师中，他就能给大军渡过唐河赢得宝贵的时间了。

"种师中！"萧垠从鼻孔里哼了这三个字。

木刀沟南岸。

"昭武……"龙卫军的都行军参军忧心忡忡地望着他的主将，比他还小上差不多十岁的种师中。但他才一说话，便被种师中打断，"参军只管放心，区区木刀沟，较之滹沱河如何？我龙卫军滹沱河都攻过去，区区四千辽骑，妄想凭此一条小沟阻我？嘿嘿！"种师中几乎是一脸不屑地望了一眼对岸，冷笑数声，忽然脸色一沉，沉声说道，"种某要的是韩宝的首级！凡是挡在韩宝首级前面的物事，不管它是什么，只管荡平便是！"

2

麾下兵力只有宋军一半的萧垠，没有给龙卫军安然渡过木刀沟从容列阵的机会，最先走到木刀沟北岸的几百宋军还未及列阵，他便吹响了进攻的角声，他的副将率领着一千骑宫分军率先向混乱的宋军开始进攻。契丹的骑兵们一边冲锋，一边向着宋军引弓发箭，几名宋军立即中箭倒下，但其余的宋军虽然一阵手忙脚乱，却也纷纷爬到了自己的坐骑上面，一边引弓还击，一边悍勇地向辽军发起了反冲锋。

这种零乱无队形的冲锋，不仅造成了箭雨下的大量伤亡，在短兵相接后，更是让士兵们一个个陷入以寡敌众的危险境界。但是木刀沟南岸的种师中没有丝毫鸣金之意，反而鼓声更急，角声愈促，紧随其后过河的龙卫军将士在鼓角声的催促下，纷纷加快了步伐，上岸之后，立即跃身上马，冲入混战的战场。

这种白刃厮杀，令得战场之上双方将士都死伤枕藉。鲜血浸过的雪水，被人马践踏着，变成红色的泥浆。萧垠骑马站在远处，眯着眼睛观察着战场，他知道这场混战，他占据着优势，缺少组织的宋军伤亡远大于辽军。但是，让他意外的是，伤亡巨大的宋军始终没有退却。

他远远看着战场上那面飘扬的宋军战旗，忍不住问道："南朝的营将是何人？"

左右马上有人回道："那是龙卫军第五营，营将皇甫璋，籍籍无名。不过第五营当年是田烈武任营将，号称'龙壁营'。"

"龙壁营？"萧垠对于宋朝诸军知之不多，不觉皱了皱眉。

"据说此营纪律严明，在南朝西军中也是罕见，打起仗来，不闻鸣金收兵，绝不会后退，所以号称'龙壁'。"

萧垠心里却不信这些什么"龙壁""蛇壁"的，冷哼一声，正要下令粘八葛部加入战斗，却见战场之上陡生意外。突然之间，又有两个营的宋军分别自战场的两侧准备过河，这是种师中欺他兵马较少，用第五营吸引他的注意力，却调集兵力想从两翼包抄。

"异想天开！"萧垠低声骂道，令旗一挥，粘八葛部与萌古部的两千骑兵，立时分别自两侧杀出。这两支人马，却是不去管想要包抄的宋军，而是加入到了正面的混战当中。萧垠的想法十分简单，他兵力少于宋军，利合不利分，只能以雷霆万钧之势，击溃眼前的龙壁营，宋军锐气受挫，包抄的两支人马便不足为惧。

此举果然奏效，两支生力军的加入，一阵猛打猛冲，龙壁营眼见着便渐露不支之色。萧垠率军站在高处，只见那战旗之下，皇甫璋铁甲外面的战袍都被血染红了，他手执长枪，率十余名骑兵，在重围中左突右驰，不断大吼着合拢着麾下的战士，却又不断被大辽的骑兵冲散开来。

萧垠正自许得计，忽听左右惊叫一声，却见下游方向，那支包抄的宋军已经过河，一面大旗闪出，一两千骑人马，朝着自己所在的地方冲来。

"怎的这般快法？"萧垠心中一惊，他知道木刀沟虽然结冰，但哪怕是牵着战马过河，也要小心翼翼，一不小心，便会把河冰踩破。但那一营人马过河的速度，却比别的宋军要快上一倍。但他远眺一眼那支宋军身后的木刀沟，便恍然大悟——那河面至少还有三四百人，正泡在冰水之中，拼命拉扯着受惊的战马。这些宋人根本就是在蛮干。

萧垠暗骂一声，摘了大弓，看了一眼正面战场，便要率余下的人马迎敌。虽然有点儿意外，但他并不着急，只要尽快击溃那龙壁营，阻止上游的那支包抄宋军，那这支过了河的宋军也成不了气候。但他才纵马率军冲锋，便听到正面战场方向传来一阵震耳欲聋的欢呼声。

他转头望去，眼前是不可思议的一幕——不知何时，一面"种"字将旗出现在战场之中。战旗之下，赫然是种师中与他的数百骑亲兵。

宋军的战鼓擂得更响了。

南边的木刀沟河面上，密密麻麻，到处都是牵着战马过河的龙卫军。没有队列，没有组织，每个人过河之后，便挥舞着战刀与长枪，杀入战场之中，每个人都拼命向那面"种"字将旗靠拢。

猎猎飞扬的将旗之下，种师中纵马疾驰，一枪狠狠扎进一个辽兵的肩膀，眼角瞥了一眼萧垠的方向，轻蔑地哼了一声："让老子教教你们，什么叫野战！"

"再勇悍的步军，也要懂阵战之术，但马军并非如此。有时候马军只要会一种战法就行，那就是所有人跟上主将的大旗，向着同一个方向射箭，向着同一个方向冲锋。"在这一刻，萧垠心中，响起了兰陵郡王耶律信曾经说过的话——"古匈奴战法！"

战斗只持续了一个时辰左右。率先溃败的是粘八葛部的骑兵，然后萌古人也脱离了战场，向东北方向逃去，萧垠眼见大势已去，也率领残部，向北败走。

"探马来报，大约半个时辰前，种将军已经攻过木刀沟……"

"龙壁营正在苦战，辽人箭雨厉害……"

"种将军过河了……"

"辽人开始败退……"

"种将军留下龙壁营打扫战场，继续率军追击……"

安平以北数里，宋军中军行营的主力，正在继续不紧不慢地赶路。尽管这支主力全部都是骑兵，但是云翼、威远、骁胜三军的大部分将士都是下马步行，连大总管王厚也没有骑马，而是找了一张胡床舒舒服服地坐了，由八个牙兵抬着他，安安稳稳地走着。中军行营的谟臣们则环绕在这张胡床的四周，一面紧张地汇总着各路探马送回的情报，不断向王厚报告着战场变化，一面还要抽空聚集在一块商讨对策，以供王厚参考。

而在这些幕僚之外，则是无数摩拳擦掌、急不可耐的宋军将领。与辽军周旋半年，好不容易等到真正一决胜负之时，每个人都是又怕煮熟的鸭子飞了，又怕煮熟的鸭子被别人吃了。每个人心里都明白，韩宝的首级，那是足以封侯的功勋！中军行营诸将，谁不羡慕种师中与龙卫军能冲锋在前？

一面是心中着急，一面却是慢如蜗牛的行军速度，对这些将领来说，这追击过程格外漫长与沉闷。每一个探马回来，都有人坚尖了耳朵打听。种师中的初捷，更是让每个人都觉得胜利已经唾手可得。

绝不能让韩宝跑了。

尽管每个人的心情都热切得能将这雪原上的积雪融化，但没有几个人敢向王厚提出要求。无论是谁，只要接触到静坐在胡床上的王厚那冰冷的目光，便如同一团热铁被扔进了冰水之中，顷刻之间，什么样的念头都被打消了。

完全隔离于这种热切之外的，也就只有那十余名紧张忙碌的中军行营幕僚。

这些人都是由王厚亲自辟任的，其中既有追随王厚南征北战的老部下，也有临时从京畿、河朔诸军中借调来的校尉，年岁长者五十余，年弱者不过及冠之年。他们便仿佛是一群怪胎，心肠如同滹沱河上的河冰一样冰冷。但这些人统管着数量庞大的探马部队、专责传令的校尉与节级，以及直隶总管司的近千骑亲卫部队，[1] 深受王厚信任。

"不要管龙卫军，再派几个人出去，要尽快知道何畏之将军到了何处！"

"阳信侯那儿有没有人回来？耶律信在做什么？"

"云翼军走得太快了，派几个人去，知会下姚老将军……"

"安平有四万辽军，不是四千！"

---
[1] 这些部队皆由行营总管司征辟、抽调组成。

"韩宝，韩宝到了什么地方？"

"那是一个时辰前的事，再探！"

即使每个人都压低了声音，但是类似这样的低声呵斥声、气急败坏般的说话声，仍能不时传出来。若是不知情的人听到，还以为是宋军到了什么危险紧急的关头。

连与王厚一道并行的威远军都校贾岩，都会不时好奇地看一眼这些忙进忙出的幕僚。这样的情形，在其他行营中是见不着的——当时普遍的看法是，幕僚也罢、参军也罢，只是为了储备人才，他们的意义只是拾遗补阙，提供参考性的意见，主要工作还是向统军大将们学习领军之道，以便日后能有机会独当一面。在许多将领那里，即使职方馆已经设立了这么多年，即使军中有主管情报的参军，他们却仍然恪守着古老的教条——探马必须直接向他们本人报告，他们只信任自己，要求自己掌握战场的每个细节。

如王厚这样，那是不可想象的。即便贾岩知道这些幕僚每个人都有傲人的履历，但不管怎么说，他们的品秩都不算高，官阶最长者也不过正七品致果校尉。一个行营总管司，是关系到国运的武力，这样的责任哪怕是再少的一部分，对于这些中低阶武官来说，也过于沉重了。

但贾岩是个不会对任何事情轻易下判断的人。

反正王厚会掌控住局面，他也想知道这些幕僚能做到什么程度。

"大总管。"贾岩正在心里想着这些事情，这些幕僚中的一个致果副尉已经走到王厚跟前，欠身禀道，"下官等商议，是否请总管下令，叫龙卫军莫要追得太急？"

贾岩闻言不由得一怔，移目去看王厚，却见王厚朝他这边侧过身来，说道："民瞻，你如何看？"

贾岩性格谨慎，沉吟了一会儿，并不作答，反向那个致果副尉问道："君等为何而有此请？"

那人看了一眼王厚，见王厚点了点头，这才回道："是下官们觉得，如此作战，不太符合韩宝的性子，大悖常理。"

"韩宝的性子？"

"正是。韩宝早年在辽国有猛将之称,时人甚至以为他将是一名刚猛少谋的将领,不料此后征战竟然蜕变,如今称得上是刚柔相济,智勇双全,实为一时名将。但不论如何变化,他骨子里仍是刚烈一路,观其用兵,数十年间大小数十战,无不如此。今日之战,韩宝虽然被迫北撤,然他南下以来屡次与我军交战,并未真正失利过,况且他坐拥四万精兵,以韩宝之能,恐怕也不会以为眼前的局面是我强他弱。只是因为军中少粮,不得不退。其对我军,既无惧怕之意,更非败北窜逃之辈可比。这从今日安平种种细节也可以见端倪,韩宝走得十分从容。既然如此,他怎会只令区区四千骑断后?况且这中间不过两千宫分军。无论我军是遣哪一军追击,韩宝也断不至于昏庸到以为这点儿兵力,挡得住我军的精锐马军。"

"你是说韩宝尚有后手?"

"除非韩宝别有深意,否则,前头只怕还有埋伏。纵然是没有埋伏,闻得萧垠惨败,韩宝反正也已经不能安心渡河,他也断不会就此善罢甘休。"

"别有深意?"不知不觉间,贾岩的语气中,已经收起了那种居高临下的轻视。

"若说韩宝想借刀杀人,借此良机,设计令那些部族属国军与我军拼个你死我活,也未必没有可能。"那致果副尉说到这里,语气却已经没有那么肯定,"只是下官等也猜不透韩宝究竟是何打算。但不管怎么说,那些部族属国军不可能心甘情愿为契丹人殿后,而韩宝也不可能让宫分军来血战,掩护这些异族安然归国。他要想设计这些蛮夷,便免不了要牺牲一些宫分军。"

"但眼下当务之急,还是要提醒下种将军……"

他话未说完,便见王厚摇了摇头,淡淡说道:"不必了。"

"总管。"这下连贾岩也惊讶地望着王厚,在他看来,这个致果副尉的分析极有道理。

"这个时候,便是神仙也拉不住种端孺。"王厚轻描淡写地说道,"况且,多半也来不及了。"

"那是否令姚老将军加快行军,以便策应?"

王厚再次摇了摇头,"放出一匹野马就够了,再放一匹……"他抬头看了一眼天色,"既然韩宝已经逃不掉了。那不妨便看看,种家这匹千里驹究竟有多大的本领!"

"吁!"大喊一声,纵马疾驰的种师中猛地勒住战马,只是一小会儿工夫,与他一道急骋追赶着萧垠的六千骑龙卫军,也一个个勒马急停。

不用多说,每个人都自觉地取出手中的武器。

此地已经是在永宁军,也就是博野县界之内。但从原野的景色来看,与安平几乎没什么区别。很难想象,在这一望无际、视野开阔的平原上,居然能搞什么伏兵。

但是,种师中与他的六千龙卫军,便这么不可思议地被三面包围了。

一直被种师中紧追不舍的萧垠残部已经掉转马头,在他身后的一座村庄外,至少有上万骑兵正严阵以待。东边的辽军藏在一片小光秃秃的树林后,西边的伏兵则是从一座小土丘后冒了出来。

这些辽人身上都披了一块白色的披风——或者只是一块白布。这点儿简单的伪装原本不难察觉,但种师中眼中只有逃跑的萧垠,最主要的是他的确也没有想到韩宝会来这一手——他本来以为再次与辽军对阵,应该是唐河边上的事了。

"昭武?"种师中的都行军参军,此时连声音都有些发颤了。

但种师中依然只是满不在乎地啐了一口,"无关紧要。迟早都要相会,晚见不如早见。"

"可是……"

"可是什么?!"种师中厉声喝道,狠狠瞪了他的都参军一眼,"你还没看出来吗?韩宝根本没想过逃跑!"

他突然笑起来,"果然好手段!被数万敌军紧追着不放,前面有唐河相阻,在博野也不知道我军安排了什么后手,换了种某,也的确不会似丧家之犬般逃跑。假借北撤之名,将聚集在一起的敌军调动,然后集中优势兵力各个击破,只要把敌军打得胆寒,自然就可以从容撤走。"

"只可惜韩宝的运道不太好,小阎王不肯上他这个恶当。煞费苦心引我入围,可我种师中,也不是他想吃便吃得下的!"

"众将士听命！"种师中忽然猛地抽出腰间宝剑，挥向西方，高声吼道，"三军用命，先击溃辽人右翼！狭路相逢，勇者胜！"

"狭路相逢，勇者胜！"

"狭路相逢，勇者胜！"

顿时，六千人齐声大吼着，战马疾驰，雪尘激扬，似一条火龙般，卷过雪原，杀向辽军。

北面，萧吼脸色一沉，目光转向身边的韩宝。却听韩宝低声赞了一句："好麟儿！"

右翼伏兵，是由室韦、五国部为首的部族属国军组成的，的确是辽军最薄弱的一环。短短的一瞬间，种师中便能看出这一点，绝非易事。

"可惜，我不能花太多时间与你在此纠缠。"韩宝看了一眼种师中，眼角却不自禁地投向东方。他已经派出几拨拦子马，却都如泥牛入海一般，有去无回。耶律信的策应部队当然不可能这么快就赶到，但是……不知道为何，韩宝心中隐隐有一种不好的预感。

一直以来，王厚都稳重得令他无处下嘴，所以他也只能兵行险着，他故意使出苦肉计，让萧垠大败一场，便是希望引诱王厚纵兵来追，才好行各个击破之计。不管此计能否得逞，他都必须迅速击溃种师中，先捞回血本再说。倘若王厚上当自然最好，若还不肯上钩，那龙卫军的溃败，大概也会令得后面追赶的宋军迟疑一会儿，他便须得抓紧时间，赶在日落之前渡过唐河。否则的话，一旦让慕容谦与王厚再度合兵，加上何畏之的大军也赶来，那可真是大事去矣。

但是，真的能顺利渡过唐河吗？宋军在他的三面到处落子，摆明了想要全歼他，唯独在唐河这最关键的一面，没什么大动静。那是力有不逮，还是另有阴谋？韩宝的潜意识里是相信后者的，所以他才坚信，若不能把屁股后面的宋军打痛了，北撤绝难成功。

此刻，耶律亨应该已经率彰愍宫的先锋军到了唐河边上，准备渡河了吧？若耶律亨能够顺利先行渡过唐河，那么，至少后路是稳固了。

韩宝心里方计算着，突然听身后传来"嘭嘭"的数声闷响，他心中一惊，转身问道："哪儿来的响声？"

"好……好像是唐河……"一时之间,辽军诸将连正与右翼激战的种师中也顾不上了,一个个都是惊疑不定地回头观望,"似乎是火炮的声音!"

"不是火炮声!"韩宝断然否定,厉声喝道,"休要胡乱猜测,有耶律亨在,断无大事。先奋力击溃种师中!"

他怒喝之下,众心稍安。韩宝悄悄朝萧吼丢了个眼色,后者立时会意,叫过得力部下,不一会儿,便见数名骑士悄悄离开辽军大阵,往北方唐河方向驰去。

此刻,唐河南岸。

彰愍宫先锋都辖耶律亨正目瞪口呆地望着唐河北岸的那些宋人,半晌说不出话来。

不知道什么时候,博野数十里的唐河北岸,竟然冒出来二十余座简易的烽火台。他的人马尚未抵达唐河边上,那烽火台上便燃起了升天的狼烟。很快,便见上千名厢军、农夫,牵着上百头牛、数十辆牛车,在一名身穿南朝禁军服饰的人的率领下,朝这边跑来。

难不成这些宋人想凭这些厢军与农夫来阻挡自己?还有那些耕牛?牵来做什么?耶律亨方疑惑地望着这些宋人,只见那些宋人手忙脚乱地将那些牛与牛车赶到河边,便在牛尾巴、牛车上面同时点起火来——上百头耕牛顿时疯了似的,拉着数十辆牛车朝着唐河狂奔。

"火牛阵吗?"耶律亨不禁在心中嘲笑,难道那些宋人以为这些火牛能奔过唐河来?但他马上反应过来,脸色顷刻煞白。

这些火牛负痛,猛到唐河中间,立时便压破河冰,随着牛车沉入河中,而那些牛车之上不仅装有易燃之物,多半还有负重的石块、火药,甚至是震天雷、霹雳投弹!一辆辆牛车在河面上轰然爆炸,炸得石块、河冰漫天激射,结得原本便不太厚实的河冰,被这爆炸炸了开来,河面顿时一片狼藉。

望着眼前的这一幕,耶律亨一时间冷汗直冒。

那些宋人是在向他示威。

这数十辆牛车能炸开的河面是有限的,博野境内唐河的河段少说也有二十里,宋人绝不可能有足够的火药将整条河的河冰都炸开,若能如此,他们早就开始做了。

但是，仅仅是博野县就有两万多户人家，还有为数不少的厢军，宋人既是早有预谋，那就还可从保州、定州抽调人手、耕牛，制造牛车。宋人的确有能力监视每一段河面——耶律亨能看见两座烽火台中间，还有宋人提着铜锣在巡视。而唐河可不比木刀沟，他们要渡过唐河的河面，需要一段时间，足够让宋人抽调附近的火药与牛车过来支援。

若是他们走到河中间，被火牛阵这么一冲，一炸……后果不堪设想。

可如果就这么被阻在唐河的话……

而且，这不正是他来此的意义吗？

耶律亨忽然灵机一动——若他将人马分散开来，一百人一百人地从不同河段渡河，甚至数十人一队……宋人便不免会难顾周全。只要有人过了河，北岸的那些厢兵与百姓，人数再多，也只是乌合之众。

一念及此，他决定先试探一下，挑了两百人出来，分作三队，一个百人队，两个五十队，分散过河。

果然，宋人见他人少，便不再放火牛车，只是隔河远远望着小心翼翼踏冰过河的辽军。眼见着这三队人马都过了唐河大半，宋人都没什么动静，耶律亨不由得心中暗喜。他麾下皆是大辽精锐，只要过得河去，他便有信心击溃北岸的宋人。

又过了一小会儿，耶律亨目测着距离，三队人马都已进入宋人弓箭射程之内，他也曾见识过那些河北厢军的箭雨，知道他们连完成一个齐射都有些困难，更难对他的部下构成威胁，因此离河岸越近，他便越是放松。

但是，耶律亨没有料到的是，他想象之中毫无威胁的箭雨，却突然变成了他意料之外的致命威胁。

对岸宋人的齐射的确如他所料，稀稀疏疏，落点远近悬殊，完全是河北厢军应有的水准。可是，在这种散乱无章的箭雨的打击之下，他的部下竟然不断中箭倒下，而且，那些箭矢皆是射得又准又狠，一箭致命。

耶律亨也是身经百战之辈，马上便猜到了是怎么一回事。

在那些厢军之中，藏着神射手！

而且还不止一个两个。

难怪宋人会毫不在乎地让他们过河，这样几十上百的人马暴露在宽阔的河面之上，对于神射手来说是最好的目标。一箭之地的距离，他们可以轻松射杀一大半的目标。

只是让耶律亨想不通的是，这博野怎么会有这么多的神射手？难道……

但此时他也无暇多想，连忙鸣金收兵，狼狈撤回河面的人马。

而宋人却仿佛还嫌这样做得不够绝，耶律亨刚刚撤回那三队人马，便见唐河下游方向突然间火光冲天，仿佛整条河都燃烧了起来。拦子马很快便探得清楚，原来宋人用一个上午的工夫，在距离博野县城较近的唐河下游，大约连绵两三里之长的河面中央，搭起了四五十个大柴堆——他们竟然直接在冰上放起火来！

耶律亨愣愣地望着那燃烧的河面，失神了好一会儿，才醒悟过来，他必须马上向韩宝报告这里的情况。

唐河北岸。

孙七收起自己的大弓，抬头望了一眼东北的大火，朝身边的一个伙伴笑道："老兄，那些个柴堆果真能烧穿河冰吗？"

"鬼才知道。"那人漠不关心地回了一句，"不管有没有用，反正我半个月前来到这儿时，他们便已经准备了一段时间了。"

孙七不由惊讶地看了他一眼，"原来兄台已经来了这么久了，小弟孙七，却是四日之前才到的，不知道兄台以前是在哪一军？俺以前是在横山番军慕容大总管帐下听用，如今算是在唐都承跟前效用……"

"孙兄弟好机缘。"那人淡淡一笑，说道："我却不在哪一军。"

说完，便也不再多说，收拾起弓箭转身离去。孙七心里一愣，"不在哪一军？"旁边已有一人凑过来，笑道："孙兄弟莫要见怪，此人脾性有点儿古怪，听说他是位上官。"

"上官？"

"我听说他是个御武副尉，还是某个讲武学堂的教官，一直在宣台高将军手下听差。"那人笑着解释道，"不过此番军中暗中抽调神射手来守御唐河，四百多人,人人都只做厢军兵士装扮,个个素服,御武副尉其实也不稀罕,小弟来此才七八天,便已经见过好几位了。我看孙兄弟刚才箭法如神,又是唐都承跟前的人,将来别说御武,便是致果,也非难事⋯⋯"

孙七望着那人眼中热切的目光,心里面对自己的未来却并不那么笃定。他自投军以来,跟随的都是了不起的人物,因此比起寻常军士更加明白他们这道防线的意义,其实只是拖延,而不是阻止辽军。

只有最终在这场战争中活下去的人,才有资格谈前途吧?

西路。唐河南岸。申初时分。

"任将军,怎的一路行来,连一个辽人都没见着?难不成韩宝已经跑了?"武骑军都校王赡一脸讶异地问着已抵达此地多时的渭州番骑都指挥使任刚中,他们这一路的行军,实在是顺利得不让人不敢相信。

"王将军,下官已遣人去打探,韩宝的确尚未抵达唐河。只是辽军有只先锋曾被守河的博野军击退。"这样的情况,任刚中也是有些不敢相信。

"博野军?"王赡双目都瞪圆了,宣台与王厚在博野的部署,军一级的都校都被瞒在鼓里,连抽调神射手也是用其他的名义,因此这时听到任刚中的回答,不仅是王赡,连才走近的姚雄都以为自己听错了。"这⋯⋯"

任刚中也苦笑着摇了摇头,道:"具体情形下官也不清楚。但韩宝绝对不曾过河便是了。"

"难不成我们竟然比韩宝先到?"王赡看了一眼身后,慕容谦已经下令全军休息,许多将士已经开始啃起干粮。他下意识地皱了下眉,那种东西,他实是吃不下。

不过此时也没人注意他的表情,姚雄看了一眼东方,喃喃说道:"莫非韩宝是往东边跑了?他打算与耶律信合兵?那何畏之那边⋯⋯"

他才说完,便见慕容谦的一名参军急步走来,朝三人欠身抱拳,说道:"三位将军,慕容总管有请。"

"可是有韩宝的消息?"王赡问道。

那参军点了点头,低声说道:"刚刚中军行营遣使来报,韩宝突然改道向东,王大总管令我们向东追击。"

申正，安平东北数十里处。

"传我命令，全军休息就食。"韩宝下达完这道命令，心里却不由自主地暗暗叹了口气。

"晋公。"听到这道命令，积庆宫都辖耶律雕武迟疑了一下，还是走了过来，低声说道，"何不令诸军一边行军一边吃点儿干粮？此时休息，便更难甩掉宋人了。"

韩宝看了耶律雕武一眼，一向坚毅的脸上泛起一丝苦笑，"已经甩不掉了。"

耶律雕武不由默然，担忧地看着韩宝，道："晋公，尚未至绝望之时。"

"君只管放心，便是为了这数万将士……"只是转瞬之间，韩宝便恢复了平常的神色，那种从容镇定、成竹在胸的表情，"宋人穷追不舍，又不露破绽，博野竟然还藏有伏兵，我军又意外被种师中牵制住……"

说到"种师中"三个字，韩宝的眼角不由抽搐了一下。这个种师中，也许真是他最大的失算。直到此时，他也很难相信，最多不过短短十余年，宋人居然能出现这么优秀的骑兵与骑兵将领。

他虽然打赢了这一仗，结果却仍是完败。

三万铁骑，围追堵截种师中的六千骑骑兵，这原本应该是一场易如反掌的胜利。

但是，种师中却三次冲破他们的军阵，即便在混战之中，种师中也总能准确找到他们军阵中最薄弱的环节，那些该死的部族属国军！

种师中手中的那杆长枪，更是如同一条致命的白蛇，被他使得出神入化，伤在他枪下的大小将领至少有十余名。他麾下士兵的骑术，绝对不比韩宝引以为傲的宫分军逊色，但他们的甲胄更加精良，战马也更加健壮——连韩宝也不得不承认这一点，半年的征战下来，辽军的战马已经普遍消瘦。

但最让韩宝难以接受的，却是这些宋人的战术。

追随着高高举起的战旗，一往无前地冲杀，将挡在面前的一切冲成碎片。

简单，甚至野蛮。

那曾经是韩宝最拿手的绝招,凭着精良的甲胄,更加锋利的武器,更加锐利的箭矢,大辽铁骑能轻而易举地击败塞北那些连铁匠都没几个的蛮夷。

种师中完全是复制了他的战术——用来对付他。

他绝不与宫分军缠斗,宁可付出巨大的伤亡,也要甩开身边的宫分军,却对那些蛮夷穷追不舍。

那些部族属国军简直成了战场上最为碍事的部分。

苦战了近一个时辰,费了九牛二虎之力,韩宝不断巧妙地调动部队,才终于让种师中掉进又一个陷阱,然后一举将之击溃。击败聪明而强大的对手,这段时间并不算长,甚至可以说这是一次经典般的胜利。若是没有那一丝运气的话,便连韩宝也不能确信他能在这么短的时间内击败种师中。

如果没有那支正巧射中种师中面部的流矢的话……

群龙无首的龙卫军终于溃败,种师中在亲兵的拼死护卫下溃围而去,丢下了一千多名死伤的同伴,但是韩宝甚至没有时间去追杀他们,来扩大好不容易得来的战果。

原本摆出狮子搏兔之势,想以一击千钧之力击溃种师中,震慑住宋人,然后从容过河。没想到种师中如此棘手,而耶律亨更带来了灾难性的消息。

若是时间再从容一点儿,宋人那点儿守河的手段,实在不值一提。

但韩宝所欠的,便是那一点儿时间。

而且,雪上加霜的是,那些部族属国军已经被种师中杀得胆都寒了。

无法迅速渡过唐河,而宋人三面合围之势如此明显,若继续按原来的计划,韩宝就会被宋人团团围困在唐河边上。

事已至此,他也只得孤注一掷。

向东边突围,虽然东面一定会有何畏之的部队,但相对来说,何畏之部是宋军诸军最弱小的,不要说何畏之的火炮与战车没那么容易运过滹沱河,即便过了河,那边也还有耶律信的接应。

当然,要击败何畏之渡过滹沱河并不容易,田烈武也绝不会袖手旁观,但那已是他这数万人马唯一的生机。

"如今时间已经不重要了。"韩宝淡淡地对耶律雕武说道,"将士们必须保存体力，才能与宋人厮杀。"

耶律雕武默然点了点头，他心里其实也明白，他们走快一点儿走慢一点儿，结果都会被王厚追上，此事已无悬念。此时他们已将自己的命运完全寄托在了耶律信手中。而即使如此，也难保万全——否则的话，他们一开始就会选择往东边去与耶律信合兵了。

同一时刻。

辽军韩宝部所在东北二十里外，仁多观国一面割下一个蛮夷的脑袋，一面听着一个探马的禀报，突然，他睁大了眼睛："你说什么？西南发现韩宝主力？"

"啧啧！"仁多观国感叹了好一会儿，他也不知道自己是什么运气，奉命一路北行，先是碰上一股溃败的辽兵，也不知道是哪个部族的人，被他一举击溃，正高高兴兴地打扫着战场，居然又听到这样震撼的消息。

"如此说来，韩宝竟然没有往北边跑？昭武令我先至博野协防，岂不是没有意义了……不过我这点儿兵力，正面对抗韩宝，也太……"他自言自语地沉吟着，忽然一拍脑门，得意地笑了起来。

"全军听令，掉头，去滹沱河找软柿子。那儿肯定有耶律信来接应的人马！"

与此同时。韩宝部东南约十里处。

何畏之静静听完探马的报告，脸上露出一丝冷笑："看来韩宝还是真瞧不起何某呀！"

3

被白雪覆盖的河北平原上，日轮的光彩已经黯淡下来，东边遥远的天际，橘色、暗紫色相间的云层离地面仿佛触手可及，不知道是因为染上了太多的鲜血，还是因为这夕阳，雪原也染上了一层暗红。

田烈武伸手轻抚着身旁几近脱力的战马，一面远眺着北方似乎仍不甘心的辽军。但是，战斗已经结束了。他在心里吁了一口气。此时的战场，一片寂静，只有双方派出的小股人马，在默契地找回自己一方死伤的袍泽。

终于，双方都结束了清检战场，辽军开始缓慢而有序地退兵。

"郡侯。"刘近走到田烈武的身边。

田烈武看了他一眼，他的右肩上绑着一块白布，"你受伤了？"

"只是小伤。"刘近勉强挤出一丝笑容，低声说道："张将军的伤只怕……"

"我去看看……"田烈武的声音也小了下来，"你先替我过去与援军打招呼，怠慢之处，请他们不要怪罪。"

"是。"田烈武望着刘近忍痛上马，疾驰离去，这才转身，大步往铁林军的军阵中走去。

仿佛是要配合着这此时的气氛，云骑军的军阵中忽然响起了凄凉悲怆的笛声。伴随着这笛声，也不知是哪位士兵最先开口低哼，只是一会儿的工夫，越来越多的将士开始一齐哼唱起来。

"受降城下紫髯郎，戏马台南旧战场，恨君不取契丹首，金甲牙旗归故乡……"

这首云骑军的军歌——由苏轼亲自填词的《阳关曲》，此刻在战场上响起，就仿佛是在告慰着那些阵亡将士的英灵，令人闻之泣下。

恨君不取契丹首，金甲牙旗归故乡！

今日早晨追随田烈武出战的云骑军将士，此时，已不知道有多少不能再生归故乡。

远处，颜平城倚马而立，他看见田烈武行进的方向，犹豫了一下，便牵着战马快步跟了上来。

"郡侯是要去看张将军吗？"

田烈武默默点了点头。

颜平城沉默了一会儿，郑重说道："张将军，真豪杰。"

田烈武转头看了一眼颜平城，看见了对方眼中的真诚。他眼前的这个胡人，虽是俘虏，却又何尝不是真豪杰？他轻声说道："若无张将军与铁林军浴血死战，田某已成耶律信阶下之囚。"

"郡侯亦不必妄自菲薄。"颜平城淡然说道,"云骑军,亦足以令郡侯自傲。这天底下,有哪个马军将领能以劣势之兵力,一天之内败于耶律信三次?"

田烈武听到颜平城如此说,心中不由得苦笑。

是啊,一日之内,被耶律信打败三次。可是,这也值得炫耀?

他摇了摇头,不再说话。

到了铁林军军阵前,那边的将士大多认得田烈武,早有几个将领出来迎接,田烈武说明来意,众将忙领着他走进一座简单搭成的大帐之内。

铁林军都校张整,此时便躺在这座大帐内。

他望见田烈武进帐,连忙挣扎着想要起来,田烈武忙快走几步,按住张整,温声道:"张将军不必如此,将军的伤势,还须好好静养。"

看着因为失血过多而精神萎靡、脸色苍白的张整,田烈武心中不由得一酸。张整在战斗中胸口肺部中箭,为了不动摇军心,他折断箭杆,隐瞒伤势,继续指挥作战。这样的伤势,又拖延这么久,就算是找遍整个大宋朝,也很难找到一个神医救他了。更何况,军中的医生水平都极为有限。

张整对自己的伤情心中也十分清楚,咳了一声,勉力说道:"多谢郡侯。不过⋯⋯"他脸上露出一丝苦笑,"下官已将遗表写好,还请郡侯替下官转呈皇上。这次⋯⋯这次没有再败给耶律信⋯⋯咳⋯⋯下官⋯⋯下官⋯⋯死而无、无憾。"

"铁林军没有输给耶律信,也没有输给太和宫!"田烈武沉声答应着。

但张整的脸上还是有一丝遗憾,"没有败,是侥幸⋯⋯不、不知道是哪里的援军,下官不能亲去致、致谢⋯⋯"

"张将军放心,田某会替转将军转达心意。"田烈武连忙止住张整,又安慰几句,便领着颜平城退出帐来。

这时候,他才顾得上四下打量铁林军——这边惨烈的情形,较之云骑军更是有过之而无及。到处都是带伤的将士,地上到处都是沾着鲜血的箭矢与武器⋯⋯但是,所有的铁林军将士,见着田烈武经过,哪怕受着伤,也会挣扎着站起来向他行礼。

这是一种发自内心的敬意,与他的行营总管身份无关。

一路之上，他听得见一些铁林军将士的窃窃私语。

"不愧是阳信侯啊……"

"云骑军以前就是一群草包。家父对我说过，河北禁军的将校，尽是些钟鼎之家的无用之辈，纨绔子弟继承家业，害怕到陕西、河东去，想尽办法钻营也要来河北……"

"今日这个云骑军你敢说草包？！"

"所以才说不愧是阳信侯！听说没？阳信侯也是咱东京人，他府上离我家就隔一个坊……"

其实京畿禁军的名声，以前较之河朔禁军也好得有限。但是，自熙宁年间的整编禁军开始，殿前司诸军便已经是名副其实的精锐，在他们的眼中，瞧不起河朔禁军也是理所当然的。

田烈武与云骑军，用白天的这一场战斗，赢得了尊重。

尽管他们的的确确没有打赢这一仗，甚至便如张整所说，是完完全全靠着侥幸才有此刻这个结果。但是，经历过这场战斗的人，没有人会再瞧不起云骑军。

田烈武回到云骑军的临时驻地时，刘近已经回来。与他一道回来的，却是田烈武的旧识、前天武一军副都指挥使、如今的横塞军都校王襄。二人在京之时早已相识，田烈武也知道横塞军已移驻北望镇，却不曾料到意外出现的援军竟然会是南面行营的部队。他此时尚不知道何畏之已经率部离开饶阳北上，心里还猜测援军多半是何畏之。

此时见到王襄，田烈武虽然惊讶之意现于形色，但感激之情还是一般无二，见面便谢道："此番若非王将军率军驰援，我云骑、铁林两万将士，恐有倾覆之忧。烈武在此谢过王将军。只不知横塞军何以至此？是宣台已下令南面行营诸军北上了吗？那可真是雪中送炭……"

"不敢，不敢。"王襄连连谦让，脸上却露出尴尬之色，也不敢回答田烈武的话。

田烈武瞧在眼里，却以为那是因为他官阶较王襄高之故，也不以为意，不料刘近脸上也现出古怪神色，在一旁禀道："郡侯，方才不及禀报，此番率军前来的，是宣抚判官陈公履善。"

田烈武却更是高兴，笑道："原来是陈宣判[1]领兵前来。如此，令尊王老将军必也来了吧？可惜大战之后，烈武不便立即前去参谒，容明日再往请罪。"

他这么一说，二人的脸色更加古怪了。原来陈元凤领兵来此，救了田烈武，颇有些志得意满，觉得田烈武应该对自己感激涕零了，哪知田烈武本人却没有亲去道谢，只派了个小小的参军过去，心中已是颇为不悦。陈元凤官阶高过田烈武，又是文臣、进士，怎么可能反过来先见田烈武？只为田烈武也是当朝亲贵，这才勉强让王襄过来先拜见田烈武。以他的意思，这样一来，田烈武与张整也没什么借口可说，自然就该立即去拜见他了。

只是谁也不曾料到，田烈武心中确实是没有这么多花花肠子。他倒不是故意要拿大或是如何，只是因为张整受了重伤，云骑军与铁林军都是损失惨重，他军中之事千头万绪，这等关头，他觉得迟一天去拜见陈元凤，也是再自然不过的事情。

但他觉得理所当然，别人却又是另外的感觉。

王襄与田烈武虽然早就认识，也却并无深交，只道田烈武是故意如此怠慢，心中亦不觉颇为恼怒。原本南面行营被宣台有意压制，急于建功立业的王襄心中便颇有不平，此时不由得也疑心起田烈武是在排斥他南面行营——在世人看来，田烈武是石越门客出身，如今以亲贵而领重兵守重镇，也是一方诸侯，偏偏现在领兵来的陈元凤官阶高于他，又救他于危难，还是文臣，一来就将他"压制"了，倘若田烈武想与陈元凤分庭抗礼的话，这般有意怠慢那也说得通……

王襄如此以己度人，不免暗怒田烈武忘恩负义。至于他们这次救了田烈武，其实完全是个意外，他自然却不会去多想。

田烈武与刘近都不知道的是，此次陈元凤与王襄引兵前来，根本不曾奉宣台的将令。因此，不仅南面行营三支大军只来了两支，连李舜举与总管王光祖也被瞒在鼓里。

在吕惠卿易州大捷后，陈元凤心中的那种恐慌，是外人很难真正理解的。即便石越能料到他的不安，却仍旧低估了陈元凤对此的忧虑，以及随之而来那

---
[1] 宣判，宣抚判官的简称。

种越来越强烈的冒险情绪。在表面上,他故意对石越表示恭顺,但暗地里,当石越同意将南面行营的三支军队向前推进,并分三处驻扎后,他便找到机会,不断挑拨、拉拢、引诱南面行营的将领们。

除了阜城的宣武二军在石越的眼皮底下,他不敢有所动作外,陈元凤利用南面行营诸将中普遍存在的不满情绪,顺利得到了北望镇的横塞军与武强的骁骑军的支持。

不得不说,安平的劳军事件,还是一定程度上影响到了石越的威信,冲击了他对军队的控制力。尤其是在南面行营诸军中,许多将领与石越本无太多的渊源,而一直以来,他们所处的环境又让他们以为辽人其实很好对付——许多人来到河北,为的就是想捞点儿战功,日后才能飞黄腾达。然而,自到河北之后,他们却被宣台压制着,未立寸功。因此,很多人都不免暗自猜测,认为石越是故意要让与他关系亲厚的将领立功,他们这些非嫡系的将领,便是连汤也没得喝一口⋯⋯

但尽管如此,对王襄这些武将来说,仍然是不敢公然违抗宣台节制的。

大宋朝已非过去的大宋朝。谁也不敢拿着自己的人头去开玩笑。

只是,这种积威只能阻止王襄这些武将,却阻止不了陈元凤这样的文臣。

对于一个国家来说,武臣动辄不服从上司,文臣只知道服从上司,皆为亡国之兆。是以自古都是武臣守纪律,文臣守道义。而陈元凤对于所谓军法更无敬畏。从现实来说,石越能杀掉荆岳,但没有皇帝的诏令,却断然是不可能杀得了陈元凤的。

况且陈元凤还是个聪明人。

他不会给石越把柄。

这也是王襄们敢和他一道冒险的原因。

他们虽然不曾奉得宣台的命令,却也不曾违背将令。

陈元凤事先便找了个借口到了武强,他与王襄约好,黄河冰冻之日,便以探马报告发现友军被辽军攻击的名义,一面派人报告宣台,一面先斩后奏,北进河间府"增援"。探马探错情况也是有的,查明清楚,也不过是军棍杖罚。至于他们,宣台总不能说去救援危急中的友军也不行吧?石越不是总说,大军在外,将领有事急从权的处置之权吗?只要生米煮成熟饭……立下了功劳,陈元凤就有信心皇帝一定会保他。

熙宁以来,因为高宗皇帝的关系,大宋朝军中最推崇的是两个人,一是大唐的李卫公,一是仁宗朝的狄武襄公,二人的治军之道一直被宋军奉为圭臬。狄青的那句名言——"违令而胜,权也,何罪之有?"便是连陈元凤也耳熟能详。说起来,这其中也颇多石越的"功劳"。对于大宋的这些将领们来说,一方面,宋廷要防他们专权跋扈,不守纪律;可另一方面,自太宗朝以来,将领们谨小慎微,不求有功但求无过的心态,也是军事改革的重点。以宋军的历史来说,不管现实的战局如何变化,刻板的执行枢府与上级的命令,结果导致大败,这一类惨痛的教训实在是要远远多于因为将领们不遵命令造成的败仗。

鼓励将领们进行一定程度的冒险,但风险必须由将领本人承担,便如狄武襄公说的,违令而胜,当然无罪,甚至有功。但若是违令而败,那就要罪加一等。这就是军队的法则,以成败论英雄,对于军队来说也是必要的。如若一支军队中,全部都是唯唯诺诺守令不苟的将领,这样的军队,总是会让人觉得少了点儿虎狼之气。

从某个方面来说,高宗皇帝与石越算是成功了。甚至有点儿成功得过头了……

至少绍圣七年的战争开始以来,陈元凤与王襄绝非第一群打擦边球的人。

不过,无论是陈元凤还是王襄,都不曾想到,他们的运气竟然好到这个地步。

他们居然误打误撞中,救了田烈武!

清晨起,横塞军与骁骑军便分头北进,原本陈元凤想的是先去饶阳,再见机行事,但骁骑军几名将领死也不敢去何畏之的地盘招惹是非,不得已,陈元凤才改道前来河间府,打的是与章惇合兵的主意——对章惇,陈元凤也有几分忌惮,但事已至此,他也只能委曲求全,先笼络章惇。他打的如意算盘是,若能利用章惇的野心,两人合兵一处,兵力便十分雄厚,足以干出点儿动静来了……甚至还可以借章惇之力来对付石越。

只是,陈元凤无论如何也想不到,上天会对他如此关照。

当有探马发现有两支大军在这一带大战后,陈元凤与王襄等人一商议,便决定丢下辎重,轻兵急进,想要打辽军一个措手不及。也不知道他们是运气太好还是太坏,很快,因为发现横塞军根本承受不了这种急行军,而探马又探得辽军兵力有两三万之众——骁骑军诸将虽然在武强的时候嘴巴上豪气干云,此时却突然临战而惧了,他们也不敢单独前来,于是便放慢速度,与横塞军一道"缓进"。

若非如此,贸然加入战斗的他们,恐怕只是给耶律信送上一份功勋,说不定还会害了田烈武与张整。在这个时代的战斗中,无用的友军带来的结果,并非只是不起作用,而往往是灾难性的。总之,这一次意料之外的变故,既救了他们自己,也救了田烈武与张整。

终于接近战场,已是接近黄昏,王襄与骁骑军那几名大将总算没有将在朱仙镇学到的东西忘光,几个人冒了点儿"险",悄悄接近战场,观看了一小会儿战斗。

就看了这么一小会儿战斗,便如同在王襄火热的心里泼上了一盆冰水。或是因为天气太冷,骁骑军那几名大将脸色也是不太好看。发了半天的呆,总算王襄还有几分智术,回来之后,便禀报陈元凤,虽然他们很想一举击溃辽军,但奈何天色已晚,此时加入战斗已无意义。不如厚张兵势,摆出架势来,先在气势上威慑住辽人,待明日再战,辽人就会未战先怯。

陈元凤虽然将信将疑,但行军打仗他到底是个外行,况王襄素负智名,他也只好依计行事。

不想此计一出,竟奏奇效。辽人一见着这边的旗鼓,便立时鸣金收兵。

"牛刀"小试,不仅"惊走"耶律信,立下偌大功劳。而且救的还是田烈武,而且云骑军与铁林军还伤亡惨重……如此一来,在河间府是要主客易势了。陈元凤立即意识到,他与南面行营可以压过章惇与右军行营一头了。若能拉拢到田烈武,就更可架空章惇,河间战场的战勋,全得算在他陈元凤头上。

因此虽然田烈武有些无礼,陈元凤还是让王襄前来拜会。

王襄当然不知道陈元凤心中的算盘,但在他的心中,对这些礼节性的东西是十分看重的。王襄的祖父,是当年赫赫有名的"王铁鞭",他家虽不能与种、折这种将门相比,但也是世代忠良,其出身较之田烈武不知高贵多少。虽然束发从军,但自小的耳濡目染中,一些礼仪规矩已是深入骨髓。在他看来,如田烈武这样骤贵的新贵，实是没什么了不起的，朝廷委以重任，田烈武本应该更加战战兢兢，谨慎小心。似这般恃宠而骄，居然敢对陈元凤这样的朝廷重臣失礼，更妄想分庭抗礼，已属可恶。再加上田烈武在京师时还颇有贤名，更可见此人之虚伪——权贵们在京师便扮贤良，出镇地方就飞扬跋扈，无所不为，这种事情，王襄可是见过不少，他心里立时便将田烈武划入了这类人当中。

况且，他自领兵离开北望镇起，便算是与陈元凤牢牢绑在了一条船上，一荣俱荣，一辱俱辱。

不过，王襄虽然心中愠怒，田烈武的地位却比他高出不少，他也只能强忍心中不快，欠身问道："既是如此，却不知定远[1]打算几时下令班师回河间府？下官也好回去禀报，与定远大军一道回师。"

田烈武怔了一下，不觉讶然："回师？不，我们不走。"

"不走？"王襄惊讶地张大了嘴巴。已经打了"胜仗"，却不见好就收，况且这冰天雪地的，不回河间府，却在这外头扎营，这田烈武莫非有病不成？

田烈武却是不解地看了王襄一眼，不知道他为何如此惊讶，只是淡淡点点头，说道："方才我已经接到饶阳何将军遣使送来的战报，韩宝正率军向东而来，我军要牵制住耶律信，不能让他去接应。原本我还担忧兵少，既然陈宣判与王将军领兵来此，那正是天助我大宋，务请将军回报陈宣判，今晚我军便在此扎营，明日再整军去攻打肃宁。"

"攻打肃宁……"王襄嘴角不由得抽搐一下。他并非无能之辈，黄昏前那短暂的观战，他已经看出来，田烈武手下的这些军队绝非耶律信的对手。他的横塞军与同来的骁骑军，更加休提。今日能有如此结果，已属侥幸，再去挑衅，不是自寻死路吗？

田烈武却不知道他心里在打着退堂鼓，见他语气迟疑，不由问道："怎么？王将军……"

"无事，无事。"王襄心中虽然算计，却生怕别人瞧出自己的怯懦，连忙摆手，抱拳笑道，"既是如此，下官便先去回禀陈公。若是确定便在此扎营，下官会

---

[1] 田烈武时为定远将军。

遣人将营阵图[1]送来给定远过目。"

目送着王襄匆忙离去，刘近才纳闷地问道："郡侯，韩宝怎的会突然往东而来？"

"详细的情况，我亦不知道。"田烈武心中也很奇怪，"不过，若非走投无路……"

"郡侯是说韩宝是被撵到东边来的？那……"刘近心中一转，几乎兴奋地叫起来，"那他岂不被围起来了？"

"此时不必妄加猜测。"田烈武淡淡说道，"何畏之是靠得住的。眼下当务之急，先是要将张将军送回河间府养伤，然后将云骑与铁林暂时混编成一军，明日才好列阵对敌。咱们云骑军以前操练过李卫公的六花阵法，我知道铁林军也操练过此阵，稍后扎营之时，便以六花阵法为营阵，重新编制一下两军，也是将阵法先熟悉一下。"

"是。"刘近答应着，心中却十分震惊。此时镇定自若的田烈武，对他来说，既熟悉又陌生。他完全没有想到，在这短短的时间里，田烈武连明日要使用的阵法都已经考虑妥当。他不由心悦诚服地点头赞道："六花阵法攻守兼备，且正好分为七阵，将云骑军暂并为两营，铁林军仍分五营，正好七阵，亦不必打乱各营编制，简单易行。"

"只是此事到底不好独断，以免铁林军诸将心中有芥蒂。"田烈武继续说道，"待会便召集两军护营虞候以上将领，至我帐中会议。"

待刘近答应记下，田烈武又接着说道："接下来还有两件紧要事，一是宣武一军到底怎么回事？此时仍是音讯全无。"

说到这里，田烈武脸色变得难看起来，刘近心中也是一沉，他心中同样疑惑，却只能安慰道："宣武一军号称'天下第一军'……"

"那是以前。"田烈武打断刘近，沉声说道："宣武一军是殿前司精锐不假，但要说'天下第一军'，那也是熙宁间禁军整编不久的事。这名号是一直沿袭下来了，但是今日之拱圣军，非当年之拱圣军；今日之宣武一军，又如何会是

---

[1] 宋军行军扎营皆有阵法、阵图。两支军队在一道扎营，地形要能互相配合，也要交换营阵图，以了解对方的情况。

当年之宣武一军？军队的荣誉是靠战功累积的，辽人可不会因为这个虚名便故意败给他们。要说如今真正的是天下第一军，以我之见，恐怕唯有姚武之的拱圣军方能当此称号而无愧。"

刘近不由默然。田烈武说的，他当然也明白。十余年的时间，一切都在变化。宣武一军当年借整编禁军之力，网罗了大量的军中精英，但经历过熙宁西讨之后，不知有多少禁军都有了自己的骄傲与向心力。以战斗力而言，别说当时如日中天的云翼军，他们甚至未必打得过振武一军。战火的洗礼，是淬炼一支精兵的关键。一场恶战，能令一支军队脱胎换骨；十年的和平，也可以令一支军队彻底改变。而且，一支军队的强大与否，主将的个人能力与军中有多少曾经经历过实战的校尉仍是至关重要的两大因素。以主将的能力来说，苗履恐怕要远逊于姚兕；至于军中保存的经历过实战的校尉，殿前司诸军都是远远无法与西军相比的。原因是很简单的，像宣武一军这样的军队，其中的武官如果有过切实的军功，自然远比西军的同僚更容易升迁，他们早就到各地当官去了，有几个人会傻乎乎地留在军中？

但不管怎么说，宣武一军的表现仍然是当得起"精锐"之称的。刘近并不相信他们会出什么岔子。

他看了一眼田烈武，还是依照本心回道："郡侯所言固然有理，但下官以为，苗将军还是值得信赖的。"

"我非不信任苗将军。"田烈武叹了口气，道："还是找两个精干的探马，一个去君子馆，一个去河间府找章参政。知道到底发生了什么，心中才能安定。"

"是。下官即刻便去安排。"

"做完此事，你还要派几个人，趁夜去探探肃宁寨。"

刘近心中一震，"肃宁寨？今夜耶律信防备必然森严……"

"这我也知道。"田烈武转头眺目北方，过了一会儿，才说道，"只是我觉得耶律信突然鸣金收兵……"

"不是因为南面行营吗？"

"那自然也是一个原因。"田烈武心中也没什么底，"不过作战之时，有那么一小会儿，我发觉耶律信的中军那儿有点儿不对劲儿……"

"莫非是知道了韩宝之事？"

"也许吧。"田烈武怀疑地说道，"但平时尚好，这等大战爆发后，辽人的信使要轻易通过何畏之的防区……"他摇了摇头，"我总觉得是肃宁寨出了什么变故……"

"既是如此，下官立即去安排人手，总要查探清楚。"田烈武这么说了，刘近心里即便仍是不以为然，但他也明白许多时候，将领看起来莫名其妙的直觉，可能反而是最靠谱的。打探一下，总是小心无大错。他虽然口中答应，却并没有马上离去，站在那儿抬头看了一眼田烈武，一副欲言又止的样子。

田烈武知道他定然是有什么话想说，对于刘近，他本就颇为信任，此番与耶律信大战，他麾下的诸参军也是死伤不少，刘近能在这场恶战中活下来，田烈武自不免对他更加倚重，不以寻常部属待之。因笑道："君若有事，尽管直言。"

但刘近仍旧是低头踌躇，这时田烈武心中也有些惊讶了。原本以他对刘近的了解，此人本就是颇为敢言的，此时他出言鼓励，刘近却还是如此犹疑，那显见他对想要说的事情，是有极大顾虑的了。不过田烈武亦不催促，只是静静地望着刘近，等待他自己开口。

又过了一小会儿，刘近才仿佛是下定了决心，再次抬起头来，望向田烈武，字斟句酌的说道："郡侯，此事本非下官所当言，只是……"

田烈武仍是默不作声，只是沉静地看着刘近。

刘近咬了一下嘴唇，又说道："下官以为，骁骑军与横塞军，恐怕不堪倚重。"

"横塞军固不待言，便是骁骑军，虽然隶属殿前司，但想来郡侯也听说过西京的一句口号——'铁林似铁，骁骑不骁'——绍圣以来，世家子弟要想由军中谋个出身，又进不了诸班直、捧日与天武衣，首选便是骁骑军。这骁骑军有这个名声，也不算冤枉的……"

刘近所说的"世家子弟"，指的是宋朝成千上万名在任或卸任武官家的子弟，这些人虽然是官宦之后，可大部分人的人生道路还是只能从军中谋个前程。而对绝大部分的将门子弟来说，班直侍卫、捧日军、天武衣，都是可望而不可即的，讲武学堂也是需要真材实料的，而在承平之世，他们最想去的地方当然是两京的禁军，而其中待遇更加优渥的马军，自是最受青睐的——这也是人之常情，当时不知道有多少人，宁肯在汴京做个普通人，也不愿意到外地去当官。在这个时代，汴京的繁华实在是别处无法比拟的。而对世间绝大多数的人们来说，他们追求的其实也就是这些东西。殿前司辖下共有四支马军，捧日军高高在上，拱圣军声名不佳，骁胜军是教导马军，进入的难度不逊于讲武学堂，骁骑军不免便成为众多官宦子弟钻营的首选。便是说骁骑军中的每一个官职，都有一个"将门子弟"把持占据，也不算夸张。

公平来说，这些"将门子弟"绝非无能的代名词，他们往往自小便受到更好的家教，不仅见识更广，这时代的大宋朝也还谈不上腐朽，这些愿意到军中来谋出身的将门子弟，在骑术、箭法、武艺上面，较之寻常士兵也多少都是强一点儿的。骁骑军的问题，是军中经历过伐夏之役的校尉越来越少，取而代之的这些新校尉，大部分未有实战经历，更麻烦的是，一军之中将门子弟过多，便免不了要分帮结派。而一旦局面形成之后，便是枢府想要整顿，也是千难万难了。

更何况无论是考核训练成绩、还是禁军的演习战绩，骁骑军其实也并不算差。

想找个下手的借口，也不是件容易的事。

在大部分人的眼里，这支曾经在伐夏之役中立下过赫赫战功的禁军，仍然是殿前司精锐。

不过这些事情，瞒不过西京洛阳的百姓，而田烈武自然是心知肚明的。

他也清楚，刘近想说的不是这么简单的事。

果然，刘近停了一会儿，便又继续说道："以下官之见，要想继续与耶律信抗衡，只能依靠我右军行营诸军……而且……"

田烈武眼角微微动了一下。

"而且，郡侯必须真正掌控住右军行营。"

"真正掌控？"田烈武心中不由一震。

"不错。"虽然左右并无旁人，刘近还是下意识放低了声音，但言辞更加犀利，"恕下官直言，观今日之战，郡侯不过一军之将，而非两军统帅。我军不是一支军队在与耶律信打仗，而是两支军队在耶律信打仗。若非张将军配合默契，后果不堪设想。如今张将军受伤，郡侯不能指望铁林军出现第二个张将军。"

田烈武已经听明白刘近的意思，神情变得沉重起来。

但刘近并没有就此打住，说到这里，他已经无所顾忌，"郡侯必须彻底接掌铁林军。不仅如此，待宣武一军回归，郡侯亦要更加果断，真正控制宣武一军。若郡侯能牢牢控制我右军行营诸军，南面行营亦只能唯郡侯马首是瞻，如此，我军兵强马壮，足与耶律信周旋。"

说到最后，刘近的目光都变得炽热起来。

但田烈武只是轻轻"唔"了一声。

差不多的时间，回肃宁寨的路上。

半天的苦战，相比起宋军来说，辽军的伤亡并不算大，但是自耶律信以下，几乎所有的辽军将领神情都很沮丧，便仿若打了一场败仗一般。沉闷的气氛，令得战斗之后的疲惫更加倦人，每个人都有些无精打采。甚而有不少将领心底里已经生出对耶律信的不满，这些人战前十分轻视田烈武，当发现事实并非如其想象后，却变得恼羞成怒，又将这股无明之火转移到了下令撤兵的耶律信身上。

"再给我半个时辰，必能取下田烈武的首级！"左皮室军主将"小韩宝"萧春在回肃宁的路上，便向左右公然口出狂言，他似乎已经忘记，主攻云骑军的正是他的左皮室军。

但是，这样的言论，还是在辽军将领中引起了不少共鸣。

便是连耶律密，也不理解耶律信为何放弃。萧春所说的并不全是大言，如果没有那支意料之外的宋军赶到的话，在天黑之前一举击溃田烈武部是极有可能的。但即便宋人来了援军，耶律密也觉得放弃得太快。

"我已经给了萧春足够的时间。这么久的时间内他没能做到的事，再拖到天黑，结果也不会改变。"耶律信的回答一如既往的冷漠，"错已铸成，不可一错再错。"

谨慎的耶律密小心藏起了心中的疑惑，不再多问。他并不如萧春一样信心十足，只要回想起白天战斗的情形，耶律密就觉得一阵说不出的别扭。

云骑军比他们想象的更加善战，雪战给双方都带来了麻烦，双方都有一些将士是在骑马冲杀时，因坐骑失了前蹄而受伤，但云骑军看起来与辽军同样适应雪战。尽管如此，左皮室军与云骑军的第一次交锋，只用了很短的时间，便击溃了云骑军。

但接下来，得意忘形的萧春以为胜券在握，竟然借着追杀云骑军的机会，杀向尚未列好阵的铁林军，岂料张整的铁林军竟然守住了防线，而败退的云骑军也并未被打乱编制，他们没有逃向铁林军的大阵，而是绕到了铁林军大阵的后方。

此时便连耶律信也出现了致命的判断失误。

没有人想到被击溃的云骑军还会有战斗力，一般来说，这是不可能的事情。耶律信开始重新布阵，以优势兵力，三面围攻背靠村庄布阵的铁林军。耶律信对他的太和宫骑兵极其自信，这些手握超长长枪的骑兵，是耶律信训练出来冲阵的奇兵，对于步兵方阵极具威胁。

然而，曾经是太和宫手下败将的铁林军，这一次却守住了他们的方阵。

那是耶律密此生所见过的最惨烈的步骑决战。双方的攻防几乎都无可挑剔，而令人气结的是，仅仅靠着霹雳投弹的帮助，铁林军竟然稳若磐石，在太和宫一次次令人窒息的冲锋中屹立不倒。尽管因为下雪的缘故，耶律信没能把火炮运来，但是太和宫在冲击铁林军的防线时，也使用了辽国自己仿制的霹雳投弹，然而火器也未能炸乱铁林军的阵形。即使是霹雳投弹就在脚边爆炸，那些铁林军士兵也绝不肯离开自己的位置去躲避。而这该死的天气，又一次帮了宋人的忙——尽管已经妥善保管，但是辽军的火器仍然大量受潮，原本数量就不算太多的霹雳投弹，许多点火扔出去后，竟然根本不爆炸。

铁林军的顽强，对于被击败的云骑军来说，不仅仅是一场活生生的教材，更是一次难得的机会。只用了一个时辰，田烈武奇迹般地再次聚拢了羞愧交加的云骑军，这一次，云骑军不仅出现在辽军的侧翼，而且他们还采用了一种新的战术。

很宽的横队，但是横队的纵深只有三个横列，他们在很远的地方就开始驱使战马奔跑，待到靠近辽军之时，战马便已经进入全速冲锋的状态，这样一来，骑兵便可以冲进辽军的箭雨当中，先用霹雳投弹开道，然后是手弩，最后挥舞着兵器开始冲杀。

而最让辽军不适用的，是云骑军使用的另一种霹雳投弹——这种投弹并不会爆炸造成杀伤，但点燃扔到地上后，会释放出刺鼻呛目的浓烟，不仅仅令骑兵们感到不适，连战马都会受影响。这种投弹并不是什么新式武器，便连耶律密也知道，宋人在发明爆炸性的震天雷之前，所使用的火器大多便是这种功能。但是，云骑军所使用的这种投弹明显经过改良，而且多半是辽宋战争开始后在河间府制造的。因为在此之前，他们从未听说过宋军装备了此种火器。

借着浓烟的掩护，云骑军巧妙变换着队形，一次又一次地将他们的兵力调动到辽军侧翼，然后突然集中优势密集的兵力发起冲锋，给辽军造成混乱与杀伤。

面对着远比自己强大的辽军，云骑军打得十分聪明。这也是萧春至今并不服气的原因。云骑军每次组织进攻，都是分成许多个横队，从不同的地方发动。甚至他们连投掷能爆炸的霹雳投弹的骑兵，也是特别挑选出来的，因为不可能每个人都有那样的臂力。然后，他们依靠小队之间的默契配合，互相掩护，借着那该死的浓烟，一次次成功脱离战场，重新组织进攻。面对这样的宋军，辽军虽然强大，却如同恶狼在水田中抓泥鳅，总是用不上力。

尽量此后又有两次被耶律信发现破绽，甚至有一次还出动了黑衣军，给了云骑军一次痛击——几乎全歼了一个营的骑兵，但越打越顺手的宋军还是再次聚集起来，又一次出现在辽军侧翼。

耶律密是个老行伍，数十年戎马生涯，也经历过不少大战。他心里十分清楚，若非辽军的主帅是耶律信，若非云骑军的单兵作战能力实在无法与精锐的皮室军、宫分军相提并论，他们的战术极可能创造一次以少胜多的经典战例。利用顽强的步军方阵牵制住敌军，然后骑兵通过变化队形，巧妙地出现在敌军的薄弱点——从侧翼的进攻，对于任何一支军队来说，都是极大的威胁。再加上对火器的巧妙使用，队列上的创新……在此之前，大概很难想象，那么薄的纵深竟然也能造成巨大的杀伤吧？

此时回过头来再细想，耶律密也承认，如果在骑兵对战中要使用霹雳投弹这一类的火器，采用较浅的纵深可能是最好的办法，这样才能真正有效地避免误伤自己。耶律密没有想明白的是，为什么宋军的霹雳投弹看上去就很少出现受潮不能点火爆炸的情形呢？

但不管怎么说，对于田烈武这个"公人将军"，耶律密心中是再无半点儿的轻视。他甚至觉得田烈武是个天才的骑兵将领——此时的耶律密当然不可能知道，云骑军所采用的这些新战术，以及运用这些新战术的能力，一大半的功劳倒要记在完颜阿骨打、张叔夜与刘近身上。

而他们最终能将这些战术发挥出来，则不能不说拥有不小的运气成分。别的不说，虽然临战之前士气高昂，热血沸腾，可是真正与左皮室军交手之后，云骑军竟然就那么被击溃了。若非辽军轻敌，兼之铁林军浴血苦战，他们根本不可能有第二次机会。

不过耶律密并不会因此而瞧不起田烈武与云骑军，因为即便如此，这世上能抓住第二次机会的军队，恐怕也是屈指可数。

况且，那数以千计的释放浓烟的霹雳投弹造成的战场烟雾，不仅仅干扰了辽军，对于使用这种精妙战术的宋军，也有极高的要求。宋军只能依靠事先约定的号角声进行联络，这种战斗中，田烈武的指挥几乎可以忽略，这对宋军营与指挥一级将领的能力是极大的考验。

这可是在耶律信的面前取得的战绩。

便如耶律信所说的，他们因为轻敌而出战，也因此付出了代价。

这个时刻，他们不会找任何借口。

他们也没有时间后悔，犯下错误之后，必须设法弥补错误，最起码，也要竭力减少错误带来的损害。

在这个时候，再去纠缠于过去的事情，又有何意义？

这样一想，耶律密心中便冷静多了。他比萧春要大上二十岁，与那些血气方刚的年轻将领不同，耶律密是真正明白战争并不总是会顺心如意的。他只要看到耶律信还是很从容镇定，心中便觉安心。有没有击败田烈武，其实并没有那么重要，说到底，这只是一次微不足道的小挫折而已。河间府有多少宋军，那几乎是众所周知的事情。今日的大战，宣武一军没有参加，那多半便是去君子馆追击萧岚了。田烈武这边若算是平手的话，那宣武一军那边，兰陵王可是准备了一份好礼物招待的。

耶律密正自我安慰着，突然，从队伍的前方传来一阵喧嚣声。他一惊，不知怎的，心中忽然闪过一丝不祥的预感。

"怎么回事？"他连忙派出亲兵前去打听，一面忐忑不安地坐在马上，等待着回报。

未多时，去打探的亲兵已疾驰而来，几乎是有些慌张地跑到耶律密耳边，低声禀道："都统，肃宁寨……肃宁寨被烧……烧了……"

"你说什么？"耶律密的眼珠都瞪大了。听到亲兵又用颤抖的声音重复了一遍，耶律密二话不说，一夹马腹，纵马便朝耶律信的中军跑去。

"兰陵王，这……这是……"见着耶律信，耶律密也顾不了什么风度，急忙问道。

"没什么大不了的。被赵隆钻了个空子而已。"耶律信只是斜着眼睛瞥了耶律密一眼，便面无表情地说道。

"这还没什么大不了的？！"耶律密心里几乎是吼叫起来，但是看着耶律信的表情，他便知道，这件事大概耶律信早就已经知道了。"还真是沉得住气，看来这才是退兵的原因。"耶律密心里讽刺道，口里却已经无力再说些什么。

他哪里知道，肃宁寨被偷袭的消息，耶律信至少知道一个时辰了。而耶律信退兵的原因，还真的是因为陈元凤那几万大军。得知突然有两三万大军出现在自己的侧翼，一向冷静的耶律信差点儿没被吓个半死，他下意识的反应，便是以为中了宋人的计。他久攻田烈武不下，人马疲惫，肃宁又传来被偷袭的消息，让他不得不疑心宋人是故意让田烈武部来消耗他，然后趁他虚弱之际，将他一举击败。只是战前他拦子马派出不少，知道这河间府附近，也就是何畏之在饶阳那些人马，但何畏之部只有战车，没有那许多穿得光鲜亮丽的骑兵……这支人马可以说是神不知鬼不觉地从天而降。一念及此，他哪里还敢再战？何况当初他来打田烈武，为的就是可以轻易全歼对方，此时眼见无望，再不退兵，更待何时？

尽管如此，耶律信倒也不至于便惊慌失措。

这些，说到底，都只是小小的不利而已。

他懒得与耶律密多说什么，派了几个得力的将领去弹压军中出现的慌乱，稳定军心，便照旧驱马前进。

耶律密见他如此，又是恼怒，又是尴尬，正待回自己本队，却见一骑白马自东边疾驰而来，他猜测多半是萧岚派来的使者，想了一下，到底还是担心萧岚那边的战况——与耶律信不同，少年得志的萧岚却是颇会做人的，大辽军中的主要将领，抛开政见之类的不谈，至少在私交上，与萧岚都是不错的——而耶律密能够统领右皮室军，除去军功、能力、家世外，最重要的还是他对辽主的绝对忠心，以及那与世无争的随和性格。一般的将领，多少会有些桀骜不驯，对萧岚这样的年轻新贵多少还有些轻视、排斥，但耶律密和萧岚的关系一直极好，因此，便以两人的私交，他也很关心那边的情况。这时心里只是稍稍犹豫了一下，耶律密便厚着脸皮留了下来。

以他的身份，既然觍着脸不走，耶律信再如何也不至于赶他走。只见这边早有几名小校翻身上马，迎了出去，不多时，便领着一名黑袍男子来到耶律信身边。

这男子过来之时，耶律密老远便开始留神打量，见他神色从容，衣袍也甚为整洁，心中已是大定。果然，便见那男子见着耶律信，单膝跪倒，用契丹话禀道："小人签书府中家奴萧若统，拜见大王，奉我家主人之命，有书信一封呈上。"说罢，自怀中掏出一封信来，双手递上。

耶律信点了点头，一名亲兵走过去，接过书信，递了过来，耶律信验了火漆，撕开信封，取出一张纸来，却是用契丹小字写成。他识得是萧岚的笔迹，扫了一眼读完，便递给身边的一名随从收了，朝萧若统说了句："回禀你家签书，辛苦了。"便又要催马前行。

眼见着那萧若统告辞离去，耶律密看着耶律信并无主动告诉自己的意思，只好催马凑过去，问道："兰陵王，萧签书那边如何了？"

"已然击退苗履。"耶律信轻描淡写地从嘴里吐出六个字。

耶律密顿时大喜，他却做不到耶律信那样泰山崩于前而色不变，喜滋滋地笑道："这也算是出了一口恶气。"

话音刚落，却又见一骑探马自西方疾驰而来，那探马浑身是血，被引至耶律信跟前，刚刚跪倒行礼，便"扑腾"一声摔倒在雪地上，人事不知。

耶律密的笑容立时僵在脸上，转头去看耶律信，却见连耶律信脸色也突然变得苍白。二人紧张地看着几个亲兵用小刀麻利地划开那名探马的裤子，又割开大腿内侧，取出一颗蜡丸来，呈给耶律信。

耶律密看着耶律信一把剥开蜡丸，取出一张小纸，扫了一眼，脸色立时大变。他心中一惊，正待出言相问，却见耶律信又仔仔细细地看了一遍那张小纸，突然，身子往前一倾，"噗"的一声，竟然吐出一口鲜血来。

4

绍圣七年十月廿三日的晚上，注定是一个让人难以安睡的夜晚。

这一天的傍晚，在唐康率领步军与火炮最后一个赶到战场时，辽国先锋都统韩宝的三四万大军，就在深州与河间府的州界不远处被宋军彻底逼入绝境。

西面从北到南，狭窄的战场上分布着慕容谦、唐康、王厚的三支大军，北、东、南三面都有河流隔绝，不仅如此，何畏之的大军还横隔在韩宝的东南方向，而在东面更远一些的地区，还有环州义勇布下的密密麻麻数不清的真假炸炮，以及已经与环州义勇合兵一处的仁多观国部——而这两支部队与那些炸炮，韩宝甚至没有机会知道他们的存在。

这是一片狭窄的区域，无论向哪个方向，辽军最多都只有三四十里的空间，最窄处可能只有二十里。

西面有王厚与慕容谦的数万骑兵保持着压力，对于东南面的何畏之，在傍晚来临之前，韩宝曾经发动了一次试探性的攻击，但何畏之只是将他的环营车环摆开架势，然后对着辽军示威性地一轮火炮齐轰，韩宝便已经知道，何畏之到底还是把火炮给运过来了，他已经无法再往东边转进。雄武一军与镇北军表现出来的素质，打破了韩宝的幻想，在王厚与慕容谦数万骑兵的威压下，想要正面击败何畏之绝非易事。

但他同样也不敢冒着被何畏之夹击的风险，回过头正面迎击王厚与慕容谦。

绕开何畏之继续东进更不可能——何畏之那些笨重的战车与火炮的确不可能追得上韩宝的骑兵，但那意味着辽军必须抛弃作战队形，骑马疾驰！否则的话，何畏之再慢，也足够牵制住他们了——这样小的战场，极大削弱了骑兵的机动性。在王厚与慕容谦的数万骑兵紧随其后、虎视眈眈的情况下做这种事情，而前面还有河流隔断，这和自杀没有任何区别。

事实上，如果韩宝真的这么做了，即便他冒险成功，甩掉了何畏之，前面也还有何畏之早就安排好的伏兵等他——发现河面开始结冰，何灌率领的环州义勇立即沿着唐河到滹沱河的那条支流，开始大布炸炮迷阵，这是手中炸炮不多的何灌想出来的一条计谋。他让何畏之帮他赶造了数万面各色小旗帜，然后将这些小旗帜插得到处都是，旗帜下面，可能是密集的炸炮阵，也可能是环州义勇事先挖好的陷马坑、铁蒺藜之类，也可能什么都没有……在短时间内，要通过这个炸炮迷阵，除了无畏的勇气外，大概还需要被上天眷顾的运气。而就算辽军真有这样的幸运，前面还有无意中路过此地的仁多观国部，近三千镇北军骑兵加上神射军残部，虽然兵马不多，但在何灌的配合下，稍作牵制还是行有余力的。

倘若韩宝真的那样做了，辽军此时可能早已经崩溃。

幸好韩宝还保持着冷静。

如果实在无路可走，韩宝也宁可掉过头去，冒着被夹击的危险，与王厚、慕容谦决一死战。这样虽然不免于全军覆没的命运，但至少能给宋军造成更大的损失，而且，多少也会有些部队能突围成功。

不过，生机也未必没有，只是比较渺茫而已。

发现何畏之的环营车阵不好惹后，韩宝麾下的五员大将对接下来的作战方案产生了严重分歧。

彰愍宫先锋都辖耶律亨、永兴宫都辖耶律乙辛隐主张固守，等待耶律信的接应。大辽军中，不少将领对于耶律信的能力有着近乎迷信的态度，直到此时，耶律亨与耶律乙辛隐仍然相信，耶律信能够帮他们打开一条生路。若耶律信能击退河间府的宋军，率军前来接应的话，这也未必不可能。这也是韩宝率领他们东进的初衷。

但是另外两员大将积庆宫都辖耶律雕武与文忠王府都辖萧吼力主趁夜突围。夜战在大多数时候都是不得已的选择。但对于突围来说，也有有利的一面。耶律雕武与萧吼有他们的自己的理由，军中已然要粮尽，而他们却处于被四面围困的状态，局势已经比韩宝决定改道东进时所预想的要恶劣不知道多少倍，这个时候不能再将希望寄托在别人身上，不管向哪个方向，以后的事情以后再说，总之趁着还有再战之力，先突围出去，再想办法。

连长宁宫都辖萧垠也倾向这个方案。只不过萧垠的担忧来自那些部族属国军。此时就算是再蠢的人，也知道辽军的处境有多绝望。而那些"蛮夷胡狄"

都是些可以共富贵但不能共患难的。这个时候,不能给他们过多时间停下来思考,只有带着他们不断打仗,这样,他们才会因为习惯而跟着辽军作战。这样的局面,一旦让他们好好想一想,甚至是几个部族之间稍微交流一下,后果就将不堪设想。趁夜突围也许过于孤注一掷,但在萧垠看来,若无更好的选择,冒险也是值得的。

问题在于这件事并不是如说的那么容易。

宋军近在咫尺,辽军一举一动都在宋军眼皮底下。王厚追上他们之后,并没有急于发动进攻,而是停了下来,再次结阵相持,他一面等待慕容谦与唐康,一面将骁胜军当成了拦子马部队使用,在辽军四面八方,一二十里内,宋军有数千名骑兵四处活动,邀击韩宝派出的拦子马,小规模的战斗不断发生,这给辽军造成了极大的麻烦,情报传递异常困难,极难清楚掌握战场外围的情况。而相反,对于宋军来说,辽军的任何行动他们都能很快察觉。

虽说入夜之后,双方都已经收回了大部分的游骑,但王厚、慕容谦、何畏之都老于行伍,一定都会有所警惕,丧失了突然性的话,趁夜突围就不过是挑起一场夜战。这未必明智,韩宝麾下有三四万的大军,如果列成一个方阵的话,随随便便也是正面宽度超过七八里——这等重兵集团,极其依赖于旗鼓的指挥,特别是旗帜,而在夜晚,即便是一个月明星稀的晚上,士兵们多执火炬,也最多能看得见有一面面旗帜,至于旗帜的颜色、形制,在战斗当中,绝大部分将士都是很难分辨清楚的。因此,对夜战来说,人马越多,就越是容易混乱,无法指挥,一旦发生混战,自相攻击也屡见不鲜。[1] 尤其是韩宝的麾下还有大量的部族属国军。在夜战当中,这些军队的存在绝对是成事不足,败事有余。但这个时候,韩宝想抛下这些部族属国军带着宫分军突围也已经不可能,否则的

---

[1] 对古代之夜战,常见所谓古人多"夜盲症"之说,甚至有进一步想当然以为古代军队几无夜战,或者否定偷营劫寨之战法等等,其实皆为无稽之谈。不说夜战战例史不绝书,绝非演义小说流,便兵书中亦对此颇为重视,《武经总要》卷六便有专节"备夜战法",叙攻守战法,若诉《武经总要》乃文人所著,则《练兵实纪》卷七有多节叙及夜间战守事宜,如偷营劫寨,攻城守城,正是古代夜战的主要形式。诸君可自翻查。又,如《武经总要》所言,其时"夜黑之后,必无与敌列阵克期而战",所言虽是北宋一代之事,然亦庶几近于事实。至于原因,该书说得清楚,"昼战多旌旗,夜战多火鼓",参见本书附录《攻战志》对于宋朝兵阵之介绍,当可理解旗帜对于当时阵战之重要。夜战之时,军队之指挥行动,多赖于火鼓,而不能依靠旌旗,这对当时的军队实是极大考验。至于"夜盲症"之说,恐为以讹传讹,本书不取。然以其流毒甚广,故稍加辨析。是非可否,诸君可自行分辨,然阿越断不能视景德元年瀛州城下昼夜攻城的十余万辽军为夜盲症患者。

话只怕不用宋军动手,辽军内部立即就会内讧。

当然,这种混乱是双方的,除非宋军固守不出,否则他们一样也要接受夜战的考验。这也是耶律雕武与萧吼觉得值得冒险的理由之一。占据优势的宋军有可能害怕混乱而不敢出战,即便出战,这种混乱也将让胜负变得难以预料。但南下以来交战的经验,让韩宝隐隐觉得,他所面对的宋军应对混战的能力,可能要更强于大辽军队。

此外,突围的方向也是个问题。虽然萧吼与耶律雕武觉得此事如今已不重要,但是,对于众多的普通将领,还有部族属国军的众首领来说,这可是至关重要的。向西突围?就算成功了,前面还不照旧是绝地?在这个军心已经十分脆弱的时候,这样的计划,就算在军事上真有可行性,可要说服众将追随,却几近不可能。真正的选择只有两个方向,一是向东直奔肃宁,一是向南取道饶阳。

无论如何选择,都必须跨过何畏之这道坎。

然后,还要在夜间渡河!

耶律亨与耶律乙辛隐有足够的理由反对这个极端冒险的方案,他们觉得这是不可能成功的。单说渡河便不是一件容易的事,河面虽然结冰,但情况十分复杂,这么多人马就算白日渡河,也不是一时半会儿的事,况且现在滹沱河的情况他们并不了解,若在他们渡河时被宋军追上,火炮齐轰,很容易就会造成人马自相践踏,形成溃败之势。

便连一向果决的韩宝,此时也不免于犹疑难决。

而宋军那边,王厚的表现几乎可以用"厚颜无耻"来形容。作为追击的一方,在慕容谦、唐康等部相继赶到,而发现辽军并无动静之后,他立即下令诸军扎硬寨——这个晚上,天色刚刚变黑,空中便又飘起雪来,同时还刮起了北风,风夹着雪,雪夹着风,这样的气候,宋军居然还出动了不少人马,在营寨外面挖陷马坑!

不仅如此,入夜时分,宋军还调来了数千名随军脚夫,在他们的大营前面垒起土墙来。

王厚的意图十分露骨,即便满手的筹码,他也根本不想主动进攻,而是要等着辽军不战自溃。如若辽军在此再多耗一些时日,大概王厚还会调动更多的民夫来，围着辽军的营地筑出一圈土墙来，生生困死他们。

尽管麾下将领们不住地嘲笑、咒骂王厚的"懦弱""无耻"，而且倘若易地而处，韩宝本人也绝不会选择这样的战法，但他心里也不能不佩服王厚真的沉得住气。这不是一件容易做到的事，世上绝大部分人，在这种时候，不得意忘形就算不错了。

但时间的确站在王厚一边，而且到了此时，每过一个时辰，宋军的优势都要增加一分，而辽军的处境就要更加困难一分。只要辽军不找上门来，他又有何必要主动进攻？

苦涩的是，王厚的从容，就意味着他韩宝的困窘。

而且，理智上理解王厚的战术是一回事；感情上，却又是另一回事。内心深处，韩宝更喜欢堂堂正正地一决胜负，如果是那样的战败，他绝对会心服口服。但是，他自南征以来，几乎没有打过败仗，怎么竟也会落到这般田地？

这是韩宝心里所不甘、不服的。

只是他也明白，他无论怀抱着什么样的感情，都没有任何意义。他的对手，仿佛一尊不动如山的石佛，丝毫不会在乎这些事情。

他大概还有最后一次抉择的机会。

不是选择更好的一个作战方案，而是去选择不是最坏的那个方案。

而这次的决定，将直接决定他的命运。

尽管心里面波澜起伏，前所未有地犹豫不决，但是，从外表上看，韩宝仍显得从容镇定。他坐在胡床上，用绢布仔细擦拭着他的佩剑——他身边的人都很熟悉他的这个习惯，每天，韩宝都会抽出一点儿时间来，擦拭着他的这柄宝剑，却极少有人知道他的这个习惯是怎么样形成的。

这个习惯已经有十余年了，每次擦拭这柄佩剑，韩宝就会想起十几年前的那次战败。那是辽国重归统一后的一场微不足道的小规模战斗，对手只是一个不服王化的小部落，但是，那个时候作战只知道勇往直前的韩宝被敌人算计了，和三百余名骑兵落入敌人的陷阱。全靠着部下拼死冲杀，韩宝才侥幸保住一条性命，但三百多名部下，最终没有一个人活下来。后来他重整旗鼓，报了一箭之仇，干净利落地击败了这个部落，杀掉那个部族的头领，这柄宝剑，原本便是那个头领的佩剑。也因此之故，甚至没有几个人知道韩宝曾经打过那场败仗，人们记住的，是他最后的胜利。

但韩宝自己始终记得那场战斗。

他每天都要擦拭这把宝剑，提醒自己要多依靠智慧，而不是勇猛。通常，这柄宝剑都能让他平静下来，冷静地审时度势，压制住心中的得意忘形——这十余年来，韩宝从来没有打过败仗，他主要提防的，都是胜利在望时与胜利之后的头脑发热。

或许就是因为这个原因，这一次，当他手中的绢布触碰到剑身时，韩宝并没有感觉以往心中的那种警醒，他只觉得浑身的血液仿佛在这一刻燃烧起来。这前所未有的困境，仿佛也激发了韩宝心中沉寂已久的那种斗志。

王厚以为这样便能困住他了吗？

他心中有两个声音激烈地交战着。一个声音告诉他，他应该将这三四万将士平安带回去，尤其是两万宫分军，这些身经百战的将士关系大辽国运。但在心底里的更深处，韩宝前所未有地渴望战斗！

他几乎能感觉到手中的宝剑饥渴欲饮，它渴望数不清的鲜血！

但除此之外，还有一个韩宝自己不愿意面对的声音，也会时不时冒出来，让他冷不丁打上一个寒战，又赶紧压制下去。可这声音越是压制，却越是响亮——隐隐地，韩宝也意识到，若无耶律信的接应，突围什么的不可能成功。也许，所有的算计皆已无意义，他与他的三万数千名将士，所能选择的只是一种死法而已。

这就是英雄末路的感觉吗？

为何仔细品味，却也没什么特别之处？

不知道静坐了多久，韩宝终于起身，将铿铿发亮的佩剑小心插入剑鞘，一直守候在帐外的萧吼、耶律亨、耶律雕武、萧垠、耶律乙辛隐，仿佛是感觉到什么，也在这一刻，揭开帘门，鱼贯进到帐中。

五人看到韩宝高大的背影，立即欠身行礼："晋公。"

"吾意已决。"韩宝将宝剑轻轻搁到剑架上，缓缓转过身来，眼睛中闪烁着慑人的寒光，"我大辽铁骑，绝不能任人鱼肉！"

"晋公是决意突围了吗？"五人之中，耶律雕武率先抬起头，眼中闪过一丝兴奋的光芒。

韩宝摇了摇头，"趁夜突围，难以成功，最后恐不免于溃败。然固守待援又过于消极。"他说到这儿，扫视了五人一眼，看着四人眼中的疑惑，沉声说道，"我要反客为主！"

此话一出，其余四人也不由得抬起头来，脸上皆有期盼之色。

韩宝沉默一会儿，凝视众人，又说道："君等五人，有追随韩某十数年者，亦有素非韩某部属者，然不论如何，君等皆为我大辽忠贞肱骨之臣，故某不肯以诈术待诸君。"

"如今我军局势亦不必讳言，实可谓危若累卵。宋人合兵七八万之众，兼山川地利，成四面合围之势。而我可战之兵，实不足两万，兼以人马疲惫，粮草渐罄，唯一的生机便是指望兰陵王来救。然河间之地，章惇、田烈武坐拥数万精兵，宣武、铁林，皆南朝精锐，兰陵王未必来得了。"

韩宝如此直言不讳，众人脸色都变得有些难看。韩宝举手止住想要说话的耶律乙辛隐，又继续说道："事已至此，岂可讳疾忌医。自南征以来，某兵锋所向，无不披靡，不料一朝失算，竟至于此。所谓一将无能，累死三军。韩某之罪，实不容诛。"

"晋公……"

韩宝摆摆手，又止住萧吼，笑道："你不必担心，某只不过是反躬自省，非是志气消沉。君等可知猛虎何时最危险最可怕吗？"

他冷不丁地一问，众人皆是一怔，只有耶律雕武沉声回道："自是它被逼入绝境之时。"

韩宝赞许地瞥了耶律雕武一眼，"身处绝境，心无妄想，才是决一死战之时。"

"君等不必再去想兰陵王的接应，我两万宫卫将士的血与刀，足以主宰自己的命运。"

"君等亦不必再去想什么突围，北、南、西三面，皆是死路，就算杀出重围，宋军依旧会穷追不舍；东边亦不是退路，纵使我军能击败何畏之，要渡河亦非易事。久战之后，人马疲惫，到时只要被王厚追上，滹沱河边便是我等葬身之所。

十停人马，至多能有二三停突围成功，而宋人甚至不会有多少损伤。我军实是已经无路可退！"

"与其如此，不如死中求生！"

"存必死之心，以寡击众，与王厚的主力决一死战。我大辽铁骑，就算要死，亦不能毫无意义地去死！王厚所部皆南朝精华，倘能将之重创，我等纵是全军覆没，亦可为我大辽赢得十年平安。倘得苍天庇佑，转祸为福，才是我两万将士真正的一丝生机！"

韩宝慨然而语，听得五人皆是热血沸腾。其实辽军将领中，从来没有几个人认为大辽铁骑会打不过宋军，然而自从在安平被慕容谦牵制以来，这仗便打得极其憋气，宋军聚集重兵，却始终躲在营寨里面，就是不肯出寨一决胜负，偏偏他们还无可奈何。加上二十三日白天这一仗，三四万大军几乎是莫名其妙就落到这般困境，众人心中都不免憋着一股鸟气。甚至颇多将领已然有些腹诽，以为与其如此，不如白天就拉开阵势，与王厚、慕容谦在木刀沟一带一决生死。此时若以局外人看来，韩宝所感觉的困境，自不算是矫揉造作；可对他麾下的众多将领来说，现实的困境与过往的骄傲夹杂在一起，哪怕理智上明明白白地知道处境有多么危险，在心底里，却不免总会觉得这一次的结果仍然会和过去一样。战败似乎一直是很遥远的事情。

在这样的心态下，此时韩宝"改变"主意，马上便得到众将的衷心拥戴。

萧吼昂着脖子，高声说道："末将就怕王厚那老乌龟不肯出壳，平原野战，就算以寡敌众，我契丹铁骑又有何惧？！"耶律亨也大声说道："萧将军说得极是，末将也以为这么窝窝囊囊，被人跟着屁股后面想捡便宜，倒不如拉开阵仗，好好干一仗。"便连素来用兵谨慎的永兴宫都辖耶律乙辛隐也说道："末将也以为，奋力一战，未必不能转危为安。"

耶律雕武与萧垠倒还算保持着冷静，二人对视一眼，问道："然不知晋公有何良策？自我军与之在安平相持以来，王厚那个老乌龟，一直都是坚守不出，绝不肯与我军堂堂正正决战的。末将等看他今日这个打算，实与安平时无异……"

两人这么一问，耶律乙辛隐也清醒了几分，也说道："要想与王厚主力决战，何畏之部的夹击亦不可不虑……"

韩宝看了三人一眼,又看了一眼萧吼与耶律亨,二人嘴上虽然不说,但眼中所流露的神色,显然也是极关心这两件事。他并不马上回答,而是转过身去,在案几上铺开一幅地图,一面朝五人招了招手。萧吼诸人不敢怠慢,告了罪凑上前去,却见韩宝手指落在一处,淡淡说道:"吾意便在此处与宋人决战!"

五人的目光不约而同落到韩宝所指之处,每个人的脸上都露出掩饰不住的惊骇之色。

韩宝指向的地方,竟然是滹沱河边!

"背水一战……"过了好一会儿,耶律雕武才颤声说道,"晋公,这可非同小可。"

"置之死地而后生。"韩宝的声音,如钢铁一般,"明日一早,我军便兵分三路,假作突围,绕开东南何畏之部,向南边滹沱河集结,让王厚以为我军是想要取道饶阳进入河间。如此其必然要调兵追击,以配合何畏之的步军阻击、迟缓我军,因其绝对想不到,我军突围之意不为渡河。故此,以王厚的用兵,他不会逼得太急,而是会缓缓调动各部,待我军到达滹沱河边,阵脚未稳,数万人马急于渡河之时,才会是他最好的进攻时间——利用好这一点,我军便有足够的时间摆脱何畏之部,至滹沱河边列阵,狠狠地杀个回马枪。"

"如此一来,王厚、慕容谦、何畏之部,便全部到了我军的北面。"耶律雕武低声说道,突然打了个寒战,"背面是滹沱河,北边是至少六七万宋军……死地……"

"以兵法而言,这是不折不扣的死地。"韩宝声音中不带半点儿感情,"然而我军也不用再担心腹背受敌。宋军兵马虽多,战场却只有这么大,他们同样展开不了,能同时与我军作战的兵马,也就是那么多。以今晚风雪之势,明日积雪更厚,宋军步兵大量辎重,行动更加艰难,他们的骑兵也定然会比步军先赶到战场。我军能有六成的机会,达偿所愿。"

"只不过,这既然是死地。若是做不到死中求生,那就必然全军覆没!"

大帐之内,突然死一般的沉寂。

直到此时,萧吼等人才真正意识到,韩宝制定的是一个什么样的计划。

说得不祥一点儿,这就是所谓"困兽之斗"。

过了好一会儿,才听萧吼咬牙说道:"直娘贼,拼了!"

此时,数十里外,东北面的肃宁寨同样也是营火通明。

白天赵隆对肃宁寨的偷袭,给辽军造成的损失并没有想象中的那么大,大军回寨清点之后,发现不过是一些营帐、木城被烧毁,此外就是死伤了近百名留守的老弱士兵,但赵隆的主攻目标——辽军的粮草积蓄安然无恙。也因此,肃宁辽军的军心迅速稳定下来。

只要粮草无事,就没什么好害怕的。

从留守辽军的回忆来看,赵隆的这次偷袭看起来也不是蓄谋已久,而是属于临时起意。他们的兵马不多,大概只有两千人,骑兵不足百骑,对木城、营帐的袭击只是声东击西,因为耶律信几乎是倾巢而出,只留下两千兵马看守粮草,其他地方几乎没有兵马守护,再加上也没有人想到赵隆居然敢袭击肃宁寨,所以他才能出其不意。但守卫粮草的将领是个谨慎老成的老将,肃宁寨虽然乱成一团,他始终坚守不动,赵隆眼看占不到便宜,也不敢久留,放了几把火,便即呼啸而去。

然而,肃宁寨并没有因此而真正平静下来。

赵隆偷袭肃宁寨留下的断瓦残垣,特别是到处可见的烧得焦黑的木头,触目惊心,南征以来,肃宁差不多都是辽军在宋朝境内的大本营,在一般辽军将士的心中,这里是绝对安全的。然而,这种信念如今轰然倒塌,再加上白天与铁林军、云骑军作战时所感受到的宋军那种顽强,让许多人心里都生出不好的感觉来。对于归国的期望也愈发迫切。官阶较高的将领,更是听到了关于兰陵王咯血的各种传闻,关于宋军援军,关于安平韩宝部的……他们虽然不敢公开讨论这些话题,但每个人脸上的神色都显得比平时更加紧张。

尤其是那些能参与军机的高级将领,西方几十里外韩宝部的战况,有如一块巨大的石头,沉甸甸地压在每个人的心上,让人感到窒息。

自从何畏之占据饶阳后,宋辽两军对于战区的封锁与反封锁便渐渐白热化,何畏之一面派出何灌的环州义勇肆无忌惮地四处出击,刺探情报;一面又加强对安平与肃宁之间联系通道的封锁,先是用快艇小船封锁河道,其后又从军中挑选豪杰之士，在安平与肃宁之间四散巡逻，邀击辽军的拦子马与信使，企图彻底切断耶律信与韩宝的联系。辽军并不十分习惯这种战争方式，不过，作为回应，每当辽军有重要行动，耶律信都会派出大量的拦子马部队，清剿四周的宋军探马。总体来说，这场封锁战，在河间、肃宁、君子馆之间，辽军是占据优势的，只是他们因为不习惯这样的战法，而很难持续保持强度；而在安平与肃宁之间的那片地区，何畏之却掌握着绝对的主动，耶律信付了不小的代价，也就是能勉强保持和韩宝最基本的联系而已。

尽管如此，对于安平战场双方的部署，肃宁的这些辽军将领们掌握的情报，可能比身陷包围的韩宝还要多。

但也正因如此，他们的士气更加低落。

傍晚时那名探马，用自己的生命带回了宝贵的情报，让他们得以知道韩宝已经被迫东进。而在肃宁的西南方，唐河与滹沱河北流之间的那条支流[1]的南岸，在一夜之间，地面上忽然出现了数不清的小旗帜，那名探马所在的小队付出了数人死亡的代价，才探清楚那是一个炸炮阵。

那些探马，以及收到情报的耶律信与他麾下的将领们，并不知道那只是一个炸炮迷阵。对于在炸炮上还故意插上小旗的行为，是可以有很多解释的，所谓"实则虚之，虚则实之"，虚虚实实，本就难说得很。也许宋人这样做，只是故意引辽军进阵的把戏呢？至于接近真相的猜测，认为宋人没有足够的炸炮布阵，反而被认为是最不可信的。辽军中没有人会怀疑宋朝的生产能力，仅仅是那几十里的炸炮带，对辽国来说也许是不可能完成的任务，但如果宋人想做，他们就可以找到足够的工匠，做出那么多炸炮来。尽管这对宋朝来说，也不免会耗费巨大的人力物力，可是，这只能让他们觉得宋人是蓄谋已久、煞费苦心，而这正好说明韩宝已经彻底落入宋军的圈套。

这数十里的炸炮阵，若是事先有所准备，自然不足为惧。但是突然出现在关键时刻，配合着王厚、慕容谦的数万大军，便足以抵数万甲兵。它割断了肃宁辽军接应韩宝的首选路径，那条唐河支流，原本是路程最近，而且宋军防守也最薄弱的一条道路。

---
[1] 此处之滹沱河，有时文中亦称高河，见前注。而文中有时将此支流亦直接称为滹沱河。

如此一来，接应韩宝部便只能取道饶阳以北的滹沱河北流，那里不仅河面更宽，冰情更加复杂，渡河难度倍增，而且，北有何畏之部的狙击，南有河间宋军的配合！

耶律信要走这条路去接应，几乎就得在田烈武的眼皮底下通过。

白天一战，辽军已知田烈武绝非可以轻视的"公人将军"，铁林、云骑之韧性，颇令人无可奈何。更何况，战场上宋军还意外出现了一支数万人马的援军！

将这所有的一切联系起来，若说这不是宋人苦心经营、步步设套，谁人肯信？此时再联想起出现在北边的吴安国部，考虑到该部如今所在的位置，有人甚至坚信，吴安国部可能是南朝事先部署的，那是防止韩宝部万一北渡唐河后的最后一道防线。

南朝处心积虑地想要围歼韩宝的四万大军，这是司马昭之心，路人皆知。然而，可怕的是，南朝的这个战略，可能是很早就已经制定，而非战局自然发展的结果，而大辽事先竟然无人觉察，反而始终都觉得主动权掌握在自己手中。

这真让人不寒而栗。

只要想想四万铁骑竟要被南朝围歼，而堂堂兰陵王耶律信就在数十里外眼睁睁束手无策⋯⋯只要早几个时辰，任何人说这种话，都会被当成最拙劣的笑话来看待。而如今，这些将军们突然发现，这竟然将成为现实。

这已经不只是损失两万宫分军的问题，此事对于大辽的士气、民心，都会是致命的打击。每个人都意识到，这可能将是彻底葬送辽军对南朝心理优势的一战。契丹铁骑的骄傲，与他们最优秀的将军之一，将一同被埋葬在滹沱河畔。

而他们却在几十里外，什么事都做不了。

相比之下，萧岚在君子馆击退宣武一军的追击，成功保护大批的掳获踏上归程，成了根本不值一提的胜利。

挫败感在兰陵郡王耶律信的大帐内弥漫，越是骄傲的将军，此刻越是气急败坏。许多人因为根本无法接受中兴的大辽军队，南征北战所向披靡的大辽军队，让无数塞北部族闻名变色的大辽军队，在他们最出色的将军的统率下，竟然可能会有四万铁骑被人围歼的事情发生，已经处于失控的边缘。

因此，当耶律信说出他的抉择时，素有几分桀骜不驯的左皮室军都统萧春立时便跳了出来。

"班师？！"他的声音震得大帐上面的积雪都簌簌直落，一双大眼凶狠地瞪着坐在帅座上的耶律信，仿佛要把耶律信吃了一般，"兰陵王，你的意思是要将晋国公与两万将士扔给宋人，自己逃回国内吗？"

"萧春，尔焉敢无礼？！"

耶律信还未及答话，听到萧春言语不敬，几名忠于耶律信的部将马上站了出来，朝着萧春厉声呵斥，他们的手已习惯性地伸向腰间——若非所有将领进帐议事前都必须卸下武器，只怕早已兵刃相向。

但萧春只是恶狠狠地瞥了他们一眼，旋即转头望向右皮室军都统耶律密，高声问道："右都统[1]，莫非你也同意班师吗？"

耶律密避开萧春凌厉的目光，嚅嚅不应，转头望向耶律信，却见后者脸色苍白，但神情冷漠，眼神之间仍然是那种万年不变的镇定，或者说倔强。一时之间，他完全不知道该如何是好。

在大辽的新军制中，皮室军五都统只直接听命大辽皇帝与皇后陛下，如耶律密、萧春等人，在军中的名声、地位固然无法与两耶律、韩宝等人相提并论，却也是地位超然。能够出任五都统的人，不仅都要在军中有一定声望，立过战功，而且一定出自耶律与萧氏二族，是大辽皇帝与皇后十分信任的心腹之臣——这也是因为当今辽主靠着兵变夺得帝位，惩前毖后，自己当然不愿意重蹈他父亲耶律洪基的覆辙，故而定下这般制度。因此在南征的辽军中，如萧春与耶律密，其虽然要听耶律信的指挥，但地位是与韩宝等各路主帅相当的，非寻常将领可比。

因为这个原因，萧春自然也不可能像一般的辽军将领那样，对耶律信唯命是从。耶律密更是知道他少年得志，一向野心勃勃，尽管其资历名望远逊于两耶律、韩宝等大辽名将，但这反而更加激励萧春。对此次辽军南征，萧春便是一个狂热支持者。甚至当辽主以久战无功，决意班师回朝之时，萧春也是曾经极力反对的。他认为战况不尽如人意的原因是大辽投入兵力过少，狮子搏兔，必出全力，何况是对付庞然大物的南朝。因此他力谏辽主，宣称只要大辽敢于

---

[1] 都统是辽军重定军制后，对五皮室军主将的简称，其中"黄皮室军"主将则称"上都统"。

扩大战争规模,征调国内所有适龄青壮男子参战,以契丹人充骑兵野战,以其余各族士兵充步兵攻城,就一定能够彻底击败宋朝,逼迫宋朝议和。

故此,当萧春得知韩宝的处境之时,整个人已接近于狂怒。他虽然外号"小韩宝",不过与韩宝并无多少私交可言,只是与这帐中的其他辽军将领一样,在此之前虽然也知道宋军的企图,并且知道有所谓"危险"——但这就如同看一个技艺高超的人缘杆[1],人人都知道那种表演其实是命悬一线,可实际上,也不会有几个人会杞人忧天地担心缘杆的人会真的摔下来。而一旦这种"危险"突然真的就要变成现实,对于萧春这种极度崇信大辽武力的人来说,打击之重不免又要远过旁人。

耶律密相信,萧春此时唯一想的,就是不惜代价地接应韩宝突出重围,最好是重创宋军,给不知天高地厚的宋军一个教训。

而耶律信竟然说出要在这个时候撤兵的话,萧春岂能接受?

甚至连耶律密都觉得接受不了。

难道局势真的已经无可救药了吗?

撤兵对韩宝的那几万人马意味着什么,是显而易见的。相应的,这对于耶律信意味着什么,也是可以想象的。耶律密看着耶律信的神色,便知道那一定是他深思熟虑的结果。他心里明白,倘若还有一线希望,耶律信就断不至于弃韩宝于不顾。因为,救韩宝,就是救他自己。

他做出这般决断,就意味着在耶律信看来,韩宝的那几万人马已经没有生路,任何行动都只是徒劳,还可能将河间的辽军也置于更大的危险中。而这也意味着大辽这次南征的彻底失败,这场对大辽来说虎头蛇尾的战争,不过是如同元嘉北伐那样的笑柄……

耶律密无法想象,耶律信竟然甘愿接受这样的结局。

在理智上,如果耶律信认为已经是该班师的时候,那么耶律密便相信,这的确是已经该班师的时候。但是,这样的决定在军事上也许是明智的,但在政治上明智吗?

---

[1] 缘杆,当时颇为流行的一种极具危险性的高难度杂技。表演者要爬上一根数丈长的固定细长杆,并在杆上做出各种惊险优美的动作。

至少也应该做一个接应的姿态，等到韩宝那边尘埃落定，再迫不得已班师回国——这样，当他们回到大辽之后，才能少受一些责难吧？越是失败无可避免，就越是需要借口，越多越好。

耶律密也很难分辨得了，耶律信这时候就决定班师是一种果断，避免肃宁的辽军也陷入更大的危险中；还是一种内疚，或者说是骄傲，既然怎么样也没用了，他就用这样的方式来告诉天下人，这一切都是因为他的无能……

他不愿意或者不屑于逃避责任，那么，见死不救，自顾北撤，的确是可以保全败军之将韩宝的名声。

虽然，那样的话，兰陵郡王耶律信将掉入一个万劫不复的深渊。

"兰陵王。"耶律密沉吟再三，终于还是开口说道，"是否遣一员大将，再去探探那个炸炮阵……"

"不必了。"耶律信的语气仍然是那么冷淡，或许是明白耶律密是好意，他又难得地多解释了几句，"本王早已派出一支人马再去打探，在河岸还发现了一支南朝骑兵，以营寨数量来看，当有三四千骑，南朝既然已有防范，渡河殊为不易。"

他刚刚说完，萧春便又叫了起来："区区三四千骑，有甚好怕的？！萧某愿率本部兵马，只要一个时辰，定然攻过河去。"

耶律密不满地皱了皱眉。白日一战，连云骑军都不可以小觑，宋人又是据河而守，占尽地利，萧春此言未免有些托大。他攻过河去虽然可以做到，然损失恐怕也不会小。而过河之后，宋人恐怕也不会干坐着等他们去破坏炸炮阵。不过这些还是次要的，最大的麻烦是，他们兵马一动，田烈武必不会坐视——他们已经知道，田烈武部的宋军与那数万援军并没有回河间府，而是在野外扎营，其意叵测。

他心里计算着，却听耶律信已经冷冰冰的否决："不许！"

萧春脸色顿时涨得通红，他尚未及说话，又听耶律信已沉声下令："军中若有人敢违本王节度，军法从事！"

便见萧春的脸色由赤红又转为铁青，他恶狠狠地昂然望着耶律信，怒极反笑，一个字一个字地高声说道："末将遵令！"

耶律信却连正眼都不去看他,只转头看了一眼耶律密,道:"右都统,本王知道你要问什么。"

耶律密连忙欠身,便听耶律信长叹了口气,说道:"王厚、慕容谦不会让晋国公突破炸炮阵。本王并非不想去接应晋国公,只是,田烈武既得强援,明日一早,恐怕便会大举进攻肃宁!"

他此言一出,大帐之内顿时一片沉寂,连萧春脸色都是一变。耶律密讶声道:"今日之战,宋军伤亡亦不小……"

"战局变化至此,我若是南朝主帅,就算事先并无此意,此时也必然要急令田烈武猛攻肃宁。"耶律信沉声说道,"田烈武麾下有云骑、宣武、铁林三军,再加上今日出现的那两三万宋军,兵马雄厚,虽不能取胜,然我军若要想守住肃宁,便无力再分兵;若是放弃肃宁……"

耶律信说到这儿,便不再多说。众将心中都明白,倘若放弃肃宁,那就更加不可能自唐河支流这个方向接应韩宝,那儿离肃宁太近,根本不可能摆脱田烈武。他们只能选择南下饶阳方向,走滹沱河北流——然而,那样的话,他们又不可避免地要遭遇田烈武部,甚至还不需要田烈武来主动攻打肃宁。

这是事先料想不到的,原本以为只需要小股兵力就足以牵制河间宋军,而现在,不仅田烈武居然有能力来攻打肃宁,而他们竟然还必须全力应付。

在二十三日之前,大概也没有谁会相信这样的事。然而此时,帐内的辽军将领们都不得不默认田烈武有此能力。若辽军全力以赴,田烈武当然没有任何取胜的可能,却至少能坚持数日不败,也许时间会更长一些——那样的话,韩宝部可能已经败亡。而安平的宋军若腾出手来……想到这里,每个人都不由倒吸一口凉气。

耶律信扫视众将一眼,知道已经压制住不满的情绪,当下站起身来,寒声说道:"诸公只需听令行事。回国之后,本王自会向皇上领罪。"

第十五章

安平钟鼓

有制之兵,无能之将,不可败也;无制之兵,有能之将,不可胜也。

——《李卫公问对》

1

十月廿四日。

一夜风雪过后的河北平原，显得格外的空旷、辽阔。北风在白茫茫的雪原上呼啸而过，偶尔从雪地上露出的箭镞，让这冬日的清晨更多了几分寒意。

骁胜军第二营都指挥使刘仲武亲自率领着麾下一个都的骑兵近九十名将士，在辽军的东南边巡逡着。按照大总管王厚的将令，五更时分，刘仲武便已离营，此时已有小半个时辰，他们走了快十里路，却连一个辽军的拦子马也不曾见着。

"没有辽人更好。"刘仲武在心里说道。他麾下第二营所负责的区域，是辽军最有可能突围的方向之一。刘仲武并非寻常武夫，他知道倘若辽军不肯突围的话，再困守数日，王厚便能将他们围得跟铁桶似的。到时候辽军粮尽援绝，加之天寒地冻，纵然人能作战，战马没有吃的，那他们便是任人宰割的结局。因此，他也并不计较那区区几个首级。

但跟随他的将士并不如此想法。骁胜军是大宋朝的骑兵教导军，军中将士尽皆精锐；而刘仲武的第二营是突骑营，更是精锐中的精锐，突袭、侦察，是他们平日训练过不知多少次的，此番被派出来充当探马，正是一展其所长的机会。昨日牛刀小试，全军斩下辽军的拦子马首级二十余颗，因此人人都盼着再发些利市。

将士们的士气十分高昂。就在昨天下午，当大军追上辽军之后，王厚突然公布了枢府对开战以来有功将士的奖赏命令，行营诸军中，便以骁胜军的奖赏最引人侧目——这也是理所当然的，自辽国南侵以来，骁胜军是除拱圣军外与辽军打硬仗最多的部队，而且还有过大败萧阿鲁带那样的大捷。虽然数番大战下来，骁胜军伤亡惨重，似刘仲武的第二营这样伤亡较小的部队，每都一百多人至少有十余人的伤亡。但对于他们这些最终在战场上生存下来的人，朝廷的确是做到了不吝爵赏。

如刘仲武本人，便终于如愿晋升为正六品下的昭武副尉，放在旧时，便算正式步入"横行正使"之列,他日离开骁胜军,不仅可以独领一军,甚至有机会转任亲民官,担任边州知州、知军。除此之外,计算他的战功,他还可以奏请朝廷,荫封一名亲属。

这种加官晋爵的喜悦,对于普通将士更加意义非凡。带队的都头赵全,因为得以晋升为仁勇校尉,从昨日起便一直笑得嘴巴都合不拢。正九品上的仁勇校尉,大约相当于改制前的左、右侍禁,虽只是所谓"小使臣",然而由仁勇副尉至仁勇校尉,仅每个月的俸钱便足足多了两千文,这足以令一个家庭的生活由拮据转为宽裕。

更何况还有大量的钱物赏赐。一改往日的陋习,这些钱物并不直接发到士兵手中,而是发给将士们一张由枢府与太府寺共同签发的文历[1],上面注明赏赐的对象与钱物多少,士兵们可以拿着这张文历去钱庄总社下属的任何一家钱庄领取赏赐,而无须去粮料院[2]等官方机构领取,断无克扣之弊。朝廷采取这种方式进行赏赐,虽然有些出人意料,其目的多半也是为了节省运输开销,并且防止过往那种弓手齐射一次便要发赏钱的陋习死灰复燃,但对一般将士来说也是十分方便的。亲眼看着一串串的铜钱,一匹匹的绢布,当然感觉很好,但是行军打仗的时候一直随身带着这些东西,也是沉重的负担,随时都要担心遗失、损坏。这些年来,钱庄总社在普通百姓心目中已经建立了良好的声誉,这些文历在众将士的眼中,实与交钞并无区别。不少士兵更是拿着到手的文历翻来覆去地看,一个个乐得眉开眼笑。其中获得赏赐较多的士兵,各种赏赐折合起来,差不多有五六十贯之巨,一时人人艳羡。

王厚更是在三军面前宣布朝廷新颁的赏格,不说获韩宝首级者即可封侯,赏银一万两,便是一个普遍的辽兵首级,朝廷亦赏钱一万文,生擒战马一匹,赏钱也有三千文!

一面看着那些有功将士升官发财,兴奋地炫耀着自己的收获,一面是诱人的赏格,许多人的眼睛都是红的。没有立功的将士想要立功,立过功的将士眼睛里看的却是比自己功劳更大的同袍……

---

[1] 文历,一种官方文书名,常用于官员请给俸禄。
[2] 粮料院,宋朝给官员支给俸禄的机构。

刘仲武麾下的这些突骑兵，昨天才一放出去，看见辽兵便像恶狗看见了肉骨头一般，若非畏惧军法，恐怕他们会为争抢首级而自己打起来。

因此，转了小半个时辰却一无所获，不免让众将兵都有些沮丧，尤其是赵全的副手张升，眼神中满是掩饰不住的失望。他和赵全都是绍圣二年选调进骁胜军的，与辽国开战以来也是一同并肩杀敌，而如今赵全已经高升，他所立的功勋却不够，仍旧只是个从九品陪戎校尉。明眼人都可以看出，如今宋军已是将韩宝部团团围困，这是获取军功的最好机会，一旦错过，日后二人的地位差距便可能越来越大。军中已经风闻，枢府决定重建拱圣军，禁军诸马军损失的兵马也要重新补上。重建这些马军需要大量的军官，而骁胜军的校尉便是首选，到时候，赵全已贵为副指挥使，而且很快就有机会出任营一级的参军、书记，真正建立起自己的人脉、声誉，打下仕途的基础，有极大的机会在十年内做到指挥使；而他却只能做个都头，慢慢磨勘的话，按照绍圣元年的诏令，他们这些低级武官要七年才能熬够资历磨勘一次，倘若中间犯点儿什么过错，甚至可能要熬上十年。虽然大宋朝的绝大部分武官终身都没有机会升至致果校尉，对赵全、张升这等普通军官来说，终身的奋斗目标其实也就是个营副都指挥使、从七品上的翊麾校尉，甚至可能只是个指挥使、御武校尉。但人生苦短，倘若熬年资磨勘，自从九品陪戎校尉熬到御武校尉，极可能要熬上近三十年才能有希望——要熬到那个时候，他已经垂垂老矣，而禁军大概也不会再接纳他。

张升知道要改变这一切，他就需要抓住眼下的机会。纵使做不到赵全那样直接升一阶，也要尽量拼个"磨勘减年"[1]的功绩。根据新立赏格，八颗辽兵首级得减磨勘三年，张升的功劳簿上已记了四颗首级，眼见着还差了四颗之多，不能不让他心里焦急。

对于这些部将的心理，刘仲武一向了若指掌。他自己同样也有这方面的算计，好巧不巧，也就在昨天，他意外收到兵部侍郎司马梦求的一封私函，询问他有否愿意出任职方司员外郎。兵部的员外郎虽然只是从六品下的差遣，但是武臣照例要从六品上的官员才有资格充任，如今刘仲武已是昭武副尉，资历虽已经

---

[1] "磨勘减年"是宋朝对官员的一种奖励，对于立下相应功劳的文武官员，特别减少其磨勘的年数。比如陪戎校尉按规定需要做满七年不犯过错，才有机会进行考核，升为仁勇副尉，倘得磨勘减年，可能只需做满四年，就可以获此资格。而所减磨勘年数，对应着不同的功绩。

绰绰有余，却仍然是机会难得——朝中不知道有多少昭武校尉谋不到这个差使。难得云阳侯居然主动愿意举荐他，若要拒绝，倒有些不知好歹了。况且司马梦求给他写这封信，应该是他在朱仙镇时给这位云阳侯留下了好印象，二人并无其他的交情可言，司马梦求贵为兵部侍郎、云阳侯，也不是他高攀得起的。倘若他真的拒绝的话，虽然不至于就此得罪司马梦求，但此前的好印象肯定也是荡然无存了。

但刘仲武仍然有些犹疑，骁胜军的中高级将领中不乏消息灵通之辈，他此前也听到过一些风声，前任职方司员外郎是受了御史弹劾而坏事，但其真正原因颇有些蹊跷。他远在河北，当然不可能知道真假，可是直觉之下，刘仲武觉得这里面大有文章，而一旦接受司马梦求的这番美意，他可能就要进入另一个世界。这是一个可能改变人生轨迹的重大抉择。刘仲武的旧识种建中就是一个例子，自从入主枢府职方馆，他整个人都变得阴沉许多，若他不去职方馆，早就已经独掌一军，成为声名赫赫的统军大将。但如今，种建中与昔日军中袍泽，已经有了一种很难说清的区别，即使是刘仲武，也很难想象种建中有朝一日还可以重返军中，统领上万兵马。

可是他的选择不能说是错的。如果种建中继续留在军中，他如今怎么也不可能位列御前会议。职方馆知事能让他迅速进入中枢，有朝一日，种建中能做到枢府都承旨、兵部侍郎，甚至是枢密副使。

有过在职方馆、职方司任职的经历，对于日后升迁大有好处，这是显而易见的。因为这两个部门事涉军国机密，平日打交道的上司最小也是个枢密院都承旨，更有大量的机会在两府宰执面前表现自己，给他们留下深刻印象，让他们了解自己的才具，甚至还有不少面圣的机会。这些是外任将官无法相比的。

这些诱惑，让刘仲武觉得实是极难抗拒。只是成为独领一军的统兵大将，一直是刘仲武的梦想，眼见着离达成梦想只有一步之遥，此时放弃，却也难以轻易下决心。而且刘仲武已经预料到，与辽国的战争不会在河北结束。大宋已经取得战略上的优势，击退辽军之后，朝廷恐怕也不会善罢甘休。宋辽两国的新仇旧恨、百年恩怨，真要清算起来，正是武人大有作为的时候。观兵幽蓟，是无数大宋将领的梦想，自己真的要就此错过吗？

不过他还有足够的时间可以权衡利弊得失。眼下来说，再也没有比能够围歼韩宝这四万大军更令人兴奋的事了。骁胜军与韩宝实是打过不少硬仗，那些战死的袍泽，大部分要算到韩宝帐上，想想韩宝帐下辽军的凶狠善战，在刘仲武看来，实为平生所仅见。然而，这样强大的对手，还不是照样被大宋的军队逼至穷途末路？！

但他也清楚行百里者半九十的道理，大总管王厚已经对诸军将领说得很清楚，这一次就是要不惜代价，彻底歼灭这四万辽军，绝不纵虎归山，否则后患无穷。

想到这里，刘仲武连忙打起精神来，这当节时，倘若出得半点儿差错，那就别说什么职方司员外郎了，小阎王要阵斩一个新晋的昭武副尉给各军将领提提神，只怕连眼皮都不会眨一下。想到这些厉害处，刘仲武不由得浑身一激灵，正在此时，便听到西北边"嘭"的一声，一个烟花腾空而起，在云霄中炸散开来。

众人都吃了一惊，正面面相觑——这是事先约定的通信手段，发现千骑以上、三千骑以下的辽军，便放一个烟花；三千骑到一万骑，放两个烟花；一万骑以上，放三个烟花。众人方抬头仰望，只听得"嘭嘭嘭"的声音接连响起，天空之中，这边才三筒烟花放出，那边又是三筒响起。

"辽人这是要大举突围了！"刘仲武脸白了一下，转头对赵全、张升说道，"快，速去通知本营人马，来此集合。"

宋军很快打探清楚，辽军是兵分三路突围。一路从东边绕过何畏之的大营，一路自西边绕过何畏之大营，还有一路随在东路后面，看起来是负责断后。三路各有万余人马。但这点儿情报显然无法交差，骁胜军都校李浩立即调集人马，迫近辽军，加强刺探。没过多久，陆续汇总的情报让辽军这次突围计划变得清晰起来。东边的两支辽军，前面由韩宝亲自统率，一万余骑，皆以宫分军为主；后面的由积庆宫都辖耶律雕武率领，其中宫分军不下六七千骑，其余部族属国军也约有此数，总兵力超过万骑；而西路的辽军，则是由长宁宫都辖萧垠率领，除了其本部人马外，全是部族属国军，但兵力也有一万余骑。三路辽军，皆向东南饶阳以北的滹沱河北流方向急行。

辽军这次突围，全部远远绕开何畏之的大营，显是不愿与宋军纠缠，同时也抛下了不少难以带走的辎重，但是并没有全军上马疾驰，大军在雪地上牵马跋涉，只有少量骑兵在四周警戒，不让骁胜军靠得过近——这是可以理解的，若其一直驱马疾驰，不见得就能甩下宋军，倒可以肯定要把自己的战马给累死不少。这也表明韩宝仍然很镇定，并未惊慌失措。

而饶是如此，丢下一部分辎重的辽军，行军速度也提高了不少。

辽军选择向滹沱河北流突围，让宋军略有些意外。但他们很快判断，韩宝这是为了尽快渡河——若走唐河支流，到达河边之前，留给宋军的时间就太多了。这不失为一招妙棋。而让宋军无奈的是，原本正当其冲的何畏之部，却被一夜的大雪困得动弹不得。

积雪数寸之后，雄武一军的环营车阵行动起来格外困难，根本不可能跟上辽军。而何畏之也深知雄武一军与镇北军的战斗力，不敢扔掉火炮，率此步军阻挡辽军。结果只能眼睁睁看着辽军绕过自己，扬长而去。

如此局面，让一直率军紧跟在韩宝那一路辽军附近游荡的刘仲武有些始料不及，他几乎急得跳脚，却无可奈何。他几次试图靠近骚扰辽军，但辽军有一个千人队始终紧紧盯着他们，只要他一率兵靠近，便会受到箭雨攻击，而他离远之后，辽军却也听之任之，并不穷追。而且他仔细观察，辽军的大队虽然是急行军，却也隐隐保持着作战队形，一旦有变，便可以迅速全军上马列阵迎敌。他的突骑兵行动迅速，来去如风，但都是披轻甲，易被弓箭所伤，几次试探，他已伤亡了十余名部下，这让他不得不更加谨慎。至于率领这千余骑冲阵的想法，他是绝对不敢有的……韩宝部宫分军的战斗力，他是领教过的，以这千余骑去进攻万余人马的辽军，和送死没有区别。

刘仲武只能暗暗祈祷王厚赶紧派兵追来。

王厚没有让他失望。

二十三日晚上的大雪，对宋军颇为不利。而韩宝立即很好地利用了这天时的变化，这让王厚不由不心生钦佩。他本来计划倘若韩宝向滹沱河北流突围，何畏之部足以牵制一时，而他便可以不疾不徐，从容追来。如果一定要与韩宝决战，他更希望以横山番军的步军、火炮为中阵，而将骑兵部署在两翼与后方，先利用火炮破坏辽军的阵形，然后用骑兵从两翼冲击，步军方阵再自正面碾压。而一旦辽军动摇，出现后退的情况，后方的骑兵就可以借势冲杀。

然而一夜之间，这个完美的作战计划便成了一张废纸。

在积雪数寸的天气里，动弹不得的不止是雄武一军的火炮，也包括唐康和刘延庆的那约两百门火炮。而且，不用何畏之报告他也知道，除非是协同强大友军作战，否则雄武一军与镇北军没有能力独当一面——那只能带来灾难性的溃败。

因此，一接到烟花警讯，王厚便立即调整了自己的方案。

当李浩较详细的情报一到，王厚的将令便接连发出，一支支宋军立即领兵出营，朝着辽军追去。

让所有人意外的是，王厚命令唐康与刘延庆的横山番军步军担任前军，果断丢弃火炮，轻兵疾进，追击东路的辽军。而他自率云翼、威远二军紧随其后。慕容谦则率横山番军马军、武骑军、渭州番骑与种师中的龙卫军余部一道，追击西路的辽军。同时又派人知会何畏之，命其部整装以待，待他的大军一到，即随中军行动，一道追击辽军。

虽然对以横山番军右军为前锋颇有怀疑，但王厚的命令还是让宋军尽皆摩拳擦掌。他的这数道命令意思十分明白，就是要以重兵围歼韩宝，这四万辽军一个都不肯放走！

王厚用兵向以沉稳著称，十月二十四日的追击战却展现了他指挥的另一面。

因为对于滹沱河北流的冰情也不尽了解，担心辽军渡河逃去——虽然滹沱河北流的冰情肯定要远比唐河复杂，但是这一夜的大雪让王厚不敢掉以轻心。因此，宋军的追击一改前一日的不疾不徐之态，在王厚的命令下尽弃辎重、老弱病残在营，数万大军全部轻装疾进。

而他以横山番军步军为前军的决定，也立竿见影地起到了效果。

这支轻装步兵习惯于艰苦环境，而且其作战方式与其他的宋朝步军不同，不依赖于繁多的辎重装备，只要辽军不骑马逃跑，横山番军步军的行军速度就能走得比骑兵还快。不到一个时辰，唐康与刘延庆竟然追了近二十里，已经可以看见耶律雕武的尾巴了。不过以这样的速度行军，作战队形自然是无法保持了，而且掉队的士兵也不少，短短的时间内，至少有近千人掉队。这让唐康与刘延庆一路都追得提心吊胆，不过那右军都校在唐康面前拍着胸膛力保无事，唐康追敌心切，加之身后的王厚并未派人来阻止，而是默认此事，所以他仍是咬牙答应。但他与刘延庆自然是骑马随行，唐康至少带了十余匹好马轮流乘坐，倒是半点儿疲态都没有。

眼见着已经追上耶律雕武，唐康却不敢怠慢，立即下令结阵。然而辽军似乎是毫无战意，耶律雕武根本不理会身后不过一两里正在结阵的宋军，反而加快了行军速度，摆出一副想要摆脱宋军的架势。而且唐康登高而望，发现辽军行军队伍严整有序，一点儿乱象都没有，完全无机可乘。因为宋军原本判断耶律雕武是负责断后的，可此时却没有一点儿断后的样子，自是不由得纳闷。

不过此刻也不容多想，就算辽军在前面设有埋伏，唐康也会毫不迟疑地钻进去。他后面不远，就有王厚的主力跟随，这一次，云翼、威远二军再也不像昨日那样慢腾腾，横山番军走得虽然快，却也没把他们甩得太远。两军相隔不过二三里之遥，因为前有横山番军担任前军，骁胜军的探马又四处散布，王厚遂命令云翼、威远二军不管什么行军队列，只顾埋头疾行，如此追击起来自是极为迅捷。而在云翼、威远二军后面数里，又有何畏之的雄武一军与镇北军紧跟。

唐康胆子原本就很大，身后又有两万精锐骑兵为倚仗，胆气不免要壮上几分，一时也顾不上再结阵，只管纵兵穷追不舍。

此时前面骁胜军游骑送回的情报，让宋军众将更是喜笑颜开。原来前面韩宝所率的万余辽军，离耶律雕武也并不远，只不过比耶律雕武快得三四里许。如此一来，宋军众将也尽皆放下心来，原本多少还有些担心韩宝会逃掉，但此时看来，辽军毕竟也只是人而已，胁下并未生得双翅，韩宝除非抛弃军队逃命，否则终究还是跑不远的。

不过，离滹沱河越近，唐康就越是谨慎，跟着耶律雕武屁股后面跑了一阵，不止是唐康，连刘延庆都看出辽军行动的诡异来——似辽军这般跑法，肯定无法甩脱宋军的追击，就算到了滹沱河边，也不可能安然渡河。但辽军却一点儿着急的意思也没有，仿佛是在刻意引着宋军前往滹沱河边一般，虽然不知道他们葫芦里卖的什么药,但是二人心中也不能不生警惕之心。

刘延庆不必多说,那是素以"小心使得万年船"为座右铭的。而唐康也是屡次与韩宝交手,对韩宝颇为忌惮,当日他与李浩领着骁胜军那种精锐,尚且不能占到便宜,何况这次只是一支步军。他自是不敢拿自己性命开玩笑的。

唐康先是下令停下脚步,结成方阵,放缓追击速度。眼见着滹沱河在望,远远望见辽军似乎停了下来,唐康更不敢怠慢,一面急令大军停止追击,一面整齐阵形,等待王厚的主力。

首先赶到的是姚麟的云翼军。先听唐康、刘延庆简单介绍了辽军的情况,又在唐康陪同下找了块高地观察一阵,连老于戎行的姚麟一时也弄不清韩宝打的什么算盘,此时骁胜军的游骑已经很难接近辽军,而登高远眺,可以发现辽军似乎正在滹沱河边布阵,从其兵马调动的频率来看,显然是在摆个大阵仗,若换在他处,姚麟等人马上便会知道,这是辽军要和自己决一死战了。但在此时此处,看了半晌,姚麟都不敢遂下断语。非止姚麟,宋军众将皆已认定韩宝是突围逃窜,此时脑子里虽然都不约而同地冒出"背水一战"四个字,却都不敢相信,只是疑心韩宝必是在闹什么玄虚。

其时宋朝中兴,高宗赵顼与当今右丞相石越君臣整军经武,其功最大。而这君臣二人的军事思想颇有相合之处,二人皆奉为至理名言的,便是诸葛武侯的那段话——"有制之兵,无能之将,不可败也;无制之兵,有能之将,不可胜也。"意思便是,若士卒训练得法,制度严明,即便由庸将统率,也不会战败;反之,士卒若无严明的制度,便有名将统率,也难打胜仗。这一段话,还曾经受到赵顼最为推崇的大唐名将李靖的肯定,可说是熙宁兵制改革一个核心思想,赵顼下令枢府编辑整理李靖兵法,颁布诸武学、讲武学堂,成为武将必读之书。[1]这种军事思想强调"制"的重要性,贬低将领之"能"对战争成败的影响,也极符合宋朝文官政治之需要,这也是为何石越同时又要大力鼓励武将专断用权,将在外君令有所不受的原因之一。盖因这种思想之下,绝大部分将领不免会本

---

[1] 此语出自《李卫公问对》,此书一般认为是伪书,但正是北宋人所作伪,且书伪,其内容未必伪。因其源流,正可能是出自赵顼下令枢府整理李靖兵法。

能的教条化，军中将领多是李靖口中的"守将"，如吴安国这种偏于"斗将"的将领，便已是军中另类，至于所谓"国之辅者"，那更是百中无一了。[1]

姚麟、唐康等人，在宋朝其实已远非因循守旧之辈，二人胆子也大，亦颇有智术，敢于冒险，然而，比起没什么束缚的韩宝来，却还是要稍逊一筹。对于韩宝在这种形势下，竟然还敢悍然谋求与宋军背水一战，二人连想都不敢多想——这得犯上多少条兵家大忌？

二人沉默着下了高地，简单商量了一下，决定暂时以不变应万变。不管韩宝究竟打的什么主意，至少他在两支大军的眼皮底下，终不可能变戏法将这几万辽军变没了，守住这条底线，其他就无需担心。倘若韩宝真的疯了想要背水一战，那么这等规模的大会战，排兵布阵也不是二人能做主的。这种涉及数支大军、不同兵种配合的大战，布阵是一项极复杂的专业性工作，若在国初，还需要有个排阵使专管布阵之事，如今大宋朝已不设这一军职，当然须得王厚亲自来决定。而二人只要暂时谨守各自的阵脚，不给辽军可乘之机便是。

商议妥当，姚麟随即回到云翼军，率领大军前往唐康所部东面的一处小高坡上列阵。而唐康也吩咐下去，令横山番军严阵以待，弓箭手检查自己的弓箭，若有辽军冲阵，只管以弓箭射退。

没过多久，在云翼军之后赶到战场的，是辽军的另一路骑兵，由长宁宫都辖萧垠率领的一万余部族属国军。这万余人马一到，辽军的阵地上就变得热闹起来，这些军队真以个人的战斗技能而言，可能未必逊色于宫分军，甚至可能更强也说不定，但战斗意志与战场纪律远远不如宫分军。尤其是战场纪律，之前韩宝和耶律雕武的两万大军，因以宫分军为主，虽有人马调动，但一切都行动有序，除了战马发出的声响，两万余骑几乎是寂静无声。而这些部族属国军一到，立时各自声响都有，有人高声大叫，还有人似乎是在用本族语言咒骂，也有人在大笑，这倒有些像横山番军的风格。但对于更加习惯宋朝禁军那种整齐肃穆的唐康来说，见到此景，心中仍不免产生轻视之意。

紧随这些部族属国军而来的，则是慕容谦所率领的骑兵。他的麾下，其实

---

[1] 此《李卫公问对》中，李靖对将领的三个层次的划分。能用正而不能奇者，为守将；能用奇而不善于用正者，是斗将；二者皆备，便是"国之辅者"。

就是个大拼盘，其中主力自当以横山番军马军与龙卫军余部为主，但龙卫军主将种师中受了重伤，昨日已被王厚下令连夜送往冀州疗伤。龙卫军群龙无首，众心不安，慕容谦能让他们发挥出多少战斗力，仍是未知之数。这从慕容谦竟然让萧垠那一万余辽军安然抵达滹沱河边，便可以看出一二，唐康知道慕容谦用兵的风格，轻兵疾进，击敌不备，正是其拿手好戏，若他麾下得力，譬如将他所统率的横山番军步军交给慕容谦，萧垠不经过一番苦战，断不能轻易至此。但这等胜利在望之际，便连慕容谦这样的名宿，也不免变得谨慎几分。

慕容谦一率兵抵达战场，便自在西边挑了处地方列阵。唐康不敢离阵，正待派刘延庆去参见，便听到探马来报，王厚、贾岩率威远军也到了。不仅威远军到了，让众将都觉得意外的是，何畏之率雄武一军与镇北军也赶到了。

唐康看了看天空中那轮冷日所处的位置，推算此时大约是巳正时分。

因为唐康部所处的位置刚好正对着辽军，观察辽军行动也最为方便，很快，便见王厚领着李浩、何畏之、贾岩、和诜诸将过来，而慕容谦、姚麟、王赡等将也从各自军中骑马赶来，随着王厚一道登上不久前唐康才和姚麟去过的高坡，观察辽军的动静。

只是瞧了一小会儿，便见王厚与慕容谦相视一笑，王厚轻吁了一口气，说了句："原来如此！"然后便转头望向众将，淡淡说道，"韩宝背水列阵，欲为困兽之斗尔。"

2

滹沱河北。

除去在急行军中掉队的人马，约有三万两千骑辽军，背靠河面几乎已经全部结冰的滹沱河，布成一个正面宽度长五里多的大阵。这三万两千余骑，又分成四个小阵。左翼由长宁宫都辖萧垠统率，除去他长宁宫本部兵马外，另有挑拣出来的数千名部族属国军中的善射者，共统兵五千。右翼则由积庆宫都辖耶律雕武统率本部兵马，清点人马，仍不下六千骑。积庆宫此时也是韩宝部下宫分军中家丁较多的，虽非人人皆有，合计也有四千人左右[1]。这些人虽然不能骑马作战，但此时已是最后决战，也手执短刀，追随各自主人列阵。前阵则由彰愍宫先锋都辖耶律亨统率，除去彰愍宫宫分军外，又自永兴、文忠王府二宫中临时抽调了近千名精锐宫分军，外加两千名部族属国军精锐，亦是五千大军。韩宝则自统文忠王府宫分军约两千骑为亲军，加上耶律乙辛隐统余下永兴宫宫分军约三千骑护卫，以及约一万一千骑的部族属国军，组成中军。

如此布阵，正是尽起精锐，一决生死之意。

而为了利用部族属国军的战斗力，韩宝一面晓以大义，令诸部知道此时已是生死关头，必须同舟同济，方有生路；一面又诱以重利，许下重赏。尽管如此，对这些异族，他仍不放心，又恩威并施，利用自己的威望迫使各部同意他挑拣精兵，打乱编制，与宫分军混编，以便于控制。同时将其余部族属国军全部编入中军，自己亲自坐镇，令其不敢轻生异心。

虽然口中贬称"困兽之斗"，但辽军布阵之后的军容，令宋军主帅王厚也不由露出赞赏之色。但是，倘若他能细看辽军的布阵，却也一定会生出疑惑——韩宝麾下第一猛将、大辽文忠王府都辖萧吼，此刻竟然不在辽军阵中。

然而这是宋军此时所无法知道的。

在宋军这边，哪怕除去大量掉队或因其余原因不及赶到的人马、留守的老弱病残、随军民夫，此时汇集于战场的宋军，马步合计也已接近六万人马，其中骑兵合云翼、威远、骁胜、横山番军、龙卫、武骑、渭州番骑之数，更是有三万三千余骑，已与辽军兵力相当。步军则有横山番军步军七千余，雄武一军约一万三千、镇北军约五千，合计超过两万五千之众。

如此众多的兵马汇聚在一个战场，即使步军布阵紧密，但宋军正面的宽度也长七里有余。

双方合计十万大军，每支军队都携带着数不清的旌旗，远远望去，整个滹沱河北岸，旌旗密布，战云蔽日。

----

[1] 文中凡涉及辽军兵马数目，除非特别说明，否则皆不包括家丁。此时辽军除非皮室军无家丁外，大部分宫分军家丁或死，或已护送掳获回国，或承担后勤劳役任务，韩宝麾下辽军中，唯积庆宫在诸军中不仅较少损伤，且经历恶战亦少，实属特例。

韩宝骑了一匹黑色母马，停在一面巨大的绣着"韩"字的帅旗下，在他的身后，有四名身披轻甲的精壮契丹汉子，也各自骑着高头大马，分执黄、黑、白、青四色大旗，笔直地矗立着。这就是所谓五色五方旗，这种数万人马的阵战指挥，无论宋辽，主帅都不免要建五色五方旗指挥诸军。不过，辽军此战只设四阵，便亦只设四旗，黄旗代表中军、黑旗代表前军、白旗代表左翼、青旗则代表右翼。而这四色大旗所在，也代表着他韩宝之所在，三万两千名辽军将士的统帅之所在。

此四旗之外，则有辽主所赐的大辽晋国公全套仪仗、大辽先锋都统全套仪仗，金鼓斧钺，在寒风中猎猎作响的绣着各种纹饰的旗帜，闪烁着冬日冷光的各色仪仗用兵器，捧旗持刃的骑士全部身着金银甲胄，仿若天人。被这些骑士簇拥的韩宝，虽然在盔甲外只穿了一件普通的黑色圆领窄袖长袍，却自然而然散发出一种不怒自威的威压，让那些部族属国军的首领，打心里生出一种敬畏感来。

但韩宝似乎丝毫没有注意到这些。

辽军中军所在的位置极佳，韩宝与四色大旗所在之处，正好是滹沱河边的一块坡地，虽不甚高，却可以清楚地看到整个战场的形势，也便于各军观察中军的旗令。抢先一步布好阵之后，韩宝便开始冷眼观察宋军的布阵。宋军人马倍于辽军，兵种复杂，布成大阵，要花的时间更多。

看了一会儿，韩宝便不由得皱起眉来。

王厚将这近六万大军，结成了三个大阵。在中军，王厚将步军推在前面，借雄武一军带来的数百辆没装火炮的空载战车，以雄武一军与镇北军布成一个传统而简单的却月阵，而自率威远、骁胜二军居后。同时，王厚竟大费周章，正将横山番军步军调至其右翼，欲与慕容谦此前所统骑兵一道，组成右军。而相比宋军中军与右军的厚实，其左翼却显得极单薄，仅以云翼军一军独立布阵。

宋军的古怪之处，不止韩宝看出来了，随在韩宝身边的耶律乙辛隐也看了出来。"晋公，这王厚到底在搞何古怪？怎的将步军在前，马军在后？"

韩宝一声冷笑，"这便是王厚的用兵之道。"他哼了一声，见耶律乙辛隐一脸不解，又说道，"不管对手想做什么，便只管反着来。此前如是，今日亦是如此。初见我军欲走，他便着急赶来，欲与我军决一死战；如今见我军并非真的想走，而是想诱他决战，他便不肯顺顺当当和咱们打了。"

"现在王厚是欺我们在他眼皮底下,不可能顺当渡河。并且除与其决死一战之外,更无出路,他便不肯主动进攻,反而摆出守势。他以步军结阵在前,马军在后,逼我去冲他的步军大阵,待我军疲惫之时,再以马军出战,这是想用那几万步军来消耗我军,尽量减少他马军的损耗。"

听韩宝这么一说,耶律乙辛隐不禁大起鄙夷之色,宋军以优势兵力,追杀而来,竟然还不敢主动进攻,委实无耻。但是同时他又不由得有些忧虑,他们已将宋人如愿诱至此处,已是不得不战之势,宋军大可以这么僵持下去,可辽军却不能如此。而宋人如此部署,对他们进攻,自是颇为不利。

韩宝仿佛知道他在想什么,又看了宋军一眼,又冷哼一声,道:"世上哪有如此便宜事?"说罢,他挥鞭指向西边,寒声说道,"今日之战,若要成功,便要落到宋军右翼身上!"

耶律乙辛隐循鞭望去,却见宋军骑兵之多,倒还以右翼为盛,而且更有横山番军七千步卒正向其靠拢。而本方左翼,却是萧垠所部,兵马少不说,战斗力也最弱。唯一的机会,大概就是宋军那七千步卒尚未至阵中,但那些宋军步军是以作战阵形移动,却也没露出多大的破绽,因不由一怔,说道:"晋公是想趁其阵势未成而攻其无备吗?"

却见韩宝摇摇头,沉声道:"非止如此。宋军中军是却月阵,看旗号是双戟熊旗,那便是雄武一军,其无火炮之利,便不足为惧,不过是靠以战车充当营墙,我军只要冲近,破之不难。只是其后便是王厚帅旗所在,宋骑估摸不下万骑,一旦雄武一军支撑不住,这些宋骑便会加入战斗。而其左翼,看旗号是云翼军,兵马当只有六七千骑,王厚敢以此军独当一面,那必是相信其乃南朝精锐,且欺我军兵少。此军名为左翼,实为无地分马[1],随时可以支援中军,是与中军那万余骑宋骑互为犄角之意。"

"宋军此两军,阵势已成,绝少破绽。然唯有其右翼,不仅阵势未成,且其兵马虽多,旗号却颇为混杂,应该是多支宋军混编而成。我素知南朝诸军,平时各居一地,素不相识,仓促编为一军,岂有配合可言?临战之时,反而只会互相掣肘。而且你可瞧得仔细——宋军三阵,其左翼与中军较近,右翼与中

---
[1] 无地分马,宋军布阵中的机动骑兵。

军较远，互相支援，亦不免更加困难……或是王厚亦已察知此中情弊，才一定要将那七千步卒派过去……"

耶律乙辛隐仔细观察，果然如此。原来便在宋军中军与右翼之间，有一条浅河，此时冰雪覆盖，不仔细根本看不出来，但也是这点儿地形改变，让两军之间有一段地区不适合列阵，这两军相隔便要远了一些。

若能一举击败宋军右翼，逼迫宋军中军的骑兵去支援，这一场会战，辽军便还有胜机。一念及此，耶律乙辛隐的血不由得热了起来。

他不由佩服地看了一眼韩宝，但韩宝浑然不顾，正目不转瞬地望着宋军那边。显是正在找一个最好的进攻时机。

突然，耶律乙辛隐看到韩宝的眼睛睁大了，他心猛地跳了一下，便听到一声角响，耶律乙辛隐连忙转过头去——却见宋军刚刚还在缓慢移动的那七千步卒突然停了下来，队形突变，其大阵转而向南，而此刻这支宋军与宋军右翼骑兵间，至少还有里许的距离。

便在此时，又是数声角声响起，宋军右翼骑兵中约有四千骑也突然出阵，与那七千步卒一左一右，竟是一齐向着辽军左翼的萧垠部缓缓逼近。此时宋辽两军相距约有三里左右，那四千骑兵虽未驰骋起来，却也尽皆上马，按辔缓行。

这一步一骑两支宋军渐渐靠近，所举战旗也渐渐看得清楚，却见上面竟然都绣着红底白尾鹞。

"横山番军！"耶律乙辛隐轻呼一声。他虽然一时不明白为何明明是同一支军队，却被宋军分成两路追赶，但也知道红底白尾鹞战旗正是横山番军军旗，而这支番军的确是下隶一步一骑两支军队。

而最重要的是，这支横山番军摆出来的分明是进攻之势。

出乎他们的意料，宋军竟然决定采取攻势！

这正是他们所期待的，耶律乙辛隐脸上露出喜色，转头去看韩宝，却见韩宝脸上肌肉急速抽搐着，眼里充盈着他从未见过的狂热之色。

横山番军右军列着整齐的方阵，朝着辽军又走了约五十步许，便见那右军都校斜睨了一眼西边姚雄的旗令，突然将手一举，七千步卒整齐地停了下来。

阵中，唐康与刘延庆对视一眼，脸上都露出惊诧之色。

名义上，这七千步卒此时是归唐康节制的，但唐康此人端得是既有一股狠劲，又拿得起放得下。出阵之前，王厚邀他至中军与自己一道观战，他断然谢绝。而一听说是要与横山番军左军协同作战后，唐康立即唤来右军都校，当着众人之面将作战指挥权果断移交，自己只任监军之责。这让王厚十分满意。他其实也不是真的有多关心唐康的安危，只不过是担心唐康碍事而已，但唐康颇知进退，主动交出指挥权，这让原本以为要费一番周折的王厚松了一口气，对唐康也不禁又要高看一眼。

是人都知道唐康心中必然有不满，这是赤裸裸地质疑他的能力。但唐康的确做到了言出必诺，对那右军都校的指挥绝不干涉。

这也成全了横山番军步骑两军的默契配合。慕容谦指挥方面，当然不会轻易上阵冲杀，但左军都校姚雄原本就身兼横山番军副都指挥使，那步军都校听他指挥也听惯了。横山番军平时看起来懒懒散散，但此时才显出来，慕容谦将这一万数千名番汉将士的确操练得令人叹服。一切令行禁止，姚雄那边旗号一动，这边立即感觉得到，而那右军都校一声令下，这七千步卒之动作严整，堪与振武一军那种精兵相媲美。这等风范，便在左军那些不可一世的骑兵那儿，唐康等人也不曾感觉到过。

说起来，唐康与这七千步卒也相处有时，但是，此前他未曾想过，自己一直节制的竟然是如此强悍的力量。这种力量平时深藏不露，即使在安平与辽人僵持之时偶有战事，唐康也只是觉得不错而已。直到此时，当真正大战来临，面对着强敌，唐康才知道自己错得离谱。

此乃虎狼之师！

王厚定然是知道这七千步卒真正实力的，所以他才敢如此重用。此时唐康才想到，这横山番军右军虽然减员颇多，但战斗损伤并不多，大部分不是自陕西长途行军前来时已经掉队，便是到了河北后染上疾病——陕西至河北，当然谈不上什么水土不服，天知道他们是吃了什么鬼东西还是走了什么霉运？

唐康心中颇有些百感交集，但他的目光更加阴沉。如此力量，为大宋所用固然好，但是……

"好番儿！"身后传来的轻赞声打断了唐康的思绪，唐康不用回头，也知道说话的人是仁多观明。他一直将田宗铠与仁多观明带在身边，自从今日一早接到追击之令时起，田宗铠就再没有说过一句话。他的神情，连唐康看了都有些害怕，但是他一直没有多说什么。

"确是好番儿！"刘延庆也忍不住跟着赞了句，他此刻心情的喜悦，实在无法用言辞来形容。就是刚才，他还在心里抱怨唐康不该不识好歹，非要跟随这七千步卒冲锋陷阱，这可是步军啊！瞧瞧这些番儿身上寒碜的甲胄，而王厚居然打算让他们打头阵，刘延庆几乎怀疑王厚与慕容谦有什么深仇大恨，隐忍至今才出手报复。但此刻，刘延庆看到了希望！

而且还不止是希望！

第一功啊！打前阵的功劳总是很大的，他从未幻想过韩宝的首级什么的，这个功劳已足以令他心满意足。果然，还是跟着唐康这样的衙内好混呀，总能站在看似危险实则安全的地方……

脸上虽然还保持镇定，但在心里，刘延庆已经乐得要不会说话了。

而且，看样子，姚雄是打算率骑兵去先冲一阵……

这当然是再好不过了。

但他的念头还未转完，却见那右军都校朝他笑了一下，那是个黝黑的羌化横山汉人，身材并不高大，中等个头，会说一口带着浓重陕西腔的官话，奇怪的是，他却没有汉名。也没人耐心去记他的本名，不论是唐康还是刘延庆，平时都叫他"番将军"。不知道为何，此时这番将军朝他一笑，刘延庆虽然明知道那笑中带着善意，心里却是一沉。

他下意识转头，果然，这感觉没错！

南边，至少有数百枚号角，突然同时吹响。

摄人心魄的呜呜之声，响彻滹沱河岸。

辽军左翼数千名骑兵纷纷上马，朝着自己这边缓缓逼来。

而更让刘延庆大惊失色的是，姚雄那边也突然停下了脚步。而他身边的这位番将军却突然翻身上马。

只见他神情突然一凛，冷冷地扫视麾下这七千之众一眼，"刷"的一声拔出佩刀，用横山羌话高声吼道："吾辈何人？！"

便听七千之众一齐狂呼："横山番军！"

"战无不胜！"

"攻无不克！"

这种七千人的猛然山呼，真有排山倒海之势，惊得完全没有心理准备的刘延庆差点儿从马上跌下来。但那番将军的声音却更大了。

"吾辈何人？！"

"横山番军！"

"战无不胜！"

"攻无不克！"

"吾辈何人？！"

"横山番军！"

"战无不胜！"

"攻无不克！"

每一声的呼吼，必换来响彻原野的回应。横山番军右军方阵之内，每个人都在这种呼喊声中，眼神变得狂热而危险。

连唐康与仁多观明、田宗铠等人，虽听不懂这几句横山羌话，却也被这种气势所感染，跟着一齐仰天长啸。

南边，五千辽骑开始缓缓接近。

那七千宋卒的疯狂，萧垠一句也听不懂。他也不关心那些宋卒在发什么疯，他只看到，在疯狂之后，那七千步卒正踏雪列阵，朝自己这边一步一步逼来。

而宋人的骑兵，却停在了后方侧翼。

这是看出了我大辽铁骑的战马疲惫，先用这些步军来消耗我们的体力，再想捡便宜吗？萧垠在心里冷哼道。

区区七千步卒，列阵而守或还要费些手脚，居然敢与骑兵对攻！

既然想死，萧某便成全你们！

萧垠冷静地看了一眼四周，麾下虽然不是熟悉可靠的宫分军，却也皆是草原的雄鹰，足堪一战。

"胡沙虎！"

"属下在！"一名高大的骑将凛然出列，在马上朝萧垠欠身一礼。

萧垠冷冷地看着这名部下——室韦国有名的勇士，他临时任命的五名骑将之一，每人皆统千骑。千夫长之任，这些人可以信任吗？

但如今亦别无选择。

他抿嘴发令："你见着那些宋卒了吗？"

胡沙虎别过头去，不屑地看了一眼正列阵而来的横山番军步军，哼道："属下只率千骑冲阵，便可踏平。"

"若是那般，我只能替你收尸！"萧垠脸上冷峻得似冰一般。

"你仔细听清楚了，这些宋军不可一世，我要你率本部兵马，散开靠近那些宋军，却不可靠得太近。宋人步弓厉害，过近则损伤太大，只须进一箭之地[1]，如此宋人箭雨便易格挡躲闪。你不论有何损伤，皆不可冲阵，只管射箭，且射且退，引他来追，便是你首功！若违此令，虽胜亦斩！"

"接令！"胡沙虎撇撇嘴，领令退下。

萧垠却不管他，又叫过其他四名骑将，厉声吩咐："君等各自约束部属，待胡沙虎引得宋人大阵一乱，便听我号令，随我一道冲阵。击破这些宋人，便可回家！"

在番将军的指挥下，横山番军七千步卒踏着整齐的步伐，一步步向着辽军挺进。在这雪地上列阵而行，想要长时间保持队列齐整十分艰难。但那番将军似乎并不在意这个，只要阵形没乱到一定程度，他便视而不见。这不免让唐康与刘延庆又开始有些提心吊胆。仁多观明则是仿佛碰到了什么有趣的事情一般，一直笑嘻嘻的。只有田宗铠，似乎完全融入了这横山番军的气氛当中，他双目通红，连大弓都没有摘，手中紧紧握着那杆长枪，握枪的手背，指节泛白。

甚至这支番军的行军方式也和一般宋朝禁军不同。

鼓声，一种有节奏的鼓点声，在他们行军之时，一直敲响着。

---

[1] 此处指辽国骑兵的马弓射程之内。

嘭嘭嘭，嘭嘭嘭……

这些番军，便是依靠踩着鼓点，来保持他们行军步伐统一。而这种行军鼓，更有一种激动人心的作用，每走一步，都能让人感觉到心脏的剧烈跳动。

这鼓声，给人一种奇怪的感觉，仿佛它能保持并且继续酝酿、发酵刚才这七千步卒所表现出来的那种狂热。

这给刘延庆一种不祥的感觉，他的脸色再次变白了。

他们在做什么？

为什么还要继续向前？

远处，清晰可见，至少有上千骑辽军正分成一个扇形缓缓向番军靠近。

而番军的阵形越来越不严密。

刘延庆下意识地四处张望。

脸色却更加惊疑。

大盾牌呢？铁甲兵呢？弩兵呢？

没有神臂弓，没有钢弩，甚至没有普通的弩！除了少量校尉有铁甲，士卒们全是皮甲，甚至是纸甲。连结阵的长盾都没有，这些步卒只有单手小圆盾。

这是什么样的怪胎？

身边唯一让他熟悉的，是那些步卒们手里还拿着弓。

但那些弓……

别的不说，刘延庆用弓却是行家。

那些破弓！

在他眼里，那全是破弓。绝对射不到一百五十步！

朝廷对这些番军也太吝啬了吧？

一旦再度明白身边的形势，刘延庆心中一种无助感油然而生，下意识地紧紧握着手中的那张大弓。他转头想要提醒唐康，却见唐康也正好朝他转过头。

只是一瞬间，他就从唐康的眼神中知道，这位枢密院副都承旨也已经感觉到了不对。但是，刘延庆从唐康眼中看到的只有兴奋。

他能听到唐康用一种梦呓般的语调在低声喃喃自语："这便是慕容谦训练出来的大宋步跋子吗？"

疯子！他不由得在心里恨恨地骂道。

胡沙虎的一千骑辽军小心翼翼地接近这支宋军，双方的靠近不过是几分钟的事。这位对宋朝步军没什么了解的室韦国勇士完全没有感觉到什么不对的地方。

他也完全不知道，便在当他率军靠近宋军一百五十步的那一瞬，辽军大阵之中，中军的韩宝、耶律乙辛隐，还有他的直属上司萧垠，脸色都是微微一变。而在宋军当中，仁多观明兴奋地怪叫了一声，刘延庆则恶狠狠地骂出声来。

宋军没有放箭。

然后，他懵然不觉，安安稳稳地进入到一百步的距离。

还是没有放箭。

此时，远处韩宝的脸上露出若有所思的神色，眼神中闪烁着与仁多观明一般无二的光芒，仿佛是看到了什么有意思的事情一般。而宋军当中，仁多观明却已是高声怪叫起来。至于刘延庆，则根本连骂都懒得骂了。

胡沙虎也已经感觉到了不对。

一百步，步弓完全可以射到了。

但数十步的距离，对轻骑兵来说只是眨眼间的事，他根本来不及多想，便已率军攻近七十步。

终于，宋军的第一轮齐射"嗖嗖"破空而来。望着数千枝箭矢，遮天蔽日的如蝗虫一般从天空朝着自己落下，不知道为何，胡沙虎反而感觉到一阵莫名其妙的轻松。

顷刻之间，至少有数十名骑兵中箭。宋军的这波箭雨并不厉害，几乎伤不到那些披甲的骑士，受伤的都是一些贫穷部族的骑士。这丝毫不能阻止胡沙虎的接近，迎着箭雨，胡沙虎的骑兵便冲到五十步的距离，不待吩咐，辽军也开始引弓还射。

这一千骑辽军皆是各部精锐之士，这波五十步内的近射立即给这些甲胄简陋的宋军造成数以十计的伤亡。

身边袍泽的死伤，立即激怒了那些横山步卒。那些步卒开始一边放箭，一边用番话大高咒骂，原本便松散的队列开始出现混乱。

这正是胡沙虎所乐见的。他还记得萧垠的吩咐,抓起号角,吹响约定的号声,马上,所有的骑兵开始且战且退。那些横山步卒眼见着辽军被击退,甚至不断有辽兵中箭落马,士气更加高涨,追击得更加猛烈。为了追上辽军,方阵前面数排的步卒甚至甩下后面的步卒十来步之远。而且因为胡沙虎的骑兵是呈扇形后退,宋军的正面,此时甚至已经不呈一条直线。

那番将军仿佛这时候才终于意识到,再般下去,他的方阵将不复存在,这才姗姗来迟地吹响了号角,想要重新收拢队形。

但胡沙虎哪能容宋军再次聚拢,宋军刚露出停止追击之势,他立即唿哨一声,率领大军反扑过来。被辽军的箭雨骚扰得无法顺利聚拢队形的那些宋军很快便丧失了耐心,他们一边躲避着辽军的箭矢,一边急切地寻找目标引弓还击,射杀眼前所能看到的辽军,根本没有精力再考虑身后的方阵。

这一次,宋军的步兵方阵甚至变得更混乱。

几百步外,萧垠统率着辽军左翼余下的四千名骑兵,冷冰冰地看着这一切。

身边的将领们脸上都露出不屑之色。

谁也没想到,胡沙虎的骚扰会如此顺利,但萧垠心中隐隐有些不安。普天之下,任何步兵方阵,只要它还是移动的,面对轻骑兵的骚扰,都不可能始终保持完好的队列,只要有足够耐心,就一定会出现破绽。然而,在传闻中,宋军的步兵方阵可没这么好对付。以神臂弓、弩、弓相配合,轻装骑兵从正面根本不可能靠近他们,而宋军也是宁可牺牲机动性,包括方阵的移动速度,亦要将阵容严整放在首位。

他曾经听说过一个宋军的战例,虽记不清是宋军与西夏人作战时的战例,还只是南朝西军的一次演习。据说当时宋军一个步军方阵被数倍的骑兵包围,主将决定突围,那支步军结阵而行,一面行军,一面以弓弩射杀敌人,结果整整一个上午,那数倍的骑兵都无可奈何,完全无法接近,只能远远围着这支步军——最终,直到那支步军退到了一条河边,而骑兵的主将先派人毁掉了步军提前架设的壕桥,河上只余一座石桥,步军再也无法维持列阵渡河,这才终于被击败。

当然，传闻中的那些南朝步军是他们精锐的西军。而眼前的这支宋军不过是南朝的番军，只看他们的装备，甚至连弩都不曾有几架，自然无法与那些精锐的西军相提并论。

但饶是如此，他们在胡沙虎的骚扰下，所露出的破绽也未免太大了。

便仿佛他们根本不在意队形一般。

此时，萧垠脑子里还有无数的疑问……

他心里清楚地知道事情没这么简单。即便他瞧不起这些番军，也不敢瞧不起王厚与慕容谦。

如若不在此时，不在此处，萧垠甚至会选择防守。这是他内心深处的直觉告诉他的。虽然防守一支步兵的进攻未免匪夷所思。

而在此时此处，他根本没有更多的时间，如果他要冲阵，进攻那支宋军，最近五百步时，他就应该吹响号角。这五百步的距离内，雪地早已被数万人马践踏过一次，不对会冲阵造成阻碍。更重要的，最起码要有五百步，战马才能真正驰骋起来。

因此，当那支宋军靠近他五百步时，他就必须做出选择。而此时宋辽两军的大阵之间，相隔也不过千余步。

他也没有更多的选择。

他们到这里，便是拼命来的。他们已经没有退路。

在这样的战斗中，锐气是至关重要的。

宋军选择在右翼与他对攻，分明是想彻底击溃辽军的锐气。

背水一战中，一旦锐气受挫，恐惧就会蔓延。

他们不能丧失进攻的勇气。

必须不断地进攻，进攻！

只有进攻，才能赢得一线生机。

大不了一死。但就算要死，也要死在进攻当中！

没什么好犹豫的。

萧垠俯下身子，轻轻地摸了下坐骑的鬃毛，眼睛却终始终凝视着那支宋军。突然，他瞳孔急骤缩小，猛地拔出了马刀，高声吼道："大辽万岁！"

"大辽万岁!"数千人的呼声随之响起,四千名骑兵似离弦之箭般冲向横山步卒。

四千……不,是近五千名骑兵——胡沙虎的那一千名骑兵也一同加入到了冲锋之中,这么多骑兵一同高速冲锋,那是一种席卷一切的力量,仿佛能将大地都踩翻个儿的感觉。

这种感觉,刘延庆一点儿也不陌生。只不过,这是他第一次处在一个步军方阵中,这和在拱圣军时完全不同,望着五千骑兵以一种摧毁一切之势向着自己冲来,那种压迫感令人窒息。

而此时,这个所谓"步兵方阵"委实没有半点儿可靠的感觉。

五百步的距离,一分钟便可冲到。

刘延庆本能地想要逃跑。

但是,就在辽军开始冲锋的那一刻,令他目瞪口呆的事情发生了。

仿佛等待这一刻已久,那七千步卒毫不犹豫地扔掉了手中的弓箭,拔出随身佩带的兵刃,刀、枪、剑、锏,便见他们高举着五花八门的兵刃,齐声高吼着"大宋万岁",毫无畏色地冲向辽军!

这是令无数人永生难忘的震撼一幕。

七千横山步卒,用不甚标准的官话高呼着"大宋万岁",向五千大辽骑兵发起了反冲锋!

这一刻,受到震撼的绝不止辽军。

有短短一瞬,整个战场,除了这七千横山番军所在,仿佛顷刻静止。

然后,整个战场都沸腾起来。

宋军所有的将领、士兵,不约而同地同时振臂高呼:"大宋万岁!大宋万岁!"

山呼之声,响彻滹沱河岸。

在这排山倒海的山呼声中,策马而立的宋朝左军行营都总管慕容谦轻轻举起右手。片刻,一直不紧不慢地跟在步军后面的横山番军左军军中,也吹响了"呜呜"的号角声。

辽军中军阵中。

耶律乙辛隐收回自己的目光，喃喃问道："这究竟是勇气，还是愚蠢？"

韩宝苦笑了一下，摇了摇头："不论是什么，这些横山步卒对王厚来说不过填沟壑者而已，即便尽数送死，亦不足道。然于我军来说……"

"晋公，是否要改变计划？令前军支援？"

韩宝低头沉默了一下，待再次抬头，脸上重又露出坚毅之色，他缓缓摇了摇头，沉声说道："今日之战，本就是破釜沉舟，虽有意外，然谋既定，便不可轻易改变！"

他将目光投向西边的战场上，从容镇定的眼神中，竟流露出一丝惋惜之色。

3

雪红如血。

刘延庆奋力格开左侧那个辽人迎面而来的一刀，大吼一声，左手用力，猛地拔出一枝嵌进铠甲里的箭矢，朝那辽人狠狠掷了过去，但箭矢无力地掉在了已被践得泥泞的雪地上。刚才那个与他交手的辽人，一击不中，便即拖刀而走，而刘延庆也根本无力追赶，不过喘息之间，便又有另一名辽人朝他冲来。但这名辽兵不太幸运，他没能冲到刘延庆跟前，便被一个横山步卒一铜捅进马腹，只见一股热血从那匹战马的肚子里猛烈地喷洒而出，那牲畜负痛发狂，凄声嘶叫，前蹄高扬，将那名倒霉的辽兵掀下马来，重重摔到地上。他尚未及起身，早已准备在一旁的两名横山步卒一个箭步窜了过去，一名步卒手举斧头狠狠砍进他的背部，他才发出一声惨叫；另一名步卒手执马刀，又朝着他后颈劈了下去，这边马刀落下，使铜的那名步卒已跟了过来，一手抓起那名辽人首级上的辫子，熟练地往腰间一扎……但就在这一瞬间，又有两名辽军骑兵挥舞着长刀，朝这边疾冲而来。使马刀的那名步卒根本来不及反应，一只手臂已经离开身体飞出数丈之外；那使斧的步卒虽然堪堪架住迎面而来的一击，也根本无法抵御战马高速奔跑时那种巨大的冲击力，手中的长斧立即脱手，飞天而起。亏得那人极有经验，兵刃脱手，便即翻身一滚，堪堪避开后面紧跟而来的一名骑兵的马刀。

血腥而疯狂的野战，将这些番人血管里的野性全部激发了出来，他们口里高吼着"大宋万岁"，然后义无反顾冲向骑在马上的辽军，几乎每一次搏斗都是以命易命，而四溅的鲜血让他们变得更加疯狂。

刘延庆很怀疑他们是否真的在乎大宋？那句"大宋万岁"于他们也许与"菩萨保佑"无甚区别，那听起来更像是一种自我催眠的咒语。只不过这咒语，催眠的不仅仅是他们自己，还有整个战场上的宋军将士。

不过那后半段的战斗，刘延庆却已经无暇关注。只是稍一分神，一名辽兵便冲到他面前，这个辽兵与那些契丹宫分军战法颇有不同，见他甲胄精良，刀锋一挑，竟然朝着他脖子处砍来。亏得刘延庆这半年间迭经恶战，身法较前精湛不少，一个后仰，才险险避开这一刀，但脸颊仍被刀刃割到，立时血流满面。

那辽人见刘延庆竟能避开自己那一刀，惊讶地"噫"了一声。此时二人胯下战马虽已错身而过，可他马术十分了得，轻轻一拨，坐骑已绕到刘延庆右侧，他反手挥刀，朝着刘延庆一刀劈下。此时刘延庆刚刚直起身来，惊魂未定，便见一柄明晃晃的马刀朝着自己砍来，眼见着无论如何都躲不开了，真真吓得魂飞魄散。他方暗叫"苦矣"，却见那马刀好一会儿都没有落下，倒是那辽人身子在马上摇了一下，"扑通"一声栽下马去。

死里逃生，刘延庆再不敢怠慢，手提马刀小心戒备了四周，见一时没有辽人，才俯身去看，却见那辽人背上插着一枝羽箭，那枝羽箭穿甲而过，几乎透胸。

"贼厮鸟！活该！叫你绕老子右边，叫你绕老子右边，贼厮鸟！死了活该！直娘贼！"刘延庆朝那辽人的尸体愤愤地咒骂半晌，这才举目四顾，寻找救自己的人，却见便在离自己不远处，番将军左手拿了一张大弓，正朝自己乐呵呵地笑。他脸上、身上尽是鲜血，便如一个血人一般，那笑容格外狰狞。刘延庆虽然明知道他是自己的救命恩人，却也不由得打了一个寒战，转过头来不敢多看。只是心中不免暗叫一声"悍将"。

刘延庆擅使弓箭，知道箭能透甲如此之深，那番将军所使的大弓，至少当如阳信侯田烈武一般能达到一石五斗甚至更强，这臂力实远在刘延庆之上。如他与唐康，虽然善射，也不过是比寻常将士的六斗弓、七斗弓强一些，也就能使个一石弓左右，靠的是百发百中。只是想到这些，刘延庆心中颇有一种说不出来的滋味。这弓箭之术，自古以来便是诸夏立国之本。[1] 在大宋朝中，神射手可以说数不胜数，甚至连朝中那些士丈夫也颇有善射者。而在这众多神射手当中，虽然也有如已故的狄詠，还有环州义勇的何灌者——军中传说，他们皆能开三石之弓——但一般来说，如刘延庆这等能开一石弓左右，射法精准者，在军中便是赫赫有名了，而能开一石五斗弓如阳信侯田烈武者，实已是顶尖的高手。这样的人物，按说只要投身军中，声名便很难掩盖，可是刘延庆此前却从未听说过这番将军之名——这其中的原因，自然是因为他是一个番将，并且又在横山番军之故。

哎！横山番军！

刘延庆禁不住长叹一声。

身边的战斗还在继续，即使以刘延庆的经历，这场战斗也堪称血腥。

以步卒与骑兵对攻，便如河水冲击海潮，二者的冲击力实不可同日而语。但令人讶异的是，这些横山步卒看似不自量力之举，竟生生抵住了辽军的第一波冲锋，没有在辽军骑兵的第一波冲锋下便告崩溃。

未能在第一次冲锋击垮横山步卒的辽军，却不得不为此付出高昂的代价。

宋军中军大阵中，王厚眯着眼睛观察着右翼的这场战斗，眼神中流露出一丝满意之色。

这些横山步卒没有令他失望。

大概除了慕容谦，没有人会料到他竟然会令这七千横山步卒主攻，与辽人的骑兵野战[2]。而这七千装备简陋得可称为寒碜的横山步卒，竟然能顶住五千辽骑的冲锋。

虽然早已料到这些番兵能做到这个地步，但当它真的发生在眼前，即使是

---

[1] 五射之术被儒家列为六艺之一，仅在礼、乐之后，比起读书识字还要重要一些。此一传统，至宋亡之后始衰。蒙元入主，恶汉人习武，乃立法严禁。明虽兴，传统多中绝，且其时火药兵器已然兴起。有明一代，又有军户之制，自此儒者多不知射术。

[2] 此处"野战"取宋朝原意，乃相对结阵而战的"阵战"而言。当日宗泽见岳飞，称其"好野战"，便是指此。

王厚自己，也依然觉得震惊。

没有多少人知道，这不可思议的一幕能够发生并非偶然，而是精密计算的结果。因为能够维持这样的局面，除去横山步卒的悍勇之外，最大的功劳应该归于横山步卒的那次主动冲锋。辽军左军的那个大将，应该是个经验丰富的宿将，所以他一早算定，大约五百步外开始冲锋，接触到宋军之时，战马正好能接近巅峰状态，那时候飞驰起来的战马正好能将其冲击力发挥到极致。[1]但他怎么也不曾想到，这七千步卒居然会发起反冲锋。如此一来，当两军接刃之时，辽军的战马反而未能完全跑将起来——这反向冲锋看似凶险，但倘若已决意野战的话，反倒是最上之策。

当然，这其实也只是说得轻巧。大宋的步军不知道有多少支，精锐之师也不在少数，但除了慕容谦的横山步卒，不会有第二支步军能做到这个程度。

其实，横山步卒习练如此战法，也是迫不得已，因为他们根本没有条件阵战。这是对面的辽军将领怎么也想不到的！不仅辽人想不到，大概就算在大宋这边，对大部分将领来说，也是十分意外吧？！

王厚远远瞥了一眼西边右军大阵中慕容谦的将旗，心里亦不由慨叹了一声。大宋的众多将领中，若说有人能令他佩服，也就只有这个慕容谦了吧？

横山番军的事，旁人或者不知道，但王厚是很清楚的。

想当年，王厚还曾经竭力反对创建此军。

与大宋朝其他的番军不同，这横山羌人原本是为大宋死敌西夏人效力的，一直到熙宁年间，先是种谔用兵，其后便是当今右丞相、宣帅石越，费尽心机，恩威并施，对其进行拉拢，但饶是如此，也是直至西夏被攻灭，被迫西迁之后，这些横山羌人才终于为大宋所用。因此，由慕容谦组建的横山番军，虽然在外人眼里也是"西军"，可在西军之内却是一个异端，正经西军对之都是颇为排斥。包括王厚在内，当年不少西军将领都反对组建这支军队，除了过去的宿怨外，最光明正大的理由便是担忧重蹈唐朝覆辙。宋人一直以唐之衰落、灭亡为鉴，

---

[1] 虽然殷墟考古已经发现玉制马刺随葬品，但其后极可能失传，而因为时代原因，石越大概也不可能见过马刺实物，故本文仍采纳当时东方未有马刺之主流史观。故其时无论宋、辽、西夏军队，皆未使用马刺，所以，但凡大队骑兵冲锋，要令战马达到高速疾驰的状态，除了用马鞭抽打刺激战马之外，都必须有一个由缓及快的过程，是以王厚有此判断。

对于军队必须以汉人为主这一点本就十分在意。而且,一般组建番军,无非是想借助番人的骑兵,而横山番军中居然有步军编制,且兵额不少,更是颇致争议。

但朝廷最终仍然排除众议,创建此军,这其中原因旁人不知,但当年枢密院是曾经下过札子,专门给王厚等西军高级将领解释过的。

札子里说得清楚,朝廷组建这支横山番军,目的并不是想要借助横山羌人的武力。此军草创之时,西夏已经西迁,大宋在陕西的兵力,无论对内对外皆足敷使用。况且绍圣以来,司马君实相公在世时,大宋一直都在执行战略收缩之策,在这般环境下还保有这支军队,原因和朝廷维持某些厢军相同——朝廷不过是担心一些横山羌人因为找不到合适的营生,惹是生非,故此才创立此军,将其中桀骜之辈统统养起来。番军兵俸极少,一切兵甲攻守战具皆可从简,于朝廷来说每年所费有限,但这点儿兵俸足以令横山羌人中的桀骜难制之辈养家糊口,不至于反对朝廷。而其他羌人纵偶有不轨之心,部族中的勇士大多从军,想要造反也无能力。总而言之,便是军队,或者是可能构成军队的那些人由朝廷控制,总比由各部族自己控制来得放心。

也因此,对于因为这个理由而创建、维持至今的横山番军,政事堂一直比枢密院更加热心。若是按枢密院最初的想法,大概是连最廉价的纸甲都不打算给他们配置——大宋朝随便一个边境州的乡兵武库,都有数万副纸甲!最后还是慕容谦求爷爷告奶奶,才勉强让朝廷同意给他们配上了皮甲与纸甲,还全是教阅厢军淘汰的货色。

所以,并非这些横山步卒要逞血气之勇,不肯列阵而战,而是他们的装备根本不足以布成宋军引以为傲的重兵方阵!

不要说神臂弓、钢臂弩这等利器,横山番军步军中,整个军连铁甲都没有几副,还去列什么方阵,让辽军笑掉大牙吗?

而慕容谦竟然生生将这样的一支军队带成了虎狼之师!

人所共知的是,横山番部风俗轻生乐死、悍勇善斗,还有一个与众不同的特点——不喜欢用弓箭对射,而更热衷于白刃格斗,因此,横山番人往往精于技击而短于射术。

王厚不知道慕容谦是如何做到的,但慕容谦的确将横山步卒的长处与他们世代相传的风俗结合起来，以一种淋漓尽致的方式发挥出来。

而这样的横山步卒，便是今日王厚手上最好的一枚棋子。

辽军背水列阵，靠的就是一股气。对付这种敌人，有两种办法，一种是以极大的韧性慢慢磨掉敌人的锐气；另一种就是展露出比之更为强大的气势，一举将之击垮。

韩宝大概是以为他要采取第一种方式，但王厚出人意料地采取了第二种。这其中的原因其实很简单，王厚既担心河间府的战局，他还不清楚那边发生了什么，对于耶律信的几万大军也始终颇为忌惮；另一方面，王厚也并非完全没有私心，在这儿慢腾腾地打，万一河间府那边的章惇、田烈武不去管耶律信了，跑过来分一杯羹，那才是如同吃了苍蝇呢。

王厚也不是圣人，当胜券在握时，全歼韩宝的功劳，当然是越少人分享越好。

既然决定不给章惇、田烈武抢功的机会，那么不做则已，一做便做到极致。王厚要做的，不仅是要在气势上彻底压倒辽军，还要一举挫伤辽军的锐气。一旦士气、锐气尽皆受挫，身处绝境的辽军立即就会陷入崩溃，只要轻轻一击，就可大获全胜。

那么，有什么能比一支步军向骑兵冲锋更能彻底打击辽人的骄傲？有什么能比一支步军向骑兵冲锋更能彻底表现宋军的决死之意？！

此时此刻，在双方十几万战士的眼中，战场西侧的这次战斗只是七千宋军步卒无畏地向着五千骑兵发起了冲锋。这样一个画面，将深深印在他们的脑海里，让他们永生难忘！

这正是王厚想要达到的目的。

尽管这并非事实。

王厚所要的，其实只是这七千横山步卒顶住辽军的第一波冲锋。

这就足够了。

他并非怀疑横山步卒的战斗力，若是在山地之上，他敢说横山步卒不惧怕任何骑兵。但这是在河北平原上！

面对辽军五千精骑,仅仅靠着七千步卒野战,哪怕他们再如何勇气百倍、悍不畏死,最终恐怕也难逃全军覆没的命运。

即便王厚根本不在乎横山番军的伤亡,却也绝不会愚蠢地弄巧成拙。

打不赢不要紧。王厚手中的筹码远比韩宝丰厚——即便牺牲掉横山步卒,若能换来保全大宋精锐马军的实力,对于王厚来说,也是根本不需要犹豫的决定。不仅仅是横山步卒,大宋朝所有的步军都一样,只要对保存精锐马军有利,步军牺牲多少都是可以的。这只是一个简单的利益取舍——步军可以很快重建,但马军不能。有人、有器甲、有武官,就有步军;但马军并非如此,即便有足够的战马,有战斗力的马军也不是一蹴而就的。

王厚看得很清楚,辽军拿出来打头阵的,虽然明显不全是宫分军,也一样是它精锐的力量。他就是要用横山番军来消耗掉辽军的精锐战力,打击辽军的士气。这七千横山步卒,说是"填沟壑者"亦不为过。

但他一样明白,韩宝打的主意与他差不多。

只不过,韩宝的处境比他要艰难。所以,韩宝派出来的"填沟壑者",只能是五千精锐骑兵!韩宝也未必指望这五千精兵打赢,他的目的主要是消耗宋军右军的实力。这自然不是说韩宝想拿五千精兵与七千横山步卒兑子,在韩宝的心里,除了这七千步卒,宋军至少还要饶上几千骑兵——如此一来,他就有机会集中力量,对宋军薄弱的右翼发动雷霆一击。

两人都是极聪明的人。当韩宝一出招,王厚便立即明白,他看出了宋军的罩门——慕容谦统领的右翼,兵马虽多,却是各支不同部队临时拼凑而成的。不要说配合默契,如武骑军与龙卫军之间,只怕是连彼此的旗号都不太熟悉。而韩宝想利用的,正是宋军的这个弱点。

而倘若能击溃慕容谦那由数支部队拼凑而成的右翼,那么韩宝就能得到一个翻盘的机会,从容退入河间府自然不在话下,王厚亲领的中军与姚麟的左翼,亦难以独善其身。

韩宝的意图虽然清楚,但王厚也没有更多的办法。他若事先加强慕容谦的右翼,那其他的地方就一定会削弱,韩宝就可能随之改变主攻方向。这是临阵决战,讲究的是随机应变,很难事先准备得面面俱到——所谓面面俱到,就等于处处皆破绽，反而更加不利。因此，对于布阵的大将来说，关键不在于大阵某一处的薄弱，而在于知己知彼，从而掌握那个度，要薄弱到恰到好处。只是这个"度"，便完全是运用之妙存乎一心了。绝大多数人最后都不免于弄巧成拙，搬起石头砸了自己的脚。

以王厚的能力来说，若放在周秦以来的名将中，他大概是排不上号的。即便勉强排得上号，他也绝对不是那种以巧妙运用兵力而出名的类型。远的不说，他在这方面的能力只怕还在对面的韩宝之下。

但他的长处在颇有自知之明，而他的筹码又实在比韩宝多太多。

横山步卒打不赢当然不要紧，但若一战而溃，那他王厚从此就真要如宋襄公一般贻笑万年了。只是这种事却不可能发生，因为如王厚这样的将领，也许永远都打不出李靖、侯君集一样的经典战例，但同样的，他们永远也不会如宋襄公、苻坚们一样成为后世笑柄。

为了确保万无一失，在这七千横山步卒开始冲锋的同时，姚雄亦率四千番骑扑向辽军侧翼。

从一开始，王厚打的便是拿横山番军步骑一万一千人打前阵的主意。

只不过，区区四千番骑的进攻，又如何会有七千步卒向骑兵的冲锋来得让人震撼？尤其是在宋军中！这个时候，每个人聚精会神关注的，都是那七千步卒的命运。

对于辽军来说，萧垠并非没有注意到这四千宋骑，在中军指挥的韩宝肯定也早已注意到了。

但整个战场上，宋军兵力占优是无法改变的事实。萧垠不可能指望从韩宝那儿得到援军。他所处的位置虽然至关重要，却也只是战场的局部，倘若韩宝为此临时增加兵力，不仅会引发一系列的连锁反应，还会让辽军的局面更加被动。

而萧垠心里是知道自己这五千人马的使命的。

即便不能取胜，也要用这五千人的生命削弱宋军右翼，为全军赢得一个翻盘的机会。这些话，韩宝没有说出来，但他心里十分清楚。对于萧垠来说，能追随韩宝这样的主帅，他愿意以死报之。一切毋须多言。

因此，他只能先不去管那四千宋骑，而寄希望于用一次冲锋击垮面前的南朝步军——他们看起来阵形散乱，完全经不起一击之威——然后再去对付那四千骑兵。

但是，这些南朝步卒的冲锋，的的确确将萧垠都吓了一跳。

而第一次冲锋，虽然给宋军造成了巨大的伤亡，却完全没能击垮他们，看起来反而让那些蛮子更加疯狂。

有几分狼狈的萧垠被迫分出了近一半的兵力去拦截姚雄的四千番骑，以防受到宋军的侧击——而他麾下的辽军，统共也不足五千骑。

如此一来，七千横山步卒的当面之敌，实已不过两千数百骑。

尽管如此，却仍然很难说哪一方更有优势。

纵然有三倍兵力，不能结阵而战的步兵依旧未必能战胜骑兵。更何况，辽军也到了非破釜沉舟不能杀出一条生路的绝境，在绝望之下，他们同样展现出了自己最可怕的一面。

交手之后，刘延庆很快便明白，他面前的敌人，每个人都有着丰富的战斗技巧与实战经验，而且有着不逊于宋军的绝死勇气。唯一的弱点，便是他们在此前明显不属于同一支军队，配合生疏，因此，虽然他们懂得要十余人、数十人的聚集起来反复冲杀，可这两千数百余骑却终究不能形成一种力量，尤其在分兵之后，辽军便完全陷入了与横山番军的混战当中。

而在刘延庆四周，那些横山步卒看起来全都进入了一种狂热的状态。仿佛从敌人的颈部、胸膛激喷出来的热血，能加剧他们的兴奋，尽管己方死伤累累，但从他们的眼中看不到一丝惧意。

砍倒一个辽人，转瞬之间便被另一个辽人杀死。

余下的人却仍然在继续战斗，他们将长弓与箭筒扔在地上，手中紧握着刀斧剑铜，大吼着冲向那些骑在高头大马上的辽兵。他们的战术十分简单，一个人吸引辽兵的注意，另外一个或者两个人趁机杀伤辽人的战马，并非每次都能成功，即便成功，吸引辽兵注意力的那名步卒往往也难以全身而退。每击倒一名辽兵，都有两到三名横山步卒战死或重伤。

地面，残雪和着鲜血被人马践踏成泥，泥浆都成殷红。

在战场的另一处。

仁多观明与田宗铠各骑大马，一人一杆长枪，正被五个辽兵围攻着。

从横山步卒冲向辽军的那一刻起，田宗铠整个人便似燃烧起来一般，因为横山步卒的阵线比较松散，放开胯下战马任其疾驰的田宗铠很快便超过了前面的步卒，竟冲到了最前头，和辽军厮杀在一处。他这举动将唐康吓得不轻，连忙叫仁多观明带了十来人去策应田宗铠。

唐康本来自带了一些亲兵，昨日分兵之前，慕容谦又从自己的牙兵中挑了十个好手借给唐康，战斗之前，那番将军又拨了五十名精锐之士暂充唐康亲卫，因此他身边也有百来人马——这等恶战，自然不能说什么万无一失的话，但身边有百来名精锐死死护卫，仍是要安全许多。而田宗铠又是唐康部将，留在他身边作战是天经地义的，谁曾想他自己便这么冲了出去，拉都来不及。倒是一心想留在唐康身边的刘延庆命苦，几波辽兵冲荡，他竟然也与唐康失散了，只能自己拼命。

此时仁多观明、田宗铠二人与唐康在一片混战之中也早已互相找不到对方。唐康拨给仁多观明的十名亲兵不是被打散，便是已经战死，两人披的铠甲上至少插了十来枝箭矢，铠甲外的战袍血迹斑斑，身上挂彩之处更不知道有多少，脸上也是鲜血和着汗水，面目全非。

不过二人也着实勇猛，两杆长枪合计已挑落了七八个辽兵。田宗铠更是越战越勇，乱战之中竟叫他盯上了萧垠麾下五骑将之一的胡沙虎。胡沙虎此前率一个千人队来袭扰横山番军，田宗铠那时候便已记下他的身形，此时混战之中远远看到他在宋军中纵横驰骋，立时将他认了出来。他也不管身边已只有仁多观明一人，一拨马头便朝胡沙虎奔去。他哪里料到，虽在混战之中，但横山步卒中骑马者本来就少，二人风头又太劲，早被一些辽军盯上。那些辽军都以为他二人必是横山番军中的大将，田宗铠还未及靠近胡沙虎，便被五名辽兵一齐攻了上来，团团围住。仁多观明见势不妙，连忙驱马过来解围，谁知这五名辽兵都是好手，而且都是出自一个部落，配合默契，将二人杀得左支右绌，几乎招架不住。两人眼见敌众我寡，占不到便宜，便不欲与之纠缠。不想这五人经验也非常丰富，田、仁往东奔，五人便跟着往东奔，田、仁往西驰，五人也跟着往西驰，端得是如影随形，怎么也甩不脱。凑得空隙，那五人还摘了大弓，"嗖嗖"射几枝冷箭，让人防不胜防。

这七人在战场上左突右驰，从东杀到西，从西杀到东，七人所至之处，无论宋辽，众将士纷纷避让。久战之下，眼见胡沙虎早已踪迹不见，田宗铠心头火起，朝仁多观明打个眼色，突然勒马停住，大吼一声，手中长枪抖了个枪花，反身杀向五人。那五名辽军也有些追得不太耐烦，见田、仁多二人停下来邀战，顿时大喜，嗯哨一声，五人五骑又忽地围了上来，七人再次战到一起。

这一番恶战，不知道又杀了多久。仁多观明虽然此前也颇经历过几次恶战，却到底年少，耐力不足，开始时随田宗铠杀得痛快，但先前用力过甚，久战下来终于渐觉双臂疲惫，长枪舞动已不似先时灵动。而田宗铠虽是每出一枪必大吼一声，一声更高过一声，仿佛完全不知疲倦一般，然仁多观明抽空细看，见田宗铠双目通红，手中每一枪刺出，都是两败俱伤的打法。亏得那五名辽军自觉胜券在握，断不肯和田宗铠拼命，他才未受重伤，但仁多观明心里清楚，田宗铠这般打下去，实已是强弩之末。只是仁多观明举目四顾，目光所及，战场之上，每名宋军将士都在与辽军苦苦厮杀着，谁也分不出手来支援他们，在远处，王厚与慕容谦的将旗依然不动如山。

事已至此，仁多观明也没什么办法，只能咬牙强撑。

无论如何，倘若就这么死在这儿，死在五个无名之辈手中，仁多观明是绝不甘心的。但是战争就是如此，在这战场之上，没有因为他叫仁多观明，便必须有一种格外的死法的道理。若是真的不甘心，便只能咬紧牙关，努力地活下去。

到了这个时候，先前因为横山步卒主动向辽军冲锋而带来的那种兴奋与刺激，在仁多观明心中早已荡然无存，余下的便只有一种求生的渴望。

绝不能死在这儿！

耳边依然不时响起那些横山步卒"大宋万岁"的呼喊声，还有田宗铠一声声的怒吼，但仁多观明完全无法理解他们哪儿来的力量，他只觉得自己每一次劈封、闪赚、吃枪、还枪，都让体力急速地从身体中流失。渐渐地，他开始有一种臂似千钧的感觉,手臂变得沉重,完全是靠着从小训练的本能,勉强躲开那些辽人的攻击。

差不多的时间。

唐康接过一个亲兵递来的箭袋,抽出一枝羽箭,张弓搭箭,冷静地瞄准不到二十步外的一个辽兵,弓弦轻响,利箭破空而出,却无人应声落马——这枝羽箭意外射偏了。

唐康紧抿双唇,冷冷地又抽出一枚羽箭来。

虽然身边仍有超过百名精锐兵士护卫,但在这混战的战场上,这么多人聚集在一起,同样也会成为更显眼的目标。那些辽军只需看到唐康,便知道这儿有南朝的重要将领,一拨拨的辽军如飞蛾扑火一般,前仆后继地向这里冲杀。

同样,率领着这么多的人马,唐康也在四处寻找着辽军的骑将。

不约而同地,双方都是对手眼中上等的猎物。

慕容谦借给他的那十名牙兵十分忠心地将唐康围在中间,用身体构成一道盾牌。他们每个人都披着精良的甲胄,一般骑兵射出的箭矢穿不透他们的盔甲,但他们的这种保护让唐康也颇为无奈——在这十人的护卫下,他只能选择用弓箭作战。唐康并非不知好歹的人,但这的确不合他的心意。

不过,此时唐康已经完全明了慕容谦的先见之明。

他已经连续射出了六十多枝箭。而在一般的战斗中,六十枝箭够弓手们射上整整一天——实际上,这样的机会也极少,大宋禁军步军的弓箭手们根本不会随身携带六十枝箭。

开始时,五十步外,唐康都能百发百中;现在,二十步外,他都能射偏。

与之相对的,战斗开始时,他身边的护卫超过一百名;而此刻,他身边只有不到三十名将士,人人带伤,疲惫不堪。连慕容谦派来的十名牙兵,也已经战死三人。

这不足三十名护卫,正和十几名辽军拼死苦战着。

这十余骑应该是辽军某个骑将与他的亲兵卫队,其骁勇善战至少不下于拱圣军。而唐康身边,除了他自己,也就是慕容谦派来的那七名牙兵有马,其余都是步兵。到了这个时候，他身边的每个人都投入了战斗，再也没有人用身体挡在他身前，但唐康心里也很清楚，他已经没多少力气拿起武器来格斗了。

这场战斗的时间并非很长，打到现在也应该只有一个时辰左右，但双方从一开始都是用尽全力，想要一举致对方于死地。也许是绝境之下的爆发，也许是被横山步卒激起了骨子里的悍勇之气，混战之中的辽军竟然也经常使用同归于尽的战法。一个时辰的激战，双方连一点儿喘息之机都没有，往往刚刚侥幸杀死前一个敌人，后一个敌人便接踵而至，稍一松懈，便是死亡。

唐康已经亲历过各种激烈的战斗，从苦河到滹沱河，转战深、冀、瀛三州之地，何等恶战没有见过？但如今日这样的战斗，他仍是头一次遭遇。横山番军的疯狂、辽人在绝境之下的拼命，让这场战斗考验的不仅仅是双方的武勇与决死之心，更是双方的体力与意志。

战场之上，不止是横山番军不断高呼着"大宋万岁"，辽军也在不断大声吼叫着。他们吼的什么，唐康完全听不懂。也许，倘若他能听得懂的话，那他便会更加清楚为何这场战斗如此艰难——那些辽人，用不同的语言呼吼的都是同一句话——"唯胜可归！"

只有打赢，才有可能回家！

宋军前军。

迎风飘扬的双戟熊战旗下，和诜与褚义府默默注视着西方的战场，两人脸上最初的震惊之色早已褪去，神色也变得平静，但眼神之中又多了一些更加复杂的东西。

"有一个多时辰了吧？"和诜突然说道。

"一个多时辰了！"褚义府感叹地回了一句。

和诜看了一眼四周的雄武一军将士，又将目光移向褚义府，却没有说话。但这其实不用多说，褚义府也明白他想说什么。他嘴唇动了一下，终于还是摇了摇头，说了句："咱们做不到。"

和诜也苦笑着点了点头，自从雄武一军装备火炮以来，他的脸上头一次出现落寞的神色。仿佛不想让这个问题影响自己，和诜生硬地移开话题，突兀地说道："应该都是强弩之末了……王大总管也该……"

但他说到这儿，突然自觉失言，赶紧闭上了嘴巴，只是下意识地，他仍是转头向后方的高地看了一眼。只要想想战场西侧正在发生的那些恶战中居然有唐康这样的重要人物存在——不必提他的背景，便是他此时的官职，在大宋朝禁军中也绝对是举足轻重的人物，甚至可以说比王厚更有权势——而这样一个人物，王厚很可能事先根本不曾告诉他横山番军的实情……这般手段，只要想想，便足以令和诜打个寒战。

他不知道唐康以后会如何看待这件事。

但有一点和诜是清楚的，王厚也罢，唐康也罢，这两个人他谁也招惹不起。

雄武一军后方的一块高地上，宋军中军。

王厚的身后，一左一右并立的，分别是骁胜军都指挥使李浩与威远军都指挥使贾岩。两人皆目不转睛地眺望着右翼战场。

贾岩披着一袭黑色披风，裹着绯红色战袍，战袍里面是先帝高宗皇帝亲赐的一副内甲。他身体略有些发福，脸色也较年轻时要白润了几分——单从面貌上，很少有人会想到，贾岩竟然是以铁腕治军而闻名陕西的。中军行营诸将，大抵都听说过贾岩的一些事迹，特别是他当年年纪轻轻，便受当今右丞相石越之命守卫庆州，甚至敢于反对石越的命令……这些在军中皆已成为传奇。

但当众将，特别是许多年轻的校尉终于见着贾岩本人时，却不免都有些失望。贾岩看起来谨慎寡言，完全不像那种会为了胜利，为了大义而挺直腰板着脸与上司争论，甚至抗命而行的人。许多人甚至会奇怪威远军诸将对贾岩所表现出来的那种形于颜色的敬畏。

宋军中也有不少人知道贾岩与唐康是莫逆之交，这些人开始还担心贾岩会跟王厚翻脸，至少是会有所表示——在横山步卒那惊世骇俗的举动之后，甚至连李浩都跟王厚唠叨了半天，其不满之情溢于言表。这让众人都颇觉意外，李浩与唐康此前虽然是搭档，但众将都以为那只是利益之交，不过是互相利用的关系，却不想骁胜军诸将自李浩以下，不少人对唐康竟然都颇为维护——但是，贾岩一直都只是默默观察着右翼战局，连话都不曾多说一句。

众人也很难知道，究竟是军中那些流传的故事原本就不尽不实，还是十几年身份地位的巨变，让贾岩发生了改变？

众人所能确信的，只是大总管王厚对贾岩的确颇为信任，王厚甚至经常会主动询问贾岩的意见，如此待遇，是其他诸校很少享受的。而自宋辽开战以来，威远军几乎完全没有参加过任何重要战斗，但王厚一直将之当成自己的中军。在西军中，威远军声名一直远逊于龙卫、云翼诸军，而奇怪的是，高傲如姚麟、种师中，对此却似乎从无异议。

不过此刻，所有人的目光与贾岩、李浩一样，都集中在右翼战场上。

整个右翼战场，泾渭分明地分成两块。

西边是姚雄率领的横山番骑与萧垠亲自统率的两千多人马的战斗，东部则是两千多辽骑与七千横山步卒的战斗。仿佛有什么人在两个战场之间划出了一条无形的鸿沟，无论是萧垠还是姚雄，都小心翼翼地远离着横山步卒的战场。

任何人都看得出来，在两支骑兵的对战中，兵力占优的姚雄同时占据着明显优势，但离取得决定性胜利还遥遥无期。而在横山步卒的战场上，经过一个时辰的血战之后，横山步卒的死伤已经超过两千人，虽然辽军也有六七百人的伤亡，但胜利的天秤已经渐渐开始向辽军倾斜。

横山步卒的确勇悍，但巨大的伤亡一样会打击他们的士气，而且他们的体力也终会消耗殆尽。此外，随着伤亡的增大，对于横山步卒战斗力的削弱也更甚于对辽军的损害。

"民瞻以为如何？"突然，观战的王厚回过头来望着贾岩，有些突兀地问了一句。

所有人的耳根都不约而同一跳，转头望向贾岩。

贾岩却没有马上回答，又远眺了一会儿右翼战场，才缓缓回道："慕容总管将姚毅夫调教得不错，姚武之该多谢他……"

辽军中军。

一直面色凝重的耶律乙辛隐脸上终于露出笑容，"晋公，那些蛮子到底是要撑不住了……"

但他的话未说完,笑容便凝在了脸上。他看到韩宝脸上的神色比之前更加沉重了。

"晋公?"耶律乙辛隐小心翼翼地又唤了一声。

韩宝转头看了他一眼,微不可闻地叹息了一声,说道:"倘若换一个战场,那些横山步卒已经是赢了这一仗了。"

听韩宝说起这个,耶律乙辛隐亦不由黯然,韩宝的意思他当然明白。此时与横山步卒对战的那两千多骑兵,简单目测,也知道伤亡接近三成,在一般的战斗中,这样的伤亡是很难承受的。

他又远眺一眼西边战场,忍不住叹道:"晋公,我军背水一战,退无可退,即便伤亡惨重,为求一条生路,将士仍自奋战。此是兵法上所谓'哀兵',便是战至最后一人,亦是不足为奇的。然南朝如今不说胜券在握,亦是暂时占据上风,末将看那些横山蛮子伤亡亦近三成,将士犹无退兵之意。若南朝军队尽是如此,委实可惧。"

"那倒是你多虑了。"韩宝将目光移至对面宋军中军所在,淡淡说道,"治军不过治心,这天底之下,不管大辽、大宋,还是党项、高丽,人心是一样的。两军对垒,处于相对弱势的一方,总是能承受更大伤亡,否则便只能怪那统军之将治军无方。而占据优势的一方,不管将领多么能干,将士们也总是要更惜命一些。所以兵法才有所谓'骄兵必败,哀兵必胜'之说。这亦不过是人之常情,无法算计。上位者或许以为普通将士不过蝼蚁,哪怕与敌人同归于尽也无所谓,然对于普通将士来说,他们自己的性命总是最珍贵的,处于劣势时,可能无暇计较,或者身不由己,但自己这一方居于优势时,不论上位者如何计算,他们总不免会有意无意地有所保留。这种人心的变化,不论何时,都是不会变的。"

"那为何?"

"南朝那些横山步卒能承受如此伤亡,绝非因为他们是茹毛饮血的蛮夷,便不知珍惜生命,只不过因为他们是步军,当他们主动向骑兵冲锋,与骑兵野战之时,他们是同样将自己置于了'哀兵'的位置。当然,这也是慕容谦治军有方……但不管慕容谦再如何有能耐,亦不可能令得横山番骑与横山步卒一样拼命。"

耶律乙辛隐细细咀嚼着韩宝这番话，又看看西边的战局，心中突然一阵明悟。他突然整了整衣服，朝韩宝恭恭敬敬地抱拳施了一礼，郑重说道："末将今日得闻兵法之道，请晋公受末将一拜。"

韩宝诧异地看了他一眼，却也坦然受了这一礼，沉默了一会儿，才惋惜地叹道："将军虽有明悟，然恐怕……"

耶律乙辛隐淡然一笑，打断韩宝，笑道："朝闻道，夕死可也。"

韩宝此前从未想过这耶律乙辛隐竟有如此气度，不由微微一怔，过了一小会儿，才点了点头，又继续说道："横山番骑的骑将是姚雄姚毅夫，此人是南朝将门后起之秀，闻其用兵刚猛凶悍，胆大包天，有乃父之风，当日慕容提婆便败于他手。然以今日所见，他在慕容谦麾下，恐怕学了不少在他父亲那儿学不到的东西。他今日虽官爵不高，然他日必成我大辽劲敌。"

"他率四千番骑，被萧垠二千余骑纠缠了一个时辰，却始终能不急不躁，耐心周旋；七千横山步卒近在眼前，形势岌岌可危，他却能一直忍住不冲过去……在局外观战，大概多数将领都能看出来，那七千步卒便是一个大泥潭，姚毅夫这四千番骑只要冲进去，便等于陷入一个泥潭中，虽然能令友军立即转危为安，他这四千骑兵也必然陷入混战当中，散乱难聚。而萧垠苦苦支撑，也便是为了这一个机会。那七千步卒是友军，姚毅夫除非敌我不分地乱杀，否则一冲之下，必然泥足深陷。萧垠却可以尾随其后来一次完美的侧击，一锤定音。然而身在局中，纵然是明知这些结局，便换上我，若年轻二十岁，亦不可能有如此耐性，此时早就不管不顾杀了过去，先替友军解了眼前之厄再说。反正即便是陷入混战，兵力也仍然占优，而萧垠纵然侧击，姚毅夫略有防备，亦未必便能得逞……"

韩宝有些像自言自语，也有些像是给耶律乙辛隐分析，他的脸色没有任何变化，语气平淡地说着这些话，仿佛自己是个局外人。

耶律乙辛隐不安地看着韩宝，韩宝的话思路清晰，一针见血，然而，这正是极大的反常——在平时，韩宝是不会与他们如此详细分析什么的。

这让他感到有些不习惯，他勉强挤出一丝笑容，对韩宝说道："不管怎么说，只要那些蛮子撑不住……"

但他话未说完，韩宝脸上便露出一丝苦笑。他心头仿佛有一道闪电霹下，在那一瞬间，他突然想起一件事来，连忙转头，死死盯着西边的战场。

横山番骑的战马……

萧垠麾下辽军的战马……

正在激战的辽宋两军将士，他们胯下的战马，在此刻竟是如此触目惊心。他移目四顾，这才赫然发觉，宋军的战马，一匹匹都是高大肥壮；而辽军绝大部分战马，比宋人的马都要瘦上一圈。

这是长期征战兼粮草不足造成的结果。按理说，包括耶律乙辛隐在内，所有的辽军将领都早已知晓，但这个问题虽然是一个隐忧，却似乎并不是一种十分明显的严重威胁。因为一直以来，它没有真正成为一个问题。

但此刻，这个问题突然变得致命！

在冰天雪地中，先是昨日整整一天的奔跑、战斗，然后是今日一大早的雪地行军，再加上一个时辰的激烈战斗，这已经让战马开始显出疲态来。而辽军消瘦的战马，比之宋军肥壮的战马，在面对这个问题时明显更加严重。这半年多的仗打下来，韩宝麾下的这几万辽军，虽然名义上可能还有一人两马，甚至有些人还有三马，但实际上因为粮草不足，加上战死、受伤、疾病，各种损失下来，所谓"一人两马"，其中的一匹战马也多半是已经被暂时当成驮马使用，如今已没有几个人还能奢侈地带着两三匹战马冲锋，在战斗中换马……即便要换马，也要先退回阵中。但宋军岂能给他们这个机会？

因此，究竟是那些横山步卒先支撑不住，还是辽军的战马先支撑不住，这已成了一件谁也预料不到的事。

如此一来，形势对于辽军，便变得极为不利。

萧垠部击败横山番军的希望早已破灭，而此刻，用萧垠部将横山番军一万一千余人马消耗、拖成强弩之末的希望，也同样变得遥不可及。那七千步卒倒的确已是强弩之末，但那根本无关紧要。姚雄的四千番骑尚还生龙活虎，反倒是萧垠部可能突然崩溃。

那会带来灾难性的后果，是绝对不能被允许发生的。

意识到这些，耶律乙辛隐便已经明白，韩宝几乎已经没有选择，他将不得不提前投入兵力，但如此一来……若萧垠能将横山番军，特别是那四千番骑拖到强弩之末，那辽军便将拥有一个机会，只要韩宝能抓住那个时机，突然令耶律亨率部猛攻，宋军将立刻形成溃败之势。这种溃败一旦发生，不可避免会波及宋军整个右翼。这种情况一旦发生，越是临时拼凑的部队越是难以收拾，哪怕其中有一些精锐的军队，也一样会被友军拖累。

然而，这一切的希望，如今皆成泡影。

宋军没有给他们任何机会。甚至他们都没能迫使王厚、慕容谦出招。反而，他们必须先防止萧垠的崩溃，避免顷刻之间全线溃败的结局出现。

现在，他们已经没有机会为了胜利而战。

尽管此前他们战胜的机会也不大，但是，机会不大与没有机会，依然是截然不同的！

耶律乙辛隐默默转过头来，望着韩宝。

韩宝也正好转过头来，朝他微微点头，旋即坐直了身子，冷声喊道："挥黑旗！"

顷刻之间，便听到角声大作，前军主将彰愍宫先锋都辖耶律亨跃身上马，高声大吼，麾下五千铁骑朝着左边的战场急涌而去。

这边辽军号角未歇，对面的宋军也是鼓角长鸣，五色旗舞。先是宋军右翼中，武骑、龙卫兵分两路，气势汹汹朝着萧垠、耶律亨部扑来；紧接着，宋军左翼的云翼军也吹响了号角，数千骑兵朝着耶律雕武部缓缓逼近。在云翼军出动的同时，宋军中军之中也是号角齐鸣，宋军的却月车阵阵门大开，贾岩披挂上马，率领着威远军近万骑兵自阵门鱼贯而出，朝着韩宝的中军逼来。

便连韩宝也没想到，王厚竟然会选择这个时机决战。

4

在正面宽达七里的战阵中，超过两万五千名骑兵从左中右三翼几乎同时出战，那种骇人的声势，即便是见惯大场面的大辽宫分军，也要为之震怖。数以百计的号角手在同时吹响手中的牛角，上千面各色军旗猎猎飞舞，数万匹战马同时践踏着大地，一瞬间，仿佛整个滹沱河北岸都在颤抖。

当响彻云霄的号角声响起，正在与辽军苦战的横山步卒几乎是不约而同地仰天长啸，在那一瞬间，疲惫不堪的身体中仿佛又注入了莫名的力量，每个人都疯狂地大吼着"大宋万岁"，挥舞着兵器再度杀向面前的敌人。

姚雄统率的那四千横山番骑，也仿佛在这一刻听到了号召，所有人一齐振臂高吼：

"横山！"

"横山！"

"横山！"

"横山！"

四千名将士反复齐声高喊着自己家乡的名字，恶狠狠地抽打着胯下的坐骑，如狼似虎地冲向面前纠缠已久的辽军。

在这一刻，仿佛有一种难以言喻的默契。从后方插上的两支骑兵不约而同地绕过了横山番骑的战场，王瞻率领的武骑军杀向了横山步卒的战场，而暂时失去主将的龙卫军，风驰电掣一般穿过两个战场，正面迎头撞上耶律亨的辽军前军。

右翼的战斗迅猛而刚硬，便如两辆高速疾驰的马车，恶狠狠地撞到一处，立时火星四溅。在左翼，却是完全不同的景象。

姚麟的云翼军不疾不徐地列阵缓缓前进，耶律雕武的积庆宫宫分军同样也是不急不躁地缓慢向前。两支大军各自行进了百步左右，然后又不约而同地停了下来，重整队列。然后，突然之间，双方几乎同时吹响进攻的号角，一时间，只见两军边驰边射，箭如雨下。然后，在一片箭雨中，又几乎在同时，双方都怒吼着拔出了马战的各色兵器，猛烈地碰撞到一起。

宋军中军大阵所在的高地上。

骁胜军都校李浩羡慕地看着下方的战斗，一张老脸因为激动而涨得通红，他几次将目光投向王厚，却终是欲言又止。这是前所未有的骑兵会战，当两翼开战之后,整个战场宽度绵延逾十里,即便在中军大阵所在高地上,两翼不少人马的战斗也已不在他们的视线之内!

这是何等的壮观?!

李浩戎马一生,亦是第一次见过如此规模的骑兵会战。此前,莫说见,便是听也不曾听过;莫说听,便是做梦,他亦不敢想象有这样的战斗!

是啊,哪怕早个几年,谁又敢想象,大宋朝有朝一日,竟然能调集数以万计的精锐骑兵,与契丹人一决高下?!

两翼的战斗已经令人热血沸腾,不能自已,而战场正中的情形更让李浩激动得热泪盈眶,老泪纵横。

近万骑威远军。

近万匹枣红马!

是的,近万匹枣红马!所有威远军的将士,自都校贾岩以下,到最底层的节级士兵,每个人都骑着同一花色的枣红马!

赤色的战旗,赤色的战袍,赤色的枣红马!

那是赤色的海洋。

即使是统领着大宋朝骑兵教导军骁胜军的李浩,也从未意识到,原来如今大宋朝的国力已经可以达到如此程度。

他心里恨不能与姚麟、贾岩一道出战,虽然他知道这已是不可能的事——大总管王厚的身边总不能没有一支骑兵保护。不过,即使如此,即使不能亲自出战,能亲眼目睹这场战斗,李浩也觉得自己已经死而无憾。

在李浩的身前,王厚的神色依然平静,他下意识地抬头看了看天色,然后将冷酷的眼神投向南边河岸辽军阵中韩宝的帅旗所在,只有当他的目光掠过贾岩的威远军时,王厚的眼中才现出一丝不易觉察的笑意。

这算是一个小计谋。

威远军拥有两万余匹战马、数千匹驮马,所以,如果贾岩不是想特意展现出来,很少有人会注意到,每名威远军的将士都有一匹枣红色的战马。在平时,他们的战马也是花色斑杂的,哪怕是刚才,在列阵对峙之时,亦是如此。

此刻,是威远军抵达河北以来,头一次展示他们的"枣红万马阵"。

这其实就是一种赤裸裸的炫耀。

丝毫不加掩饰。

王厚仿佛能看到数里之外，在辽军的军阵中，自韩宝以下，那些辽人的震惊与畏惧！

愈是骑马的种族，愈是能明白这"枣红万马阵"的分量！

两翼的战斗如同暴风骤雨一般，左翼的云翼军兵力还要略逊于辽军，大约只能战个旗鼓相当，短时间内无法分出胜负；但在右翼，大宋军队转而占据了几乎是压倒性的优势。这种局面的转换是如此剧烈，此前王厚与韩宝都还将右翼视为最大的破绽，但一旦辽军的进攻未能得逞，最弱点便转而可以成为最强点。

不管是因为慕容谦的调教，或者是屡经战火的洗礼，抑或是因为受到横山步卒那昂扬战意的鼓舞，甚至可能仅仅只是因为这是打顺风仗……不管是什么原因，连不太成器的武骑军也显得斗志高昂。这数千骑河朔骑兵突入横山步卒的混战战场后，立时便缓解了横山步卒的压力，转瞬之间，宋军便对那不足两千的辽骑形成围歼之势。

缺少种师中的龙卫军尽管减员严重，但种师中的受伤似乎更加激起了这支西军精锐的复仇之火。慕容谦临时任命皇甫璋代理主将之职，事实证明慕容谦颇有识人之明，这位"龙壁营"的营将，面对着辽军最精锐的先锋军部队，竟然出人意料地也打得有声有色，虽然场面上略占下风，但皇甫璋仿佛是将"龙壁营"的韧性带给了一向以善攻著称的整支龙卫军。辽军几次楔入龙卫军的阵列，差点儿便将龙卫军的军阵撕破，但每一次，在最危急的关头，皇甫璋都将大阵弥缝起来，有惊无险地稳住了阵脚。

在另一处小战场，姚雄终于可以毫不掩饰地向萧垈露出他的爪牙。他十八岁便随父征战，屠横山、战韦州，每战必然冲锋在前；也曾经在王厚、慕容谦麾下征战西南，每有拔寨之战，必有先登之功；转战河朔，晏城一战以少胜多，天下震动……虽然人马久战疲惫，但是比起更加疲惫而且兵力远逊的萧垈，胜利已是唾手可得。

只等横山番军与武骑军合力解决自己的敌人，便可以与龙卫军合兵一处，到那时，耶律亨纵有三头六臂也抵挡不住。

一旦右翼溃败，那溃败就将如瘟疫一般蔓延。

两翼战斗的细节，王厚无法掌握，也无此必要。尤其是右翼的指挥权，战斗一开始，他便放心地完全交给了慕容谦。此刻王厚所关注的，是辽军的中军。

凭着目测，那儿还有一万六千骑以上的辽军，但简单推算，王厚亦可以知道，此时韩宝身边的宫分军只有三千到五千骑。

其余的都是部族属国军。

韩宝打的主意有些冒险，但王厚易地而处，大约也会与韩宝做同样的选择。

亲自坐镇，用自己的威望镇压这些容易动摇的首鼠两端之辈，稳住他们的军心，迫使他们同舟共济。

如果一万多骑部族属国军果真在韩宝的控制下，为了生存而背水一战的话，那么宋军即使取胜，代价也一定异常高昂。

但是，韩宝真的能做到这个地步吗？

背后的滹沱河已经结冰，如果什么都不要的话，有契丹人在前面死战，还是有机会逃过河去的⋯⋯虽然逃过河去，也只是苟延残喘，但总比马上死在此地要强吧？只要逃过眼前之劫，不管是设法逃回北方，还是干脆向大宋投诚，都还有机会。是的，哪怕是要降宋，逃到河间府去向章惇、田烈武投降，也比在这里成为俘虏要好吧？

宫分军不说，对于这些部族属国军，横山步卒的决死应该足以摧毁他们的斗志了；从右翼到整个战场的战况，亦足够令他们对胜利绝望；而威远军的"枣红万马阵"，则是一次国力的示威，这应该是他们最容易理解的语言了！

谁才是这个天下真正的强者！

王厚毫不掩饰自己眼中的蔑视。匈奴强大他们便叫匈奴，鲜卑强大他们便叫鲜卑，突厥强大他们便叫突厥，契丹强大他们便叫契丹，甚至当汉朝强大之时，他们也曾经一样争着姓刘⋯⋯这些胡狄之属，他们生存的法则便是依附强者。这世界上，真正的匈奴人、鲜卑人、突厥人、契丹人，又有几个？那些自称为匈奴、鲜卑、突厥、契丹人的，十之八九，不过是依附强者，连祖宗的名号都可以放弃的杂种而已[1]。

所谓"江山易改，禀性难移"，王厚绝对不相信，韩宝能令这些胡狄改变他们见风使舵、朝秦暮楚的本性。

他要真能做到这个地步，那他就不是韩宝，而是韩信了。

太阳挂在西南的天空上，但冬天冷日的光芒，对由北向南进攻的宋军并未造成任何不利影响，只是令得正缓缓逼近辽军中军大阵的威远军更加刺眼。

一色的枣红马，偏暗红色的战袍，还有那火红色的战旗，在韩宝的眼中，那全是不祥的鲜血凝固后的颜色。身边那些部族属国军的大小头领，脸上的惊疑惧怕之色完全不加掩饰，这让韩宝心中更加忧虑。

真正到了这一刻，韩宝发觉自己心中比预想的要平静。

或许，是因为自己已经竭尽所能地做过了所有尝试，此刻，韩宝心中甚至没有多少苦涩的感觉，更不用提失落、绝望。

他依然从容调动着兵马，在耶律乙辛隐的协助下组织齐射。他冷静地下达命令，严令前排的骑兵们稳住阵脚与宋军对射。一面又安排兵马，准备从两翼包抄。

即便结果无法改变，但韩宝也绝不会放弃。

如果终究要输，那也要尽其可能，令宋军付出最惨重的代价。

然而，他身边并非全是值得信赖的袍泽。

当他的命令下达时，那些部族属国军虽然勉强领命行事，但都拖拖拉拉消极抗命。离开韩宝之后，他们嘴里的抱怨已经开始出现。每个人都用一种抱怨、提防甚至敌视的目光看着别的部族，有些目光中的意思是很明显的，为何是让我们去送死，而不是他们？有一些不那么明显，却更加阴险叵测——这一万多人马中，也有不少过去颇有宿怨的部族。

这些蛮夷的鼠目寸光，有时候是无可救药的。

明明同在一条船上，当这条船即将沉没时，他们想的往往不是同舟共济，

---

[1] 此处纯粹居王厚之立场，描写王厚之想法。他有这种想法，读者不必骇怪。传统中国人，都是觉得有礼义廉耻，是为诸夏，无之，则为胡狄。不能接受者，不妨批判地看待。又，此处之"杂种"，乃用古义，意为混杂、杂乱的种落。

反而是趁机对过去的仇家落井下石。

为了镇压他们蠢蠢欲动的愚行，自耶律乙辛隐以下的辽军将领，不得不大声严厉呵斥他们，而这换来的，却是更加怨恨的眼神。

这一切都收在韩宝的眼底，但是，即便明知是饮鸩止渴，他也别无良策。这个时候，任何言语皆无意义，利诱威胁反而只能招致轻视。

但这也没什么好抱怨的。这些部族属国军靠不住是早已知道的事，若非如此，宋军兵力也不过只是略占上风而已。他麾下要是有三四万契丹骑兵，就王厚那点儿兵力，岂敢如此肆无忌惮地追击，甚至主动进攻？

所以，事到如今，也唯有这个办法。

中军之中，他与耶律乙辛隐合计起来，还有五千宫分军，部族属国军虽多，却是一盘散沙，有这五千人马压阵，足以震慑住他们，令他们暂时不敢有所异动。不过，韩宝却已经没有兵力去支持左翼的耶律亨、萧垠。调部族属国军不仅成不了事，反而可能会引发祸变；若从手中仅有的五千宫分军中再抽调人马，兵马少了无济于事，兵马多了，中军便会镇压不住。

两害相权取其轻，耶律亨与萧垠只能靠自己了。而他能做的，便是在左翼战败之前，驱使这些蛮夷与宋人战斗，让他们尽可能多地流血。

因此，此刻韩宝绝大部分的注意力，都投到了战场的中部。

威远军采用的是一种常见的骑兵战术。

骑兵以三列冲锋！

贾岩将要冲锋的数千骑兵排成三列，率先向辽军发起冲锋。

骑兵之间的对决，战法万变，非止一种，但若两支骑兵确定在一个固定的战场对战，尤其是眼下这种缺少回旋空间的战场，那么率先发动冲锋的一方，不免要占到一些便宜——战马先跑起来，自然能先达到较高的速度，而这速度又会转化成冲击力，虽然这点儿优势远谈不上决定性的，但两军交战之时，只要能占一点儿便宜，便要想方设法去占这一点儿便宜。这不仅是因为胜势往往是由一点点的小便宜累积而成的，也是因为这种小便宜会对交战的将士形成强烈的心理暗示，从而影响到士气。

道理是易于明白的，但无论是耶律乙辛隐还是韩宝，此时都无法令那些部族属国军先于宋军发起冲锋。

"杀！"

宋军的喊杀声震天响起，近万骑身着红色战袍、骑着枣红战马的骑兵，仿若在雪地上蔓延的烈火地狱，以一种令人疯狂的速度向着背水列阵的辽军燃烧了过来。过了一小会儿，在身后数千宫分军刀箭的威胁之下，辽军中军大阵中的部族属国军才终于催动着坐骑，张弓搭箭，冲上去迎战。

"杀！"

威远军第一营都指挥使黎尧臣侧身一捞，从身旁中箭落马的掣旗手中接过战旗，顺手递到另一名掣旗手中。他霍地拔刃出鞘，高举过顶，瞪目大吼，战刀所向雪尘飞溅，胯下战马奔驰的速度由缓而疾，渐渐地，黎尧臣耳中所能听到的，已是一种大地摇动的轰隆声。

三列冲锋战术，伤亡最大的永远都是第一列。

而第一列，在贾岩的威远军，永远由第一营来担当。所以，在贾岩的这支威远军中，第一营通常就叫"先锋营"。

这个营中，聚集着全威远军中最不要命的亡命之徒！他们平时优先挑选兵甲、获得补给，战后得最大的功勋，拿最多的战利品，优先受到拔擢，受最优的抚恤。却无人敢有怨言。

西军之中，无人不知，无人不晓，当威远军先锋营开始冲锋之后，除非贾岩鸣金收兵，这世间便没有什么东西能让这帮亡命徒停下来。

而黎尧臣，正是贾岩亲自简拔的威远军中最大的亡命徒。

在他的头顶，辽军的箭雨如蝗虫一般落下，身边也不断有袍泽中箭落马，他心中非但没有半点儿恐惧，反而感觉浑身的热血开始沸腾。这种感觉……连勾栏的女人都不能令他如此兴奋。恍惚间，他感觉自己又回到了十多年前的灵州城下，那时候他还不到三十岁，在刘昌祚手下报名充当了敢死之士——那种命悬一线、提头搏功名的感觉，让他感觉浑身兴奋得颤抖，连手中的长刀也似乎在泣鸣。

他根本不在乎那漫天落下的箭雨，在他的眼中，只有前面的辽军。

越来越接近的辽军。

"忠烈祠见！"

"忠烈祠见！"

就在与迎面而来的辽军轰然相撞的一刹那，自黎尧臣以下，数千骑威远军将士几乎是不约而同地纵声高呼，咆哮着杀向辽军。

战马交错而过，黎尧臣手中长刀挥落，砍在一名正当其冲的辽兵手臂上，巨大的冲击力附在锐利的战刀上，竟将那辽兵的右臂瞬间斫飞，带着体温的鲜血喷满黎尧臣的战袍。黎尧臣连眼睛都不曾眨一下，又熟练地挥起长刀，劈向第二个敌人。当将马刀从这个辽兵的胸膛拔出，格开来自背后的一击之时，黎尧臣几乎可以感觉到那个偷袭他的辽军的慌乱。

的确是慌乱！他顺势拨转马头，目光刚一接触那辽兵的眼睛，更加令他意想不到的事情发生了——那辽兵慌张地大喊一声，狠狠一抽战马，朝着南边逃去。

黎尧臣惊讶地望着那个逃走的辽兵，忽然，嘴角流露出一丝残忍的笑意。

他仰首大吼。

几乎同时，黎尧臣的身后，战鼓的声音更加响了。

辽军中军。

韩宝骑在马上，一手紧握着狼牙棒，脸色铁青地望着眼前一切。

在他面前，近万骑被赶鸭子上架的部族属国军，完全可以用不堪一击来形容。宋军仅仅是一波冲锋，就彻底击垮了他们那点儿可怜的斗志，几乎是转眼之间，宋军就取得了明显的优势。近两万人混战在一起，但大部分部族属国军仅仅是为了保命而勉强战斗，还有不少人干脆转身逃跑。

战场之上，逃跑是一种疾速的传染病。

韩宝原本计划以部族属国军在正面迎敌，待宋军兵力稍疲，他与耶律乙辛隐各率宫分军自两翼包抄。但是那些部族属国军的士气，比他预想的还要低落，战局几乎是急转直下。韩宝立即就知道自己别无选择。他不敢有丝毫迟疑，只能取消原定战术，挥动旗帜，命令耶律乙辛隐率所部三千永兴宫宫分军，从右翼杀入战场。

而韩宝自己，则亲自率领仅余的两千骑宫分军在正后方压阵，射杀一切胆敢后退的人。

一群群部族属国军胆战心寒地从战场上落荒而逃，但他们才脱离与宋军的战斗，立即被身后两千骑严阵以待的宫分军无情射杀。跑在后面的人眼见着情势不妙，只好又硬着头皮杀回战场，与宋军厮杀。

但是，任谁也看不到胜利的希望，没有人愿意为了不相干的大辽战死在异国他乡。他们兵马虽多，面对宋军铁蹄所向却莫不纷纷避让。自右翼侧击的耶律乙辛隐部虽然稍稍稳定了战局，却因为过早投入战斗，又缺乏正面友军的配合，根本没有起到应有的效果，反而使自己陷入泥潭之中。

很快，这三千人马成为宋军围歼的目标。兵马众多的部族属国军，虽然惧于韩宝的余威不敢逃跑，却各自以族落为单位聚集在一起；虽也在战场上东驰西骋，却只是远远与宋军往来放箭，偶尔刀剑相交也是一击即走，不肯与宋军拼命。即便是一些倒霉被宋军缠上不放的族落，也毫无战斗的勇气，轻易地被宋军击溃，莫名其妙地死去。

这种情况，的确是无法解释的。

同样是这些人，也许在别的场合，他们所表现出来的勇气不会逊于任何人。但是，此时，纵使是死到临头，他们也不愿意去拼死战斗。没有人愿意挡在友军的前面，每个人都心存侥幸，以为自己是可以逃得性命的那一个，人人都害怕成为别人的挡箭牌……

也有少数死忠于大辽的部族殊死苦战，但是，面对着身边各自心怀鬼胎的友军，他们不仅仅是独木难支，而且连一般将士的心态也受到影响。他们与得势不饶人、越打越兴奋的宋军苦苦周旋着，一面愤怒地咒骂着、诅咒着，一个个战袍几被鲜血与汗水浸透。然而，他们的处境却越来越艰难，身边不断有袍泽战死，这让他们更加愤怒与不甘。

站在战场之外，可以看见，两军中军交战的战场如同一个巨大的旋涡，而耶律乙辛隐的三千宫分军便是漩涡的中心。在这个漩涡中，双方不断冲杀，彼此纠缠在一起，不断有人战死，鲜血混入已被踏成泥浆的雪地里，驮着主人尸体的战马在如修罗场一般的战场上怆然悲鸣……

在旋涡中心,辽军兵马越来越少,而赤红色的宋军却仿佛越来越多。

此时,辽军中军大旗之下,自韩宝以下,两千骑文忠王府宫卫骑军,每个人都知道败局已定。

他们已是这片战场上,大辽最后的生力军。

在这样的时刻,没有一个人动摇。

暂时已经没有人敢从战场上逃跑,这两千契丹铁骑大都已经下马,整齐肃穆地倚马列阵而立,许多人在默默擦拭着自己的武器。

不知从何时起,韩宝的脸色也舒缓了许多。他一面观察着前面的战斗,突然抬起手中的狼牙棒,指向混战之中一个左突右驰、勇不可当的宋将,向左右问道:"诸公,可识得那个宋将是何人?"

他身边已经没有大将,只剩十余名偏裨将领,还有几名文忠王府宫分军骑将,这些人中,没有人认得几个宋军将领。众将尽皆瞠目望着韩宝,没有一个人答得上来。

韩宝扫视众人一眼,却也并无责怪之意,只是转头对身边持角的骑士说道:"吹号角吧!"

那骑士躬身领命,立刻,"呜呜——"的角声再次在滹沱河的北岸响起,两千宫卫骑军开始迅速骑上战马,取出大弓,拔出长刀。

一阵凛冽的朔风刮过大地,韩宝看了众人一眼,挥起手中狼牙棒,厉声喝道:"诸公,且看韩某取宋将首级!"说罢,大吼一声,一骑当先,冲向战场。

"杀!""嗷!""嗷!""嗷!""取宋将首级!""取宋将首级!""杀!"

顷刻间,两千契丹铁骑吼叫着、喊杀着,紧随着韩宝杀进战场。

紧接着,宋军中军大阵的高地上,所有各色大旗突然一齐挥动,所有的战鼓全部被敲响。

立时,宋军右翼,慕容谦拔出佩刀,率领余下骑兵杀向战场;宋军中军,贾岩接过部将递来的长枪,率领直属亲兵大吼着杀进战场;宋军中军步军却月阵,在战鼓声中阵门全开，何畏之、和诜、褚义府诸将纷纷自阵中杀出，在他们身后，是雄武一军与镇北军一万八千余名步军……不复列阵，漫山遍野地杀向战场。

此时，战术已经没有意义。

首先覆没的是萧垠部。

早已是强弩之末的萧垠一部，在武骑军与横山步卒的夹击之下，虽然拼死力战，但终究是寡不敌众，最终被宋军淹没。然后武骑军与横山步卒立即合兵一处，与姚雄横山番骑合击萧垠。可怜萧垠，在大辽也是赫赫名将，却战殁于乱军之中，杀死他的不过是武骑军与横山步卒的几个无名小卒。为了争抢萧垠的首级，十几名宋军大打出手，最终，萧垠的首级落入一个叫李威的武骑军守阙忠士之手——战后论功行赏，凭此首级之功，李威竟被超擢九级，由一个不入流品的节级一举升至正八品上的宣节校尉。

数万宋军将士都已经意识到，他们将收获一场自大宋开国以来从未有过的大胜。

各种各样的得意忘形，为了争功而引发的混乱……战斗还没有结束，这样的事件便到处发生。但是，此时已经没有什么能阻止这场大胜的到来。

几近彻底歼灭萧垠部后，武骑军与横山番军再次合兵，在慕容谦亲自率领下杀向耶律亨部。

但他们还没来得及与耶律亨部接触，辽军的中军已经先崩溃了。

眼见着雄武一军与镇北军近两万名步军如狼似虎地杀入战场，早就没了斗志的部族属国军再也管不了那么多，别说此时他们后面已经没有他们畏惧的韩宝压阵，纵使韩宝仍然在后方，他们多半也会落荒而逃。没有人知道是哪个部族最先逃跑的，但溃败便如同瘟疫一般迅速扩散开来。至少七八千骑部族属国军，争先恐后地向着身后的滹沱河逃去，人马自相践踏。这些部族属国军在与宋军战斗时毫无战意，但当前面有挡着自己逃命的友军时，却顿时变得凶残悍勇，毫不犹豫地拔刃相向。

多达七八千骑的人马乱糟糟地涌到滹沱河的冰面上，还没有完全冻实的河面很快便支撑不住，河冰在众多人马混乱的踩踏下裂开，河面不断传来危险的"喀嚓"声。但是，在一片人吼马嘶的混乱中，别说根本无人注意，便是注意到了，也没人有办法。

当这些溃兵逃到滹沱河中央时，只听到几声沉闷的冰裂声，河面之上，一块接一块的河冰被踩沉，数以百计的溃兵连人带马"咕隆"着沉了下去。顿时，人群之中到处都是呼喊救命声、惨叫声，还混杂着落水的辽兵在冰水中拍打挣扎的声音，数千人马互相推搡、打骂，一片混乱。

辽军中军的溃败同时向两翼蔓延，在左翼苦战的彰愍宫先锋都辖耶律亨眼见中军大败，韩宝陷入宋军的重围当中，立即抛下所部的部族属国军，率领麾下仅余的两千余宫分军，红着眼睛向中间战场杀来。

而在右翼与姚麟的云翼军陷入混战的耶律雕武也做出了自己的选择——尽管面对云翼军，他的积庆宫宫分军并未露出败象，但是，一看到中军溃败，耶律雕武立即果断丢下了他的部队与将旗，率领数百骑亲信向着东北方向突围而去。

五六千名积庆宫宫卫骑军，许多人一开始根本不知道他们的主将已经丢下他们逃跑，尤在奋力死战，但当这个消息很快传开之后，辽军右翼也立即崩溃了——有人直接向后方逃跑，有忠心的将领率领着亲信拼命杀向中间，试图与韩宝会合，也有人干脆向宋军投降……

此刻，在宋军这一方，虽然早有预感，他们也一直占据着主动，并不能算毫无心理准备，但是，当这样一场大胜真的出现时，即便是姚麟这样的宿将，也激动得无法自已。眼见着辽军败局已定，姚麟一把抓住自己的副将，匆匆将指挥之权移交，然后自己率领着身边数百名亲兵、亲信，拍马一头杀向威远军的战场。

没有几个人可以拒绝封侯的诱惑。纵使是已有爵位者，也一样为之疯狂——按着大宋熙宁、绍圣间新定的法令，已经封侯者再立可封侯的大功，也可以选择推恩给自己的直系亲属。

韩宝的首级，意味着封侯与白银一万两。

至少半数以上的宋军中高级将领，此刻眼中唯一能看见的，只有韩宝的首级。

而绝大多数的宋军将士，则争先恐后地四散追杀着向滹沱河溃逃的辽军，一个普遍的辽兵首级值一万文，生得战马一匹值三千文。面对着只想夺路逃命、完全丧失了抵抗力的辽军，这几乎已成一场盛宴狂欢。

在追杀当中，数以千计的辽军在滹沱河的冰面上挤踏淹死，河冰之上，到处都是尸体。

战斗唯一还没有结束的地方，在战场中央。

依然有五六千骑的宫分军在拼死战斗。他们四周是数不清的宋军，有骑兵，也有步兵，密密麻麻。宋军将他们割裂开来，迫使他们分成数支部队各自为战，每一支辽军，多者不足两千，少者不过数十骑。

这是绝望的战斗。但是，这些契丹战士不肯选择逃命。

并非是为了所谓"荣誉"。

这样的大败之中，他们已经没有荣誉可言。

他们战斗的理由只有一个——那个骑着黑色战马、挥舞着狼牙棒的男人，还在战场上驰骋！

此刻，韩宝的狼牙棒上沾满了鲜血、脑浆。他这般在乱军之中，不知道反复冲荡了多少次，死在他棒下的宋军大小将领，至少也有十多个。尽管如此，依然有数不清的宋军将领，从四面八方前赴后继地向他杀来。

混战当中，他与耶律乙辛隐、耶律亨都曾经短暂会合，但很快又被冲散。宋军中依然还有头脑冷静的将领存在，或许，这只是一种近乎本能的战术素养，数量占据优势的宋军，有意识地将这些犹在抵抗的辽军分割，重重围困，各个击破。

深陷在宋军的兵海泥淖中，尽管不断有辽军杀进来与韩宝会合，但每一次冲荡，都又有人战死、被分割。在韩宝的身边，追随的将士已不足千骑。

但这千骑战士奋起余勇，仍可以在宋军的重重包围中所向披靡。

这个时候，韩宝也真正将一切置之度外。

耶律乙辛隐见到他，第一句话就是请他突围；耶律亨拼命杀进重围，身中十余创，浑身是血，见着他，第一句话也是请他突围。

但韩宝都拒绝了。

尽管宋军皆欲取他首级而甘心,但如果只是率数十骑亲信突围保命,仍然是有很大机会的。只是,败军辱国,他有何面目回去见他的皇帝?!有何面目回去见战死在滹沱河的数万契丹战士的家人?!

三军将士皆可突围,为大辽多保存一个人才,便是一个。

为了令耶律乙辛隐保住性命,韩宝便在乱军之中、战马之上扯了一块白布,蘸着鲜血匆匆写了一封只有几行字的遗表,令耶律乙辛隐带回大辽,代呈大辽皇帝。耶律乙辛隐这才含泪答应突围,此刻他已经看不见耶律乙辛隐的身影,大约已经溃围而去。这让他心中安慰几分。

他也知道耶律雕武已经丢下军队,突围逃走。对此韩宝并无责怪之意。当年汉高祖刘邦也曾经抛下军队仓皇逃命,历史上的名君名将也常有遭逢挫折之时,单骑逃命乃常见之事。或者,正因为他们做得出这样的事情,最后才能成就一番霸业。同是抛下军队逃命,也是有区别的。于有些人,是怯懦、无能;于另一些人,却是明悉利害、隐忍果断。耶律雕武并非怯懦无能之徒,他能够如此果决地丢下军队逃命,反而令韩宝相信,若他与耶律乙辛隐能逃得性命回到大辽,他们都会是大辽的未来。

但是,韩宝自己不愿意做那样的选择。

他心中已做决定——

此处,便是他最后的战场。

他听到了战场上宋军铺天盖地的喊叫声,知道了自己的首级值价几何。

想取韩某之首级,那就看看是谁有这个本事罢!

"大辽!"

抱着决死之意的韩宝高喊着,再一次举起狼牙棒,杀向挡在他前面的宋军。

"大辽!"

在韩宝的身后,那不足千骑的骑士一齐拔刃高呼。他们兵马虽少,又身处重重包围之中,谁都知道他们几无任何胜利的可能,但这简单的两个字从他们口中喊出,仍然有一种令三军夺气的悲壮,在这一片战场上,竟然短暂地压倒了宋军的气势。

紧随着他们的呼吼声,四周仍在战斗着的数支宫分军,亦一齐高喊:"大辽!"

"大辽!"

"大辽!"

简单的两个字,转瞬之间传遍了仍在战斗的宫卫骑军之中,激起了他们心中无限的斗志。

方圆十里的战场上,出现两幅截然不同的画面。

一边是胆战心惊、肝胆俱碎的溃兵,为了逃命而自相践踏、互相残杀,无数的尸体在宽达七八里的战场上,由溏沱河的北岸一直铺到河面,令人触目惊心。这根本已不是战斗,而是一场一边倒的屠杀。大部分的辽军都不是被宋军杀死的,数以千计的辽军掉进河冰裂开的溏沱河中,被冰水淹死,只有极少数的辽军侥幸逃过河去,落荒而逃。宋军甚至并不过河追赶,他们只是将失魂落魄、胆战心惊的辽军赶到溏沱河上,然后便用弓弩、霹雳投弹杀伤辽军,加剧他们的混乱……

在这样混乱的状况下,绝大部分辽军根本无法平安渡过溏沱河。此时,即便宋军想要过河追赶,也是极为危险的,但在一片混乱之中,根本没有几个人能去思考这些,为了逃命,不少辽军甚至扔掉手中的武器、脱掉盔甲,以为这样就可以有更多的机会渡过冰面。至于过了河以后该如何是好,这时候已经没有人会去想。

另一边,却是数千勇士最后的一往无前。

他们展露出来的决死之志,令占据优势的宋军也一时为之气短。

面对韩宝的冲荡,连姚麟都不敢正面撄其锋,当他看着韩宝率兵向自己冲来之时,这位西军名宿竟然本能般地避开了。直到韩宝闯了过去,姚麟才反应过来,老脸一红,有点儿恼羞成怒地率兵紧追不舍。

韩宝最后爆发出来的这股威势,令宋军付出了惨重的代价。

贾岩不断用旗帜调动部下来阻截,但让他意想不到的是,威远军中不少声名素著的勇将,竟因此接连陨落。

第二营的营将战死……

紧接着，第三营一个营副都指挥使、一个护营虞候也相继战死……

这样的损失，令贾岩脸色发青。

没有几个人敢硬挡在韩宝的前面，却没有几个人甘心看着韩宝死在别人手中。包括姚麟、姚雄叔侄，唐康、刘延庆、田宗铠、仁多观明诸将，以及何畏之、和诜、王赡……数不清的宋军将领聚集在韩宝周围，觊觎着那封侯的不世之功。但这些人，有些已经人疲马乏，有些势单力孤，无部属相助，都不敢轻易上前邀战。更多的将领，则是不免于心中暗生怯意——胜利就在眼前时，即使是再不怕死的人，也不免于更加珍惜自己的性命。更何况，每一个参加了这场会战的将领都心知肚明：只要他们能活过这场战争，即使没有韩宝的首级，他们的前途也将一片光明。

他们紧紧跟在韩宝左近，都怀着同样的心思——耐心等待韩宝力衰气竭的那一刻。

这是迟早的事，纵然韩宝再怎么厉害，他的战马也有疲惫不堪一战之时。

即便是贾岩也打着同样的主意，旁边这么多人虎视眈眈，他却只令第二营、第三营围堵，坚持不肯调动麾下最精锐的第一营，而是令黎尧臣加紧围歼其余被分割开的辽军。

似乎无人敢当韩宝锋芒。

真正拔刃见红的血战，发生在其余的数支辽军那儿。

而其中最激烈的战斗竟与威远军无关，而是龙卫军与耶律亨部的血拼。

谁也不知道皇甫璋究竟吃错了什么药——在中间这一片战场，除了雄武一军与镇北军有一部分步军留了下来协助威远军作战外，其余杀进这片战场的宋军，目标几乎都是韩宝，对于另外几支辽军，除非恰巧碰上，没有人会去和他们拼命。他们大都认为那是威远军的本分。然而皇甫璋却是个另类。当他率数千龙卫军追着耶律亨杀过来时，每个人都认为他也是来抢韩宝首级的。但谁也没有想到，皇甫璋的目标竟然是耶律亨部。

耶律亨没有听从韩宝的命令突围，他与麾下的彰憨宫宫卫骑军对韩宝忠心耿耿，尽管韩宝已萌殉死之志，他却仍然屡次三番想要再次杀到韩宝身边，拼了一条命护着韩宝杀出一条生路。然而，他怎么也摆脱不了皇甫璋的纠缠。

此时的战场上，宋军中绝没有第二支如皇甫璋的龙卫军一样疯狂的部队。他们仿佛完全不知道他们正占据着巨大的优势，根本不需要如此拼命。而是一次又一次地，疯狂地攻击着耶律亨的彰愍宫。

而耶律亨统率着韩宝麾下最精锐的彰愍宫宫卫骑军，在这种绝境之中爆发出来的战斗力也令人胆寒。

这两支人马的战斗，实是地动山摇，令人望之色变。这两支骑兵拼杀之处，没有人胆敢接近，生怕一不小心就被交战的双方给碾碎。

这是一场只有龙卫军的将士才能理解的战斗。耶律亨在之前的战斗中打得他们无还手之力，旁人或会称赞皇甫璋指挥有方，却不知这于龙卫军实乃奇耻大辱，唯有亲自击败耶律亨才能雪耻。在种师中的龙卫军，即使是皇甫璋这样以韧性著称的将领，也奉行着这样的信念：任何防守皆为未来之反击，龙卫军进攻天下第一，世间绝不容许存在比龙卫军更加锐利的矛。他们尤其无法容忍曾经打得他们没有还手之力的耶律亨部，最后被威远军击败。西军云翼、龙卫、威远三支马军，素来都自认唯有自己才是西军中最精锐的骑军。单单这个面子，也是龙卫军无论如何都丢不起的。

因此，若他们想要雪耻的话，这是唯一的机会。一旦耶律亨被威远军击败，他们就永无报仇的机会了。

尽管贾岩与威远军诸将一点儿也不清楚皇甫璋与龙卫军诸将脑子里的想法，甚至还有人对龙卫军多管闲事颇为不满，但他们还是很好地抓住了这个机会，果断地将耶律亨部让给了皇甫璋，集中兵力一股股地歼灭其余几支各自为战的辽军。此刻，宋军之中，没有人比威远军诸将更有危机感，他们人人皆知此时非与龙卫军争斗之时，况且龙卫军抢去的耶律亨原本也是龙卫军的对手。对他们来说，群雄虎视、力保韩宝的首级落入自己手中，才是最重要的事。而若要万无一失，自然要尽可能快地歼灭其余辽军，如此威远军才有绝对的优势——不只是对韩宝，也是针对众多想要争夺韩宝首级的友军。

但事情并没有朝照贾岩与威远军诸将所设想的方向发展。

韩宝一眼就能看透宋军的疲敌之计，而宋军诸将心中亦各有算盘。

几次冲荡，眼见着宋军一直避免正面接战，韩宝立即便明白了宋军的打算。

他在心中冷笑一声,挥棒将一个躲闪不及的宋军打下马去,突然连声高呼:"南朝无人乎?可有宋将敢与韩某一战?!""南朝无人乎?可有宋将敢与韩某一战?!"

他声如洪钟,在战场之上接连大喊,周边半里的宋军都听得清清楚楚。这种赤裸裸的挑衅,顿时令宋军诸将尽皆变色。即便明知他这是激将之计,但是,正自觉如日中天、不可一世的宋军诸将,无论如何也不可能甘愿受此羞辱。

贾岩与威远军诸将正暗暗叫苦,姚雄已最先按捺不住,大吼回骂:"老贼欲速死吗?!还敢大言!"便提枪纵马,率领麾下人马朝着韩宝杀了过去。

顿时,便如捅了马蜂窝一般,宋军诸将都知道姚雄素有勇武之名,他带过来的人马又是除威远军外最多的,于是全都生怕被姚雄抢了大功,悔之无及,再也不敢留力,一齐呐喊着杀上前去。便连贾岩也不敢再多想,大旗一挥,率领一众参军、亲兵一齐杀了过去。

这正是韩宝所期待的。

他已怀殉死之志,更不指望有奇迹发生,只想在临死之前轰轰烈烈地战斗一场。眼见着各路宋军自四面八方冲来,韩宝不仅毫无惧色,反而仰天长啸,高举大棒,大吼着催马迎战。

冲在最前面的是横山番骑的两员骑将。二人立功心切,拖着大刀朝韩宝冲去,刚到韩宝跟前,便听韩宝突然一声大吼,驱马疾冲,手中的狼牙棒朝其中一人狠狠砸去。那宋将被他吼声吓得一惊,待回过神来,只见一根狼牙棒带着刺骨的寒风朝面门砸来,慌忙举刀招架,但长刀刚一碰到韩宝的狼牙棒,便被砸飞了去。他不料韩宝激战许久,还有这么大力气,不由大惊失色,见狼牙棒砸飞长刀后来势不减,慌忙一个后仰,使了个铁板桥的功夫,堪堪避开这一棒。但他惊魂未定之际,刚想起身,便觉胸口被重物击中,整个人竟从马上被击飞了出去——原来却是韩宝身后一名亲兵用狼牙棒给补了一下。

韩宝这一棒击出,虽然并未击中那员宋将,却是头都不回,又一棒砸向另一名宋将。那宋将完全被韩宝的威势吓傻了,竟然呆立在那儿,眼睁睁看着狼牙棒砸向自己的脑袋,连躲闪都不会。亏得此时从他身后又冲出两骑宋将来,两杆长枪递出,一枪刺向韩宝的面部,一枪却刺向韩宝的坐骑,皆是攻其必救,迫得韩宝收棒招架,几名横山番骑才慌忙冲过来,将他拉了回去。

韩宝冷哼一声,身后早有几名宫分军涌出,护在他身前,与那两名宋将厮杀在一处。这两名宋将,正是田宗铠与仁多观明。二人早经一番苦战,这时虽休息了一阵,气力也没有完全恢复,出其不意地击退韩宝之后,便觉胳膊酸痛。二人也不敢恋战,虚晃一枪,将几名杀过来的宫分军让给身后的几名威远军,退入人群之中。

而韩宝也不与宋军缠斗,击毙一名宋将后,眼见前面宋军势厚,突然拨转马头,向着另一个方向杀去。那个方向却以王赡的武骑军与数百骑威远军为主,冷不丁辽军变向杀来,立时阻挡不住,顷刻之间便被韩宝杀出一条血路来,武骑、威远之中,又各有几名宋将被韩宝打得脑浆迸裂。

不过数合之间,宋军便接连损兵折将。围攻韩宝的宋军中,多的是一时名将,一个个气得脸色发青。一时间,在韩宝的身后、两侧,一拨拨的宋军呼喊着紧追不舍,前方更有不知道多少宋军从各个方向杀来,试图阻截他。但这一战,韩宝的目的不过是要在千军万马之中杀个痛快,并无固定的冲杀方向,因此只要发觉前方阻挡的宋军变得难以对付,他便立即改变方向,并准确找到另一个薄弱点突破……而宋军兵马虽多,却缺乏默契,互相之间更不免于钩心斗角,各怀争功的心思,竟被韩宝这不足千骑的人马在重重围追堵截中荡进荡出,所向披靡。

倘若只看这不足千骑辽军的战斗,没有人敢相信,这是一场宋军大胜的会战。刀剑相交,箭矢如蝗,千军万马之中,纵马驰骋,快意纵横,无人敢当一棒之威。但战至酣时,韩宝却突然仰天发出一声长叹,老泪盈眶。

身经大小百余战,一剑曾当百万师。

但那又能如何?

败军辱国,他韩宝,终是大辽的罪人。

他眺目四顾,日落斗兵稀,战场之上,其余诸支被分割的辽军已经渐渐被宋军歼灭,好几处地方只余一两骑浑身是血的血人犹在大呼酣斗。他四处寻找,也找不到耶律亨的身影,又是几次冲荡,他才在一个宋将的马上看到耶律亨的人头——他满脸是血,双目圆睁,似乎在告诉每一个人心中的不甘。

韩宝心中一阵绞痛。

他别过头去，不记得多少次的冲荡，身后追随他的将士也愈来愈少。他这一支人马，虽然勇不可当，但宋军人多势众。每一次的冲荡战斗虽令宋军损伤惨重，但一样也会有许多的大辽将士战死，此刻，整个战场上，犹在战斗的大辽将士已然不足三百骑。

一切都将结束了。

"大辽！"

韩宝再次挥起狼牙棒，杀向前面的宋军。

"大辽！"

他的身后，不足三百骑的将士也一齐高呼着，催马杀向宋军。

这是他们最后一次冲锋。

宋军中军所在高地上，王厚静静地望着下面的战场，从容平静的外表之下，难掩心中的志得意满。大局已定！这样一场大胜，封万户侯、拜枢密副使，自不在话下。更加重要的是，这场胜利足以让他超过他的父亲王韶，甚至跻身于曹彬、狄青诸前辈之前，成为大宋诸朝战功首屈一指的名将。他心中反复响起李白咏谢安的名句："但用东山谢安石，为君谈笑靖胡沙。"

但用东山谢安石，为君谈笑靖胡沙。

在这一刻，王厚仿佛看见了谢安听到淝水大捷的捷报时，口里说着"小儿辈遂已破贼"，但心中实已激动得连屐齿折断都没有发觉的情形。今日，王厚终于明白了谢安当日的心情。

第十六章

壮心无复

汉贼不两立，王业不偏安。
——《后出师表》

1

大胜！

大宋建国一百三十余年以来，前所未有的大胜！

全歼辽军主力近四万骑！斩首超过四千级，获辽军主将晋国公韩宝以下大将首级六十余级，生擒偏佐将领百余人，俘虏辽军一万九千余人，更有超过两万辽军，或战死于乱军之中，或死于自相践踏，或淹死于滹沱河中，无法计算首功[1]……至于缴获的战马、军资器械，更是不可胜数。最终得以陆续逃回辽国的将士，竟不过千余人。

这样的大捷，即使上溯至晚唐五代，在这近两百年的时间里，也是数一数二的大胜！

这场大胜，令王厚这样沉稳的人也终于把持不住。战场尚未彻底打扫完毕，使者便在背上插上报捷的红旗，骑着最好的快马，分数路出发，向宣台、朝廷报捷。

"安平大捷！王太尉全歼辽军四万骑！""安平大捷！王太尉全歼辽军四万骑！"数名报捷的使者马不停蹄地一路向南疾驰，每经过一个驿站，都会欢喜若狂地纵声高呼着。不过短短数日，河北路沸腾了。无数百姓高兴得忘乎所以，那些被迫背井离乡的军民更是喜极而泣，各地士民纷纷点起了过年才放的"爆竹"，更有不少地方燃起了新兴的"爆仗"与"鞭炮"[2]，噼里啪啦的声音响遍河北。然后，又如长了翅膀一般，从河北传至京东、河东，直至传遍整个大宋。

整个大宋都沸腾了。

这是令大宋扬眉吐气的一战。

---

[1] 宋朝计算首功，须砍下完整人头。按，首功之制，以弊病过多，宋仁宗时曾因狄青上书废除。小说中，熙宁时宋帝励精图治，有志两北，早已恢复，然如前文所叙，宋军叙功仍然不以首功为最重，此与秦汉之法不同。文中绍圣七年与辽之战，以天子下诏，激励杀敌，悬赏首级，故将士才热衷于斩首。然此不过一时之法，是以宋军斩首数量不多。商君书记载，将领要计一级功，野战斩首至少要过七千，此战若在秦汉，斩首必过两万。然宋军另有计算将士战功之法，是以在获捷之后打扫战场时，将领会约束部属斩首之行为，盖因此时最易发生争夺首级而内讧之事。又，此处计算人数，包括辽军家丁在内。

[2] 最初的"爆竹"并无火药，而以火烧竹。据信时唐时始以火药实于竹内，宋时才有今日之鞭炮起源。

是彻底翻身的一场胜利。

当安平大捷的消息传至汴京，尽管尚在国丧之中，但是，从报捷使者入城的那一刻起，整个汴京都欢腾起来，热闹的景象即使是上元佳节也无法相提并论。虽未张灯结彩，但整整三天，汴京城内鞭炮之声此起彼伏，烟花从昼至旦。人们往来报喜，街坊之内，茶馆之中，到处都是口沫横飞的人们，在喜气洋洋地议论着这场前所未有的大胜，仿若亲见地讲述着这场会战的每一个细节。数日之内，所有的报纸都脱销了，人们关心着有关这场胜利的每一个细节，抠读着报纸上与之有关的每一个文字。

紧接着，自河北又接连传回捷报——耶律信撤兵，禁军已收复失地，自界河以南，整个河北已无辽骑在野。

赢了！

彻彻底底的赢了！

这几乎是每个宋朝士民此刻心中的感觉。

这种感觉无法用言语来形容。仿佛在此之前，不管他们表面是否关心北方的辽国，但是，仿佛便一直有一座无形的大山曾经压在他们的心头。每个人都活在这座大山的阴影之下。而此刻，大山没了，阴影消失了，抬头一片艳阳！

有无数的宋人在听到这个捷报的一刻，突然意识到，为何他们的国家要叫"中央之国"？！

那是整个世界，整个天下，都是他们的责任的意思！

他们生在这个国家，便注定要用他们的文明去照亮整个天下。

所以，他们才有资格自称"中央之国"！

这是一种微妙的改变。即使是不那么狂妄的人，那些对大宋国境线以外的事毫不关心的人，在这一刻，心态也变了。他们再也不会觉得是大宋无力去关注"四夷"之事，而是"不屑""不愿"去关心"四夷"之事。

总之，无论之前抱着什么样的心态，是骄狂自大也好，是保守畏惧也好，此时此刻，整个大宋，无人可以在这场大胜面前保持冷静。

所有的人，都在自觉不自觉地接受着这场大胜的洗礼。

从此，这个天下，再无大宋朝不曾击败的敌人！

此刻，大宋朝中，不知道有多少人，已下意识地将炽热的目光投向了北方的燕云！

而在整个大宋朝，此时最激动的人，莫过于禁中那位年方十六岁的皇帝。

文武百官的贺表如雪片一般，堆积如山；还有那各国使臣的战战兢兢……捷报传来之后，赵煦手里拿着那本报捷的奏章，激动地在崇政殿走来走去，整整乐了一个下午。

告祭太皇太后与太庙，大赦天下，重赏有功将士……

还有什么？

"庞天寿！"赵煦的声音因为激动而有些尖锐。

"奴婢在。"一直侍立在一旁的庞天寿慌忙快步跑到皇帝跟前。

"去，快去宣李清臣觐见。"赵煦朝着庞天寿摆摆手，一面将目光投向殿外——外面昏暗的天空中，已经飘起了鹅毛般的大雪。赵煦忍不住在心里叹了口气，这该死的天气，汴京已经如此，河北不免更甚，还有折克行那儿……要不然的话，战果应当还可以扩大。不过，这也不完全是坏事，虽然是前所未有的大捷，那毕竟也是大战之后，即便是大宋，也需要一点儿时间来休整。

庞天寿答应着，小心退出崇政殿，然后快步往政事堂走去。殿内，赵煦心头刚闪过的一丝忧虑，转瞬间已消失得无影无踪。他毕竟才是个十六岁的少年，此刻，他已坐回御座，身子俯靠在御案上，单手托腮，眼中闪着憧憬的光芒。

二十余日之后，绍圣七年十一月十九日。

此前很少有人会想到，绍圣七年的冬天，竟然会是五六年来最寒冷的一个冬季。大宋的河北路，直到十月下旬才开始下雪，初雪较之往年算是晚的，是以一开始，即便是本地的老人也没有人想到，这场雪居然会时晴时下，断断续续地下了近一个月。到了十一月中旬的时候，从大名府以北，一直到冀州、深州、河间府、莫州、雄州，皑皑白雪覆盖了大半个河北平原。

大雪成灾，在这样的寒冬，又是战祸之后，即便是在从冀州到河间府的官道上，也几乎见不到行人，官道上的积雪没脚，雪几乎积了有一尺深。但这一天，这条官道上突然出现了许多厢军、民夫，其中甚至还有不少禁军。一条官道上，数千人手里拿着扫帚、铁铲等各式工具，热火朝天地开始清除官道上的积雪。而主持这件事的官员也让许多人暗暗咋舌，这等琐事，出动的竟然是冀州通判这样的大官。

这数千人一边扫着雪，一边在私底下猜测、议论着。

"这大冷天的，这么多人出来除雪，究竟是为甚？"

"俺听说是朝廷派了相公去河间府劳军。"

"在下也听说了，这番石相公与王太尉打了大胜仗，朝廷遍赏三军，听说金银财宝装了几万辆马车，车队有几十里长……"

"您这也太不着调了，还几万辆马车呢，您见过吗？我家兄弟在州衙当差，听衙里的官人说，遮莫是要北伐了呢。"

"北伐？果真要北伐了吗？！"

"北伐"二字，仿佛是有一种莫名的魔力，转眼之间，便有几十个人聚拢到那说出北伐消息的人旁边，连在附近督工的几个县衙小吏也凑拢了过来，又是好奇，又是怀疑地看了那人一眼，不太相信地问道："这不是王十三吗？你果真有兄弟在州衙听差？怎的从未听人说过？"

那王十三尚未及回话，旁边已有相熟的乡邻先七嘴八舌地说道起来："几位押司，小人们做证，这王十三的确有个远房表兄弟在州衙，前不久还来看过他一回。说是在司理院[1]听差……"

这司理院是宋朝诸州中紧要的机构，那几个吏人听说这王十三果然有亲戚在司理院听差，不由皆肃然起敬，态度都变得和蔼了几分，纷纷关心地问道："令兄果真听说要北伐吗？"

这王十三本来不过一卖饼的，平常见着这些县衙的公差，便如老鼠见猫一般，点头哈腰，大气不敢喘一声，何曾见过他们对自己这般客气，这时真是受宠若惊，连忙重重地点了点头，笃定地说道："这是小的听我那兄弟亲口说的，我兄弟听衙里几位官人议论，都道来什么礼什么的……"

---

[1] 司理院是宋代州一级司法机构，专门负责处理刑事案件。主官为"司理参军事"。小说中，改制后，主官为刑曹参军。按，宋代州一级司法，有三大机构，一为录事参军所主之州院，为民事法庭，亦兼理刑事案件；一为司理院，为刑事法庭。但这两个法院都只有权力审清案情，至于该适用何种法条如何断刑，则属于第三大机构法曹之司法参军事之职权。

一个小吏接过话来，"来而不往非礼也。"

"对，对。正是这句话。"王十三啄米似的点头，"契丹人祸害咱们河北，咱们也不能说把他们赶出河北就算完，也得打到辽国境内去，才算报仇了。"

"是这个理。"众人纷纷应和，那几个小吏也点点头，又问了王十三几句，那王十三本来也是些辗转囫囵听来的话，自己也不甚明白，问得细了，却是不得要领。几人见问不出啥来了，便都把目光转到其中一人身上，有人便问道："费兄是赴过解试的，见识远胜我们，你说说，这是不是真要北伐了？"

那姓费的小吏摸了摸腰间的儒绦衣带，傲然看了众人一眼，伸手往袖子里掏了半天，慢腾腾地摸出一张报纸来，送到众人面前——在场几十个人，算上那几个小吏在内，总共没有几个人识得多少字，一干人都用敬畏的眼光看着他手中的报纸，听他说道："这是朝廷的《新义报》，连在下也是上午才收到，从东京送来的。这报纸上说得明白，朝廷已经给契丹人开出了议和的条件……"

"议和？"这数十人之中，有人立时露出失望之色，也有一些人却是悄悄松了口气——此时距离安平大捷已然快一个月了，安平大捷、将辽军赶出国土所带来的那股欢欣鼓舞，在汴京仍未退潮，在其他很多地方可能刚刚发酵，但在河北路，愈是接近战争的地方，这点儿欢欣鼓舞便退得越快。对这些河北的军民，安平大捷同样影响深远，但是，没有人能只靠高兴活着，大多数人首先考虑的仍是最现实的问题。

自从上个月安平大捷，辽国北枢密使耶律信率军仓皇遁归，如今宋辽两国已是形势逆转，变成了辽人在南京道屯聚重兵，人心惶惶，一日数惊。然而天公不作美，接连的大雪，恶劣的气候，不仅令得逃难的难民暂时不能重返家乡，而且也让任何的大规模军事行动都变得不可能。只是，宋军也并没有任何就此凯旋的迹象，河北的大军屯聚在河间、博野以及雄莫诸州等城池之内……

宋军的举动，让河北乃至天下的士民纷纷猜测不已。战争是就此告一段落，还是会在雪后继续乘胜追击，趁势北伐，一举收复燕云？这是每个宋人都关心的问题。

一如既往，大宋朝廷中，关于此事的争论与分歧也是公开的，丝毫不加掩饰。持各种主张的人，都迫不及待地或者上表劝谏皇帝，或者向两府宰执上书游说，或者在各家报纸撰文，试图影响清议。尽管大部分的宋朝士民对此都见惯不怪了——这已是宋朝朝廷的常态了，大到战和礼制，小到最寻常的案件，你总能在朝廷内找出两个意见完全相反的官员来……

但北伐之事，对于这些身处河北的普通百姓来说，实是牵涉他们的切身利益。每日听到的流言愈多，而朝廷却始终未有个准信，这反倒让他们更加关心。每个人都想尽可能地多了解一些信息，哪怕明知道很多流言完全不靠谱。

仅仅是聚在此地的数十人，便有许多人在辽人的入侵中失去了亲人，辛苦经营的家园化为乌有，心中自是盼望朝廷能为他们报仇雪恨，出一口恶气；但同样也有不少人，在经历战乱之后，只想尽快恢复昔日太平的生活。现在倒几乎已经没有人认为宋军北伐会有失败的可能，只是他们心中却有着切实的担忧，如果朝廷北伐的话，他们不仅无法全心全意地重建家园，而且不可避免地要承担沉重的赋役，经历过战争的河北军民，没有人会幼稚地认为打仗只是军队的事。而更多的人则是同时怀抱着两种心理，对于北伐之事十分矛盾，甚至连他们自己，都不知道究竟什么样才是他们所希望的。

姓费的小吏自然是知道众人关切的心情的，众人的这种关注，令他的虚荣心得到了极大满足。在庞大的大宋朝，他这样的小吏实在是无足轻重，他从报纸上知道的一星半点儿的消息，倘若在汴京城，大约街上任何一个贩夫走卒都比他知道得要多些。但在这些人面前，他已是当之无愧的"权威"。

"议和？"他本就只是有意卖个关子，这时候看着众人各异的表情，自鼻孔冷哼了一声，"依在下看，那多半是议不成的了，朝廷向辽人开了三个条件——辽主去帝号，向我大宋称臣，每岁贡马三千匹；割让辽国的南京道；归还被掳到辽国的军民……"

他话未说完，那几个小吏已经笑出声来，有人笑道："看来是真要北伐了，这三个条件，只怕辽主连一个都不肯答应。"

但也有人反驳道："那倒未必，毕竟有石相公主兵，王太尉为将，率大军杀到，到时候，恐怕那辽国狼主想称臣为王都不可得了……"

其余的百姓似懂非懂地听他们几个议论着，他们大多并不知道为何朝廷开了这三个条件便议和不成了，但也没有人敢问，怕被人笑话。只是在心里揣摸着这几位"官人"的语气,心中或忧或喜。

类似的事情,在冀州境内一百二十多里的官道上不断发生着,每每让在现场监工的官员们烦恼不已,一看到人群聚集起来闲聊,很快便有人骑了驴过来,将众人驱散,大声呵斥众人加紧清理积雪。这些下层官员都知道,这是本州知州与通判亲自督派的事情,限定要在一天之内将本州境内官道上的积雪清除干净,谁若是怠慢了,保管没有好果子吃。但是大部分的吏员对这件事提不起兴致,有点儿阳奉阴违。大冷天的,出来监工本就没几个人愿意,而且这件事情又一点儿油水都没有,谁又肯真正出力?本来招募这么多的军民劳役,按朝廷的规矩,不仅要管吃喝,还要发工钱,原是小吏们最爱的事情。可这一次,州衙那边一个铜板也没有拨下来,数千人的吃喝也只是供应稀粥而已,当然,这的确也是情非得已,这一场仗打下来,冀州从州衙到各县,府库里面空得能饿死耗子。倒也有一些仓储是满满的,但那些都是军粮,谁也没胆子去动那些粮草。

在这场战争中,冀州有不少地方受过辽军的祸害,有数以千计的人户流离失所,房子被辽军烧了个干净,大部分的财产也付诸流水。如今战事虽停,但大半个州有半年没有生产,境内粮食、衣布、柴火木炭等必需品全都供不应求,一切物什都贵得离谱。加之因为天寒地冰,水路运输早已中止,陆路则成本高昂,本来就是杯水车薪,现在这雪一下,更是连这杯水都没有了。如今大半个冀州都靠着从军储中拨出一些粮米,每日在各地平价限量出售,又设了几个粥厂供给贫民,这才勉强维持着。但这点儿粮食远远不够,饿死人的事也时有发生。

尽管如此,在没有确定下一步的行动之前,即使是石相公也不敢放开供应粮食——倘若朝廷决意要趁胜北伐,到时候粮草接济不上,便是大祸。况且缺粮之地不只是冀州一地。相比而言,冀州还算是好的,冀州以北各军州的情况更糟,这些军州尽管在辽军的铁蹄之下坚持了下来,但生产被破坏,大量的难民涌入各座城池,大半年只得坐吃山空。如今辽军虽然被赶走,可各地的粮草都已经消耗大半,在要优先保证军需的前提下,这个冬天,对于一般的百姓来说,甚至会比战争之时更加难熬。

大部分百姓饭都吃不饱,即便是衙门里的小吏,生活也远比战前窘困,在这么冷的天气里被强征来干活,不怨声载道就已不错,谁还会多卖力?但上头只是一纸公文下来,要求清理官道,保障官道通畅,还要好生接待朝廷的来使,全不管下头的死活。而这样的事情,除非是本州知州和通判两位不想再当官了,否则,他们是连怨言都不敢出半句的,打落牙也得和血吞。这次来的据说是朝廷的大人物,接待的功夫做好了,之前的功劳才算是功劳,要不然,之前拼死拼命守冀州,筹备军需粮草,一切都是白干了。别以为石相公现在在河北,若得罪了朝中的大人物,哪天被人家收拾了,石相公恐怕根本不会知道。大宋军州有近两百个,石相公还能天天关注着每个知州的命运?虽说大宋朝的知州、通判也算重臣,地位不低,还有权力上表直达天听,但真正能被皇帝与宰执们关注的,终究是极少数。待石相公一回朝,区区一个冀州知州、通判,想要再见着他,只怕也极不容易。

这些道理,这些官员们都是心知肚明的。可大部分的吏员却是无利不起早,眼前没肉,便是督工都懈怠,要不怎么说是"滑吏"呢?对于这些滑吏,有时候别说知州、通判,就算是宰相也没什么好办法。吏可以"滑",这些官员却不敢跟着"滑",吏有吏的规矩,官也有官的规矩,不说别的,他们的磨堪考课之权便掌握在知州、通判之手,这就足以决定他们的前途了。单为这一件,他们也要尽心尽力办好这差使。

但其实这些官员,也是一样关心朝廷是否北伐的。只是他们的想法、立场,却比一般的百姓要复杂得多。

有很多官员反对继续战争,因为继续北伐对于他们河北路的地方官没有好处,只有坏处,北伐意味着他们要继续为军队筹办各种军需供应,稍有差错,就可能被处以军法;意味着他们治理地方更加困难,至少地方各种物资的紧缺他们就难以解决,更不用提恢复生产,而从北伐中他们能得到的好处却十分有限。相反,倘若停止北伐,他们将有显而易见的利益。倘若战争真正结束,朝廷就会投入大笔的钱粮来帮助河北路恢复生产,不仅如此,现在在冀州、东光、河间府屯集着大量军需物资——倘若不再打仗,朝廷既不可能把它们运回汴京,也不可能全部保存,绝大部分都会处理掉,卖给民间,地方官员就会成为最直接的获益者。此外,据说王厚全歼韩宝一役,缴获了数不清的骡马,倘若打仗,这些牲畜就会充作军用，但不打仗的话，肯定会就地发卖⋯⋯

因此，不必去说政治理念，只要简单分析一下利害，就足以令绝大部分的河北地方官员反对继续战争。

但也有不少人希望北伐，他们有些是出于理想与抱负，希望大宋能收复燕云，完成太祖皇帝的夙愿；有些则是野心勃勃，战争比和平更容易让他们有脱颖而出的机会；还有一些人则纯粹是揣摩上意——即便这个"上意"和他们隔得很远，就算他们揣摩对了，也得不到什么切实的好处，但是世间永远不乏这样的生物，他们并无自己的立场与主张，只是本能地想要与上头保持一致。

不过，这些官员知道的内情，远比那些小吏与普通百姓要多。大半个河北路的官员都听说了，报捷的喜讯传到汴京，皇帝是如何喜不自禁，是如何一面告祭太庙与太皇太后，宣布大赦天下；一面下旨重赏有功之臣。据说文武百官歌功颂德的表章，似雪片一般飞进禁中，京城之中到处都是鼓吹趁势北伐，一鼓作气收复燕云的声音⋯⋯

皇帝心中的想法，这些河北的中下级地方官员自然无从知晓，天阙九重，想揣测也揣测不了。但是每个人都听到传言，此次皇帝派来使者前往河间府，表面是为了劳军，慰问有功将士与河北军民，但除此之外，使者还另有更重要的使命，便是会见石越、王厚、章惇、陈元凤、蔡京、田烈武诸文武，决定接下来的战和之策。

换句话说，报纸上的言辞不过是虚张声势，朝廷是否乘胜北伐，使者此行可能至关重要。这次来的使者也不得了，正使是参政刑书李清臣，据说这半年以来，身在汴京的宰执大臣之中，李清臣已经不知不觉间成为最受皇帝宠信的一位。官场流言，皇帝对他的信任甚至已经超过了韩忠彦。而副使庞天寿虽然是个内侍，却是潜邸之臣，当今最炙手可热的大貂珰。

皇帝派这二人前来河北代天子劳军，规格之高，几乎已是无以复加。流言甚至传说，若是石相公率军凯旋，天子可能亲出汴京城迎接。

但这二人前来河北，也隐隐落实了另一个传言——两府宰执、御前会议中，有不少重臣反对北伐。而在这前所未有的大胜之后，身在河北与契丹作战的诸重臣，分量无形中又重了不少。尤其是宣相石越与大总管王厚，二人的意见可谓至关重要。皇帝派出李清臣与庞天寿来河北，当也不无争取二人支持之意——不论皇帝自己的意见是什么，他都急切地需要石越与王厚这两位大功臣站在自己一边。

为了迎接次日将要路过冀州的李清臣与庞天寿，冀州不惜出动了数千军民，冒着严寒清除官道积雪，以防两位"天使"的车队在路上发生意外而滞留。而此刻，在两百多里外的河间府，这座看似平静的河北重镇内，也有许多人在为两位"天使"的到来紧锣密鼓地准备着。

此时，身在河北路的宋朝重臣，大半以上都聚集在河间府诸城。

早在十月二十四日下午，王厚与韩宝的会战未尚完全结束，右丞相、宣抚使石越便率折可适等谟臣赶到了河间府，正好赶上收拾残局。

与大宋朝廷向天下公布的战况有些不同，河间府的耶律信部并非是在韩宝战败后才"仓皇遁归"的。实际情况是，二十四日一早，当韩宝准备在滹沱河背水一战之时，河间府的辽军便在耶律信的统率下果断撤兵了。耶律信根据自己所得的情报，做出了他的判断，河间府的辽军根本无力摆脱田烈武与陈元凤的宋军去援救韩宝。田烈武率河间宋军表现出来的战斗力，再加上陈元凤率宋军意外到来，让河间府的宋军兵力激增，让耶律信认定他已经救不了韩宝。所以，尽管明知道这样抛弃韩宝的四万人马会令他声名扫地，但耶律信还是毅然做出了决定。

他烧焚了肃宁的积蓄，率军果断北撤。

河间诸将，事先没有人料到耶律信会如此果决。田烈武原本计划与陈元凤合兵，做出进攻肃宁的态势，同时避免与辽军真正决战，设法将耶律信也拖在河间府——他这样做也是迫不得已，因为苗履的意外失利，让他已经没有了再次与耶律信正面决战的实力。

二十三日，受命追击北撤辽军、解救被掳军民的苗履在君子馆附近追上了辽军。在得知自己的对手居然只是萧岚，而且辽军中宫分军并不多之后，苗履与张叔夜诸将完全放松了警惕，以为胜利是手到擒来之事。不可一世的宣武一军列阵向押送被掳军民的辽军发动了进攻，辽军只是稍作抵抗便被击垮。但宣武一军尚未来得及追击，君子馆的萧岚便已率大军出来接应。苗履根本不曾将萧岚的那点儿人马放在眼里，立即整军再战。他此时的野心已是彻底击溃君子馆之辽军，夺回君子馆，然后率军固守此要道，将耶律信部关在河间府，形成关门打狗之势。

但是乐极生悲，苗履完全没料到，他已经中了耶律信与萧岚的计谋。在被辽军押送的宋朝百姓之中，耶律信混入了一千多名精兵。原本契丹人与汉人发型不同，极易分辨，但不想这些精兵全部是来自西京道与南京道的宫分军，因为与汉人混居已久，头型服饰都是汉人装扮，其中有些虽然是宫分军，但原本就是燕地汉人。他们扮成俘虏，将兵器藏在十几辆马车之内，仓促之间根本无法分辨。那些被掳的军民因为来自各地，大多也互不相识，也没有人知道他们中间居然混有辽军。宣武一军赶跑押送的辽军之后，便将众多的百姓、装满财货的车辆，与他们的战马暂时安置在一块，只派了不足千人的兵力看守。这本已经是十分谨慎了，但这一次被他们救下的被掳百姓与车辆实在太多，不足千人的留守兵力分散各处，便显得十分薄弱。

结果，就在宣武一军正与萧岚部酣战之时，这一千多精兵突然发难，杀进宣武一军圈马之处，到处攻击留守的宋军，更射杀了几千匹战马。宣武一军的后方顿时一片混乱。这一千多辽军个个都是精兵，而留守的宣武一军不仅兵力分散，而且也是军中战力最弱的一部分人马，加上辽军又是以有备攻无备，很快便被辽军控制住了局势。这些辽军得手之后，马上驱赶着混乱的百姓，以及两三千匹受惊乱奔的战马，从后方冲击宣武一军的军阵。耶律信甚至还在这批车辆中准备了四五辆装满火药的马车，这时也被辽军找了出来，混在百姓与乱马之中，冲向宣武一军。

屁股着火，宣武一军本就已军心大乱，再被这么一冲，几辆装满火药的马车接连爆炸，宣武一军的军阵顿时也一片混乱。

最早被击退的辽军本就是诈败，此时见计谋见效，又杀了回来，与萧岚部一道趁势猛攻。

这是宣武一军自成立以来，最惨重的一场败仗。

失去了战马，没有了方阵，这支宋朝的殿前司精兵、号称"天下第一军"的精锐，在辽军不算精锐的骑兵面前一败涂地。

这一场大胜甚至出乎耶律信的预料。在此之前，他也并不能肯定追击的宋军会是宣武一军,而是做了几手准备。倘若宋军是由云骑军追击的话,战果绝不会这么大。

最终,苗履只率领两千余人仓皇逃命,回到河间府检点人马,包括宣武一军、云骑军第一营在内,陆续逃回来的人马不过九千余人。器甲、战马的损失尤其惨重,几乎丢了个精光。不仅如此,只有少数被掳的百姓趁乱逃出了辽军的控制,绝大部分的被掳百姓不是死于乱军之中,就是重新被辽军俘虏。

若非萧岚与辽军诸将得到耶律信的严令,为防生变,没有穷追不舍,宋军的损失还会更大。

幸好,由于田烈武部与耶律信部的战斗结果还算差强人意,苗履虽然战败,倒尚不至于动摇到河间府的局势——这次失利,反而令得田烈武真正在右军行营树立起了绝对的权威。只是付出的代价过于惨重。

也因此之故,得知宣武一军败绩之后,田烈武的计划才不得不转而求其次,只求设法拖住耶律信,寄望王厚与慕容谦顺利解决韩宝,引兵前来,合攻耶律信。

但耶律信也知道这种局部的大胜意义有限,所以,二十四日,他仍然果断退兵。

他的这一举动,再一次令河间诸将不知如何是好。

田烈武举棋不定,拿不定主意。刘近、颜平城都力谏他不要追赶,他二人都认为倘若耶律信铁了心要走,即便宣武一军未遭大败,只要君子馆依然在辽军控制之下,河间府宋军再多,也没有任何办法。更何况如今宣武一军受挫,所以,倒不如干脆率河间宋军掉过头去协助王厚围攻韩宝——此时他们还不知道韩宝已向滹沱河突围,若田烈武采纳此策的话,韩宝将欲哭无泪。因为计算时间,若田烈武及时行动,当韩宝率军赶到河边时,田烈武也将率河间宋军赶到河的南岸。若是发生这样的事情,恐怕辽军将不战自溃。

但是,田烈武并没有采纳他们的建议。

因为宣武一军的惨败让田烈武觉得有些无法交差,他担心若然坐视耶律信退兵,连个姿态都不做,太说不过去,而且他心中也难以甘心,故此疑虑不定。

而陈元凤对是否追击耶律信也同样犹疑——苗履惨败的消息传来,对于陈元凤、王襄等南面行营诸将是一次巨大的心理冲击。田烈武麾下的河间宋军,大半年来已习惯了胜败,对于辽军也有清醒的认识,宣武一军的惨败虽然令他们意外与吃惊，但并不至于让他们产生畏惧害怕之情。但对于未经战阵的南面行营将士来说，宣武一军这样的精锐，苗履这样的猛将，在他们眼里是不可战胜的存在，这一场惨败，不能不让他们重新评估辽军的战斗力，并在心里面打起小鼓。所以，陈元凤与王襄心里其实是不愿意冒险去追击耶律信的，而且，他们还有自己的小算盘。至于西进协助王厚、慕容谦，这种吃力不讨好的事，他们更加没有兴趣。

苗履的失利，也令得身在河间府的章惇勃然大怒。二十三日晚，就在河间府的城门口，章惇派人解除了苗履、李昭光、张叔夜等人的兵权，将诸将全部逮捕入狱。而在得知耶律信退兵之后，他又立即遣使前来，督促田烈武率军追赶。

章惇并非完全不懂军事，他知道耶律信麾下两万数千人马全是骑兵，自肃宁北撤的道路依然在辽军控制之中，而田烈武麾下骑兵已经不多，即便宣武一军没有损失，耶律信若铁了心要走，宋军想要咬住他也非易事。这一点，他与刘近、颜平城并无分歧，这也是为何苗履得意忘形之下，便想要趁势攻取君子馆的原因。但是，章惇认为田烈武若只是率骑兵去追的话，哪怕兵马少点儿，至少应该是没什么危险的。率军尾随一段，若是有机可乘，田烈武可以占点儿便宜；若是无机可乘，亦可全身而退。而他已知道骁骑军也到了河间府，倘若陈元凤肯将骁骑军借给田烈武的话，那把握就更大了，即便留不住耶律信，能吃掉辽军断后的部队也算一桩功劳，多少能挽回一点儿颜面。否则，任由耶律信来去而束手无策，派出宣武一军追击，在辽军没有多少宫分军参战的情况居然还遭此惨败，章惇同样自觉颜面无光。在章惇心里，河间府是他的战区，他麾下也算兵多将广，这样的战绩，别说彰显他的功绩，感觉上实是有些无能了。

这种心情，倒正与田烈武相同。

然而，他们想不到，怀着巨大的野心率军前来河间的陈元凤，这时候却变得谨慎起来。他与南面行营诸将商议后，便向田烈武宣称耶律信用兵极有法度，退兵不可能无备，追之无用，婉拒了田烈武的请求。反而趁田烈武还在犹豫，派骁骑军迅速"攻占"了人去楼空的肃宁——这也是收复失地之功。

河间诸将万万料不到陈元凤与王襄如此无耻，但此时纵然破口大骂，亦无济于事。田烈武本无魄力拂章惇之意行事，况且他自己的想法也差不多，便亲自挑了三千云骑军精兵前去追赶耶律信，令其余将士自回河间府休整。

田烈武的追赶，结果是可想而知的，无非是送耶律信一程。耶律信退兵法度严明，各军相互掩护，他不设计坑追兵一道便算不错，凭田烈武这三千兵力又能济得甚事？白跑了几十里，眼见辽军无懈可击，田烈武只好怏怏率军返回河间府。

但此时令河间诸将更加愤怒的一幕出现了。

陈元凤与王襄占了肃宁之后，却并未就此罢手，反而开始自行"追击"耶律信。田烈武还在返回河间府的途中，便听到探马来报，陈元凤与王襄已派了三千骁骑军为先锋，逼近君子馆……

若非石越在当日下午赶到河间府，遣使前往陈元凤军中，勒令其所部不得出河间府界一步，否则军法从事，令陈元凤与王襄诸将有所忌惮，他们很可能会一路尾随辽军到雄州去。

但不管怎么说，陈元凤与王襄的确成功制造了河间府诸将无能的印象。毕竟，所谓"抢功"之说，只能算是河间文武的一面之词。从道理上讲，南面行营无任何义务与理由要听从或者协助右军行营作战。陈元凤与王襄率骁骑、横塞军北进河间，客观上声援了田烈武对耶律信的作战，然后双方各行其是，谈不上对错。而在耶律信退兵之时，陈元凤与王襄积极进取，对辽军穷追不舍，先复肃宁，后据君子馆，并解救了上千沦陷的军民，这是不争之事实。反而是右军行营宣武一军傲慢轻敌，败军辱国，章惇、田烈武因与耶律信大战，损失惨重，又逢宣武一军之败，遂致进退失据，用兵保守。

尽管河间文武对此嗤之以鼻，认为陈元凤他们解救的所谓上千军民，不过是辽军来不及带走的俘虏，但是，这个官司就算打到御前会议，章惇与田烈武也是打不赢的。陈元凤与王襄有实打实的功劳，所谓耶律信早已走远之说，却是无法证明的。就算耶律信果真的走远了，又有何证据能证明陈元凤与王襄是明知道一定追不上耶律信才行动的？而只要这一前提不成立，所谓"抢功"之说也就难以成立。反而，苗履的惨败，却能突显河间文武不过是妒贤嫉能，明知道耶律信已经退兵，却因瞻前顾后，连河间境内的城池都无力恢复，反被南面行营占了先机，然后又因此心生嫉恨，对南面行营倒打一耙……

因此，虽然明明知道被陈元凤与王襄算计，章惇对陈元凤恨之入骨，却也只能先捏着鼻子吃下这个苍蝇。只是右军行营的那些将领却管不了这么多，一个个破口大骂，还有不少将领见石越到河间府，竟纷纷跑去告状。

陈元凤也并非不知道他这么做，是往死里得罪了章惇与田烈武，但此事是他精心算计的结果，因此，他非做不可。

陈元凤是个聪明人，他一听到耶律信退兵的消息，便知道韩宝那四万人马已断无生路可言，与辽国的这场战争马上要进入另一个阶段，大宋朝将迎来一场前所未有的大胜利，这场胜利会刺激到大宋的每一个臣民。这根本不是对西夏的战争可以相比的！早在大宋建国之前，辽国就是可与中原王朝分庭抗礼的大国，自宋朝建国以来，双方一直地位平等，甚至长时间辽国都隐隐压住宋朝一头，在军事上更有着绝对的心理优势。而这一切，都将随着这场即将到来的大胜，而发生彻底改变。

一个人口近亿的国家，压抑了一百多年的情绪，将被彻底释放出来！

尽管两府的宰执们大多老成持重，但是，陈元凤认为他们阻止不了这场情绪的爆发。没有人可以做到这一点，更何况他们还有一个血气方刚的皇帝。

新的时代即将到来，陈元凤需要在新时代来临之前，抢占一个好位置。

对陈元凤不利的是，因为被石越压制着，在这场战争中，他与南面行营几乎无尺寸之功。陈元凤心里很明白，皇帝只是年轻，并不是愚蠢，甚至，皇帝比绝大多数人都要聪明。皇帝对自己付出了信任，他就必须有所回应，向皇帝证明他的能力。否则，他很快就会被皇帝抛弃。有能力、有野心，却一直苦无机会施展，希望得到皇帝赏识，这样的官员在大宋朝有如过江之鲫。只不过，在皇帝亲政之初，他与这些官员之间相互都是陌生的，所以，陈元凤才有机会占得先机。但随着皇帝渐渐熟悉自己的朝廷，他可用的人会越来越多。

可是陈元凤没有机会立下真正令人信服的功绩。

幸好苗履的惨败让他看到了机会。

在东京开封，自皇帝以下，没有人不知道宣武一军是"天下第一军"，这支军队因为追击辽军而惨败，会加倍突显出辽军的强大，以及苗履乃至章惇、田烈武的无能。当宣武一军惨败、耶律信从容退军之际，章惇、田烈武因为胆寒而不敢追赶，害怕与辽军作战；但是，陈元凤毫不畏惧，依旧果断率南面行营大军一路追杀，收复城池、解救百姓……

借着宣武一军这块垫脚石，陈元凤与南面行营能够塑造起不错的形象。皇帝也罢，汴京朝野的清议也罢，会谅解他缺少过硬的功勋，那只是因为他们没有机会，若给他们机会，他们会无畏地出现在田烈武与耶律信作战的战场上，果断地追杀退兵的耶律信！

对手毕竟是声名赫赫的耶律信！

比功劳，陈元凤与南面行营，自然无论如何都无法与王厚、慕容谦二部相比。后者是大宋的功臣，光彩耀人，天下瞩目。但是，陈元凤与南面行营，将是人们心目中的"挑战者"，或者说是"有潜力的追赶者"，他们的表现，不仅与右军行营形成鲜明对比，而且还要压过霸州的蔡京一头。只要能保持这样的印象，任何聪明的上位者，都会继续对他们保持足够的耐心。

所以，陈元凤虽然表面遵奉石越军令，却还是下令骁骑军一个营进屯于君子馆，并分别向石越与朝廷上书，力主乘胜追击，一鼓作气规复燕云，摆出一副进取的姿态。

但明眼人都知道，陈元凤与王襄率军进入河间府，本来就没带多少辎重粮草，否则断不可能一日赶至田烈武与耶律信之战场。辽军撤走之后，肃宁、君子馆连草都不剩几根，他这两三万人马，吃喝是个大问题，用不了几天便会粮尽。

果然，陈元凤、王襄虽然在奏章上表现得慷慨激昂，但私底下却是卑辞厚礼，向石越与章惇请粮——但二人心里也是知道他们根本不可能请到粮草，别说他们已往死里得罪了章惇，只说自二十四日之后，大雪连天，道路转运艰难，章惇也不可能在这样的天气往君子馆、肃宁运粮。这也是田烈武没有立即派兵去占领这两地的原因。

既然请不到粮，这两三万人马却总要吃喝。于是，陈元凤与王襄"迫不得已"，"被迫"率军退回乐寿，从东光、北望镇补给。陈元凤与王襄心里也明白，他们已经得罪章惇，河间府城是章惇的地盘，二人去那里落不到什么好，便是真要北伐幽蓟，他们也不想当什么先锋。"被迫"退驻乐寿，也是他们精心计算的，此处离河间府、东光皆甚近，不仅不愁补给，河间府有什么动静，亦可及时知晓，而汴京方面若有动作，他们甚至有可能比身在河间府城的石越更早得到消息。

在河间府的宋朝诸重臣中，打着自己小算盘的人当然远远不止陈元凤与王襄。石越率宣台行辕移驻河间府后，河北路那些举足轻重的文武重臣都似嗅到了什么，只要有一点儿借口可寻的，都亲自赶到了河间府城。

在安平大捷之后，王厚、慕容谦麾下诸军皆接到宣台敕令，慕容谦的左军行营诸军驻于安平就粮，王厚的中军行营诸军移驻饶阳就粮。但此时，不仅王厚与慕容谦亲自到了河间府，便连唐康、何畏之诸将，也找了借口随之而来。

甚至连远在霸州的蔡京也不辞辛劳，借口向石越汇报军情，冒着风雪赶到了河间府。

蔡京此人，是最令陈元凤警惕的一个对手。因为从某个方面来说，蔡京与他可说是"英雄"所见略同。只不过，蔡京所处的位置不如陈元凤，被他拔了头筹——当得知辽军退出宋境之后，蔡京也是立即气势汹汹地杀到雄州，收复了雄、莫二州之地，然后更是迅速向朝廷与石越分别进呈了他的"取幽蓟十策"！

蔡京的不幸，在于他的所处位置不佳，"追击"耶律信时比陈元凤慢了一步。而且他麾下的兵力，也不如陈元凤的南面行营——因其下辖两支殿前司禁军，显得极有分量。所以，他被陈元凤占了先机。但是蔡京显然不甘于此，他另辟蹊径，极力推销他的"取幽蓟十策"。

这让陈元凤暗中既妒且忌。

陈元凤知道皇帝想要趁势规复幽蓟，不仅是皇帝，整个大宋的士气民心亦是如此想法——虽然朝中的稳重保守派依然有庞大的势力，但是，安平大捷全歼辽军四万铁骑，便仿若给一个饥饿已久的人吃了世间最美味的开胃菜，又在他的面前摆上一桌山珍海味——这个时候，你去苦口婆心劝他，要他不要急着吃那桌美味佳肴？

陈元凤知道大势所趋，亦知道要顺时而动。但是，无论是他，还是王襄，真正要谈到规复燕云的具体方略，就不免有些力有不逮。

但蔡京能一条一条说得头头是道。

不管他的那些方略是不是纸上谈兵，是否真正可行，但他的确能拿得出来，还能说服不少人，甚至连陈元凤读过之后，也觉得按蔡京所倡，多半真能顺利收复幽蓟。

但正因如此,陈元凤才格外忌惮蔡京,因为只有蔡京才是他最可怕的竞争者。

他心里也清楚,除了蔡京,河间府的那些人,自石越以下,章惇、王厚、唐康……没有一个是好对付的。他和蔡京急急忙忙先跳出来,是因为有自己的理由,谈不上失策。但是,若以为这些此时闷声不表态的人已被自己玩弄于股掌之间,那总有一日,他会发现自己不知何时已被人吃得连骨头都不剩一根。

所谓"善战者无赫赫之功",这个道理陈元凤是懂的。在前台表演得最卖力的,往往是形势最不好的。但是,无奈归无奈,每个人皆只能就着自己的米做自己的饭。每每想到这些,陈元凤心中都有些嫉恨,尤其是对他那位此时名望功勋几至最顶点的故交。

两度出任率臣,先破西夏,后败契丹。如今功业,休说大宋,自古以来亦属罕见。

不管心里有多不甘,陈元凤也知道,此时他根本无法与石越争锋。这时的石越有如炽热的太阳,而他连一颗冷星都算不上。一个"争"字,说出来都是笑话。

他只能暂且安慰自己,石越并非没有弱点,相反,他的光芒越是灼人,他的弱点便越是致命。而自己,终有让全天下瞩目的一刻。

他现在需要的,是先把握住眼前的机会。

2

两天后,十一月廿一日。

北望镇。

漫天的风雪中,一列绵延两三里的车队顺着官道逶迤而来。这列车队中,仅仅马车便有四五百辆之多,每辆马车上都插着几面赤红的旗帜,只是在风雪之中看不清具体旗号。车队的前后两侧,到处都是骑着高头大马的骑兵。这些骑兵身材之高大,令沿途无意中看见这车队的当地居民都暗暗咋舌。

半年多来,冀州的百姓看惯了各色军队,但这些骑兵都裹着绛红色大氅,头上并没有戴作战的兜鍪，在遮风雪的席帽之下是黑色的长脚幞头，甚至还有不少人扎着罕见的紫绣抹额，这可是只有在宣台石相公的卫队身上才会看到的装扮。不少冀州百姓早就听说过紫绣抹额代表的意义——这是班直侍卫与卫尉寺部队特有的饰物，因此，不用多想，许多人便已经猜到了这支车队的来头。

这多半便是汴京来的那位李相公的车队了。有好事的人甚至冒着风雪，跑到北望镇去给镇里的监税官报信。不过这显然有些多此一举，在北望镇镇口的一座亭子里，早就有十几位官员正迎着风雪，翘首等待着这支车队的到来。而站在这些官员最中间的，赫然是横塞军都指挥使王襄。

这种风雪交加的天气，站在外面等人的滋味并不好受，王襄虽是习武之人，但一生大部分时间都是在汴京养尊处优，此时一张脸冻成了绛紫色，早有些耐受不住，只是心里想着李清臣与庞天寿的身份，才强自忍耐。

此时的一举一动，都关系到自己的前途。

在宋朝的武将当中，王襄素来自认为是数一数二的名将之资。他出身将门，文武双全，熟读兵书，精通韬略，而且与一般武将不同，他还是一个雅士，往来达官显贵之间，也如鱼得水。他对于大宋的宫廷与朝廷十分熟悉，对朝局政局的变化更是十分敏锐。这些资质，休说一般的武将，便是现在声名如日中天的王厚王处道，也及不上他。同代人中能勉强与他相提并论的，也就只有唐康一人，但唐康到底出身商贾之家，哪儿比得上他是名门之后。而且，若论真才实学，他二十余岁时便曾单骑说走萧禧，这样的风采，恐怕也只有秦汉甚至战国时那些名将才有。

他所欠缺的，只是一个机会而已。

在统率横塞军随南面行营北上之初，王襄还曾经抱持过一些幻想，他以为凭他的才华，到了河北，那就好像是将一把尖锐的锥子放在一个纸袋中，不冒头都不可能，他一定会受到宣相石越的器重，在河北大放异彩，从此名动天下。但现实是如此冷酷，在汴京声名极好的宣相石越，竟然是见面不如闻名，对于非嫡系的军队与将领休说重用，便连一视同仁也做不到，只是一味排斥打压。几个月来，他与横塞军都被石越看得死死的，得不到半点儿机会，只能眼睁睁看着别人立下泼天的功劳，封万户侯、名垂青史。

这让王襄无论如何都不能甘心！

但是，见识过田烈武与耶律信的血战之后，王襄心里也明白，他的横塞军太弱，统率这样一支军队，根本不可能建立什么功勋。原本王襄已经万念俱灰，他只能感叹命运的不公——像苗履那种莽夫，却能统率宣武一军这样的天下精兵，最后落个惨败的下场；而自己胸中谋略胜苗履万倍，却只能带横塞军这种鱼腩……

但便在他已绝望之时，陈元凤给他打开了一扇窗户，让他看到一个机会。

他心里面回想着陈元凤给他所做的分析。

北伐！一想到这两个字，王襄立即热血沸腾。这两个字具有偌大的魔力，仿佛连眼前的寒冷也可以驱散。

北伐！只要朝廷真的决意北伐，那么，王厚的安平大捷又算什么？

王襄眼中甚至闪过一丝不屑。那并非一场完美的大捷，甚至可以说，王厚因为失察，还造成了严重的损失。只是这个时候，举国都被全歼四万辽国铁骑而震惊，一片欢欣鼓舞，无人愿意去计较那些损失而已。

若然朝廷决意趁胜北伐，有的是不世之功，等待王襄去建立。

而且，最要紧的是，便如陈元凤所言，倘若朝廷要趁胜北伐的话，那一定会重新布局。如今的几个行营，是为抵御辽军入侵而设，一旦攻守易势，重新调整也是势在必行。只要能得到皇帝的信任，他王襄便也有机会得到更重要的职位。

这一点，陈元凤绝没有骗他，对于朝局颇为熟悉的王襄，经陈元凤点破之后，自己便已想明白这一层。他心里很清楚，他不仅有机会去统率更好的部队，而且机会还很大。因为皇帝也好，枢密院也好，只要手里有可靠的人选，他们就一定会尽可能平衡军中各派系的势力。

倘若手里只有那几位优秀的将领，其余的将领不堪重用，那皇帝与密院的相公们自然不会为了平衡去冒风险做傻事。但只要他们认定还有其余的将领也是可靠的，那这种平衡便势在必行。

而他王襄，在此之前已经成功在皇帝与朝廷诸公心中留了不错的印象。接下来，就要看李清臣与庞天寿对他的印象了。尤其是参政李清臣，在众多宰执相公之中，他几乎是突然之间获得皇帝的信任而崛起的。这种信任并不牢靠，亲政还不算太久的皇帝很可能只是想利用他来影响两府，李清臣不可能不明白这个道理，要想获得皇帝真正的信任，他需要向皇帝展现他的能力。一般来说，向皇帝提供与众不同的政见是一条捷径，但如今已经不是熙宁之时，朝中有声望之隆甚至超过当年司马光与王安石的石越，还有强大的旧党存在，想靠着新奇的政见获得赏识，恐怕一不小心反而会将自己弄得粉身碎骨。他这样的宰执，想要稳固君宠，现在只能依靠三样法宝：或是替皇帝游说两府，帮助皇帝在两府中推行他的政见；或是有出色的执行力将皇帝的想法执行好；或是能够经常向皇帝举荐受到皇帝认可的人才。

因此，为了稳固自己的地位，李清臣一定会抓住每一个机会。而他这一次的差遣，皇帝也肯定会让他暗中留意军中的人才，简拔重用，以平衡军中势力。

这位李参政，会是决定自己命运的人。

在这个时候，别说是些风雪，便是刮刀子下震天雷，王襄也只好先忍耐着。

"来了！"

人群之中，不知道有谁大喊了一声，众人忙朝着西边踮脚望去，便见视野尽头冒出几个黑影来，渐渐地，黑影越来越多，骑兵、车队、旗帜皆清晰起来。王襄心中一喜，朝亲兵招了招手，令亲兵牵马过来。他随即跃身上马，向车队那边驰去。身后，王襄的幼弟王禀与几名亲信将领也上马跟上，留下一群文官在亭中干瞪双眼，面面相觑。

未多时，王襄与众将便驰至车队之前，车队在前方开路的骑兵见有人靠近，也分出几骑上前拦阻。王襄不待他们喝问，便高声喊道："前面可是李参政、庞供奉车驾？下官横塞军都指挥使王襄，奉宣抚判官陈公履善之命，在此恭候多时。"

"原来是王将军。"上前的几骑当中，一名校尉装扮的骑将朝着王襄抱拳拱了拱手，王襄听他口气，似是认得自己。王襄在天武一军做副将也有些时日了，京师禁军将校认得他的人不少。他定睛望去，却对那校尉一点儿印象都没有，但他也不敢怠慢，连忙抱拳回礼，笑道："这位兄弟好生面熟，未知是哪一军的？"

"不敢。"那校尉阶级与王襄相差甚远，不料对方如此平易近人，心中大生好感，连忙又是欠身一礼，说道，"末将御武校尉鱼元任，在兵部当差。"

"兵部？"王襄眼中闪过一丝疑惑，这时却不容多想，笑着说道，"原来是鱼兄弟，还请鱼兄弟代为通传一声。"

"好说。请王将军稍候。"那鱼元任不卑不亢地朝他又欠了欠身，转身策马朝车队中跑去。

王襄等人也不下马，只骑在马上，勒马耐心等候。他等得无聊，因随口向另外那几名骑士问道："进兵部不是都要转文阶的吗？如何这位鱼兄弟竟然是御武校尉？"

他这么一问，却见那几人皆似笑非笑地望着自己，既不作答，但神色之间却也无一般禁军士兵见到自己时的那种敬畏。他正纳闷，身边的王禀脸色却是变了一下，策马过来在他身边轻声说道："哥哥好糊涂，这些分明是职方司的人。"

听到"职方司"三字，王襄心中顿时一凛，尴尬地朝那几人笑笑，顿时也不敢再多说什么。亏得那鱼元任很快便驰了回来，朝王襄笑道："王将军，李参政吩咐，将军远来辛苦，然风雪太大，车队中将士与民夫极是辛苦，便不在此相见了。今日参政要赶至乐寿，到乐寿再接见将军不迟。"

王襄眼中闪过一丝失望之色，但他马上便神色如常，笑道："还是参政体恤下情，考虑周详。如此，便由下官来带路。前头要过黄河，一切也准备妥当。北望镇里已煮了姜汤，待车队进镇，众家兄弟也可以喝一口暖暖身子。"

鱼元任几人顶着风雪赶了一天路，早已冻得够呛，听到"姜汤"二字，眼睛都亮了，连忙抱拳笑道："如此真是有劳了。"心里面暗赞王襄果然会做人。他们在前头过了几站，也有地方官讨好，准备了热酒肉汤，但那些地方官不知道，当朝宰辅之中，要论清廉节俭，无人比得过李清臣——他是真的人如其名，甚至节俭到有些刻意了。他早就下过命令，一路行来，不可过于叨扰地方，因此地方上即便备了酒，也没人敢喝，倒不如备一些便宜点儿的姜汤，他们还能喝上两口。

只是他们却不知道，这姜汤其实是陈元凤亲自吩咐备下的，王襄原本还暗中腹诽陈元凤太小气了。军中别的没有，辎军的美酒堆积如山，陈元凤却不舍得拿出来孝敬李清臣。

车队在王襄的带领下很快进了北望镇，在镇口等待的其他官员同样也没能见着李清臣与庞天寿，最后只得快快散去。因为要准备过黄河，虽然河面上早已结了厚冰，还搭了木板桥，铺上了稻草防滑，但这么大一支车队，过河并不容易，因此车队便在北望镇停留了一会儿。鱼元任与随队的官兵、民夫终于喝到了一口热姜汤——让他们喜出望外的是，这"姜汤"其实是羊肉汤。喝着热腾腾的羊肉汤，车队中上上下下都不由得对陈元凤与王襄交口称赞。李清臣与庞天寿虽然一直没有下马车，但热汤送至庞天寿车中，这位内东头供奉官也是好生夸赞了几句；李清臣倒没有说什么，甚至还皱了皱眉，但是最后也接过汤喝了。

短暂停留之后，车队便继续出发，冒着风雪过了黄河。

从北望镇开始，就属于河间府的辖区了。过黄河之后，李清臣与庞天寿不时掀开马车的窗帘，往外面张望，官道上的积雪显然也是清扫过，车队行进还算通畅。在官道的两旁，每隔数十步便能看到几个身着红袄、头戴宽檐斗笠的士兵在巡逻。看了一阵，李清臣将窗帘放下，开始闭目养神；庞天寿却似觉得有趣，把车帘掀开，探出头去，朝旁边的一个小黄门招了招手，那小黄门连忙驱马过来，听庞天寿在他耳边嘀咕了一阵，连连点头，然后拍马往前面驰去。

车队的前方，王襄、王禀兄弟和鱼元任并辔而行。王氏兄弟对汴京各省部寺十分熟悉，知道鱼元任不过是从八品上御武校尉，还是武阶，显然连一个主事都不够资格，而双方阶级相差更是悬殊，但二人没有半点儿傲慢之色。以王氏兄弟的身份，平常就算是职方司郎中亲至，他们也未必会放在心上——职方司到底不是卫尉寺，管不着他们。但此刻，他们却本能地感觉到一种诡异，在这辆军的队伍中，怎么会出现职方司的人呢？不过王氏兄弟都是十分机敏的人，虽然心里觉得奇怪，但他们没有表露出丝毫的好奇，也并不设法套话，只是当成没事一般，与鱼元任说着闲话。

因为风雪未停，车队行进的速度并不算快，庞天寿派出的小黄门很快便追上了前方的王家兄弟与鱼元任，那小黄门朝三人行了一礼。鱼元任认得这小黄门，笑着问道："柳黄门，可是供奉有何吩咐？"

小黄门笑道："是供奉遣小人来问王将军，这官道旁边的将士，是厢军还是禁军？"

王襄连忙抱拳回道："请黄门回禀供奉，这都是我南面行营横塞军的将士。"

"是横塞军？"小黄门似有点儿惊讶，"可是特意来迎接我等吗？供奉吩咐，这天寒地冻的,让为国有功之臣在此受冻,非皇上体恤将士之意……"

"黄门误会了。"王襄摇了摇头,道,"这些将士在此,并非特意为了迎接天使,而是奉宣台的敕令。"

"宣台的敕令?"连鱼元任都有些吃惊了。

却听王禀愤然道:"什么宣台的敕令,不过是章子厚……"

"休要胡说。"王襄脸色一沉,喝止住王禀,又朝那小黄门淡然说道,"舍弟年幼无知,黄门莫要听他胡言。这不过是因为接连大雪,子明丞相怕阻塞官道,又体恤河北百姓罹此兵祸,不肯再劳动百姓,才下令未参加大战的各军轮流抽调兵力,清扫维护官道。我南面行营硬仗打得少了些,这时候卖些力,亦是分内之事。"

"原来如此。"小黄门一脸的钦佩。现今石越威望正隆,听王襄说了是宣台的命令,他便也不敢多说什么,客气几句,辞了三人,便驱马回庞天寿那儿复命。

果然,庞天寿听了他的回禀,也没再多说什么。

庞大的车队在风雪之中行进得特别缓慢,直到天色全黑,风雪渐停,乐寿县城才终于在望。陈元凤早已收到消息,率乐寿文武出城数里相迎。让王襄等人颇觉意外的是,不管是此前一直显得和蔼可亲的庞天寿,还是高高在上、不假言色的李清臣,对陈元凤都十分客气,甚至略略还有几分刻意的亲近。这让王襄在惊讶之外,不由得暗暗庆幸。自古以来,名将想要立功于外,无不需要在朝中有有力的奥援。他原本对于陈元凤并无多少期望,与陈元凤越走越近,更多的是形格势禁,不得不然。然而现在看来,他也许是在无意之中下对了一单大注。李清臣与庞天寿都是如今炙手可热的人物,是官家最宠信的臣子,他们对陈元凤的微妙态度无疑意味深长。王襄又悄悄观察陈元凤,却见陈元凤倒是神色如常,似乎毫无所察一般。

让王襄更加意外的是,李清臣、庞天寿与陈元凤见过礼,寒暄数句之后,二人似乎是见陈元凤与乐寿众文武皆是骑马,竟不好意思再安坐马车之中,竟也吩咐随从换了马,由陈元凤等人簇拥着进城。

进入乐寿县城之中,王襄便不由得皱眉,心中忍不住一阵烦闷。这乐寿县城曾被辽军攻占,城内驿馆、官衙皆已毁坏,不堪居住,就算是普通民居房屋也毁坏大半。南面行营数万人马退居于此城,其实也是迫不得已,大半人马不得不在城外扎营。李清臣与庞天寿这一大队人马到来，连住处都成问题，还是陈元凤腾出自己的行辕，才有了个像样的地方安顿这两位天使。那里原本是乐寿县的一座小佛寺，也是乐寿县城之内唯一保存完好的大建筑。辽人崇佛，辽军所过之处如同蝗虫过境，但一般不会毁坏寺庙，也很少屠杀或者掳掠僧尼。也幸得如此，要不然就算是陈元凤也要一筹莫展。王襄虽然是个武官，却也知道，不管身处的环境如何，接待上司永远是个不容轻视的大问题，尤其是在要接待的人之中，还有个举足轻重的宦官的时候，更加是不能随随便便。

想到这些，王襄心中对于章惇与田烈武的怨恨，对于石越与宣台偏心的不满，变得更加炽烈了。大队人马在乐寿县城的街道中穿行着，逃难的百姓还没有多少人回来，城内本来就没什么平民，此时夜幕降临，更是看不到一个平民百姓，街道两旁都是举着火把的军士。透过军士手中的火把可以清楚看到，城中到处都是正在重建或者修葺的房屋。

王襄不由得瞥了一眼陈元凤，却见他正回答着庞天寿的问题，丝毫没注意到自己的不满。退到乐寿也就是这么二十来天，其余各营的将士大多是解甲休整，但这天寒地冻的，南面行营的将士不仅没个好地方睡觉，还在陈元凤的严令下在这儿砍树和泥，盖起房子来了。他们又不是要长期驻扎于此，而且，按陈元凤的命令，他们盖的也不是军营，而是民居！

王襄既无法理解陈元凤的用意，心中更有一种难以言喻的羞辱感。难道他统率的军队是厢军吗？竟然要被迫去做这种贱役！若非陈元凤态度十分强硬，又向他保证这对他的前途有利……王襄不时把目光投向李清臣，进城之后，他弟弟王禀依然在前面领路，王襄却被陈元凤叫到了身边，只落后陈元凤一个马位，庞天寿与陈元凤的对话，他能清清楚楚地听见。这个宦官好奇心极重，对什么事都问东问西，亏得陈元凤好耐心，不厌其烦地细心解答；而李清臣却是有些三缄其口，颇有宰执大臣的威严。

不过，王襄心里清楚，李清臣虽然寡言少语，但他的眼睛与耳朵不会错过任何东西。自开国以来，能够备位宰辅的无不是人中翘楚，这些人大多城府极深，十分精明。他心里不禁生出一丝侥幸，李清臣素有刚正之名，他亲眼看见这些乱七八糟的事情，或许会过问一两句，能稍微制止一下陈元凤的乱来也好，每天部将的抱怨让王襄十分头痛。

"履善——"忽然，趁着庞天寿与陈元凤说话的一个空隙，李清臣淡淡说了句。王襄的耳朵顿时竖了起来。

陈元凤在马上朝着李清臣微微欠了欠身，"邦直公。"

李清臣指了指街道两旁盖到一半的房子，王襄心中方是一喜，却马上又跌回沮丧，他听到李清臣问道："这便是履善札子中所说的吗？"

陈元凤点了点头，含笑回道："这的确是其中的举措之一。"

李清臣轻轻"唔"了一声，眼中却是透着赞赏之意。

王襄心中又是沮丧又是惊喜，又觉得有点儿讽刺，说不清楚是什么样的感觉。二人说的显然与他横塞军的苦力活有关，看来他就算想体恤下部下也是没机会了，好在陈元凤的确没有骗他，这事也许真的会带给他意想不到的好处。原来两府诸公，喜欢的就是这种劳民伤财、华而不实的东西吗？军队不好好休整、训练，提高战斗力，却去盖房子？

正想着，却听李清臣又问道："只是——将士们没有怨言吗？不会影响士气吗？"

陈元凤笑了笑，回道："大战之后，旧例是要休整，这天寒地冻，若说全无怨言自不可能。不过，只要与将士解释清楚了，非但不会影响到士气，反而会提高将士的荣誉感，军队之战斗力，较之以往反能更胜一筹。"

"这个……履善是否有些言过其实了？"虽然心里愿意相信，但理智上，李清臣还是觉得匪夷所思。

"下官并不曾有半点儿夸张。"陈元凤依然是很淡然地回答着，"这怪不得邦直公有所怀疑，换成下官，若只是耳闻，亦不免会觉得匪夷所思，世上岂有这等两全其美的好事？但事实终是事实，连下官亦不得不佩服子明丞相的远见卓识……"

李清臣不由讶笑道："这又关子明何事？"

"下官不敢掠人之美，下官向朝廷献上此策，又在乐寿试行，其实不过是受子明丞相启发。"

"受子明丞相的启发？石相什么时候又说过这些事情？怎的我从未听闻？"见陈元凤说得一本正经，李清臣亦是有些惊讶，又转向一旁留神听着的庞天寿，问道，"庞供奉可曾听说过？"

庞天寿也是摇了摇头，笑道："在下亦未曾听说。"

"邦直公与庞供奉不记得了，亦是正常。这原是十多年前的旧事……"

"十多年前？"李清臣与庞天寿惊讶地看了对方一眼，却都没有说什么。两人心里都很清楚，此事关系重大，小皇帝对此更是十分重视。

陈元凤一面按辔徐行，一面轻轻点头，从容解释："还是在熙宁兵制改革之时，石丞相当时前前后后一共写了几十篇奏章，与先皇讨论整编禁军之事，其中有些奏章曾经明发天下，在当时便已为人熟知，而有些奏章大概因为议论的只是细事，不论是当时还是现在，都不太被重视。几年前，奉大行太皇太后旨意，朝廷曾挑选熙宁年间王、马、石三相奏议共九百篇刊行，下官也是因此才有机会将子明丞相兵制改革之时的奏议全部细读一遍……"

"石相这几十篇奏章中，有半数以上都是谈论如何提高军队战斗力的。其中有三篇少为人知，却让下官深受启发。这三篇札子，是专论自古以来为何仁义之师往往攻无不克战无不胜，下官专门称之为'仁义三篇'。石相称不论何人，哪怕是贩夫走卒，若是能令他相信自己所从事之事业崇高，便能爆发出不可思议之潜力，以及一种自我牺牲之特质，此亦是人之一种天性。而军队则可以巩固、放大这种天性。因此石相认为，要提高军队之战斗力，使将士相信他们是仁义之师，是为了崇高的原因而战斗，是一个行之有效的办法——这'仁义三篇'之中，类似的剖析人性、议论精妙令人击节之处，俯拾皆是。而三篇之中，又有一篇是专论如何才能使军中将士相信自己是仁义之师……"

"在石相所说的众多方法之中，便有提到让军队给百姓砍柴、挑水、盖房子、用军粮接济百姓……这种种方法，不仅可以赢得民心，使百姓支持军队，更能使军中将士相信他们所做的是正确之事。这种行为，不仅不会降低军队的战斗力，反而能提升士气，提高军队战斗力……"

"下官也正是受此启发——大战之后，河北残破，如今皇上、朝廷忧心之事，莫过于河北之重建与军队之休整与恢复，这两件事都事关将来北伐之成败。契丹蹂躏大半个河北，好不容易收复失地，河北百姓自然希望能回到家乡，重建家园；而军中将士也是久离故乡，屡经大战，终于得胜，将士亦不免有松懈乃至厌战之心理。若不解决好这两件事,纵然勉强北伐,恐怕亦是祸福难测。所以朝野之中,许多人反对马上北伐,也并非全无道理。只是他们却不知道,石相早在'仁义三篇'之中,就指出了这个两全其美之法。"

"人人皆知,军队在久战、大战之后,需要休整。然提及休整,一般人以为的无非是让伤员疗伤,补齐兵力,补充消耗的骡马、兵甲、粮草。但其实这些只是最容易做到,军队休整最重要的目的,是要缓解将士在久战、大战之后,积蓄下来的胸中郁气。长时间背井离乡,远离亲人,命悬一线,不管战争的结果是胜是负,将士都会产生一种自我厌弃的心理,表现出来,或是普遍的厌战,或者便是无谓的暴虐。这一点,在晚唐五代那些骄兵悍将身上表现得特别明显。长期战乱,一方面,他们也是极端厌恶战争,渴望太平;另一方面,那些骄兵悍将无论对敌人还是对平民,甚至对自己人,都十分残暴。军队若厌战,便打不了胜仗;军队若变得残暴,更可能招来反噬之祸。因此休整必不可少。"

"但在'仁义三篇'中,石相指出,知道建设与守护的军队,要远比只知破坏的军队更少自我厌弃,尤其是长期的战争中,让将士在训练与战斗之外,也进行屯田、修路架桥、替百姓收割稻麦等等事情,能起到与休整相同的作用,甚至可能更好。故此,下官以为,石相在'仁义三篇'中所论之事,与今日之事颇为契合。朝廷在河北屯聚着数十万大军,若能令无伤病之将士,在这个冬天协助各地州郡重建家园,不仅能令河北百姓更拥戴朝廷与王师,让将士感觉到自己所做的是崇高仁义之事业,同时也是一种休整。这比起整个冬天让他们无所事事,只知关扑与嫖娼,岂不要好得多?再者,有这么多的军中壮年加入,河北之重建亦可事半功倍。便以南面行营将士在乐寿而言,最多再用一个月,乐寿县城便可恢复旧观,乐寿的百姓回到家乡,绝不至于挨饥受冻,可以专心专意准备春耕。若南面行营诸军在乐寿驻扎得更久一些,还可以拨出军中骡马,帮助百姓春耕——军队能如此替百姓着想,下官以为,河北百姓亦不可能再排斥北伐!"

陈元凤侃侃而谈,听得李清臣与庞天寿频频点头,连一直在腹诽的王襄,若不是他心里面清楚陈元凤对于所谓"让将士们觉得自己崇高"云云其实毫无兴趣,也会觉得他说得还是有一些道理的。

王襄不知道如果认真地向南面行营的将士们宣讲这些道理,他们在这寒风凛冽、冰雪交加的冬天盖起房子来会不会少一点儿怨言?但他不怎么相信,横塞军的将士会因为他们在乐寿县城盖房子,而觉得自己就摇身一变成了仁义之师。如果乐寿县现在有许多的百姓,这些百姓每天都箪食壶浆地来感谢他们,时间久了,那他们倒还真有那么一丝可能就相信自己是仁义之师了。但现在这样,能少骂点儿娘,王襄就谢天谢地了。

　　但这些陈元凤显然也是明白的,所以他根本就不在南面行营将士那边浪费口舌,他这番话,也只是专门准备说给汴京的大人物们听的。

　　只要汴京的大人物们相信,那就行了。

　　王襄看到李清臣转过头来看了自己一眼。

　　"王将军可是横塞军都校?"

　　王襄连忙欠身回道:"回参政话,末将奉命权领横塞军。"

　　李清臣微微颔首,又问道:"王将军的横塞军中,可有将士在协助重建乐寿县城?"

　　"回参政,在乐寿城中修葺房屋者,多是我横塞军将士。"

　　"是吗?那众将士对此可有怨言?"

　　"契丹暴虐、河北山河处处残破,我横塞军将士本多河北人,较他军更多家国之痛,如今能为重建家园出一分力,正是我横塞军两万将士所愿,又岂会有怨言?"

　　听王襄这么说,李清臣终于又满意地点了点头,赞道:"横塞军将士真是深明大义。"

　　此番北上,李清臣可以说是肩负重任,便如众人所猜测的,除了代天子劳军、宣布奖赏之外,他最重要的使命,就是了解河北官员、将士、百姓的想法,掌握前线的实际情况,以供皇帝参考决策是否北伐、何时北伐。

　　皇帝想要趁胜北伐,一举恢复幽蓟,这在汴京是公开的秘密,只是汴京朝堂之上有争议,而举足轻重的右丞相石越又态度不明,皇帝也不能不考虑。皇帝已然不是才亲政时的模样,如今他比半年前又要成熟许多。李清臣揣测皇帝的心意——趁胜北伐,已是不容反对了,整个大宋,除非是石越坚决反对,否则大概无人可以改变皇帝的决定；但究竟何时发起北伐，还是可以商量的。

只不过，这个时间绝对不可能是老成持重的范纯仁希望的那样等到五年之后再议；甚至连御前会议成员中，多数人私下里认为较稳重的方案，即在三年后再谋划北伐，皇帝也不可能接受。小皇帝的耐心最多不会超过一年，而如果想讨得皇帝欢心的话，这个时间自然是越快越好。

但河北残破、民心思安、军队需要休整，也的确都是小皇帝所担忧的问题。若有人能想到可行的办法，替小皇帝解决好这些问题，以便尽快发动北伐，那绝对是大功一件！

这个陈元凤的确不是等闲之辈，他想到了皇帝的心坎上，皇帝还没开口，连近在汴京的文武百官都不知道皇帝的心思，他远在河北却反而先上了札子，向皇帝提出解决的办法。算算时间，恐怕他一到乐寿，便已在谋划此事。但皇帝非轻信之君，耳听为虚，皇帝并不完全相信世间会有这样的好事，所以竟特意派使者追上已然到了河北的李清臣，要他好好看看乐寿的情形。

对此，在见到陈元凤之前，原本李清臣也将信将疑，但现在，他心里已经信了七分。此前陈元凤的札子上并没有提到他这个主意源自石越的奏议。这倒不足为怪。现在陈元凤主动告诉了李清臣，却的的确确令他的建议变得更加可信，毕竟那是石越说过的！李清臣有自知之明，他自己不算"知兵"，对兵事当然要慎重再慎重，如果只是陈元凤的观点，他是不敢轻易相信的，可他绝不会怀疑石越"不知兵"。

李清臣决定把陈元凤说的"仁义三篇"找出来亲自细读一遍。他的看法最终可能会影响到皇帝。他判断对了，又能合乎皇帝的心意，皇帝会更加信任他，他在两府的地位会更加重要；若判断错了，就难保将来皇帝不会迁怒于他。这种差遣，其实有极大的风险，但这种举足轻重的感觉，是世上绝大多数人都难以拒绝的。李清臣这次出使河北，对于河北的政情军情民情，他当然会一如既往，秉持公正的态度向皇帝如实报告。但在他的心里，也是极想要把握住这次的机会，尽可能促成皇帝想要的北伐的，这样他自己也能成为收复燕云的有功之臣。这不仅有助于加强他的权力，在大宋国史上，也将毫无疑问会有浓墨重彩的一笔。

所以，他心里还是希望陈元凤的办法能行得通的。

心里种种念头一闪而过，却听到旁边庞天寿笑嘻嘻地说道："王将军果然治军有方，横塞军众将士亦是令人钦佩。不过，陈宣判——我方才听宣判所言，这'仁义三篇'本是出自石相之手，那为何石相不大力推行此政呢？在下听来，宣判所说的，是极好的主意……"

李清臣顿时悚然——这阉人——他转头去看庞天寿，却看不出来他到底是故意刁难陈元凤还只是就事论事一问，但不管怎么说，这个问题，恐怕陈元凤不好回答。

他又回过头看着陈元凤，陈元凤朝着庞天寿叉了叉手，说道："供奉问得极是，但石相为何不大力推行此政，下官也是不太明白。或许是石相认为此政尚有瑕疵，不值得推行；又或许……"说到此处，陈元凤却有些欲言又止。

庞天寿笑道："又或许……宣判说话只说一半，好不愁人。"

陈元凤哈哈一笑，"下官亦只是妄言——石相或许只是有他的顾虑。"

"顾虑？"庞天寿似乎更加好奇了，"石相会有什么顾虑？"

"这个……下官也是臆测，参政、供奉听听便可，亦不必当真。下官觉得，安平大捷之后，石相便与之前变得有些不同，行事有些拘束。尤其是开战之前那股绝不与契丹议和的锐气，几乎是荡然无存。其实这种改变，甚至在安平大捷之前，我军胜势将定之时，便隐隐表现出来了。下官与石相乃布衣之交，对石相的为人还是略有几分了解的。石相的性子，是善应逆境而不善应顺境，善居卑位而不善居高位。当我大宋前途未卜、未来充满各种挑战之时，石相的确是率领大宋走出困境的不二之选，但真正当我大宋达到一个前所未有的高度，放眼四顾已无敌手之时，石相就变得没那么会应付此种局面了，他只会更加的谨小慎微。这倒并非石相才具不足，实是他性格使然。对国事如此，对他个人之事，亦是如此，石相是功劳越大，反倒越慎惧。所以，当契丹南犯之时，举国惶然，石相却能不计个人得失荣辱，慨然欲与辽人决一死战；而如今契丹仓皇北窜，他却反而开始瞻前顾后，畏首畏尾。且石相西平西夏，北拒契丹，我大宋自开国以来，为人臣者之功业，无有过之者。再加上安平劳军之时，又出现那点儿小意外，虽然天下皆知石相之忠心，皇上英明，亦不至为此计较。但石相乃当世智者，岂会不早谋全身之路？以下官对石相的了解，石相是绝不会将自己处于难以收拾的位置的。

此亦是他对皇上的忠心之处。石相当然不会怀疑皇上的英明，但木秀于林，风必摧之，皇上虽然英明，但以尧舜之贤，亦不能令天下无小人，石相熟悉汉唐故事，自然知道该防患于未然。这实乃真正的大忠啊！"

"……是以，我看石相心里是有些担忧月盈则亏，已然露出隐退之意了。契丹已败，我大宋正如日中天，石相并不是不能趁此机会，再立下那前所未有的大功劳，而是石相不愿意再立下这样的功绩。因为石相知道，当契丹南犯之时，要力挽危澜，实是非他不可！他有义不容辞之责。而如今契丹大败，北伐燕云，收复故土，这份功业，却已不是非他不可，但凡才具气度能至石相十之二三者，便已可以勉强胜任……"

陈元凤从容说道，李清臣看他眼中隐隐露出的那种感动与钦佩，心中一阵恍惚。陈元凤的确是石越的布衣之交，但他久闻二人关系并不亲密，熙宁之时，陈元凤更曾是吕惠卿的得意门生……李清臣本以为他是要说石越什么不是，谁知道，李清臣不觉略有些惭愧，竟是他以小人之心度君子之腹了。陈元凤话中对石越虽然有些批评，但在李清臣看来，那些批评是非常公允的。相反，陈元凤还一直在为石越的急流勇退辩护，夸赞他是"大忠"！但他也没有无限地拔高石越，至少李清臣就认为，石越的确当得起陈元凤的每一句称赞。

也许这个陈元凤的确是真正的君子。所以，石越得势的时候，他并不去趋炎附势，哪怕现在石越如日中天，他也能从容平静地批评他的缺陷与不足之处。真正的君子，被人误解也是正常的，因为他们的守则往往不合于世俗的观点，他们只遵循圣人的教诲，不屑于媚俗。大概也是因为有这样的品质，陈元凤当年才敢于断然道出益州的真相，虽然令吕惠卿就此倒台，却是避免了先帝做出误判，挽救了大宋。再想想这些年陈元凤在各地为官的官声——清廉、有吏材、常与同僚关系冷淡甚至紧张……李清臣突然生出一种惺惺相惜之情，难怪，陈元凤虽然不是旧党，政见与范纯仁颇有相左之处，但范纯仁一直都对陈元凤另眼相看——李清臣心中更觉愧然，果然还是范纯仁更有识人之明！

"吾真不及范公矣！"李清臣不禁在心里慨叹道。

此次出使河北代天子劳军，要公布对有功将士与官员的奖赏，关于陈元凤的李清臣是记得的——散官由正四品下通奉大夫连升两级，拜从三品银青光禄大夫！现在的散官就相当于熙宁以前的本官，这个晋升意义非同小可，陈元凤这是要一步登天了！陈元凤的确有不小的功劳，散官晋两阶也并无不妥之处，但所有的人都知道，这也是皇帝有意趁机简拔。从三品，意味着陈元凤已有资历出任一寺寺卿或者六部侍郎，甚至是御史中丞或者同签书枢密院事！虽然陈元凤的差遣暂时不变，还是留任河北路学政使、宣抚判官兼随军转运使，但李清臣与庞天寿都知道，皇帝其实有意拜他为御史中丞！但此前皇帝私下询问李清臣的意见时，李清臣委婉地表示了反对——御史台台长要由正直的人来出任，他对陈元凤并不了解，很担心他沦为皇帝的应声虫，只知道奉承上意，全凭皇帝心意行事。现在看来，这个担心倒是可能有点儿多余了。

3

十一月廿二日，清晨。河间府。

"丞相，邦直参政一行，昨夜已经到了乐寿……"

宣台行辕内，主管机宜文字范翔与书写机宜文字石鉴一左一右叉手侍立，向石越做着例行汇报。两个人脸上都是一副宠辱不惊的神色，但眉宇之间，却悄悄透露出二人心中的喜悦。

的确是值得高兴。从各方面汇聚而来的情报表示，在取得安平大捷、辽军终于被赶出宋境之后，令石越身边的谋臣武将最为担忧的事情——小皇帝与石越之间会爆发矛盾，目前来看，很可能不会发生了。汴京传来的消息，都显示了皇帝对于安平大捷的喜悦，皇帝看起来并没有太介意安平劳军时发生的意外，而自御前会议以下，也没有任何人拿着那件事做文章。

这让石越身边的一干谋臣都大松了一口气。这是他们最为害怕的事，尤其是在没有了辽人的外患之后，许多人更发现到其中的危险。外患消除了，小皇帝最忌惮的事也随之消失了，倘若小皇帝因为那件事对石越表露出戒心，或者小皇帝迫不及待地想要建立起一个他想要的朝廷……那他们的处境就尴尬了。

如果皇帝打算着手迫使石越辞相出外，他们这些石越"党羽"的前途肯定也会受到牵连。但这还只是小事，因为除非朝中发生什么匪夷所思的大变化，否则，小皇帝迫使石越辞相也许还可以做到，但想要一鼓作气铲除所有的"石党"，这几乎不可能。不说所谓"石党"中，不少人如今身居要职，牵一发而动全身，单是铲除所谓"石党"后留下的权力真空谁来填补，皇帝就无力处理。赵煦绝不甘心让旧党来填补，那样还不如留着"石党"对他有利；而旧党也绝不会坐视皇帝启用新党，然后眼睁睁看着新党死灰复燃！范纯仁、吕大防、刘挚这些人，也许是有些迂腐不知变通，但他们绝不傻。把石越赶下台，适当削弱一下所谓"石党"的力量，吕大防与刘挚就算不主动参与，多半也会乐观其成，但他们也不会希望"石党"被削弱得太狠。

只要没有被连根拔起的危险，这就只能算是小事。

真正让他们担心的是他们内部。如果石越被迫辞相，谁也无法保证不会激起一场兵变。安平劳军时发生的事记忆犹新，而所谓"石党"内部并不缺少野心勃勃的人，上次是意外，这次倘若有人刻意挑拨制造点儿事情出来呢？

或许担忧出现这样激烈的方式的确是有些过虑了？

那么，最起码，在朝堂之内的对抗是无法避免的。一定会有很多人言辞激烈地上章劝谏甚至是痛骂小皇帝，然后可能引发新一轮的党争内斗。这倒也罢了，麻烦的是，按惯例，在这些奏章之中肯定会出现各种威胁小皇帝的言辞，而其中又几乎必然会出现"兵谏"之类的词语……若是旁人倒也罢了，小皇帝也能一笑了之。但放在石越这儿，小皇帝恐怕就不能只是笑笑而已了。

最糟糕的是，那些只会在奏章里威胁小皇帝要发动兵谏的人其实不过是一些愣头青，而在所谓"石党"中，却真的存在着可能因为心生不满而暗中策划废立之事的胆大包天的野心家！

这些人多半会将此视为难得的机会。

但对于石越身边大多数人来说，还是什么事都不要发生的好。好不容易打赢这一仗，这个时候大家盼望的是加官晋爵、封妻荫子、享荣华富贵、受万人羡慕，谁都不想身不由己地被卷入一场危险的政治斗争之中。而且不管小皇帝如何，大多数人是不想成为乱臣贼子的，他们身处石越左右，比起外人来也更加了解石越，更加相信石越也不希望如此。可是，如果事情真的发生了，就算是石越本人，也未必控制得住。

所以，在安平大捷后，从河间府不知道有多少人暗中派出自己的心腹家人，骑着快马奔回汴京打听消息。还好，传回来的都是好消息。大捷的消息传至东京的第二天，向太后就亲自驾临右丞相府，赏赐的黄金、白银、交钞、绫罗绸缎以及各种珍玩不计其数；紧接着小皇帝也颁下诏旨，追赠石越父祖三代，其"亡父"石介被追赠为国公，其兄石起与几个侄子也都再受恩荫，石起荫补骑都尉、几个侄子也都官至飞骑尉——这完全可称为"殊恩"了，小皇帝对石越父兄的封赠荫补，几乎都已是新官制下最高的封赏了[1]。

除了封赏之外，更重要的还是姿态。小皇帝几次三番地在廷臣面前称赞石越，不仅将之与本朝名相赵普、寇准相提并论，甚至还称赞他是当今的霍光、诸葛亮。更让众人感到安心的是，小皇帝不只是夸赞石越这次大败辽军的功绩，还多次提起石越在石得一之乱中的忠心与功劳，反复重申先帝与故太皇太后对石越的嘉许之辞！

没有任何东西能比小皇帝还记得石越在石得一之乱中的表现更加重要。

这就如同一颗定心丸。其余的事情，比如小皇帝在会见廷臣与外国使节时，多次声称这次能大败辽国，最重要的原因是先帝熙宁变法使得国力强盛，因而极赞熙宁政治——这话当然不算是错，但小皇帝绝口不提高太后垂帘六七年之间的功绩，未免有些耐人寻味。并且，小皇帝说这些话时，范纯仁与吕大防等人都在场，范、吕等人虽然马上接口，称颂先帝与高太后的功绩，但小皇帝只是含笑不语。此外，还有小皇帝流露出来想要趁胜北伐之意，而如范翔等石越身边的人，却感觉得到石越对此并不是太热心……如此种种，原本都属可忧可虑之事，但有了这颗定心丸，这些便只能算是枝节之事。

从继位到亲政，尤其是在亲政之后这几个月的时间里，小皇帝正在迅速成长。以他的年纪来说，他已经算得上是一个十分成熟的君主了。而这正是范翔等人

---

[1] 宋朝制度，凡追封文武官员父祖辈，不得封王，最高为国公。新官制下的荫补制度，文武官员仍可荫补子孙亲戚乃至门客，但分为两种，一种承袭旧制，被荫补者可以参与选官，相当于被荫补者由此入仕，荫补官职最高不超过从八品；另一种为荫补勋官，不参与选官，最高一般止于骑都尉。在本书第二卷中，石起父子已受荫补，石起最初便是补正七品云骑尉之勋官，盖因石越素来反对荫官制度，保留旧制乃因此事牵涉整个官僚系统之切身利益，乃不得已之妥协。又，新官制珍惜名爵，勋官虽无实际官职，亦十分荣耀，骑都尉贵为从五品，在宋朝已是极高的品阶。本书之中，提及荫补此官者，此前唯狄环一人而已。

所乐见的。一个更成熟的皇帝，会更容易明白石越如今在大宋举足轻重的地位，也会更加理智地处理与石越的关系，这不仅是大宋朝的幸事，对于范翔个人来说，也是极大的幸事。

李清臣带来的敕书当中，会有一个长长的加官晋爵的名单。范翔已经得到消息，他很可能会连升三阶，由从六品下的通直郎升为正六品上朝奉郎！这个消息是他在尚书省内相好的同僚特意写信告诉他的，颇为可信，但他至今不敢相信——这可是连升三阶，过去六七年他升官已经升得极快，可加起来，散官也不过升了两三阶！这不过是短短半年之功……

议功是有一定之规的，河北、河东、京东三路文武官员，都是由宣台将有何功绩、建议做何奖赏拟好，上呈两府复核，重要者还要上呈皇帝，再发还两府、门下后省……范翔是主管机宜文字，他的奖功是由石越亲自拟定的，石越虽然没有告诉过他，但石鉴悄悄对他透露过——散官晋升一阶，赐"竭诚"功臣、第八等勋剑[1]。

这已经让范翔十分满意了。他自己并不觉得有多少功劳，毕竟他从未上前线杀过敌，也谈不上建谋献策，不过是勤勤勉勉地处理一些文书事务，做好本分未出差错而已，半年时间就能进秩一阶，还能得赐功臣号与勋剑，范翔已是喜出望外。熙宁以前，文官只要达到一定的官阶，就会被赐予相应的功臣号，几乎就只是一个形式而已，亦不受官员重视。但在新官制中，赐功臣号与勋剑这样的荣誉是十分珍贵难得的，尤其是对于他这样的文官来说更不容易。普通文官要勤勤恳恳至少做上十年，并且没出过一点儿差错，才能获得最普通的"推忠""保德"等功臣号，至于专赏军功的勋刀勋剑，对文官来说就更难了。而有过获赐功臣号与勋剑的资历，对于日后磨勘升迁，尤其是需要论资序授官时，更是极有好处。想当日秦观获赐第五等勋剑，不知道让汴京多少官员眼热，那时候的范翔也只好在心里偷偷羡慕，想不到自己也有这样的一天……第八等勋剑虽然无法与第五等勋剑相比，但也完全可以当成传家宝世代相传下去了。

----

[1] 宋制有赐文武、宗室、班直侍卫、禁军功臣号之传统，新官制后，功臣号成为类似西方勋章之制度。形制为腰牌，分玉牌、铜牌两种，上刻两字功臣号，玉牌须由皇帝亲自召见颁发予有殊功者。本书第二卷已有奖掖地方士绅之"仁爱"功臣号之情节，第六卷中有奖励灵州之战中有功士兵之"忠勇"功臣号之情节。勋刀、勋剑制度前文已提及，仅赐有功之臣，皆分九等，第一等最高，第九等最低。文武七品以上赐剑，八品及以下赐刀。五等以上，须由皇帝召见、御赐。

当然，更加重要的，还是他在石越身边任主管机宜文字的经历。只要石越不倒，这个经历能让他以后的仕途一路坦途。

而东京传来的消息却是越转超授！

这可是正六品上——如果战事就此结束，他将可以外放做一两任大州的知州，只要不出大差错，最多两任年满，六年之后再回到汴京，他很可能就可以服绯佩鱼，鱼跃龙门，成为五品高官。人生如此，夫复何求？

这几天，范翔晚上做梦都是笑的，仿佛又回到了才中进士那会儿，那种布衣释褐，十年寒窗无人晓，一朝成名天下知的感觉！但他还有些怀疑那位同僚是和他开玩笑，或者弄错了，总之是不敢相信。他悄悄地在心里面盼着李清臣一行的到来，已有些日子了。

有这样心态的可不止范翔一人，就算是无意仕途的石鉴，面对着李清臣带来的重赏，也难以无动于衷。石鉴不想当官，这次论功行赏他也不受官职，但授勋阶飞骑尉、加"竭诚"功臣号、御赐第六等勋剑，这种荣耀，天下没几个人可以拒绝。

二人眉宇间的喜色都落到石越眼中，这是人之常情，功名利禄有几人不爱？这也是驱使人前进的动力。他一力推行的官制改革，其中最重要的举措之一就是珍惜名爵，让官职勋爵变得更加珍贵，但并不是说石越是像项羽一样吝惜官爵的人，像项羽一样虽然平时对部属爱护有加，部属伤病，心痛得含着眼泪与之同桌饮食，可是真正当部将立了功劳要赏赐官爵之时，却把官印拿在手里磨烂了都舍不得赏人，那自然是不可取的。石越对于真正有能力、有功劳的人，绝对是不吝爵赏的。珍惜名爵，只是为了让官爵的含金量更高，无形之中，也是让有能有功者所获得的官爵更加宝贵。但归根到底，官爵再宝贵，不赏赐给人，是发挥不了它应有的作用的。

可是……石越仍然觉得，这一次小皇帝的赏赐有点儿过于慷慨了。小皇帝诏书中的具体内容他不得而知，但从汴京传回来的各方消息显示，此次宣台议功拟定的奖赏，朝廷几乎完全没有驳回或者降等，并且绝大部分都在宣台拟定上报的基础上提升了奖功的幅度——虽然说为了显示恩自上出，石越在拟请功札子时，曾经下令普遍性地稍稍压了一点儿功劳，以便由皇帝与朝廷来卖这个好，但是从目前所掌握的信息来看，小皇帝这个好，卖得实在有点儿出乎他的意料。

唐康议功可迁正五品下朝奉大夫、晋爵温江伯、赐"协谋""经邦"功臣号、第五等勋剑——汴京传来的消息，小皇帝当着两府众宰执的面，细数辽国南侵以来唐康之功，大赞其在安平大捷中身先士卒之慷慨忠勇，亲自改为越转正五品上中散大夫、拜温江侯，赐宅京师！

折可适议功可迁从五品上游骑将军、晋爵武乡伯、赐两功臣号、第五等勋剑——小皇帝亲自改为越转正五品上定远将军、加武经阁侍讲！并荫补其长子折彦野为御武校尉，连其刚刚两岁多一点儿的次子折彦质亦荫补为武骑尉。

慕容谦议功可迁正五品下宁远将军、晋爵卫南侯、赐三功臣号、第三等勋剑——小皇帝亲自改为超授从四品下明威将军、晋爵观城侯、荫其三子、赐宅京师，并以慕容谦行真定府[1]兼河北路提督副使……

从熙宁三年九月算起，石越入仕已经有二十二年了，他敏感地嗅到了这些升迁都有些不同寻常，但是，他本人毕竟远在河北，离开封有千里之遥，暂时他也很难猜到小皇帝真正的用意究竟是什么。

唐康、折可适、慕容谦这些人，石越为之请功时都是有些偏低，但小皇帝决定的赏功又让人有种奇怪的感觉——折可适与慕容谦的本官都比石越所请多提了两阶，相当于分别都升了三四阶，以二人的功勋来说倒也不是不可，二人也配得上这个奖赏。可是，石越是知道小皇帝的心思的，小皇帝是想要北伐的，这样的话，更合乎常理的方式不是只升两阶比较好吗？那同样也是重赏，足以激励将士，而且可以为将来的北伐后赏功多留些余地。

唐康也是如此，虽然他本官只升了两阶，却意外封侯了！平心而论，唐康的战功足以封侯，但是石越一者因为避亲，再者也是想刻意压他一压，以磨砺他的心性，没想到……三十六岁封侯！他这个弟弟，不知道将会引来多少人的嫉恨。

还有小皇帝刻意将慕容谦的卫南侯改为观城侯。慕容谦是河北澶州人，卫南与观城都是澶州下的两个县，不过卫南县是下等县，而观城县是上等县。而卫南侯与观城侯唯一的区别，就是在朝会立班之时，观城侯在众侯之中肯定是站在较前排的，而卫南侯则是在较后排。以目前大宋武功侯之稀少，这其实最

---

[1] 寄禄官高于职事官一品以上，带"行"字。

多也就是一排两排的距离，所以不仅是石越，就是宣台众人也无人在意，拟定卫南侯这个爵名，不过是因为慕容谦祖上迁到河北时最早就是住在卫南县。

但小皇帝竟然连这种细节都注意到了！

这不仅仅是让石越对小皇帝有些刮目相看，更重要的，还是小皇帝表露出来的那种刻意重赏的态度！

这可以有很多种解读，示好？拉拢？拉拢石越，或者其实是想直接拉拢唐康、折可适、慕容谦？又或者，干脆是一石多鸟？又或者，只是年轻的小皇帝高兴得有些忘乎所以了？

虽然石越深知许多事情都不是表面上的那么简单，但自安平大捷之后，小皇帝的种种举动怎么看都不像是坏事。

他仍然感觉到小皇帝一定还有别的打算。但那不是问题，安平大捷之后，石越心里也放松了下来，如果说伐夏是改变大宋国势的战争，那么安平大捷就是奠定大宋未来几十年国运的一战，大宋朝已经有了一个正确的方向，而他赢得了这场战争。辽人在安平丧失的，不仅仅是四万身经百战的精锐，无数的战马兵甲，还有更加重要的心气——如此惨败，足以让一个国家胆寒！这也让宋朝有了足够的时间，去循着正确的方向前进。他站在前台的时间已经够长了，历史的经验历历在目，现在，是该寻找另一种发挥影响力的方式的时候了。

未必要谢幕，石越也有自知之明，他是想过要彻底谢幕，想过要彻底离开，可那未必能够——有许多人不允许他这么做，也不相信他会这么做，而他自己也未必真正甘心、舍得。

但是，是时候了，他必须想一个办法漂亮地离开前台。

否则的话，有些规律谁也逃不脱。若该离开前台的时候不肯离开，好事就会向坏事转变，最后他还得离开，不过是灰头土脸、满身是伤，甚至身败名裂、家破人亡、遗臭万年地离开！

所以，这至少是个好时机。这也许是熙宁十八年一月八日那个夜晚之后，小皇帝登基以来，石越与小皇帝关系最好的时间。他与小皇帝的关系可不像与他父亲的关系，他们之间有着先天性的无法彻底调和的矛盾。先朝留下来的声望很高的宰相和新任皇帝之间的关系，就算是石越傻得一字不漏地相信传说之中有关周公的故事，也没什么乐观的理由。周公恐惧流言日，日子很好过吗？至于周公之外？想做诸葛亮也要小皇帝甘心配合当刘禅；以霍光之英武，也免不了"祸萌于骖乘"，死后子弟诛灭，受株连而全家被处死者数千家！除此三人，那就更没什么好说的了。

当然，石越生活的时代是宋朝，与周秦汉唐有完全不同的政治生态，尤其是封建南海之后，就算是"党人碑"[1]这样的东西大概都很难出现了，他最终落个霍光之类下场的可能性也并不大。但是以他如今的地位处境，去幻想与小皇帝之间的关系能持续改善，依然还是太天真了。小皇帝没有能力也就罢了，但凡有一点儿能力，又岂会甘心于活在一个宰相的阴影之下？

如今出现的情况注定只是短暂的，不抓住这个时机，以后未必还会有这样好的机会。

在安平大捷之后，从胜利的喜悦中冷静下来，石越就开始认真为自己筹划退路了。他考虑过各种各样的情况，最极端的甚至包括起兵废掉小皇帝另立新君，或者建立霸府政治，但是，思忖再三，他的答案依然没有改变——那是他绝对不会选择的道路！

这不是因为他愚忠，而是他绝对不会选择为了保住自己的权力，用愚蠢的手段来毁掉他二十多年的心血！

石越手中现在的确掌握着兵权，对军队也有影响，如果精心策划，他完全有能力发动一场内战。他的周围也不缺乏能干且野心勃勃的投机者，若他能够找到好的借口，所为也仅限于废掉赵煦另立新君的话，也能迷惑住不少追随者……石越做过简单的估计，仅以宣抚使司的这些谟臣来说，到时候大约会有十分之一的人因为失望而心灰意冷，弃官归隐；十分之二的人会宁死不屈，当众痛骂他以求一死，或者立即逃回汴京，助小皇帝征讨他这个叛逆；另有半数的人会身不由己地随波逐流追随他造反，但其中会有不少人心存投机甚至身在曹营心在汉，随时准备对他反戈一击。真正会追随他到底的，应该还有十分之二左右。虽然像折可适这样最优秀的人才，会真心留下来帮助他的可能性微乎其微，但

---

[1] 在真实历史中，宋徽宗崇宁元年，蔡京拜相后，为打击政敌，将司马光以下共309人之所谓罪行刻碑为记，立于端礼门，称为"党人碑"。

能够保留七成人跟着他,这已经算是一个相当有胜算的估计了。

当然他不用做到这一步,他可以选择牢牢控制住兵权,挟大败契丹之威回到汴京,彻底控制住汴京,建立起霸府——皇帝还是那个皇帝,他依然做他的右丞相,甚至还可以扶植一个傀儡左丞相装点门面。

如此,成功的概率会更高一些,他觉得应该有接近六成的胜率。

只是,不管怎么样做,造成的伤害都将是无法弥补的。在权力斗争中,他也许能取得一时的胜利,而他毁掉的,将不仅仅是自己二十多年来的心血,还有他所爱的这个时代,这个文明。

把自己变成皇帝几乎难以成功,结果只会是一场胜算不大的内战;换一个新皇帝,他与新皇帝之间的矛盾不但不会消失,反而会更加激烈;至于把自己变成曹操,结果也是一样的,难道范纯仁这样的人会活着看着他完成这一切?

无论怎么样,若选择了这条路,结果必然都是他用沾满鲜血的双手亲自将大宋打回到唐的时代、魏晋的时代,让整个历史停滞、后退几百年!

如果士大夫最终不向他跪下双膝,他就不能成功;可是如果他们向他跪下了双膝,他还能指望什么?

他所做的,将与女真人、蒙古人毫无二致。

石越想要守护的东西是什么?

石越的梦想是简单的,他的确深刻地改变了这个时代,给这个时代的华夏文明注入了她原本不会有的一些东西,但是,他所做的改变只是为了守护。他主动带来的改变,始终都是谨慎并且有限的,他不是想把这个文明、这个时代变成面目全非的东西。这一切,都是因为他从骨子里热爱着这个时代、这个文明。

他只是希望她能避开那些劫难,保护着她,他相信只要她不被摧毁的话,终能发出最璀璨的光芒来——便如她在几千年的历史中曾经做到过的那样!

石越是很希望能够亲眼看到,由着诸夏文明自由发展,当她自己真正踏入所谓"近世"的破晓之后,会是怎样美丽的景象?!曾经,在他的那个时代,几乎所有研究这个时代的人,都为这个问题而着迷、痛惜。那是每一个曾经真正将目光瞥向过这个时代哪怕一眼的人的怅然,如果"唐宋变革"的这个大时代没有那么凄绝悲壮的落幕的话……

石越知道自己依然不能亲眼看到那个美丽的时代。

那个时代来临需要时间，就算是他的女儿石蕤，也未必能亲眼看到。但是，他知道自己亲手守护了那个时代开启的可能！

现在，让他亲自再去毁掉这一切？

就算是石越明知道自己会死，他也不会愿意。更何况，他只不过是需要急流勇退，离开前台，构建起与小皇帝之间的缓冲带，然后，换一种方式来守护这一切。

现在，石越的打算是以不变应万变，接受小皇帝这些好意。善始善终，这场战争还没有真正结束，还有最后的收尾要做，这也应该是石越在右丞相位置上最后的事情了。

小皇帝想要趁胜北伐。

安平大捷的消息一传到汴京，小皇帝便因韩忠彦、曾布等人之请，下诏仿三阁故事，建熙明阁藏高宗御集，设学士、直学士、待制、直阁等官，序位在宝文阁下[1]。这应该是他准备已久的一个动作，李清臣前脚离开汴京，赵煦就又颁下敕书，下诏宣抚副使、河东路转运使章楶责授熙明阁待制，罢河东路转运使，仍兼权宣抚副使；以御前会议成员、权司农寺卿唐棣迁正奉大夫，改任河东路转运使——这并非小皇帝故意将唐棣调出中枢，唐棣虽然资质一般，却有丰富的行政经验，办事干练勤恳，少有差错，而且为人处世一向谨小慎微，低调从不出风头，这样的臣子是任何皇帝所需要的。即使小皇帝要清除石党，都可能对唐棣网开一面，就算是在大臣的党争之中，唐棣这样的人，除非运气实在不好，否则也往往是最后才会被政敌清除的对象。况且，现在还是皇帝与石越关系最好的时期。

所以，这次人事调整的目的明确。对唐棣是重用，本官升了一阶，是皇帝对他这半年功劳的嘉勉，而司农寺卿虽然地位比河东路转运使更加重要，可放在准备大举北伐的背景之下，那就要另当别论，旁证就是河北路转运使陆师

---

[1] 新官制下诸阁学士、直学士、待制等与史上元丰改制有所不同，基本保留原有的职能，无大的改变，诸官仍为皇帝顾问、侍从之官，无职守，可兼任临时性差遣。新制下，阁学士为正三品、阁直学士为从三品、阁待制为正从四品上下、直龙图、天章、宝文阁为正七品上、直熙明阁为从七品上。按诸阁学士、直学士、待制传统上极为尊荣，其职掌实际上兼有新官制下中书、门下、学士院、御史台诸部门之职能，包括侍从左右，给皇帝讲经、参预顾问，有权上书议论一切军国事务及朝政得失，上可劝谏皇帝、下可弹劾百官，有需要时更可兼任临时性差遣，平时为储才之所，而有需要之时，以其地位尊崇，进则可为宰执、内相、各部寺监长贰，出则可为帅臣、诸路牧守。

闵——此公在此次战争之中,负责河北军需后勤,功劳卓著,颇得小皇帝青睐,安平大捷后,小皇帝马上将这位死硬新党封为新城伯,迁银青光禄大夫。几乎所有人都以为小皇帝会召他入京拜为六部侍郎,没想到,小皇帝却仍然让他留任河北路转运使!

皇帝的意思,不仅仅是要将能干的人放在河北与河东转运使的位置上,而且,在他看来,陆师闵是经过证明的,与石越能良好合作;而将唐棣调任河东转运使,目的也是给石越安排一个能良好合作的人选——小皇帝这是向石越摆出姿态!

为了准备北伐,小皇帝甚至放过了章楶。在各路都对辽军大胜的背景下,章楶与种朴的败绩尤为刺目,据说二人大败的消息传到汴京,小皇帝气得一脚踢翻了御案。汴京风传章、种二人要倒大霉,不下诏狱也要被罢官,但最终章楶虽然被责授熙明阁待制,罢了河东转运使,却没有削阶官,还留任宣抚副使;连种朴也逃过一劫,责授振威校尉,却仍留任雁门知寨、兼神锐四军权军都指挥使。

平心而论,小皇帝这一连串的布局堪称漂亮,小皇帝这几个月来,真的颇有长进——这应该不是桑充国或者程颐能教出来的,石越也并没有听说小皇帝身边出现了什么高人。看起来,有些东西真是天生的,在天性聪颖上,赵煦未必逊于他的父亲……

只是,这虽然让石越有刮目之感,却不能让他感到多少欣慰。因为,对于君主来说,远见与耐心,是远比所谓"聪明"要重要的品质。

石越知道李清臣与庞天寿来瀛州就是来听他对这一切的回应的,可是……

"李邦直和庞天寿昨夜已经到了乐寿……"

差不多相同的时间,河间驿——参知政事工部尚书兼宣抚副使章惇行辕之内,一座庞大的沙盘四周,环坐着八九名或着锦袍毛衫或着袭衣的男子。

其中正北面的两名男子,左边那位虽年近花甲,却仍然神采奕奕,外表看来也就是五十出头的样子,穿着简朴,头裹黑巾身穿紫色毛衫,差不多便是这个季节最普通的装束,只有腰间的玉带与金鱼袋透露出了他的身份——大宋仪制,三品以上官员才可系玉带!现今河间府内,三品以上的官员,也就只有右丞相石越与冬卿章惇二人而已。

右侧的男子却与章惇形成鲜明的对比，高大修长的身材，俊逸的五官，嘴角随时微微露出亲切的笑容。他衣着考究精致，身着白狐裘，头戴软帛头巾，皆出自汴京最好的匠人之手，腰间一幅销金裹肚上围了一条象征身份的金腰带，右腰佩着金鱼袋，脚上穿着产自杭州天艺轩的吴绫袜、暖鞋，只看外表，倒似翩翩王侯子弟，无人会相信他竟然已经有四十六七岁，官拜正四品上正奉大夫、宣抚副使、京东路转运使！

正陪同着李清臣与庞天寿一道赶来河间府的陈元凤，绝对想不到蔡京会出现在此处。就算是同在一座城中的石越，如果知道了，也会意外吧？

目光透出深黄色的木窗，投向窗外，屋外到处都是戴着斗篷腰挎弯刀的卫士。章惇的行辕一向都是戒备森严，谁也料不到，他蔡京能在赶到河间府后这短短的时间内，拉拢了这么多人，并且还说服了素来有几分孤傲的章惇！

蔡京心中颇有几分自得，他目光再次扫了一眼屋内众人——和诜、李浩、柴贵友、种师中、王赡、张叔夜、姚古。这些人并非一个小团体，他们各有自己的算盘，有好几个人甚至互相还有矛盾。除了他蔡京蔡元长，还有谁能有这样的手腕将他们聚集起来？

这几个人，再加上他和章惇，便意味着巨大的影响力！足以影响到皇帝与御前会议决策的影响力！

要不是章惇的性格，他本来还可以拉拢更多的人，比如苗履。但说服章惇将张叔夜从大牢里放出来，就已经花了好一番心思了，那多少还是看田烈武的面子——张叔夜好歹也算是田烈武的部下，蔡京看中他的，也正是这一点。大家都有自己的消息来源，这次田烈武功勋卓著，御前会议揣摩圣意，议定田烈武升三阶，超授正四品下壮武将军，拜殿前司副都指挥使兼河北路提督使。转眼之间，连慕容谦都变成田烈武的副手了。在皇帝跟前如此炙手可热的人，即使是章惇也不能不加倍重视。但苗履就没有这么好运气了，若是输给耶律信、韩宝也就罢了，统率着号称天下第一的精兵，却完败给了萧岚，还坏了章惇的大事。如果不是他的无能，纵然无法留住耶律信，章惇也能立下仅次于安平大捷的大功，更不会有陈元凤抢功的机会。

这也难怪章惇不肯放过苗履，但蔡京还是感觉有点儿可惜，这个时候，如果能拉苗履一把,他必定感恩戴德,能效死力,苗家在军中可有不小的影响力。

"……不过,今日雪大,他们应该是赶不到了,子明丞相那边早有安排,如果赶不及,便在时家庄住一夜,明日再进城——唐康时的主意,要趁机办一个盛大的阅武仪式,由李邦直当场宣读天子诏书与奖赏,以激励士气。"蔡京一面说,一面观察着众人的反应,"唐康时这个主意,对咱们有利,看来唐康时未必不想趁胜北伐。子明丞相采纳了这个建议,似乎是态度有所动摇……"

听到这个消息,有几个人的脸上不由露出喜色,但在座的多数人都十分沉稳,和诜皱眉说道:"石相的意思恐怕不好说,大捷之后,宣台议论北伐之事,石相皆不甚热衷。石相在宣台最倚重的便是折遵正,折遵正一意反对北伐,他那一套谬论,颇能蛊惑人心。"

他的话立时引起共鸣,王赡愤愤说道:"说什么对付契丹,只能一次一个目标,目标完成,便要先花几年时间来巩固胜利果实,然后再进行下一个目标——亏他还做过讲武学堂大祭酒,连兵无常势都不知道。用兵之道,当然是要随机应变,岂能如此死板……"

屋子里每个人都知道王赡对折可适的怨恨。

安平大捷之后,宣台复核各副使司、都总管司上报的军功时,规定正七品及以下武官、节级,由李祥和唐康率吴从龙、高世亮、黄裳、何去非四人负责,正七品以上武官及文官的奖惩则由李舜举、折可适、游师雄三人负责。王赡率武骑军追随慕容谦参加了安平之役的一系列战斗,自觉数度出生入死、功勋卓著,他又曲意交好了几名慕容谦都总管司下的谋臣,花了不少贿赂,最终左军行营都总管司上报之时,拟定王赡可超授从五品下游击将军、静边伯、赐两功臣号、第六等勋剑、荫一子。王赡正满心欢喜坐等加官晋爵,不想最后却是意外从枢密院的旧交写来贺喜的信中得知,最终宣台上报的竟然只是迁昭武校尉、封子爵、加一功臣号、赐第七等勋剑、荫一子。

这简直便是晴天霹雳,宣台会稍稍压一压功勋再上报王赡是知道的,但这也压得太厉害了。王赡本官只是振威校尉,原本半年升至昭武,已是神速。但在八月,靠着前任倒霉,他便已由武骑军副将升为权都校,安平之战前,慕容谦更是已经提拔他为都校,本官也自然会至少升至昭武副尉,晋升昭武校尉已只是时间问题。伯爵、功臣号、勋剑什么的,王赡都可以不计较,但是,若是不能借着安平大捷的东风一举升至五品的话,却将毫无疑问是他仕途的一次重挫。由校尉而至将军,是那么容易的吗?!而且,他还很可能会成为参加过安平战役的各军主将中,唯一升不上将军的人。

虽然最终朝廷如何奖赏他还不得而知,暂时也只能听天由命,但这样的结果,王赡岂能甘心?他多方打听,好不容易结识上蔡京副使司中的一个参赞军事,搭上了蔡京这条线,靠着蔡京帮忙,才弄明白,原来是折可适按核武骑军战绩、削了他的功勋!

这让王赡对折可适恨之入骨。

原本王赡对北不北伐也没什么意见。若能如愿升到游击将军、封静边伯,对于继续打仗,他兴趣真的不大,但现在他义无反顾地主张趁胜北伐。这既是出于对蔡京的感激、对折可适的怨恨,也是为了自己的利益。在王赡看来,辽军在安平遭遇惨败,趁胜北伐,胜算还是不小的,只要继续打仗,那么,被折可适夺去的东西,他还有机会从战场夺回来,甚至更多。蔡京私底下对他有过许诺,他会设法替武骑军争取更好的兵源与装备补充,这是难得的机遇,王赡绝不会放弃。

王赡一接过话去,就滔滔不绝,肆意挖苦着折可适,发泄心中怨气,却没注意到众人脸上渐有不耐之色。这个屋子里喜欢折可适的人并不多,但靠着背后讥讽,是不能让折可适掉一块肉的。他们来到章惇的副使司,也不是为了这种无意义的事情。

蔡京一直留神观察着每个人的神色,眼见着种师中眼中露出讥刺之色,连忙轻咳一声,打断王赡,笑道:"王将军亦不必激动,吾辈不过君子之争,不管怎样,都是为朝廷社稷计,折遵正以为不便北伐,吾等则以为可趁胜北伐,各言其是,皇上与朝廷自有决断。"

"蔡帅[1]所言极是。"种师中懒洋洋地接过话来,语带讥刺地说道,"邦直参政明日便到瀛州,吾辈聚集于此,非是为效妇人呕呕之态,而是要想个良方,让皇上、子明丞相、邦直参政,知道我辈矢志收复燕云的决心。"

王赡脸色顿时一变,阴着脸看了种师中一眼,想要反唇相讥,但想到对方

---
[1] 宣抚副使可简称为某帅。

的背景，还是强忍了下来。同为将门子弟，种家比他王家可要强盛得多。无论是种师中在枢密院的那个兄弟种建中，还是与之关系亲密的唐康，都非王赡惹得起的。因为一时激愤而惹下祸事，非智者所为。

种师中却是浑不在意，王赡的那点儿小家子志气，他真是怎么也看不顺眼。

安平之战中，种师中在战斗中身负重伤，错过了滹沱河边的最后决战，但龙卫军在决战中战功彪炳，宣台在议功之时又念及他当时陷入昏迷，生死未卜，对他格外优待，超授从五品上游骑将军、颍阳伯、赐三功臣号、第四等勋剑、荫其子。但种师中全没有将这些放在心中，他伤势稍稍好了一点儿，便带着几个亲兵迫不及待地跑来河间府向石越请缨出战。韩宝已死，这让种师中颇觉遗憾，他现在想要的是要与两耶律交手，博得封侯之名！但石越对他只是好言抚慰，片语不及其他，令他十分失望。

这时蔡京找上门来，种师中并非那种不懂政治的武人，他知道若无章惇、蔡京这样的重臣支持，只凭他们这些武将是决定不了朝廷和战之策的。他也清楚章、蔡二人有自己的打算，但他并不关心，也不在乎被他们利用一下，反正大家也是互相利用。现在章、蔡二人还是宣副，有了这层名义，他们这些人私会一下，也不至于犯朝廷忌讳，况且北伐也是迎合小皇帝。所以，他才会出现在此处。否则，他岂会与王赡这种心胸狭窄之人为伍？！自己战功不足，靠着贿赂虚报也就罢了，被人发现，反倒怨恨别人削了他功勋，这世间焉有此理？

种、王二人的矛盾都落在蔡京眼中，蔡京又瞧了一眼旁边的章惇，见他微微点了点头，当即站起身来，朗声笑道："小种将军所言虽是，但——要向朝廷表决心又有何难？"

听蔡京如此说，种师中未及说话，和诜已是面露难色，"蔡帅，下官等是武人，虽然也可以向朝廷上表请求北伐，然人微言轻……"

和诜一诉苦，在座四位统兵大将，除李浩外，种师中与王赡也顾不得方才的矛盾了，纷纷点头附和。李浩是额头刻着字的新党，无所顾忌，但和、种、王三将是不想蹚这浑水的，大家虽然知道小皇帝支持北伐，朝中旧党诸公的态度却是另一回事，跳出来做这出头鸟，朝中公卿能否对付得了章惇、蔡京也许还不好说，收拾他们三个却是易如反掌。

"诸位将军误会了，本帅当然不是要几位将军上表……"蔡京知道三人是害怕他和章惇拿他们当枪使，连忙笑着说道，一面将目光投向张叔夜，"嵇仲，这是你的主意，还是你来说罢。"

众人听他叫得亲切，无不暗暗称奇，目光齐齐转向张叔夜。却见张叔夜恭恭敬敬地答应了，站起身来朝着众人叉手一礼，说道："下官便僭越了——其实这个法子，原不需要几位将军出面，只要诸位将军在军中找几个平日敢于任事、忠勇热血之士，最好是指挥使到营一级的将领，稍稍旁敲斜击，激发其血勇，令其在军中串联忠义将士，写好请战书签名画押，待明日阅武之时，让他们自发上呈给邦直参政……"

"这……"和诜等人尽皆皱眉。和诜不悦地说道："军中偶语者诛！行此等事，是干犯军法，要处极刑的！"这是要他们牺牲一个属下啊。几人此前大多不认识张叔夜，对他也不甚了解，只知道他是田烈武军中的人，颇得田烈武信任。此时听他的主意，颇为心狠手辣，心中都是奇怪，田烈武为人忠厚，怎么会信任这样一个人？

张叔夜却无半丝不忍之意，冷声说道："行大事者不拘小节，下官也并非要几位将军逼迫他们做什么事……况且，现在诸军皆是休整时期，各级将校聚会宴赌都是常事，岂能遂以偶语律诛之？不管是石相要追究，还是告到卫尉寺，打十几军棍，降一两级，也算是严惩了。若能借此坚定朝廷之意，让石相明白将士的决心，数人的牺牲又何足道哉？"

现在的张叔夜，可以说对极了章惇的胃口，他扫了一眼和诜等人，似笑非笑地问道："怎么，诸位将军皆是万夫雄，还会有妇人之仁吗？"

和诜四人对视一眼，这四将带兵之能各有高下，个人之品格也有云泥之别。说起来，兵者诡道，用诈术欺骗敌人甚至自己的部属，都不是什么稀罕事，但是，这既非治军，更非打仗，为一己私利设计陷害自己的部下，却是谁也做不到那么坦然。张叔夜说得轻松，十几军棍、降一两级……四人都是带兵的人，心里都清楚，十几军棍足以把一个大汉打得躺上三四天，军中一两级，更往往是部下提着脑袋出生入死才能赚出来的。

但是，四人更加明白，章惇已经这样说了，那就更容不得他们拒绝了。不管他们现在是不是受章惇辖制，当面得罪一个参知政事，就算是种师中也没这个胆子。这时候也只能咬牙答应，便听王赡最先说道："参政说得是，事后再设法加以补偿便是。末将便全听参政、蔡帅吩咐。"

眼见着四人接连答应，章惇这才满意地点了点头，缓和语气，温言说道："诸位将军，章某主张趁胜北伐，并非出于私利。契丹夷狄之属、虎狼之性，与之议和是靠不住的，其眼下虽然惨败，但若得喘息之机，休养生息数年，难保不又是北境之患。用兵之道，不恃敌之可胜，恃我之不可胜。河北百姓、军中将士之中，的确是有一些厌战之意，然为国家社稷计，还是须鼓起余勇，趁契丹病弱之时，一举收复燕云之地，有了十六州地利在手，要战要和，皆操之于我，那时河北才是真正的安全，我大宋才是真正的安全。因此，某这样做，亦是为了大忠大义！为社稷之安危，需要有所牺牲，亦是迫不得已之事。"

章惇的话，确是发自肺腑，义正词严，他也全无蔡京的委婉，而是直言无忌，"皇上北伐之志甚明，说到底，不过是因为朝中有所谓'老成'之辈从中阻挠，而子明相公又未表态支持，这北伐之诏才迟迟未能颁布。朝中那些阻挠的公卿，各有原因，有些人自己是庸碌之辈，害怕边境有事，英雄竞起，让皇上知道了有材无材者之区别，令其地位受到威胁，从此难以自安于朝廷！有些人则是泥古不化，只知守祖宗成法，此辈自以为守圣人之教，只会将文景无为而治当成至美圣法，不知当随国势之变化，或效文景或效汉武；他们更害怕朝廷用兵，使得武人趁机重新崛起，重蹈五代之祸，却全不知先帝慨然变法之大义，只知一味压制武人，害怕武人！还有一些人，则是目不及远，只看得到河北残破、少数军民厌战之弊，却看不到收复燕云十六州之大利！"

"但——此皆不足道！安平大捷之后，面对收复燕云十六州之诱惑，朝中再坚定反对北伐之人，心中也是犹豫的！范纯仁、吕大防、刘挚……皆不例外。他们不想收复十六州吗？他们比谁都想！只不过他们心有所惧！他们害怕骄兵必败、害怕重蹈太宗皇帝覆辙，害怕拖垮国库，害怕民不聊生，害怕因此加税，害怕付出惨重代价却得到一个遍地残垣与尸体的十六州！他们大概还会有点儿担心，打赢这一仗的话，封侯的人太多……"

"封侯的人太多？"众人都是愣了一下，和诜下意识地反问了一句。只有蔡京与张叔夜脸上没有半点儿的意外。

章惇脸上现出一丝嘲讽，"诸君人人皆欲封侯，却不知先帝借恢复前汉军功封侯之名，革新爵制独重侯爵之深意吗？凡封侯者，不仅有不菲之年俸，而且拥有诸多特权，宰执以下皆可分庭抗礼，更可参与廷议、上书议论朝政得失，甚至其犯法亦须由御史台、大理寺方能定刑，是以天下皆知其贵。但唯有远见者，方能预见到这些封侯者，迟早将在朝中形成一股新的势力！以范、吕诸公之智，不可能想不到，皇上将来有可能借助这些新封的列侯，来牵制旧党。"

"但这些皆不重要！"

"真正重要的，是石相的态度。朝中范吕诸公虽然对趁胜北伐心怀疑虑甚至反对，但他们心中摇摆不定，所以在这件事上，他们必会唯石相马首是瞻，盖因朝中只有石相能让他们信任。而皇上，他心里固然想要北伐，但若是石相反对，那皇上同样也越不过这道坎！"

"所以，几位将军，"章惇锐利的目光扫过和诜、种师中等人脸上，语不惊人死不休，"章某亦不妨直言，以某对子明相公的了解，某敢肯定，石相多半是不想北伐的，甚至很可能，便在我等在此议论之时，石相的密使正与辽国的密使在某个地方谈判！"

一时，屋内众人尽皆默然。同样的判断，身在河间府的众人并不难感觉得到。

种师中讪讪说道："石相态度暧昧，末将等亦有所察觉。只是却怎么也想不明白，为何石相要反对北伐？"

王瞻忍不住冷笑道："这有什么不明白的，折遵正辈为石相亲信，石相为其所惑，何足出奇？"

种师中听他有讥刺自己之意，霍地转头怒视王瞻，王瞻小小地出了一口闷气，虽然知道还是得罪了种师中，心中却忍不住畅意，把头扭向一边，不去看他。

却听蔡京笑道："我听说昨夜陈履善在乐寿公开说石相善应逆境而不善应顺境，善居卑位而不善居高位，或许未必没有几分道理。"他一边说，目光却是投向一直默然不语的柴贵友，笑问道，"景初公是石相布衣之交，当比我等更加了解？"

柴贵友仿佛早已猜到蔡京要有此问，默然道："蔡帅说笑了，下官以为，或许石相只不过是出于月盈之惧而已。"说罢，又紧闭双唇，如老僧入定。

蔡京看了一眼柴贵友，微微一笑。一场战争，不同的经历，的确是改变了不少人，以前的柴贵友，哪会如此沉稳谨慎？只不过，不管经历了什么，人的本性是无法改变的。

柴贵友无法改变的是他的贪婪。雄州失陷后，他率赵隆诸将不断袭击辽军粮道，也算立下不小的功劳，朝廷因此不再追究他失城陷地之责。蔡京至雄州后，更是准备卖个顺水人情，叙其功绩向朝廷请赏。哪知道，却被他无意中察觉柴贵友侵吞大量缴获之事。赵隆等人袭扰辽军运输，虽然大都是烧毁了事，却还是缴获了不少财货，赵隆除留下一部分作军用及分发给将士，大部分都按规定上交给了柴贵友。赵隆这样做本是为了向朝廷表功，以求将功赎罪，却不想柴贵友逃过一劫，贪心又起，与顺安军知军元荣勾结，虚报账目，欺上瞒下，二人一道私吞了无数的财货。这两人手法巧妙，并没留下什么把柄，若非蔡京敏锐，旁人也轻易察觉不到。

而蔡京察觉之后，也并未继续深究，他为官之道，讲究的是与人方便，自己方便，断人财路的事，蔡京轻易是不做的。柴贵友有利用价值，蔡京索性便做个好人，先让柴贵友发现他已察觉他们的不法之事，待他忐忑不安地前来试探口风之时，蔡京便巧妙地表示他会当做什么也不知道。投桃报李，原本打算拿着这笔横财去汴京谋个好差事的柴贵友，摇身一变成了北伐的鼓吹者。柴贵友是雄州知州，在冀州以北的地方牧守中地位较高，他又是众所周知的石党，更是石越旧友，他的举动，在河北文官之中立即引起揣测，尤其是他突然与蔡京表现出的那种过从甚密的关系，更是引发许多的猜疑。

但柴贵友与蔡京之间自有默契，他欠蔡京的，也仅此而已。

"月盈之惧……"章惇心中冷笑，这个屋子，不，整个河间府，也许没有几个人能比章惇更了解石越。他并不能猜透石越心中究竟在想什么，但是，当日在宝相寺，王安石的灵柩前，他与石越都是在场的！还有，安平大捷之后，章惇就老是不由自主地想起当日伐夏的结果，虽然没有任何依据，但章惇一直有一种感觉，他觉得石越不仅没有亡辽之意，而且有保全辽国的打算，便如对待西夏一般……

能接近石越的人，都不难感觉到石越无意北伐，但章惇更有一种强烈的预感——石越的归期近了!

其实早在安平劳军事件之后,章惇便已经有了这样的期待。他也做好了准备,他是接替石越的不二之选!蔡京的主动投靠,更让他坚信这一点。因此,对于和诜等人,章惇打心底里是以部属视之的。章惇暂时的确需要他们,但他们也别无选择。现在更多的是章惇在给他们机会!

他厉声打断众人的讨论,"诸公!石相究竟是为何反对北伐,诸公既非石相肚中蛔虫,在此百般揣测,也只能是不得要领。我等只需要知道一件事,倘若石相坚决反对,那不论我们如何努力,北伐终究亦只是镜花水月一场!"

"故此,我等要做的,是要使石相即使不支持北伐,至少也要让他不反对北伐!蔡帅方才的安排,并不只是为了坚皇上、朝廷之志,更是为了动石相之心!"

"此外,诸公——"章惇沉稳的声音中,不知不觉地掺杂了一丝狂热,"吾辈既然力主北伐,承先帝之遗志,收复山前山后十六州土地,亦当做好石相回京的准备……"

"石相回京?!"

"这并非没有可能。但诸位将军亦不必惊慌,若石相能继续出任大帅,自是我等求之不得之事,但如若朝廷召石相回京主持大局,那北伐之主帅,十有八九会是子厚参政。"蔡京望着眼中满是震惊之色的众人,微微笑道,"到时候,诸位将军亦不愁无用武之地,有的是机会大展拳脚!"

4

众人计议已定,和诜、李浩等人皆起身告辞,自去按计行事。只有姚古留了下来,他这次北来的差遣便是在章惇的宣副司任参赞军事。

蔡京亲自将六人送到门口,回到屋中,见章惇已经站到了沙盘之前凝视着。他身边除姚古之外,又多出了一个身着裘衣的白面青年。蔡京进屋笑道:"大参以为如何?"

章惇却不回答,转头看了一眼身边的青年,问道:"亢宗以为呢?"

那青年微微欠身，不卑不亢地回道："下官以为，和、王二人，当会依计行事，张叔夜亦会效死力，柴雄州与李老将军多半什么都不会做，至于种师中——半个时辰之后，他多半已与唐康时在一起。"

章惇微微点头，蔡京却是笑道："薛公有个好儿子，令人羡煞！薛公在天有灵，亦当欣慰。"——这个出现在章惇行辕的青年，正是已故太府寺卿、新党干将薛向的中子，叫作薛嗣昌。

"蔡帅谬赞了。"薛嗣昌欠身谦道，眉毛微扬。

这自是瞒不过蔡京的眼睛，他笑问道："亢宗似是有些意外？"

薛嗣昌老实地点了点头，"下官确是略觉惊讶。"

"这却是为何？"蔡京仿佛是对这个青年来了兴趣。

二人地位悬殊，又几乎是素昧平生，但面对蔡京有些过于热情的关注，薛嗣昌没有任何局促与不安，只是坦然说出自己的想法："因为下官原本以为，似蔡帅这等风流俊雅之士，应当会更欣赏家兄，而不是下官这种人。"薛嗣昌之兄薛绍彭乃当世著名的书法家，与米芾齐名，时人合称其为"米薛"，蔡京也是有名的书法家，于情于理，他的确是应该更喜欢薛绍彭的。而薛嗣昌，如今稍稍受到赞誉的，不过是他的"吏材"而已。

"令兄？哦——薛道祖，人称为'米薛'的那位？"蔡京笑了笑，似有些自嘲，他走到沙盘边上，笑道，"若是文友雅集，本帅自是更愿意来的人是令兄，不过，这军国之事，本帅还是更喜欢亢宗些！"

与蔡京说话，无疑是能令人心情愉悦的。薛嗣昌不过是个从八品的微末小官，虽然担任的是都进奏院监院这样的要害职位，然与蔡京相比，二人的地位实有天壤之别。但蔡京让薛嗣昌感觉他是个和蔼可亲的长辈一般。

比起他的态度，蔡京的话更加入耳。虽然少有人知，但薛嗣昌其实书法也颇佳，只不过他不愿意如他哥哥一样，将精力浪费在这上面。薛嗣昌一直以他父亲薛向为荣，他想做的是他父亲那样的人。门下后省下属的都进奏院，总领天下邮递之事，中央与地方的绝大部分公文往来都要经由此处。可如此重要的部门，却很少有官员愿意出任此职，因为这个职位事务繁重、琐碎而枯燥。但薛嗣昌不如此想，在进奏院，他如鱼得水，不仅得以最直观地了解这个庞大国家究竟是如何运转的，而且还可以了解各地之情弊，甚至地方官吏之性格。大宋朝无数的官员，他虽然从未谋面，但在他的心里都有了一张画像，所以，他才能如此了解和诜等人。

蔡京半开玩笑的话，让薛嗣昌顿时平生知己之感。

但章惇的心思全不在此，蔡京与薛嗣昌说话的时候，他的目光几乎没有离开过那个沙盘。

"元长，你说折克行究竟……"章惇双眉紧锁，语气有些阴沉地问道。

屋中的气氛立时变得严肃起来。

自折克行攻克蔚州后被耶律冲哥围困，已有一个多月，但这一个多月的时间，除去段子介曾经想方设法运过去几百石粮草与一批箭枝外，蔚州便彻底与外界失去了联系。先是安平大捷后不久，段子介报告，他运送补给的部队在飞狐陉被耶律冲哥截击，不但段子介部损失惨重，更糟糕的是，这意味着飞狐关已被辽军夺回，折克行部已被锁在飞狐峪以北，完全成了一支孤军。宣台得到报告后，原本打算抽调部队救援，再次打通飞狐峪，但一场大雪，让这次调兵行动还未开始便告夭折。据段子介的报告，十一月以来，太行山暴雪封山，雪深没膝，不要说大军无法行动，连探马细作，在耶律冲哥的封锁下，都无法进入蔚州。唯一让宋朝略感安慰的是，在这样寒冷的天气下，辽军肯定也无法强攻蔚州。虽然与折克行断绝联系，但河东章楶、种朴再三确定耶律冲哥的主力并未返回应、朔或者大同，因此，基本可以判断耶律冲哥仍然在蔚州与折克行作战，以耶律冲哥之能，很容易就可以推算出折克行粮草不多，其战术多半是对折克行围而不攻，坐等宋军不战自溃。

而这也是宋朝这边最担心的。虽说安平大捷之后，即便折克行全军覆没，也已不可能影响大局。然而，对于力主北伐的章惇等人来说，蔚州的折克行却是十分重要的砝码。折克行部如果覆没，不但会大大打击北伐派的士气，在政治上极为不利；在军事上，蔚州在谁的手中，对于北伐也至关重要，如果折克行能守住蔚州，宋朝北伐幽蓟的大军不但可以不用担心会被耶律冲哥抄自己的后路而陷入腹背受敌的窘境，而且还能牢牢牵制住西京道的耶律冲哥部，使辽军无法互相支援，各自为战。甚至，宋军还有机会觊觎居庸关，彻底割断幽蓟与辽国其他地区的联系。因此,宋朝君臣,但凡有志北伐的,无不对折克行部的命运萦怀于心。

而且,倘若折克行竟然能守住蔚州,那么,军事上这诸多好处,又会反过来影响政治,北伐派的处境就将非常有利。

但折克行缺粮的软肋,让哪怕是最乐观的人,也不敢抱有太多的期望。

沉默了一会儿,蔡京苦笑着摇了摇头,说道:"蔚州已是音讯断绝,虽说咱们都但愿永安侯无事……但眼下,恐怕也只能做最坏的打算。"

一直不怎么说话的姚古却突然说道:"末将倒是觉得,不必为折家军担忧。"

蔡京惊讶地看了他一眼,问道:"姚将军为何如此肯定?"

"因为折遵正都没担心。"

"呃……"蔡京完全没有料到是这个答案,脸上的表情,便似喝水突然被呛住一般,哭笑不得地望着姚古,不知道说什么好。姚古却是一本正经,十分淡然。

章惇想了想,竟也点了点头,说道:"姚将军所说也不无道理,折可适颇得石相信任,被围在蔚州的折家军中,不知道有多少折氏的亲族子弟,若他对折克行没有信心,就算再大公无私,也必会设法去减轻蔚州的压力。"

蔡京却不以为然,摇摇头说道:"这可难说,也许折可适并非不想救蔚州,而是他做不到。下官虽是文官,却也知道如今想要救蔚州,无法直接派兵,最有效的办法只有让章棻与种朴主动出击,攻击辽国西京道其余州县,迫使耶律冲哥分兵防范。但章、种上次出兵替折克行牵制耶律冲哥,却遇伏惨败,二人都被朝廷降罪,若非官家开恩,他们恐怕已经丢官弃职。一场仗打下来,功劳、好处全是折遵道的,自己为了配合他作战反而吃了个大亏,差点儿官职不保,他二人心里对折克行岂能没有一点儿怨意?更何况种朴与折克行是有旧怨的。想想当年折克行如何对拱圣军的?如今的形势,可称得上是因果循环、报应不爽了。之前种朴出兵一次,已经是以德报怨、相忍为国了,结果还落了那么个结果。如今再让他出兵,就算是宣台严令,只怕也不会有用。雁代都总管府下面,只有神锐四军与飞武三军两支禁军,却要担负几乎整个河东路沿边军州的防务,种朴的神锐四军上次大败损失了几千人,已是大伤元气,而且耶律冲哥又安排了一支偏师以攻代守,牵制章、种。万一他们为了折克行出兵山后,却再吃一场败仗,或者河东路有州军被辽军攻破,这个责任又该算谁的?到时候他二人都要吃不了兜着走。所以,不管折可适在宣台有多大能耐,石相如何对他言听计从,章楶和种朴兵力不足总是事实,他们完全有充足的理由拒绝出兵的命令,折可适也无可奈何。"

说完,蔡京又补充道:"而且,虽然章楶、种朴都并非那种不识大体、只计私怨的人,但现在是谁都知道,就算折克行在蔚州全军覆没,这一仗,我大宋也还是打赢了。如此,他们又有何动机要拼死拼活去救永安侯呢?"

他这一番话不得不说直见人心、合情合理,姚古虽然心里面并不认可,但也沉默了下来,章惇脸色也变得难看,只有薛嗣昌笑道:"蔡帅所言虽是,不过,下官倒是觉得,章、种二公其实也有尽力援救永安侯的可能。"

"哦,亢宗为何有此判断?"蔡京对薛嗣昌倒是格外客气,笑吟吟地问道。

薛嗣昌笑道:"诚如蔡帅所言,章、种二公对于永安侯,多半是不如何待见。但是,二公如今被皇上降罪,岂能不思戴罪立功?以二公现在的处境,又有何功劳比得上救出永安侯,甚至是助永安侯守住蔚州呢?不过,下官也认同蔡帅的分析,章、种若明哲保身,也不足为怪。总之,如何行事,全在他二位一念之间。"

章惇脸色稍霁,点了点头,却也横下心来,冷笑道:"亢宗说得不错。不过,靠山山崩,靠海海枯,总之,如今之计,也不必再将期望寄于折克行之成败。咱们只需依计行事,坚定皇上、朝廷、石相的决心,恢复幽蓟便指日可待!"

薛嗣昌又对章惇拱了拱手,说道:"参政志向,令下官钦佩。嗣昌不材,也知道恢复幽蓟是先帝遗志,参政有志于此,是朝廷、社稷之福。故此,下官亦希望参政能不计前嫌,不因人废言,支持创建火铳局之议……"

"火铳局?"章惇微微皱了皱眉,没有说话。姚古眉毛跳了下,似乎想要说什么,却还是抿紧了嘴巴。只有蔡京笑着望着薛嗣昌,道:"亢宗,许副枢真要打算支持这个什么火铳局吗?这可是吕吉甫的主意……"

"端孺兄是说那个汴京来的薛嗣昌也在章参政的行辕吗?"离河间驿不过两里之遥的一座不起眼的宅院内,身着便服的唐康很随便地趴在一张桌案上,一面认真看着案上的一张画卷,一面问道。

种师中跷着腿坐在一张交椅上，笑着说道："那薛亢宗一直没有露面，不过他进驿馆的时间，也就比我早一会儿，我远远便瞅见他了。河间驿现在都是章公的行辕，各处来的使臣、官员，都住别处，他这么鬼鬼祟祟的，其中必有蹊跷。我多年前见过他几次，听说他如今在都进奏院当差，怎么又跑河间府来了？"

唐康直起身来，指了指案上的那张画卷，笑道："他来河间，明面上是为此物。"

种师中大感好奇，起身走到案边，去看那画卷，原来那"画卷"却是一张图纸，上面画着一根管状物，边上用细小的楷书写着各种详细的说明，不待他细看，唐康已又说道："这物什叫作火铳，能用火药打出铅丸……"

"就是段子介军中的那火铳吗？"种师中恍然大悟。

"就是那物什。"唐康又瞄了一眼图纸，说道，"吕惠卿与段子介将这火铳吹到天上了，两人连章累牍地上书，拼命游说皇上，说这火铳是军国利器，请求皇上在各地兴建火铳局，给各地的教阅厢军与屯田厢军装备火铳。还说只要有足够的火铳，只要最多半年时间，有多少火铳，就可以训练出多少步军来。若火铳够多，列阵作战，其威力并不亚于一般的弓箭手。皇上被他二人说动了心，询问御前会议，御前会议诸公皆将信将疑。不料许副枢却大力支持，说火铳在诸侯国已建奇功，段子介试之于定州阵前，亦得其利，的确是军国之器。许副枢又称若能给教阅厢军换装火铳成功，那将来若要北伐辽国，就再也不用担忧兵力不足，也不需要再千里迢迢从陕西调兵，劳师远征。半年成军，单河北一路，便可以提供源源不断的兵源……"

种师中听他说得厉害，不由得又认真看了看那火铳图纸，怀疑地问道："这物什果真能比得上弓弩？"

唐康笑了笑，撇嘴道："我如何知道？反正我看了半天，也没瞧出个究竟来。不过皇上与许副枢对此颇感兴趣，但大兴火铳不是小事，牵涉极广，所费不赀，也不是马上便能决定的。因为那薛嗣昌也上书言火铳之利，皇上便遣他来河北，一是让他咨询宣台的意见，再者让他亲往定州，看看段子介的火铳兵，是否真如所说……"

种师中有些奇怪地问道："那薛嗣昌为何会上书言火铳之利，据我所知，此人也不是那种随随便便逢迎执政的人。"

"这个我也打听了，倒并非全无根源。"唐康解释道，"据说这薛嗣昌与兵器研究院的人关系极好，他早在很多年前就见过火铳，并且颇感兴趣。他对格物制造之术颇有造诣，于是私下里一直在自己尝试制造、改良火铳。因此对火铳一直颇有关注，早前诸侯国以火器击蛮夷，他就上书请兴火铳，但那时根本无人理会，故此也没几个人听说过。此番吕吉甫的奏章上称赞火铳之利，他便趁机再次上书，不想竟蒙皇上与许副枢另眼相待，皇上还在便殿召见他，据说他在皇上面前说得头头是道，很得皇上欢心。皇上又听说他是薛师正的儿子，更是高兴。端孺别看他官职卑微，却已是本朝的新贵，前途不可限量。"

"原来如此。"种师中心里倒并不甚在乎谁新贵不新贵的，笑道，"这兴火铳又不是什么见不得人的事，为何又要鬼鬼祟祟？"

唐康冷笑一声，道："我方才不是说过，这只是他明面上的差使吗？"

种师中是世家子弟，并非寻常武人，立即便听出唐康话中之意，他笑了笑，却并不问薛嗣昌暗地里的差使是什么，只说道："不管这火铳是否真如他们说的那样，恐怕也是远水不解近渴。我虽然不懂这火铳难不难造，但大举督造火铳，从培训工匠到造出数以万计的火铳，恐怕不是一年两年就能做到的⋯⋯而且，安平被萧吼偷袭了一道，火炮损失不少，若要北伐，军器监的作坊还是要先尽力督造火炮，才是正途。"

提起此事，唐康不由得轻叹了口气，赞道："韩宝，真不愧是当世人杰！"

种师中眯起双眼，却是轻轻哼了一声。

这也是一处隐藏在安平大捷这场空前的胜利阴影下的伤疤。

当日韩宝率领主力向滹沱河突围，吸引王厚尽起宋军主力倾巢而出，穷追不舍。谁也没有料到，在这种状况下，韩宝竟然还能够瞒天过海，趁着宋军注意力全被自己吸引的机会，派出部下最枭勇的部将萧吼，统率不足两千的精锐宫分军，从分成几路追击的宋军缝隙中神不知鬼不觉地突围而出。

而便在宋军主力正在滹沱河畔与韩宝决战之时，萧吼的这支辽军，竟然趁机偷袭了宋军的临时营寨。当时宋军的营寨中除了一些神卫营外，就只余两三千老弱病残看守，几乎便是一座空营，而营寨之内，除了各种粮草辎重外，还有左军行营下辖的近两百门火炮。这些火炮本由唐康统领，该与横山步军一道行动，但为了追击韩宝，被王厚下令扔在了营中，结果成了辽军最好的目标。事后，包括唐康在内，许多宋军将领都深信萧吼的目标本来就是这些火炮。也就是说，韩宝料到了宋军不可能带着笨重的火炮追赶自己，也不可能在那种情况下还留下重兵保护这些火炮，他在最后关头还不惜分弱自己的兵势，派出萧吼偷袭宋营，目的就是尽可能摧毁宋军火炮，增加宋军将来北伐时的困难。

结果也果然被韩宝算中，宋军营寨被萧吼偷袭，几支神卫营面对近两千的辽军精骑偷袭，毫无还手之力，几乎只能引颈待毙。此役宋军损失惨重，不但被辽军破坏了大量火炮，其中七十多门已严重受损，无法修复，更可惜的是还造成了千余将士的伤亡，其中有数百名神卫营将士——这是比火炮更严重的损失，因为比起重新制造火炮，培养合格的炮兵更为不易。而且，萧吼一番破坏后，便即扬长而去，往北以极小的代价迅速突破宋军在唐河的拦截，进入博野境内后，又出乎宋军意料转道向东，在高阳关以北击败前来狙击的高阳关宋军，取道雄州，顺利回到辽国。

这让宋军上下都深感颜面无存。人人都暗骂萧吼狡猾，走狗屎运，本来若他取道保州归国，必然会被附近的吴安国歼灭，但他偏偏走了宋军兵力薄弱的高阳关、雄州。但与此同时，每个人又都不禁要暗自庆幸，若非雄武一军是独自扎寨，若非大雪天气影响了火药的性能，萧吼所部辽军对火药运用不太熟练又急于北窜，宋军在安平战场上的火炮，很可能会被辽军给一锅烩了。

虽然相比起安平大捷、韩宝授首的辉煌，这区区七十多门火炮的损失不算什么，而且其中大半还是小火炮，普天同庆的喜庆氛围下，也没有谁会不识趣地去揭这个疮疤，每个人都会刻意避开这点儿瑕疵。但是，对不少宋军将领来说，这个亏还是让他们如同吃了苍蝇一样难受。

便是唐康，虽然对韩宝十分服气，却也不愿意多谈此事，他又似笑非笑地看了种师中一眼，笑道："不过，端孺兄又来装糊涂，这其中道理你岂不明白？那什么火铳自然是远水不解近渴，但这火铳局之议，其实本也只是一个引子。"

唐康与种师中相交已久，他知道种师中虽然性子高傲，给人的感觉是说话百无忌讳，甚至经常得罪同僚，但其实他在涉及朝局的事情上，从来都非常谨慎，此时更是绝不会接自己的话，便又说道："许副枢、吕吉甫、段子介，还有那薛嗣昌，究竟是不是心底里真的认为火铳有那么有用，我无从知道。但我能肯定，他们四位都知道，倡议兴建火铳局是能讨好皇上的事！"

"原本，不管北伐不北伐，也不管朝局如何变化，他们四位未来的戏份都有限。许副枢升任冬官几乎是板上钉钉的事，吕、段手中兵力有限，薛嗣昌就更不用说了。但是如今折腾出火铳局这篇文章来，其中好处不言而喻。不要说造火铳、给厢军换装，其中涉及的利益至少是数百万缗之巨。最重要的，还是只要朝廷同意了这个计划，他们四位在未来的朝廷之内，便都有了让皇上重视的立身之本。对许副枢来说，这火铳局完全能成为他的最大政绩，只凭这一点，他就算去了工部，只要他还是执政，枢密院也好、兵部也好、军器监也好，他都能有极大的话语权。看来许副枢是断定皇上未来一定会大兴兵戈，故此才不惜给吕吉甫机会，也要借此维持他在皇上心目的分量。若是这火铳果然收到奇效，那枢密使之位，就更是囊中之物……"

"而吕吉甫——此事不管怎么样，他都已是赢家。不但增强了在皇上心中的分量，若此议得行，我敢肯定，他多半还会借练火铳兵为名，请求朝廷允许他招兵买马，扩充实力，以便在北伐中分一杯羹。就算朝廷不允，他也没什么损失，反正他的'远见卓识'也足以为他延誉。无论是建立功绩，还是证明自己的能力，这些事情对吕吉甫原本就毫无意义。对他来说，如今最重要的，是慢慢改变他在皇帝与士林心目中的形象。这场战争，算是给了他一个千载难逢的机会。"

"至于段子介与薛嗣昌……嘿嘿，若此议得行，一个练兵、一个制器，转瞬之间，二人便能成为我大宋举足轻重的人物——好算计，嘿嘿，果然好算计！"

唐康不住地冷笑着。他其实并不是特意和种师中分析这些，而是借着和种师中讨论，理清自己的思绪。种师中也知道他的性子，不过唐康也不是那种孟浪随便的人，肯在他面前无所顾忌地说出这些话，也是表示推心置腹之意。

虽说若以种师中的本心，他是根本就不想趟这些浑水，最好什么也不知道才合他的意，但两人在前几日已经私底下约为婚姻，将种师中的幼女许给唐康的长子。有了这层关系，说荣辱与共夸张了一点儿，但至少，唐康在朝廷得意，对他种师中是有很大好处的。所以，二人关系才会亲密至此。

此时唐康既然以腹心相待，种师中自也不能将界线划得太清。他是知道唐康为人的，这个时候他若再想将自己摘干净，唐康面上不会说什么，但心里面定会和自己翻脸,从此以后,两人只怕做不成亲家,只能做仇家了。

当下种师中便似漫不经心地笑问道:"康时倒是剖析入木,不过,我想问一句,不管许副枢他们有什么算计,这火铳局设不设得成,和咱们又有何关系?"

唐康被他问得一愣,怔了一下,随即自失地一笑,"还是端孺兄说得在理。"

这不是他的心里话。他对火铳局如此在意,其实是因为他心里隐隐感觉到了这火铳局可能很重要。直觉地,他想要在这火铳局中插上一脚,甚至是设法夺取主导权。但再怎么说,他也不可能只凭这捉摸不定的感觉行事,琢磨了半响,他虽然也看出若设立火铳局会有极大的好处,但远远不值得他为此去招惹一个枢密副使甚至是工部尚书参知政事。

因又笑道:"不过,也不能说与咱们完全没有关系。既然知道了他们有何求,那就可以对症下药了。薛嗣昌想让章子厚和蔡元长支持火铳局绝非易事,章子厚、蔡元长虽然与许副枢没什么大恩怨,但对吕吉甫不会不提防,尤其是蔡元长,他是当年扳倒吕吉甫的功臣。以蔡元长的性格,就算吕吉甫主动示好,他既不会相信,也不会冒着得罪范相公的风险去接受。自然,以吕吉甫之智,也不可能去自取其辱。我敢料定,章子厚与蔡元长对薛嗣昌以礼相待,是因为他们也知道薛嗣昌暗地里的差使,故而刻意拉拢。但若涉及火铳局,薛嗣昌必定要碰一鼻子灰。以他二人的身份,别说薛嗣昌没有资格做什么交易,就算是许副枢又能如何?"

种师中见唐康的眸子晶亮,嘴角露出狡黠的笑意,不由疑惑地看了他一眼,问道:"康时,你又在打什么主意?"

唐康高深莫测地嘿嘿一笑,没有回答,却突然把话题又转到了二人最开始讨论的事情上,笑道:"咱们章大参的野心可是大得很……他还想做北伐的主帅。呵呵……"笑了几声,又道,"既然如此,那端孺兄,咱们倒是不便挡他章大参的路。他要做什么,咱们便让他做好了……"

种师中没料到他突然话锋一转,听到此处,更是惊讶,问道:"康时是说,他们明日阅武时鼓动将校请战,也随他们吗?这阅武可是由你献策的……"

唐康笑了笑,点了点头,说道:"这件事,咱们事先什么也不知道。端孺兄,章子厚可是出了名的器量小,睚眦必报,咱们又何必惹他?"说着,嘴角不由自主地便微翘了起来,露出一丝讥讽之色。

第十七章

角愤余声

单于拜玉玺,天子按雕戈。

——卢照邻《上之回》

1

"呜——"

一通激昂高亢的画角声突兀地响起,瞬间撕破了绍圣七年十一月二十三日这个清晨的宁静。在河间府那高耸孤立的城墙之外,一片白茫茫的朝雾之中,被厚厚的积雪覆盖着的河北平原上,一支连绵数里长的车队,在上千名马步士兵的护卫、拥簇下,正缓缓向着河间府行来。十数名手持画角的骑兵,分散在这支长长的队伍前后左右,不时吹响手中的画角,"呜呜"的长鸣之声不断呼应着,仿佛在向人们通知他们的到来。

当车队行进到距离河间府南城门五六里的距离时,似乎是听到了车队的角声,突然,早已整齐排成一列肃立在河间府南城墙上的一千名穿着崭新战袍的宋军士兵,同时举起了手中的画角。

"呜呜——"顿时,画角之声漫天响彻。

这一瞬间,整座城市中的所有人都被这角声吸引,停下了手中的事情,将目光投向城南。一些不明就里的民众四处打听出了何事,几乎不到一炷香的时间,一个消息便传遍了全城。

天子的使臣来了!今日,在南城门外,将举行盛大的阅武式,朝廷的李参政将在阅武式上宣布对有功将士的赏赐。

很快,河间府沸腾了。几乎所有百姓都携家带口地向着南门赶去,没有人想要错过这荣耀的时刻。

与此同时,在一千支画角的齐鸣声中,河间府的南门轰然打开。

三百名身着崭新鲜红色战袄的将士,骑着高大的白色战马,手中高擎着猎猎飞扬的各色战旗,从城门中疾驰而出。紧接着,便是一队队的士兵,在数不清的赤旗的率领下,手执枪戟、腰挎刀弓,从城门的门洞中整齐地小跑而出,沿着官道的两侧列阵而立。

只有最先出城的三百名将士没有停留,而是一路顺着官道向南疾驰。

在平坦的河北平原上，视野极为开阔。没跑多久，这三百名骑士便已遥遥望见南方官道上逶迤而来朝廷车队。一名骑士立即从腰间取出一支画角，呜呜吹响，马上，便听到使团车队中也角声大作，而身后河间府城墙上刚刚将息的角声，也再度漫天响起。

此时，使团车队中，李清臣与庞天寿都已弃车乘马，陈元凤、王襄等一众随行的文臣武将也皆策马相陪。听见前方的角声，所有人都不由得精神一振，陈元凤手搭凉棚，朝北方官道望了一会儿，笑道："邦直公，庞供奉，这是石相公派人来迎了。"

话音方落，三百骑士的队伍已由隐约变得清晰，使团众人都已能清晰看见对方战旗上的纹饰。

最先跃入众人眼帘的，赫然是数十面红底白尾鹞战旗！

它们分别由数十名身着校尉、节级服饰的宋军将士高高挚起，占据了那三百名骑士队列最前方的位置。

"白尾鹞？"李清臣眯着眼睛看了一会儿，方有点儿不太确定地问道，"可是横山番军？"

"正是横山番军。"陈元凤点了点头，又笑道，"石相这是用心良苦啊。"

李清臣微微"嗯"了一声，庞天寿却不解地问道："宣判何出此言？"

陈元凤转头看了他一眼，笑道："在下也只是揣测而已。此番邦直公与供奉奉旨劳军，在河间府阅武封赏，于河北诸军来说自然是莫大的荣耀。但俗语说'文无第一，武无第二'，这阅武时的各种位次序列，却也不是那么好排的。比如这前来亲迎天使的队伍，由哪一军来，谁走在前头，谁走在后面，都得煞费心思，一个不好，便可能会弄巧成拙……"

庞天寿能成为天子之宠臣，心思之剔透聪明也是不用说的。陈元凤这么一解释，他立时便已恍悟，笑道："原来如此。看来石相公是特意要以军功来定次序了。"

"正是如此。"陈元凤点头笑道，"代表河北诸军来迎接天使，这是何等之荣耀？以常理而论，如今河北有这么多的禁军，又怎么轮得到区区一支番军？但石相不但安排横山番军前来迎接，而且还让这数十人居于队伍的最前列，这摆明了就是奖掖军功之意。破韩宝之役，众军皆公推横山番军为头功。横山番军居前，那自然也是理所当然！"

说完，又意犹未尽，补充道："横山番军现本是在安平一带休整，不当出现在河间。这些将士，多半是石相决定要举行阅武之后，特意从安平征调而来的。在下敢肯定，这些将士，应该都是横山番军中战功卓著的……"

听他们说得热闹，李清臣也是不由笑了笑，点头赞道："果然不愧是石子明，如此安排，不但公平，亦能激励士气。"

陈元凤嘴角露出一丝笑意，又指着越来越近的迎接队伍，介绍道："邦直公、庞供奉，请看，那横山番军的红底白尾鹞旗之后，便是雄武一军的双戟熊旗与镇北军的镇北二字旗。王师能够在安平破贼，雄武一军与镇北军可谓居功至伟。若无他们奇袭取饶阳，就算王处厚再神机妙算，恐怕也没有机会在这河北平原之上，全歼韩宝数万精兵。不但如此，二军也直接参加了围歼韩宝之役，位列中军，与韩宝主力直接作战，击杀、生擒辽将十余名，可说是功勋卓著……"

雄武一军与镇北军的功绩，李清臣与庞天寿自然是很清楚的，二人连连点头，李清臣更是出声赞道："何莲舫，真名将也！真名将也！"

"邦直公赞得好！"陈元凤也是附和点头，笑道，"其实，这雄武一军与镇北军能立下偌大功绩，比起其他诸军，更能激励天下。"

说完，不待李、庞相问，便又自己解释道："想辽人入寇之初，便是连下官，也觉得河朔禁军不能战，天下能战之兵，不在京师，便在陕西。尤其是雄武一军，更为人所轻，若当时有人对下官说雄武一军能立下这等功绩，下官绝不会相信。至于镇北军，更是仓促所建，说是厢兵之流都是抬举，若非官家圣明，如镇北军之类，就算是创建了，最多也就是护运下粮草，谁又会真以为此辈竟能与契丹精兵厮杀呢？"

说到此处，陈元凤不由慨叹连连，"如今想想，世人之偏见，真是最可怕之物。因为此二军之经历，下官却是明白了一个道理——这世间，没有无能的军队，只有无能的将领。古之名将，如韩信、章邯，皆能驱市人而战。今之将领虽不如古，然朝廷之军队亦远非市人可比。只要善择将领统御，连镇北军都能大有作为，何况其他？"

这番宏论，不但让李清臣、庞天寿连连点头，就算是一旁随行的一众官员都深以为然。李清臣和庞天寿当然听得出陈元凤这番话意有所指，陈元凤并不是在单纯夸赞雄武一军与镇北军,而是在委婉地替南面行营诸军辩护。那些对于南面行营战斗力的讥讽、嘲笑,李、庞二人也都是略有耳闻的。不过,在他二人心里却也是觉得,不论陈元凤有没有言外之意,这番话的道理是没有错的。便如陈元凤所说的,谁又能说南面行营不会是下一个雄武一军与镇北军呢?

陈元凤眼角窥见李清臣和庞天寿的表情,知道这些话点到为止便可,也不多啰唆,马上又极自然地话锋一转,继续向二人介绍雄武一军与镇北军之后的那些旗帜所代表的军队。

这次河间府的阅武仪式,并非尽依古礼,而是唐康与宣台几个谋臣煞费苦心弄出来的,其表面目的自然是激励士气,背后深意却是要刻意彰显尊君之心,既是为了弥补上次安平劳军事件闹出来的岔子,也是想让汴京的小皇帝放心,通过这样一种巧妙的方式,向小皇帝传达一个信息——虽然石越在河北立下如此功勋,但自石越以下,如今屯聚于河北的所有军队对于皇帝的忠诚,依然是不容置疑的。因此,为了表达这层内容,唐康等人刻意创造了很多仪式,比如派出这三百名将士郊迎朝廷使团,就是其中之一。三百名郊迎的将士,皆分别来自参加此次与辽军作战的部队,以军为单位确定位序与人数,功勋越大,入选的人数就越多,位置也越靠前。而能够有资格参加这支郊迎队伍的,也便如陈元凤所猜测的那样,无不是各军之中战功最卓著者。如此安排,唐康等人当然是为了一举两得。既是尊崇其事,给予朝廷使团最高规格的礼遇,同时亦能借此进一步加强诸军的荣誉感,提振士气军心。

但这个安排也给了陈元凤一个表现的机会。如今屯聚于河北的军队不下一二十支,各军皆有自己的旗号,这许多旗号集于一处,就算是枢密院的老吏,也未必人人识辨得出来,李清臣与庞天寿能认得出几支较有名的军队的旗帜就算不错了。陈元凤却是了熟于胸,信手拈来,如数家珍地向二人介绍着各军的旗帜、在这次战争中立下的功勋、在郊迎队伍中为何会排在那个次序,是否公平……李清臣、庞天寿皆是听得津津有味,便仿若拨云见月一般。

二人一面听陈元凤介绍,便见那三百名郊迎骑士已越来越近,很快双方相距已差不多只有三十步左右。那三百名骑士早就已经放慢速度,他们中间的不少人本就是步军,马术水平不过能驭使战马奔跑而已,这时候要维持较为整齐的军容队列，就不得不控制速度，因此此时行进速度和使团车队已然相差无几。但离得越近，这支鲜衣怒马、旌旗飘扬的郊迎队伍，也越让自李清臣、庞天寿以下的使团成员感到耀目。唐康完全懂得汴京军民的审美，尽管许多人的骑术并不算娴熟，但速度慢下来后，整支郊迎队伍队列整齐，战马踩着小碎步行进，更有一种说不出来的优雅与高贵。

使团车队前方的几名校尉策马迎上前去，与郊迎队伍说了几句什么，然后，郊迎的队伍停了下来，三名骑士将手中的旗帜递给身边的同伴，驱马出列，由使团中的两名校尉领着，策马小跑着，到了李清臣与庞天寿跟前。

"末将横山番军都行军参军、致果校尉刘延庆……"

"末将中军行营都总管司行军参军、宣节校尉仁多观明……"

"末将拱圣军仁勇副尉田宗铠……"

三人一道翻身下马，单膝着地行礼，朗声道："奉石宣相之令，恭迎李参政、庞供奉。"

"三位将军快快请起。"李清臣骑在马上，一面笑着，一面打量三人，见刘延庆与田宗铠都是身材高大的汉子，仁多观明却还是个清秀少年，他正在心里暗暗点头，却听庞天寿已是笑吟吟地尖着嗓子说道："小田将军、仁多将军，恭喜、恭喜。"

田宗铠和仁多观明不由对视一眼，庞天寿见二人眼中皆有期盼之色，知道他们多半还不知道自己的奖励，又笑道："过了今日，二位便不再是正八品的宣节校尉和正九品的仁勇副尉了。俺先卖个好，让二位早点儿高兴高兴。仁多将军以阵斩辽国大将之功，晋振威副尉，赐勋剑……"

他话音未落，顿时无数嫉妒、羡慕的眼光，齐刷刷地落到了仁多观明身上。连仁多观明自己都有些惊住了，陈元凤在一旁也不无艳羡地笑道："若我没记错的话，仁多将军才十五岁吧？十五岁的从六品武官，在本朝恐怕也算是前无古人了。果真是虎父无犬子！守义公有这样的麟儿，真是羡煞人也。"

"这的确称得上是一段佳话了。"李清臣亦不由捋须点头，笑道，"看来，用不了多久，汴京的说书人口中，又会多出一段仁多振威的传奇。"

庞天寿又伸手指向田宗铠，笑道："所谓英雄出少年。仁多将军的经历，的确可称传奇。不过，大参，这位小田将军，其实也不过十八岁而已。辽人入侵之前,小田将军还不过是拱圣军一亲兵都头,以守深州之功,方得晋升仁勇副尉,此番安平血战,独获辽将首级两枚,天子亲口称赞将门虎子,以功晋升七级,过了今日,便已是从七品上的翊麾校尉!"

李清臣将目光移到田宗铠身上,又打量了他一阵,却只是含笑点了点头,没有多说什么。众人倒也不以为异,其实宋朝武臣晋升极难,十八岁的翊麾校尉可说是颇为骇人听闻了,但因为有了仁多观明这个十五岁的振威副尉在前面,众人的震惊与嫉妒都不免要少了许多。不说年纪上的差异,在现在的宋军中,翊麾校尉一般是担任某营的副将,或者军一级的行军参军、书记官,只能算是中级武官;但振威副尉已经正式跨入高级武官之列,往往出任一营的都指挥使,甚至能够成为一军的副将,二者真是不可同日而语。因此,李清臣对二人态度有异,众人也都觉得是理所当然。

只有庞天寿却是脸色微变,但马上又被煦如春风的笑容掩盖。庞天寿其实事先并不知道石越派来郊迎的队伍是由仁多观明与田宗铠领头,但刚才他的举动是有意如此。以庞天寿身为皇帝身边最亲信的大内侍的身份,区区仁多观明与田宗铠,自然算不得什么,但他与田烈武交好,而且又深知田烈武在小皇帝心中的分量,因此,刚刚才刻意在李清臣面前抬举二人,或者说是抬举田宗铠。

庞天寿心里当然清楚,以田宗铠的家世,前途自然是一片光明。但是,他若能够得到如李清臣这样一个宰执的青眼,那好处却又远非他的家世所能比拟。须知田烈武在朝中的真实地位,大约也就是与他庞天寿相当,而他庞天寿别说现在,就算是将来有朝一日能做到入内省都都知,成为所谓"内相",在李清臣这样的参知政事面前,也没什么地位可言。因为,在宋朝的家法中,田烈武之流只能算作"鹰犬",而他庞天寿则是"家奴",李清臣却是与皇帝"共天下"的"大臣",地位是根本无法相比的。

因此,庞天寿还特意耍了个小心眼儿,他不但拉上仁多观明一起介绍,还故意先介绍仁多观明,再介绍田宗铠。这样做,表面上看,风头自然全被仁多观明抢走,但那些虚名对田宗铠这样家世的人来说,又有何意义?所谓"木秀于林,风必摧之",有仁多观明在前面挡箭,田宗铠才能少了许多物议。否则的话,田宗铠立下的功劳再大,但是连升七级,也是颇骇物听的,怎么可能不招致物议？世情险恶，很多人可能和他素无瓜葛，却仅仅只是出于妒忌，就会对他排挤、诽谤，甚至是陷害，想要置之于死地……而现在，仁多观明足以抢走绝大部分的嫉恨了。

但李清臣的态度是庞天寿所没想到的。这位李大参心细如发，自己的那点儿心思绝对瞒不过他，可他对田宗铠竟然连一句赞语都吝于出口，这就让庞天寿心里有些捉摸不透了。这是针对自己呢？还是李清臣对田烈武有什么不满之处？又或者，他其实只是在故意磨砺田宗铠？

庞天寿又开始习惯性地揣摩起李清臣的心思。

而李清臣的目光，却已移到了正一脸艳羡地望着仁多观明与田宗铠的刘延庆身上。问道："这位刘将军，可是曾在深州城头坠城死战、滹沱河边箭射韩宝左臂的那位？"

刘延庆万万料不到李清臣竟然会和自己说话，不由得受宠若惊，怔了一下，才慌忙抱拳欠身回道："末将惭愧，微末之功，实不足挂齿……"

"不知三衙马军司的游骑将军刘绍能老将军，与刘将军如何称呼？"李清臣又问道。

"那是家祖父。"

李清臣微微点了点头，道："先帝曾称赞令祖忠勇，刘将军可谓不辱家风。"说罢，不待众人再多说什么，又朝三人说道，"某奉官家旨意，代天子劳军，不便令众将士久候，便劳烦诸位带路……"

"末将领命。"

三人齐声答应，跃身上马，回到队中。便听数声画角之声响起，三百名骑士一齐调转马头，高举着旌旗，领着蜿蜒漫长的使团车队，缓缓向河间府城行去。

2

田宗铠左手举旗，与刘延庆、仁多观明一道走在队伍的最前列，他按辔徐行，一面不断拿眼往上瞅自己手中的那面孤零零的拱圣军旗，一时间真是况味难明。

田烈武教子甚严，这从田烈武既不让他做班直侍卫，也不将他带在身边，却将他送到姚兕帐下，便可见一斑。此番他虽然立下不少功劳，但对于朝廷的奖赏，田烈武虽然有门路知道，但田宗铠也不敢去打听。所以，刚刚从庞天寿口中得知自己竟然得迁翊麾校尉，饶是田宗铠再稳重，到底也不过十八岁，心中的惊喜、兴奋不是那么容易平息的。能够做到不在李清臣面前失态，就已经很不错了。但是，想想拱圣军的命运，田宗铠心里又有一种莫名的愧疚感，难以排遣。

倒是走在最右的仁多观明年纪最小，心里面也没有田宗铠那样的包袱，此时已是喜难自禁。一回到队伍中，便忍不住向刘延庆炫耀起来，低声开着玩笑："振威副尉……哥哥，做兄弟的可要僭越了，我的官比哥哥的要大了。"

"你倒想得美——你当哥哥我没立功吗？虽说比不上两位兄弟，但全歼韩宝，横山番军是首功，哥哥我可是都行军参军，战场杀敌，俺也不曾后人，升到昭武可能希望不大，不过升个两阶，一个振威校尉还是十拿九稳的……"刘延庆端举着手中的红底白尾鹞旗，低声笑着回道。他还没有从被李清臣问话的兴奋中回过神来，心情也是高兴得难以自抑，又转头对田宗铠说道："宗铠兄弟，你如今也是个翊麾了，我若能有机会实任一营的营将，兄弟来给哥哥做副将如何？"

田宗铠听他相问，连忙停住心里的胡思乱想，笑道："小弟自是求之不得，只是也要看枢密和兵部肯不肯……"

仁多观明却已是轻声笑道："哥哥们就不要想这等美事了，前日我去见康时大哥，他说慕容大总管举荐延庆哥哥出任武骑军副都指挥使哩……"

"啊？"

"恭喜哥哥……"田宗铠低声道贺。刘延庆却是大惊失色，问道："仁多兄弟，你莫不是开玩笑吧？"

仁多观明瞅他神色，见他眉宇间似有忧色，不由得奇道："这不是大好事吗？哥哥为何不太高兴？"他知道武骑军的都校王赡与刘延庆交情匪浅，对刘延庆又极是信任，刘延庆若去武骑军做副将，正是如鱼得水，定能一展所长，因此，更觉奇怪。

刘延庆苦笑摇头，心里实是有苦难言。在外人眼里，他如今俨然已是军中有名的骁勇之将，但许多事情，是如人饮水，冷暖自知。滹沱河一役，他至今心有余悸，横山番军他是早就不想再待了。本来去武骑军做副将，的确是不错的选择，但是，正因为他与王赡交好，王赡在计划些什么，他也隐约知道些，所以，刘延庆也不愿意去趟那些浑水。

但这些话自是不足为外人道，因此他也只能言不由衷地委婉笑道："能做到一军副将，哪有什么不愿意的？只是我想，安平大捷之后，立下大功的将领不知道有多少，若是以前，一个振威校尉做武骑军的副将自然是够了，但现在恐怕资历浅了些。我比不得两位兄弟根基深，陡然升迁太速，难免惹人嫉恨，恐怕是祸非福。安安分分能做个营将，我便心满意足……"

"哥哥也太杞人忧天了！"仁多观明不由得笑了起来，"什么根基深根基浅的，有句俗话叫不被人恨非英雄，怕那些庸人嫉恨做甚？再说了，方才李大参不是说尊祖父是三衙马军司的游骑将军么，如此哥哥也是出身名门，倒来取笑我们……"

提到这个，田宗铠也忍不住说道："哥哥可瞒得我们好苦！小弟还一直以为哥哥家里是世袭的保安军诸族巡检，今日才知道，原来刘老将军竟然是尊祖父……"

刘延庆脸上露出尴尬之色，低声解释道："我刘家的确是世袭保安军诸族巡检一职，家父现在也是担任此官……"他话未说完，仁多观明嘴巴已惊讶地张得老大，讶声道："保安军刘家？哥哥是保安军刘家的人？"

刘延庆点了点头，"不错，就是那个和你们仁多家斗了上百年的保安军刘家。"

"那哥哥岂不是番人？"仁多观明笑道。刘家世为保安军诸族巡检，是陕西保安军各番部的头领，他们仁多家当年在西夏时，的确是与刘家有极深的恩怨，双方不知打过多少大仗小仗。为了拔掉刘家这眼中钉，仁多家甚至派人到宋境内散布流言，想要借宋廷之手除去刘家，只是最终未能得逞。不过这些陈年皇历与仁多观明无关，仁多观明还是个幼童时，他一家便已归宋，那些恩怨，仁多观明也就是当故事来听，觉得很有意思而已。

其实便是刘延庆，在仁多家归宋时，也不过十几岁，对于这些陈年宿怨，他的心态与仁多观明是差不多的。他也是笑了笑，又摇了摇头，道："我可不是番人。我刘家本就是汉人，不过久居保安军，便有些番化，因此，早些年也的确有人将我们刘家视为熟番的。所以，我也的确不是假惺惺地作态，我们刘家的确谈不上什么根基。区区一个世袭巡检之职，在陕西西军之中，如我们刘家这样的，恐怕不下百家。"

仁多观明不由得笑道："哥哥太过谦了，朝廷的游骑将军拢共只怕也没有一百个……"

"那是家祖父侥幸得蒙高宗皇帝赏识。熙宁年间，朝廷整顿兵制，选将练兵，家祖父在陕西略有勇名，便被先帝钦点，来京协助训练马军将校。若非有此机缘，我根本没机会入选班直，得入讲武学堂……不过，家祖父现已年迈，虽在三衙，其实已与赋闲无异……"

说到这里，刘延庆心里面却是泛起一丝疑惑——他祖父刘绍能虽然曾蒙高宗皇帝看重，却因为在京训练马军将校，错过了伐夏之役；虽然绝对忠于先皇帝，可又阴差阳错，在石得一之乱中也没立下什么功劳。所以，刘绍能虽然贵为游骑将军，但在汴京那种地方，完全可以说是碌碌无名，如今更是接近半致仕的状态，除了偶尔会去朱仙镇教教学生，在三衙也就是养个老，既无实权，亦无声誉，李清臣贵为参政，怎么会知道自己祖父的名字，还特意相问呢？

正想着，便听到又是一阵画角之声响起，刘延庆抬眼望去，前面，河间府那高耸的城墙已然清晰可见，自南门开始，官道两侧已布满了一个个军容整肃的方阵。虽然这只是一次阅武，但列阵将士无不是经历过战场生死厮杀的百战之余，上万人马笔直地肃立于此，刘延庆竟感觉到一种肃杀之气，心中不由凛然，不自觉地便挺直了身子，表情也变得严肃。

"吾皇万岁！""万岁！""万岁！"
"大宋万岁！""大宋万岁！"

顷刻之间，欢呼之声如山呼海啸般响了起来。

跟随在郊迎的骑兵队伍之后，李清臣与庞天寿率领的使团车队甫一走进夹迎的方阵之中，便听到山呼"万岁"的声音在耳畔响起。二人的脸上都不由自主地露出一丝微笑。在方阵之间的官道中，早已停了一辆装饰得富丽堂皇的驷马战车，战车的前方，一干文武官员或着官袍，或着戎装，倚马而立。李清臣一眼望去，只见石越穿了一件窄袖紫袍，正站在战车的正前方等候。在他的左边，是章惇、蔡京等文臣，或着紫，或穿绯，各自牵着坐骑；右边则是以王厚、慕容谦、田烈武为首的武将，皆着戎装。

此时，郊迎的三百骑士自动分成两列，从战车的两侧穿过，在战车的另一端重新合拢列阵而立。

李清臣端坐马上，手执使节，由一名校尉牵着马，缓缓走到石越等人跟前。

"石相金安。"

"邦直，一路辛苦。"石越拱了拱手，笑道，"请登车阅武。"

李清臣翻身下马，又朝石越说道："丞相亦请登车。"

石越微微颔首，二人各扶车辕，登车并立。李清臣定睛望去，见车上的车夫竟然是宣台书写机宜文字石鉴，他虽然知道石鉴是石越书童出身，却也不由得心中惊讶。石鉴见二人站好，轻挥马鞭，喝了一声"驾"，战车掉了个头，缓缓向着河间府城的南城门驶去。随李清臣而来的庞天寿、陈元凤、王襄，以及自河间府出迎的章惇、蔡京、王厚、慕容谦、田烈武等一众文武亦各自上马，分成两列跟在车后簇拥而行。而刘延庆、仁多观明、田宗铠所率的三百名将士则变成了仪仗队，在战车的前方开路。

与此同时，南城门外的一座高台之下，一队教坊艺伎也奏响了慷慨激昂的铙歌。歌声依稀便是唐代卢照邻的《上之回》：

"回中道路险，萧关烽候多。五营屯北地，万乘出西河。单于拜玉玺，天子按雕戈。振旅汾川曲，秋风横大歌。"

但这短箫铙歌之声，几乎完全淹没在一阵阵"万岁"的山呼声中。

李清臣与石越所乘的战车每经过一个方阵，都会响起震耳欲聋的"大宋万岁""绍圣天子万岁"的欢呼声。

不知道用了多久，战车才终于抵达南城门外的高台之前，李清臣与石越下了战车，此时教坊艺伎所奏的铙歌已变成了张正见的《战城南》。伴着"蓟北驰胡骑，城南接短兵。云屯两阵合，剑聚七星明。旗交无复影，角愤有余声。战罢披军策，还嗟李少卿"的歌声，二人拾阶而上，登上高台。

然后，庞天寿领着几名头上高举案盘的内侍也登上高台。案盘中堆满了圣旨，庞天寿挑了一卷圣旨，递到李清臣手中。

"宣旨！"李清臣高声喊道，缓缓打开圣旨，立时，铙乐与山呼之声戛然而止。高台之下，自章惇以降，官员将士尽皆下马，跪伏听旨。上万的人马，顷刻之间便鸦雀无声。

南门之外，出城来看热闹的河间府百姓不下十万，虽然是远远围观，此时也尽皆跪伏于地，仿佛是受到受阅将士的无声震慑，黑压压的一大片，竟然一点儿声音也没有。

城门之外，能听到的，只有李清臣那中气十足的声音。

"安平大捷加赐河北、河东、京东三路文武臣僚内外诸军将士诏……"

"抚恤伤亡将士诏……"

"安平大捷破契丹曲赦河北、河东制……"

"安平大捷破契丹谕郡国诏……"

"收瘗遗骸诏……"

"招谕流亡归业诏……"

"免河北两税诏……"

一封封诏旨自李清臣口中念出，几乎是每读完一封，庞天寿便已递上另一封，而每一封诏旨，都引得河间府城南门外十余万军民发自内心的震天欢呼。

连石越、章惇等人，都不由得暗自惊讶皇帝与两府此次的大手笔。

凡是参加过此次与辽国战争的河北、河东、京东三路的文武官员以及诸军将士，在原有应得的爵赏之外，每人加赐一千文，参加过安平之战的文武官员与将士，加赐两千文。

凡在此次与辽国战争中受伤或阵亡的将士，除依原定标准抚恤外，受伤者加赐三千文，阵亡者加赐一万文。

因安平大捷，对河北、河东两路的罪犯进行不同程度的减罪或赦免；同时下令各州县官员收瘗死于战争的遗骸安葬，招谕逃亡的百姓归乡开展生产，免除河北路各州县两税一至三年不等……

这一刻，河北军民对于汴京城里的小皇帝的拥戴，无疑达到了一个新的高度。

不过，这些诏令却并非自王厚以降的禁军将领们所期待的。好不容易等李清臣宣读完这些诏令，看着庞天寿将另外一堆圣旨捧到李清臣旁边，无数宋军将领在这一刻不由自主地屏住了呼吸。

待一众军民的欢呼声渐渐平息，李清臣才拿起一卷圣旨，不疾不徐地打了开来，朗声读道："右丞相、河北河东京东三路宣抚大使石越进封燕国公制……"

燕国公！

原本与李清臣一同并立高台上的石越，早已跪伏接旨，但听到燕国公这个封爵，石越的心里还是不由得咯噔了一下。这是他事前全不知情的，这算得上是大除拜了，在宋朝的制度中，是要锁院的。依熙宁新官制，皇帝召见翰林学士与都给事中，如无异议，即赴学士院锁院拟旨，理论上甚至不需要与两府商量，便可决定。因此，知情者甚少，而几乎不可能泄露。因为一旦露出半点儿风声，知情的几个人肯定会受到严查，泄露者绝对会被严惩。所以，也没有谁会傻乎乎地将一桩好事变成祸事。

也因此，不但是石越，高台之下的章惇、蔡京、陈元凤、王厚等人，心中也都是轻跳了一下。石越要被进封，这是意料之中的事，但是，燕国公这个国号着实耐人寻味，意味深长。这几乎不能说是暗示了，而是一种赤裸裸的明示。

不过，在这种场合，不论众人地位多高，心里所想如何，都只能行礼如仪。李清臣念过诏书，石越便即谢恩接旨，然后，李清臣又接过一封诏书，念道："章惇等进官加恩制……"

这是给章惇、蔡京等五品以上文官加官晋爵的制书，其中的内容各人心中也早已清楚，章惇、蔡京都只是加功臣号，赐勋剑、恩荫亲属等，连散官都未得升迁一阶。章惇已然贵为参政，对此倒不甚在乎。蔡京却不免有些耿耿，虽然早有心理准备，但未能借此良机迈进从三品的行列，总是一个损失。尤其是陈元凤竟然令人意外地拜了从三品银青光禄大夫，更是令蔡京心中不是滋味。好在来日方长，他蔡京的野心也不是一个从三品而已。

很快，他就静下心来，听李清臣读下一封诏书。

"王厚超授忠武将军、同签书枢密院事进封德安县开国武功公制……"

"田烈武超授壮武将军、守殿前司副都指挥[1]使兼河北路提督使仍兼云骑军都指挥使制……"

"慕容谦超授明威将军、行真定府兼河北路提督副使并进封观城县开国武功侯制……"

"何畏之超授宁远将军、武经阁侍讲进封中江县开国武功伯制……"

"姚雄超授游击将军、横山番军都指挥使并进封定边县开国武功侯赐银一万两制……"

官道两旁的方阵之中，无数艳羡的目光投到了姚雄身上。此时的姚雄不过是区区从六品上的振威校尉，他跪伏在王厚、慕容谦、田烈武等人身后，一时间激动得难以自抑，眼泪竟是不受控制地奔涌而出。封侯！定边侯！尽管早在滹沱河畔砍下韩宝的首级之时，姚雄便已经知道自己将会有这么一日，但是，当这一天真的到来之时，他的心情依旧是无法平静。

而与此同时，跪伏在前列的何畏之却低着头，双手紧紧捏拳，心情复杂到了极点。中江伯！由昭武校尉连升三级，成为正五品的宁远将军，这个封赏不能说不厚，而且还有武经阁侍讲这样荣耀的加衔，更不用提还封了伯爵。这一场战争下来，能够封伯爵的将领也是屈指可数。但是，与封侯擦肩而过，何畏之心里更多的却不是喜悦，而是深深的不甘！

3

喜悦、失落、羡慕、嫉妒、自得、不服……

随着李清臣读过一封封诏旨，各种各样的情绪在河间府的文臣武将们心中滋长着。最普遍的情况自然是兴奋与高兴，即使是中下层将士们也同样感到振奋与高兴，五品以下的除授嘉奖，一般是不可能使用诏令的，所以李清臣所公布的嘉奖其实与大部分人无关，但这依然能激励着所有人，哪怕是最普通的一名节级士兵，此时也会忍不住憧憬自己未来是不是也能有封侯的那天。

[1] 本官低于职事官一品者，带"守"字。

第十七章 角愤余声

同时，他们也在期待着自己的嘉奖与升迁。一场像安平大捷这样的胜利，能够获得晋升的有功将士、文武官员可能有上万甚至数万之众，而钱物奖励、赐功臣号、减免磨勘等奖赏更是几乎人人有份。这是真正的普天同庆，对于大多数的普通节级士兵来说，钱物奖励才是他们最重视的，甚至晋升一两级军阶对他们来说，最重要、最现实的意义也是因为可以提升薪俸。而经此一役，每个人或多或少都发了一笔小财。各种缴获、赏赐，少者十数贯，多者数百贯甚至上千贯，这无疑是激励士气的最好办法。

这是安平大捷以来宋军士气最高昂的时候。

在将辽军赶出国土之后，宋军不可避免地陷入一个懈怠期，长期在外作战，当阶段性的战略任务完成后，一直紧绷的弦突然就放松下来，厌战、思乡，各种各样的情绪在普通将士心中不知不觉地滋长蔓延。尽管随着一场大雪，宋军不得不停止反攻，进入休整期，但是宋军的将校中可没有几个人懂得怎样去疏导士兵的心理。宋军素来是一支阶级分明、等级之防极严的军队，这方面的局限性，纵然是神仙都很难改变，能够约束将领不随意打骂普通士卒就算不错了——其实就算这个，实际上也是难以杜绝的。因此，也没有人会指望一般的将校做到更多，基本上，少数能在这种时候还有有效的办法去关注、帮助士兵解决心理问题的将领，都是在死后能够进国史馆立传的名将。

所以，一般来说，也只能依赖士兵自己去调整，而这个，就需要漫长的休整期。

但也有另一个极为有效的办法，那就是李清臣，或者说皇帝赵煦现在正在做的事——犒赏三军！

人为财死，鸟为食亡。

不管什么时候，孔方兄都是最可靠的。

对于这一点，不但洞察世情的李清臣毫不怀疑，就算是汴京皇宫里的小皇帝赵煦也是清楚的。尽管他只是似懂非懂，但是，至少关于太宗皇帝的教训，他还是知道的。当年太宗皇帝在灭掉北汉之后，趁胜北伐，想要一鼓作气收复幽蓟，结果就因为攻灭北汉的赏赐未能及时发放，而导致士气低落，最终一败涂地。

有了这样的前车之鉴，所以这一次，无论如何，赵煦都不想重蹈覆辙。

高台上的李清臣也是很满意地看着河间众将士的反应，连续宣读了几十份诏令，饶是他一向体力甚好，也不由得感到筋疲力尽，喉咙更是已经有些嘶哑，但这一切都是值得的。

此番前来河北，提振士气民心本就是他李清臣的责任，现在看来，似乎颇可以乐观了。尤其是众多将领之间的攀比、嫉妒、不服，更是朝廷所想要的效果。而特别让李清臣感到安心的，还是这次阅武的安排。对于石越，李清臣素来是十分钦服的，在他看来，石越不可能不知道这次阅武会起到什么样的作用，因此，石越同意安排这次阅武，他理所当然地认为也暗示了石越对于北伐的一些态度。

如果石越支持北伐的话，那么他的任务就变得简单多了。从心底里来说，李清臣当然是希望能带回给皇帝一个好消息的。

李清臣一面宣读着诏令，一面拿余光偷偷观察身边石越的反应，不过，这位新晋的燕国公，早就将喜怒不形于色修炼得炉火纯青，脸上始终是挂着一丝淡淡的礼节性的微笑，纵然是李清臣，也看不出什么东西来。但这也在李清臣预料之中，平心而论，以石越如今的地位，晋封燕国公这样的晋升，实在不足以令其动容。就算是李清臣自己，封个国公之类的，他也不会太放在心上，而且以石越所立的功绩而论，这也谈不上什么嘉奖。说到底，这只是个姿态而已，与王厚等人不同，对石越的赏赐，不管是不是要北伐，都肯定是要等到石越回到汴京才会真正颁布的。进封燕国公，也就是先意思一下而已。

因此，李清臣也没有太在意这些，他收回目光，看了一眼庞天寿手中的诏令，终于，只剩了最后一卷，他不由得暗自松了口气，接过那份诏书，看了一眼，读道："和诜超授游击将军、雄武一军都指挥使并进封鄄城县开国子[1]制……"

"万岁！万岁！万万岁！"眼见着李清臣终于宣读完全部的诏书，就在和诜的领旨谢恩声中，便听到"呼""呼"的炮声接连响起，河间府南城墙上的数十门火炮同时点火，九十九响空炮声响起，饶是李清臣早有心理准备，也被这如雷的连声巨响惊得一怔。但不待他回过神来，伴随着十数万军民"皇帝万岁""大宋万岁"的高呼声，数不清的绸花、彩缎自河间府的南城门上空抛洒

---

[1] 子爵及以下无"开国武功"之名。

下来，此时晨雾早散，但天犹阴沉，然而便在这一刻，金乌忽然自云层中跃出，光芒洒落大地，更是引来阵阵的欢呼与尖叫。

"各军将士听令——奉皇帝圣旨，其余昭武校尉以下有功将士一应除授赏赐，皆据《熙宁赏功格》，由宣台代宣！"

"各军将士听令——凡翊麾校尉以下有功将士，至各军、营、指挥随军书记处领取告身公凭、文历、官服、功臣牌诸般赏赐，致果副尉以上，皆至宣台领赏！"

"各军将士听令——宣台有令，自今日起三日，大宴三军，不禁酒令！"

随着几名宣台传令官的高声传令，宋军将士的欢呼声顿时响彻云霄。尤其是在宣布暂弛酒禁之后，连许多营将，甚至都校都忍不住喜上眉梢。

李清臣、庞天寿在石越的陪同下，缓步走下高台，再次登上阅武的战车，石鉴轻挥马鞭，在教坊歌伎的铙歌声中，战车向着河间府的南城门缓缓驶去。战车所过之处，道路两旁军民的欢呼声一浪高过一浪。穿过城门，李清臣惊讶地发现，城内的道路两旁竟然也同样挤满了密密麻麻的人群。看到战车经过，人群的欢呼与尖叫之声，比起城外的军民更加热烈与疯狂。

"如此民心，如此士气……"李清臣一面频频向两旁的军民招手致意，一面忍不住向石越低声慨叹起来，"此皆丞相之功也。"

"皆是皇上洪福、祖宗庇佑，越何敢居功？"

李清臣摇了摇头，笑道："丞相何必过谦？平西夏、退契丹，丞相之功业，本朝第一，当之无愧。接下来若能收复幽蓟，便可称圆满了。说实话，清臣羡慕之至，羡慕之至！"

石越脸上的微笑没有半分变化，口里依旧只是淡淡说道："邦直，你也以为全歼了韩宝，收复幽蓟便在反掌之间了吗？"

"那丞相之意？"李清臣趁机试探道。

石越却只是轻轻摇了摇头，没有再回答李清臣。李清臣嘴唇微动，正要再问，便在此时，忽然，就听到前方一阵喧嚣。前方导引开路的骑兵队伍停了下来，路边的军民也瞬间安静下来，所有人都惊讶地望着前方。

"末将等万死……"

前方隐约传来的声音，让李清臣的眼睛不由眯了起来。石越脸色微微有些难看，他看了一眼进城后就一直骑马跟随战车两侧而行的宣抚使司勾当公事高世亮与主管机宜文字范翔，二人立即会意，朝石越与李清臣微微一礼，便立即策马向前方跑去。

二人一到队伍的最前方，便都不由一愣——竟然是二三十名低级武官堵住了道路！二人定睛望去，却见这些武官阶级不一，高的竟然穿着致果校尉的服饰，低的却不过是陪戎副尉，虽未着背子，不知道是哪一军的，但其中有数人是高世亮认得的，多是殿前司禁军与河朔禁军的将校，既有宣武一军、铁林军的，也有云骑、武骑与雄武一军的。这些将校全都直挺挺地跪在道路中央，为首的是两名致果校尉，手里还高举着一份书札模样的东西。

高世亮的脸立时便黑了下来，虽然开战以来，他在宣抚使司主要负责清查辽国细作等情报事务，但他这个勾当公事此前可是天武二军的副都校，身上自有一种管军将领的威严。他也不问情由，扫了一眼这几十名武官，冷冷喝道："你们这是想造反吗？"

一名领头致果校尉伸了伸脖子，高声回道："高将军，末将们不敢，末将们只是想向石相公、天使请战……"

"放肆！朱克义，你他娘的请个球的战！你们宣武一军就是这规矩吗？你在讲武学堂的日子都是在吃屎吗？"高世亮怒声骂道，也不下马，提起马鞭，一鞭就狠狠抽到那叫朱克义的致果校尉脸上，立时便是一条血印。

高世亮又扫了一眼众人，厉声骂道："你们全他娘的给老子立即滚回营去，自己去找军法官领杖！"

但这些武官既然已来到这里，又岂是轻易会被骂散的？

那朱克义更是颇为硬气，挨了一鞭，连哼都不哼一声，咬牙回道："高将军，末将自知有罪，军法无情，末将甘愿领罚。但就这样回去，末将不服！"

高世亮气极反笑，反手又是一鞭，狠狠抽到朱克义的另一边脸上。"不服？你当我是来听你讲道理的吗？"说着，便暴喝一声，"来人！"立刻，便有一队在街边巡察的宣抚使司卫士全副武装地跑了过来，"朱克义，你听好了，我给你们两条路——一条路，立即滚回营地自己找军法官领了军法，然后脱了这层皮，总有一处厢军能收留你们的狗命；另一条，我就立即以谋逆之名，斩了你们的狗头，给大伙立个榜样！"

朱克义却似是铁了心一般，大声喊道："末将们不是谋逆，高将军焉能当众污蔑我等？"

"污蔑？"高世亮嘿嘿冷笑，"军中偶语则诛！你们几十人平日不属一军，今日聚在此处，不是串联是什么？我大宋的军法，管你们为了什么，你们身为朝廷军将，妄自串联，那就形同谋反！"

"末将不服！末将们绝不是谋反！高将军，俺朱克义家你是知道的，打太祖皇帝时起，就代代从军，俺太祖随太宗皇帝北伐战死在涿州，俺高祖战死在灵州，俺祖翁战死在踏白城，俺朱家也算是几代忠烈。俺们今日在此，并不是为了别事，俺们就是想叩见石相公与李大参，请两位相公让我们北伐去打辽狗！"

"朱克义，你是疯了还是痴了？北不北伐，那是官家和相公们决定的事，几时轮得到你们置喙？你还好意思提你朱家祖宗？你朱家的脸都让你丢尽了！"

朱克义被高世亮训斥，眼睛都红了，大声哭道："高将军，你忒地铁石心肠？这回辽狗入侵，俺和俺外舅、俺三弟一道出征，现在俺外舅死在萧岚手里，俺三弟死在耶律信那狗贼手里，连尸身都不全。俺三弟战死前，对军中兄弟说，这回能随石相公打下析津府，便算是为俺朱家祖宗报仇了！要是朝廷不北伐，俺外舅、三弟，死不瞑目！"

他说到伤心处，不由号啕大哭起来："高将军，你就不想北伐吗？铁林军秦翊麾不也是死在耶律信手下吗？"

高世亮亦不由一时默然。朱克义口里的"秦翊麾"是他的女婿，在铁林军与耶律信的血战中阵亡。其实他死的不止是这么一个亲人，他高家本也是西军中的将门，军制改革前，世世代代在延绥做州将，直到熙宁间禁军整编，才转入殿前司系统，因此，他高家在殿前司禁军与西军之中，亲戚朋友不知凡几。这次与辽军大战，虽说是打了胜仗，但故识就此阴阳两隔，也是家常便饭。像他在铁林军的那个女婿，虽说将追赠致果校尉，他的外孙也会受到荫封，朝廷的确也不曾亏待他，但可怜他女儿才不过二十出头就要守寡，又刚刚生了个儿子，还不到两岁，连改嫁都难……

若要问一声高世亮想不想北伐，他心里其实也想北伐。这倒不是为了报仇，在高世亮心里，两国交兵，若战死沙场，那也只是命数如此，他的默然，也只不过是同情朱克义的遭遇，同时也有些兔死狐悲，并不是认可他的主张。他也不是想要建功立业，此次大封赏，他身为宣抚使司的谟臣，自然不会受亏待，朝廷不但给他升了两级，超转昭武校尉，还另赐勋剑、功臣号，加武经阁侍读，对此，高世亮已经颇为满意。虽说朝廷若决意北伐，一旦打赢，像他这样在宣台做谟臣的，肯定能有极大的好处，至少能晋身五品的行列，他将有很大的机会实现做到一路提督使的人生梦想。但是，就算战争就此结束，他也完全可以凭现在积累的资历，在枢密院谋份差事，将来的仕途同样会非常顺利。

可高世亮的心里还是希望北伐的，似乎这并不是一个需要太多现实理由的事情，收复幽蓟，本身就已经是足够的理由。

但是，高世亮是一个老派的将领，相比这些，他更加坚定地认为，决定北伐与否，是朝中相公们的事情，身为武臣，除非朝廷下旨询问意见才能讨论，否则就是多嘴，就是逾越。至于如朱克义他们这般，几十名将校串联请战什么的，更是高世亮所深恶痛绝的。

他既同情他们，又厌恶他们。

但那些堵路的将校不知道高世亮的心情，他们大多与朱克义有着相似的经历，性格也都是热血而易于动情，否则也不会被轻易煽动起来。而且，他们也或多或少得到过一些暗示，汴京的赵官家是想要北伐的，只是大战之后，不知道士气可不可用，将士是不是厌战思乡，因此才派了李大参来体察军心……因此，他们才会不顾一切，铤而走险，用这样极端的方式来陈情。自然，这也是被人巧妙引导了。不过，他们好歹都是官至校尉，倒还不至于愚蠢到说出皇帝想要北伐之类的话语出来，私下里议论是一回事，公然揣测圣意则是大不敬，这他们还是知道的。

因此，朱克义的哭诉，立时便勾动了他们的心弦。几十人全部是眼睛通红，泪流满面，想到伤心之处，都是抑制不住地痛哭起来。

高世亮没料到自己一瞬间的心软，局面即变化至此。他自幼便随父从军，他父亲高永能也曾是西军之中有名的骁勇之将，一生杀伐果断，高世亮深受乃父影响，自不会被区区哭声所动。他右手紧握佩刀刀柄，眼中凶光闪露，脸色开始变得狰狞，打算下令强行处置。

但他嘴唇未张，一直冷眼旁观的范翔已策马过来，轻轻拍了拍他的肩膀，低声说道："昭武，此事交给范某处置如何？"

高世亮不由一怔。他和范翔表面上地位相当，但范翔是文官，他是武官，实际地位就已在他之上，而且范翔是主管机宜文字，在宣抚使司内分量也比他重，对方既然主动开口揽事，他倒不好不卖这个面子，当下默默点了点头，铁青着脸，不再作声。

范翔见高世亮同意，便即转过头，对朱克义问道："依方才所说，你们当街拦驾，只是为了向石相与李大参陈情？"

"正是。还望官人成全。"朱克义边哭边回道。

范翔的目光投向朱克义旁边那名致果校尉手里捧的书札，又问道："那是你们的陈情书吗？或者说请战书？"

"正是。"

范翔点了点头，道："本官是宣抚使司主管机宜文字范翔。既然你们只是想陈情请战，这个倒也简单，你们把这份请战书给我，我自会替你们递交给石相与李大参。至于两位相公见不见你们，我官卑职小，说了不算。不过我可以让人将你们领去宣抚使司行辕，你们可以在那儿等两位相公的召见。至于是祸是福，那就要看你们的命数了。"

范翔不疾不徐地说着，朱克义等人听到他所提的条件，都不由得一阵犹豫。高世亮却是惊讶地看了范翔一眼，要知道，自熙宁年间石越献策改革兵制以来，宋廷对禁军将领最为强调的就是守纪律，此番石越宣抚三路，又毫不手软地诛杀武骑军诸将，高世亮更是印象深刻。朱克义等人的行为，毫无疑问是犯了石越的大忌，范翔身为石越的心腹亲信，不可能不知道。因此，高世亮完全没有想到范翔的处置会如此温和。

但此刻他也不能多想，压抑住内心深处那复杂的心情，手按刀柄，厉声喝道："朱克义，范主管已是格外容情，尔等休要不知好歹！"

朱克义与另一名致果校尉对视一眼，终于转过头来，含泪朝高世亮与范翔狠狠叩了三个头，双手高举着递过请战书，泣道："多谢高将军与范主管成全，末将等自知干犯条例，愿伏军法，不敢狡辩。唯愿石相公与李大参，能知道末将们的心意。"

范翔坐在马上，微微叹了口气，接过那份请战书。透过纸背，他隐隐见到里面字迹殷红，知道多半是一份血书，心情更是复杂，说道："你们放心，这份请战书，我与高将军定会将它呈至两位相公面前。"

说罢，挥了挥手，旁边早有宣抚使司的卫士上来，将朱克义等人全部绑了，拉到道路两边。

石越与李清臣的车驾以及宋廷使团车队开始继续前行，仿佛是为了掩盖这场风波，队伍中的教坊乐伎又奏起了凯歌，转过一条街道，不知情的民众的欢呼再次山呼海啸般的响起，并立在战车之上的石越与李清臣，谁也没有多问一句，两人都是满面笑容地向河间府的军民们挥手致意，便仿佛方才的事情根本没有发生过一般。

在长长的队伍之中，靠近石越与李清臣车驾的庞天寿、章惇、蔡京、陈元凤、王襄等人，都是目光闪烁，各怀心思。靠后的文武之中，和诜与王赡、张叔夜，唐康与种师中互相交换了一个眼神，便即装得若然无事一般，继续前行。而在队伍的最前方，率领着导引骑兵的刘延庆、仁多观明、田宗铠三人却是心事重重，心情复杂之极。

4

"仲麟，这件事，你做得很好。"

当天晚上，宣抚使司行辕内，石越读着范翔呈上的血书，淡淡地夸赞了一句。此刻的宣抚使司行辕，是截然不同的两重天地，正厅和外围的院子，甚至是校场之中，都摆满了宴席，此时正是觥筹交错，笑声不断。自章惇以下的河间府文武，大都聚集在宣台行辕之内，陪宴李清臣、庞天寿一行。而现在石越与范翔、石鉴所待的书阁,却是安静得如雪落的冬夜。

原本按宋朝的习俗,招待李清臣一行的宴会应该在使团下榻的馆驿举行,但现在河间府聚集了太多的官员,驿馆早就住满,唐康与范翔等人只好在宣抚使司行辕附近找了几家豪族,临时商借了宅院,安置李清臣一行。再加上正七品至正六品文武官员的各种嘉奖文书都是由宣抚使司直接颁发,李清臣便向石越建议,将接风宴与庆功宴合并,就在宣台行辕之内大摆宴席,大宴河间府正七品以上的有功文武官员。

如此合情合理的建议,石越自然不能拒绝。不过石越只是在宴会上露了个脸,陪了李清臣与庞天寿小半个时辰,便随便找了借口,告罪离席。这倒并不是石越在做什么姿态,以他现在的身份,只需如此,便已算尽到礼仪。这是再正常不过的事,若是他全程陪宴,反倒是显得过分热情了。

见石越退席,范翔也连忙不动声色地离席,跟着石越到了书阁,呈上已藏了大半日的血书。

石越仔细读完这份血书,便随手将它放到手边的桌子上,微微皱起了眉头。朱克义等人所呈的这份血书,内容其实十分简单,就是请求朝廷北伐,他们愿为先锋。其最重要的内容,倒是血书后面几十人所按的手印,这表示了他们的决心。

石越几乎能嗅到这份血书背后的阴谋气味。他没什么证据,但是只凭直觉,他便能肯定这一点。朱克义这几十名中低级将校,多半只是某些人手里的一杆枪而已。但就算知道,他也无意穷按此事,背后的主使是谁并不重要,甚至石越隐隐也能猜到幕后之人是谁。

"北伐……"石越嘿嘿笑了两声,突然向范翔问道,"仲麟,你认为该不该趁胜北伐?"

范翔不由一怔,这还是石越第一次就北伐征求他的意见,他定了下神,才谨慎回道:"学生以为,虽然我们迫使辽主退主,又歼灭了韩宝,但辽国的实力依然不能小觑。甚至可以说,辽军主力还在,虽然我们在自己的国土上打败了辽人,但到了辽人的国土作战,那就又是另一回事了……"

石越摇了摇头,范翔说的,都是折可适的观点,当然很有道理,但他也听到一些主张北伐的将领持有截然相反的另一种观点——正因为辽军主力还在，所以才要继续北伐，扩大战果，不给辽人喘息之机。

但是，这个层面的事情，不应该是石越优先考虑的。

他是宰相。

石越打断范翔，问道："仲麟姑且不要考虑北伐能否击败辽人，首先考虑一下，若我们北伐肯定能获胜，那该不该北伐？"

范翔彻底愣住了。这还需要考虑吗？

一旁的石鉴也忍不住抬起头来，惊讶地望着石越。

"丞相，这……"

"我也曾经认为这是一个不需要考虑的问题。"石越悠悠说道，"这也曾经是我的志向。收复幽蓟，对我们宋人来说，可以说但凡稍微关心点儿天下事的，都有这么一个梦想。"

"但是，收复幽蓟，真的符合我们的利益吗？"石越问道。

"丞相，学生以为，这一点毋庸置疑。若收复幽蓟，河北便有险可守，塞防将更加巩固。不但能将我大宋的防线恢复至古长城一带，最重要的是，幽蓟在辽，则战和之权操之于辽人之手，幽蓟在宋，则战和之权操之于我。"

"诚然。"石越点点头，却又问道，"那辽国呢？失去了幽蓟的辽国，又将如何？"

"学生以为有几种可能，一是就此一蹶不振，很快便亡国。盖因幽蓟是辽国最精华之地区，失此要地，契丹将三面受敌，南有大宋，西有阻卜，东有女直，仅凭中京道之地，契丹难以镇压住阻卜与女直，内忧外患，祸不旋踵。又或者，辽人有壮士断腕之勇气，则尚能割尾求生，若其放弃对阻卜之宗主权，与阻卜大部结盟，专心经营东京道，则不失为一渤海国。又或者放弃东京道，北遁草原，加强对阻卜的控制，亦未必没有可能成为又一鲜卑、突厥之属。"

石越摇了摇头，叹道："这是不可能的。"

默然一会儿，又继续说道："辽国若失幽蓟，便只余亡国一途。仲麟所说的割尾求生之法，是不可能发生的。就算辽国有人能意识到这一点，他们也做不到。因为辽人若失去幽蓟，便一定是一场惨败，这种情况下，契丹在诸族之中将威信全失,就算他们集中力量,也难以再镇压住阻卜与女直,更何况草原与辽东,都不是说放弃便能放弃的。"

"而且,仲麟你听说过得陇望蜀吗?虽然今日咱们只说收复幽蓟,但若真的幽蓟在手,那就断然没有不觊觎辽东的道理……所以,幽蓟若失,辽国必亡。"

"那就灭亡辽国好了,又有何妨?"范翔说道。

"倒也无妨。只是既复幽蓟,必然继续谋取辽东,既亡辽国,则我大宋与阻卜之间,与女直之间,又当如何相处?"

"这是不用说的。阻卜、女直,不为臣属,便是寇仇。"

石越点头道:"不错,阻卜、女直可不同于辽国,要么朝廷将他们打服了,收为番部,那边境才会有安安分分的互市,否则,彼辈必然秋来春返,劫掠边境,永无宁日。"

话说到这个份上,范翔已然明白石越的意思,沉默良久,才说道:"丞相,学生明白了。"

"丞相所担忧的,是北伐幽蓟将不可避免地变成灭辽之战,最终又会演化成与阻卜、女直的长期对峙与战争。如此一来,这场战争就很可能会变得旷日持久……"

石越摇了摇头,说道:"战争会打多久还在其次,打得太久固然是坏事,但最重要的还是我们北伐之前,必须要先弄明白,我们大宋究竟是想要一个怎样的塞外。汉武帝因为远征匈奴而使国内户口减半,隋因为征辽东而亡国,唐虽然击败渤海,却也埋下了安史之乱的祸根,最终便宜了契丹。打败敌人容易,统治敌人困难。我大宋现在有没有能力真正统治草原与辽东?如果说不能形成真正的统治,打败一个部族,却只是让另一个部族趁机崛起,这样的战争又有何意义?若无深远的考虑,只管糊里糊涂地北伐幽蓟,收复了山前山后,结果却留下一个烂摊子,最终不得不自食苦果,这又是何苦?更何况,北伐幽蓟也并非可以手到擒来,若要成功,与辽军必有恶战,要冒的风险也不算小。"

"倘若战争现在就结束,其实也算是个不错的局面。我大宋不必去操心北方的事情,而经此一役,不但辽人以后不敢再轻易南下,还能形成一个我强辽弱的两朝对峙之局面,日后辽国的汉化更将不可阻挡。这对大宋来说,是一个简单、有利的局面。而若继续北伐,我们要面临的,将是一个混沌不清的未来……"

范翔不由得点了点头,他受石越影响日深,因此也比较能理解石越的思维,但他还是直言不讳地说道:"丞相所虑虽然很有道理,但是……学生以为,恐怕朝野皆会以为这只是丞相避战之辞。况且收复幽蓟之利,在大多数人心目中,已足以当其所生之弊;而与辽国继续南北对峙,在许多人心中,则已然是巨弊!"

"仲麟说得不错。"石越叹道,"有时候同一件事,是利是弊,都很难说得清。"他摇了摇头,又说道,"但我身居此位,有些话,不管怎么样,也不得不说。仲麟,你就照我刚才的意思,去拟一份札子。"

"是。"范翔连忙答应了,脸上却露出一丝不易觉察的忧色,"是呈给皇上吗?"

事情果然便如范翔所担心的那样,石越是不愿意北伐的。站在范翔的立场,不论是为他自己,还是为了石越,他心里都希望石越能支持北伐。安平大捷之后至今这一段短暂的时间,是小皇帝与石越关系最好的时候,小皇帝不断对石越示好,如果石越能站出来支持北伐,那君臣双方就能维系住这段蜜月期。虽说小皇帝迟早要对石越下手,但只要石越在北伐胜利之后急流勇退,那双方就能体体面面地分手,石越有机会获得类似韩琦一样的地位,虽然不能再在朝中主政,却可以挑一个州安养晚年,朝廷凡有大事必加咨询,甚至可能像韩家一样,知州世世代代都是石家的人……

若只是为石越的利益考虑,只要肯北伐,就算吃了败仗也不打紧。因为那样虽然石越的威望会大受损害,皇帝也可能会顺势罢了石越的宰相,但石越该有的礼遇并不会少,还会大大减轻皇帝对石越的猜忌与防范之心。

事情最糟糕的,莫过于石越公然反对北伐了。这会大大得罪小皇帝,虽然皇帝也不能把石越怎么样,但这会让小皇帝把石越当成必须尽快从朝中踢开的绊脚石,就算将来石越离开朝廷,哪怕皇帝明面上不得不礼遇,心里却也会疏远和防范。最可怕的是,在这种情况下,还很可能会造成皇帝对石党政治势力的猜忌与打压。

这也是范翔最不愿意看到的局面。

所以白天在处理朱克义等人的时候,他才会主动站出来,尽量温和的处置。

原本，作为一名文官，对于这种事情，他心里面比高世亮还要厌恶痛恨。石越对于此类事件的态度，宣抚使司的众谋臣大多也是很清楚的，自熙宁以来，石越就一直在提高武人的地位，不但设立忠烈祠，还扩大武举、建立讲武学堂，培训武官，更创建了枢密会议与武经阁，增加了武官进入枢密院与兵部任职的比例，极大增加了武臣对于军国事务的发言权；但与此同时，石越对于武人不守纪律的事情，态度也是极为严厉，几乎所有类似的事件，最后都被极为冷酷地镇压了。而白天的事件其实是非常严重的，朱克义等人可能自己都没有明白事情的严重性。的确，在军中，将士请战谈不上触犯军法，就算不该越级上书、拦驾，这些顶多也就是打十几军棍的事。但是，朱克义等人犯了串联的大忌。一个个单独上书请战不犯法，但两名根本不隶属于同一支部队的武官在同一份请战书上署名，就算被当场斩了，也不冤枉，更不用说几十人一道串联。如果有意严办，这是不但会害死自己，还会祸及家人的大罪。

文官联名上书，都会背个结党的嫌疑，只不过大宋朝廷如今党派已经是公然并列，所以渐渐习以为常。但是朝廷能默许文臣有党，却岂能坐视武臣结党？！能够默许高级将领有自己的党派倾向，就是最后的底线了。比如人人都知道李浩算是新党，但他如果敢胡乱与另一名新党联名上奏折，他的下场多半就是贬斥流放。而军中的结党、结社，更是一直以来就被严厉打击的，甚至连将领结义的兄弟过多，都会受到卫尉寺的调查。

朱克义等人未必有这个意图，他们多半是凭着一时血气之勇，才做出拦驾上书请战的事，所以才思虑不周。但是，他们有没有结党的意图并不重要，这几十人串联已是事实。他们肯定没有造反的意思，也绝不是想当军阀，或者以军干政，任何人都知道，他们没有这个能力。但他们今日的所作所为，却是在为后世想这么做、有能力这么做的人开先例。这就是"千里之堤，溃于蚁穴"的意思，而石越一向的处理办法，或者说熙宁以来宋廷对此类事件的处理办法，都是毫不留情地踩平那个蚁穴。

最差的文官政府，也要远远好过最好的军人政权。这是范翔等接近石越的人都听过的话，类似的话，也在讲武学堂天天向学员灌输着。范翔与高世亮等人都知道，这是石越对于太祖皇帝的一条祖宗之法的概括与发扬。这条"道理"，不但获得了皇帝与所有士大夫的赞同，也被无数的武人赞成，比如高世亮、田烈武，甚至就算是朱克义等人，心里面可能也是认可这条"道理"的。

但是，白天的时候，范翔却还是站了出来，阻止了打算果断处置的高世亮。不是因为他支持北伐，更不是因为他同情朱克义等人，他的目的很简单，就是给李清臣与庞天寿一个面子。

如果石越支持北伐，那么随便高世亮怎么样处置朱克义等人都无关紧要，此事也根本没必要征求李清臣、庞天寿的意见，石越自有专阃之权。皇帝也不会介意，在这个事情上，皇帝与士大夫的利益是一致的，对武人结党结社串联，宁可错杀，也绝不能放过。

但是，范翔早就隐隐猜到石越对北伐的态度。所以，他必须要尽可能地给石越多留一些转圜的余地。倘若石越不支持或者反对北伐，却当着李清臣的面，毫不征询他的意见，对这些请战的将校果断处置，这不但会令李清臣感到不快，而且也会给皇帝留下一个跋扈不臣的印象。

事情就是如此微妙。

李清臣和庞天寿非常识趣，只当白天的事情完全没有发生过。如果石越支持北伐，那么在处置完毕后告诉他们一声就可以了，此前要不要征询他们的意见，完全取决于石越有没有心情笼络他们。但既然石越不支持北伐，那充分考虑李清臣、庞天寿的意见，便成了最恰当的处理方式。

范翔心里瞬间便转过许多念头，又转头看了一眼一直不做声的石鉴，见他脸上也流露出担忧的神色，心中不由叹了口气。但是这件事又不太好劝谏，他也无可奈何。

石越早就看到范翔脸上的忧色，他知道范翔在担心什么，却只是淡淡点了点头，说道："这札子自然是要进呈御览的。"又吩咐道，"朱克义等人，叫高世亮好好看管，这份血书，明日你也送到李参政和庞内侍那儿，给他们看看……这件事且不忙下结论，这几日的首要之事是颁布赏赐，让将士们高兴高兴。李大参与庞内侍必定会接见各军将领，此事仲麟你就不要管了，让李参谋与何去非安排便好……"

"是。"范翔答应着，心里面渐渐放心几分，却又莫名其妙地泛起一股失望的情绪来。他悄悄看了一眼石越，意识到眼前的这位位极人臣的燕国公石宣相，已经不是熙宁五年他所初见时的那位石秘阁。眼前的石丞相，虽然依旧让他有高山仰止之感，但是他那深邃的眼眸之后，已有了掩藏不住的疲倦，锐意进取之志也渐渐变得保守稳重，范翔甚至隐隐感觉到石越已萌退意。

人事变幻如此，不由令人唏嘘。此刻的范翔，突然之间理解了熙宁之初的那些庆历老臣。他其实很能够理解石越的这种变化，毕竟，他的年纪其实比石越也小不了几岁。步入不惑之年后，他其实是更能理解石越在考虑辽国之事时所表露出来的那种谨慎的，更何况他自己也是一个传统的儒生，在他心里，开疆辟土的丰功伟业永远都是列于国内百姓的安居乐业之后的。

然而，范翔还是不由自主地感到失望。

第十八章

孤掌独拍

去河北贼易,去此朋党难。

——《资治通鉴·唐文宗太和八年》

1

绍圣七年十一月十九日。

辽国容城。

这是一座简陋的边城，作为辽国南京道唯一落入宋军控制的城池，在这大雪漫天飞舞的寒冬里，尤其显得萧索。因为当日对吴安国的出现毫无准备，整个容城县城内几千户人家，几乎全部落入宋军手中，仓促逃出容城的，可能还不到一百户。

这座挨着宋辽边境的小小县城，当初可是让吴安国的河套番军们大大吃了一惊。他们完全没有想到，这座城墙修得如此粗鄙的县城内，居然居住着上万居民，而且大多还颇为富裕。这让他们十分震惊。这与他们对辽人的印象大相径庭，但事实摆在眼前，相比起来，容城的居民更像宋人，而他们河套番军则更像"穷酸"的辽人。

这座小小的边城，给吴安国的部下们上了生动的一课。辽国的南京道相当富庶，一个容城县，如果算上农村人口的话，总户口就已然近万。而且，因为靠近宋境，走私贸易发达，居民也颇为富裕。整座城市内，大部分人口都是汉人，因此不存在语言交流上的障碍。可是，让不少宋军将士心里感到别扭的是，在这座城市内，虽然说着同一种语言，但本土居民的提防、猜忌甚至是敌视，还是十分明显。

但这也是可以理解的。虽然占领容城后，河套番军的军纪还算不错，但是吴安国为了解决补给问题，还是不可避免地向容城的居民摊派了各种杂税力役。更不用说在这场宋辽战争中，容城也有不少男丁随辽主南侵，许多人的亲人便死在了宋军手上，还有许多人的亲人此时依然在辽军中服役。这一切，都不是简单的是非对错可以说清的。

不过，至少河套番军的主将吴安国对这些倒是早有心理准备。对这一切，吴安国表现得漠不关心。在他看来，只要容城的居民们不打算武力反抗宋军的统治,那这些就不关他的事。此时,他真正操心的只有两件事,一是他占领容城时纵兵洗劫了容城县的府库,将其中的金银缗钱布帛等物抢了个一干二净,虽说他自己没拿一个铜板,尽数分给了部下以鼓舞士气,但这始终是违犯军法的,因为容城基本上是不战而降的,所以从法条上,他洗劫的是宋朝的府库。在这件事上,吴安国与他的护军虞候一直撕掳不清,虽然护军虞候没有将这件事马上上报,但一直在威胁他,要他想办法填上这个窟窿,否则迟早要上报。这让吴安国烦得要死,他有心想要找个机会再打下一座辽国城池,但自耶律信撤兵后,现在辽国南京道境内到处都是辽军,为了防备宋军反攻,南京道内各州县的汉军也全面动员起来,凭着吴安国这点儿兵力,现在想再打下一座城市,实在有些勉强。而另一件事,就是困在蔚州的折克行部。

早几日前,吴安国就接到了消息,知道参知政事李清臣会亲自前来河北犒军,李清臣此来,不但会带来诸军将士翘首以盼的奖赏,还关系到这场战争的下一步走向……但吴安国没把这些放在心上,他的想法很简单,该有的奖赏是飞不掉的,而只要朝廷没有正式颁布议和诏,那么宋辽之间就依然处于战争状态。因此,他不但没有跑去河间府凑热闹,连河间府的阅武,他也借口兵力紧张,没有派人参加。

与其去做那些无聊的事,还不如多花点儿时间想想如何帮困在蔚州的折克行解围,哪怕是帮他减轻点儿压力也好。

这段时间,吴安国每天都要花大量的时间对着地图思索对策,但苦无良策。他的军队现在所处的位置颇为尴尬,若辽军还在河北,他这几千人马在容城,对辽军的粮道是一个不小的威胁;若宋军大举北伐,他自然也不需要停在容城这种弹丸之地,以一般的进攻路线来说,宋军主力自雄州北出,而他这支人马可以作为偏师,袭取易州、涿州,不但可以护卫主力的侧翼与粮道,而且对涿州辽军也能形成夹击之势。然而现实是辽军已然回国,宋军却暂时没有乘胜追击,他这几千人马在容城已变得毫无意义,可是却又不能轻易放弃这座具有象征意义的边境小县城。

这让吴安国感到很沮丧。因为大雪封山,他也无法去救援折克行。要是天气好一点儿的话,吴安国甚至打算出奇兵,取道易州以北的故城镇道,越过长城,奇袭蔚州北面的涿鹿,也就是辽国现在奉圣州的永兴县,再由涿鹿南下,增援蔚州。为这个计划,他已经询问过数十名易州土著,并且找好了向导,确信唐代的故城镇道现在依然存在。尽管这条故城镇道不太好走,而且如果涿鹿辽军得到消息,在故城镇长城附近布下一支精兵埋伏,他很可能会吃个大苦头,但吴安国还是认为若有必要,就值得冒这个险。因为只要得逞,他既可以南下直接增援折克行,也可以北上直取怀来,切断军都陉,威胁居庸关,让耶律冲哥对折克行的围困变得缺乏意义。

可惜的是,天公不作美。而且他这个作战计划一直没有获得宣台批准,因为王厚与折可适都认定以耶律冲哥的才智,一定会对故城镇道有所防备,这是个必定失败的计划。与其冒险,不如留下吴安国这几千人马将来用于护卫北伐主力的侧翼。这也让吴安国深感无奈,他不断上书宣台,想要说服王厚与折可适,但王厚与折可适的战争理念与他实在相差太远,简直到了难以沟通的地步。在吴安国看来,就算耶律冲哥有所防备,也不代表他不会成功,战争的胜负很多时候是取决于将领的临机决断的,耶律冲哥手上兵力也是有限的,他既要围攻折克行,又要牵制河东的章楶、种朴,又能派出多少人马防范故城镇道?更何况在辽军北撤后,辽军在涿州、易州都部署了重兵,故城镇道的防守理应由南京道的辽军负主责,只要吴安国能骗过涿、易的辽军,他的计划就完全可能成功。

然而王厚和折可适根本不相信他有可能骗过涿、易的辽军。辽军北撤后,宋军早已侦知辽主依然驻跸析津府,萧禧也回到了南京,而改以萧忽古负责涿、易的防务,以萧阿鲁带率兵居固安、永清一带为其辅。不管萧忽古与萧阿鲁带在南犯之时战绩如何,这两人却都是老成宿将,王厚与折可适都认定自己绝对没有本事能带几千人马神不知鬼不觉地从萧忽古的眼皮底下溜过去,因此也绝不相信吴安国有此能力。就算吴安国表示愿意立军令状,二人也嗤之以鼻。这让吴安国气闷得要死。可是,夏虫固然不足以语冰,奈何这"夏虫"却是他的顶头上司,而且这两位还是在河北打了大胜仗的大功臣,听说一个将封德安县公,另一个不但晋爵武乡伯,还越转定远将军。而他吴安国虽然也立下偌大功劳,但说到底只能算是一支偏师,上面又没人帮他说话,结果只落了个游击将军、灵丘伯,也就是比种朴那个倒霉蛋好一点儿。

但是，全天下都在加官晋爵，只有种朴被降职，如果不是因为朝廷有意北伐，很可能连神锐四军的都校一职都保不住。因此，就算吴安国对自己的仕途再怎样不抱希望，也不至于自暴自弃得去和这种人相比。

现在的吴安国对章楶和种朴可是鄙视到了极点。如果他的河套番军现在还在河东的话，耶律冲哥绝对不可能像这样困住折克行。救援蔚州最有效的办法，其实就是河东宋军北出雁门，直取辽国西京大同府，耶律冲哥再厉害，也不可能坐视大同府陷落而不顾。退一万步说，就算没能力威胁到大同府坚城，至少也要主动出击，搅得辽国西京道境内鸡犬不宁，使耶律冲哥不能专心对付折克行。但这两位倒好，完全被耶律冲哥牵着鼻子走，让耶律冲哥以少数兵力在河东路境内四处出击，迫使他们四处救火，到处布防，令手中兵力越发捉襟见肘，更加可悲的是，他们居然还真的就这样被辽军切断了折克行的粮道。

造成现今这样的局面，谁能说与章、种二人的才具无关？如果现在在河东境内主持大局的是慕容谦，或者将种朴换成何畏之，哪怕是种师中也行，耶律冲哥都绝不会这么轻松。吴安国现在已经看穿了，章楶的本事，也就是能勉强守住河东不失，若让他进取的话，他也就能打打那种步步为营的仗；至于种朴，根本就不具备独当一面之才，做一军大将已是十分勉强，他的才能，也就够做个副将、营将之类。

吴安国正一肚子牢骚，在行辕内对着地图腹诽，忽然听到屋外传来一阵脚踩积雪的声音，他抬眼望去，便看见韩季宣已到了门口，身后还跟着一名戴着斗笠的锦衣男子。这韩季宣原是辽国的飞狐守将，降宋之后，宋朝给了他一个翊麾校尉的官职，便在吴安国帐下做了一个行军参军，此时出现在此倒也不奇怪。他身边那人，吴安国瞧着身形有些相熟，但显然不是他麾下的将领，正疑惑间，却见那人已取下斗笠，走进屋中，笑道："镇卿，这大雪天，不去围炉取暖，喝杯温酒祛寒，却一个人待在这冷冰冰的屋里看甚地图……"

"段誉之？"吴安国看清来人的相貌，不由一怔，惊讶地问道，"你怎么跑容城来了？"

"我给你押了一批箭矢、棉鞋过来。"段子介笑道，又拿眼扫了一眼地图，笑道，"你还在想永安侯的事？"

吴安国狐疑地看了段子介一眼，冷笑道："段誉之，你当我傻吗？什么时候给我送这点儿补给也需要你这段定州亲自出马了？"

"你这人果然一直是这般无趣。"段子介尴尬地笑了笑，"难怪立下这么大功劳，就得了个游击将军——噢，这游击将军还不知道能当几天，我听说有人洗劫了容城的府库，这事要传到河间府……啧啧……"

"什么游击将军，当不当无所谓。"吴安国满不在乎地说道。

段子介却嘿嘿笑道："以前倒是可以无所谓，不过现在这情况，你要是还想当一军主将，一个昭武校尉恐怕资历太浅啊。"说着，他也知道吴安国大概不会主动请自己落座，也不见外，自己拉了一张椅子坐了，又对韩季宣笑道，"韩将军，跟着这样的主将没意思吧？不如到我那儿去如何？"

韩季宣笑了笑，没有回答。段子介跷起二郎腿来，又得意地笑道："正好有件喜事要让吴兄知道，小弟马上就是从五品上的游骑将军了，吴兄下次见着小弟，就得认真行礼才行了。"

吴安国脸都黑了，段子介却装作没看见，朝韩季宣说道："韩将军，瞧着没，跟这样的主将，不但自己升不了官，也连累下属不好升官啊。韩将军可是北地人杰，千万不可被耽误了……"

韩季宣应也不是，不应也不是，眼见吴安国脸色越来越难看，急中生智，笑着说道："段定州远来辛苦，末将且去叫人上杯热茶……"说罢，不待段子介答应，一溜烟地跑了出去。

段子介见韩季宣跑了，方又转过头来，瞅了瞅吴安国，正色说道："镇卿，你觉得永安侯还能坚持多久？"

"不知道。"吴安国摇了摇头，"我唯一能肯定的是，如此恶劣的天气，他已经无法突围，而等到天气好转，他的战马肯定已被吃光了。所以，他要么坚守蔚州等到援军到来，要么就全军覆没。"

段子介叹了口气，突然放低了声音，说道："永安侯绝对不会全军覆没的。"

吴安国惊讶地望着他，却听段子介又低声继续说道："吴从龙与黄裳已经到了雄州，他们表面上是去雄州、霸州劳军，但实际上是去与辽人接触的。"

"议和？"吴安国惊得嘴巴都张大了。

段子介却摇了摇头："现在还谈不上议和。就是给辽主带个口讯，宣台要求耶律冲哥让开飞狐峪，以便永安侯率部退回河东。"

"这是何意？"吴安国不由得皱起了眉，"到嘴的肉，叫耶律冲哥吐出来？"

"这就是投石问路。"段子介淡淡说道，"这应该是折可适的主意，要不然你以为折可适真的会坐视折家军全军覆没不管？如果辽主答应了这个要求，就为接下来的议和创造了条件，丞相也就可能顺水推舟，说服朝廷与辽国议和。"

"若辽主不答应呢？"

"那我就不知道了。此事是绝密，恐怕现在河间府除了丞相和折可适之外，没有第三人知道。说实话，我也不知道丞相与折可适到底在想什么，在真的打算议和，还是兵不厌诈？"

吴安国却突然冷冷问道："如此绝密之事，你段誉之又从何得知？"

段子介苦笑着摇了摇头，道："我又有什么能耐知道？是建国公透露给我的。至于他是如何知道的，我却不知道。不过他断不至于诳我……"

"吕惠卿？"吴安国怔住了。

这种大事，吕惠卿当然是不可能骗段子介的。就算吴安国也清楚，以天水朝[1]的政治文化，以段子介如今的地位与性格，如果吕惠卿故意欺骗他的话，段子介很有可能会愤而说出全部真相，这样吕惠卿也会牵连进来。这种不但涉及军国和战大事，而且事连石越这种重臣的案子，不论结果如何，吕惠卿都不会有好下场。

而且这案子也扳不倒石越，从段子介的用词来看，石越也并非私下与辽国和谈。他只是要求辽主不得再围困折克行部而已……所以，这种结果只是吕惠卿和段子介两个人倒霉的事，想来吕惠卿不至于失心疯到要和段子介同归于尽的地步。

但吴安国还是有些疑心，吕惠卿又是如何得知这种绝密之事的呢？这应该是只有石越、折可适、吴从龙、黄裳四人知道的事。

不过吴安国也知道自己是不可能想出答案的。他有自知之明，对于朝中大臣们连枝错节的关系，他完全是一头雾水。其实不但吴安国、段子介想不出来，

---

[1] 天水朝，宋朝之代称，因"天下赵姓，皆出于天水"。

就算是石越与折可适也料不到如此绝密的事，竟然会泄密，而且还是泄到了吕惠卿那儿。但若是知道内情，就会感到毫不为奇。因为向吕惠卿泄密的人，正是此次与辽国秘密交涉的负责人之一，黄裳。而原因也很简单，黄裳本来就是福建人，与吕惠卿算是老乡，他熙宁初年在福建老家参加取解试，结果屡试不中，不得已只好到汴京游学，又设法进了太学，以求得一个贡生的名额参加省试。他在汴京求学的时候，自然免不了要拜会同乡名流打打秋风。吕惠卿当时身居高位，看过黄裳的文章后，颇为赏识，便给了不少资助，并且还向高宗皇帝推荐过这位小老乡的文章。后来黄裳进士第一名及第便与此有关，因为赵顼也十分欣赏黄裳的文采。因此，黄裳心里对吕惠卿一直十分感激。不过二人的这层渊源，却罕有人知。因为黄裳地位太低，中了状元后又马上外放州县，吕惠卿那时候根本也用不着这位状元爷，而没过多久，等黄裳回京，又逢吕惠卿罢相遭贬，因此汴京根本无人知道二人的渊源。人们只知道黄裳这位状元公，是绍圣初年才被调回京师的，非新党非旧党亦非石党，以博闻强记、文采过人而出名……而黄裳自到宣抚使司任勾当公事后，办事谨细，从没有出过差错，还因为记忆力过人，经常能拾遗补阙，渐得石越信任。此次石越让他做吴从龙的副手，也是看中他熟谙典故礼制，却料不到黄裳其实并不赞同与辽国就此议和。黄裳在战争之前，只是正八品上的给事郎，这次论功行赏，他虽然超转朝散郎，却也就是从七品上，这让这位状元公难以满意。已经识髓知味的黄裳心里十分清楚，要想快速升官的话，没什么能比继续北伐，收复幽蓟更快，若能完成此等功勋，他能省下十年磨勘之功。但他人微言轻，既不可能说服石越，也不敢公然与石越唱反调，无奈之下，只好偷偷把他和吴从龙去雄州与辽人接触的事，泄露给吕惠卿。但他只是吴从龙的副手，对于细节知道的也很有限，所以吕惠卿其实也就知道吴从龙与黄裳去雄州要求辽主解蔚州之围的事，其余的都是他的推测。

但这些内情是吴安国与段子介无论如何都想不到的，他们也很难怀疑到黄裳身上去，毕竟，要说福建人就和吕惠卿有牵连的话，那吴安国自己也是福建人……

不过吴安国也是十分聪明的人，他并没有在这些枝节上纠结，而是马上把握住了重点，冷冷问道："是吕惠卿让你告诉我这些事吗？"

段子介点了点头，笑道："吕吉甫固然很聪明，我俩皆不及他。但我们俩也不算是傻子，所以吕吉甫还算坦荡，他让我来问镇卿你有何打算？"

"段誉之你又有何打算？"吴安国眸子中精光闪过，反问道，"你这要站在吕吉甫一边，拆石相公的台吗？"

段子介不由苦笑一声，叹道："吴镇卿你这张嘴巴。我怎么样也不可能站吕吉甫一边，也断不敢拆丞相的台。但是，实不相瞒……我手上有皇上的内降指挥！"

吴安国瞪圆了眼睛，怀疑地望着段子介。段子介却并没有向他出示皇帝的指挥，而只是解释道："皇上并没有越过宣台指挥我什么，只是慰勉了我一番，希望我在将来北伐时能立下更大的功勋。另外皇上还吩咐我，要我'听从'宣台的指挥，想尽一切办法增援永安侯，尽可能保住蔚州……"

说着，段子介不由得苦着脸，自嘲地笑道："镇卿，皇上指挥的意思很明白了。我现在也是进退两难，增援永安侯我没这个能耐，说得难听点儿，我就算想拆丞相的台，也不知道该怎么拆。但是如果我什么也不做，万一吴从龙、黄裳和辽人达成协议，皇上对我肯定不会满意。而且……"

"而且你也想要北伐。你认为就算石相公有和辽之意，也阻止不了皇上，皇上北伐之志甚坚，石相公阻得了今天，阻不了明日，所以不管石相公怎么想，你觉得还是应该推动北伐，与其让别人来北伐，不如石相公带着大伙打仗比较安心。况且你还抱有一丝幻想，如果能想办法帮折克行守住蔚州的话，石相公也可能改变想法……"

吴安国望着段子介，接过他的话，尖刻地替他说着。段子介被他说出心中的想法，摊摊手，道："没错，不过，其实我也不认为想尽办法增援永安侯、保住蔚州算是拆丞相的台，难道丞相会为了议和而牺牲永安侯？难道说能够保住蔚州，丞相会故意不保？这些事其实也不必想得太复杂，丞相站在他的立场，自有他的考虑谋划，非你我能置喙。但我们也要尽自己的努力，所以，我才特意跑来问你，有没有什么办法？"

"办法？"吴安国嘴角露出一丝冷笑，"我可不想成为荆岳。你也应该清楚，我这几千人马现在所处的位置，可没办法用什么'将在外'的借口蒙骗宣台，除非有紧急情况，理由充分，否则我的任何作战行动，都必须事先征得宣台的批准。你段誉之简在帝心，不怕什么，但我可没什么凭仗，我不想把自己的大好人头送给宣台用来重申军纪。"

吴安国说话全不假辞色，但段子介与他是多年故交，知道他脾气，也全不介意，反笑道："看来你还是有点儿长进的，到底一把年纪了，没年轻时那般冲动。不过镇卿你放心，我没敢打你这几千人马的主意。什么简在帝心的怪话，你也不必用来讥讽我，我若真的胡乱违反节度，丞相一样能斩了我。这点儿分寸我还是有的。"

他摇了摇头，又说道："不过，我的情况和镇卿你又不一样。伺机给永安侯运送补给，这是宣台给我的命令，算是我的分内事。所以我如果向蔚州用兵，无人能说我不是，最多我行动之后，向宣台报告一声就是。至于临机决断之权，那谁也管不了我。只是我现在已经是束手无策，不但我定州诸将无人能想个可行的办法出来，就算是建国公那边，也没人想得出办法。要不然，我才不想来受你吴镇卿的闲气。"

段子介无可奈何地说完，又道："要是你也想不出办法，我就认命。这也没什么大不了的，我已经尽力而为，将来不管怎么样，面对皇上也问心无愧。"

吴安国却是依旧丝毫不为所动，只冷冰冰地说道："你若只想对皇上交差，也不难。你再组织人手，强行往飞狐峪送一次补给就是。以后皇上定不会再怪你。"

"拿手下的命去送死吗？"段子介顿时便有些恼了，脸色一沉，不客气地说道，"吴镇卿，我段子介再不肖，这种事还是做不出来的。"

吴安国却毫不在乎，还是一样的语气，"那我就告诉你，这种天气，想越过太行山，对山后用兵，除非是神仙下界。就算真想救永安侯，也只能等到天气好转，能不能熬过这段时间，只能靠永安侯自己。你要真有此打算，那就抓紧这段时间，好好招兵买马，补充兵员，训练士卒，做好准备，最好是设法让河东的章楶和种朴也这么干，因为要救永安侯，他们动手比你段子介去仰攻飞狐峪要容易得多。"

"至于在此之前，恕我直言，救永安侯最好的办法，还真的只能指望吴从龙与黄裳。只不过我就不知道你段誉之与吕惠卿，是希望他们成功呢，还是希望他们不成功。"说到这里，吴安国的眼睛忽然眯了起来，语带讽刺地说道，"不过有一点我倒是可以肯定，你那位建国公，应该是看错我了！我吴安国可没你们那么有抱负有想法，我只是大宋的鹰犬，朝廷让我去咬人，只要朝廷没有喊停，我就会尽我所能去咬死敌人。但是，我也就仅此而已了，左右朝廷大策那种事情，我吴某人既无此能力，亦无此野心。"

说完，吴安国又淡淡地说道："其实，我倒是希望吴从龙能把永安侯救出来。蔚州丢了，可以再夺回来，就算签了和议也没什么大不了，相公们不想打也无所谓，想打了再撕毁和议也无所谓，但折遵道那老头子要是死了，那就太遗憾了……"

段子介怔怔地望着吴安国，他怎么也想不到，他这辈子竟然能从吴安国的脸上看到那样的萧索之意。

2

雄州。

一阵寒风袭来，吴从龙冷不禁打了个喷嚏，他裹了裹身上的深红色披风，嘴角却不由自主地泛起一丝笑意来。

朝请大夫，从五品上，仅仅七年前，他还只是区区的七品鸿胪寺主簿，而如今，他却已然服绯佩鱼，职事官更是升为守礼部郎中兼权雄州通判。

而且，他这个权雄州通判，在朝廷任命新的雄州知州与通判到任之前，就是雄州实际上的郡守。至于现任雄州知州柴贵友，吴从龙无论是本官还是职事官，都已经比他高。石越也干脆将柴贵友召到了河间府，不再让他插手雄州事务，而是将雄州之事专任给吴从龙与赵隆。

现在无疑是吴从龙仕途的一个高峰。

人生际遇，真是令人慨叹。

可惜的是，雄州城早已被耶律信烧为灰烬，归信县城也被战火毁得不成样子。辽军离境之后，柴贵友已暂时将州衙搬到了雄州下属的容城县——恰好与吴安国所据的容城同名。所以，此刻吴从龙所在地方，实际上是容城县。而吴从龙现在的下属文官，除了黄裳外，也只有一个叫林摅的刚刚上任的八品司户参军。

这也让吴从龙颇为无奈，刚刚结束的这场战争中，雄州是被祸最烈的几个州郡之一，州县文官几乎无有幸存者。战争结束后，宋廷虽然也任命了新的官员，但因为雄州是河北最重要的州郡之一，官员人选必须反复斟酌，再者官员到任需要时间，更有一些官员对于到可能再受战火的雄州上任心存疑虑，上任的速度自然就不会太快，所以，才会出现这样的状况。一直到现在，雄州，包括下属的归信、容城二县，判官、录事参军、知县等重要官员全部空缺，在吴从龙以下，文官中最大的，竟然就是这个叫林摅的司户参军了……

而这林摅之所以上任得这么快，估计与他是荫官出身有关。吴从龙听说这林摅是淮南转运副使林邵的儿子，科举累试不第，没什么读书的才能，在太学与白水潭厮混了几年，靠着父荫荫官入仕。这等无出身官，能有个大州的司户参军阙，自然也没啥好挑剔的，所以旁人都还在挑肥拣瘦，他便已紧赶慢赶地上任了，到了雄州之后，又整理户口、招纳流民，自顾自地忙得不亦乐乎。

不过，若不是如此，这个权通判雄州的要职，也落不到吴从龙头上。所以，他也没什么好抱怨的。在宣抚使司任勾当公事这段经历，虽然只有短短几个月的时间，却让吴从龙渐渐接触到了大宋朝的权力核心，他现在也有了自己的消息渠道，所以，他心里也很清楚，若不是朝廷为了新任雄州知州的人选在扯皮，他同样也得不到这暂时的美差——这个权雄州通判的资历，哪怕时间再短，也将是他将来升迁的重要砝码，重要性也许仅次于宣抚使司勾当公事的资历。

从自己的消息渠道，吴从龙打听到，皇帝打算让考功司郎中管师仁判雄州，但是遭到了二苏兄弟的坚决反对，苏轼、苏辙现在都是御前会议成员，苏轼又曾经使辽，在朝中属于知辽派，二人既然表示反对，那就算是皇帝一时也没办法。二苏反对的理由也很充分，雄州现在位置格外重要，管师仁没有与辽国打交道的经验，也没在边郡做过长吏，所以不适合判雄州。不过吴从龙却是知道二苏杯葛的原因多半是因为私人恩怨，管师仁算是新党，熙宁年间没少攻击二苏兄弟。但二苏的杯葛无疑也获得朝中很多人的支持，虽然平心而论，管师仁这人在新党中品德算是上乘的，为人又精明，也颇能干，所以在小皇帝亲政后，他才能获得小皇帝的赏识。但是，管师仁为人过于精明，又眼睛里容不得沙子，在吏部考功司这个位置，就注定会得罪很多人。所以这次被许多人落井下石，让皇帝也无可奈何。

现在雄州知州、通判的热门人选，除了管师仁外，还有游师雄、刑恕、叶祖洽、刘安世等人，这些人自己的意愿如何，吴从龙不得而知，但他知道皇帝与两府一直在举棋不定，所以才有了自己的天赐良机。

现在的状况对吴从龙是最有利的，如果正式担任雄州通判，哪怕是判雄州事，吴从龙也并不愿意。他当然知道，无论是否北伐，未来很多年，对辽事务都会是宋朝的重点，而担任雄州知州或通判，就意味着在对辽事务中占据了一个要害位置。但是，到雄州之后这些天的所见所闻，也让吴从龙更加清楚，雄州的郡守、别驾不是那么好当的。现在的雄州只能用一片废墟来形容，就算被祸最轻的容城县城，也是十室九空，街面至今冷清得令人唏嘘，如果不是有大量的宋军将士进驻，容城几乎就是一座鬼城。而城郭之外的乡村，则是群盗蜂起。在辽人入侵的时候，雄州士民为了抵抗辽军的劫掠，纷纷结寨自保，这些寨子，有些的确是为了守土护乡，但也有不少直接就转化成了绿林盗匪。尤其在辽兵退去之后的这个冬天，整个雄州都陷入饥荒状态，经过辽人的劫掠、破坏，没有一个村庄所余存的粮食是足够过冬的，而恶劣的气候又导致短时间无法从河间、东光运粮前来——其实就算运来了也没用，宋朝在雄州基本已经丧失了行政能力，不可能进行有效的赈灾。

现在雄州唯一的赈灾方式，就是赵隆的募兵。补充禁军、征募厢兵、巡检，多多少少能减缓雄州匪盗的力量，但这个冬天之后，雄、莫及周边地区盗匪的力量肯定还会增强。虽然如今宋军在河北的强大军事存在，让这些盗匪掀不起什么乱子来，但是他们也不会自己消失掉。更麻烦的是，正因为这些盗匪不会闹出大乱子，朝廷就不会随便出动禁军剿匪。最后，不管是镇压还是招安，这些麻烦始终都是地方官的事。

吴从龙一向很有自知之明，从废墟上重建雄州当然是很惹人注目的事，但他知道自己没这个能耐，而平盗就更非他所长。所以，这些功劳还是让给别人好了。对于权雄州通判这个差遣，吴从龙是十分的满意。

快步走回容城县衙，便见林摅抱了一大堆公文过来，说道："子云公，这些是……"

　　吴从龙不待他说完，便连忙说道："彦振，这些文牍之事，你暂时全权处理便是。州中事务，只要不涉及与辽国的纠纷或者事关人命，你也可以全权处置，不必一一禀报我的。"

　　林摅还以为自己听错了，惊讶地望着吴从龙，吴从龙却早已转身离去，走进另一间公厅，见黄裳正在那儿写节要，便说道："勉仲，该出发了。"

　　黄裳连忙起身，看看房间并无他人，才低声问道："辽使到了？"吴从龙点了点头。黄裳又笑道："却不知来的是什么人……"

　　吴从龙摇了摇头，笑道："是相熟人，耶律昭远。"

　　耶律昭远和吴从龙的确算是老熟人了。伴随着宋辽之间的这场战争，两个人之间真真假假的和谈也是谈了一次又一次。上一次交涉的时候，吴从龙还没有什么经验，他还不太清楚，有时候外交谈判的目的并不是想要谈成什么事，进行谈判本身就已是最大的目的。当时他很幼稚地尽最大努力进行着和谈，而他也感觉得到，耶律昭远本人也是很有诚意推动和谈的，只可惜，他们两个都不是能够最终做决定的人。所以，虽然最终没有达成任何有价值的协议，但吴从龙心里，对耶律昭远还是留下了很好的印象，甚至有一种同病相怜的感觉。

　　但现在回想起来，吴从龙才意识到，其实耶律昭远要比他可怜得多。因为耶律昭远当时很可能是明知道不会达成和议，却依然在很努力地想要达成和议。

　　虽然说立场不同，但吴从龙对耶律昭远，还是非常同情与佩服的。

　　这次吴从龙也没有想到，辽国竟然会派耶律昭远过来。他到了雄州后，只是释放了一名辽国被俘的贵人，让他将一封自己的亲笔信带给辽国在涿州的最高官员。在信中，吴从龙再次强烈谴责了辽国破坏两国百年盟好，背信弃义，大举南侵，结果却自食恶果。又声称宋军已然集结大军不下三十万，不日即将大举北伐，惩罚辽国。如果辽国认识到了自己的错误，在此关头，就应该以能令人信任的诚意，采取果断措施，尽可能修补两国关系，这样也许两国还有一丝停战的可能，不至于走到最恶劣的那一步，辽国几百年基业，也能避免毁于一旦。

　　依照石越的吩咐，吴从龙这封信，用词完全是盛气凌人，一副咄咄逼人的架势，也没有要求辽国派使者前来谈判。这既是为了不授人以柄，同时也是对辽国的一种试探。以宋朝国内现在的风向，是绝对不可能接受宋朝放下身段主动议和的方式的。如果辽主此时此刻依然持强硬的态度，那么他就会无视吴从龙的这封信，那石越也就没什么太多选择，只能做好在辽国境内再打几仗的准备。这也是石越面授给吴从龙的底线，他可以给辽国打开一条议和的通道，但必须让辽国求和，否则的话，议和就没有意义。如果最终不能通过议和让诸如韩拖古烈等主张"和宋"的温和派在辽国国内掌权，那议和又有何必要？如果依然是耶律信之类的好战分子把持辽国的权力，那议和就不过是给辽国喘息之机。石越想要的，是一个稳固可控的北方格局，而不是打算学吴王夫差。

　　按照石越与折可适的估计，这封信会在辽国朝中挑起一场斗争，所以辽国应该不会很快回复。但让吴从龙意外的是，涿州的萧忽古竟然很快便给他回了一封信，信中完全无视了吴从龙的咄咄逼人，在委婉反驳了吴从龙的谴责，表示了辽国并不害怕宋军北犯的立场后，便宣称之前的战争是一场不幸，值得双方都引以为鉴，为了避免更大的不幸，辽国愿意派使者前来雄州当面沟通，以便双方都能更清晰地了解对方的立场。

　　吴从龙能百分百肯定这封用词谨慎的信绝不是萧忽古写的。不过辽国派使者来"沟通"正是他期望的，所以这次他没有回信，只是让辽国的信使带回口讯，委婉"拒绝"了辽国的要求，声称问题的关键在于辽国主动实施一些表现诚意的措施，否则现在的局势，不适合两国使者公开会面。

　　得到吴从龙的回复后，萧忽古再次派来信使带来口讯，表示愿意派出密使与吴从龙秘密会面，就如何修补两国关系进行充分沟通。

　　辽国在前期沟通中表现出来的积极与默契，让吴从龙颇为惊讶。这中间透露出的信息也很多，首先能够与他如此默契地进行前期交涉，明显是一个对宋朝颇为了解的人在主持大局，辽国这样的人并不多，所以吴从龙几乎可以肯定是萧禧或者韩拖古烈。而辽国反应如此迅速，则意味着在此之前，辽国温和派在朝廷中可能已经取得了优势。

这些都是有利的消息。

吴从龙很快就和萧忽古的信使约定，由辽国派遣一名密使来雄州，与吴从龙秘密会面。为了不走漏风声，吴从龙特意将白沟驿的守兵换成了自己从宣台带来的士兵，辽国密使一过界河，就被白沟驿的士兵一路护送到容城县城。吴从龙早就在容城县内找了一座空置的大宅，辽国密使一进容城，就被送到大宅之内，由吴从龙的亲信严密保护起来。

在宋朝极有可能北伐的情况下，这名辽国密使的安全其实是不太有保障的。毕竟这又不是两国之间的正式谈判，从头到尾，吴从龙都是以雄州通判的身份与辽国交涉，在两国交战的情况下，边郡地方官用计诱捕对方高级官员，也是屡见不鲜的事。所以，吴从龙以为辽国不会派来太重要的官员充当密使，当对方密使抵达容城，他的手下来报告说是辽国密使自称耶律昭远的时候，吴从龙真是吃了一惊。

耶律昭远可是韩拖古烈的亲信。

看来辽国现在要远比当初石越与折可适估计的还要更想议和啊。但这让吴从龙更加感到疑惑，他虽然不太懂打仗，但是在宣台这么久，对辽国的实力还是很清楚的，简单的加减法还是会的。韩宝部被全歼对辽国的确是一个沉重的打击，但是，吴从龙也不认为辽国已经是随便宋朝拿捏了。折可适曾经简单跟他介绍过一些形势，之前在河北打仗，宋朝可以依托运河将补给送至东光，从东光到宋辽交战的第一线深州、安平、河间，都非常近；而辽国则必须靠着陆路运输从南京道将补给转运到河间、深州一带来，不但距离要远于宋军，而且宋军的补给线十分安全，而辽军的补给线却会被宋军骚扰，所以实际上宋军是占了很大便宜的，最后能够获胜，也与此有关。而一旦宋军北伐，这个形势立即就会逆转，如果辽军将宋军引诱至析津府坚城之下，只要辽军能凭借坚城与宋军形成僵持的局面，宋军漫长的补给线，就等于处处都是破绽，一不小心就会重蹈太宗时北伐失利的覆辙。所以，以辽国现在的实力，在本土作战，也未必会多害怕宋军。当然，辽国肯定也不希望宋军北伐，但原因不是军事上的，而主要是经济上的。南京道是辽国最菁华的地区，一旦在这个地区开战，就算辽国能打赢这场战争，它的国力也会受到摧毁性的打击。输了就有亡国之危，赢了也是两败俱伤，这一点，才是宋朝现在真正的优势之所在。

对于折可适的这个分析，吴从龙还是很认可的。所以，辽国肯定是想要议和的，但是，急切到这个份上，让吴从龙有一种奇怪的感觉。

和黄裳一道出了容城县衙，策马缓行，不过一刻钟的光景，便到了耶律昭远所在的大宅。他们这一路过去，路上除了遇到几名蔡京的京东兵，还有一队赵隆武卫二军第三营的新兵，连一个平民都没有见着。安置耶律昭远的大宅附近，更是冷冷清清、杳无人烟。

两人在大宅门前下了马，信手将坐骑交给随从，便一前一后走进宅子，耶律昭远就在宅子的正厅等候，见着吴从龙与黄裳，连忙起身，拱手道："子云公，别来无恙。"

吴从龙也拱手回礼，一面笑道："耶律公，想不到是你来。"

耶律昭远又微笑着和黄裳见礼，三人寒暄一阵，重新分宾主坐下，耶律昭远便开门见山地问道："子云，南朝真的愿意议和吗？"他表情严肃，也毫不掩饰自己的疑忌。

吴从龙摇了摇头，也十分坦率地说道："郎君，朝廷可没有给我议和的权力。"

耶律昭远点了点头，辽军北撤之后，宋辽两国都加强了境内的巡察，两国往来断绝，宋人对辽国朝廷发生了什么几乎一无所知，而辽国也是一样的。但以耶律昭远对宋朝的了解，他是绝不相信宋人会这么容易同意议和的，在这个时候，宋朝应该更想要趁胜北伐才是。这也是辽国朝廷的共识，自韩宝全军覆没的消息传回国内后，辽国上下就一直在做着与宋军在幽蓟再次大战的准备。辽国当然不希望南京道沦为战场，但是对于能否避免这场大战，就算是萧禧与韩拖古烈，也持悲观的态度。吴从龙这么说，虽然让耶律昭远微感失望，但也在意料之中。

他没有接话，默默等待吴从龙的下文。

吴从龙也无意使什么花招，老老实实说道："我此次与贵国交涉，是奉宣相之令。交涉的内容，是希望与贵国谈谈蔚州的永安侯所部。"

"蔚州？折克行？"耶律昭远惊讶地望着吴从龙。

吴从龙点了点头，直截了当地说道："宣相希望贵国能开放飞狐峪，保证永安侯所部平安退出蔚州。"

"啊？"耶律昭远可真是惊到了，站在他的立场，吴从龙提出这个要求还真是匪夷所思，完全超出他的预料。但他马上镇定下来，平静地问道："那我们能得到什么？"

吴从龙沉默了一会儿，老实回答道："从表面上看，贵国什么也得不到……"

耶律昭远愣了一下，突然间竟是笑了起来，"子云，你觉得可能吗？"

"世间无不可能之事。"吴从龙没来得及回答，黄裳已在旁边悠悠说道。

耶律昭远瞥了黄裳一眼，没有回答他，只望着吴从龙，认真地说道："我知道南朝现在持什么样的想法，晋国公的确是在河北兵败身死，不过，贵国的永安侯全军覆没，也只是时间问题。我大辽的确是损失了不少兵马，不过贵国的拱圣军、折家军也是一样的命运。这场战争，两朝只能说杀伤相当而已。"

"如果南朝有议和的诚意，将来和议达成，永安侯可以平安归国，但是折家军，恐怕得留在蔚州了……"

"如果那样的话，且不谈贵国能不能吃得下永安侯所部，就算真有议和的一天，恐怕也是北伐之后的事了。"

"若真如子云所言，于南朝也未必是幸事。"

"于我大宋或许未必是幸事，亦或许是大幸事也说不定，但于北朝，恐怕就一定不是幸事了。"

耶律昭远脸色微变，旋即不以为然地说道："子云，我此番前来，的确是极有诚意想与南朝重修盟好，你也知道，我一直反对两国交恶，辽宋之间，合则两利，斗则两伤。之前的战争已然是不幸，我大辽南犯在先，的确有不对之处，但之所以如此，也是因为南朝一直觊觎我大辽的国土，对我大辽抱有敌意，我主才不得已先发制人。但事实证明，这并非明智之举，最终结果是两败俱伤。我大辽固然没有达成目的，反而损兵折将，南朝损失恐怕也是极为巨大。前鉴不远，两国之间，若继续兵戈相见，也不会有什么好结果，只会导致成千上万的将士、百姓无辜丧命，大伤天和。所以，我才主动来此，希望两国皆能将之前的错误战争引以为鉴，重修两国之好。子云莫要误以为是我大辽害怕南朝北犯。"

"郎君果然是辩才无碍。"吴从龙笑道,"明明是北朝背信弃义,背盟南犯,所以才苍天不佑,鬼神相弃,导致韩宝兵败安平,郎君却倒打一耙,反诬是我大宋觊觎北朝国土在先。不过,以君之智,当知现在争论这些并无意义,如果北朝果真不在乎我大宋北伐,那郎君此刻便可以回国了,再怎么样谈,也只是浪费时间。但若北朝果有重修旧好之诚意,就应当机立断,纠正错误,首先停止在蔚州的战争……"

"如此南朝便同意议和吗?"

"我已经说过,我没有决定议和与否的权限。但是,既然这次是北朝背盟在先,想要重修旧好,我想北朝也就有义务率先用实际行动表达诚意。"

"若将战争的过错全部归于我大辽,恕我无法苟同。南朝对幽蓟的野心,世人皆知,子云还记得南朝高宗皇帝的遗诏吗?明明我大辽建国早于南朝,幽蓟之地,亦非自南朝之手得之,而南朝却始终抱有非分之想。南朝太祖皇帝曾有名言:卧榻之侧,不容他人酣睡。南朝如此毫不掩饰地觊觎我两京之地,我大辽又岂能引颈待戮?先发制人,后发制于人,亦不得已而已。"

"诗云:投之以桃,报之以李。南朝既然希望我大辽放折家军一条生路,总当礼尚往来,有所回报。"

"郎君可能误会了。所谓'放折家军一条生路'云云,言过其实了。"吴从龙淡淡回道,"折家军现在还在蔚州活得好好的,贵国若能让开一条道路,既是表达贵国重修旧好的诚意,另一方面,也是为贵国免祸。我大宋是断不可能坐视永安侯被围困而不救的,如果贵国执意不肯让开飞狐峪,我大宋自然会举兵相救。"

"活得好好的?"耶律昭远当然听出了吴从龙话中的威胁之意,却是毫不在乎地嗤笑道,"如果说靠着食人烧屋度日也算活得好好的,那折家军倒的确还活得不错!"

"什么?!"一直从容镇定的吴从龙与黄裳对望一眼,二人的脸色都变了。

河间府。春园社。

和满目萧条的雄州形成鲜明对比,河间府的繁华热闹,要更胜战前。因为大量的流民涌入，还有大批的军队进驻，河间府的人口暴增，虽然城中免不了有大量贫民流离失所，要靠着官府的救济才能勉强生存，在这个寒冷的冬天，更是免不了有人饥寒交迫冻死街头，但雄、莫诸州大量富人的涌入，也让河间府一些行业飞速发展起来。

比如河间府的勾栏瓦舍，一面是大量的达官贵人、富室豪门、禁军将士聚集于河间府——这些人从来都是勾栏瓦舍最重要的主顾，一面却是周边诸州县的伶人涌进河间府逃难，加上大战之后人们紧张的情绪需要纾缓，辽人撤出河北后短短一个多月，河间府便如雨后春笋般出现了数十家曲艺社团。每天各勾栏瓦舍内，都是观众爆满。尤其是李清臣来河间府后这几天，河间府的禁军将士大规模轮休，并且允许轮休将士出营玩乐，以往只能在营地内打打马球、踢踢蹴鞠、玩玩相扑的禁军将士大量涌入各家勾栏瓦舍，更是让各家勾栏瓦舍变得一席难求。

而其中最受欢迎的，则莫过于最近一二十年间大兴的杂戏。不但普通的禁军将士喜欢，连士大夫、朝廷大臣也有很多人喜欢看杂戏，可谓雅俗共赏。因为受到各阶层的欢迎，各种新鲜的剧本也是层出不穷。

此时春园社的乐棚里面，便正在上演一出由讲史话本改编的杂戏新剧——《张子房慕道记》。这出新剧的上演，不但让乐棚下的戏园里坐满了普通观众，更是为乐棚对面的二楼包房吸引来大量的达官显贵，其中甚至还有大户人家的女眷。

此刻，所有观众都聚精会神地看着一个扮演张良的白净小生和一名穿着龙袍戏服扮作刘邦的老伶人在戏台上唱着对手戏。

便听台上那"刘邦"问了句："卿，你正好荣华富贵，却要受冷耽饥。"

"张良"便唱将起来："慕道逍遥，修行快乐。粗衣淡饭随时着，草履麻鞋无拘束。不贪富贵荣华，自在闲中快乐。手内提着荆篮，便入深山采药。去下玉带紫袍，访友携琴取乐。"

"刘邦"又问："卿要归山，你往那里修行？"

"张良"又唱道："放我修行拂袖还，朝游峰顶卧苍田。渴饮蒲荡香醪酒，饥餐松柏壮阳丹。闲时观山游野景，闷来潇洒抱琴弹。若问小臣归何处？身心只在白云山……"

台下的观众听那"张良"唱得有意思，顿时都喝起彩来，纷纷叫好鼓掌。

在乐棚正对面二楼的一个包房之内，如今已然贵为银青光禄大夫的宣抚判官陈元凤也怡然自得地啜了口小酒，笑着赞道："好一个身心只在白云山！"一面却似不经意地瞥了一眼坐在下首相陪的薛嗣昌。

薛嗣昌却是完全没有留意到陈元凤的目光，敷衍地附和了几声，完全是心不在焉的模样。他心里正在琢磨着陈元凤突然约见自己，究竟所为何事？

与这春园社内的大部分人不同，薛嗣昌对这戏完全没有兴趣。这《张子房慕道记》讲的是张良辅佐刘邦成就大业后，功成身退的故事，薛嗣昌如今却正当欲奋发有为、建功立业的年纪，对这种内容的杂戏可以说是毫无兴趣。而且这出杂戏在河北算得上新戏，但薛嗣昌在汴京早已看过，此时再看第二遍，更是意兴阑珊。

其实不管是什么戏，现在的薛嗣昌也完全没有看戏的心思。因为他为了建立火铳局而在河间府进行的游说，到目前为止，可以说是屡屡受挫，几乎让他感到心灰意冷。

开始，薛嗣昌是希望能得到章惇与蔡京的支持，他因为打听到章、蔡二人都是热衷于富国强兵、建功立业，也敢于改作的，所以便天真地以为可以得到他们的支持。然而，结果却是章惇对此不置可否，蔡京虽然没有明确拒绝，却也始终没有一句支持的话。薛嗣昌是个聪明人，很快就明白过来，章、蔡二人虽然对自己的确有拉拢之意，甚至还用一些小手段故示信任，但实际上，自己在二人心目中的分量非常有限。而二人对吕惠卿的防范之心甚重，因为这火铳局与吕惠卿有关，章、蔡二人不但不可能支持自己，而且多半还会阻挠自己。

不过，弄清楚这些，并没有让薛嗣昌沮丧。因为接下来，出乎意料地，薛嗣昌又受到了唐康的拉拢。这几乎让他喜出望外。其实，他能够这么快弄清关于章惇、蔡京与吕惠卿的恩怨，意识到自己完全是与虎谋皮，也完全是靠唐康的提点，否则他可能还在寄望于章惇和蔡京。唐康主动接触薛嗣昌，表示他支持火铳局的建议，还答应他替他去游说石越，给他争取一个面见石越，面陈自己主张的机会。

得到唐康的许诺，薛嗣昌欣喜若狂。因为此前他之所以优先将游说目标定在章惇与蔡京身上，并不是因为别的什么原因，纯粹只是对于薛嗣昌来说，石越太高不可攀了，他也根本没有任何门路能攀上石越这棵高枝。在薛嗣昌看来，如果能够得到石越的支持，那火铳局就是十拿九稳之事了。而石越之前虽然没有亲自接见过薛嗣昌，却也不曾对火铳局表示过意见，如果唐康出马，在薛嗣昌看来，自然是很有机会说服石越的。

然而，薛嗣昌却又一次经历了心情的大起大落。唐康的确遵守约定去游说了石越，却被石越一口拒绝。石越认为现在的火铳并不成熟，他只支持在兵器研究院增加经费与人手，对火铳进行改进研究，同时小规模生产，向南海诸侯提供火铳，以检验其实战效果，而对宋军，石越只支持组建一两支小规模的试验性部队。更关键的是，石越明确表示所有这一切，都应该在与辽国的战争彻底结束后再开始。

这个结果也让唐康感到意外与无奈。薛嗣昌的失望更不用说，虽然唐康为了拉拢他，明确表示如果他接受石越的计划，唐康可以确保由他来主持火铳的改进、试验等事宜，但是在薛嗣昌看来，石越的计划太过保守，离他所期望的差得太远。

而且，薛嗣昌也知道唐康为何如此刻意拉拢他。唐康的消息明显比章惇、蔡京更加灵通。后者拉拢他，是因为知道他这次来河北，除了推进火铳局外，实际上也同时是天子的耳目之臣，他实际的差遣就是以前的走马承受公事，要替天子详细了解河北的军心、民心如何，打听河北的将领、守臣对于北伐的真实态度，以便于皇帝兼听则明，做出正确的决断。但是，从与唐康的交谈中，薛嗣昌隐隐意识到，唐康多半是知道了自己的另一项更为秘密的任务——暗中调查安平劳军事件是否真的只是偶然。

对于这个秘密任务，薛嗣昌其实并不热心，他并没有和石越为敌的野心。他和石越往日无怨，近日无仇，而且他对石越还有些崇拜，所以，他根本没想过要刻意去深入调查，挖出什么罪证，好一举扳倒石越，名扬天下的心思。当然，他和石越也并无恩义，也没什么兴趣去替他证明清白。他只是单纯地将此当成一项工作，认真调查一下，对皇帝有所交代就行。巩固皇帝的信任有很多的办法，没有必要将自己卷入一场大漩涡之中。

所以，对于唐康的拉拢，薛嗣昌并不拒绝。如果他成立火铳局、发展火铳的主张得到石越的支持，他也不介意投桃报李，证明石越是无辜的。薛嗣昌并不认为这是欺君，相反，利用皇帝的信任，弥缝幼主与权相之间的矛盾，这是大忠于社稷的行为。

但是，石越并没有给予他所期望的支持，那他也就没必要理会唐康的拉拢。当然，他不至于为此就去构陷石越，对石越的怨恨多多少少是难免的，但还没到就此要翻脸的地步。接下来的事，就是公事公办而已。

尽管这样宽慰自己，但要说不沮丧，也是不可能的。得不到章惇、蔡京的支持，在石越那里更是被当头一棒，以石越如今的威望，如果他不能够多获得一些有分量的大臣支持，他的火铳局基本上就可以说是胎死腹中了。

薛嗣昌心里很清楚，石越的那个保守的方案，看起来非常稳重可行，就算不是由石越提出，也必然会获得旧党的支持，甚至一些对火铳有兴趣的官员也会支持那个方案。更何况那还是石越提出来的……就算是本来已经支持火铳局的许将，也可能会动摇。

但就算他心里再清楚，又能如何呢？

他还能上哪儿去找有分量的大臣支持？他一个小小的从八品都进奏院监院，又要怎么对抗位高权重、声望无匹的堂堂右丞相？

薛嗣昌真的是几近绝望，连带着对于别的事情也变得无精打采，毫无兴趣。他完全想不出陈元凤为什么会突然约自己看戏，他和这位新贵并无什么交情，甚至还有些本能的反感。对于这位陈宣判的往事，他可是知之甚详，身为新党干将薛向的儿子，对这位背叛出卖吕惠卿，直接导致新党执政终结的陈宣判，他当然不会有什么好印象。只是因为身负天子耳目的责任，他有义务尽可能多地接触河北文武，因此才没有断然拒绝陈元凤的邀请。

正在胡思乱想着，忽然，薛嗣昌听到陈元凤似漫不经心地问道："亢宗，我听说你和许枢副在大力倡议成立火铳局，大兴火铳？"

这是薛嗣昌完全没有想到的，他惊讶地张大了嘴巴，心里转过一个念头：难道陈元凤对火铳局有兴趣？顿时，他精神不由为之一振，连忙认真说道："宣判,下官敢断言,这火铳绝对是未来的军国利器,其重要性将不在火炮之下,甚至犹有过之!"

"是吗?"陈元凤的目光依然望着戏棚里的"刘邦"与"张良",口里却淡淡说道,"我对这个火铳局倒是颇有几分兴趣。若这火铳未来果真能与火炮相提并论,那就堪称是我中原汉家大盛之基,这可是大利于社稷之事……"

话说到这个份儿上,薛嗣昌要是再听不懂,他也就不必再当什么官了。但是这个意外让他又惊又喜,一时竟不知说什么好。从三品银青光禄大夫,宣抚判官,皇帝跟前的新贵,陈元凤的确是一个举足轻重的强援。但是,他和吕惠卿的关系,怎么会支持兴建火铳局呢?此时的薛嗣昌,已不是那个初至河北的薛嗣昌。但他还是压制住了心中的疑惑,兴奋地向陈元凤介绍起火铳的好处来。

3

就在薛嗣昌滔滔不绝地向陈元凤说着火铳之利的时候,河间府一处毫不起眼的民宅内,庞天寿由一个小内侍领着,低头钻进一间完全不该是民宅应有的地牢之中。

地牢里面插满了火把,四名身着黑色蒙衫、作寻常平民装扮的人,正在拷掠一名七尺大汉,那被拷打的大汉穿着棉裤皂靴,上身赤裸,披头散发,胸前的展翅大鹏鸟文身上血痕累累,已然是被折磨得奄奄一息。

见着庞天寿进来,穿黑色蒙衫的四人停止了拷打,转过身来,向庞天寿行礼。其中一人,赫然竟是随李清臣、庞天寿使团一同前来河间府的兵部职方司干办官御武校尉鱼元任。

"如何?鱼干办,他肯招了吗?"四人行礼方毕,庞天寿便尖着嗓子问道。

鱼元任连忙欠身回道:"回供奉话,这厮嘴硬得很。不过他也硬不了多久了……"

庞天寿微微点了点头,同来的小内侍早已搬过来一张椅子放到他身后,他轻轻坐了下来,又问道:"这人果真是在安平第一个喊万岁的吗?"

"回供奉，这个绝对错不了，下官敢用项上人头担保。"另一名黑色蒙衫男子抢着回道。

庞天寿疑惑地看了他一眼，"你是？"

"下官兵部职方司河北房知事师怀秀。"

"原来是师知事。"庞天寿笑道，"不过，这个案子太大，就算是师知事的人头，也担保不了。"

"供奉说得是。下官亦知事关重大，自上任以来这一个多月，都是在全力查办此案，绝对是证据确凿。当日在安平，第一个喊万岁的，便是这厮。"

"哦，不知师知事又是如何确认的？"庞天寿感兴趣地问道。

师怀秀恭敬地回道："下官受命来河北，便为调查此案，因此在京之时，知道卫尉寺已在秘密调查此案，便已先去卫尉寺交涉。果然，下官来河北后，卫尉寺的秘密调查已有结果，根据多名在场军法官的回忆，他们都感觉到最先喊万岁的人，是在云翼军的方阵之中。于是下官便以云翼军为重点，派出十余名精干亲从官，以各种名义加入云翼军。因为下官派出的这些亲从官大多有在陕西从军的经历，因此很容易便得到云翼军将士的认可，经过他们的暗中调查，基本上可以确定，第一个喊出万岁的人，绝对出自云翼军中。"

"不过，最后能够这么快就确定到这厮身上，却多少有些运气。下官属下的一名亲从官在调查时发现，有好几名云翼军节级都透露，在当时他们所在的方阵中，有一名叫方索儿的仁勇副尉可能最先喊了万岁。那名亲从官便去调查那方索儿，结果发现方索儿已在安平大战中中箭身亡，他以为死无对证，便停止了追查。侥幸的是，苦无线索之下，下官死马当成活马医，又去查了这方索儿的底细，倒让下官发现许多疑点。"

"第一个疑点，是下官查到方索儿家贫，为了嫁两个妹妹，欠下同营袍泽林林总总近八万文的巨债未还，但在安平事件之前，这笔巨债竟然已经还清。而在此之前，云翼军与辽军的作战，却并未有缴获丰厚的战斗，包括收复深州，也完全是一座空城。下官又查了方索儿应得的各种军功奖赏，累计也就是一两万文左右。而更可疑的是，下官查了方索儿阵亡后，其本营书记官整理的应交付其家属之遗物清单，除了军中签发的文历外，竟然还有交钞三十余万文的巨款！"

"因此下官肯定方索儿十分可疑，但他既已为国捐躯，却也无法继续深究，否则会招致军中将士的反感，其本营的军法官、书记官也不愿配合交出方索儿遗物，反倒对下官调查之目的产生了怀疑。为了顾全大局，下官亦只得另寻办法。所幸的是，皇天不负苦心人，之前调查方索儿的亲从官，查到了方索儿在军中有一名结拜兄弟，并且，方索儿还另有一份遗书在他那结拜兄弟手中。那名亲从官颇费了一番心思，终于从方索儿的结拜兄弟手中盗到了那份遗书……"

"方索儿在那份遗书中，告诉他的家人他得遇贵人，他与一名叫袁坚的陪戎校尉，以及一个叫做韦骆驼的人，一道替人办一件大事，各得了四十万文的好处。那袁坚下官查明，也已战死在滹沱河畔。而叫韦骆驼的，整个云翼军中一共有两个诨名唤作'韦骆驼'，以前俱是贩卖骆驼为生，故有此名。但另一名韦骆驼，只是一名入伍不过三年的节级士兵，下官查明，他的确并不认得方索儿与袁坚，倒是这韦烈……"

师怀秀说到这儿，转身望着那被拷打的大汉，皮笑肉不笑地说道："韦御武，这案子，你还是坦白招了吧！碰巧你认得方索儿与袁坚，碰巧你也是之前欠了一大笔债，碰巧你也突然还清了十几万文的巨债……更巧的是，查到足下身上之后，在下又着亲从官去查你的底细，提起当日之事，你同营果然有人记得，当日你似乎比旁人要先喊万岁！这铁案，你再嘴硬，也是逃不脱的。"

那韦烈早已是奄奄一息，但师怀秀和庞天寿的话，他还是听得清楚的，但这时还是硬着头皮，低声道："没有的事，下官不敢认。"

师怀秀嘿嘿笑了起来，"若是说我冤枉了你，那平白能得四十万文好处的事，韦御武也给兄弟我介绍介绍？"

"师知事，什么四十万文，我不知道……"

庞天寿在一旁听韦烈还是不肯招认，不由摇了摇头，笑道："韦校尉，这案子若真是你犯的，你还是坦白招了吧，也少受皮肉之苦。只要你肯招出幕后主谋，有无同党，俺可以保证不祸及家人。"

说完"不祸及家人"几字，庞天寿便不动声色地留神观察韦烈的表情，果然，韦烈脸上闪过一丝犹豫，虽然那表情一闪而过，但庞天寿是什么人，平生第一大本领就是善会察言观色，当下心里便已确认了。他来之前已经看过案子的档案，方才师怀秀的介绍，虽然不免有故意揽功的地方，却也脉络清楚，因此，他已十分确定，冤枉这韦烈的可能性已十分之小。

不过，这样的话，这桩案子可以说关系重大，因为之前的证据都指向安平劳军事件是有人暗中策划的。庞天寿不是那种喜欢惹是生非的内侍，他心里倒是希望这案子最好是几个士兵热血上脑一时冲动惹出事来，那样的话，就可以悄没声息的结案，只当这事没有发生过。毕竟，从这次来河间府观察的石越的态度看，庞天寿也绝不相信石越有反意。

然而事情却没有朝他希望的方向发展，如果是有人暗中策划的话……庞天寿虽然表面上依旧神色如常，但心里已是悬了起来。这幕后主谋，最好不要与石越有任何关系，希望是辽国的反间计……他不由得在心里暗暗祈祷起来。

与庞天寿同来河间府的兵部职方司干办官鱼元任显然也很明白事情的轻重。见韦烈没有回庞天寿的话，也劝道："韦御武，我也查过你的底细，知道足下义气深重，也算是一条好汉。你欠下的巨款，不少倒是替军中的结义兄弟借的，从军近二十年，和党项、契丹血战，也立下不少功劳，于朝廷来说，也算是有功之臣。在下虽然不知道你为何会行差踏错，走出这一步，但多少也能明白你不愿意出卖旁人的心思。但韦兄，你也须得好好想想，那给你们四十万文的人，是否包藏祸心？你不肯出卖他，但他只怕是存了利用你的心思，否则，怎肯让你做这种无父无君，离间我大宋君臣之事？那人究竟是何等人物，需要你韦御武这样的好汉拼死维护他？他做出这等事来，你又如何能肯定他不是辽国的细作，不过假借他人名义，来坑害你等？"

师怀秀也道："鱼干办说得不错，韦御武，你还是坦白招认了吧！这案子有多大，你心里有数。我也不虚言诳你，不管怎么样，你的死罪都是逃不了的。但你若肯老实交代，帮我们抓到幕后主使与同谋之人，庞供奉已经保证了，可以免你家人之罪。你大约还不知道庞供奉是什么人，那是天子身边的近臣，绝不至于骗你。"

"庞供奉果真是天子身边的近臣？"韦烈惊讶地睁大了眼睛。

庞天寿嘿嘿干笑了两声，点头道："这个自没必要骗你。俺还可以答应你，你若果真能帮我们抓到这案子的幕后主使与军中其他同谋，俺就当你和那方索儿、袁坚一样,已经战死在滹沱河边!"

"建国公?吕惠卿?你说安平劳军之事,是吕吉甫设计陷害石越?!"

春园社的包房内,薛嗣昌目瞪口呆地望着面前的男子,完全不知道该说什么好。此时,戏棚里的《张子房慕道记》已然演至尾声,而约见他的陈元凤早已先行离去。此前的谈话中,陈元凤对他大兴火铳的设想表现出了极高的兴趣,对他本人也多有慰勉之辞,不过,有过和章惇、蔡京打交道的经验,薛嗣昌已经知道天下没有免费的午餐,在陈元凤没有提出自己的条件之前,他并不敢抱太大的希望。但让他想不到的是,陈元凤突然之间就告辞离席,然后又诡异地请他多留一会儿,并暗示他有人有重要的线索要向他举报。

然后,也就是陈元凤离开春园社的前后脚,这个陌生的男子突然出现,一开口就叫出他的官讳,并且宣称有关于他秘密使命的重要线索举报。

接下来,便是让薛嗣昌目瞪口呆的一幕。

"吕惠卿设计陷害石越!呵呵……"薛嗣昌都忍不住在心里冷笑起来,但他还是尽量冷静下来,质问道,"你又是何人?这等事,又岂可胡言乱语?可有真凭实据?"

那男子却并不惧怕他,颇无赖地笑道:"监院言重了,小人贱名,岂足挂齿,似这等大事,小人怎么可能有证据?不过是听到一些流言,又听说监院为人刚正,不畏权贵,故此才冒死求见,告知监院。至于是真是假,小人却不知道了。小人只是听到河北各处都有流言,说建国公要报当年罢相之仇,便设下此计,派人冒充辽国细作,在军中收买了一些破落泼皮,趁着石相公在安平劳军之时,大呼万岁。因为他知道石相公在军中威信极高,只需一二人首倡,必得将士响应,如此便可离间君臣,使皇上疑心石相公,罢石相公之相……但这些也只是流言,是真是假,那便要看监院的判断了。"

那男子慢条斯理地说完,见薛嗣昌犹在震惊之中,不待他反应过来,便告了一声罪,迅速离开了包房,转瞬之间,便消失在了茫茫人海之中。

薛嗣昌这才反应过来,连忙起身,想要大喝去追,但张开嘴,却什么声音也没发出来,又缓缓坐回座位,锁眉沉思起来。想到利害处,薛嗣昌竟不由得打了一个寒战，良久，他才终于有了点儿动静，连连摇头，自言自语地叹道："一石二鸟，一石二鸟……"

很久以前，他就听说过陈元凤的厉害。这一次，他算是亲身体会到了。

吕惠卿设计陷害石越？可能吗？真的有人会相信吗？如果薛嗣昌不是在这种场合听到这个故事，他只怕也会将信将疑。吕惠卿有动机，也有能力，也有足够有胆魄来做这件事，恐怕任何调查此事的人，听到这个说法，都不敢轻率排除掉这种可能。

陈元凤这是要彻底害死吕惠卿啊！

这种流言如果真的传出去，不管吕惠卿做没做，都够他喝一壶了。吕惠卿当然可以辩解，这事最大的破绽就是如果真是吕惠卿做的，怎么可能轻易弄得世人皆知？但问题是吕惠卿有理也没处辩去，因为他的对手是流言！谁知道你怎么弄得世人皆知了呢？世上没有不透风的墙，再好的计谋也要人去实施，知人知面不知心，谁又能肯定参与计谋的人中间就没有口风不紧，甚至是心怀不满、故意泄露的呢？难道要吕惠卿去上表和皇帝说，他做坏事绝对任何人都不会知道？那皇帝多半会回答：你当年把益州的事的确瞒得够紧，不过结果还是没瞒住……

除非有人真的查清了真相，否则，这一条流言，很可能就让吕惠卿在皇帝心里判死刑。

薛嗣昌对皇帝可是颇为了解的。小皇帝十分聪颖，表面上看也颇为宽仁，但实际上，内心却是对臣子极为猜忌的。一条流言当然定不了吕惠卿的罪，然而，却足够让吕惠卿准备致仕回家养老了。

看来陈元凤对于吕惠卿的"复出"颇为忌惮，竟然不惜用出这等手段。虽说整个过程他都没有留下半点儿把柄，似乎完全是置身事外，但到底还是冒了一些风险的。如果薛嗣昌翻脸，将事情的原委详细密报皇帝，就算没有真凭实据，他的前程也会受到影响。不过薛嗣昌自然不会这么干，他与吕惠卿又不是什么亲如父子的关系，和陈元凤也素无仇怨，没必要为了他们搭上自己——如果向皇帝禀报的话，他在河间府的所作所为，也同样会被皇帝知道。身为皇帝的耳目之臣，却到处和勋贵权臣们往来，甚至涉嫌进行政治交易，这可不是什么会让皇帝听了感到高兴的事。

所以，举报陈元凤的事，薛嗣昌是肯定不会考虑的。最多他就当这事没有发生过。他现在需要认真考虑的是陈元凤的条件——毫无疑问，刚才发生的事，就是陈元凤开出的条件——只要他将刚才听到的"流言"转达到皇帝耳中，陈元凤就一定会全力支持火铳局的设想，否则的话，就和之前的章惇、蔡京一样，陈元凤也会变成这件事的反对者，因为他比章、蔡二人更不想吕惠卿有任何东山再起的可能性。

石越不支持，章惇、蔡京也反对，如果陈元凤也反对的话，那就意味着在河北的朝廷重臣几乎都反对火铳局，那他也就可以彻底死心了。

薛嗣昌不知道陈元凤是否知道，自己有调查安平劳军事件的秘密使命，陈元凤很可能只知道他是天子的耳目之臣，所以才只是设计了这样一条"流言"，否则的话，薛嗣昌都怀疑他会找到一些"证据"给自己。这样的一个狠辣角色，薛嗣昌打心眼里不愿意得罪。所以他现在更加清楚，如果他没有接受陈元凤的条件，陈元凤一定会比任何人都更加激烈地反对火铳局，因为只有这样，他才更加不害怕自己举报他。一旦双方有了怨仇之后，没有证据的攻击，皇帝根本不会相信。就比如陷害吕惠卿，如果是陈元凤将流言禀报皇帝，皇帝多半不会相信，反而会怀疑陈元凤。但如果换成薛嗣昌，皇帝就不会怀疑，因为薛嗣昌与吕惠卿不但没有宿怨，而且多多少少还有些渊源。

问题在于，拒绝陈元凤极可能会让火铳局彻底胎死腹中，但答应他的条件，火铳局又能有多大的希望呢？

这才是让薛嗣昌一直犹豫不决的关键。

他坐在春园社的包房内，久久沉吟，外面的戏棚里，戏已演完散场又重新开演，旧的观众走了，新的观众又进来，薛嗣昌还是拿不定主意。幸好春园社的主人知道这包房是宣判陈元凤的，也没人敢来打扰——在河间府，陈元凤如今也已是屈指可数的重要人物。

直到突然之间，他脑子里灵光一闪，猛然意识到一个问题，石越姑且不论，章惇、蔡京是为什么会反对火铳局？如果能扫清吕惠卿这个障碍，将他彻底踢出局，那么，不但陈元凤会支持自己，章惇与蔡京也不会再阻挠，甚至，因为火铳局能够坚定皇帝北伐的信心，说不定二人的态度也会发生微妙的改变。薛嗣昌可是知道，在北伐的问题上，这两人和石越的态度是有分歧的。

石越的态度当然是一个大问题，但是他还记得章惇的分析，在未来，石越也很可能出局。就算他没有出局，他的精力也会被消耗在北伐的事情上，未必有多少心力来纠缠火铳局的事。所以，如果真的能踢开吕惠卿这个障碍的话，火铳局很可能又会柳暗花明。

越是顺着这个思路想下去，薛嗣昌就越是意识到，吕惠卿的确是实现他理想的最大麻烦。不止是他现在接触的章惇、蔡京、陈元凤会因为吕惠卿而反对火铳局，在汴京的朝廷中，还有一大批旧党会因为这个原因而坚决反对火铳局。

这个障碍必须清除。

薛嗣昌开始在心里构思起奏章来。他是绝对忠君爱国的，所以，薛嗣昌不会对皇帝说假话，只不过，真正的忠臣知道将哪些真话告诉皇帝，而哪些真话则不能说。陈元凤设计了这个"流言"，这部分没必要多说，而他则的的确确听到了这则流言。身为皇帝派出来的耳目之臣，将一切听到的"传闻"向皇帝如实禀报，本来也是他应尽的责任。

人的命运可能是世上最难以预测与计划的事情。就算是打心眼里喜欢按部就班的人，他们往往早熟而聪颖，清楚地知道自己想要什么，并且计划了行之有效并且风险极低的人生道路，满以为从此以后，自己的人生就清晰而可以预测了。但是，到最后，他们都会发现，命运几乎一定会和他们开起玩笑，就在某个完全预想不到的地方，他的计划被打乱，甚至连原本坚定的意愿也发生动摇，未来又重新变得不可捉摸。

刚刚在安平之役中再度立下大功、荣升昭武校尉的新任兵部职方司员外郎刘仲武，就是一个典型的例子。从小就规划好的人生道路，一心一意向着统兵大将的人生目标前进，却在终于成为昭武校尉，有资格独领一军之时，莫名其妙地步了种建中的后尘，进入了职方司系统。

但这说起来也没什么奇怪的，刘仲武也只是个普通人，普通人谁又能抵挡有朝一日可能成为兵部郎中或者枢密都承旨的诱惑呢？如果运气好，甚至还机会问鼎兵部侍郎甚至枢密副使的宝座。而如果是统兵大将的话，将来能够出任一路提督使副，都需要极大机缘。

然而，刘仲武更加想不到的是，他上任接手的第一个案子，竟然就是调查安平劳军事件！

现在他终于知道他的前任是怎么样丢官的了，军中出了这么大的事，身为职方司员外郎竟然事前毫不知情，皇帝对他不客气也是理所当然的。更何况，为了顾及石越的面子与情绪，其余四位主要责任人——兵部侍郎、卫尉寺卿、卫尉少卿、兵部职方司郎中，皇帝都强忍着没有处罚，如果连职方司员外郎都不吃点儿苦头，皇帝心里也太憋屈了。而与他前任一同倒霉的，还有卫尉寺的两位寺丞，都是叫御史寻了些别的过错，然后罢的罢，贬的贬，这辈子回汴京的希望都很渺茫了。

而虽然兵部与卫尉寺的四位主官逃过一劫，但如果不将功折罪的话，皇帝肯定会秋后算账，所以，理所当然，安平劳军案就成了兵部职方司与卫尉寺的头号大案。而且，皇帝还安排了庞天寿这位亲信内侍督办此案，更让人不敢敷衍了事。

这也是云阳侯司马梦求要极力招揽他刘仲武的原因。不仅是因为他精明能干，还因为他在军中的人脉。在调查一些敏感案件时，这种人脉往往能发挥大作用。

但新官上任的刘仲武并不想贸然介入此案。他可是刚刚离开禁军，深知此案的敏感性，也知道石越在军中的威望，稍有不慎，就可能引起轩然大波，而他一个区区六品官，会被轻而易举地碾成粉末。这是连皇帝都要慎之又慎的案子，只能秘密调查，秘密结案。而且，与枢密院职方馆那种专事对外的情报机构不同，诸如卫尉寺与职方司这种专门对内的调查机构，人事要更加复杂，其中不但有不少班直侍卫出身的官吏存在，甚至还有一些精干内侍在其中担任职务，这些人表面上可能是他的手下，但是他如果落下什么把柄，转眼之间，皇帝那边就可能知道了。而另一方面，刘仲武也知道，现今兵部职方司的顶头上司，兵部侍郎云阳侯司马梦求，众所周知，是石越的门客出身，那职方司内部，一定也存在着亲近石越的力量。所以，他不能不小心从事。

刚刚成为职方司员外郎的刘仲武还不知道，在卫尉寺与职方司中安插大量的班直侍卫与少量内侍，根本就是石越与司马梦求的主意。尤其是职方司，更是在司马梦求接手之后，才真正有大批的班直侍卫加入进来，经过培训，成为骨干力量。这样做的原因，当然是因为石越并无取而代之的野心，所以他也明白，如果这两个机构不能让皇帝绝对信任，那它们的存在就不会有意义，因为皇帝绝对会在这两个机构外，另设新的机构取代它们的职能，然后将它们架空。在这一点上，石越与司马梦求可以说甚为成功，因为即便猜忌之心甚重的小皇帝赵煦，对卫尉寺与职方司也十分信任。

而司马梦求对于此案也是真心实意地想要查明真相，并无半点儿故意掣肘之意，所以他不但任命了素以精明强干闻名又是班直侍卫出身的师怀秀出任河北房知事负责调查此案，又抽调了最精干的干办官、亲从官给师怀秀调配，还招募刘仲武出任员外郎，为的就是要彻底查明真相，洗脱石越的嫌疑。因为以司马梦求对石越的了解，他根本不相信石越会做出这种事情来。他相信如果不是偶然的话，就一定是有人想陷害石越。司马梦求甚至在赵煦单独召见之时，用性命担保石越不知情，并且向皇帝许诺，如果查明此案是石越暗中指使，他愿意亲自出手刺杀石越，然后自杀谢罪。

在朝廷大臣中，似司马梦求这样，身上有着任侠气质的人是极为罕见的，最终，司马梦求用他的"汉人之风"[1]赢得了赵煦的信任。这并不奇怪，有些人的人格，即便是连敌人也会信任他，赵煦再怎么说，也只是个少年，而且，他其实有着极似其父亲的性格，只不过因为幼时的经历，让他更加不容易相信别人。

但也只是不容易相信别人而已，并不是绝对不会信任任何人。对石越，甚至包括韩忠彦、李清臣，赵煦是永远都难以完全信任的，但是，如果换成桑充国、田烈武，甚至是程颐，在这位被一些臣下心里视为外宽内忌的少年皇帝的心中，其实还是颇为信任的。

这些，刘仲武是不可能知道的。

他小心谨慎地想要拖延一些时间，好让自己能有时间更加清楚地判断形势，但怎么也想不到，师怀秀与他属下那些职方司精英有着令人惊讶的效率与运气。

[1] 这里的"汉"是指西汉。

他们不仅抓住了韦烈，还在庞天寿的配合下，顺利撬开了韦烈的嘴巴，让案件离水落石出又前进了一大步。根据韦烈的交代，他的确是安平劳军时最早喊出万岁的人之一，而且他还招认，据他所知，一共有五名低级武官参与了此事，其中有两人已经战死。他们五人大多债务缠身，每人都收了一名身份不明的人超过四百贯交钞的巨款，才铤而走险，在安平劳军之时，率先大喊万岁。

　　虽然韦烈坚决不肯承认他有谋反之心，只是为了四百贯交钞的巨款才冒险犯案，但是他的证词可不是很支持这一点，因为他也同时招认，他与另一名已死的案犯曾经商议过，两人都觉得石越在西军之中威望极高，只要有人大喊，必然万人响应，所以才敢冒此奇险。

　　这显然也不是对石越多有利的供状，刘仲武很清楚，这份供状一旦公布，石越就会陷入十分尴尬的局面。就算是最终证明石越并无任何反意，但这供状公布之后，朝野也一定会有强大的力量要求皇帝"安全"石越，即使为了保全君臣之义，为了石越好，也该让石越从此远离禁军，甚至石越可能会被迫主动辞相。因为到时候，压力不但会来自石越的政敌，还会来自石越的盟友，许多真心关心石越的人，也会认为那样才是真正对石越好。

　　到时候，即使是那些为石越鸣不平的人，也很难攻击石越的政敌，因为到时候只要还有点儿智商的政敌，都会打着为石越好的名义赶他下台。可以想见，来自石越一派的怒气，肯定会撒向拿出这份供状的调查机构。那时就算是云阳侯恐怕也得黯然辞官，更不用说他这个小小的职方司员外郎。不管他有没有错，皇帝都可能拿他开刀，作为一个姿态安抚一下石越。

　　而且，刘仲武敢肯定，皇帝不会动忠于他的师怀秀，也不会动鱼元任，因为他们的官职太低微，用来安抚石越一派都不够分量。理想的泄气筒，毫无疑问就是诸如卫尉寺卿、兵部侍郎、职方司郎中、员外郎这样的官员。

　　这让刘仲武心里十分苦涩，有一种哑巴吃黄连的感觉。他只恨世间无后悔药可买，否则，他绝对不会接受司马梦求的邀请。现在稍稍能让他安慰的是，整个案件都是在绝密的状态下进行调查的，从庞天寿表现出的态度来看，皇帝可能不会大张旗鼓地公布此案。在骁胜军这么久，刘仲武对朝廷的一些权力斗争还是颇有些了解的，所谓使功不如使过，现在皇帝手里算是终于有了能制衡石越的撒手锏，说不定君臣之间的关系会出现戏剧性的变化也不一定。而且就算皇帝只是想收回石越的权力，他只需要将这供状给石越一个人看过，石越多半也会识趣地主动辞相，这样就不会牵连到他们了。

这其实也是放心使用石越这种臣子的不二妙法，做臣子的得有一个能被皇帝随时可以拿捏的大把柄，任何时候皇帝不想用你了，都可以将这把柄翻出来再炒一次冷饭，石越还得老老实实自己滚蛋。所谓"召之即来，挥之即去"，这八字真言中，最关键的奥妙是能挥之即去。石越现在最大的问题就是皇帝难以简单地挥之即去，而有了这份供状之后，一切就改变了。刘仲武当年在骁胜军听一个勋贵之后吹牛时，就曾经听说过类似的故事，那就是太宗皇帝与开国宰相赵普，最后君臣之间就达到了这种境界，当朝中有大事，太宗皇帝需要赵普的时候，就可以随时召他回来做宰相，借赵普的威望解决朝中的难题；用完之后，就可以随便找个罪名，把赵普贬出朝廷。而且，最妙的是，至今都没几个人知道，赵普究竟有什么把柄落到了太宗皇帝手中，但每个人都相信，赵普一定有什么把柄让太宗皇帝拿住了。

可惜的是，刘仲武也知道，这只是他自己的一厢情愿。因为石越和赵普的情况不同，而现今的绍圣天子，也多半比不上太宗皇帝，皇帝"使过"可以有两种办法，一种就是太宗和赵普一样，只有当事人心里知道，但这种方法，需要皇帝面对权臣有足够的自信；而另一种，就是干脆直接将那把柄公布于天下，这其实是更常见的方式，这样做的坏处是将来想要对石越"召之即来"时会麻烦一点儿，因为石越的政敌会利用这一点进行阻挠，而且就算石越再度入朝，威望也会大受打击，因为他的政敌知道他可能随时会再被罢相，对他也不会那么惧怕，这些都会极大损害将来皇帝使用石越的效果。所以，刘仲武其实也没有多大的把握，认定皇帝就必然会秘密处理此案。

而且，这个案子的复杂之处是，以目前所得到的口供来看，石越现在的"过"虽然算得上是一个把柄，却也十分特殊，臣子竟然成为动荡的根源与隐患，这当然是臣子的错，也是臣子之罪。然而，若认真说起来，难道石越就不无辜吗？他又没有做错任何事情！

因此，单凭韦烈的供状，就算石越被迫罢相，他在朝野的支持者也是断然难以服气的。

想到这些，刘仲武便有一种恍若正被人架在烈火上炙烤的焦虑感。

想象未来会遇到的种种麻烦，他甚至有一种绝望的感觉，他想不到任何办法可以破开这个困局。他现在能想到的唯一对策，就是尽可能查明真相。

这个案子还有很多疑点，即便韦烈的供状可信，那位花巨款买通韦烈等人喊万岁的幕后主使，也依然身份不明。韦烈把一切推到已经死去的同谋方索儿和袁坚身上，称他根本不认识那幕后主使，只知道方索儿与袁坚唤那人为"郭先生"，其人面白无须，年纪大约在五十岁上下，自称郓州人氏，但说的是一口道地的汴京官话，方索儿与袁坚并没有介绍那人的来历，他也不曾多问，只是拿钱办事。

虽然师怀秀他们并不肯轻易相信韦烈的说辞，但凭直觉，刘仲武觉得韦烈可能真的不知道那"郭先生"的真实身份。因为，从卷宗中可以知道，那韦烈一直坚称他并无任何谋逆之心，还讲了许多的说辞开脱，例如说方索儿与袁坚曾经对他们表示呼"万岁"云云，其实只是表示欢呼之意，不但至今一些路州都有此习俗，连苏轼苏大学士的诗文中，也有"牧者万岁"之类的话——这自然都不过是掩耳盗铃自欺欺人之辞，如果呼"万岁"果真是平常之事，那怎么可能会有人用重金相酬呢？

但从这种自相矛盾之中，却也可以看出韦烈等人当时的心态。他们极可能的确并无谋逆的胆子，然而心里面自然也知道此事几乎形同谋逆，所以，在为了四十万文的巨款铤而走险的同时，他们也需要一个借口来为自己开脱，以说服自己。即便那个借口根本是错漏百出也无关紧要。如果不是如此，似韦烈这等粗鄙无文的武人，又怎么可能知道苏轼"牧者万岁"的诗文？如果不是因为此案，连刘仲武自己都从未听说过苏大学士还写过这样的诗文。

如果刘仲武的推断正确的话，韦烈等人既然怀着这样矛盾的心思，那么的确是有可能不会去刻意追查那"郭先生"的身份背景，他们甚至还可能会不自觉地去回避了解更多的关于那"郭先生"的事。

而且，从常理来说，韦烈既然已经开口招供，一般也不会在这幕后主使的身份上刻意隐瞒，让幕后主使落网多少可以减轻他的一些罪名，对他是有利的。

况且，他还交代了另外的同谋，在审问另两名同谋之后，他说的是真话还是假话，师怀秀也肯定能够弄清楚。

现在这案子最重要的，自然是查明神秘的"郭先生"的真实身份。师怀秀已经派人去抓捕另外两名案犯，同时刘仲武也已签发命令，派人前往京东西路的郓州调查与"郭先生"有关的线索。但是，如果韦烈的供状可信的话，另外两名案犯对那"郭先生"很可能也所知有限，而知道更多内情的方索儿与袁坚却都已战死……也就是说，虽然表面上案情已取得重大突破，但进一步深究的线索很可能已经中断！

刘仲武本能地感到方索儿与袁坚的战死很蹊跷，但从目前掌握到的情况来看，这二人的战死却并无任何异常。他隐隐感觉到前路一片漆黑，但是，这已是他现在唯一能走的路，不管怎么样，他都必须查出那"郭先生"的真实身份！冥冥之中，刘仲武有一种预感，这是他能拯救自己仕途的唯一出路。

4

宣抚使司行辕。

对于职方司正在进行的秘密调查，石越一无所知。这也从一个侧面证明了司马梦求接手后的职方司的确卓有成效，不但石越对此毫不知情，包括和职方司有千丝万缕联系的高世亮在内，一众宣抚使司的谋臣，也都被完全瞒在鼓里。众人当中，唯一稍稍听到过一点儿风声的，只有在朝中宫中都颇有人脉的唐康，但即使唐康所知也颇为有限，他对于师怀秀等人也是同样一无所知，因此，唐康也不可能拿这些捕风捉影的事情到石越跟前去说。况且在唐康心里，他也并未将听到的风声视为多大的麻烦，安平的事情他是最清楚不过的，那绝对只是一起偶然事件，皇帝若能弄清楚事情的真相也不是一件坏事。

其实，就算是石越知道刘仲武、师怀秀们在做什么，他大概也会和唐康是一样的态度。身正自然不惧影斜，这其中有没有阴谋，石越自己最清楚，他既然行得正，那也没什么好担心的，毕竟以他如今的地位与声望，也不是别人轻易构陷得了的。

更不必说，现今的石越，心中已萌退意。小皇帝又能把他怎么样？无非就是想将他赶出政事堂罢了，这件事，石越自己本来也在计划了。安平劳军时发生的事，能够查明真相，洗脱嫌疑，石越其实也是乐观其成的。

不过，此时石越对此的确是什么也不知道，这几日间，他的主要精力都放在了准备和李清臣的这次正式会谈之上。虽然石越与汴京朝廷之间奏折、书信往来频繁，但是，河间府与汴京毕竟相距千里，沟通不畅的问题是始终存在的。李清臣身为执政，以代天子劳军之名前来河北，其间意义，石越自然是心知肚明的。小皇帝是想透过李清臣，来了解河北诸臣的真实想法，甚至进行游说、劝导，而反过来，石越也是同样的想法，他也需要透过李清臣，更清楚地了解小皇帝的底线，乃至是进行说服劝谏。

因此，在李清臣抵达河间府之后，他并没有马上就和石越进行正式会谈，而是密集接见河间府的文臣武将，进行密谈。

他不但会见了章惇、蔡京、陈元凤等宣抚使司官员，还单独见了王厚、慕容谦、田烈武等各行营的主帅与各禁军统兵大将，如果算上他一路上见过的自河北转运使陆师闵以降的河北地方官，李清臣这次的河北之行，可以说几乎将河北文武见了个遍。

而所有的这些会谈，也的确给了李清臣极大的鼓舞。

李清臣此次奉旨北来，说到底，他是极希望能够帮助皇帝赵煦达成心愿的。朝中反对继续北伐战争的那些大臣姑且不论，现在朝野之中，真正能够妨碍到北伐进行的，其实也就是石越一人而已。而在安平大捷以后的气氛之中，石越的态度暧昧不明，其实就已经意味着他对继续北伐持保留态度。

所以，李清臣心里面是很清楚的，他此次北来最困难的，就是要说服石越支持北伐。但他知道这有多难，因为相比石越，他在对辽国的战和之事上，基本没什么发言权。而且，他李清臣希望能赢得皇帝的认可不假，但他并不是个奸佞之臣。他当然希望能两全其美，可是如果真的形势不允许北伐，他还不至于以国家的命运为代价去讨好皇帝。

因此，在此之前，尤其是到河间府之前，李清臣心里面还是颇有些惴惴不安的。他绝不想做那个让皇帝扫兴的人。

但是，到达河间府之后与河北众文武的会谈，却扫开了一直笼罩在李清臣心间的阴霾，让他彻底放下了心里的担忧。

他见过的这些人，每个人都亲历了河北的战争，对辽国的国情、军情都颇为了解，可以说是大宋朝对此最有发言权的人，而这些人，绝大部分都支持继续北伐！并且认为北伐将有相当的胜算。

尤其是与新晋的签枢、德安县公王厚的那次密谈，更让李清臣感到振奋。王厚虽然认为辽军虽遭重挫，但实力犹存，并不可小觑，北伐幽蓟谈不上稳操胜券，但他言谈之中，也流露出大军云集河北不易，若不能趁胜北伐，颇为可惜的意思。而且，王厚也明确表态，只要能护全粮道，稳重用兵，北伐就算不能得竟全功，也不至于遭受失利。而宋辽两军若能在南京道大战一场，就算宋军不能夺取幽蓟，也能极大削弱辽国的国力。

在密谈之中，王厚也向李清臣提出了他理想的破辽之策——从此次参与对辽战争的禁军精锐中，挑选至少十万大军，分别屯驻雄州、保州、定州一带，花费一年的时间，让将士们加紧操练，并熟悉水土地理，而朝廷在此期间，在雄州与定州修筑要寨，屯集军粮补给，并且补充河东路的兵力。一年之后，大军齐出，不取析津府，而是全力攻克易、涿二州，将辽军吸引到涿州一带与宋军野战，并且继续经营易、涿之地，在雄、定至易、涿之间，构筑要寨，同时在涿州屯聚军粮补给。如此步步为营，待涿州稳固，再由涿州攻取析津。这样，最多三年，宋军必能收复幽蓟之地。

王厚的策略怎么样，李清臣自然是判断不出好坏的。李清臣心里面认为这样打仗过于保守了，但是他熟知本朝故典，也明白王厚的策略的优点是应该能够避免重蹈此前几次北伐失利的覆辙，而缺点，自然是太耗钱粮了。李清臣不用细算，也知道按这位德安县公的战略，接下来三年之内，宋朝所要支出的军费，绝对是一个能让他目瞪口呆的数字。说白了，王厚就是想仗着宋朝的国力和辽国打呆仗、拼消耗。

身为宰执大臣的李清臣当然是不会喜欢王厚的破辽之策的，但现在这不是最重要的，最重要的是，王厚的态度，实际上还是支持北伐的。

除了王厚以外，另外两位大总管慕容谦与田烈武也明确表示他们支持北伐，至于其余的统军大将，更是无不希望朝廷能继续北伐，收复幽蓟。

武将如此，文臣亦如此。陈元凤外，章惇、蔡京等人，对北伐都极为热心。

更让李清臣高兴的是，他以前所担心的军心士气，现在看来，也是不足为虑。阅武当日发生的血书请战事件，虽然不足为法，却也多少反映了一部分的军心士气。这件事更是提醒了李清臣，他因此专门派遣亲信前往轮休禁军聚集的勾栏瓦舍了解军心，基本可以确定，在赏赐三军之后，诸军士气高昂，虽然的确有一部分将士盼望回家、不想再打仗，但大部分将士对继续北伐也并不算抗拒，更有不少将士盼望能够北伐，好升官发财。

可以说，整个河间府，李清臣感受的气氛都是希望趁胜北伐的。旗帜鲜明反对北伐的人寥寥无几，即便在宣台的谋臣之中，明确表示反对北伐的，也就只有定远将军折可适一人而已。

这位宣抚使司的第一谋士，在密谈之时，向李清臣力陈辽国有"五不可伐"——

宋军新胜之后，将骄兵惰，骄兵必败。此为一不可伐。

辽军虽败，实力犹存，百足之虫，死而不僵，更遑论辽国励精图治之后，军容鼎盛，几万人的损失，不足以动其根本，反倒会让辽国君臣从之前骄傲自大中清醒过来，哀兵必胜。此为二不可伐。

辽军南侵，粮道辽军长而宋军短，弊归于辽；宋军北伐，粮道宋军长而辽军短，弊归于宋。宋军虽有精骑，但不可能将此主力用于屏护粮道，在辽国骑兵的袭扰下，宋军难以遮护粮道安全。十余万大军集于析津，一日缺粮，后果将不堪设想。此为三不可伐。

国之贫于师者远输，师久于外，则国用不足。辽军南犯，河北残破，河北诸州已不足以支持北伐之粮草补给，举师北伐，一切补给皆须万里转运，而朝野上下皆期之于速胜，此为兵法所谓之"无虑而易敌者"。若不能速胜，则不唯北伐之师有败亡之忧，连国内皆恐将动荡难安。此为四不可伐。

上兵伐谋，其次伐交。辽乃大国，与辽战和，皆当谋定而后动，不当以意气兴兵。宋军本无北伐之准备，只是因辽国南犯而兴兵，既败辽国于安平，将辽军逐出河北，则目的已经达到，接下来之上策，应该是派遣使者与辽国交涉，以达到最大利益。纵然有意规复幽蓟，也当徐徐图之。西夏小国，灭之犹耗费百载之功。辽国大国，岂能鲸吞？此为五不可伐。

折可适的"五不可伐"当然颇有道理，但是，在李清臣看来，折可适的观点其实与王厚接近，二人都认为辽军实力犹存，北伐幽蓟困难重重，所以折可适才极力反对北伐。可是相同的认知，王厚却不如折可适那么极端，只看到北伐不利与困难的一面，看不到对宋朝有利的一面。便如王厚所指出的，大军集结不易，若不趁胜北伐，于时机而言，殊为可惜，而且在辽国南京道内作战，可以削弱辽国的国力，这些都是于宋朝有利的。此外，章惇与蔡京也明确指出，正因为辽军实力犹存，所以北伐才是必要的，宋军有必要进一步削弱辽国的国力与军力，纵使不能规复幽蓟，也能换来数十年的平安。

这些道理，李清臣不相信石越不知道。

所有的利弊，石越一定比自己更清楚，而麾下将领与章惇等人对北伐的态度，石越也一定是清楚的！既然知道这一切，石越的态度却还是暧昧不明，或者说是隐隐反对北伐，那么，其中的原因就耐人寻味了。

在心底里，李清臣已经得出了一个初步的结论——如果石越真的坚决反对北伐的话，那么他反对的原因，多半不单纯是公义上的，石越不是纯粹为了国家社稷考虑而有此决定，而很可能是出于私心。

现在看来，陈元凤的猜测很可能是对的。石越的"顾虑"应该是为了他自己的退路，这也是情理之中的事。尽管石越的年纪比自己还要小上许多，但是他并不觉得这样想有什么不妥，因为，如果硬要形容的话，可以说在李清臣的心里，石越算是和王安石、司马光一个"辈分"的，他现在想要急流勇退，也是理所当然的。更何况，石越如今之功业，已然称得上自大宋开国以来臣子中的第一人，虽然放弃曾经掌握的权力是世间最困难的事，但是能做到这一点的人，历史上总也有那么几个，以石越之智，想要谋一个善始善终，也并不奇怪。

而且，这也并不只是他李清臣和陈元凤的想法，章惇与蔡京都有类似的猜测。

如果真是这样的话，那么李清臣接下来推动北伐就更加心安理得了。石越的处境大家都能谅解，但是国家社稷的利益是毫无疑问要重于石越的个人荣辱的。而且这也未必不能两全其美，李清臣知道皇帝的心思，小皇帝当然想要石越退隐，但如果北伐的话，他还是希望由石越来主持大局的。有石越坐镇，就能给朝廷中的许多人吃个定心丸，尤其是那些旧党的君子们，尽管他们之中也有不少人不喜欢石越，可是如果没有石越坐镇指挥的话，恐怕他们会立马闹将起来，北伐遇到的阻力会大得难以想象。

这点，自负的章惇是绝对想不到的，他不可能认为自己的威信竟然会镇压不住朝堂上的反对者。但李清臣与小皇帝是很清楚的，除了石越之外，其实也没有几个人选，能让朝中各派都认可。比如章惇，即使他有此能力，两府诸公也不会愿意坐视他立此大功，将来压到自己头上。

屈指数来，能够获得两府的认可，来取代石越坐镇指挥的宰臣，也只有韩维、范纯仁、韩忠彦三人而已。但这三人，韩维卧病，连御前会议都参加不了；范纯仁有威望而无能力，他绝不会接这差遣；韩忠彦则资历太浅，威信不足，只怕根本指挥不动王厚等将领。

因此，现在可以说是自赵煦继位以来，第一次真正需要石越为他效力。尽管在此之前，石越已经为他的统治做了许多不可或缺的事情，但是，那都不是赵煦主动想要的。

为此，赵煦不惜对石越主动示好，不但对石越与他的亲属不吝爵赏，连一些可能与石越关系亲密的大臣，他都刻意予以重赏。小皇帝是真心实意想留下石越的，至少暂时是如此。这也让李清臣感觉到皇帝对收复幽蓟的热切，因为，皇帝这样做其实是冒了很大的风险的，石越的功业越来越大，威望越来越高，如果再让他收复幽蓟的话，君臣之间的关系恐怕就更难相处了，尾大不掉，将来发生难言之事的可能也不是没有……然而，为了北伐，赵煦甚至甘愿冒这样的风险。尽管现在看来，这个风险很小，因为石越流露出的退意，表示他不是那种贪权恋栈、不知进退的人。而只要石越真的能做到主动放弃现有的权位，那么，他们君臣之间是不会有任何矛盾的。

这也让李清臣此时的使命变得更加轻松。

如果石越真的是为了他的未来考虑而对北伐态度暧昧的话，那么，在李清臣看来，只要让石越弄清楚了皇帝的真实心意，他就能做出明智的选择。

现在急流勇退，不如北伐胜利之后再退。如果石越能够帮助小皇帝再打赢北伐这一仗，皇帝不会忘记他的功劳，只要到时候他能体面地致仕退隐，凭借石越的功勋，兖州石家以后世世代代都可以安享富贵。

而且这也是对石越有好处的，不去说高宗皇帝收复幽蓟便封王爵的遗诏，如果石越真的成功收复幽蓟，到时候就算他隐退了，他的巨大威信也依然能让他对汴京的朝局起到举足轻重的作用，甚至会更加超然。更不用说，权位这种东西，如果不是迫不得已，谁又想真的放弃？北伐的战争可能会打上一年两载，那石越就又可以多做一年两载的右丞相，甚至是左丞相，这样的诱惑，就算石越再怎么样淡泊，也难以抗拒吧？

所以，唯一的问题，就只剩下了怎么样向石越晓示这些利害。

以他和石越的身份，就算是知交好友，很多话也是不能直言的，更不用说交浅言深了。李清臣与石越之间可谈不上什么深厚的私交，而且他为人也十分谨慎，和辽国多打几年仗石越就能多做几年宰相这样的话，那是无论用怎么样委婉的方式，李清臣都不会说出口的。

幸好，这个问题也并不难解决，因为类似的事情实在太多了，所以早就有现成的办法可用——只要找一个合适的说客就行。

而到了河间府后，李清臣很快就找到了一个再合适不过的说客——新晋的温江侯唐康。

早在汴京陛辞的时候，皇帝赵煦便跟他提到过唐康，皇帝对唐康赞不绝口，称其锐意敢为，不但有勇有谋，而且十分忠心，认为唐康很可能会支持北伐。在李清臣接见唐康的时候，这位温江侯果然也态度鲜明地表达了支持北伐之意，并且认为现在正是千载难逢的时机，宋朝至少应该乘胜夺取辽国的南京道，永绝河北之患。

以唐康和石越的关系，李清臣几乎不用多想，便选中了唐康这个说客。自然，这些话他也不能亲自向唐康说，也用不着他亲自说。李清臣随行的亲信中，便有一人能言善道，还与唐康勉强算是故识。李清臣便遣了此人去游说唐康做说客，而唐康也没有让他失望，满口便答应下来。这其实也是李清臣意料之中的，所谓"大树底下好乘凉"，若说天底下最盼着石越继续做丞相的，唐康肯定要算一个。

因此，虽然唐康那边传回来的消息是石越并没有表态，但在李清臣看来，那是再正常不过的。这次正式会谈，才是石越正式表达他意见的时机。至于石越的最终态度，那应该是没有悬念了。

李清臣坐在一张黑漆矮榻上，心情颇为放松地打量着石越的这间书阁，这书阁由数间连通的厢房组成，他和石越会谈的这间厢房正在最里间，除了他和石越对坐的矮榻与方桌外，一张巨大的书案占据了大部分的空间，书案上面，堆满了卷轴、折子。河间府的天气依旧寒冷，但是这厢房内却颇为暖和，应该是有他没有觉察到的取暖设施。李清臣还嗅到温暖的空气中有一股淡淡的香味，应该是在某处点了香，他粗粗扫视，却没有发现香炉，李清臣为官清廉，生活颇为俭朴，自是也分辨不出香的名目，但他能猜到这香料应当十分名贵。在这方面，李清臣觉得石越更像真宗朝的名相寇准，生活比较奢侈。这间厢房虽然表面上看陈设比较简陋，但实际上，仅仅他们所坐的黑漆矮榻上面的坐垫，李清臣便曾经在汴京大相国寺附近的一家商店看到过，标价三百贯！还有那书案上的端砚，李清臣一眼便看出那是绝品，价格起码在十贯以上。如此种种，也让李清臣觉得石越到底不过是个凡人，他在很多方面到底不及王安石与司马光。若易地而处，是王安石或司马光遇到今日的局面，李清臣相信他们绝对会为国而无暇谋身，不会似石越这样，有诸多的算计与犹豫。

李清臣此刻在想什么，石越自然是猜不到的。他根本想不到，李清臣在拿自己和王安石、司马光做比较，如果知道的话，他大概会哑然失笑。死去的人总是最完美的，人类无时无刻不在用回忆欺骗自己，便拿李清臣来说，王安石姑且不论，司马光在世的时候，他们的关系可谈不上多么友好，再怎么说，李清臣的政见也是更倾向新党的。但是，现在李清臣这样的情况并不算罕见，这是石越的又一项成就，他成功将王安石与司马光推上了神坛，而随着时间的推移，人们心中的这种印象将越发巩固。

只是短短几个月的时间，现在，不仅仅是儒生，即便在平民百姓的心目中，王安石与司马光，也已然成了本朝最接近圣人的存在。甚至可以说，这二人，俨然就已是宋儒的代表，宋儒中的荀孟。而这其中，当然少不了桑充国与石越一明一暗的推波助澜，当河北战事正酣的时候，在桑充国的推动下，白水潭学院已经决定在学校之内竖起王安石与司马光的雕像，以纪念本朝这两位儒家圣人——这样的举动，不要说宋朝，远溯汉唐，也没有过这样的先例，这当中自然有石越的影子。

当然，这也并不全是石越的功劳，王安石和司马光的人格魅力的确是非同一般的。这两个人，都是那种恨之入骨的政敌，甚至是敌国君臣，都不好意思昧着良心过多诋毁的人物，因此，像李清臣这样身居高位，对二人也算知根知底的人物，才会那么自然地任由自己的回忆去美化他们，而毫无抗拒。

不过，此刻的石越心思却全然不在于此，他坐在李清臣对面，抿着嘴唇，望着一脸微笑的李清臣，脑海里闪过的，却是李清臣辗转托唐康进行的那番游说。

这个李邦直还是费了一番心思的。

李清臣这些天见了多少人，石越虽然没有刻意关注，但心里还是大概有数的。李清臣并不知道，折可适在见他时虽然力陈辽国之不可伐，但见过他之后，深感皇帝北伐之志甚坚，又反过来密谏石越，倘若朝廷执意北伐，石越当勉为其难，同意北伐，以掌握北伐之主导权。为说服石越，折可适也搜罗了不少情报，石越因此也得以知道河间府文武们对于北伐的大概看法——不出所料，果然绝大部分人都希望北伐。

但这并不足以让石越动摇。

真正让石越态度松动的，是一份来自汴京的书信——他曾经最为倚重、信任的幕僚潘照临的来信。

潘照临在信中，也力谏他一定要支持北伐。在信中，潘照临例举了无数古代名臣的下场，痛陈善始者难善终，掌握权力容易，放弃权柄艰难，因为每一个曾经身居高位者，都不可能没有恨之入骨的敌人，区别只在于自己知道与否，如果草率放弃权力，就会不可避免遭到政敌的报复，若在汉唐，便很可能落个身死族灭的下场。本朝虽然宽厚，但正因如此，政敌不能置其于死地，为了防止其东山再起，就会转而攻击其政策，其当政之时所行之政，不论好与不好，皆必然受到政敌的疯狂攻击，以借此铲除其当政时的党羽，唯其如此，政敌才会安心。

潘照临更在信中直谏，认为石越过于乐观，以为自己根基深厚，朝野已无可惧之政敌，指出天下大势，变幻难测，吉凶祸福，常在皇帝一念之间。又以韩琦之事为例，称韩琦在英宗一朝的地位，不逊于今日石越之地位，定策两朝，对高宗皇帝赵顼之功，也不逊于今日石越对赵煦之功，甚至犹有过之，其余德望、朝野势力，皆与石越相仿佛，但当年赵顼为了厉行新法，便逐韩琦于河北，言不听，计不从，所行之政，皆与韩琦之言背道而驰。在世人看来，韩琦之晚年已让人羡慕，但对于韩琦这样的人物来说，其心中之痛苦，谁能知道？难道韩琦真的安于被朝廷表面尊崇、做个富家翁颐养天年吗？眼睁睁看着朝廷之政走向他所认为的歪路却毫无办法，对韩琦这样的人物而言，实已是最大的折磨。

潘照临在信中直问，石越真的愿意学韩琦吗？

更何况，赵煦心里对于石越的感激，只怕远远比不上当年赵顼对韩琦心中的感激。因为当年英宗是过继继承大统，韩琦的支持至关重要，这种功劳，是石越开多少疆辟多少土都比不上的。石越虽然也为赵煦顺立继位出了大力，但是平定石得一之乱的功劳，却并非石越一人的。这是石越比不了韩琦的地方。赵顼为了推行新法可以将韩琦赶回家乡，如果石越真的执意反对北伐，赵煦为了北伐又会对石越如何呢？

因此，潘照临劝石越事君之道，不可一味孤直。并批评当年石越事赵顼，颇知委婉，所以宋朝才有今日之盛，而如今石越权位已高，威望已重，小皇帝年幼，石越便渐失当年事高宗之心，不愿意曲意讨好小皇帝，过于看重宰臣的体面与威严，这是舍本而逐末。

潘照临又劝石越，正因为明知道自己无论如何都要下野，才应当极力给皇帝留个好印象。便如人与人之相交，第一面固然极重要，但最后的印象如何，更是至关重要。当年李夫人至死不让汉武帝见其最后一面，这其中的智慧，值得石越三思。是做一个阻挠小皇帝北伐事业的绊脚石前宰相下台，还是做一个兢兢业业辅佐皇帝完成北伐理想的前宰相下台，这关系到的，绝不止是石越一个人的荣辱。

潘照临不愧是这个世界上最了解石越的人之一。石越并没有公开表达反对北伐之意，但是，仅仅是从他的犹疑之中，潘照临便已然猜到石越的真实态度，尽管他也并不知道石越反对北伐的真实原因，可他的信却依然能直中要害。

石越想要什么，害怕什么，潘照临可以说是最清楚的。

宰相石越当然是想当的，但是迫不得已的话，也并非不能放弃。但是，石越绝对无法容忍人亡政息，他下台之后，他的事业就前功尽弃。到了石越这个年纪，以他的阅历与智慧，已然能够理解与接受"功不必由己成，名不必由己立"，他的政治理想与抱负，不一定要全由自己来完成。事实上，这才是人生的常态，历史上有无数的经验教训，如果执意坚持要由本人来完成自己的抱负，往往会事与愿违，造成极大的灾难。甚至是理想越伟大，灾祸就越深重。所以，这方面，石越还是能想得开的。

可是，如果随着自己的落幕，自己一手开创的事业竟然就此夭折，甚至走上回头路，或者走上一条歪路，这种心情……这个时候的石越，是完全理解了他记忆中的另一个时空的历史上，王安石听到免役法被废时的心情，那是用悲怆、绝望这样的词语来形容都嫌不够贴切的！

李夫人的故事，熟悉历史的石越当然是十分清楚的。后世所有后宫的嫔妃们，口中所说的榜样多半是唐太宗长孙皇后，但内心深处，她们想要学习的，一定是李夫人无疑。但石越以前可从未想过，自己要向李夫人学什么。毕竟，他是堂堂的宰相，而李夫人，只是一个以貌事人的宠妃而已。但是，被潘照临指出后，石越特意让人找出《史记》《汉书》中相关章节，仔细又读了几遍后，竟然不得不承认潘照临说得没错，这位李夫人的智慧，的确值得所有行将下台的宰相们学习。

只要是涉及权术，石越也不得不承认，潘照临总是对的。

因此，尽管石越并不认为他下台之后人亡政息的风险有多大，甚至认为小皇帝已然不可能逆转他所一手开创的大势，但他依然不敢将潘照临的劝谏等闲视之。

因为石越的出现与努力，新旧两党虽然斗争依旧，但是互相之间的怨恨远远谈不上你死我活，甚至不少新党与旧党之间，虽然政见相左，私底下却能成为儿女亲家——虽然这说明不了太多的东西，却至少表明了两党之间的矛盾并非极端尖锐。而所谓"石党"，现在也已经根深蒂固，绝非赵煦所能轻易铲除。尤其是朝中三党，都分别控制或者对一批报纸有极大影响，又各自都有一批学院补充新鲜血液，而三党之间又互相牵制，互为制衡，可以说任何一位皇帝想要下手，都不免要投鼠忌器。昔年唐文宗尚且感叹"去河北贼易，去朝中朋党难"，而宋代文官之势力更远非李唐可比，事到如今，汴京禁中内无论是谁做皇帝，都已不可能有"去朝中朋党"的本事。

在此之前，宋朝面临的种种弊病，说到底，就是因为这是人类历史上第一次有一个国家推行真正意义上的文官政府治理国家，因此不可避免在体制上会存在许多缺陷，尤其是文官政府与军队之间关系、文官政府内部党派关系的处理这两大难题，宋朝处理得都不尽如人意，最终导致了王朝的崩溃。

石越的改革虽然不能说有多完美，但确确实实对症下药了，他带来的变化，就是在很大程度上弥补了宋朝原有体制在这两方面的缺陷，完成了一个相对稳定的政体。

现在，任何人想要颠覆石越的改革成果，都不是一件容易的事。因为宋朝现在的这个体制，不但石党，新党与旧党的绝大部分成员，都是身处其中的。符合任何一党利益的改变，都不可能不触犯另外两党的利益，而暂时没有任何一党的势力，足以压倒其余两党。

所以石越有足够的信心，不害怕赵煦改弦更张。

若是其他人进行同样的劝谏，石越多半也就是一笑了之了。但是，同样的话出自潘照临之口，那是完全不同的力量。石越再有信心，却也不敢绝对肯定一定不会发生变故。这不同于他带来的思想文化方面的改变，思想、文化的改变极难，但若真的将种子种去下，看着它萌芽、成长了，那就是绝对不可能逆转的改变。就算暴虐如秦始皇，焚书坑儒、行偶语律，但结果又如何？非但灭绝不了儒家，倒将自己的帝国赔了进去。更何况这是宋朝，石越完全可以踏踏实实、高枕安卧。

但政治方面不同。所谓政体，本就是看起来强大实则脆弱无比的东西。一方面，世间本无完美的政治制度存在；另一方面，不管石越怎么改变，也改变不了宋朝是君主制这一事实。赵煦想要改弦更张的确很困难，但是，皇帝就是皇帝，真要惹恼了他，再加上有人挑拨，谁又能肯定赵煦会将这个国家带到什么方向？

潘照临又在信中告诉石越，他已经启程赶来河北，如果石越还是坚持反对北伐的话，也希望石越等他到了之后，再做决定。这可是极罕见的，自从石越遣散潘照临等幕僚后，除非遇到大事，潘照临是很少与石越相见的。这次他如此慎重，让石越也不由得越发重视。原本已经下定了的决心，也不由再次动摇起来。

"邦直。"短暂的沉默之后，石越终于开口，他黝黑深邃的眼睛注视着李清臣，声音略有些低沉，"邦直，我们刚刚得到了永安侯的一些消息。"

李清臣眼中闪过一丝惊讶与意外，他没想到石越会突然提起被围困在蔚州的折克行，脸上的神色也变得严肃起来，他微微倾了倾身体，问道："蔚州的情况……"

"蔚州还在永安侯手中。"

李清臣顿时微微松了口气，却见石越轻轻摇了摇头，说道："天气对我们更不利，但辽军也一样受到影响，耶律冲哥没有强攻蔚州……"说到这里，石越心里只感到一阵无奈，因为他知道，耶律冲哥是没有必要强攻，他控制了飞狐峪，就是将折克行关在了蔚州，那已经是一支孤军，如果没有援兵，被全歼是迟早的事。想到这里，他有些苦涩地继续说道："但是，永安侯部的粮草已尽，而且还缺少薪炭，还能坚持多久，实已不容乐观。"

也许，在此刻，折克行部已经全军覆没也有可能。石越悲观地想道。虽然吴从龙的情报是来自辽人的口中，但是，宣台之内没有人怀疑其真实性。除非有奇迹出现，否则折克行部的情况，就应该和辽人说的差不多。石越只是谨慎地没有提及"食人"这样耸人听闻的事情。

而一提起折克行部，石越心里又是恼怒，又是愧疚，恼怒是对章楶和种朴的，而愧疚，是因为石越心里面开始有了一种感觉，折克行部的行动，很可能从战略上来说就是一个失误，事后来看，折克行北上蔚州真有价值吗？还是只是画蛇添足？更糟糕的是，让折克行部陷入如此困境，他身为统帅却束手无策，这让石越有恼羞成怒之感。

但李清臣没有那么复杂的感情，他也难以体会这一点，甚至在他看来，石越所说的折克行部的情况,也并没有超过预想,至少蔚州还没有丢,折克行也没有降辽——其实就算最坏的情况发生了,李清臣也不觉得是什么灾难。在李清臣看来,折克行部虽然名为禁军,却是宋军之中最后一支准军阀武装,只是折家一直忠于宋廷,朝廷也不得不优容。留着这所谓"折家军"做朝廷的鹰犬可以接受,但如果折损在蔚州,宋廷也不会感到心疼。

因此,他只是疑惑地看着石越,猜测他突然提起这些的用意。

石越看了一眼默然不语的李清臣,他不知道李清臣的心思,只道对方是因为不懂军事而沉默,又说道:"邦直,我们不能坐视永安侯与飞骑军、河东番骑一万几千名将士不管。"

李清臣望着表情严肃的石越,他没有明白石越的意思,却还是言不由衷地点了点头,一边心思转动,试探着问道:"丞相的意思是?"突然,李清臣眼睛一亮,"要救援折家军?丞相是说,北伐?"

因为激动,李清臣的声音高了一些,在外面几间厢房办公的宣台谟臣都隐约听到"北伐"二字,不由得都有些骚动起来,一个个竖直了耳朵,希望能再听到些什么。

石越却是一阵愕然,随即他就明白过来,李清臣根本不关心折克行与他部下将士的死活,他在乎的就是北伐,因为那是赵煦的意志。他凝视着李清臣,叹了口气,摇头道:"北伐!邦直,北伐谈何容易?"

李清臣顿时感觉到自己的心一沉,他怔怔地望着石越,石越的意思,竟然还是要反对北伐吗?一时间,李清臣竟有一种不知所措的感觉,这是他所无法理解的。在他眼里,石越并不是一个圣人,那他怎么可能拒绝北伐的好处?

过了一小会儿,他才缓过神来,疑惑地问道:"那,丞相的意思是?"

"要在幽蓟进行一场战争,冬天可不是对我们有利的季节。"石越不假思索地回道,"我认为现在能真正帮到永安侯和他的一万多名将士的,唯有谈判一途。"

他望着惊愕地张大了嘴的李清臣,又轻轻叹了口气,神色略有些萧索地说道:"但是,皇上不会接受这一切,对吧?邦直。"

然而,只是一瞬间,石越的眼神又变得凛冽起来,他几乎是有些咄咄逼人地盯着李清臣，问道："邦直，你知道辽主的这次南犯为什么会失败吗？"

李清臣张了张嘴，但石越却根本没想听他的答案，已经接着说了下去："因为辽主发动了一场他根本不知道要如何结束的战争！"

"辽主的南犯是必定要失败的，就算我们打再多的败仗，也改变不了这一点，辽国无力灭亡我们大宋，而如果不能取胜，我们就绝对不会停止这场战争。"石越的语速因为激动而有些急促，脸色微微显得潮红，"自然，辽主是不这么想的，他自以为他能迫使我们签订和约，但是，就算我们的军队真的被打败，我们被迫签订了城下之盟，但是，邦直，你觉得以今日之大宋，我们会善罢甘休吗？"

"绝不可能。"李清臣想也不想便回道。

"不错。"石越赞同地点了点头，"所以，耶律濬并不知道，他挑起的这场战争，他其实根本没能力结束。也因此，辽国才陷入了今日的窘境。但是，"石越话锋一转，有些尖锐地问着李清臣，"邦直，现在我们是不是正在重蹈辽国的覆辙呢？"

李清臣被他问得有些狼狈，这是他从未想过的事情，却听石越又直言不讳地继续说道："如果真的要北伐，对我是有好处的。如若皇上坚持要北伐，我又有何不能遂皇上之意？但是，对于大宋来说，如果不知道该如何结束一场战争，那么就不应该开始它。皇上如果想要北伐，他可想好了该如何结束它吗？"

5

"如何结束一场战争？"

开封城西琼林苑，小皇帝赵煦一身戎装，斜靠在一张矮木榻上，左手拿着一封奏章读着，一边自言自语地失声笑了出来。在他身边不远，他的姐姐温国长公主与皇弟遂宁郡王赵俟，正一人举着一把火铳，专心致志地瞄准约莫三十步外的标靶，"砰""砰"，随着两声巨响，便见两缕烟雾升起，两人熟练地将手里的火铳递给身边侍奉的小内侍，然后都是一脸期望地望着一路小跑过去检查标靶的小内侍,待到那内侍大声报出两人的成绩,便听到温国兴奋地大喊了一声,然后一脸不屑地望着赵俟,得意地说道:"打了十铳,竟然只有两铳中靶,七哥,你也太丢人了吧!"

赵俟不服气地白了温国一眼,"你也就是中三铳,有什么好得意的!"

"那也比你多,赢就是赢,愿赌服输,你那匹奔宵就归我了。"温国毫不在意地宣布着,拍了拍手,朝赵煦走去。赵俟一脸肉疼,张了张嘴,却终是不敢跟这个姐姐耍赖,只能默默跟在她身后。那匹奔宵是他花了很多力气才得到的名马,已经连续十场在汴京的赛马大会上夺标,这让赵俟好不得意,没想到却被自己姐姐盯上了,被她硬拉着比火铳,还被逼用奔宵做赌注……

面对温国的巧取豪夺,赵俟是无力反抗的,他这时候只是不住地后悔自己鬼迷心窍,去折腾什么火铳,结果给了温国一个借口。赵俟并不知道朝廷中关于火铳局的讨论,对薛嗣昌更是一无所知,他对火铳的兴趣,是源自高丽国进贡给他一把火铳,尤其在听说了火铳在邺国开国的战争中的作用后——南海的任何消息传回汴京,都免不了会有很大的夸张与走样——赵俟就对这种新兴的单兵火器有了浓厚的兴趣,他慷慨地资助了白水潭学院几名格物学者,那些学者设计了各式各样的火铳,找汴京最好的工匠打造出来。但是,显然他的钱都打了水漂,事实证明,比起柔嘉送给温国的那把火铳,他让人造出来的火铳,除了外表镀了一层漂亮的白银外,就再没有任何特别之处了。赵俟可不会认为是自己的射击水平太差,他年纪虽轻,却已然是弓马娴熟,还是宗室之中有名的神射手,如果是比弓箭的话,十个温国也不是他的对手。但是这该死的火铳,准头实在是太差了!

温国毫不理会身后沮丧的弟弟,已经快二十岁的她如今已出落得亭亭玉立,高挑的身材,继承自母亲的美貌,还有那与生俱来的高贵气质,但这一切,都比不上她那特立独行的性格给人的印象深刻。对于这位长公主的言行,朝廷中的言官不少都有微词,但是,这反倒更彰显了她的得宠,不但是皇帝宠着她,连已去世的太皇太后高太后也宠着她,凡是敢在奏章中对这位长公主有不敬言辞的御史或谏官,最后的结果都是被贬得远远的。现在,汴京所有的达官显贵都知道,宗室之中最不能得罪的,就是这位美丽的小寡妇。

而且，消息稍为灵通一点儿的人都知道，马上就不会再有温国长公主了，因为在封建诸侯的时候，撺掇着小皇帝给了柔嘉格外的殊恩，所以严厉的高太后在世之时，一直没有给温国晋封。但是，现在赵煦借着对辽国大胜的机会，已经准备一次性弥补她的损失，很多人都已经知道，皇帝打算一口气将她晋封为燕国长公主。

不过对于温国本人来说，这些都只是微不足道的小事。虽然封国的晋封不仅能让她在各种朝廷的仪式上更受礼遇，而且还会带来薪俸上实实在在的好处，比如她一旦获封燕国长公主，每年的薪俸收入很可能会翻上一翻，让她增加数千贯的收入，这样一笔稳定的巨额收入，对于平时生活可以用挥霍无度来形容的温国来说绝对是雪中送炭。但是，温国长公主殿下本人对此毫不关心。

这并不是温国长公主殿下不懂得钱财的重要性，事实上，这位长公主殿下出乎意料的会经营，她和赵煦一母同胞的小妹妹徐国长公主[1]共同成立了一家商行——老实本分、如今才不过七八岁的徐国长公主殿下当然和这家商行没有任何关系，大家都心知肚明，温国的实际合伙人是当今皇帝的生母、圣瑞宫的皇太妃殿下。这家商行从事着一本万利的买卖，从汴京以及杭州、泉州、广州贩卖各种铁器，甚至是兵械器甲至岐国的国都东岐与邺国的东都新邺，有时候还承运前往两国的移民，然后再从岐、邺两国带回大量的香料、象牙、珠宝等海外奇珍。就是这家才开业不到一年的商行，已经给温国与皇太妃带来了数万贯的利润。

除此之外，温国在石蕤的帮助下，还在汴京开办了数以十计的商铺，包括酒楼、绸缎铺、钱庄等等，在开封城外，她还拥有十几个庄园。

可以说，温国绝对是大宋开国以来，最有钱的一位公主。

只不过与此同时，她也是大宋开国以来最能花钱的公主。尽管收入不菲，但是这位长公主殿下似乎永远都处在入不敷出的财务窘况之中，经常要找人借贷度日。这可能也是她再嫁十分困难的主要原因，即便是传承数代的世家子弟，也对这位长公主表现出的慷慨感到心惊肉颤。她不但在衣服首饰吃住等方面奢侈无度，完全没有大宋之前的公主们那种"俭朴"的美德，还对各种奇珍异宝

---

[1] 即皇十女庆国公主。

有奇怪的搜集癖，经常一掷千金收集各种藏品。而最可怕的还是这位长公主殿下仗义疏财，诸侯们的使者来到汴京后，只要有机会面圣，都会哭诉自己君主的穷困，而在他们离开汴京回国之时，除了在朝廷那儿哭到的赏赐外，往往还会得到温国的大笔馈赠。但这种慷慨并不会带给她任何回报，除了口头上的赞美，大多数接受馈赠的诸侯并不会因此而感激她，一些诸侯甚至还会因此嫉恨她，只因为她留在了汴京，而他们却被迫去了海外的蛮荒之地，他们将这种好心当成是她的炫耀。

尽管也有人提醒，温国却全不在意，反而依旧我行我素。

除此以外，她那让人诟病的开支簿上，还包括每年花费数千贯甚至上万贯的巨款资助一些莫名其妙的研究，对佛寺过于慷慨的供奉，在赛马会上一掷千金的豪赌，以及经常耗费巨资举办花样百出的各种比赛等等。

总而言之，温国长公主对于钱财的态度是既精明，又不甚在乎。而这也给她带来了截然不同的名声，不喜欢她的人私下里会以此来指责她奢靡无度，败坏了皇室的名声，而喜欢她的人则会认为这位长公主有太祖皇帝之风，任侠纵性，仗义轻财。

但不论外人如何评价，也不论自己心里面究竟是怎么想的，赵煦与赵俟这两兄弟，对这位姐姐是不敢多说什么的。

赵煦看见温国走过来，随手便将奏章合上，嘴角露出一丝微笑，正要说话，温国已先问道："六哥，你方才说什么了？"

赵煦笑道："你耳朵倒是很尖——朕是在看石越和李清臣的奏章。"对于这位姐姐，他并无丝毫的避讳之意，见她眼中流露出好奇，赵煦又略带讥讽地笑道，"石越在奏章里说，在战争开始之前，就应该知道该如何结束它，否则就不应该开始战争。北伐还没开始呢，朕的这位右丞相，就已经在担心朕穷兵黩武、欲壑难填了。"

"朕真想让天下人都拜读下石丞相的高论！"说着说着，赵煦的声音突然就尖锐起来，他有些激动地从坐榻上站了起来，手舞足蹈，"他竟然在奏章中暗示，收复幽蓟可能导致辽国灭亡，而对大宋来说，亡辽不如存辽！"

"亡辽不如存辽？"温国与赵俟都是怔住了，不由得异口同声反问。已然快满十六岁的赵俣脸上全是诧异与不解，而温国则是皱紧了眉毛，大大的眼睛中流露出若有所思之色。她心里头忽然闪过一个念头，不由脱口说道："石丞相不会有玩寇……"话一出口，她便觉得不妥，连忙又闭紧了嘴巴，眼睛往四周看了看，见侍奉的内侍与侍卫都站得远远的，没人能听见他们的对话，这才略略放心。

"你说石越玩寇自重？"赵煦却是十分肯定地摇了摇头，"这是不可能的。"但他又颇为疑惑地叹道，"这也是朕怎么也想不明白的地方。朕的这位石丞相是十分聪明的，此前韩忠彦甚至在朕跟前以阖族性命担保他绝不会拥兵自重，说如果朕要罢掉石越的相位，石越绝对会坦然受命。此番李清臣去河北，也称石越并无恋栈之意，似乎已经打算主动辞相。如果他是贪权恋栈，北伐才是对他有利。不北伐的话……"赵煦嘿嘿干笑了两声，没有再说，但话中之意已甚明了。

温国的眉间却是锁得更紧了，"不是为了私心的话，那么，六哥，你可要慎重考虑了。"她严肃地望着赵煦，认真说道，"石丞相如今的权力，可以说是一人之下，万人之上，甚至说功高震主亦不为过。这样的权位，古往今来，有几人能说舍弃就舍弃？他宁可舍弃这权位，也要劝谏反对北伐，那说不定他才是对的呢？"

"怎么可能？！"仿佛是为了强调自己的不信，赵煦使劲摇着头，激动地说道："这简直是荒谬！什么叫亡辽不如存辽？再者说幽蓟本是中国州郡，收复幽蓟，是太祖、太宗、高宗皇帝的遗志，难道太祖、太宗、高宗皇帝的见识，会不如石越？什么叫如何结束一场战争？自然是要以胜利结束战争！"

赵煦说出这些话的瞬间所流露出的踌躇满志，便仿若此刻他已然站在了析津府的城墙上，接受辽主的降表一般。温国的眼神之中却是泛起了一丝忧色。她没有读过石越的奏章，不知道赵煦说的是不是石越的本意，所以她有些疑心这其中是不是有什么误会，因为她也同样无法理解，如果有机会灭亡辽国，宋朝怎么可能不抓住这种千载难逢的机会？因此，她心里面是觉得赵煦更有道理的。但是，无论为了赵煦的统治考虑，还是为了她和石蕤的私交考虑，她都不愿意看到赵煦与他的右丞相发生矛盾。她很了解自己的这个弟弟，外表温和柔弱，内心却是狂热偏执，他真正想做的事，是绝对不会甘心被他的宰相阻挠的。而她虽然并不了解石越，却多少也了解一些朝廷中那些自矜的士大夫们，不论他们心里怎么想的，在外表上，他们都不是轻易会向皇帝低头的，尤其是两府的宰执们。

但温国也不知道如何劝谏，她回头看了一眼跟在身后的赵俟，这位已经贵为郡王的七哥低着头，紧抿嘴唇，一副神游天外的样子，一言不发。赵俟自从出阁读书之后，就被那些老夫子们教坏了，涉及朝廷大事，别说主动发表意见，就算是赵煦有时兴之所致亲自询问他，他也是惜字如金，绝不肯多说半个字。但这也不能怪赵俟，因为赵俟的态度，很可能就是赵煦至今还算宠爱这个弟弟的原因。

温国不由暗暗叹了口气，却见赵煦又挥舞着手臂，大声说道："姐姐、七哥，北伐、收复幽蓟，可不只是一场普通的战争那么简单！这是太祖皇帝以来，历代祖宗的遗志，更是先帝的遗志！朕身为太祖、太宗皇帝的后代，身为先帝的儿子，若不能替他们完成这遗志，就是不孝！我大宋以孝治天下，朕身为万民之主，又岂能不为天下臣民表率？！"

他一口气说完，忽然却是一怔，然后，他那狂热而激切的眼神之中闪过一丝惊喜，就在这一瞬间，他恍然明白了自己刚才究竟说了些什么！他意识到自己又给北伐找到了一个让他的大臣们难以反对的理由。

一时间，赵煦兴奋得难以自抑地在温国与赵俟面前踱来踱去。北伐幽蓟，就是对太祖、太宗、高宗皇帝的大孝，这是如此显而易见，他以前竟然忽略了。所幸的是，他到底还是意识到了这一点。

但是，没多久，赵煦突然又停下了脚步，怔怔地站住，双眉紧锁，脸色也变得有些难看。到底是做了这么多年的皇帝，尽管亲政的时间不久，但是对于他的大臣们，他还是有些了解的——不论是石越，还是范纯仁、吕大防、刘挚，都不是那么好对付的。虽然说他有了弘扬孝道的大义，但是，像范纯仁本来也没有说过不该北伐，他只是说不该马上北伐。但赵煦也不是三岁小儿，他知道这种事情，本就是要趁热打铁，真要听范纯仁的拖上几年，到时候再想重整兵鼓，那就更难了。

"可恶！"想到这些，赵煦在心里咒骂了一声。他又一次感觉到想要有所作为的艰难，他北伐之志甚坚，但是，即使身为九五之尊，想要做这么一桩理所当然的事情，也是感到阻力重重。这让他不由得更加佩服他的父亲，也让他更加难以理解他的一些大臣们，尤其是石越，他不是曾经帮助他的父亲开创出中兴盛世的人吗？

难道真如那些御史们所说的那样，石越虽然年纪未老，却已然暮气沉沉，不复当年进取之志，便如曾经的韩琦一样，在仁宗时也是想要有所作为的，但到了先帝之时，却变得保守顽固。石越也逃不脱韩琦式的轮回吗？

赵煦兀自沉浸在自己的算计之中，但温国很快就对这些军国大事丧失了兴趣，她也就是一时兴起，才替赵煦谋划一二，既然看起来赵煦已经有了主意，而赵俟在一旁又颇有些尴尬，她便也不想再多事，转头对赵俟说道："七哥，你也别一直心疼你那匹奔宵了，回头冬狩的时候，你若能赢我一次，我还把这马还你。"

"当真？"赵俟顿时便还过魂来，眼睛都亮了，一时间却又有些不敢相信，迟疑地问道，"你不会是又瞧上我别的什么东西了吧？"

温国白了他一眼，"你那王府又能有什么宝贝值得我惦记？"

赵俟不由语塞，温国又道："你不是说今天还约了环哥儿练剑吗？依我说，你要想赢回奔宵，也别练什么剑了，带着你的家臣好好习练下冬狩的阵型——还是老规矩，冬狩的时候只能用火铳，不准用弓弩。"

"打猎也只能用火铳？"赵俟目瞪口呆地望着温国，下意识扭头看了一下远处的标靶，赶紧使劲摇了摇头，不去接温国的话，假装抬头看了看天色，转身对赵煦拱了拱手，"皇兄，臣弟之前约了狄环练剑，时辰不早，若无他事，臣弟便先行告退。"

赵煦本也是心不在焉，随便点头应允，赵俟又干笑着向温国告退，温国挥了挥手不去理他，转头对赵煦道："六哥，你政务繁忙，我也不扰你啦。"

赵煦这才回过神来，正想说什么，旁边的内侍连忙凑过身来，在他耳边俯耳低语几句，赵煦"哦"了一声，便朝温国笑道："正好我也要见几个人，你们先回去也好。"

温国又行了个万福，便和赵俟一道离开琼林苑。

琼林苑规模宏大，两人离开赵煦所在不远，便各有家臣内侍伺候上了马车，两人的车驾才走了没几步，便见迎面有几名内侍引了两名绿袍官员过来，见着二人车驾过来，连忙让到路边，叉手等候。温国在马车之内掀开车窗珠帘，匆匆扫过路边的两名官员一眼，见二人都是面生，便也没放在心上，马车呼啸而过。

差不多同一时间。

三百里外，北京大名府安平门附近一处临街的三层酒楼内，石越曾经最为倚重的谋主潘照临，正坐在顶层的一间雅座之内，一边居高临下观赏大名府的街景，一面浅酌清斟。两名黑衣青年恭敬地侍立一侧，不时替他斟酒夹菜，而坐在他对面的，却是一名四十来岁的短须男子，长相称得上是容貌英伟、姿容卓世，但此时似乎心事重重，面对满桌酒菜毫无下箸之意。若有留意南海诸侯国人物的人便有可能认得，这短须中年男子也不是寻常人物，乃周国国相柴远的族弟柴逊，如今正奉了周国公的敕令，在大名府负责替周国招募百姓。这大名府许多人都知道，周国国相柴远是潘照临的知交好友，因此潘照临既然路过大名府，与柴逊密会也是理所当然的事。潘照临虽然只是一介布衣，但他的名望也早已著于四海，诸侯国的使者对于周国能有这层私交，都是非常艳羡。但无人料到，柴逊见着潘照临后，竟然是忧容满面。

潘照临却似乎全没留意柴逊的表情，只是自顾自地吃着东西，看着大名府街道上熙熙攘攘的人群。

那柴逊愁眉苦脸了好一阵，似乎是终于鼓起了勇气，向前倾了倾身子，试探着问道："在下听说先生离京之前，贵属去见过杨子安杨殿院、刑和叔刑侍读？"说话的同时，一双眼睛却盯着潘照临身边的一名黑衣青年。

潘照临不由哂笑一声，眼色中却是略有些惊讶，道："你消息倒是灵通。"又瞥了一眼身边的那名黑衣随从，笑道，"不过去见杨畏和刑恕的人不是他。他只不过用了点儿手段，将一些消息透露给了经常在杨畏、刑恕二人门下往来的几名学生，估摸着那些学生中有人又将这些事情透露了杨畏和刑恕。总之，和我是全无干系的。"

说完，潘照临又若有所思地望着柴逊："不过，看起来是百密一疏了，这件事情，竟然连你都知道了。"

柴逊连忙摇了摇头，苦笑着叹了口气："这个先生倒不必担心，在下也只是猜测而已。而且我知道此事，也纯属偶然。"

"是吗？"

见潘照临不信，柴逊只得又发出一声苦笑，继续解释道："先生应当也知道在下以前不成器的旧事……"

这柴逊的底细，潘照临当然是知道得一清二楚的，他可比不上他的族兄柴远。这柴逊年轻之时，是读书习武经商耕田，一无所长，只会些声色犬马的东西，家中让他到汴京求学，他却不和儒生交往，每日里都是与一些滑吏赤佬、市井无赖呼朋唤友，混迹于勾栏瓦舍，在家族之中名声颇为不堪。如今的柴逊自然是性情大变，否则也不可能被周国派来大名府担此重任。但这些旧事可也不是什么光彩往事，潘照临亦不知他为何忽然提起，便不动声色，听他继续说道："却是事有凑巧，在下前几日间，在这大名府，遇到了一个年轻时的故交，我这旧友原本世世代代都是枢密院的小吏，到了他这一代，因为偶尔犯错，被开革出枢密院，便改行做了省探，如今在汴京也算小有名气……"

"省探？！"听到这两个字，潘照临心里便已经恍然大悟。

但柴逊不敢得罪潘照临，仍然小心解释道："我这旧友和我闲聊之时提到，他打听到御史台杨殿院和学士院邢侍读不约而同地在秘密调查绍圣二年到绍圣四年间扬州的案件卷宗……"

说到这里，他的目光又投向那名黑衣青年，苦笑着："这却不能不让在下有些联想了——之前这位贵属，却是来见过在下的一名属下，问了许多事情。巧的是，在下那名属下，正好是绍圣四年之前在扬州做小吏，因为牵涉一件大案，才改名换姓逃到南海，到了我们周国。这些曲折，原本连在下也不知道，所以这次才带他回到中土，未曾想贵属却是如此神通广大……"

柴逊一面说着，神情却是愈加苦涩，"当日在下听旧友提到杨殿院和邢侍读的事之后，本来只是想帮他打听一二，谁知道召来那名属下一问，却是大吃一惊。原来他所涉的那桩案子，竟然涉及前扬州通判王巩王定国。在下又稍加打听，才知道这位王通判的来头竟然如此之大，竟然是真宗皇帝时为相十二年的王文正公王旦之孙，还是当朝御史中丞刘公的姻亲，如今正掌管着登闻鼓院！"

"因此在下不敢轻慢，又费了点儿心思，谁料知道得越多越是惊心，这位王判院可以说是亲朋好友布于朝野，曾经得到过司马陈王、冯京冯相公等人的赏识，而且竟然还是本朝有名的画家，与二苏交同莫逆，他判登闻鼓院，也是因为小苏相公的推荐……"

"因为在下那名属下原本世代为扬州小吏，故此对绍圣二年到四年间扬州的事情，也甚是清楚，那两三年间扬州发生的大案，也只有他所牵涉的那桩案子，前通判王巩因为年轻气盛大，争风吃醋，勾结胥吏对一名本地豪族子弟滥用私刑，结果被人上告，因为后果并不严重，王巩只是被定了个'少年之过'，调离扬州了事，倒是那些与他勾结的司法小吏全部被严惩，而在下那名属下也是因为害怕被当地豪族报复，才不得不逃往南海……"

"但这么一桩不甚起眼的陈年旧案，竟然会劳动先生的贵属与一名殿院、一名翰林侍读先后过问，我想断不至于只是为了弹劾王巩那么简单。而且在下又与那名旧友旁侧斜击，竟然得知那翰林侍读刑恕可以算是司马陈王的门生，而杨殿院杨畏能够出任殿中侍御史，更是御史中丞刘公所荐，二人与王巩也并未听说过有何宿怨，怎么又会特意去翻查这陈年旧案呢？"

潘照临不以为然地瞥了柴逊一眼，道："你又如何能确定他二人与王巩没有宿怨？"

但柴逊肯定地摇了摇头，道："先生莫要诳我，就算他二人与王巩有人所不知的宿怨，亦犯不着为了这点儿陈年小事，去得罪一个御史中丞、一个当朝参政。更何况，连先生的贵属也来打听此事，难道先生也与王巩有何宿怨？"

说完，他也不待潘照临回答，又苦着一张脸，却是十分真诚地望着潘照临，说道："先生，说实话，这件事情，直到现在，在下都是一头雾水。以常理而论，这件事情的后面，多半是针对刘中丞与小苏相公，但以刘公与小苏相公的身份，若是针对他二人的是新党，在下倒还能理解，可刑侍读是司马陈王门下士，杨殿院更是刘公亲自举荐的……不管怎么样，在下虽然愚钝，却总是知道，这件事情既然有一位御史中丞、一位参知政事，还有先生这样的人物涉及其中，那就肯定不是区区在下所能沾惹的。"

潘照临的双眼瞬间眯成了一条细缝,"这么说,你刚刚却是在试探我,是想确定我是否与此事有关?"

"还请先生恕罪。"柴逊起身朝着潘照临认真地长揖一礼。

房间里的气氛,瞬间变得冷淡凝重起来。

过了一小会儿,柴逊似乎是暗暗咬了咬牙,又继续说道:"在下北来之前,家兄曾经吩咐在下,说先生乃不世出的人物,有经天纬地之才,神鬼莫测之智,敝国得以封建南海,先生之力大焉,封建之后,亦蒙先生照顾,此恩此德,我兄弟纵粉身碎骨,不得报其万一。但如今吾柴氏宗庙立于金洲,而家兄亦得国公错爱,为柴氏国相,一言一行,不得不以祖宗社稷宗庙为重。敝国国小民寡,战战兢兢,犹恐有倾覆之危,既为宋之封臣,于朝廷之事,唯有恭奉圣旨而已,绝不敢有妄图火中取栗非分之想。故此家兄严令在下,不论朝局如何,敝国之臣属,绝不可有任何牵涉……"

"嘿嘿!"他话未说完,潘照临已是冷笑起来,"柴远应当还叮嘱过你,要和我保持距离,必要的时候,要断然与我划清界限吧?"

柴逊沉默了一会儿,却没有否认,只是长揖说道:"家兄只是说,还望先生看在柴家列祖列宗的份儿上,体谅他的苦心。"

一面说着,一面抬眼悄悄观察潘照临的表情,却见潘照临的脸上始终是那副不屑的表情,心里面不由得更加不安起来。他今日对潘照临所说的话,完全是按照之前柴远的吩咐进行,在心里面,他一方面惊讶柴远的料事如神,柴远早就料到汴京朝局可能有重大变化,而潘照临不但会牵涉其中,而且可能将周国也牵涉其中,因此反复叮嘱他要小心在意,发现一点点蛛丝马迹就要快刀斩乱麻,宁可得罪潘照临,也不能卷入任何是非之中——原本他还在心里腹诽的:周国有什么资格卷入汴京的朝局变动中?而另一方面,柴逊却是大惑不解——周国是小国,无力加入汴京的朝局博弈,所以避而远之,当然是对的;但柴远的吩咐,也似嫌小题大做了,有必要做得这么绝吗?这可是会彻底得罪潘照临的,而潘照临的身后,可是石越!要知道,周国自封建之后,处境就十分艰难,幸亏柴远和潘照临之间的交情,才让周国得到那么一点点的关顾,而一旦得罪了潘照临,只怕以前的关顾,就会变成变本加厉的刁难。他虽然不知道潘照临和柴家究竟有何交情,从柴远交代的话中,他猜测两家祖上应该有些恩情,所以柴远才请人家给祖宗一个面子,希望对方看在几代的交情上,不要为难他们。但如果潘照临真的翻脸,祖宗的面子只怕靠不住。

只是,再怎么不以为然,柴远的吩咐他却不敢不听。他可是在辽国南犯的消息传到南海后,才被柴远特意紧急派来大名府的,他甚至怀疑自己的主要任务其实并不是来招募百姓,而是处理与潘照临的关系。因此,他原本想委婉一点儿解决这件事,没想到,潘照临却不是那么好搪塞的。结果还是变成了这样……

但让他意外的是,潘照临沉默良久,却似乎并没有恼怒,而只是讥讽地看了他一眼,讽刺道:"柴远还真是谨小慎微啊。"他不敢作声,只听潘照临又是"嘿嘿"的冷笑几声,说道,"你放心,我本来也没打算将你们牵涉进什么事情中,你们也不够这个分量。这件事情,只是凑巧——谁叫你好巧不巧,偏偏带了当年王巩案的一个当事人回来呢?"

柴逊的心情正为之一松,却又听见潘照临话锋一转,又说道:"不过,既然把话说开了,也未必不是一件好事。既然柴远表明了态度,不想周国卷入我的事情中,那我亦不强人所难,从此以后,我们便再无关系。"

"先生……"柴逊本能地还想要说点儿什么试着挽回一点儿关系,但才一张口,便见潘照临的一名黑衣随从已走到他身旁,不由分说,便将他"请"出了房间。

但就在柴逊被赶出房间的那一瞬间,潘照临眼中,却闪过一丝萧索之意,但这种情绪也只是一闪而过,他很快便仿佛什么事情也没有发生一般,继续悠然自得地喝起酒来。

倒是侍立一旁的黑衣随从似乎有些不忿,忍了一会儿,终究还是按捺不住,低声抱怨道:"先生,这柴远兄弟,未免亦太过分。"

潘照临却是摇了摇头,"罢了,不必计较。说到底,我也未必是为了他们。"

黑衣随从似乎也不是多话的人,见潘照临如此说,便也不再多言,默然垂首,只是静静站在一旁给潘照临倒酒。如此这般,过了好一阵,才由门外传来的急促脚步声,打乱了这份宁静。

那黑衣随从抬起头来,却见是之前将柴逊赶出房间的另一名同伴回来了,不由奇怪地问道："永文，你怎么才回来？"

那叫"永文"的黑衣青年没有直接回答他，而是快步走到潘照临跟前，眼中闪过掩饰不住的兴奋之色，一边从怀里掏出一封书信递给潘照临，一边恭谨地说道："先生，东京来信了。"

见潘照临接过书信，他又压低了声音，说道："信使还带来口信——皇上会在今日召见杨畏与邢恕。"

听到这话，斟酒的青年不由一怔，惊讶地问道："如此说来，先生的策略奏效了？"他脸上满是不可思议的神情，忍不住又道，"这简直是不可思议。先生如何竟能料到杨畏和邢恕会冒这么大的风险，去弹劾权倾朝野、令百官闻之色变的御史中丞刘挚？这两人，在许多人眼里，应该也是旧党吧？尤其是杨畏，他可是刘挚亲自推荐才进的御史台……"

叫"永文"的黑衣青年也不禁点头，赞道："先生真是神机妙算。晚辈也是感到难以置信，毕竟他们要弹劾刘中丞的所谓'把柄'，其实也压根就是微不足道……"

"微不足道吗？呵呵！"潘照临此时已是浏览完来信，听到二人的疑问，嘴角不禁露出讽刺的笑意，"这个把柄，可没有你们想的那么微不足道。而且，刘挚本人可以称得上为官方正，又怎么可能有什么泼天的把柄留给别人？邢恕、杨畏都是顶尖的聪明人，这个道理，他们不可能不知道。把柄不需要大，恰到好处便足矣。"

"但他二人可是旧党……"斟酒的黑衣青年仍然颇为不解。

"旧党？"潘照临嘿嘿冷笑起来，"旧党……叔高，你以为如今朝中势力，哪一党最盛？"

叫作"叔高"的斟酒青年不由一愣，却还是回答道："自然应该是旧党。"

见潘照临摇了摇头，他眼中不由闪过一丝惊讶，"难道是石党？"

潘照临却依旧摇头，这时，连那个叫"永文"的青年也惊讶起来，二人相视一眼，道："难道先生以为是新党？这绝无可能。"

"旧党、石党、新党！嘿嘿！"潘照临的笑声中，讥讽之意更浓了，"现在无论朝野，不管是士大夫还是贩夫走卒，都知道朝中有此三党。似乎每个人都忘了，只要有朝廷、有官府，世间最大的那个党，永远都只可能是'权党'！"

"权党？"两名随从都是面面相觑。

"正是！追逐权力之党，可以名之为'权党'。"潘照临讥道，"你等可曾想过，这世间绝大多数当官的人，会将何物置于最重要的位置？"

"当然是权力！"潘照临自己回答道，"没有什么比权力更重要！因此，朝廷之中，永远是'权党'势力最大，当新党得势之时，他们藏身于新党之中，当石党得势之时，他们藏身于石党之中，而当旧党得势之时，他们便藏身于旧党之中。所以，无论是新党、石党，还是旧党，他们中间，绝大多数人都必然会将自己追逐更大的权力、更显赫的官职，置于所谓'本党'利益之上。"

"这岂非小人行径？"叫叔高的青年不由愕然反问。

"人之为人，本就是极为复杂的。又岂能简单以小人视之？"潘照临笑道，"某人投身于某党，往往不会只有简单的动机。或受其政见之感召；或有亲朋好友乡党故旧之吸引；或者形格势禁，不得不如此；或者欲跻身其中，获得更多的利益；或者干脆就是一个误会，于是顺水推舟，将错就错；又或者如此种种，兼而有之。但不管是哪一种理由，甚至是胸怀大志、满腔热血之辈，真正面临权力的吸引，又能有几人抵挡得住？"

"先生此言差矣，忠贞之士，又岂会为区区权力所动摇？"叫叔高的青年却是大不以为然。

"或许如此。"潘照临点点头，却又道，"但人世之间，真正的忠贞之士是极罕见的，所以人们才会将之记于史书，代代传颂。这世间，绝大多数人，却只是普通人而已。至少，那杨畏与邢恕二人，便可以肯定，绝非所谓'忠贞之士'。"

"先生又如何可以断定呢？"叫"永文"的青年大感不解地问道，"杨、邢二人，都是颇有贤名的。杨畏能够做到殿中侍御史，并且还是刘莘老亲自推荐，那也是因为他一向声名极佳。晚辈对他的底细也略知一二，杨畏自小丧父，由寡母带大，他事母至孝，聪颖好学，中得进士后，因为觉得自己学术不足，便拒不出仕，反而专心经术。曾经拜在王舒王门下，又四处游学，被荐为御史后，一向是刚正敢言，又无新、旧之见。我听说他与吕微仲相公、刘莘老都是交情匪浅，朝野士大夫，对他都是交口称赞的。至于邢恕就更不用说了，他是大程、司马陈王的门生，在旧党之中，一向是以才智过人而闻名。先生如何便能断定这二人便是先生口中的'权党'呢？"

"的确如此！在天下人眼中，杨、刑二位就算不是贤士，也称得上是'佳士'了，也正因为如此，由他二人出面弹劾刘挚，才显得更有分量。"潘照临笑道，"但在我的眼里，这二位，却是典型的'权党'。"

"便以杨畏来说，此人名声之好，简直令我都觉得惊讶，想那汴京朝廷，提起杨畏，谁不要称一声'方正君子'？但是，此人有最大的一个疑点！"

"还请先生赐教。"

"这疑点就是，这世界上，不应当有一个人，可以同时与吕惠卿、刘挚、吕大防三个人相善。"潘照临刻薄地讥讽着，"一个人同时与王安石、司马光交好，是可以做到的。但同时是吕惠卿和司马光的朋友，就显得怪异了。倘若竟然同时成为吕惠卿、刘挚的朋友，那其中就必有蹊跷。而同时是吕惠卿、刘挚、吕大防的朋友，我只能说，那就不能简单用'虚伪'二字来形容了，其人不但是虚伪，而且必定极有城府——而一个极虚伪又极有城府的人，可与杨畏现在拥有的名声，极不相符。而且，便如你说的，杨畏曾经拜在王安石门下，他当年可以连官都不做，却要去钻研经术，这样的人肯拜在王安石门下，显然只有两个可能——要么，他知道拜在王安石门下有利可图，并且比他当小官的利益更大；要么，就是他打心底里认可王安石的经术。而不管是哪个理由，却又都与他后来的表现十分矛盾。"

"因此，尽管他经营自己的形象非常成功，但我还是敢肯定，他只不过是知道，他现在的形象对他有好处才会如此。一个会这样做的人，会放弃一个一鸣惊人、一步登天的机会吗？一个御史，有机会成功扳倒一个御史中丞，这绝对会让他声名大振。不仅如此，他还正好在皇帝最需要的时候，帮了皇帝一把，给了皇帝一个千载难逢的机会，这其中的回报……我顺水推舟，将这样一个机会送到他面前。以杨畏的聪明，绝对不可能放过这样的机会。弹劾刘挚，会让人们觉得他忘恩负义，但他毕竟是殿中侍御史，这也是他职责所在，所以，同样也一定会有人觉得他刚正不阿。这就好像当年的陈元凤一般……"

潘照临说到这里，便突然停住，不再多说。两名黑衣随从却是尽皆默然，这种看透人心的犀利,是他们暂时还无法想象的。而事实也已经证明,潘照临的判断是对的。此时此刻,杨畏恐怕已然在皇帝面前,义正辞严地弹劾他的荐主、旧党领袖、御史中丞刘挚了。

"但二人还是有些疑问,叫"叔高"的青年又问道:"那刑恕呢?"

"刑恕?"潘照临呵呵笑了起来,"刑恕其实远没有杨畏那么厉害,他是个很简单的人。"

"只不过,在旧党之中,刑恕是个不折不扣的另类而已。他的确是程颢的学生,也是司马光的门生,在人们眼里,刑恕的额头上都刻着'旧党'两个字。但是,我读过他的文章策论奏章,这位翰林侍读的文章,绝对没有半点儿程颢、司马光的影子,反倒有点儿像章惇!"

"一个司马光的得意门生,却给我一种章惇的感觉。而且,便如方才永文说的,刑恕在旧党中以才智著名——旧党的君子们,可是一向讲究德才兼备,德在才先的,强调有才无德,还不如有德无才。这就越发让我觉得此君神似章惇了。而以前子明丞相也和我说过:刑和叔非端士。因此,趁这个机会,我便试上一试。"

"试一试?"一时之间,那两名黑衣随从都不由有些目瞪口呆。

潘照临却是毫不在意地点了点头,道:"这件事情,有杨畏本来就足矣。刑恕本来也无关紧要,反正在旧党中论派系,他是属于司马光、范纯仁一派,对刘挚也没有什么香火之情,以他的聪明,也很容易想到这件事的敏感性,就算不去调查,也绝对不会傻到引火烧身。所以他不参与进来也不要紧,既然参与进来就更好了——刘挚一派的旧党,多半会把这笔账记到范纯仁头上。"

"而且,刑恕可是翰林侍读,是陪皇帝读书讲经的经筵官。自绍圣以来,旧党可以说是煞费苦心,给皇帝安排的经筵官、老师,都是千挑万选的,可是却没有人能比得上桑充国甚至是程颐在皇帝心目中的地位。据说刑恕是少数几个今上还算比较有好感的经筵官……虽然其原因绝对是旧党诸公们所不乐见的,据说刑恕时不时会给皇帝讲些《孙膑兵法》、《战国策》之类的东西,但不管怎么说,总是在今上跟前建立了一些信任。有了这位刑侍读的加入,这件事情,应当便是十拿九稳了,刘挚的御史中丞,也做到头了。"

正说着，忽然，便听到街上传来一阵喧嚣之声，潘照临便停口不语，叫"叔高"的青年快步走到窗前，往外探望，却见自安平门方向，有一队骑兵护着数辆马车迤逦而来。似乎是为了给这队人马清道，一群大名府的公差也出现在街上，不断驱赶着行人。

叫"叔高"的青年在窗边看了良久，却是"噫"了一声，转过头来，对潘照临说道："先生，似乎有点儿不对——这不是李邦直参政的车驾。"

潘照临似乎也有些惊讶，缓缓起身，凑过身子到窗外眺望了一会儿，才点了点头，道："这的确不是李邦直的车驾，随行这么多内侍，应该是庞天寿……"又凝神看了一会儿，也是"噫"了一声，脸色忽然变得严肃起来，低声道，"那几人我见过，竟然是职方司的……"

"职方司？"两名黑衣青年都是脸色一变。

却听潘照临皱着眉自言自语："为何庞天寿会先李邦直一步回京？两人既然是一同出使，就理当一同返京。除非……"

"除非什么？"

"除非不得不如此安排。"说话之间，街上庞天寿一行已经走远，潘照临回到座位，轻声说道，"看来，我们多半不必再去河间府了。"

"啊？"两名黑衣青年都大吃一惊，"先生不是已给石丞相去信说好了吗？"

潘照临却是摇了摇头，"我的确是去了信，但庞天寿竟然没有与李清臣一道回京，那这两人如此安排行程，唯一的原因，只可能是子明丞相也要回京了！"

"啊？！"两名黑衣青年都是张大了嘴巴，一人说道："石丞相回京，这是不北伐了吗？"

"那倒不见得。"潘照临眯起了眼睛，说道，"现在本来也不适合用兵，子明丞相回京，可能是为了与皇帝当面沟通，而且，如此战争已经告一段落，太皇太后也应当归葬山陵了，子明丞相也是必须回京参加太皇太后葬礼的。"

说到这里，潘照临顿了一下，又说道："不过咱们也不必在这里妄自揣测，只要打听一下便知端倪。"他转过头，对二人吩咐道，"永文，咱们便先在大名府多停一天，你去安排住宿；叔高，你去大名府各衙门打听一下，庞天寿已到了大名府，若是子明丞相回京，他们必然会知道消息。"

6

汴京。

阴冷的冬日，天寒色青苍，指直不得结。但即使是在如此寒冷的冬天，汴京的大街小巷，也依旧是行人如织，热闹非凡。比起熙宁年间，如今的开封府人口又增长了许多，尤其是前来汴京置办、行销货物的商贾，比二十年前多出几倍，这些商人和他们的随从让汴京的市面变得更加繁华。而另一方面，河北的战事虽已平息，但流落到汴京的难民依旧不少，如今各大河道的航运停止，这些运河的码头原本是接纳难民工作的主力，如今却大多停工，也让流落在汴京的难民生活更加困苦起来，无数找不到工作的难民沦为乞丐，只能靠着开封府施粥勉强生存。

这就是今日的汴京，街面上随时可以见到乘坐着装饰得富丽堂皇的马车、连随行的小厮都是锦衣丝鞋，动不动就一掷千金的富商豪客；也随时可以见到衣衫褴褛、面黄肌瘦、奄奄一息躺在街边的乞丐。

"朱门酒肉臭，路有冻死骨！"

每次乘着马车经过汴京的街坊，范纯仁都忍不住会在心里发出这样的感叹。但是，面对这样的现实，即使他贵为大宋的枢密使，也无可奈何。据在河北安置难民的曾布的说法，河北的情况更加糟糕，自从进入冬季，难民普遍缺少冬衣，虽然辽人已被赶出河北，但许多人很可能会熬不过这个冬天，再也没有机会回到自己的故乡。

对于这样的局面，宋朝并非没有办法解决，在河北的大名、东光、河间等地，有堆积如山的军资，只要放弃一两年内乘胜北伐的想法，就可以用这些军资来救济难民，帮助他们返回家乡，重建家园——这也是范纯仁努力想要说服皇帝赵煦五年后再北伐的原因之一。但是，不要说皇帝赵煦，朝中从宰执到普通官员，真正旗帜鲜明支持范纯仁的人，可以说是屈指可数。

难民中的青壮，大抵都被征募为厢兵或者替朝廷服有尝劳役，稍次一等的，要么已被南海诸侯征募，要么被汴京、大名等地的商人雇佣，勉强也能生存，靠着朝廷施粥救济的难民，基本都是老弱病残，再加上民众愤恨的情绪也多是针对入侵的辽人，而不是宋廷本身，因此，在绝大多数朝廷大臣的心里，这些难民的问题，不免都被有意无意地忽视了。

即便是负责难民问题的曾布，虽然耳闻目睹，对难民的遭遇充满了同情，还写了几首很有杜诗风范的七律，抒发自己的同情与无力，甚至在给朝廷宰执们的书信中，也时时流露出对难民的同情，帮他们说了不少话。可是，一旦涉及北伐问题，他便立马将一众难民忘得一干二净。而且，他还振振有词——辽人才是难民悲惨境遇的罪魁祸首，朝廷已经倾尽全力，为大臣者，必须从国家社稷的大局出发考虑，不能为了妇人之仁，而错失良机，使国家将来付出更大的代价。

而更加让范纯仁感到悲哀的是，曾布的想法，正是绝大部分朝廷公卿的想法——这甚至是不分旧党、新党、石党的，即使是反对北伐或者对北伐持保留态度的人，绝大部分考虑的，也不是那些难民的命运。这一点，甚至连他自己，也不能例外。

这也是范纯仁无法自欺欺人的。

对于北伐，他的内心深处的想法，其实远比他表露出来的要复杂、矛盾。

虽然在大宋的都城汴京都有数以万计的难民衣食无着，其中许多人更是在死亡线上挣扎，但是，便连范纯仁也并不否认，安平大捷似乎预示着大宋正在步入她最鼎盛的时期！

所以，接下来趁势北伐，收复燕云，也是理所当然的事。在这一点上，范纯仁其实很理解皇帝赵煦的心思，甚至若扪心自问，范纯仁其实也未必反对北伐。

范纯仁现在的态度，除了部分考虑到那些难民的命运外，他主要还是出于一贯的谨慎，反对速战，反对冒险。

范纯仁知道自己虽然是枢密使，却远远谈不上知兵善战，但是，他知道自己的短处，并且乐于学习。与当时的其他文人一样，范纯仁也非常推崇蜀汉的丞相诸葛亮。他知道自己并没有诸葛亮的才能，但是，既然如诸葛亮那样的聪明人都一生谨慎，那么，才华远远不如他自己，就没有理由不更加谨慎。

北伐并非不可以，但应当谋定而后动，做好充足的准备，宁可错失战机，不去追求兵贵神速，也要尽可能不犯冒险激进的错误。这也是范纯仁极力主张五年后再北伐的另一个原因。

除此以外，还有其他理由支持他的主张。

因为知道自己能力的局限，所以，范纯仁也非常乐意了解有能力者的观点。在范纯仁的眼中，现在大宋所谓"有能力者"，在宰执中，自然就是石越。而除此以外，则是枢密院的枢密会议。

对于枢密会议这个机构，从做到枢密使后，范纯仁就深觉这个机构设置得极有必要，是非常好的一个机构。由年迈或不再领兵的军中宿将、曾经编撰精研兵法的文官，以及担任过诸如"走马承受"等职务或曾在职方馆立有大功的情报官员等等人员组成的枢密会议及其下属机构，给了范纯仁这个几乎完全不懂军事的枢密使极大的帮助。

在战争的过程中，枢密会议制作沙盘，进行各种推演，制定各种计划，提出各种建议，让范纯仁这个纯粹得不能再纯粹的文官，能够直观了解战局的进展，理解各种军事行动的意义，做到了对于战局真正了解。并且，枢密会议还不止一次成功预测了战局的发展，更给了范纯仁极大的信心。

范纯仁甚至时不时冒出这样的念头——如果再进一步完善枢密会议这个机构，也许本朝的"将从中御"，可能就并非如以前许多人所批评的那样，仅仅是一种不可取的弊政了。虽然在这场战争中，枢密会议其实没有发挥太多的作用，主要只是他这个枢密使的智囊机构，但范纯仁有一种感觉，对于将"以文御武"视为基本国策的宋朝来说，枢密会议很可能就是真正的正确答案。

因此，在北伐的问题上，范纯仁也非常重视枢密会议的建议，可惜的是，枢密会议对于北伐也有意见分歧。针对北伐出现的种种可能性，枢密会议向范纯仁提交了数十份报告，也就是说，在枢密会议的推演中，北伐可并不如汴京军民想象的那么乐观，而是至少有数十种可能性，其中固然有可能一鼓作气攻克析津府，收复山前山后诸州，甚至直接攻灭辽国，但也同样有可能乐极生悲，重蹈太宗皇帝北伐失利的覆辙。

而且，出现何种结果，有些取决于大宋，有些则取决于辽国的应对。

范纯仁无法判断哪一份报告会成为现实，但是，他再比对下石越对于北伐的暧昧态度，便觉得不能简单将石越至今为止的暧昧，当成一种急流勇退的明哲保身之举。

因此，范纯仁有足够的理由相信在北伐的问题，应当更加谨慎一点儿。

然而，在这个问题上，范纯仁是绝对的少数派。

汴京的现实是上至皇帝，下至普通军民，绝大部分人都认为北伐势在必行，而且人人都相信现在正是收复燕云的良机！

即使是他自己，要说夜半之时，他对自己的判断没有过怀疑，那也只是自欺欺人。

范纯仁在心里面，也隐隐感觉到，他反对北伐，其实未必是出于理性，毕竟枢密会议的报告中，认为北伐最终可能获胜的报告还是要占多数的，石越至今也不曾以北伐就一定会失败为理由来明确反对北伐。许多的军中宿将，也都对北伐能够获胜持乐观态度。他之所以觉得应该谨慎，一小部分可能的确是因为同情那些难民，更多的，可能只是一种直觉，或者说是一种行事的本能。

也许，只是现在所有的北伐派，还未能真正说服他，让他感到安心而已。

这段时间以来关于北伐与否的争论，让范纯仁对于这个国家的未来，充满了忐忑与迷惘。而几天前发生的户部尚书参知政事苏辙、御史中丞刘挚请辞事件，则更是让范纯仁心里产生了一种难以言喻的忧虑与不安。

这也是范纯仁今日决定抛开一切事务，也要去拜会一直卧病在家的左丞相韩维的原因。

这是谁都不曾预料的意外事件，可以说是在大宋朝野中投入了一颗巨大的震天雷也不为过。

事情的起因是前几天殿中侍御史杨畏、翰林侍读邢恕，利用皇帝在琼林苑召见的机会，突然弹劾御史中丞刘挚。

二人对刘挚的弹劾主要围绕两件事情，一是知登闻鼓院王巩任扬州通判时滥用私刑，却未被严惩，反而竟然可以出任知登闻鼓院这样的重要职务；一是阳翟知县赵仁恕贪赃枉法、私用酷刑、迫害无辜案。

这两桩案子，其实都是已经结案了的旧案子。赵仁恕的案子发生不久，这位阳翟知县，仗着自己父亲赵彦若是翰林学士，在任上胡作非为，贪赃枉法什么都是小事，关键是他私制酷刑，创造了诸如木蒸饼、木驴、木挟、木架子、石匣等等酷刑,以拷打犯人,简直是到了骇人听闻的地步,结果被本路提刑官查悉告发。本来这案子没什么说的,但他父亲赵彦若说那提刑官是王安礼的门生,而他曾经弹劾过王安礼,对方是故意报复。于是当时的高太后就下令这个案子,交由异地审判。谁知异地审判的推勘官,也就是主审官误会了高太后的意思,因为赵彦若是司马光推荐的旧党大佬,便以为高太后想保全赵家,故意轻判——但有宋一代,司法制度到了州一级以上,就比较完善,在主审的推勘官以外,还有独立的法官参与此案,这桩案子就被独立于主审官之外的录问官感觉到了不对,录问官不认可,朝廷只好另派法官审问,最终异地审判完结,赵仁恕罪证确凿,毫无疑问被司马光下令严惩。御史们也纷纷上表弹劾赵彦若,赵彦若也被罢官。

而王巩的案件,就更加简单,时间也更久远。平心而论,王巩的确是犯法了,但他的情节远没有赵仁恕这么恶劣,而且当时也被调离扬州,并且罚俸、增加磨勘年数,也算是被惩罚了。一般官员犯同样的法,也就是这样处理了。

但这两桩案件,都有一个共同点,就是犯案的人,都是御史中丞刘挚的姻亲!

赵仁恕一案,刘挚一直是抱持回避的态度,这本来也没什么不对,他并未包庇赵仁恕,而且事后刘挚也上表请罪了。如果只是这么一件事,那也不算什么。就算自己立身再正,谁又能保证自己的亲戚个个不犯法呢?何况那赵仁恕说到底是赵家的人,既不是刘家的人,也不是刘挚的女婿,刘挚就算想管,也管不到。

问题是,赵仁恕的案子,大家还记忆犹新,却又被翻出了王巩的案子。王巩的案子的确是小,如果单独这么一桩案子,谁都不好意思去说刘挚什么,可联系起赵仁恕的案子来,却就能起到意想不到的作用。

一个亲家犯法是偶然,两个亲家犯法算什么?身为御史中丞,你结的亲家,个个都如此行为不检,你自己好意思说自己没责任吗?

而且最重要的是,王巩现在还担任知登闻鼓院——正是御史台的下属机构!

就算不提王巩当年是否被轻判了,御史台的所有官员,都是必须有极高的道德要求的,而御史台的下属机构,竟然让一个有过污点的王巩出任主官?王巩但任此职的确是户部尚书苏辙举荐的,然而刘挚身为御史中丞,又是王巩的亲家,又岂能说自己对王巩的事情完全不知情?!

因此,当小皇帝将杨畏与刑恕的弹章交给刘挚之后,按照惯例,刘挚如果不想脸皮全失，被弹劾得灰溜溜地下台的话，也只能上表请辞，以全颜面了。

连带着户部尚书苏辙，也因为荐人不当，而不得不上表请辞。

而小皇帝也果断接受了刘挚的辞职，下旨让刘挚以端明殿学士判光州，将他远远打发到淮南去了。

虽然堂堂旧党三巨头之一，竟然因为这样莫名其妙的原因被罢御史中丞，不可避免让许多旧党官员感到无法接受，甚至为刘挚抱屈。但同时他们也无可奈何，因为身为御史中丞，理所当然应该有最高的道德标准，这样的事情，就算出现在宰执大臣身上，宰执大臣也得避位谢罪，何况是御史中丞。而且弹劾刘挚的，并不是新党或者石党，而是两名声名极好的旧党，杨畏是刘挚亲自推荐的，刑恕不仅是司马光的门生，而且和刘挚关系也很好。这件事情，任谁也不能随便往"党争"上联想，这最多只能算是旧党在清理门户。虽然也有一小部分人有所怀疑，比如有不少人怀疑杨畏其实是吕惠卿的人，是披着旧党皮的新党；也有人认为这件事情其实是杨畏、刑恕在迎合上意，故意罗织罪名，以赶走刘挚；但更多的人都是怀疑幕后主使是旧党的另外两位巨头范纯仁或者吕大防。

接下来的发展似乎也证明了这种猜测并非空穴来风。因为小皇帝照顾了刘挚的面子，要知道端明殿学士一般是参知政事被罢相才会有的待遇，刘挚虽然是旧党三巨头之一，但地位毕竟是低于范纯仁、吕大防的。而接任御史中丞的人选，虽然令所有人大吃一惊，却也是任何一党都可以接受的人选。

新的御史中丞，既不是旧党希望的梁焘，也不是最近传闻中的新贵陈元凤，而是"默默无闻"的李之纯！

一个性格温和，立场偏向旧党但没有固定政见，为人正直，在士大夫和百姓中都口碑极好，很有才干的温和派官僚。

新御史中丞是李之纯，真是让范纯仁悄悄松了好大一口气。

做了这么多年宰相的范纯仁，已经不再是当年那个纯粹的理想主义者，对于政治的本质，也有了自己的认识。他当然能够意识到刘挚罢御史中丞意味着什么。

自从绍圣高太后垂帘听政以来，或者说从熙宁后期开始，大宋朝廷便形成了一个超稳定的政治结构，旧党、新党、石党三党形成了微妙而稳定的平衡。而在这种平衡中，旧党一直是最大的一个势力，但新党与石党也不遑多让，任何两党的结盟，都能压过第三党的力量。而这种稳定的政治结构，在绍圣年间又得到了进一步发展，因为垂帘听政的高太后是倾向于旧党的，旧党的领袖司马光又拥有巨大的声望；而相对的，新党却因为吕惠卿的罢相受到巨大的打击。这使得旧党和石党的势力得到极大发展，尤其是旧党，如果抛开石越的个人影响力不计，俨然已经发展到即使新党、石党联手，也难以抗衡的地步。而旧党能有这样的局面，其中至关重要的，就是刘挚掌管御史台长达七年之久！

御史台有监察百官之责，历来是皇帝用以制衡宰执的工具，因此，如果执政的是旧党，御史台一般会大量参用新党，反之亦然。但绍圣以来，旧党却是宰执中有范纯仁、吕大防，御史台有刘挚，三人互相呼应，再加上王安石去世后新党式微，朝中党争也比较缓和，政事堂诸相公只要能得到刘挚的支持，就算高太后、皇帝赵煦，有时候也只能垂拱而治。

因此，旧党能有今日的局面，刘挚功莫大焉。

而相对的，刘挚一旦罢官去职，这就意味着绍圣以来朝廷的平衡，甚至是旧党内部的平衡，都不可避免要受到冲击。后果如何，是范纯仁所难以预料的。

范纯仁最担心的，就是政治立场明显有些倾向新党的皇帝赵煦，会选任一名新党出任御史中丞——那样的话，新党必然不甘心现在的劣势，占据了御史台这样的有利位置，多半就会向旧党发起挑战，那恐怕就会开始新一轮的纷争。

李之纯这个任命，至少是避免了范纯仁最担心的局面变为现实。但是，不知道为什么，范纯仁的心里依然有一种极为强烈的不安感，仿佛自己忘记了什么很重要的事情一般。为此，他才下定决心，来向韩维请益。

左丞相韩维的府邸，在城南惠民河畔，离石越的府第不远，不过规模却是要远胜石府。大宋朝有两个姓韩的名门望族，一个是相州韩氏，一个是开封韩氏。相州韩氏自不用提，韩琦地位特殊，韩忠彦如今也是官至宰执；而开封韩氏也不遑多让，当年韩亿的地位虽然比韩琦要差很多，但也官至参知政事，而论子弟则比相州韩家还要胜过几分。韩维兄弟八人，其中他和韩绛都做到首相，位极人臣，其余六兄弟中，如韩缜也是官至金紫，而第三代中，年纪较长者如韩宗道不知不觉中，已然官至刑部侍郎，其余如韩维的儿子韩宗儒、韩宗文，也分别官至大理寺丞、光禄寺丞，甚至连第四代都很争气，韩维的孙子、韩宗文的儿子韩璯，在汴京年轻士子中文名颇著，得中进士是早晚的事。

这便是所谓"礼乐簪缨之族，诗书富贵之家"了，而且韩维兄弟之中，已经去世的韩绛曾经是新党领袖，韩缜则属于旧党，韩维不属于任何一党，却与石越关系亲密。因此，韩家在熙宁、绍圣两朝的影响力，可以称得上独一无二。

整个大宋朝，敢不买韩家的账的，也就只有刚刚下台的御史中丞刘挚了。刘挚自从做到御史中丞后，就不止一次翻韩缜的旧账，弹劾他当年与辽国谈判划界，割地七百里，丧权辱国。不过这件事情，刘挚也明显是醉翁之意不在酒，因为韩缜当年是奉命出使，这割地的责任，多半要归到王安石头上，所以谁都知道刘挚是项庄舞剑，意在已经去世的王安石，目的仍然是打击新党。

这种明显的企图，在绍圣朝的局势下，显然是不可能得逞的。韩缜也一直是安若磐石，他之所以没能进一步做到执政，纯粹只是因为韩维一直是宰执大臣，为了避嫌，不得不"委屈"一点儿。

这样的世家大族，在当今的宰执大臣中，也只有韩忠彦家能相提并论了。但韩忠彦家的根基在河北相州，而韩维本身就是开封人。因此，论到府邸之盛，左丞相府在整个汴京，都是可以傲视群臣的。

整座韩府，占地二百宋亩有多，比起清河郡主所居的静渊庄要大出近一倍。府邸的西边畔河，东边是朱墙环绕，墙内花木繁茂，径路相交；南北则是正宅，其中南边是正门，一干建筑，皆用青铜瓦覆盖，显得宏丽壮伟；而北边的后堂，在古树掩映之下，是高楼大阁，辉耀相对。至于府内各种建筑，殿堂舍斋、亭楼阁榭，应有尽有，无不精雕细琢，穷尽精美华奢。更让外人羡慕的是，韩府几乎所有建筑的牌额，全部是高宗、高太后以及当今皇帝御笔亲赐。

范纯仁的车驾刚到韩府，韩府那边早已得到消息，便见中门大开，韩维之孙韩璯率领几个兄弟恭恭敬敬地侍立在门前，等范纯仁下了马车，韩璯兄弟连忙迎上前来，恭谨行礼，一边说道："相公光临，家祖父抱恙，不能亲迎，遣晚辈兄弟迎接相公，不敬之处，还望恕罪。"

"岂敢，岂敢。"范纯仁笑着掺起韩璯，上下打量，又笑着问道，"公表，听说你和章家小娘子的好事近了？"

韩璜万万不料范纯仁这样高高在上的人物，一见面居然问的是这个，不由得一阵脸红，讪讪道："相公取笑了，家父已与章家谈好，还是要等到春闱告捷，再行完婚。"

范纯仁点了点头，玩笑道："那公表你可要加倍努力了，你未来岳父那边好说话，但真要误了章家小娘子的青春，章子厚可不是好说话的。"

韩璜一时间也不知道如何接话了，只好讪笑不语。他的这桩婚事，也是如今汴京最热门的话题之一，坊间都在传言，韩璜原本对石越的独女石蕤有好逑之心，但因两家都是宰相之家，大犯忌讳，于是只得作罢。为了安慰爱子，韩宗文便向仁宗朝的宰相章得象家求婚，两家都是名门望族，门当户对，当下一拍即合，章家将章得象的嫡孙女许给韩璜为妻。为了这桩婚事得谐，韩家还大费周章，特意上表请求皇帝同意。因为章得象虽然已经逝世，但章家还有一个章惇也同样贵为宰执，虽然章惇只是章得象的族侄，但这种事情，终究还是有些犯忌讳的。好在皇帝赵煦在这方面十分开明，很痛快地便玉成了这桩好事。

而这桩婚事，也因此成为一桩美谈。要知道，在大宋朝，贵为宰执，礼绝百僚，固然尊贵无比，但也有许多的忌讳与难处，子女后代的婚事，便是其中最让众宰执伤神的。

毕竟就算做到宰相，大家也同样有普通人的一面，为人父母者，当然希望子女能有个好归宿，但宰执大臣的子女，是不能随便联姻的。一是犯忌讳，便如韩璜与石蕤，至少在范纯仁等人看来，这完全是绝配，但当朝的左丞相和右丞相岂能成为姻亲？又或者怕嫁到政敌家，比如王安石嫁到吴充家的那个女儿，就算"拗相公"再怎么要强好胜，面对这样的情况，也束手无策，只能眼睁睁看着女儿在火坑里受苦。门当户对既然有诸多的忌讳与不便，那就只好"婚姻不问阀阅"，甚至弄些榜下择婿之类的事情出来——但这种事情，却往往只是看上去很美。两个家世相差很远的人，通过父母之命、媒妁之言结合，能够幸福的几率会有多大？这种情况下，如果是宰执之家招婿，就经常是男方开始为了前途委曲求全，等到双方地位发生变化，女方如果运气不好，被折磨得早死也是常有的事；而如果是宰执之家娶妇，要么就是女方管不住男方、压不住内宅，甚至被男方欺负得郁郁寡终，大损家族声誉；要么就是女方敏感多疑、好妒耍泼，最终还是家宅不宁。

　　因此，对于宰执来说，最理想的婚姻，便是能与世家联姻。大宋的世家不比汉唐，都必定是诗书传家，子弟虽然有智愚之分，性格也有贤、不肖之别，但终究都是家法森严，行止有度。比如韩维的长子韩宗儒，其人十分吝啬贪财，好吃如命，身材肥胖，为人较之乃父不知道差到哪里去了，但是做官却颇有法度，虽然没有什么过人的才干，却也能循规守矩——但这并不是他本人的功劳，而是韩家自有家法，他虽然官至大理寺丞，在寻常人家那已是从六品上的高官，家中之人必定以之为尊，无人敢论其非。但在韩家，那根本不值一提，犯了家法，回家之后，该罚跪照样罚跪，该吃板子照样吃板子。韩宗儒也只能老老实实的，不敢逾雷池一步。以韩家的家法，也可以想象，韩宗儒在他妻子面前，也绝不敢擅作威福。

　　而且，世家子弟还有一桩好处，那就是哪怕中不了进士，也有机会恩荫入官，最起码，也是家财丰富，能够一世富贵。

　　当然，世家子弟中，也有家法不严，子孙不肖的，这样的例子也不少，如果只是贪慕虚荣，就难免作茧自缚，要想找个好亲家，还需要深入了解对方的家风族规。但不管怎么说，世家子弟不肖的，绝大部分都是儿子，女儿大抵都是贤淑温良的。更不用说章家的家规之严，比之韩家，还有过之而无不及。

　　韩、章两家的这桩婚事，的的确确，让两府的宰执们都是称羡不已。故此连范纯仁见着韩璹，亦忍不住要调侃他几句。

　　说过闲话，韩璹兄弟便毕恭毕敬引着范纯仁直趋内堂。

　　韩维知道范纯仁来访，也已在侍婢的照顾下，披衣起身，坐在榻上，见范纯仁进屋，便要起身相迎，范纯仁连忙快步上前，止住韩维，口里说道："持国丞相不必如此。"

　　又打量韩维，韩维此时早已年过古稀，须发全白，久病之下，整个人显得虚乏无力，面有枯色，唯有一双眸子，仍然炯炯有神。

　　范纯仁开口欲说话，却见韩维伸手止住他，示意他在旁边椅子上坐下，又令韩璹兄弟退下，止留两名侍婢在屋内侍候。韩维看着范纯仁落座，又等到一名侍婢给范纯仁上了茶水点心，才颤颤巍巍地说道："尧夫，你特意来见我，是为了刘莘老的事吧？"

第十八章 孤掌独拍

不待范纯仁回答，韩维又自顾自地说道："说起来亦是极讽刺——刘莘老最见不得宰执大臣私自交往、延接宾客，若是他还在御史台，你这么来见我，免不得要被他弹上一本。"

范纯仁亦不禁苦笑，刘挚在这方面的死板，是让众人感到很无奈的。但他还是斟酌说道："刘莘老虽然罢中丞，但继任的李端伯亦是正人君子，倒也不必……"

"是吗？"颤颤巍巍、说话都十分费力的韩维，脸上一瞬间露出惊讶之色，他望着范纯仁，奇怪地问道，"那尧夫你特意来见我，又是为何？"

范纯仁一怔，但还是坦白回答："只是不知为何，我心里面总是有些不安。"

"呵呵！"韩维禁不住笑出声来，旋即肃容，认真说道，"尧夫感觉不安，那就对了。"

"丞相何出此言？"

"尧夫你真没看出来吗？"韩维奇怪地看着范纯仁，"官家这次，可是下了一步妙棋啊！"

范纯仁脑海之中，忽然感觉闪过一个什么念头，想要去抓，却怎么也抓不住，他也不做无益之事，认真对韩维说道："还请丞相明言。"

韩维不禁一阵苦笑，虽然范纯仁是正人君子，但若在一年之前，他也是绝对不会和他"明言"的。但现在情况不同了，这一场突如其来的大病，再加上朝局的变化，让他也生出了不同的心思。

他看着范纯仁，反问道："尧夫真的以为李端伯比得上刘莘老吗？"

见范纯仁还是不太了了，韩维又不由得苦笑一声，叹道："看来，这么多年过去了，大家都已经淡忘了御史台是一个什么样的地方！"

瞬间，仿佛一道闪电在范纯仁脑中闪过。便听韩维又说道："御史台，可从来都不是御史中丞能够一手遮天的地方啊！"

顷刻之间，范纯仁已经彻底明白了，明白了他为什么会感到不安！

的确，便如韩维所说的，御史台，可从来不是御史中丞说了算的地方。这些年刘挚能够将御史台管得服服帖帖，那是因为刘挚个人的强势作风，他是旧党的三巨头之一，为人刚正，有着极强的个人魅力，所以，基本上整个御史台都要唯刘挚马首是瞻，御史的选拔，也基本上是刘挚推荐为主。但是，御史台原本根本不是这样的一个地方。

御史台的职责是监察百官，但同时，它也是皇帝用以制衡两府的工具。而皇帝之所以能用它来制衡两府，可不只是因为御史中丞，而是因为每一个御史，都有权力上书言事。包括范纯仁在内，现在几乎所有的旧党，都为李之纯接任御史中丞松了一口气，却都忘记一件事情——李之纯性格温和，而且又缺少刘挚的那种强势与威信，因此，可以预见，李之纯绝不可能如刘挚一样，真正掌控御史台！

换言之，御史中丞既然管不住下面的殿中侍御史、监察御史，那么，御史们就可能会望风希旨，揣测上意，再次成为皇帝制衡宰执大臣的武器。就算往好里想，现在的御史们都正直不这么干，因为李之纯的性格，皇帝也可以轻易往御史台安插自己选中的人——至于现实当然不用这么麻烦，现在的御史们，一旦意识到管着他们的刘挚不在了，他们绝对会希旨言事。更不用说御史们大多好名，能够有机会扳倒一个宰相，本身就是任何一名御史都无法拒绝的诱惑。

一瞬间，范纯仁完全明白过来了，他知道了自己为什么会一直感到不安。但是，明白过来并不会让他的不安稍加减少，反而令他更加忧虑了。

韩维看着范纯仁的表情，也知道他已经明白，便不再多说，话锋一转，继续说道："官家年纪虽小，却聪明天授，也有自己的主意，是绝不会甘心垂拱而治。既然官家迟早要用自己相中的人，那尧夫其实亦不必太在意。以某之见，只要朝中格局不破，换上几个宰执，亦没什么大不了的。"

停了一会儿，又说道："某老矣，也该让出道来了。"

"持国丞相！"范纯仁万万没料到韩维说出这番话来，不由大惊，道，"丞相，官家纵然要换自己选中的宰执，亦不至于让丞相避位。朝廷如今正是多事之秋，也需要有丞相主持大局，岂可言此？"

韩维却不由笑了起来："尧夫你还是看不透。官家这时候赶走刘莘老，当然不会为了我这个老叟——官家现在想做什么，不是明摆着的事吗？"

"丞相是说？"范纯仁的神情越发严肃了。

韩维点了点头，道："官家亲政未久，便是想要换新人，也没多少人可用。而且官家聪颖，也不会一下子全部换光两府大臣，总得慢慢更替。更不用说如今正是多事之时，辽人虽然大败，但朝中又为北伐之事争论不休——这时候，官家便不是赏宰执辅弼之功，也当以稳定政局为先，否则两府动荡，纵然遣大将北伐，又岂能见功？这是粗浅的道理，官家自然是清楚的。既然清楚，却还是要赶走刘挚，那就是很明白了——官家觉得两府之中，有大臣挡了北伐的道。"

范纯仁不禁苦笑，沉默了一阵，说道："丞相的意思我明白了。回去之后，我便上表请辞。"

此时此刻，范纯仁的心中亦极是苦涩，因为类似的话语，他已不是第一次听闻。高太后在去世之前，曾经秘密召见范纯仁，亲口吩咐他："老身殁后，公宜早求退，令官家别用一番人。"

高太后还是很了解赵煦的。赵煦雄心勃勃，很像他的父亲，想要有一番作为。这样的新君亲政，便很难因循守旧，尽用前朝老成旧人，定然是要用新人的。而范纯仁声名卓著，在朝野极有德望，又偏偏位极人臣，这样的臣子，赵煦轻易也不好动他。若两人政见相同，倒也罢了，偏偏赵煦进取之心溢于言表，而范纯仁却是老成持重的性子。君臣之间，岂能没有冲突？冲突一多，自然就有其他臣子揣摩上意，在皇帝面前说范纯仁的坏话，日积月累，最后弄不好，范纯仁就要没好下场。

高太后预见到此，才对范纯仁有此叮嘱。但高太后去世之时，正逢与辽国战事正酣，范纯仁身为枢密使，自然不能在这个时候求退，而现今辽国虽败，北伐又关涉国运，范纯仁也没想过在这个时候甩手不管。在他看来，总得再辅佐赵煦几年，待赵煦熟悉政务，国家走上正轨，那才是放心归隐的时候。

但此时听韩维一席话，范纯仁才意识到，高太后预见的事情已经开始发生。皇帝想要北伐，他身为枢密使却反对此议，这已然逼得皇帝想要对付两府。既然如此，倒不如自己不要恋栈，在君臣未交恶之前主动辞相，那至少皇帝也会顾念这么多年的旧情，不至于将自己的阻挠迁怒于整个旧党。

这是于自己，于旧党都有好处的事情。至于国家的命运，范纯仁倒也放心得下，虽然自己不在其位，但朝中还有韩维、石越、韩忠彦、吕大防等人，甚至就算是新党的许将，在范纯仁看来，也不是什么邪人佞臣，哪怕是新党得志，也不是什么不堪设想之事——党派之争，固然主要是因为政见，但很多时候，人也是非常重要的因素。便如新党，如果现在新党的领袖还是吕惠卿、蔡确，那么，就算是范纯仁这样温和的人，恐怕也不可能有如此平和的心态。

范纯仁在心里面暗暗做下决定，回过神来，却见韩维一脸无奈地看着自己。他正要再说点儿什么，却听韩维苦笑道："尧夫，你可不能辞相。"

"但……"

韩维似乎有点儿尴尬，打断范纯仁，委婉说道："尧夫，我等身为朝廷大臣，有时候，纵使要担些干系，也是不能放任着官家做快意事的。某事高宗皇帝如此，事当今官家，亦是如此。不过，现在官家年纪还小，亦不能一味只知谏阻，那样的话，反使官家觉得吾等可憎，反为不美。这其中，便有一个分寸，要靠着我等来把握。"

范纯仁若有所思地望着韩维，韩维又继续说道："便以今日之事来说，官家觉得有宰执大臣阻挠了他北伐的志向，但我等身为宰臣，明知其不对，又岂能不加谏阻？尧夫你劝谏皇上，那正是为人臣的本分。岂能官家稍有不乐，便欲求退？"

范纯仁听出韩维语气中的责怪之意，不由老脸微红，正待解释，韩维又意味深长地说道："何况，刘莘老刚刚罢御史中丞，尧夫你又要辞相，朝中从此，还想有宁日吗？"

范纯仁顿时就愣住了。这也是他思虑不及之处，的确，他自己甘心退隐，不做宰相，但是旧党的官员们可不会接受这个。

猛然之间，范纯仁意识到一件事情，他现在的地位，已经不是说退就能退的了。

"而且，最重要的，恐怕官家也并不认为两府之中挡他北伐的大麻烦，是尧夫你啊！"韩维一边说着，一边连连摇头，"尧夫只要想想便知道，如果石子明支持北伐，纵然你我都反对北伐，又有何用？"

"丞相是说？！"范纯仁瞬时惊呆了，他睁大了眼睛，望着韩维，不可置信地问道，"丞相是说，官家罢刘莘老，是为了石子明？！"

韩维微微点头，叹道："恐怕正是如此。"

说完，他从榻边的案子上取出一封书札来，颤巍巍地递给范纯仁，说道："这是子明给我的信，信中说，他已经给官家上了几封奏章，表明反对北伐之意。他的奏章至今没公布，那就是被官家留中了。不过，这信中，子明已说明了反对北伐的理由。而且，他已经决定和李邦直一道返京，太皇太后就要奉安山陵，他为朝廷右相，参加奉安大典也是为人臣子的本分。"

范纯仁连忙接过韩维手中的书札，迅速读起来。石越的这封信，除了前面是问候韩维外，几乎全部是在讲述他对于北伐的看法。而石越反对北伐的理由，归纳起来，就是三个：其一，河北疮痍，需要时间恢复；其二，辽国虽败，但百足之虫，死而不僵，契丹仍为强国，未可轻视；其三，幽蓟一失，辽国难存，塞北自古为中国之患，中国可败之，却不可抚而有之，辽在塞北，能为中国当北狄之患，故亡辽不如存辽。

前面两个理由，正是范纯仁对北伐持保留意见的原因，他自是不难理解。但第三个理由，却是范纯仁所从未想过的。

"亡辽不如存辽！"范纯仁不由得喃喃自语，在心里面反复琢磨着这句话。

韩维却是忍不住赞叹："石子明所见，往往都是出乎意料，却偏能发人深省。我等以前又何想及于此？但细按史册，却不得不承认石子明所见，并非没有道理。"

"中国强盛时，遣一大将纵横于塞北，斩单于首，封狼居胥，都是等闲之事，然要统治塞北，却是再怎么样也做不到。如盛唐置都护府，其实不过羁縻而已，徒得虚名，全无实利，反为中国之累，此亦殷鉴未远。观塞北历史，不过是匈奴衰败，鲜卑兴起，鲜卑衰败，突厥兴起，突厥衰败，契丹兴起，契丹衰败，其兴者又当为谁？阻卜？粘八葛？且塞北一族崛起之时，往往万族称臣，控弦数十万，纵然我中国强盛，亦不得不暂避其锋芒，若不幸暗弱，则五胡乱华之事，恐再现于中国。对于我大宋而言，若抛开虚名不计，恐怕正如石子明所说，倒不如有个辽国在北边还要好打交道一些。毕竟塞北夷狄初兴，多是逐水草而居，无家无产，居无定所，故而其劫掠中国，可以肆无忌惮。而辽国则不同，其已渐蒙汉化，治有五京，上至贵人，下至黎庶，皆各有家业。除非是如这次这般大举入侵，否则两国边境还是可以安宁的。这也不是无凭无据的揣测，辽人初兴之时，亦有打草谷之习俗，然自澶渊之盟后，两国边境便十分安宁，偶有冲突，两国官府交涉，便能解决。比起蛮不讲理的夷狄，却是要好太多。而且这次南犯吃了这么大的苦头，辽人想要再次南犯，也不是那么容易的事了……"

"用石子明的话说，就是如果就此与辽国签订和约，那么未来至少五十年，甚至是一百年内，我大宋的北方是谁，有什么样的实力，该怎么样打交道，都是可以预测的。而如果真的要北伐幽蓟，败了自不用说，就算胜了，未来的塞北是什么样的，也根本无法预测。而安平大捷，已经奠定了我大宋的优势地位，那么，我大宋下一步该做的，就是利用好这次胜利，确定天下各国的秩序，让未来变得更加清晰、可预测、可控制。一个混沌不明、不可预测的未来，无论如何，都是不符合现在大宋的利益的。"

韩维一口气说了这么多话，身体不由得感到有些疲倦，但他一双眸子是越说越兴奋、越有神。但说到最后，似乎是想起了什么，又略有些沮丧地叹道："可惜，恐怕就算在两府之内，也不会有几个人接受石子明的这个观点。"

"我倒是觉得石子明说得很有道理。"范纯仁笑道。虽然没有如石越这样明确的说明，但司马光其实也提出过类似的主张，因此石越的这个说法，对范纯仁这样的儒者来说，是有着某种天然的亲和力的，他接受起来，并不困难。

这也没有出乎韩维的预料，"某亦料到尧夫能理解石子明此说，但是，恐怕也只有如你我这样的老叟，性格又是老成本分、不喜兴事的人，才会喜欢这样的主张。"韩维一边说，一边自嘲地笑道，"人老了，便喜欢稳重，当然就觉得未来不可预测是一件可怕的事。可是，对于官家那样的少年人，是绝对不会觉得那样可怕的。甚至，就算是章子厚、李邦直，也会不以为然吧？"

"那是自然的。"范纯仁也不得不承认，"恐怕朝中百官，绝大部分都会觉这是杞人忧天，在其心中，这亦不过是些冠冕堂皇的借口而已。"

"最重要的是，官家北伐之志甚坚，某预料到石子明的这几封奏章，绝对说服不了官家。而眼下，马上就有一个很好的机会，可以让官家顺理成章将石子明赶出两府……"

"丞相是说太皇太后奉安？"

韩维点了点头，道："太皇太后奉安山陵，哪怕现在朝廷正是多事之秋，以太皇太后之功德，也理当由首相出任山陵使，但某这个首相正告病在家，那么石子明这个次相，出任山陵使也是理所当然……"

"石子明看来对此也是心知肚明，他特意赶回京师，我猜他便是故意想当这个山陵使。"韩维说着，嘴角露出一丝笑意来，"他这是已有急流勇退之意了，但是，这次我不能成全他，我已向官家上表，准备复出视事！"

"啊？！"范纯仁望着韩维，不知道是该惊还是该喜。

韩维却是很平静地笑道："太皇太后对某恩重如山，理当由某来送太皇太后奉安山陵，某断不能让石子明抢了我这山陵使的位置。"

他又望着范纯仁，道："某也是为了自己考虑，某已经到了该致仕的年纪，由山陵使退任，可谓圆满。而劝谏官家不要北伐的事，我已是有心无力，这件事情，便要靠你和子明了。你和子明不要怪我抢了容易的事，将为难的事留给你们便好。"

"丞相……"范纯仁正要说什么，却听到房间外面传来韩璃的声音："范相公、大爹爹，外头有密院的使者，称有紧急要事，求见范相公。"

范纯仁只得向韩维告了罪，走到门口，却见一名枢密院的军吏手执密匣，在外面等候。见着范纯仁，那军吏连忙跪倒行礼，递上密匣，在门外守候的范纯仁的亲随上前接过匣子，验了腰牌、公文、火漆封印尽皆无误，便与那军吏办了交接。范纯仁向韩璃借了一间清静无人的房间，带着亲随进去，打开匣子，读完里头的文书，又令亲随收好，不动声色走出房间。不料才出房间，韩璃又领了一名送信的枢密院军吏前来，但这一次，范纯仁却是在那房间里待了好一阵才出来，出来之时，神情之间仍流露出掩饰不住的激动之情。

直到他又重新回到韩维面前，告了罪坐下，他的心情，才终于渐渐平复了下来。

范纯仁再次落座，却不急着说话，韩维望着范纯仁，亦不催促，二人颇有默契地沉默了一会儿，范纯仁才调整好情绪，尽量平静地说道："丞相，高丽出兵了！"

韩维眉间一紧，却并不是太意外，只是问道："这却是什么时候的事？"

"大约一个月前，高丽出兵三万，号十万，已至大同江。"

停了一下，范纯仁又说道："还有一个好消息——被困在蔚州的折克行部，已然突出辽军的包围，抵达定州，与段子介、吴安国合兵一处！"

"啊？！"这个消息，让韩维瞬间惊讶得站了起来，"这是如何做到的？"

"因为围困折克行的耶律冲哥，原来唱的是空营计！"范纯仁此时也不知道自己是该高兴还是该忧虑，"我接到的是段子介的报告，据他说，折克行被困在蔚州，箭尽粮绝，穷途末路，折克行迫不得已，与部下相商，与其饿死蔚州，不如垂死一博，求个战死沙场，于是杀尽战马为食，烧毁弓弩，率残部持刃出城，但辽军只有小股部队尾随骚扰，众人冒雪直趋飞狐关，才发现飞狐关只有数百老弱病残把守。也是天不绝折克行，他当日苦战飞狐峪，因为大军损失惨重，离开之时，便在飞狐关纵火泄愤，这虽然导致后来耶律冲哥轻易夺回飞狐关，但辽人也根本没有时间修葺关城，几百老弱病残把守的关口，被折克行一鼓而下。他就这么着突出重围，抵达定州。此后段子介与吴安国又遣轻骑前往侦察，才发现蔚州、飞狐附近，辽人虽然旌旗遍立，却尽是些空营。考虑到之前段子介派兵运粮还曾经在飞狐一带被辽军狙击，段子介判断耶律冲哥撤兵不久……"

范纯仁的解释并没有为韩维解惑，他缓缓坐回榻上，却依旧是双眉紧锁，似是相问，又似自言自语道："耶律冲哥为何会突然撤兵呢？这完全没有道理啊。放走折克行不算什么，但这空营计一旦被识破，岂不是等于拱手让出飞狐、蔚州？"

"段子介认为，这空营计，应当是耶律冲哥不得已之举。"范纯仁说道，"段子介等人推测，一定是辽国内部出了极大的变故，令耶律冲哥不得不撤兵。他们已经向雄州及河东送信，说明情况，吴安国也已派出精兵潜入辽境侦察。但辽人在南京道屯集重兵，对道路控制也极严密，据说辽人已下令禁止一切商旅行人南下，并严令各驿馆、村里，任何经过本处的行旅，都得押送官府，抓获细作，便得重赏，见而不报，行连坐之法。辽兵每日在各处巡视，发现嫌疑，便即诛杀。故此职方馆在南京道的细作，至今没有一个人能联系得上，依我看来，想要从南京道探得辽人虚实，恐怕十分困难。要想知道虚实，还须得靠章楶、种朴从西京道打探……"

"章楶、种朴……"韩维不由得摇了摇头，叹了口气，"他二人在河东，直是被耶律冲哥玩弄于股掌之中。耶律冲哥既然在蔚州唱了一出空城计，那他要么就是率大军返回了大同府，要么就是率大军离开了西京——不管是何种情况，他二人竟然全不知情，可谓无能。"

范纯仁也只能苦笑："他二人已是惊弓之鸟。耶律冲哥只要在边境稍布疑阵，他二人便忙于自保，根本无暇他顾。但平心而论，对他二人也不能强求太多，章楶性格谨小慎微，种朴才具有限，两人手里又兵力不足，靠着那点儿兵力，面对耶律冲哥这样的名将，要护得河东周全，已然是很不容易了。"

"罢罢罢。"韩维摆了摆手，"便算他二人有苦衷吧，这且不去管他——要紧的是耶律冲哥究竟去做什么了！"

"段子介称有流言说，辽国发生内乱，有人挟辽太子阿果造反……"

韩维双眼一眯，"可信吗？"

范纯仁摇了摇头，"只是流言而已。"

韩维脸上露出失望之色，他沉默半晌，才注视着范纯仁，缓缓说道："尧夫，你知道这意味着什么吧——不管是不是只是流言……"

范纯仁默然一会儿，长叹道："尽人事，听天命吧……"

韩维却是摇了摇头，凝视范纯仁，仿佛是在斟酌语言，一句一句慢慢说道："天意如此，事已不可为……"

"还可以等石子明回京……"范纯仁犹抱着一丝希望。

但韩维还是摇着头，"石子明也违逆不了天意。如此大好的局势，连韩某都要心动，何况旁人？北伐已是大势所趋，纵然石子明，亦未必能有什么办法。但是……"

说到此处，韩维微微停顿了一下，"但是，越是这般时候，两府之中，越是要有老成人……"

范纯仁不由得愣了一下，半晌才回过神来，苦笑道："丞相的意思，在下明白了。"

韩维盯着范纯仁，仿佛是要看他是不是真的明白了，过了好一阵，才放下心来，笑道："难为尧夫了。"

范纯仁摇了摇头，正要说话，又听到门外传来一阵慌乱的脚步声，然后便传来韩璹的声音："启禀范相公、大爹爹，有天使驾到！"

（第十一卷完）

inn earth® 出品
地球旅馆

捧读文化
触及身心的阅读
全国总经销

出 品 人	张进步　程 碧
特约编辑	孟令堃
封面设计	林果
内文设计	八月松子
发　　行	谭 婧
法律顾问	天津益清（北京）律师事务所　王彦玲

新浪微博　　微信公众号

出版投稿、合作交流，请发邮件至：innearth@foxmail.com
了解新书、图书邮购、团购、采购等，请联系发行电话：13522821582